男人

Un Uomo

[意] 奥莉娅娜·法拉奇 —— 著

毛喻原 —— 译

新星出版社　NEW STAR PRESS

动身的时刻到了,我们分道扬镳吧:我去死,你们去活。何者更好,只有上帝知道。

——柏拉图《苏格拉底的辩解》

献给你

目　录

序　言……………………………………1

第一部分

第一章……………………………………3
第二章……………………………………34
第三章……………………………………54
第四章……………………………………76
第五章……………………………………100

第二部分

第一章……………………………………123
第二章……………………………………146
第三章……………………………………176

第三部分

第一章……………………………………193
第二章……………………………………217
第三章……………………………………239

第四部分

第一章·····································259
第二章·····································284
第三章·····································306

第五部分

第一章·····································329
第二章·····································349
第三章·····································367

第六部分

第一章·····································401
第二章·····································416
第三章·····································439

序 言

  一种悲伤和愤怒的吼声响彻城市的上空,此起彼伏,震耳欲聋,把所有的声音都淹没了。它在宣告着一个巨大的谎言:"他活着,他活着,他没有死!"这不是人的吼声,确实不是由人——有两只胳膊、两条腿、会独立思考的被造物——发出的声音,而是由一头没有思想的怪物——人群组成的章鱼——爆发出的怒吼。这条由紧握的拳头、紧绷的面孔、扭曲的嘴唇形成的章鱼,在中午时分进入东正教大教堂广场,然后把它的腕足伸向附近的大街小巷,其势无比汹涌,宛如滚滚而来、意欲摧毁一切障碍物的火山熔流。道路被堵塞了,被淹没了。人们只能听见它不断重复的那个震耳欲聋的吼声:"他活着,他活着,他没有死!"想躲开这条章鱼纯属幻想。有人已经做过尝试,把自己关在家里、商店里、办公室里,以及任何可以逃避的地方,最起码能够做到,不要去听见这种震耳欲聋的吼声。然而,章鱼发出的吼声穿过门窗与墙壁,照样传进他们的耳朵。他们很快就被它的魔力征服了。开始只是抱着顺便出去看一看的想法,靠近了一条腕足,殊不知成了章鱼的俘虏:他们也不自觉地个个握紧了拳头,绷紧了面孔,扭曲了嘴唇。"他活着,他活着,他没有死!"章鱼变得愈来愈大,它的身体在摆动中膨胀,每摆动一次,便增加一千人,再摆一次,增加一万人,接下来是十万人。在下午两点的时候,人群已达五十万,三点时已增加到一百万,四点竟达到一百五十万。到了五点,人多得根本就数不过来。他们不仅来自雅典,还来自遥远的地方:有的来自阿蒂卡和伊庇鲁斯的农村,有的来自爱琴海诸岛,还有的来自伯罗奔尼撒半岛、马其顿和塞莎利的乡下。他们乘火车、坐船、乘公共汽车而来。在章鱼没有把他们吞噬之前,他们是四肢俱全、各有思想的人:身穿礼拜日盛装的农夫与渔民,身穿工作服的工人,怀抱小孩的妇女以及学生。总之可以称之为人民群众。而就是这个人民群众,直到昨天都还在回避你,抛弃你,使你孤苦伶仃得像一条无家可归的狗。他们无视你说的话,你对他们说:"你们不要受教条、制服、主义的束缚,不要被那些对你们颐指气使、发誓许愿、恫吓讹诈的家伙所迷惑,不要上那些想用新主子来代替旧主子的人的当。上帝啊,你们不是羔羊,不应该在别人罪恶的保护伞下寻求栖身之所。你们起来战斗吧,请用你们自己的头脑来思考吧,要记住每个人都是特定的人,都有一定的价值,都是一个珍贵的个体、不可替代的存在,应该对自己负责,成为自己命运的主宰,自己的创造者。你们应该捍卫你们的'自我',它是全部自由的核心,自由是一种义务,是一种先于权利的义务。"现在他们倒是愿意听你说了,可是你已不在人间。他们朝章鱼走去,带着你的画像,手举充满恐吓与挑衅的标语,高擎桂冠和扎成A、P、Z字样的花环。A代表阿莱克斯①,P表示帕纳古里斯,Z是"他活着,他活着"的意思。此外还有许许多多的栀子花、丁香花和玫瑰花簇拥在那里。那是1976年5月5日,星期三。天气酷热,空气中弥漫着一种花瓣腐烂的气息,这气息让我喘不过气来。因为我坚信这一切仅能延续一天,然后吼声就会消失,痛苦会变成冷漠,愤怒会化为驯服。在你沉船的地方,漩涡会被人遗忘,海水会再次变得平静,复归安宁、凝重而沉寂。政权会又一次获得胜利。永恒的政权从来不会死亡,它的垮台只是意味着从它的灰烬中再次诞生;也许你会以为通过一次革命,或通过一场他们称为革命的杀戮就已经把政权摧毁了。可是,你瞧,它不是又安然无恙地出现了吗?只不过新出现的政权换了一种颜色而已,原来是黑色,现在成了绿色、紫色、红色或者黄色,政权的性质不变;而人民只能去适应、忍受或屈从。你脸上经常流露出一种充满痛苦和略带嘲讽的微笑,也许原因就在于此吧?

  我伫立在你的灵柩前,透过水晶棺的盖子看着躺在里面的你,看着你那如大理石雕像般的身躯,注视你滞留在唇边的那个充满痛苦和略带嘲讽的微

---

①本书主人公亚历山大·帕纳古里斯的别称。本书所有脚注均为译者所注,以下不一一说明。

笑。我等待着那条章鱼游进大教堂，向你倾诉它对你姗姗来迟的爱慕。恐怖与悲愤交织在一起，我感到五雷轰顶，五脏俱焚。教堂的大门被闩上了，还被铁棍牢牢地顶住，可愤怒的敲击声仍是恐怖地震撼着大门，章鱼的腕足通过不起眼的缝隙已经悄然伸了进来。不少人攀爬在拱门的柱子上，另一些人逗留在信女祈祷室的围栏上，还有一些人紧紧抓住圣屏的铁栏杆。灵柩的四周设置了一条不得进入的警戒线，但随着时间一分分地流逝，警戒线内的空间也变得愈加窄小。为了避开人们的逼近，抵挡身边与背后的推挤，我不得不靠在灵柩的水晶棺盖上。我不愿这样，这是件十分令我伤心的事，因为我害怕压碎它，害怕掉在你身上，害怕我的手再次感觉到在太平间交换戒指时你冰冷的身躯。那时，我把三年前愉快的一天我们在没有任何法律和婚约前提下交换过的戒指再交换回来。把你戴在我的手指上的戒指戴在你的手指上，把我戴在你的手指上的戒指戴在我的手指上。可是此时此刻，已经没有其他的东西可以支撑住我，早先用来隔开灵柩的拦绳已被那些渴望挤到前排作秀的夸夸其谈者、猎奇者和贪得无厌者汇聚的浪潮冲破了。尤其是那些政权的奴仆，那些精通中庸之道的文化界和议会界的代表，他们很容易就到达了灵柩的附近，因为一旦他们从轿车上下来，章鱼总是一边闪到一旁，一边殷勤地说："阁下，请吧，请。"你瞧，他们身穿双排纽扣的灰色上衣、洁白的衬衫，留着精心修剪过的指甲，装出一副道貌岸然的样子，实在令人恶心。接下来是那些声称站在政权对立面的谎言家，蛊惑人心的煽动家和卑鄙无耻的政客，那些拥有特权的各政党领袖。他们磕磕绊绊来到这里，这并不是因为章鱼不肯为其让路，而是因为它想拥抱他们。你看他们的表情，当他们流露出悲伤的神情时，眼睛总是斜视着的，看摄影记者是否在为他们拍照。他们弯下身子，在灵柩上印下犹大之吻，像蜗牛一样吐出流涎，把水晶棺盖弄得黯然无光。随后，那些你习惯称之为混账革命家的人也来了，他们是未来的狂热分子以及假借无产者和工人阶级名义开枪杀人之屠夫的追随者，他们以滥用权力对付滥用权力，以丑恶对付丑恶，其实他们和政权是一丘之貉。瞧，这些伪君子装模作样地攥紧拳头，蓄着假颠覆分子的胡须[①]，绷着一副未来官僚与老板的丑恶嘴脸。最后是那些与过去政权、现在政权和未来政权，与一

[①] 此处指格瓦拉和卡斯特罗式的大胡子。

切强权与专制统治同流合污的神父。瞧，他们穿着深色的长袍，佩戴着各种愚蠢的饰物，在熏人眼睛、冲人头脑的香烟缭绕中装腔作势。他们当中有一位大司铎，即东正教的大主教，身披绛紫色的丝织长袍，上面挂满了纯金饰物、念珠、精致的十字架，还镶有红宝石、绿宝石和蓝宝石。他喃喃咏诵："世人将永远怀念你。"但没有人能听清楚他的祷词，因为除了猛烈的撞门声外，这时又传来了玻璃窗被打碎的声音，门锁被撞得嘭嘭直响，另外还有嘈杂的抗议声，以及广场上发出的惊天动地的轰鸣声。章鱼的腕足吸附在教堂的墙壁上，不耐烦地要求把你抬出去。

　　突然爆发出一声可怕的巨响，正中的大门被一下子撞开了，章鱼冲了进来。它口吐白沫，把如同火山熔流的腕足伸向四面八方。人们顿时吓得魂不附体，可怕的喊叫声、呼救声混乱响起，灵柩周围的空间骤然缩小，人流把我抛在了灵柩之上。一种莫名的压力使我无法动弹。我陷入一片黑暗中，只能隐隐约约分辨出你那张清瘦苍白的面孔，以及那双交叉在胸前的手臂和那枚在黑暗中依然熠熠闪光的戒指。灵柩在我的身下不停晃动，水晶棺盖嘎嘎直响。也许用不了多久，就会发生让我害怕的事情：棺盖会被挤成碎块。有人在喊："往后退，畜生们，你们想把他吃掉吗？"然后，他大声说："抬到灵车那儿去，快，抬到灵车上面去！"压在我身上的那股压力减轻了，黑暗中出现了一条缝隙，透出了一片微光。六个人自告奋勇，冲进人流，抬起灵柩，使它逃过一劫。他们想把它从边门抬出去，停放在台阶前的灵车上。但那条章鱼此刻已无法控制自己，当它看到这具躺在透明、易碎棺盖下清晰可见的尸骸时，便立马疯狂起来。它似乎已不再满足于几声怒吼，而是想把你整个吃掉。它弓起巨大的身体，猛扑向那六个抬灵柩的人，用它的腕足把他们死死缠住，使他们进不能进，退无法退，摇摇晃晃，跌跌撞撞。他们不断向疯狂的人群吆喝着："让开，闪开！"他们肩上的灵柩忽上忽下，犹如大海中随惊涛骇浪时沉时浮的一叶扁舟。你的身体时而与棺壁相碰，时而被翻了个个儿。我竭尽全力想挪出一点空间，挥手、跺脚，十分担心那六个人会失去平衡，会把你甩出灵柩，遭到这条疯狂章鱼的蹂躏。我心如乱麻，绝望地喊道："小心，阿莱克斯，小心！"可是这一切都无济于事，因为这时又形成了另一股人流，直朝灵柩涌来。我们不仅不能前进，反而往后退缩，并且愈退愈远。不知过了多少时间，我们才终于把灵柩送到车上，也来不及端正安放，就匆匆关上了车门。关门时，他们不得不用脚乱踢，用手乱抓，阻挡那些试图再次打开车门的人。又不知过了多少时间，我才沿着灵车的边缘一寸一寸地挤到驾驶室里，坐在司机旁边。一想到这仅仅是个开始，他整个人都瘫了，因为接下来还应该把车开到公墓去。

这是一段艰难、漫长的旅程。一路上，灵柩斜歪着，你的身体像橱窗展品一样被极不人道地陈列在那里。这一切等于是在以一种怂恿、唆使、下流的语言向路人说："请看，但不许碰。"灵车内是一场无休止的噩梦，火山熔流般的人群把灵车堵得寸步难行，好不容易才往前挪动了一米，但很快又被推回到原处。正常情况下只需十分钟的路程，我们却花了整整三个钟头。米特罗波莱奥斯大街、奥托罗斯大街、阿马利亚大街、迪亚科乌大街和阿纳拉法萨奥斯大街，我们就这样依次走过。护送送葬队伍的警察很快就被人流冲散，许多警察挨了打，受了伤，负责维护秩序的几十个小伙子也被冲得七零八落；现在只剩下五六个坚守在岗位上，个个鼻青脸肿，东躲西闪，以避免碎玻璃片扔到脸上。人们可以从俯拍的照片看到当时的情景。照片上，灵车成了一个隐隐约约的小黑点，四周是密密麻麻的人群，犹如章鱼的脑袋，旋风的中心。没有任何办法可以摆脱人群，水泄不通的人流使我们难以确定我们究竟是在哪条街上，离墓地还有多远。好像这还不够，此外，还有密如雨点的花朵朝挡风玻璃上抛来，使得驾驶室外仿佛蒙上了一块暗布，车内暗得与我在大教堂被挤倒在灵柩上时的情景一模一样。暗布有时变得稀薄，能稍微透进一丝光亮。此时，眼前的情景使我产生了许多疑问，而又不知道该如何去回答：难道人们突然之间就自觉地醒悟了吗？难道他们再也不是那种任由掌权者、许愿者、恐吓者随意驱使的群氓了吗？难道他们真的不会被再次驱使，被引诱入伙，去为那些想利用你的死来发迹的豺狼效劳了吗？但是我也看到了那些能够消除我疑虑，温暖我心脾的东西：到处都是人，有的攀在路灯柱上和路边树上，有的从窗户和窗台上探出身子，有的站在屋顶上，蹲在屋檐下，犹如一只只小鸟。一位妇女在哭泣，一边哭泣，一边劝慰我："别哭！"另一位妇女悲恸欲绝，尽管她自己非常难过，但却对我大声说："振作起来！"一个衣衫被撕破的小伙子从人群中拨开一条道，把你上中学时用过的一本练习簿递给我。尽管对他来说，这无疑是一个极其珍贵的纪念品。但他还是慷慨地对我说："嗨，把这送给你。"一位老太太挥动着头巾，一边挥动,一边哽咽地说:"永别了,我的孩子,永别了!"两个长着白胡子,戴着黑帽子的农民跪在灵车前方的柏油马路上,举着银色的圣像在祝福:"为我们祈祷吧,请为我们祈祷!"灵车眼看就要碾着他们了,人们大声训斥:"让开,笨蛋,让开!"可他们仍然手擎银色圣像,跪在柏油路上纹丝不动。

  过了很久,一个声音终于出现:"我们到了。"这时,我们的周围出现了一条狭小的甬道,司机停稳车,有人把灵柩抬下来,搁在几个人肩上。然后沿着甬道肃穆前行。此时的甬道竟意想不到的寂静。人们默然肃立,给灵柩让路。章鱼突然不再怒吼了,也不再摆动,不再推搡。它静静地待在那里。通过一个钳形的动作,它的几条腕足像钳子一样伸到灵车的前面。墓地及其周边尽管聚集了成千上万的人,但却鸦雀无声。密集的人群挡住了每一块碑碣、每一根墓柱,占据了每一个花坛、每一条小径。每一棵翠柏、每一座纪念碑上都挤满了人。在这种寂静中,我们沿着一条默默为我们打开,然后又默默为我们合拢的甬道走着,走向暂时还看不见的墓穴。突然之间,我看到我脚下有一个坑,原来它就是墓穴。墓穴又窄又深,恰似一口刚挖好的新井。我有些站不稳了。有人赶紧上来扶住我,把我扶到附近一座坟墓的矮墙上休息。安葬仪式开始了,这是最后一件必须要做的事情。按规定,把你放进墓穴的时候,头应该对着十字架,脚朝着甬道,因此灵柩必须掉转个方向。但章鱼却在四周筑起了一道人墙,这道人墙如同水泥砌成一般,大有牢不可破之势,以至于灵柩根本无法掉头。尽管安葬人员一再要求:"动一动,往后退,你们往后退一点。"但人墙依然不动。结果只好按照已经形成的方向把你下葬:头朝甬道,脚对着将要安放十字架的地方。我知道,你是唯一脚对着十字架安葬的死者。就这样,人们把你安放在墓穴里。这时,那个大司铎不知从哪个地方冒了出来。仍是穿着那件绛紫色的丝织长袍,佩戴各种纯金饰物、念珠,镶着蓝宝石、红宝石。庄严肃穆的大司铎举起权杖,准备为你祝福。就在这时,他不小心绊了一跤,倒栽葱掉进了墓穴里。水晶棺盖被砸碎了,他巨大的身体压在了你上面。他在下面停留了几秒钟,羞得满脸通红。然后才收拾东西,惊慌失措,试图寻找借以爬出墓穴的支撑物。于是,人们把他从墓穴里拉了出来。大司铎灰溜溜地躲了,甚至忘了为你祈祷,为你祝福。人们开始往你身上撒土,泥土落在灵柩上,尽管声音低沉微弱,然而章鱼仍是能听到。它像触了电似的,突然猛烈颤动。寂静顷刻间被打破,人群开始骚动起来。有人在高喊:"他没有死,阿莱克斯没有死。"有人在大声说着什么,我一时没有听清楚,后来才明白过来:他们在喊我的名字,并以一种命令式的口吻对我说:"你写吧,记述他的故事,把它写成本书。"泥土一铲一铲盖在灵柩上,仿佛榔头一锤一锤敲在我心坎里。泥土慢慢盖住了你那如大理石雕像般的身体,盖住了你那个充满痛苦和略带嘲讽意味的笑容。红旗在周围一面面招展,枉自飘拂。那个吼声又响起来了,震耳欲聋,此起彼伏,把其他一切声音淹没。它自欺欺人地宣布:"他活着,活着,活着,他没有死,没有死,没有死。"

我始终忍受着这种吼声,直到坟头成了一座用枯萎的花圈、令人窒息的花束垒起的金字塔为止。然后,我匆匆跑开。让这些谎言见鬼去吧!让这个有组织的或自发的场面,这种姗姗来迟、瞬间即逝的爱慕,这些只能持续一天的痛苦和狂怒见鬼去吧!够了。但我愈是想跑开,愈是想逃避,这个可恶的吼声就愈是紧随着我,勾起我回忆、疑虑和希望的回声。这声音犹如一只没有指针的时钟,用它永不止息的嘀嗒声安慰我,折磨我。"他活着,他活着,他活着,他活着,他活着,他活着!"即使在章鱼把你忘掉之后,即使它重新成为由掌权者、许愿者、恐吓者任意摆布的群氓之后,即使在你的失败变成掌权者、许愿者、恐吓者永恒的胜利之后,这种吼声仍会继续,它会像幽灵一样紧紧附着在我的脑壁上,刻印在我的大脑皮层上,即使我用理智、常识,甚至自暴自弃、玩世不恭也无法将它消弭。后来连我自己都开始这样想:也许这吼声是真实的。如果不是这样,那就应该做点什么来使这个自欺欺人的说法显得像是事实,或者成为事实。

* * *

因此我沿着那些小径开始去搜寻你的踪迹,讲述你的故事。这些小径有时阳光明媚,有时迷雾重重,有时畅通无阻,有时荆棘丛生——这就是生活的两面,舍此,生活就不复存在。这些小径,有些是我知道的,因为我们共同经历过它们,而有些我则非常陌生,因为我只是通过你给我讲的故事才知道它们的存在。这是一个单打独斗、孤身搏击、遭迫害、受欺凌、不被人们理解的英雄的故事。这是一个拒绝向任何教会、恐吓、潮流、思想教条和所谓的绝对原则妥协的人的故事。这是一个渴望自由的男人的故事。这是一个不随波逐流、不听天由命、有独立思想的，并因此被人杀害的男子汉的悲剧故事。当没有指针的时钟指明我记忆中的道路时，长眠地下的你就是我唯一可以倾诉衷肠的人，是这个世界上我唯一可以与之对话的人。

第一部分

第一章

　　夜里你做了一个梦：一只长着银色羽毛的美丽海鸥在晨曦中飞翔。它孤独而坚定地翱翔在沉睡城市的上空，仿佛天空就是它生活的理想。突然，它收起翅膀，盘旋而降，冲入大海。被它击碎的海面，绽放万道霞光。整个城市苏醒了，充满了欢乐，因为它好久没有见过光明了。与此同时，群山也燃起了大火。人们打开窗户高声谈论这个好消息，成千上万的人涌入广场，欣喜若狂，庆祝重获的自由："海鸥！海鸥胜利了！"但你知道，他们全都错了，因为海鸥并没有胜利。海鸥投入大海后，成千上万的鱼向它发起了攻击，啄它的眼睛，咬它的翅膀，爆发了一场你死我活的战争。它勇敢机智地自卫，疯狂反击，拼命翻腾，在海中激起大片浪花。它掀起的波涛直冲到礁石上。但这一切终归枉然，因为鱼不计其数，而它却孑然一身。它的翅膀被撕破了，它的头被咬破了，遍体鳞伤，疼痛难忍，血流不止。它的反击愈来愈无力。最后，伴着一声痛苦的惨叫，连同光明一起沉入海底。群山上的大火也熄灭了，城市重新坠入睡眠，周围漆黑一团，仿佛什么也不曾发生。

　　你想着这个梦，身上直冒冷汗——对你来说，梦见鱼，向来就是个不吉利的凶兆。军事政变①那天夜里，你也梦见了鱼，梦见了一条鲨鱼。你大汗淋淋，心里明白海鸥的失败是一种不祥的预兆。也许你应该推迟一周，或一天，重新去检查一下埋在小桥下的地雷是否有什么失误之处。但行动前一天晚上，当计时器开始走动时，要更改计划显然为时已晚：早晨八点将有两枚

---

① 指1967年4月21日在希腊发生的军事政变。

炸弹分别在公园和体育馆爆炸，像梦中一样，山上的树林会燃起熊熊大火。参加这次行动的同伴已经联系不上了。此外，如果不按原计划行动，你对他们怎么说呢？说你梦见海鸥被鱼群咬死了？说你梦见鱼是一种不祥之兆？要是这样，他们定会笑话你，以为你被恐惧征服了。所以，你别无选择，只好穿上衣服，动身启程。你穿上游泳裤、衬衫、裤子。那是八月份，你一到那里就脱掉衬衫、裤子，只剩下游泳裤。看到你的人一定会以为你是个喜欢在黎明时游泳的怪人。试想一下，谁会只穿件游泳裤去杀死暴君呢？你脚上穿着一双麻绳鞋。鞋你是一直穿着的，因为礁石扎脚。现在你考虑是否脱下它。最后决定脱下，因为在公路与海岸之间的那段礁石路上是没有必要穿鞋的，因为你即将跳进水里，游到摩托艇旁边。你拿上钱包——里面有钞票与假证件——把它塞进游泳裤里。后来你改变了主意，又把它拿了出来。什么证件都不用带，真的、假的全用不着。鱼群袭击海鸥的时候，是不会去考虑它的身份的。要是他们杀死了他呢？要是他们杀死了他，那么报纸就会简单地报道说：在索尼奥海岸[①]发现了一具男尸：年龄，三十岁左右；体重，不到七十公斤；体格，健壮；头发，黑色；皮肤，白皙；特征，除了蓄着小胡子外，没有其他特征。可是在希腊许多男人都蓄着小胡子。

你看了看表，差不多六点了。再过一会儿，尼科斯就要按汽车喇叭叫你。在等待喇叭声的时候，你想起了发生在最近几个月的事。回忆像一阵阵让你挠心、痛苦的奇痒。你想起你不愿为暴君卖命而开了小差的那一天，你挨门逐户寻找一个藏身之所，但谁也不愿收留你，不肯帮助你。搜捕你的警察慢慢缩小了包围圈，甚至他们的喘气声也能听得见。这时，你的意志发生了动摇，你扪心自问："受苦、奋斗究竟是为了什么？为了谁？"有一天，你认为别人由于害怕、顺从和屈服会出卖你，你不得不背井离乡，寻求新的栖身之所。当时，你用一份假护照，从雅典机场起飞，来到塞浦路斯。但即使在那里，你也同样受到警察的追捕，照样能听见他们喘气的声音。你在那里也产生了动摇，扪心问自己："受苦、奋斗，到底是为了什么？为了谁？"又有一天，你懂了，在那里你将一事无成，内政部长盖奥尔加吉斯正在搜捕你，准备把你移交给军政府，所以还得逃跑。你饥寒交迫，夜里睡在遗弃的草棚里，

[①] 该海岸位于希腊东南部。

白天靠偷吃农民的水果充饥。你再次问自己："受苦、奋斗，究竟是为了什么？为了谁？"还有一天，命运把你带到那个唯一能救你的人——马卡里奥斯总统①——那里，他给了你一张去意大利的通行证，对你说："去找我的盖奥尔加吉斯部长吧，他会给你签字的。"你怀着忐忑不安的心情去了，怀疑其中有什么圈套。你走进他的办公室，准备好了应付的话："好吧，把我抓起来吧。既然人们不知道珍惜自由，那我受苦、去奋斗还有什么用呢？"盖奥尔加吉斯长着一副乌黑的络腮胡，像一顶风帽，几乎遮住了大半张脸，只有一双咄咄逼人的眼睛露在外面。他抬起阴沉的脸，笑着说道："啊，是你呀。几个月来我一直都在想方设法抓你呢。你知道我帮你会冒多大的风险吗？""既然不想帮我，就把我交给警察吧！你知道……""受苦、奋斗的目的是什么吗？我的伙计，是为了活下去。逆来顺受的人不是活着，而是苟延残喘。"然后，他接着说："现在你想要什么呢，小伙子？""只想得到一样东西：一点自由。""你会开枪吗？你会瞄准吗？""不。""你会制造炸弹吗？""不会。""你随时准备去死吗？""是的。""死要比活容易得多，我会成全你。"他确实成全了你。你知道的一切都是他教的。没有他，你就造不出现在埋在弯道前面桥下的那两枚地雷。它们是由五公斤梯恩梯炸药、一点五公斤可塑炸药、两公斤白糖做成的。"白糖？""是的，它会加快燃烧的速度。"仿佛儿戏一般，你很高兴按他的建议去做："够甜了吧？让我们再加上一勺。"而现在当你想到这不是一种儿戏，而是去杀死一个人时，不禁出了一身冷汗，感到毛骨悚然。你从来就没有想过自己会去杀人，甚至连弄死一只小动物，你也不忍心。譬如这只蚂蚁，这只正往你手臂上爬的蚂蚁，你只是轻轻用手把它抓住，然后轻轻放在桌子上。这时喇叭声响了。

你看了一下时间，指针指向六点。于是你迈着坚定的步伐下楼，向尼科斯走去。他正坐在出租汽车的驾驶座上，手握着方向盘等你。你像一个普通的乘客，坐在后座上。尼科斯是一名出租汽车司机。你之所以选择他，是因为他是你表弟，你可以信任他。出租汽车不大会引起人注意。哪个警察能想到两个乘坐出租汽车的人会去从事谋杀呢？另外，买车和租车需要花钱，而你没有足够的钱来买车或租车。要想得到这笔钱，你就必须加入某个党，必

---

① 1960年至1977年执政的塞浦路斯总统。

须服从该党的观念、该党的规章、该党的机会主义思想。如果你不入党，没有党票作保证，谁会理睬你？谁会给你提供活动经费？你离开塞浦路斯到罗马避难，那里的政客唯利是图，只知道说些废话，仅仅是给你些施舍罢了。他们口口声声称你是同志，经常把"国际主义万岁""自由主义万岁"的口号挂在嘴边，仅此而已。他们有时给你一个房间让你歇脚，有时给你一顿便饭让你充饥，仅此而已。有一天，一个社会党的官员接见了你，一看就知道他是那种善于投机取巧、见风使舵的家伙。有朝一日，他会成为一个党的领袖，肯定没错，你甚至可以割下你的耳朵来作担保。他肥得像头猪，透过近视眼镜的镜片盯着你，他向你夸海口，许诺言，左一声同志，右一声同志，国际主义万岁，自由万岁。然而，你却两手空空地离开了意大利。即使后来，你也没有从他那里得到过一分钱。至于那些有义务帮助你的同胞，譬如那个自称是流亡左派的最高头目，你对他们很了解。难道他们会和一个疯子一起去冒险吗？这个疯子正打算和其他几个疯子一起密谋去杀死暴君。他们绝对不会，永远也不会。当然，如果谋杀成功，那又另当别论。他们会像蝗虫一般飞到麦田里来找你，说是你的同谋者、支持者、保护者。而现在他们只能给你倒一小杯白兰地，对你说，喝吧，小伙子，祝你好运。"昨晚你吃饭了吗？"尼科斯问。"吃了，昨天晚上吃过饭。""在哪里吃的？""饭馆里。""那么说你在一家饭馆里露面了？"你耸了耸肩，一语不发。默默地盘算着时间，看是否可以顺路去趟格里法达，再看一眼你的故居，看一眼那个长着橘子树和柠檬树的花园。你在那里度过了自己童年和少年的时光。直到现在，你的父母仍住在那里。当初返回雅典时，你做出了极大的克制才没有去接近你的家乡。盖奥尔加吉斯曾警告说："向此类多情善感妥协会招致不幸。"是多情善感吗？也许是这样。但人正因为有情感才成其为人。你吩咐尼科斯："到格里法达去一趟。""到格里法达？现在已经太晚了！""照我说的去做。"当尼科斯驾车飞速从它前面经过时，你只来得及看到父亲卧室的那扇窗户，看到花园里一位身穿黑衣服的老太太——你的母亲——在浇玫瑰。看到母亲始终保持着每天一大早起来给玫瑰浇水的习惯，你心生感动。想到父亲正在睡觉，你内心突然涌起一阵说不出的酸楚。你猛然回过头，想再看一眼，但尼科斯已经把车驶进了附近的一条林荫道，一转眼工夫，汽车就上了海滨公路。每天早晨，暴君都要乘坐他那辆林肯牌防弹车，从拉科尼西官邸出发经过这条路去雅典。最近几个星期以来，你已来过这里十几次了，寻找最理想的埋雷地点。最初选中的地方是一处由自然岩石形成的拱门，你喜欢地雷引爆的岩石从上面掉下来砸死他，犹如朱庇特的霹雷，天意的惩罚。但实际上这行不通，因为炸药需要从下面引爆。于是你只好选择弯道后面的这座小桥。与其说这是一座小桥，还不如说是一个由水泥浇成的涵洞，涵洞幽深，洞口呈正方形。路面铺了一层五十厘米厚的沥青，从洞底到路面的距离刚好是八十厘米。他们不会想到这地方完全可以算得上是天造地设，仿佛是专门为安放地雷而修建的。地雷埋在那里，可以炸出一个三四米宽的口子，爆破力会十分惊人。剩下的唯一问题是，如何想办法在光天化日之下溜之大吉。盖奥尔加吉斯说过，谋杀应该在夜间进行。这话不假，因为夜里逃跑起来方便、安全。要是你逃跑时被人发现了，该怎么办？那就听天由命吧。反正你也不喜欢黑夜，只有蝙蝠、鼹鼠、间谍才会在夜间活动，为自由而战的人们不喜欢在夜间活动。

　　七点差一刻，你来到桥上。尼科斯迅速打开后备厢，拿出连接地雷的引线，你立刻大骂了起来——引线乱作一团，结成了许多死结。"你究竟干了什么？你这个白痴，你是怎么搞的？""不是我，我什么也没有干……"但已经没有时间争论，更没有时间弥补了。你只好脱下衬衫、裤子、鞋子交给尼科斯，光着脚，只穿一条游泳裤，抱着那团乱线朝涵洞跑去。

* * *

　　可现在小桥已经不存在了。人们已经用土把它填平了，并且把弯道拉直，加宽了路面。当你后来再到那里时，你连小桥原来的位置也说不出来。但我对这座小桥却记忆犹新，因为你曾经带我去过。你给我讲的关于那天早晨的事也清晰可见，历历在目：它是你故事的开端，悲剧的开端，一切的开端。那天早晨，海在咆哮，汹涌的波浪拍打海岸，天气非常冷。兴许是由于那堆乱线的原因才使你感到周身寒战？你无法使自己的心绪平静下来，不明白怎么会发生这样的事。也许是尼科斯把引线扔进后备厢时用力过猛，使引线缠在一起了；也许是他忘了把引线捆好，结果汽车的颠簸导致了这种结局。不管事情究竟如何，反正以前一捆好好的引线现在成了一团乱麻。你解开一个结，它马上就形成另一个结；你再解开，它又形成……一怒之下，你干脆把它扯断，拿起那截没有弄乱的线，量了一下，脱口骂道：才四十米，只有所需长度的五分之一！为了便于引爆和逃跑，你原来选择的是离桥两百米外的一块岩石。现在该怎么办？该怎样改变计划呢？你测试了无数次才把那块岩石确定下来，作为你控制引爆的地点，因为从那里你可以把周围的一切尽收眼底。当黑色的林肯牌轿车驶到弯道和桥之间的这段路上时，根据计算只要车头被路标遮住一半，你就得立即按下引爆开关。这块岩石靠近水边，一旦引爆，你就可以跳进水中。如果在四十米的地方引爆，那就意味着你要再跑一百六十米才能到达水边，还意味着要重新进行计算：四十米处的视野又是怎么一回事呢？你把引线的一端接在地雷上，另一端握在手头，看它能连到哪里。真该死，在引线连到的地方，你根本看不见公路，因为有一道防护栏挡着。更糟糕的是，那儿没有任何地形可以用来隐蔽。你重新走回来，引线太短了，你只能冒着被炸死的危险，把线拉到离小桥十几米远的公路下面。这等于是自杀。但又没有其他更好的办法。不过，这样处理也有一个好处，可以及时发现那辆林肯牌轿车。这是好处吗？什么样的好处呢？为了看清汽车，你就不得不把头伸出沥青公路的路面。此外，原来的计算结果在那里就不再管用了，你必须根据新的情况重新计算，重新选定引爆的时间。差一秒或十分之一秒都不行，因为即使是十分之一秒的误差也会炸不中目标。那就动手吧，快，尽量抓紧时间。通常情况下，林肯牌轿车在八点钟驶过这座桥，现在已经快到七点四十五分了。

你的脑袋以计算机的速度快速运转起来：林肯牌轿车总是以每小时一百公里的速度行驶，一百公里等于十万米，一小时为三千六百秒，十万除以三千六百约等于二十七，也就是说，林肯牌轿车的速度是每秒二十七米，每十分之一秒行驶二米七。但用什么方法来计算那十分之一秒呢？盖奥尔加吉斯说："用报数的方式来计算，一千零一、一千零二、一千零三。"不错，你也是按这种方法去做的。为了确定一千零一和一千零二、一千零二和一千零三之间的间隔时间，你照此试了两次。然后你扫了地雷一眼，接上引线，一切准备就绪。现在是七点五十五分，还有五分钟可以用于放松和自忖的时间……五分钟后你要杀死的那个人叫乔治·帕帕多普洛斯，你也许会和他同归于尽。谁知道他长什么模样，你从来没有在近处见过他活生生的本人，只在照片上见过他。从照片上看，他像一只小蜘蛛，非常滑稽可笑：蓄着一副傲慢的小胡子，长着一对暮钝的眼睛。不过，独裁者们历来都滑稽可笑，总是长着暮钝的眼睛。只要他们一瞪眼睛，就仿佛是在恐吓孩子似的："如果你不听话，我就惩罚你。"有一次，你看着他的照片自言自语地说："我想亲眼见见他。"然而这些话是在谋杀他之前说的，后来你再也没有这个想法。譬如最近两个星期，当你藏在那条公路上，核实时间和行车路线，想摸清楚他离开拉科尼西官邸的时间、汽车行驶的速度和随行车辆的数量时，你完全可以满足自己想亲眼看他一下的好奇心。但事实恰恰相反，每当林肯牌轿车驶近时，你都转过身去。这样做的原因之一是你不想让他们认出你来，但更重要的原因是你一想到会亲眼看见他，心里就不好受。如果你当面看见一个敌人，发现他毕竟是一个和你一样的人，你就会忘记他究竟是谁，到底代表了什么。这样一来，你就很难对他下手了。最好想象自己是在炸毁一辆汽车。事实上，你在制造地雷的时候，在测算时间和距离的时候，在用十万去除以三千六百的时候，你脑子里想的都是一辆汽车，而不是坐在汽车里的那个人。应该说是两个人，因为驾驶座上还有一名司机。上帝啊！一名司机。他是一个什么样的人呢？是恶棍？还是无辜者？抑或是个需要养家糊口的不幸的人？但多半是个坏蛋，因为好人是不会去为暴君开车的。也许好人也会这么干吧？你不应该想这些，有些问题是用不着去问的，比如打仗的手，因为战场上只需开枪就行了，谁吃了子弹谁倒霉。战场上的敌人不是人，仅仅是一个目标。你瞄准他就行了，别的都不要管。要是他身边有个不幸的人或一个孩子，那也没办法。真的没办法？该死的没办法！难道以邪恶去反对邪恶，用杀戮来对付杀戮是对的吗？不，当然不对。其实，好好想一想，拿战争来做比喻也是不对的，因为战争的想法是世界上最愚蠢、最反动的东西。你又什么时候喜欢过战争呢？你连当兵都不愿意，一拖再拖，直到二十八岁那年才穿上军装。你一拿起枪就感到恶心。总之，你一想到司机，就感到不安，感到耻辱。你不得不努力提醒自己，让自己记住那些你经常对同志们说过的话：以暴抗暴，被压迫者对压迫者的愤怒是合情合理的。如果有人打了你一记耳光，千万不要把另一边脸凑过去，而是应该回敬他一记耳光，因为这个人践踏了自由。在古希腊，人们为杀死暴君的人竖立纪念碑，戴上桂冠。还有那句铭刻在你心里的话：我没有能力去杀人，但暴君不是人，只是暴君而已。突然，你觉得这话也不对，近乎是一个谎言。难道你周身发冷是由于这个原因吗？

真荒唐，你发冷是由于光着身体，由于天气寒冷。

你蜷缩在乱石堆中，为了暖和一点，双臂抱着身体。摩托艇准点开来，正朝着事先约定的海湾驶去。可是，它离你还是很远，你能游到那里吗？今天早晨的海水肯定是冰冷的。跳入冷冷的海水在里面游泳究竟是什么滋味？当然，假如你与汽车同归于尽，或你没有及时跑到岸边，跳入水中，这就不是一个问题了。生活，它是多么的荒唐啊！你接通正负极，扭动开关……车队驶近了，轰轰的马达声传入你耳朵。你猛然起身，忧伤地喃喃自语："勇敢些，时候到了。"

* * *

这是一个名副其实的车队。前面是摩托车队开路，左右各三辆；紧接着是护卫车队，由一前一后两辆吉普车、一辆救护车、一辆通讯车和四辆摩托车组成，然后才是黑色的林肯牌轿车；林肯车后面再由另一辆吉普车和一个摩托车队押尾。车队以正常的车速驶进直道的最后一段，不久它将消失在弯道中，过了弯道又会出现在公路上。马达声愈来愈响，为了看得更清楚，你伸长了脖子。最前面的两辆摩托车出现了，正朝着你开过来。距离是如此之近，以至于你能够看清楚驾驶员的面孔。可是当摩托车行驶到路标附近时，它们却成了一片模糊的影子。你清楚车队过了路标，就什么都看不见了，你只能凭感觉行事。你必须精准地推算时间，记住从路标到第一枚地雷的距离是八十米，时速为一百公里的车子走八十米大约需要三秒钟。该死的大约！你的头脑开始以疯狂的速度工作，你的身体由于紧张而变得僵硬：麻烦就麻烦在这个"大约"上。如果车子每秒走二十七米的话，那么三秒钟就能走八十一米，而不是八十米。也就是说，第一枚地雷引爆的时间就太晚了，第二枚的情况也一样。所以它应该往前挪一米，埋在八十一米处，而不应该埋在八十米的地方。理所当然，起爆必须被延迟。究竟延迟多少？很简单，如果零点一秒走二米七，那么大约就应该推迟零点一秒的三分之一。大约！又是一个"大约"！这一切只有在假定林肯车车速不变的前提下才能成立！啊，我的上帝啊！零点一秒的三分之一是多长时间呢？是一眨眼的工夫吗？不，比一眨眼的工夫还要短。零点一秒的三分之一是人无法去测定的。零点一秒的三分之一只能靠运气。你必须靠运气，不应失去时机。也无须去看秒表了，就慢慢地报数吧："一千零一，一千零二，一千零三。"还要更慢些吗？但"还要更慢一些"是什么意思？它又意味着什么呢？那两辆吉普车过去了，救护车过去了，通讯车过去了，那四辆摩托车也过去了。它终于开了过来。是的，就是它，那辆黑色的轿车正在驶近。它愈来愈近，愈来愈大，愈来愈黑，不一会儿，它就会抵达路标附近，成为黑乎乎的一片影子。但愿我的手不要发抖。它没抖。但愿林肯牌轿车不要加速，不要减速。它没加速，也没减速。它来了，真的来了。一千零一，一千零二，一千零三，起爆！

在这漫长如永恒的瞬间中，期望的事情并没有发生。一声短暂而恐怖的巨响突然冲进了你的耳朵。石块被炸得四处飞散，一股灰色的浓烟冲天而起。只有一声巨响，只有一股浓烟，只有一枚地雷爆炸了。这可能吗？连一块石头都没有碰着你。这可能吗？你摸摸自己，不相信这是真的。但你已没有时间来庆幸自己的安然无恙，因为你很快就明白了，你之所以没有受伤正说明你失败了。如果防弹车被炸了，那发出的响声要大得多，掀起的烟尘会更浓，到处乱飞的就不仅仅是石头。那么是哪个环节出了问题呢？是炸药？时间？报数的方式？还是运气？是那零点一秒的三分之一决定了命运。可是第二枚地雷为什么没有爆炸呢？是引线没有接好吗？雷管没有装对吗？还是白糖？白糖捣的鬼？是不是多加了一勺，使得它太甜了？你一边奔跑，一边思考这些问题。尽管这些问题让你迷惑不解，但你还是几乎下意识地顺着斜坡跑了下去。跑啊，跑啊，你只想跑到海边，跳入水中，在海面中消失。你想活着，活着！现在大海就在你的身边，就在你的脚下。当身体浸在冰冷的水中时，你反复在想：真冷。海水确实太冷了，你不得不冒出水面。此刻，你趁机朝公路那边看了一眼：警察们手里端着枪在奔跑。看到这种情况，你感到非常紧张。于是，你顿时深深地吸了口气，再次潜入水中，又游了起来。你充满自信、精力充沛地游着，因为你一直都是个游泳高手。但是海浪比你想象得还要狂暴，一股强大的海潮把你推回海岸，使你无法靠近摩托艇。为了换口气，你第二次冒出水面。你又看了一眼岸上的那些警察，想弄清楚他们是否正朝你追来。幸好没有。他们都急匆匆朝小桥涵洞的方向跑去了。他们没有发现你，你可以放心大胆地继续往前游。那股海潮真糟糕！要是没有海潮该多好啊！由于呼吸困难，所以每隔很短的时间你就得停下来喘气，从而浪费了宝贵的时间。风浪多大啊！汹涌的海浪拍打着你。一个巨浪顷刻之间把你抛在了礁石上。你被撞得晕头转向，赶紧抓住一块突出的礁石。你就这样不顾后果，一直晕晕乎乎地趴在礁石上，不知过了多久。直到你用不安的眼睛寻找摩托艇时，你才清楚地意识到，这意料之外的停顿究竟会带来什么样的后果。你曾经盼咐他们只等你五分钟，一分钟都不准多等。为了让他们明白你的意思，你甚至用粗暴的口气直截了当地对他们说："这是命令！"也就是说，只要五分钟一到，他们肯定就会把摩托艇开走。看来得当机立断，马上采取必要的措施来弥补了。是不是应该爬离水面，朝摩托艇停泊的海湾奔去呢？这样，他们也许会看见你，并且等你。你吃力地上了岸，开始像刚才一样弯着腰奔跑起来。海边的岩石是那样锋利，你每跑一步都会在脚上留下一道伤痕，引起一阵锥心的疼痛。尽管如此，你却赢得了迅速靠近海湾的时间。还剩五十米，三十米，你马上就能对他们高喊："我在这儿！我来啦！等等我！我来啦！"你一头扎进水里，双臂划了几下。也许他们会来接你。三十米，二十米，十米。"我在这儿！我来啦！等等我！我来啦！"摩托艇倒是开动了，但没有对着你，而是朝大海的方向迅速而去。

摩托艇开走了。在余下的生命里，你都无法摆脱这个可怕的记忆：摩托艇开走了，它没有等你。"我来了，等等我，我来了。"当时的那种空虚感让你感到万念俱灭。你真想哭，真想破口大骂："呸！胆小鬼！懦夫！卑鄙的小人！"你绝望地问自己："现在该怎么办？怎么办？"你抬头朝公路望去。警察在那里设置了临时的封锁线，身穿制服的军人在神经质地高喊："监视海岸！注意一切动静！"怎么办？躲起来？看来只能如此了，马上躲起来，刻不容缓。但躲在什么地方呢？你转动迷惘的目光，寻找洞穴和可以藏身的地方。哦，找到了！你发现了一个小的石洞，像是被凿在岩石中的一个神龛。显然，石洞太小了，但你没有其他的选择。你匍匐前行，爬到那里，钻了进去。像蜷缩在贝壳里的一只软体动物，不，更像蜷缩在母体中的一个婴儿：额头顶着膝盖，胳膊抱着双腿。也许，你在那儿待到天黑，就能安然无事。因为到了一定时候，他们就会停止搜索。如果运气好一点的话，你就可以离开那里，走到公路上去。当然，也会遇到许多问题。首先，你得光着身子、赤着脚在夜间行走，但是在沿海岸线不同的地段，你都事先安排好了一些负责接应你的同志……当你遇到他们时，能对他们说些什么呢？又怎么回答他们的问题和无声的指责呢？事情进行得不顺利，是因为引线太短，缠作一团吗?是因为慌乱中算错了时间吗?是因为那个零点零三秒吗?是因为运气不好吗?现在你总算弄明白,你耽误的时间太多了。你数一千零一、一千零二、一千零三时,数得太慢:当林肯牌汽车驶过小桥差不多三米的时候,第一枚地雷才爆炸。第二枚呢?第二枚根本就没有爆。这该做何解释呢?哦,上帝!上帝!我的上帝!上帝!我的上帝!几个月的努力、痛苦、牺牲全都白费了,已经变得毫无意义。你不应该想这些,想这些准会让你发疯。还是去想想别的事情吧:示威性的炸弹,山岗上燃起的大火。在你谋杀总统的时候,一枚炸弹应该在体育馆引爆,另一枚在公园炸响,此外,山岗上应该燃起熊熊大火。到处都是火,整个城市将被火唤醒。海鸥!海鸥!你的命令是明确的,但他们是否执行了呢?应该承认,对于一个试图去推翻暴君的基督来说,十四个信徒肯定是太少了。既然你可以失败,他们也有权利失败。也许,体育馆和公园都没有发生任何爆炸,山岗上的树林也没有燃起大火。失败一个接着一个。盖奥尔加吉斯会怎么说呢?那些不讲信用,不守诺言的职业政客又会说些什么呢?他们肯定会吹嘘自己有先见之明,他们会说:"那个顽固的蠢货,自以为是的叛徒,居然认为他一个人可以取代政党,取代党的纪律,取代思想的逻辑。我们早就明白了,这种人用不着去较真。"好了,不要再想这些了,现在唯一需要做的事情就是:逃走。但蜷缩在那里,那是一种多么大的折磨呀,手不能伸,脚不能直,还得忍受关节的麻木。这种极度困倦究竟是怎么回事?你敦促自己:挺住,千万别睡着。但这是多么的艰难呀,真是太难了!尤其是那架直升机,直升机也飞来了。它飞得很低,在你的头顶上盘旋。螺旋桨的轰鸣声像催眠曲一样,使你昏昏欲睡。你的眼皮像铅幕一样垂落下来,你合上了你的眼睛。

* * *

你睡了多长时间?手表上的指针没有告诉你,因为手表进了水,指针停止了走动。至少不会少于一两个小时吧,因为太阳已经很高了。在这贝壳般的石洞中,你头顶上方有一条缝隙,通过它,你可以看到一线天空。天气已经不冷了,事实上,你周身都在冒汗。也许是人的说话声把你给吵醒了。说话声很近,近得使你都能听清楚他们在说什么。他们说:"每块石头都要仔细搜查。"直升机又回来了,它突然发出可怕的响声,几乎像机关枪扫射的声音，仿佛希腊所有的军队都聚集在这里进行演习。"调一个班到这里来！""中士，随时报告情况！""不要排成一行，队形散开！"最后是一声傲慢、愤怒的叫喊直震得你的脑门嗡嗡作响。"我再重复一次，要搜遍每一寸土地！""是，上尉先生。"这时，你头顶上的那线蓝天——石洞上的那条缝隙突然被一双皮靴遮住了。你屏住呼吸，绝望地蜷缩在石洞中。在几分钟的时间之内，你觉得自己又回到了童年：当母亲要惩罚你，到处找你时，为了避免挨打，你躲到床下，身体紧贴着墙根。从那里盯着她的双脚，听着她的叫嚷："他跑到哪儿去了？藏在什么地方？"你咬紧嘴唇，默默祈祷："啊，上帝，请别让她发现我，让她走开吧！"有几次，她没有发现你，真的走开了。但你还是不肯相信，仍是躲在床下不敢出来，忍住饥渴，甚至忍住小便。可是，有几次她弯下身子，发现了你在床下。于是，得意扬扬地伸出一只手，恶狠狠地把你拽出来："我逮住你了，小滑头，这次可把你逮住了！"但这次他们为什么会弯下身子去找你呢？你现在已经是个大人了，并且很幸运：在过去的十六个月中，你已经死里逃生过几十次。为什么还要害怕这双鞋呢？为什么还要害怕站在你头顶上的这个趾高气扬的警官呢？这时又传来了一个人说话的声音："上尉先生，我们仔细搜查过了，这里什么也没有发现，连一个人影都没有看见。""那么你们再到上面去看看，然后我们换个地方。"你深深喘了一口气，握紧拳头，心想："谢天谢地，总算躲过去了。"正当此时，上尉一抬腿，不小心绊了一跤，从岩石上摔了下来，正好摔在你的面前。他看见了你。

* * *

"别开枪！别开枪！"他一边喊，一边用颤抖的手握着手枪对准你。你无法回答他——用什么来开枪呢？接着，他又喊道："出来！出来！"但是他的喊话毫无用处，等于没有喊。与其说是害怕、恼怒，还不如说是惊讶使你瘫软在那里。你根本无法动弹，无法从那个岩洞脱身。是他们把你给拖出来的。像你梦中袭击海鸥的鱼群一样，他们蜂拥而至，又推又搡地扑到你身上。他们抓住你的脚，把你朝外面拖，强迫你站起来。他们没有注意到你根本无法站直，因为你的双腿早已麻木了。任何一种像海鸥一样的自卫企图都是愚蠢的。他们人数众多，穿军装的家伙像汹涌的潮水一般，黑压压地直扑过来。

他们只知道殴打你，搜查你。有个家伙对准你的太阳穴和眼睛狠狠地揍了两下。另一个家伙用两只手掰开你的嘴巴，把手指伸进去，不知道他想找什么，高声叫喊："吐出来！吐出来！"有个家伙扯掉了你的游泳裤，想知道里面是不是藏有武器。接着他们让你举起双手，推着你往上走。可是你走不了路，因为你之前光着脚在岩石上奔跑时，已经在脚上留下了道道伤痕，现在你脚下的每块石头都变成了一把把锋利的刀子。如果你痛得实在难受，想停下来歇一歇，他们就会不耐烦地用手枪的枪托或步枪的枪管来打你。终于到了公路上，你总算松了一口气。但随即你又陷入了一种痛苦之中：那个本应炸成深渊的地方，实际上现在只炸出了一个两米大小的浅坑。这证明你不仅算错了起爆的时间，而且算错了炸药的用量。他们把你推进一辆有折叠座椅的宽敞汽车。他们坐在折叠座椅上，开始审问你。"你是谁？是谁收买了你？你的同伙是谁？摩托艇上还有些什么人？"接着就是一顿拳打脚踢，猛扇耳光。一个身穿便服的彪形大汉出手最狠。此人奇丑无比，脸上坑坑洼洼，像是天花或其他什么传染病留下的痕迹。他的拳头如同拳击运动员一般，你越沉默，他就变得越凶狠："快说，凶手，赶快招来！要不然我就把你打成肉饼！""回答，罪犯，赶快回答！否则我就剥掉你的皮！""不要装蒜了，凶手，反正你逃不掉了，要是你不回答，我就宰了你！你知道我是谁吗？你知道吗？"你不知道他是谁，也不想知道他是谁，这对你来说无关紧要。你唯一关心的是如何保持沉默，不给他任何暗示，不给他任何可能弄清楚你身份的线索。因为你的名字一旦暴露，你的同志们就来不及脱离危险。突然，一个上了年纪、外貌温和的警察走了过来，拉住那个彪形大汉的外套说："少校先生，你听我说，少校先生，我知道他是谁，我认识他，因为我在格里法达工作过，他是格里法达人，名叫帕纳古里斯……"但那个满脸麻点的家伙没等他把话说完，便张开大嘴，把雨点似的唾沫喷到你身上。他粗声粗气地骂道："啊，你这畜生，原来是你呀！不是说你已经失踪了吗？已经逃到国外去了吗？乔治·帕纳古里斯中尉！可你还在这里呢，你这混蛋、逃兵、叛徒，你还待在雅典，你这懦夫，你以为你能逍遥法外，逃脱惩罚吗？"接着，你突然感觉到一种灼热的疼痛，痛得简直无法忍受，像一把匕首在你脖子上戳了一刀。他在你脖子上掐灭了烟头。你随着一声痛苦的呻吟跌倒在地，意识模糊，神志不清。

在你生命的最后几年里，当你向我讲起那次被捕时，你无法清楚地回忆起烟头在你脖子上掐灭后发生的事情。你的记忆中只有一些零星的印象，模糊的碎片：那个上了年纪的警察想让麻子脸明白，你不是乔治，而是乔治的弟弟亚历山大。麻子脸把他推开，深信你就是乔治，根本不听他说，并且把他给轰走。他说："滚开，你这白痴！不要来打扰我，没看见我正忙着吗？"那个老警察怏怏离去。除此以外，就再没有其他东西能回忆起来。你在汽车里度过了近两个小时，在近两小时的挨打过程中，你什么也记不起来。然而有一件事你却记得一清二楚：当时的内政部长，帕帕多普洛斯的心腹拉达斯来了，那群穿制服的人立即给他让路。拉达斯长着一张油光水滑的大脸，他朝你俯下身来，伸出肥胖的小手，近乎亲切地拍着你的肩膀。他用一种令人讨厌的献媚的口气对你说："你听我说，中尉，我认识你的弟弟亚历山大。当他在工业学院念书的时候，我就认识他了。他是我儿子的同学。应该承认，他这个人很难对付，具有无政府主义倾向。他抨击卡拉曼利斯，仇恨皇室，厌恶埃万耶洛·阿维罗夫，不喜欢共产主义，也不喜欢法西斯主义，他什么都不喜欢。不过他很聪明，如果你用适当的方式对他，他是会懂道理的。你知道我为什么会对你说这些吗，中尉？因为如果亚历山大在这里的话，他就会对你说：把一切都告诉拉达斯吧，你可以相信拉达斯。向拉达斯坦白你的幕后指使者是谁。这会省去你一大堆麻烦。"你之所以能清楚地记得这些，是因为拉达斯说这些的时候，你真想哭。你原本不应该哭：因为他们把你误认成乔治，这对你非常有利，你可以赢得几天的时间，或至少是几个小时的时间，让你的同志们及时脱离危险。但是你越想到这个误会是幸运的，能给你带来好处，你就越想哭。你的喉咙苦涩、哽咽，泪水充满了你的眼睛。"乔治，你也必须逃走。""但我是个职业军人，阿莱克斯，我不能这么干！""不，你能。你必须这么干，因为你能够做到。""我不打算这么做，阿莱克斯，我不能这么做！""你会做到的。"你把他说服了。他开了小差，跑掉了。先是泅水渡过埃夫罗斯河，到达土耳其，然后又从土耳其前往黎巴嫩，再从黎巴嫩到达以色列——他找不到一个国家愿意收留他，帮助他。一路上他吃尽了苦头，最后来到海法港。正当他要上船去意大利时，以色列人抓住了他。他们把他交给一艘希腊船的船长，让船长把他带到雅典，移交给军政府。船长把他锁在一个船舱里……麻子脸说他失踪了，是因为那艘船抵达比雷埃夫斯港时,警察发现船舱是空的,舷窗打破了。但是你知道乔治并不是失踪,而是离开了人间,死了。这一切你是从梦中知道的。正是在那艘船航行在海法与比雷埃夫斯之间的那个夜晚,你做了这个梦。你和乔治一起沿一条依山临海的山路走着,山势陡峭,令人头晕目眩。突然,山摇地动,岩石崩塌垮下,砸在乔治身上。"乔治!"你大喊一声,用手去拉他。"乔治!"但是你没有把他抓住,乔治掉进大海,葬身鱼腹了。

* * *

中午,他们把你带走。你的右侧坐着麻子脸,左侧是一个上校。他俩一路上都在争吵。可折叠的座椅上坐着两名手持冲锋枪的卫兵,另外两名卫兵坐在司机的旁边。车里共坐了八个人,挤得你透不过气来。拷打留下的伤口让你疼痛难忍,顶在你肋骨上的那支手枪更使你痛苦不堪。那是麻子脸的手枪,他用单调的声音重复着:"等着瞧吧,中尉,有你好看的!"要不就狂呼乱叫:"别装聋作哑了,中尉,别再装了!"每威胁一次,他就在你腿上踹上一脚。你继续一声不吭,眼睛盯着外面的公路,异想天开地幻想,希望发生一些意料之外的事:比如发生一次车祸,你可以乘机逃跑。但什么事也没有发生。前面有摩托车开道,后面有摩托车压阵,汽车行驶得平平稳稳,并没有引起任何人的注意。当押送车在其他汽车旁边驶过时,你竭力想引起车里那些人的注意,但你得到的却是冷漠的目光。有个行人转过身来看了一眼,对那些充满了惊讶的人不理不睬,无动于衷。这些人好像在相互询问:"他们逮捕了什么人?是小偷吗?"或者在说:"他们抓到了一个窃贼,不错嘛!"一个在人行道上和男朋友一起散步的姑娘好像认出了你是谁,神色忧郁地抓住小伙子的手腕,用手指着你。这一指使你得到了巨大的安慰,仿佛这姑娘代表着整个城市,而整个城市正准备打开每一扇窗户来呼喊:"他们把他抓起来了,他们把他抓起来了!让我们去救救他吧!"但小伙子耸了耸肩膀,好像在说:"少管闲事,让它去吧。"于是,安慰变成了失望,你感到身心疲惫,低垂着脑袋,一幕幕失败的情景浮现在你心头。你为自己赤身裸体待在一群穿衣服的人中间而感到可笑,你为自己的失败而感到羞愧,你感到孤独,因为你孑然一人,担心他们会对你采取什么行动。你充满疑虑地问自己:你能坚持下去吗?麻子脸意识到了这点。他把手枪从你的腰间移开,把它顶在你的下颌:"再过一会儿,我们就到了,中尉。我可以向你发誓,你会开口的。嘿,是的,中尉,你会开口的,因为我会把你剁成肉泥。你清楚人们是怎样谈论我的吗?他们说,即使是塑像,我也有办法让它开口说话。你还不知道我是谁吧?我就是塞奥菲洛亚纳科斯上校。"

你熟悉这个名字,他说的话也是真的。实际上,以下这则关于他的恐怖笑话就流传很广:一位考古学家发现了一尊塑像,但不知道它属于哪个时代。他对着塑像大声嚷道:"请你告诉我。"考古学家的助手说:"博士,你把它带到塞奥菲洛亚纳科斯上校那里去吧,他会让它开口说话的。"你知道了他是什么人,这反倒对你有好处。仿佛是一阵风,顷刻间就把恐惧、疑惑和失败,甚至因赤身裸体而感到的可笑都一扫而光,取而代之的是由于独自一人受辱而生的自豪,坚信自己不可被战胜的信念。你瞟了一眼那张被天花或鬼知道是什么传染病弄得坑坑洼洼、满是斑点的脸,哈哈大笑起来。"你笑吧,你笑。"塞奥菲洛亚纳科斯一脸嘲讽地说。汽车从奥林匹克体育场前面经过,又过了希尔顿饭店,然后是美国大使馆。过了大使馆后,汽车往右拐去,你的心立刻收紧了。透过人行道上的槐树,你马上就认出了这是宪兵司令部的特别侦缉处,是它的刑讯中心所在地。

* * *

这座建筑物今天已不复存在。有人想在这里盖一幢摩天大楼,因此这座建筑物已经被摧毁了。但最终摩天大楼并没有建成,因为许多人认为居住在这个该诅咒的地方会给人带来灾祸。现在除了人行道上的那些槐树外,只能看到几根断梁残柱,几块随风飘荡的破布和一个堆满垃圾的闲地。当西南风从海上吹来的时候,垃圾到处飞扬,破布拍打着断梁残柱,犹如从废墟中发出的一声声悲鸣。尽管如此,这仍是个非常漂亮的住宅区,街道两旁绿树成荫,建于19世纪末的白色小别墅鳞次栉比。别墅里的富人雇有厨师、管家、女佣人和司机。这里还可以看见一些精巧别致的建筑,它们是外交使团的办公楼。这些楼的花园修葺得整整齐齐,黄铜门牌擦得锃光闪亮。人们很难想象在这里,正是在这里,曾经有过一座地狱,从它的窗户传出过受害者阵阵的惨叫与呻吟。难道那些雇有厨师、管家、女佣人和司机的富人没有听到吗?那些住在带有漂亮花园,门上钉着锃亮门牌的领事馆官员,尤其是人行道对面的美国大使馆官员，难道听不见？或许他们听到了，只是带着一种不耐烦的情绪在议论呢？"我的上帝！他们又开始了。但愿他们不要打扰我们今晚的聚会。"人们很难想象宪兵司令部的特别侦缉处究竟是一座什么样的建筑物。兴许是一座非常漂亮的大楼，像莫斯科的卢比扬卡大厦①，像马德里的秘密警察总部，或类似地中海国家那些不计其数的兵营：古老的围墙，冷清的等候厅，破旧的人造革沙发，肮脏的烟灰缸，陈设简陋的办公室，墙上挂着暴君的肖像。办公桌后面坐着一位汗流浃背的官员：指甲缝里满是污垢，留着傲慢的胡子，面孔油光发亮，表情粗鲁愚钝。战战兢兢的勤务兵不时端上咖啡，一口一声："是，长官。""是，中尉。"这里有囚禁犯人的地下室，有专供拷问的审讯室。其中一间审讯室位于顶层，靠近阳台，里面装有一台马达，可以随时开动起来淹没呻吟声与惨叫声。这一切都记载在你临死前一个月写的那些笔记中。当你写到可怕的第二十三页时，你把它撕掉了，而且不让我捡起来；但我还是把它捡了起来。结果我失望地发现，上面只记载了你刚进去之后最初二十四小时中发生的事情。即使今天我重读你的笔记，也让我非常震惊，因为你记载得那样详细。虽然已经过去了许多年，但你什么也没有忘记，每个名字，每句话，每个动作，乃至每个最细微的情节，都像烙印一样深深地留在了你心里。

你在笔记中写道：汽车一驶进大门，整个院子便处于一种戒备状态。塞奥菲洛亚纳科斯对你说："欢迎光临！中尉。"卫兵端着冲锋枪对着你，士兵们来回跑动，神情紧张，动作麻利，冷酷的命令声与窃窃的私语声混杂在一起，有人在问："这个半裸、赤足的人是谁？他犯了什么罪？"他们把你推上楼梯，带进一间办公室，给你拍了照，准备刊登在报纸上。照片上的你看上去像个筋疲力尽的游泳运动员，双臂低垂，脑袋向左肩倾斜，目光中流露出一种让人揪心的悲伤。接着，他们叫来一位医生，想让他检查一下，你为什么不说话，是不是由于惊吓引起的。医生来了，他是个古怪的人，长着一张和蔼可亲而又无比机灵的脸，一双小眼睛闪烁着既带同情又含嘲讽的光芒。仿佛他是偶然出现在这里的，看到你身上被烟头灼伤的地方，他故作惊讶地问："这是谁干的？难道他们把你当成了烟灰缸不成？"他用一种可以说是过

---

①苏联克格勃总部所在地。

分关心的态度来检查那些紫块与伤痕。"这里痛吗？这里呢？这里呢？"然后又问你："额头又红又肿，痛不痛？"因为你没有回答他的问题，他装出一副生气的样子。显然他是喜欢你的，想通过某种方式来帮助你。尽管他也穿着同其他人一样的军装，你还是喜欢他，可是你不能对他做任何表示，只希望他能在你身边多待些时间。他留了下来，但塞奥菲洛亚纳科斯很快就显得不耐烦了："喂，医生，他是不是受到了惊吓？""是的，我相信这是由于恐惧而导致的精神创伤。只不过为了确诊，我得把他带到我的诊疗室去仔细检查一下，并做几项化验。""化验个屁，医生，这里是警察局，不是急救站！""但我是个精神病医生，不是兽医！""如果你是个精神病医生，难道你没有发现他是在装聋作哑，同时也在作弄你吗？""没有，我只是想给他治病。""医生，治疗的事情我们来负责，现在你可以走了。"他们指给他出去的门。看着他向门口走去，仿佛你又重新看到了摩托艇没有等你而朝大海驶去的情景。你在呼唤："等等我，我来啦，等等我！"你真想跟在他后面跑出去，拉住他的袖子，把他拽住："把我带走吧，找个借口把我带走吧！"他仿佛听到了。他停下脚步，转过身，看了你一眼，似乎在说："我知道你是装出来的，但他们却不能肯定，你就设法坚持下去吧。"实际上装聋作哑愈来愈没有用处了，你应该用另外的方式来面对他们。表明你既不聋又不哑的时机愈来愈近。这个时机终于到了：他们把你带进另一间屋子，屋子里顺理成章地摆放着一张桌子，两把椅子，另外还有一张没有床垫的铁床。床边站着三名中士。他们把手交叉在胸前，腰间挂着棒槌般粗的警棍。三名中士都是虎背熊腰的彪形大汉。你瞟了他们一眼，看了看铁床，一时弄不清楚那张铁床到底是干什么用的，但几秒钟后你就回过神来了。因为两个中士气势汹汹、冷酷无情地一把抓住你，同样气势汹汹、冷酷无情地把你按倒在床上。钢丝扎在身上，你由于疼痛而发出呻吟，因为铁床的弹簧断了，弹簧变成了带钩的钢丝网。但他们根本不在乎。你咬紧嘴唇，强忍着痛苦。他们会立刻开始审问吗？没有，没有立刻开始。一个上尉怯生生地走进屋子，一路上咳嗽不止，满脸涨得通红："劳驾，下午好，我可以进来吗？"他坐到桌子后面，好像根本就没有看见眼前这个荒诞的场面：一个半裸的男人，身上沾满血迹，躺在一张没有床垫的铁床上。他把一份卷宗放在桌上，拿出几支铅笔，开始审问。他显然把你当成了乔治："你叫什么名字？哪年出生？属于哪个团？"你默不作声，于是他就替你回答："哦，是的，这儿写着呢，请原谅。1939年出生。我认识好些1939年出生的新兵，全是些棒小伙子。我就有一个1939年出生的朋友，我们一起在534营待过。"你打量着他，暗自思忖：他是来干什么的？是临时派来顶数的吗？是走过场的一个角色吗？或者是某个心理分析部门派来的？他们叮嘱他说："去吧，装着什么都不知道，对他客气点，取得他的信任，说不定能从他嘴里套出点什么。"有一件事是可以肯定的，这个人无足轻重，因为他缺乏底气。当门打开时，他突然站了起来，好像被什么刺了一下，把他吓得半死，仿佛进来的是一位将军。其实并不是将军，而是两个穿便衣的人。他们把他推到一边，微微地摆了摆头，示意他离开。然后，他们站到床前，手里挥动着一沓文件，一字一句地说："我是中央警察局反共情报处副处长马里奥斯。""我也是这个处的副处长，名叫巴巴里斯。"

你小时候看过一部恐怖电影。那是一部科幻片，电影中的人物全是机器人，是用一种极为奇特的方式制造出来的。这些机器人没有童年时代，不是作为一个婴儿来到这个世界的，一生下来就是成年人，身上穿着衣服，头上戴着帽子，脚上蹬着鞋。所有机器人的外貌、身材都相同，甚至连走路和站立的姿态都一模一样。面前的这两个人恰好使你想起了这部电影。其实乍一看，他们也像是两个普普通通的善良人：平庸的外貌，灰色的外衣，穿衬衫，结领带。但仔细观察，他们并非如此，而是给人一种恐惧的感觉。原因是他们显得惊人地相似，几乎是同一个人的两个影子，尽管一个高，一个矮；一个胖，一个瘦；一个有胡子，一个没有胡子。不如说，他们以相同的方式叉腿，挺肚，以相同的方式来看你，就好像你是待在你自己的房间里或医院里。连他们讲话时用的那种抑扬顿挫的声调都一模一样。交替有致，极其协调，一个人刚说完上句，另一个人马上就接上下句，两个人可以共同表达一个完整的意思。当然，后句话并非在表达一种独立的想法，而是前句话在逻辑与语法上的自然延续。所以看他们的动作，听他们的讲话，就如同在观看一场网球比赛：两位运动员你来我往，环环相扣，配合默契。啪，啪！啪，啪！啪，啪！"中尉，我们掌握了你的材料。""我们也有你弟弟亚历山大的材料。"啪，啪！"我们了解你的一切，我们相信，你也了解我们的一切。""实际上外国电台在密切地注视我们。"啪，啪！"也就是说，他们在诽谤我们，说什么我们用酷刑来拷打囚犯。""简直是一派胡言。我们的制度不需要动用酷刑。"啪，啪！"我们用事实、证据、耐心来驳倒受审者。""因此，犯人总会被我们的仁慈所感化。"啪，啪！"有人对我们说，他已全部招供，但他想保护某个人，不想让那个人受到伤害。""我们对此理解，满足他的要求。"啪，啪！"有人对我们说，他过去藏在某某人家里，但请你们行行好，不要去找某某人的麻烦，因为他有一个需要他支撑的家庭。""我们没有去找他的麻烦，只是去了他家里一趟，给他提了些忠告。"啪，啪！"我们对他说，友谊是美好的，但为了它，你却可能在监狱里苦度余生。""他立即跪倒在地，发誓说以后决不再干这样的事情。"啪，啪！"这就是共产党人为什么憎恨我们的原因。""他们恨我们，因为我们训练有素，手段高明。""但我们不能用这样的话来耗费你的精力，中尉。""我们只想给你提几个问题。""比如，你究竟藏在谁家里？""只要你告诉我们，我们就把衣服给你，让你穿上。你不能总这样光着身子吧？""当时你躲在什么地方？中尉。"啪，啪！啪，啪！啪，啪！

跟看网球赛一样，你的眼睛像钟摆似的在两个人之间来回移动。因为你分不清两人之中谁是马里奥斯，谁是巴巴里斯，所以他们两个人愈来愈像同一个人的两个影子。声音也一样，就像一个声音在反复回响。"中尉，你躲在什么地方？""快说，你究竟躲在什么地方？中尉。"你必须让他们停下来，必须拆散他们，分开他们。必须回答他们，否则，你会疯掉。"我记不清楚了。""你记不清楚？""是的，我记不清了。""中尉，你知道审讯这个词意味着什么吗？任何人，只要一经审问，他的记忆就会恢复起来。我们可以向你保证。""我已经说过，我记不清楚了。以后也没有指望能回忆起来。""也许你太紧张了，中尉，你需要来一杯白兰地，或一杯咖啡。""我什么都不需要。""也许你现在待的地方不舒服吧？你想坐到椅子上来吗？""我这样待着挺好。""得了吧，中尉，你这是耍小孩子脾气。"看来不行，回答也不起作用。即使在回答他们的问题时，他们也没有失球，没有被拆散、分开。需要试试别的办法，也许谩骂会行。你试了一下："闭上你的臭嘴，马里奥斯！闭上你的臭嘴，巴巴里斯！"果然有效。这对人被拆散了。他们把材料扔掉，开始用完全不同的声音大喊大叫起来："你竟敢对我们说，闭上我们的臭嘴，你这凶手！你为什么不敢说，是你干的，能以此为荣，并勇于承担这一切的责任呢？你为什么不拿出点男子汉大丈夫的气概来呢？""什么男子汉不男子汉的，难道你没有看出他不是个男子汉吗？他是个胆小鬼，害怕极了，正在发抖呢！""去你妈的，马里奥斯。去你妈的吧，巴巴里斯。害怕的人是你，巴巴里斯，你是个阉人。每个人都知道你是个被骗了的家伙。""混蛋！"巴巴里斯扑到你身上，马里奥斯立即拉住他的一条胳膊说："巴巴里斯，不要这样，着急没有用，中尉会讲道理的。""讲道理？我们这样客气地跟他说话，而他这个杀人未遂的凶手竟敢骂我们！""你听我说，镇静一点，过不了多久，他就不会再骂我们了，甚至连喘气的力气都没有了。""说得对。"这时门开了，塞奥菲洛亚纳科斯闯了进来，大声嚷道："你们对他太客气了，知道吗？把他交给我吧。你们太幼稚了，难道不知道，需要用一种特殊的方式来与他打交道吗？"

* * *

你曾经说过，在任何一种压迫性的制度中，在任何一种专制集权的暴政下，无论它是右的还是左的，是西方的还是东方的，是昨天的、今天的还是明天的，高明的审讯就像一出戏，戏中的人物根据事先设计的情节进场出场，并受幕后导演——负责调查的审讯官——支使。你曾经说过，尽管这些人物扮演的角色彼此不同，但目标只有一个：迫使犯人招供。为了使他们成功，审讯官赋予他们特权，给他们充分行动的自由，而他则在幕后静观结果。反正他手里拥有一件颇具杀伤力的武器，这就是时间。他知道如果自己有耐心，随着时间的流逝，囚犯自然会屈服。所以，为了免于失败，囚犯就应该让这种武器失效，就应该进行反抗，让这场戏无法正常演下去。绝食，禁水，动粗，用暴力反对暴力，逼他们更凶狠地打你，打得你失去知觉。当受害者被拷打折磨得昏死过去时，或因绝食而处于昏迷状态中，审讯自然就会告一段落。这样，受害者就可以得到休息，能够在清醒的状态下，去面对下一轮的拷打折磨，并且有利于他去了解、熟悉那些台词、场景，以及导演的风格。这些事情你事先并不了解，是在马里奥斯和巴巴里斯开始一唱一和时，你才意识到的。也就是说，你听他们说话，看他们的举动，才开始怀疑，他们是在背台词，扮演剧中的人物，是按照幕后一位高明导演的意图在进行表演。他们的目的就是要消耗你的精力，扰乱你的心绪，而你的情绪早已被那个怯生生的可笑上尉给打乱了。于是，与其说是依靠理智，还不如说是凭借本能，你就明白了：你必须保护自己，想办法让他们马上打你一顿。因为你被打昏以后，身体和脑子就可以得到休息了，就不至于乱中出错了。重要的是选择时机，而这个时机塞奥菲洛亚纳科斯给你提供了。他闯进屋子，对他们叫嚷道："你们对他太客气了，知道吗？把他交给我吧。你们太幼稚了，难道不知道，需要用一种特殊的方式来与他打交道吗？"接着，他对你说："反正我们已经知道你是谁了，你这个凶犯！我们不费吹灰之力就调查清楚了！你是个潜逃到以色列的逃兵，是个从轮船上逃跑的叛徒！你这个该死的搞同性恋的混蛋！"

  时机到了，赶快！你像一头豹子一样从床上一跃而起，像豹子一样抓住他的手，扳过他的头，大声怒吼："塞奥菲洛亚纳科斯！你这个穿少校制服的同性恋混蛋！"该发生的事发生了，正中下怀：就仿佛直到那时都一直把他们紧紧套住的弹簧突然脱钩了，马里奥斯和巴巴里斯失去了控制，三个腰间挂着警棍的中士失去了忍耐，他们一窝蜂扑到你身上，为塞奥菲洛亚纳科斯解围。于是，你的攻击就成了一场一对六的搏斗，而且这六个男人比你强壮，比你生猛。两个在前面，两个在后面，两个在旁边，拳头、警棍、皮靴像冰雹一样落在你身上，你踉跄地摔倒在地上。摔倒了，爬起来；再摔倒，再爬起来。你用脚乱踹，用胳膊肘乱顶，用脑袋乱撞，宛如一头深陷罗网，想摆脱困境的豹子。桌子四脚朝天，椅子飞起来撞在巴巴里斯身上。他惊恐地跑到门口，不顾塞奥菲洛亚纳科斯的劝阻，呼喊救兵。塞奥菲洛亚纳科斯命令不叫救兵是因为不想让其他人看到他的狼狈相。他怒吼道："干吗还要叫其他人？"可是一名手持冲锋枪的下士已经赶来了，这是你最期待的事。你冲开人群，扑向冲锋枪，想把它夺过来。你紧紧地抓住冲锋枪，下士却死也不放。你只顾拼命夺枪，连警棍打在你头上、肩上、胳膊上都毫无知觉。你只听得见他们的吼叫声，以及与吼叫声混杂在一起的警棍乱打的闷响声。场面确实混乱，连马里奥斯的额头上也挨了一下。马里奥斯怒气冲冲地转过身，朝误打他的人飞起就是一脚，但这一脚却踢在了巴巴里斯身上。巴巴里斯火冒三丈，对准马里奥斯的嘴巴就是一巴掌。于是，他俩就干开了，其他人也相互厮打起来。真是愚蠢，真是荒唐，他们一边相互厮打，一边相互劝说不要再打了。"住手！你是不是中邪了？快住手！够了！你没有发现这正是他想要的结果吗？我们需要对付的是他呀！"在这段时间里，你一直在与那个下士争夺冲锋枪，在争夺的过程中，你觉得他的手指松动了，慢慢松开了，瞧，你很快就要成功了：你猛然用力一拉，枪就到了你手里！你举枪瞄准。可就在这一瞬间，突然天旋地转，你眼前一片漆黑。仿佛有一千只魔爪抓住了你，一万根绳索套住了你。

很遗憾，你并没有失去知觉。警棍只是把你打得晕头转向。你睁开眼睛，环顾四周，想弄明白自己究竟在什么地方，是什么东西使你无法动弹。你又躺在了床上。这一次，他们用绳子捆住你的脚脖与手腕。一个中士坐在你胸上，另一个坐在你腿上。塞奥菲洛亚纳科斯俯下身子，上气不接下气地说："我们要把你揍成肉泥，畜生！揍成肉泥！"你盯着他的眼睛。你真想朝他脸上吐口唾沫。要是嘴里有唾沫的话，你一定会毫不犹豫地吐他一脸。你把口里残存的一点点唾沫送到嘴边。他明白了你意思，顿时气急败坏，暴跳如雷："棍棒！"巴巴里斯拧着棍棒，走上前来。"现在让你瞧瞧我的厉害，你这个叛徒！"他朝着你的脚掌猛打下去。一下，两下，几十下。这种击打脚掌的刑罚被称为"钉木桩"。真痛，痛得根本无法让人忍受。不仅痛，而且还像触电一样，电流从脚流到大脑，从大脑流到耳朵。然后流到胃，流到腹部，最后在膝盖处集中形成剧烈的痉挛。一个声音在机械地重复："接招，给你一棍，又给你一棍，还给你一棍，再给你一棍，"你在心中默默祈祷："昏过去吧，我的上帝！让我昏过去。别喊！让我昏过去。"但怎么能不喊呢？你开始叫喊起来。接下来更糟糕的事情发生了：为了不让你喊，塞奥菲洛亚纳科斯封住你的嘴。嘴和鼻子全堵上了，他用拇指与食指捏住你的鼻子，用手掌捂住你的嘴巴。不，不能让他闷死我。不行，这我可受不了。你们可以用全世界的棍棒来打我，但不能让我无法呼吸。发发慈悲吧，我只需要一点空气，仅仅需要一点点空气。上帝啊！要是我能咬他一口就好了！要是我能露出牙齿，咬他的手指就好了！这样，他就会把手缩回去，我就可以呼吸。你把残存的所有力气都集中在下巴颏上。慢慢地，非常缓慢地张开嘴，使劲咬住他的右手小指，咬得指骨咯咯作响。一声凄惨的号叫突然爆发，这是塞奥菲洛亚纳科斯的声音。他举起血淋淋的手，小拇指被咬成了两截。接踵而来的又是一阵疯狂的暴打。"叛徒，烂货，婊子养的！混蛋！杂种！叛徒！"这几个穿制服的家伙齐声号叫着，像一首大合唱。有人扇你的耳光，有人把你的头往床上猛撞，有人挥舞拳头朝你的身上乱打，直到你身体的各部分毫无反应。床上的钢丝扎进肉里，疼痛被麻木代替。"快昏过去吧，我的上帝。让我昏过去,让我休息。让我昏死过去吧,哪怕一会儿也行。"终于眼前出现了一片黑暗,一片漫无边际的黑暗,仿佛你掉进了一个自由的深渊。四下悄然无声,寂静中似有一群黄蜂在你耳际振翅嗡响。你的嘴里全是血,太阳穴疼痛欲裂。你的意识湮灭在失去知觉和昏死片刻的轻松之中,如愿以偿。

当你重新睁开眼睛的时候,不仅手脚被绑着,腰间还捆着根粗皮带,使你无法动弹。你的大腿、胳膊、身体都失去了知觉,只是脸上还有感觉。仿佛你已身首分离,但脑袋仍然活着。你伸出舌头,舔舔嘴唇。觉得嘴唇很厚很厚,心想,它们肯定肿得吓人。你试着抬起眼皮,但眼皮粘在了一起,心想,它们也肿得令人恐惧。透过粘满眼屎的睫毛,你看到几个模模糊糊的身影,他们正喘着粗气。其中一个人笑着说:"真累!"一个呼吸正常的人的身影移了过来。塞奥菲洛亚纳科斯对他说:"就在这儿,是他吗?"这个身影走到你跟前,朝你俯下身子,像一片乌云遮住了你。他犹豫不决地问你:"你认识我吗?"你用极其微弱的声音回答说:"不认识。""撒谎!你们一起在军官学校待过,你会不认识他吗?"塞奥菲洛亚纳科斯插话说。那个身影又弯下腰来。也许他已发现你不是乔治了,但又不敢肯定。"怎么样?"塞奥菲洛亚纳科斯追问道。身影沉默不语,他的汗珠一滴滴落在你身上。"你快说呀,究竟是不是他?"塞奥菲洛亚纳科斯又问了一句。"我不敢肯定,应该是他,但我觉得他变了样子,也许是你们把他弄成这副模样的吧。""好吧,你明天再来。"第二天,他又来了。第三天、第四天,他也来了。但他每天的回答还是那句老话,因为你变得愈来愈难以辨认,因为他们愈来愈凶残地拷打你。他们都是些普通的军官、士官、士兵,也就是说,都是人民的儿子。正是这个人民,我们为之流泪、痛苦、奋斗,总是宽恕、开脱,为它的罪孽辩解,因为这不能归错于他们。五年后,当我带你去拍 X 光照片,以弄清你为什么呼吸困难时,医生拿起底片,神色紧张,无比惊讶地说:"他们对这个人干了些什么呀?他没有一根肋骨是完整无损的!"

你身上连一根完整的肋骨都没有。他们用棍棒打断了你的所有肋骨。你的左脚也被他们打残了,所以你走起路来给人一种一条腿长一条腿短的感觉。你的手腕脱了臼。他们用绳子捆住你的手腕,把你长时间地吊在天花板上,直到肩膀与胳膊麻木,肌肉收缩,腕骨与掌骨脱开,右手腕因肿块隆起而变了形,一碰到手表就疼痛难忍。"我连手表都不能戴!"他们多次用烟头烫你的胸脯,所以胸脯上留下了许多小伤疤。很多年后,你背部和腰间仍留有用钢鞭抽打的痕迹。两条腿上、臀部、生殖器周围仍有伤疤。然而,最可怕的伤痕在肋部,这是塞奥菲洛亚纳科斯用一把满是缺口的裁纸刀划下的伤口。帕帕多普洛斯的兄弟,康斯坦丁·帕帕多普洛斯用手枪顶着你的太阳穴说:"我要射穿你的心脏!我要射穿你的心脏!"重新长出的肉没有长好,鼓起了许多肉瘤,像一幅布满了白色泪滴的浮雕,用手一摸,硬得像米粒。拍X光片那天,医生用手指在上面摸了摸,迷惑不解,自言自语:"真是令人难以置信!啊,上帝!"至于那些没有留下痕迹的酷刑,就不必提了。比如,你刚躺下睡去,就把你弄醒。还有想方设法使你筋疲力尽,或者堵住你的嘴巴,让你感到窒息。他们知道,与其他折磨相比,这种酷刑你最不能忍受,所以他们便经常使用。但自从你咬断了塞奥菲洛亚纳科斯的小拇指后,他们便改用毯子来堵你的鼻孔,捂你的嘴巴。

最后,他们还摧残你的生殖器。至于用的是何种方式,你从来没有详细地告诉过我。当我明确向你问起这方面的情况时,你总是一脸苍白,板着面孔,一语不发。但有一件事你并没有隐瞒:他们用针扎进你的尿道。他们剥光你的衣服,把你捆在小床上,拨弄你的生殖器,让它勃起。当它变硬时,他们把铁针往你尿道里扎。这根针粗得像钩针一样。接着,他们打燃打火机,往铁针的另一端加热。这种方式可以导致电击休克般的效果。为了不让你死去,一名戴听诊器的医生随时在一旁监视着。

* * *

他们连续折磨了你两个星期,给你提了一大堆问题。这些问题即使你想回答也无法回答,因为他们把你当成了乔治。"快回答,中尉!谁帮助的你?炸药是从哪个兵营弄来的?这次谋杀对谁有好处?你的同伙叫什么名字?他们现在在什么地方?你的兄弟亚历山大藏在哪里?你最后一次见他是什么时候?你从船上逃跑以后藏在谁家里?谁给你打开了舷窗?"你紧闭着你的嘴,只有呻吟或喊叫时才张开。第十五天,来了一个身穿蓝夹克、白衬衣、系蓝领带的人。此人手保养得很好,指甲闪闪发光,好像涂了一层指甲油。你首先注意到的就是他的手,因为他手里拿着一份卷宗,上面写着乔治的名字,并盖有"绝密"的戳印。你过了好长一阵子才看了他一眼,因为你的目光很难从那份卷宗上离开。他的脸和他的手非常匹配：皮肤光洁，胡子刮得干干净净。他的面容冷酷严峻，轮廓清晰，天庭饱满，鼻子修长，嘴唇削薄。他戴着一副深度的近视眼镜，目光坚定，咄咄逼人。他漫不经心地看了你一眼，就仿佛你是一个物件，而不是一个人。他开始默默地阅读卷宗，最终嚅了嚅嘴唇，冷冰冰地说："我是哈慈齐科斯上校，宪兵司令部的指挥官。让我们谈一谈吧，亚历山大。你感到好些了吗，亚历山大？或许我应该叫你阿莱克斯才对？"

* * *

"高明的审讯官用不着打人。他只需动嘴，吓唬，来个出其不意。真正的审讯官知道，最有效的审讯不在于肉体的折磨，而在于继肉体折磨之后的精神折磨。他知道，当受审者遍体鳞伤时他一定乐意把希望寄托在那些仅仅用语言来折磨他的人的身上。有本事的审讯官知道，在经历了无数的痛苦之后，就再没有任何东西可以摧毁受审者肉体和精神上的反抗，即使不动声色地告知还会有更大的痛苦，也无济于事。真正的审讯官从来就不和'审讯'这一喜剧中的角色们一同出场。他要等到第一幕演完后才露面。只有在那时，他才会像一位指挥全团演出的导演一样，采取下一步的行动：耐心提问，仔细琢磨受审者的回答，礼貌地容忍对方的沉默。反正他不期望马上得到重要的口供。他更感兴趣的是零星琐碎的信息，他把这些信息汇总起来，就可以明白对方致命的弱点，使受审者产生动摇，感到恐惧，直至彻底屈服。因此，当审讯官出现时，受审者光拒绝回答是不够的。还应该拒绝同他对话，拒绝任何形式的对话，时刻保持头脑的清醒，保持必要的警觉。当然，要做到这一点是相当困难的，因为刑讯已使大脑的功能大为减弱了。然而还非得坚持不可——如果你想弄清楚审讯已经进行到什么程度，哪些情况已经掌握，哪些情况还有待掌握的话。因此，眼睛要睁大，耳朵要竖直。要仔细回忆，好好发挥自己的想象力。审讯官是没有想象力的：这种人不愿费神去探讨理论问题，他把权力视为一种外部现象，视为一种维持现状的工具。他不一定是个笨蛋，不一定是个爱虚荣、渴望荣耀的人。在很多情况下，他甚至没有个人的野心，他仅仅满足于当个拥有一定权威的无名小卒，满足于待在掌权者的侍从室里。他不一定是一个可恶或腐败的人，在通常情况下，其动机只不过源于对混乱的深恶痛绝和对秩序的赤诚的爱。但集权制的、压迫性的政权却是他信奉的神明。公墓中对称的十字架是他心目中秩序的楷模。毋庸置疑，他在这种对称性中如鱼得水，水乳相融。他无法想象任何新的东西，无法想象任何与众不同的事物。新的东西和与众不同的事物会使他感到非常害怕。他像教士一样，矢志忠诚业已确立的制度，视规章为教义，遵守它们如同遵守庸俗的着衣风俗：蓝夹克，白衬衫，蓝领带。一个真正的审讯官是令人憎恶的，从哲学上说，他是个货真价实的法西斯主义者，是为所有法西斯主义、所有集权主义、所有专制政权效劳的不带政治色彩的法西斯主义者，其任务是使人们像公墓里的十字架一样，规规矩矩，服服帖帖。什么地方存在一种禁止个人成为自我的意识形态、绝对原则和教义，你就会在什么地方找到这样的人。他的办公室遍布世界的每个角落，每本历史教科书上都辟有介绍他的章节，昨天他为宗教裁判所和第三帝国的法庭服务，今天他为东方和西方的、右派和左派的暴君尽犬马之力。他是永恒的，不朽的，无所不在的。他从来没有人性。也许他也会爱上某个人，必要时也会与我们一样流泪、痛苦。也许他有灵魂，但即使有，他的灵魂也是深埋在坟墓中，需要出动挖土机才能挖出来。如果不理解这一点，你就不能勇敢地站在他面前，而抗拒他就纯属一种个人自负的举动。当然，个人的自尊是合理的，甚至是必要的。但如果这种自尊只局限于它自身，那就是一个政治上的错误：因为面对审讯不仅意味着要表现出一种像圣塞巴斯蒂安和罗马竞技场上那些殉难者一样的英雄气概，而且也意味着要从职业上和思想上羞辱审问者，使他对自己，对他所代表的那种制度产生怀疑，进而为那些在他美化了的淫威和暴力下遇难的人复仇。"

这是多年之后你为打算要写的那本书写的一篇短文，这本书你从来没有写超过二十三页。你对哈慈齐科斯的恨是有道理的。他是个你绝不会宽恕的刽子手。这是一种痛苦、固执、强烈的切肤之恨。在他叫出你的名字，证明他知道你是谁时，这种仇恨就在你心中萌发了。"你感到好些了吗，亚历山大？或许我应该叫你阿莱克斯才对？"你直愣愣地盯着他，一句话也答不上来。承认也好，否认也罢，你都得付出很高的代价。反正你是不会开口的，即使他们割掉你的舌头，你也不会招供。你保持沉默并不是因为你被认出了这一事实，甚至不是因为你意识到这意味着尼科斯和其他人已经被捕了，盖奥尔加吉斯会受到牵连，事态会迅速恶化——既然他们能在几天内弄清你的身份，那么他们也会不费多少时间就能查明是谁给你提供了炸药，这些炸药又是怎样运到雅典来的。你保持沉默是因为他那咄咄逼人的自信，他那鄙夷一切的谦恭，以及他对你漫不经心的那副样子。塞奥菲洛亚纳科斯及其助手们尽管粗暴，但仍存人性。既然有人性，他们就会害怕你，就会变得勃然大怒。但他既不害怕，也不发火，只是安安稳稳地坐在办公桌后面。他的手白皙干净，衣着考究，无懈可击。他不紧不慢地取下眼镜，拂拭镜片，只顾看眼镜，根本不看你。他轻咳一声，慢吞吞地又把眼镜重新戴上，摆出一副怡然自得、优哉游哉的样子。另外，他不需要任何人来监视你。他下令把你的手铐解开，给你拿来一把椅子，以一种在酒吧闲聊的口吻与你说话，而不像在宪兵司令部进行审问。"你不说话？很好，沉默就等于承认。这么说，你自我感觉良好。我很高兴，因为你们家里总算还有人感觉不错。你父亲得知消息后，心肌梗死发作了；你母亲整个人几乎崩溃了。我们去搜查屋子的时候，她对我们说了些什么呀！她不让我们拆开沙发，当我们没收她相册里的照片，想知道有一包钱是从哪里来的时，她大吵大闹，又是吼，又是叫，又是漫骂。我们只好把她抓了起来。你父亲也一样。你明白吗？我并不介意告诉你。把两位老人抓起来，确实令人不愉快，但我没有其他选择。他们也被关在司令部里。我们得拘留他们一段时间。要我说，会有几个月吧。唉，是这样，你给许多人惹了不少麻烦。要是没有国界，没有外交豁免权，我们的监狱早该挤满了。不过，你对这些事情不感兴趣，是吗？"一个沙哑的声音响起："是的。""好吧，那是你的权利。如果我没有记错的话，一个优秀的革命者是没有感情的，或者说不允许自己有任何感情。他可以牺牲自己的父亲、母亲、朋友，以及任何人。没什么了不起，他会无所谓，因为他们与他无关。你就没有良心。你有良心吗？""没有。""与我预料的一样。不过，嘴唇你是有的，而且干裂得很厉害。我发现你说起话来非常吃力。想来杯水吗？""想。""很好。"他按了电铃。巴巴里斯毕恭毕敬地走进屋子——他的另一半没有跟他在一起，用一种献媚的口气说："听您的吩咐，上校先生。""我们这位朋友嘴干，想要一杯水喝。"然后朝你转过脸来："我们刚才说到哪儿了？哦，想起来了，说到了良心。你还没有结婚，是不是？甚至没有一个固定的女朋友。当机会出现，如果有时间的话，偶尔也会有一些风流韵事，但没有固定的关系。没有真正的爱情。你只爱政治。我敢打赌，你从来就没有爱上过一个女人。当然，这我也能理解：一个优秀的革命家从不会为诸如此类的蠢事分散精力。或许我说得不对，我的情报有误，你在爱着某个女人吗？"又是一个沙哑的声音："哈慈齐科斯，你呢？""没有，我也没有。我和你一样没有结婚，和你一样没有爱上什么人。我们两个有些共同的东西，迟早会彼此理解的。哦，水来了。"巴巴里斯端着一杯水回来了。在他们没有回过神来之前，在他们没有发现你并没有把水杯递到嘴边之前，下面的事情就发生了。只听"啪"的一声，他们身上就湿了。你跳上哈慈齐科斯的办公桌，打算去割他的脖子。哈慈齐科斯赶快闪开了，刚好躲过了你。巴巴里斯动作要慢些，没有躲开。你和巴巴里斯之间没有任何阻挡，要袭击他是容易的，至少在他身上拉条口子没有问题，但这是次要的，因为你的目标仍然是哈慈齐科斯。你是为他才接过水的，你拿着破玻璃杯朝他冲去，他避开你时显得那样从容不迫，镇静自如，这把你气得浑身发抖。他连眼睛都没有眨一下，表情也没有变，只是按按铃，叫了几个人进来。他准备欣赏即将发生的场面。头天站在小床旁边的三个中士也出现在了新来的人当中。他们立即扑到你身上，拧住你那只挥动着杯子的胳膊。你和他们搏斗，巴巴里斯在一旁叫喊："使劲把他抓住！抓紧点！"这是一场持久的搏斗，尽管你全身不能动弹，但仍是死死地抓住杯子，就像橄榄球运动员把球紧紧抱在怀里一样。当他们成功地把你的手松开时，你右手的小指几乎断成了两截，筋都被切开了。"唉，看来今天咱们没法再往下谈了。"哈慈齐科斯以他惯有的腔调如此说。他把你交给巴巴里斯，巴巴里斯把你反绑起来。医生给你缝伤口时，巴巴里斯不让用麻药。一个星期以后，哈慈齐科斯又来了，还是穿着蓝夹克、白衬衣，打着蓝领带，指甲仍然修剪得很整齐。"手指头怎么样？听说你表现很勇敢，拒绝上麻药。值得钦佩。顺便说一句，把塞奥菲洛亚纳科斯的小拇指咬断的人不就是你吗？现在你们两个都缠着纱布，如果我没有弄错的话，你们两个断的都是右手小拇指。就像穆斯林们所说的，以眼还眼，以小拇指还小拇指。好啦，现在咱们谈谈吧。"

* * *

他总是这么说："好啦，咱们谈谈吧。"两个半月以来，他一直都这么说。

在这两个半月中，他们一直都在摧残你的肉体和精神。塞奥菲洛亚纳科斯蹂躏你的肉体，哈慈齐科斯折磨你的精神。但你从不与他们交谈，你张嘴仅仅是为了羞辱他们，刺激他们，或是说："是的，是我干的。我失败了，感到很遗憾。要是这次死不了，我还会这么干。"其他人招供了。一个一个被抓了起来。他们每一天都把一两个人押到你跟前来，为的是让你屈服，让你明白，反抗是没有用的。押上来的这些人鼻青脸肿，目光黯然，意志丧尽，他们规劝你："算了，阿莱克斯，这没用。我们挺不住，把一切都告诉他们了。"即便你被捆在床上或被吊在天花板上，你的回答都是："这家伙是谁？他想干什么？我不认识他。"9月底，哈慈齐科斯和塞奥菲洛亚纳科斯根据其他人的口供，拟了一份供词，要你在上面签名。一个签名，仅一个签名，就再也没有人来折磨你了。但你拒绝签名。于是他们给你上刑，用棍棒打你。一边打一边要你签字。你再次拒绝。他们用钢鞭抽你，抽完后，又试图让你签字。你还是拒绝不签。要是那天晚上，他——宪兵司令部的最高头目约安尼迪斯少将——没有及时赶到的话，恐怕你早就被他们活活打死了。

那是一个寒冷的夜晚。那年10月，雅典很冷。你一丝不挂躺在小床上。和往常一样，脚脖和手腕捆着绳子。鲜血从你的嘴里流了出来，因为他们挥拳乱打，又打掉了你一颗牙齿。由于数周不睡，数日不食，你的脸苍白如纸。你呼吸困难，喉咙底下憋得慌，透不过气。塞奥菲洛亚纳科斯站在一边叫嚷道："结果都一样，不管你招不招，我们都说你招了；不管你签不签，我们都说你签了。"门这时打开了，约安尼迪斯迈着军人的步子走了进来。他挺着胸，双手背在后面，站在小床旁边。你一眼就认出了他，知道他是谁。他不仅是宪兵司令部的最高头目，还是希腊最有权势的人。他的权势之大，连帕帕多普洛斯总统本人都要对他惧怕三分。不管在谁的面前，他都沉默寡言，脾气刁钻，粗暴乖戾，他会给所有人带来一种恐怖感。尽管他处事低调，不爱出风头，但每个人都知道此人难以对付，既固执又无情，非常厉害。据说，要是他认为有必要的话，他可以亲自枪毙自己的母亲，或者亲自捣毁自己的玫瑰园——他唯一愿意去爱的东西。人们还传说，他公开声称瞧不起那个暴君，只是出于政治的信仰才勉强帮助那个暴君发动了政变。没有他的参与，政变是不可能成功的。八年后，嘲弄人的历史、闹剧般的人生使他处于与你相同的境地：身陷囹圄。我惊讶地发现，你很尊重他，视他为对手，而非敌人。由于这个原因,你无法去恨他。你对他恨不起来,是由于那天晚上他在塞奥菲洛亚纳科斯面前讲的那番话吗?约安尼迪斯板着脸,一语不发,用冰冷的目光看着你。数秒之后,他粗暴地把塞奥菲洛亚纳科斯推到一边,对他说:"够了,你们别再动他了。这么僵持下去毫无用处,他是不会开口的。十万人里面总会遇到一个守口如瓶的人,他就是这样的人。"然后,他把手伸向你,粗壮的身躯僵直不动,面目狰狞,脸上的肌肉绷得很紧。他揪住你的胡子,慢吞吞地说:"我要枪毙你,帕纳古里斯。"十九天后,当11月随着北风到来时,审判开始了。

第二章

　　狭小的审判庭里臭气熏天，因为靠近走廊的几个厕所被堵住了。中间那堵墙上挂着一幅圣像，上面画着圣母与圣子，他们的样子像是在为饱受臭气之苦的人祝福。圣像下方是一张长桌，坐着军事法庭的审判员。他们都是效忠政权的军官，身上穿着深绿色的军装，军装上缀有金色的扣子，佩有红色的领章。审判员的左侧坐着一个秃顶的法官，名叫里亚皮斯，长得肥头大耳，油光满面。他是公诉方的代表，他的在场已经说明这场审判非法、无效，因为他本人并不是一名军官。右侧是被告席，除你之外，另外还有十四名被告。审判官们的对面，与被告席垂直的位置是律师席。这些律师是临时被指定的，并且没有向他们提供法庭的调查结果。他们又冷又怕，蜷缩在黑色的法袍里，看上去酷似一群停歇在电线上的小鸟。其中一个律师嘟哝道："应该延期审判，应该延期审判。"他们的后面是记者席，获准采访、报道的记者寥寥无几，并给他们颁布了无数条禁令：电台的记者不准带录音机，电视台的记者不准带摄像机，没有得到庭长的特许，不准带照相机。最后还有公众席。进入公众席的人要受到层层审查，被告的家属与朋友禁止前来旁听。你进来的时候，全场就座，鸦雀无声。你戴着手铐，夹在两个警察中间，昂首阔步走进审判庭。那两个警察抓住你的胳膊，把你带到第一排，紧靠被告席的护栏。只是在这时，他们才解开你的手铐，但仍没有松开你的胳膊。你穿着一身过于肥大的士兵服——他们故意挑选这样一套衣服，是为了让你看上去显得十分可笑。两个小时之前，你挨了他们几记耳光，因为你不愿穿它，要求像其他十四名被告一样穿便服。他们强迫你穿上,并嘲笑说:"你穿上正适合,尤其是领口与肩宽。"你的脖子可以在领口内任意晃动,你的肩膀可以在衣服里活动自如。三个月来,你瘦多了,体重减轻了二十公斤,这从你皮包骨头的脸颊和高高隆起的颧骨也能看出来。你的一个婶婶,唯一偷偷混进审判庭的一个亲戚没有把你认出来。她自言自语地说:"我没有看见他,他不在,他什么时候来呢?"但你的双眼却放着光,炯炯有神,你的脸上挂着无比自豪、目空一切的微笑,以至于审判庭里的人们看见你,很难对你产生同情。此外,人们并不了解你的情况,关于你受折磨的传闻也从未超出过宪兵司令部的范围。他们对你的了解无非是:一个令人恐惧的无名之辈、唯利之徒,一个为了捞点钱而铤而走险的普通罪犯。这些情况是由当局控制的新闻界提供的,它们的作者是一批可耻的御用文人。在民主制度下,这批人把自己装扮成讴歌勇敢与自由的大师,但一旦出现独裁,顷刻之间,他们就会像妓女一样与之同床共眠,同喜共欢。为了讨好独裁政权,并为之效力,他们可以污蔑之前他们赞美的人,可以吹捧之前他们厌恶的人。他们甚至乐意去描述发生在威尼斯广场上的那次墨索里尼的盛大集会。当恐怖时期过去,民主制度恢复时,他们又重新开始一切,毫无羞耻,对他们来说,仿佛什么也没有发生,因为人们需要他们,就如同人们需要鞋匠、掘墓人、妓女一样。新的主子们如果没有一个顺从的、卑怯的新闻界又怎么行呢?那些善于颐指气使、发誓许愿、讹诈恫吓的巫医要是没有它又怎能干得成事呢?八年后,在你离开人世之时,他们也赞美你,在他们的报纸上把你描绘成永垂不朽的人。可现在他们却肆无忌惮地侮辱你。很明显,他们不愿冒任何未来的风险——反正没有任何一个政治党派、任何一个组织、任何一种被承认的宗教愿意保护你。

他们宣读了起诉书:图谋颠覆国家,当逃兵,企图暗杀国家元首,私藏武器、炸药。你面带微笑听着,连眼睛都没有眨一下。这些都是事实,你也无意去加以否认。但接着他们却宣称,你已经签署了认罪书,承认了所有的罪过,并在认罪书上揭发了你的同伙,在这种情况下,可能瞎子都会看清楚你是个什么样的人。这时,你挣脱了那两个紧紧拽住你的警察,突然站起来,用食指指着审判官:"撒谎!我没有在上面签字,你们很清楚!有我签字的所谓认罪书全部都是哈慈齐科斯和塞奥菲洛亚纳科斯编造的,你们这些暴君的奴才其实心里很清楚!""被告,住口!""被谁控告?被你们吗？你们敢控告我？你们！我才是那个要控告的人，我要控告你们，揭发你们，谴责你们，控告你们的谎言，你们的暴行！"你想解开衬衫，让人们看看胸部的伤疤和塞奥菲洛亚纳科斯在你腰间留下的伤口。"被告，不准在法庭上脱衣服！""要是对提供证据来说是必要的，我就得脱！""什么证据？""在审讯期间我所遭到的严刑拷打的证据：他们用刀子刺，用棍棒打，用钢鞭抽！""住口！""我的生殖器上有烟头的烫伤，脚掌上有棍棒留下的伤痕！""住口！""他们用钢针插进我的尿道，摧残我的性器官！""住口！被告，闭上你的嘴！""他们用毯子闷我，用脚踢我，扇我的耳光！就在我走进这个审判庭之前，还被他们打了一顿！我一直被铐了九十天，整整九十天，无论我睡觉还是小便，他们都让我戴着手铐！我请求，希望一名医生到法庭上来对我的身体进行检查，以证明我说的话是否属实。我要求对哈慈齐科斯上校和塞奥菲洛亚纳科斯少校伪造签字一事立案进行调查。我要求以严刑拷打罪审判他们两人，审判巴巴里斯副处长、马里奥斯副处长、你们总统的兄弟康斯坦丁·帕帕多普洛斯，以及参与了此事的宪兵司令部的几名军官。我要求……""被告，这些事与审判无关！""如果你们认为这与审判无关，那么，法官先生们，我就有双倍的理由称你们为这个政权的奴才！"他们当场以亵渎法庭与当局罪判了你两年徒刑。

审判持续了五天，从法学角度看，这简直是一场闹剧。证人就是负责侦查与拷打你的那帮家伙，他们一个接一个匆匆出庭作证，而律师根本不敢提出任何异议。在法庭上，他们仅仅传唤了两三个人来为你辩护，而这些人在作证前都受到了威胁，所以他们在法庭上只能说出里亚皮斯想听的那些话。由于唯恐得不到暴君的欢心，他竭尽全力扮演他的角色，每次发言都想方设法诋毁你，说你是为外国人——尤其是为波里卡尔布·盖奥尔加吉斯——效劳的刺客，人人憎恨的强盗，惹是生非的家伙。他拿出那份假认罪书来证明他的观点。你已经声明，这份认罪书是伪造的，可当你的辩护律师提出这一事实应予以考虑时，他却断然拒绝了。你的辩护律师不能与你联系，他们只容许他在你庭审时与你接触几分钟，而那两名站在旁边的警察则一边听一边评论，从中进行干扰。后来又来了一名警察，站在你身后，不许你讲话。但你不愿放弃之前的立场，总是寻找机会站起来抗议，揭露、戳穿他们的谎言，使那些法官为之惊愕不已。有谁见过一个可能被判处死刑的人居然由被告变成了原告呢？而且是如此的坚定，如此的清醒，难道是疯了或想寻死吗？难道认识不到这会罪加一等吗？等于是在给自己申请死刑。你显然明白这个道理，你知道这么做会有生命危险，等于把生命抛到审判桌上，就像把筹码抛到赌桌上一样：不是红，就是黑；不是输，便是赢。但你不是在盲目进行赌博，你是在参加一场智力游戏。你仔细权衡利弊，认真考虑每一个手势和每一句话可能引起的后果，对每一个大胆的行动都通过理性、勇气、冲动、机智来进行斟酌——就像赌桌上的一个高手，他靠近赌桌并不是为了赢得一两个小钱。几年后，你对我解释过，是的，你解释过，当时你能活下来的机会很小，也许只有百分之一，被枪决的可能性是百分之九十九。正因为如此，你必须孤注一掷，采取令人惊奇的手段，让他们心神不定，在那些审判你的人的心中播下怀疑的种子："他这么自信，也许他是对的吧？"因此，你一天比一天坚强，一天比一天咄咄逼人。其他被告垂头丧气地待在那儿，或否认，或辩解，甚至相互指责，或是把所有的责任推到你身上，只有你昂首挺胸地站在他们面前。把那个百分之一生存的可能性争取到手的希望在一天天增长着，增大着。

　　预定让你申诉，由里亚皮斯宣读审判结果的日子到了，这天出现了某些你没有预料的情况：你产生了死的愿望。为什么还要继续玩这场游戏呢？是为了看到他们把那些你自豪索求的惩罚强加到你的头上吗？是为了扮演殉道者的角色吗？绝不应该去扮演这种角色，充当殉道者的角色将一无所获，现在可是一个你梦寐以求的大好机会：一个可以让你向世人说明你是谁，你信仰什么的大好机会。当局的新闻界不会予以理会，但外国记者却会感兴趣。因为他们拒绝从命不会招致什么风险，所以他们敢披露真相，如实报道你这个把生死置之度外的男人，这个从不屈服、不恐惧、不逆来顺受的男子汉。这个男子汉向人们宣扬这个世界唯一可能的善，唯一有价值的东西——自由。在你的国家，或许有人也愿意这么做。也许是某个法官，某个律师，某个幡然悔悟的警察。许多人将了解事情的真相。等你去世之后，他们会热爱你，也许会效仿你。你不再是孤独一人。"被告，站起来！"审判长喊道。根据惯例，被告先申诉，然后是公诉方发言。三名警察松开了你的肩膀，你站起来。你挨个儿打量了一遍审判官的脸，开始讲。声音动听，坚定，洪亮，在法庭里回响。

※ ※ ※

"军事法庭的先生们,我的话不长,是不会让你们听腻的。我甚至不想再谈预审期间我所遭遇的那些难以言表的经历,对我来说,以前所谈的情况已经足够了。在考察对我提出的指控之前,我想指出那次与我有关的可耻预审的另一个方面:你们企图用搜集伪证和假材料的方法来使对我的控告成立,你们把事先炮制好的证词强加给双方的证人。我这次的申诉不应该被视为一种自我辩护,也不应该是一种自我辩护。相反,它应该被看作一种控诉,也应该成为一种控诉。这是由那份强加给我的伪造文件引起的,它是整个审判过程中反复出现的一个主题。我认为这是一份重要的文件,在法制与自由同时遭到摧残的国家里,所有的审判都具有这种典型的特征。事实上,干这种可耻勾当的并不仅仅是你们。当然不仅仅是你们,在我说话的此时此刻,在其他没有法制与自由的国家里,那些效忠于暴政的军事法庭肯定也在审判他们的爱国者,并根据伪证和假材料,根据强加给证人的预先炮制的证词和证据,以及类似我那样的认罪书对他们进行判决。这份认罪书我从来就没有写过,也没有在上面签过字。事实非常清楚,这份文件上的签字不是我的,而是那两个刽子手哈慈齐科斯和塞奥菲洛亚纳科斯伪造的。这两个刽子手缺乏对语法最起码的尊重,伪造的文件文理不通,错误连篇。昨天晚上,我终于有机会拜读了这份文件,我很难说,使我更吃惊的是其中包含的谎言呢,还是满篇引人发笑的语误。我向你们保证,要是我事先看到它们,即使我处于昏迷的状态下,我也会提出修改意见。唉,老天爷,这个政权究竟雇用的是一批什么样的文盲啊!有人说,无知与残酷是一对孪生兄弟。好吧,军事法庭的先生们,你们心里很清楚,使用伪造的文件无论从道德还是法律上说,都是无法接受的。既然审判是建立在这样一份文件基础之上的,那么我就有权认为这样的审判是无效的。但我并没有这样做,因为我不想让你们误以为我害怕面对指控。毫无疑问,我接受指控,我从来也没有否认。无论在审判过程中,还是在你们面前,我都没有否认过。现在,我自豪地向你们重复一遍:是的,炸药是我安放的,那两枚地雷是我引爆的,我的目的是要杀死那个你们称之为总统的人。我没有成功,为此感到十分遗憾。三个月来,这是最令我痛心疾首的事。三个月来,我一直痛苦地扪心自问:到底是什么地方出了差错了呢？如果能再来一次，取得成功的话，我情愿付出生命的代价。因此，使我愤慨的不是指控本身，而是有人想通过这样的文件来诋毁我，污蔑我连累了其他被告，是我告发了在法庭上被公布的那些人的名字，其中就有塞浦路斯的部长波里卡尔布·盖奥尔加吉斯的名字。不光彩之处就在于此，这是非常典型的做法。为了增强说服力，我的控告者们甚至说，我的履历不清白，说我从小就是一个无赖，成人后不务正业，以偷盗为生，是一名被人收买的刺客。军事法庭的先生们，我的履历就放在你们面前，你们可以查阅一下。我从来就不是个无赖，也不是不务正业的盗贼，更不是被人收买的刺客。我过去是，现在仍然是一名战士，为一个更美好的希腊，一个更美好的未来，换句话说，为一个尊重人的社会而斗争的战士。我之所以站到被告席上是因为我尊重人。尊重人就意味着尊重人的自由，思想的自由，言论的自由，批评的自由，反对的自由。尊重一年前被帕帕多普洛斯法西斯集团所毁掉的一切。现在我来谈谈对我的第一项指控。

"第一项指控是最严重的：图谋颠覆国家，触犯了刑法第509条。对我提出这一指控的人正是1967年4月21日触犯了刑法第509条的那伙人，这岂不荒谬绝伦？谁应该站在被告席上呢？每一个稍有头脑、稍具勇气的公民都会回答你们：'是他们。'还会补充一句我现在想说的话：'尽管我成了一名所谓的违法者，尽管我拒绝承认那个暴君的权威，但我仍是在维护而不是在触犯刑法第509条。'但我并不指望在这点上能得到你们的理解，因为如果政变当局一旦垮台，那么你们——军事法庭的先生们，不仅是军政府的那些头头们——就会站在这个被告席上。因此关于这项指控我就不想多说，接下来，我想谈谈第二项指控：当逃兵。不错，我是开了小差。政变后没几天，我离开了我的部队，拿着一张假护照到了国外。我理应在政变当天离开，而不是在政变以后。不过，正因为我是在政变后离队的，所以这项指控也就不应该安到我头上：政变那天，希腊和土耳其的关系十分紧张。如果爆发了战争，作为一名希腊人，我有义务去战斗，而不是开小差。然而，正因为战争没有打起来，我就立即去履行了我的另一项义务——开小差。法庭的先生们，在独裁政权的军队里服役等于是背叛。因此我选择了开小差，我为自己的选择感到骄傲。既然讲到这里，就得说说你们最关心的那项指控：图谋刺杀国家元首。我要说的与刽子手们的无稽之谈刚好相反。我不喜欢暴力，我憎恨它。

我也不喜欢政治谋杀。当一个有自由议会，有公民言论自由，有组织反对派的自由和思想自由的国家发生这种事情时，我总会义愤填膺地予以谴责。然而，如果政府以暴力进行统治，以暴力禁止公民发表言论和进行反抗，甚至不容许他们有自己的想法，那么公民们诉诸暴力就理所当然，顺理成章。关于这一点，耶稣基督和甘地会比我给你们解释得更清楚。没有别的办法。我没有成功，这无所谓。其他的人会继续这么干，他们会成功。你们就做好准备吧，发抖吧。不，庭长先生，请别打断我。我就要谈到第四项指控，不久你就可以到处去吹嘘你没有发抖。第四项指控是私藏炸药。除了已经讲过的以外，我还能再说些什么呢？我已经解释过，只有同案被告中的两个人知道我要搞一次炸车事件，但他们并不知道究竟要谋杀谁。当天上午在公园和体育场爆炸的两颗炸弹也是我安排的，我已经把责任承担起来了。我已经阐明，这两颗炸弹是示威性质的，是为了达到警告的目的。因此，我做了安排，爆炸时不要伤到任何人。如果我的同案被告在他们签字的供词上讲的情况与我说的有出入，那他们讲的都不能算数。这是严刑拷打下的逼供之词。要是让我来拷打哈慈齐科斯和塞奥菲洛亚纳科斯的话，我甚至也可以让他们承认：他们的母亲是婊子，他们的父亲在搞同性恋。据我推测，加在波里卡尔布·盖奥尔加吉斯身上的不实之词也是这么搞出来的。我知道，帕帕多普洛斯为了让这种诬陷成为事实，可算是煞费苦心。约安尼迪斯也一样。这样，他们就可以借此入侵塞浦路斯，扼杀它的独立，就像在这里扼杀民主一样。然而他们不得不作罢，因为并没有一位国外的政治家介入到我所从事的斗争中来。先生们，这场斗争是在国内，而不是在国外进行的。正因为如此，我的组织才被称为'希腊抵抗运动'。如果我能让波里卡尔布·盖奥尔加吉斯参加希腊抵抗运动，这就等于一个普通的士兵能够破天荒地命令国防部长去打仗。当然你们会追问，炸药是从哪里弄来的？军事法庭的先生们，我不会告诉你们。在我遭到毒打的情况下我都没有招供，难道你们会幻想我在申诉时会说出来吗？这个秘密我至死都不会泄露。我要说的就是这些。我还想补充一点，这只涉及我个人。如果你们愿意听的话，也可以说是一件有关个人尊严的事。你们的证人说，我是个自私自利的人。好吧，如果我是这样的人，或以前曾经是这样的人，那我就可以安安逸逸地待在国外了，干吗还要冒着生命的危险从国外回来进行斗争？我当时就知道会面临什么样的危险，就像现在我知道你们会对我施加什么样的惩罚一样。我知道你们会判我死刑。但我不会退却，军事法庭的先生们。我现在就接受你们的判决。因为一名真正战士的天鹅之歌，就是他被独裁政府的行刑队处决时发出的最后一声呻吟。"

　　法庭里鸦雀无声，一片寂静。法官呆若木鸡，怔怔地看着你。过了好几分钟，庭长才想起来叫里亚皮斯宣读公诉书。里亚皮斯滔滔不绝地讲了好半天，对你刚才讲的那番话根本不予理会。他要求判处你和另一名被告埃莱弗泰里奥斯·维里瓦基斯死刑，判处尼科斯无期徒刑，要求给几乎所有的其他被告以重刑。接着法庭宣布休庭一周，理由是一名审判官在发烧生病。他们不知如何是好。据说你申诉之后，军事法庭的法官们产生了分歧。甚至帕帕多普洛斯本人也对是否枪毙你拿不定主意，因为他明白这样做可能会不得人心。后来又召开了好几次紧急会议，以说服约安尼迪斯，因为他坚决不同意不判你死刑。1968年11月17日，星期天，终审判决的日子终于到了。你显得很平静。在过去的七天七夜里，你从没有改变主意。相反，你责备自己没有说得更多。你写了一首诗来歌唱死亡：

　　　　白鸽远去
　　　　乌鸦黑压压地飞临
　　　　黑色的鸟群
　　　　恐怖、粗野的振翅瑟声
　　　　遮蔽了蓝色的天宇
　　　　最后的时刻
　　　　请往墓穴填土吧
　　　　为了白鸽飞回
　　　　你们填，快填
　　　　然而墓穴需要的
　　　　不仅仅是泥土
　　　　还需要骨灰与鲜血
　　　　需要死亡
　　　　请把死者葬入墓穴
　　　　用鲜血把泥土揉捏

为了白鸽飞回
　　还需要很多的血

像往常一样,你面带笑容,自信地走进法庭。庭长问你,还有什么话要说,你立即站起身来开始陈述,声音仍然那样坚定。你讲的这些话排除了任何不判处你死刑的可能。"军事法庭的先生们,检察官里亚皮斯在他的公诉状中提到了司法女神忒弥斯①,但既然要引证古代神话,我们就应该准确无误,可他一张口就谬误百出。先生们,你们的检察官是个不学无术之徒,他甚至不知道有两个忒弥斯:一个忒弥斯右手拿着天平,左手持剑,用宁静的目光看着天平;另一个忒弥斯左手拿着天平,右手持剑,用蒙着布的双眼看着剑。我知道,你们也是用蒙着布的双眼在看着剑。这是一次政治审判,你们给我罗列的罪名是:颠覆国家、当逃兵、私藏炸药、暗杀,都是政治性指控。另外,军事法庭的先生们,你们是决不能容许自己有任何仁慈之心的,1967年4月21日那天,你们各位都是以自己的脑袋进行下赌的人物。现在你们不对我判刑,就等于给自己判了刑,就等于承认自己是有罪的。这一点我很清楚,所以我不打算提出任何有可能让你们给我减刑的辩护。相反,我重申:请你们按照检察官提出的要求,判处我死刑。枪毙我,这有助于人们从道义上明白我的斗争意味着什么,明白每一个反对这个邪恶政权的人的斗争意味着什么。这个政权今日正在无情地摧残、践踏我们的希腊。"

最终的判决结果是:图谋颠覆国家罪,死刑;临阵脱逃罪,死刑;图谋刺杀国家元首罪,十五年徒刑;私藏炸药、武器罪,三年徒刑;另外还有因亵渎法庭和当局罪已经被判处的两年徒刑。总共加起来是:死刑两次,有期徒刑二十年。维里瓦基斯被判处无期徒刑。其他被告被判有期徒刑四至二十四年不等。雅典军区司令费多·吉齐基斯将军很快签署了执行判决所需的所有文件。

* * *

你面不改色,甚至连眼皮都没有眨一下,只是抿了抿嘴,露出一种嘲讽

---

①忒弥斯(Themis):希腊宗教里的女神,她是正义的化身,智慧与忠言的女神。在希腊,对她的崇拜非常流行。

的笑容。你问律师："两次枪决怎么个枪决法？"不等对方回答，你就朝警察伸出手，让他们重新给你戴上手铐。几年后，你告诉我，当时觉得十分轻松，甚至高兴。这并非因为你厌倦了尘世的生活，而是因为你不想再受折磨。一般说来，人们对即将被处死的犯人是比较客气的，给他像样的床垫，提供不错的食物，说不定还有一小杯白兰地。会派神父来跟他说说话，聊聊天，容许他给亲友写信。更重要的是，他不会再挨打了，再也不会有酷刑，不会有折磨。可是，当他们把你带回宪兵特别侦缉处后，你就明白了，根本不是这回事。他们把你扔进那间既没有窗户，也没有床的牢房。在里面等待你的是三名手执皮鞭的军官。塞奥菲洛亚纳科斯和马里奥斯、巴巴里斯一起也跟着来了。"哼！我们不懂语法？哼！我们错字连篇？哼！我们是文盲与白痴？现在你会看到，我们是怎么文盲的，是什么样的白痴了，因为我们将用以前从来没有使用过的方式来审问你，谁也不会知道，你是死在监狱里，还是死在行刑队的手中。"紧接着，皮鞭就落在你的背上、腰间和腿上。他们想知道一个名叫安格里斯的人是不是刺杀帕帕多普洛斯的同谋。没过多久，你就失去了知觉。当你恢复神志时，恍若大梦初醒：你面前站着的是哈慈齐科斯，他身穿一件蓝色的衣服，规整地系着领带，胡子刮得干干净净。"你好，苏格拉底①。哦，也许我该叫你狄摩西尼②吧？不，我觉得还是把你比作苏格拉底更恰当。苏格拉底也是个学识渊博的人，也发表过一篇极为精彩的辩护词。祝贺你！你的口才差点打动了我，谁知道你有这种本事呢？好了，归根结底，把像你这样的人弄来审讯，判服毒自尽，还是有用的。要不然，世人绝不会知道有他们的存在。大概我也会成为我们时代的迈雷托③而遗臭万年吧？"你真想哭。"哈慈齐科斯，你给我滚开。"哈慈齐科斯说："'雅典的市民们，首先我想谈谈那些针对我的莫须有的指控，谈谈迈雷托对我的诬告，正是这种诬告让我走进了这个法庭……'难道你没有看出来？尽管我文法不行，但我有一副好记性。我还可以给你背诵那篇关于灵魂不死的演说。""滚开！哈慈齐科斯。""'啊，如果死亡是一切的终结，那么恶人在死亡中，在他们肉体幸运的消失中才能交上好运，因为随着肉体的消失，他们同时也拯救了他们为

---

①苏格拉底（Socrates）：古希腊哲学家，因被诬陷被判服毒自杀。
②狄摩西尼（Demosthenes）：古希腊政治家，最伟大的雄辩家。
③迈雷托（Meletus）：古希腊诗人，与修辞学家赖肯和商人安尼托共同控告苏格拉底。

非作歹的灵魂。'""滚开！哈慈齐科斯。""苏格拉底，在我给你提几个问题之前，我不会走开。现在你总该对我有所了解了吧，你不要以为我来这里是为了消遣，不要以为，我劳神费力跑到这里来，是为了与你讨论什么哲学。喂，你在干吗？哭啦？谁会想到你居然会哭呢？你也有哭的时候，但你一哭，就不能回答我的问题了。不过，亲爱的，你得回答我，因为我想知道……"于是，你朝他转过身，泪痕满面地对他说："哈慈齐科斯！我不会死去，哈慈齐科斯！总有一天，我也要让你流泪，哈慈齐科斯！因为总有一天，你也会蹲监狱，哈慈齐科斯！当你蹲进监狱的时候，我就会去操你妻子，哈慈齐科斯！除了哭，你一点办法都没有，我保证。""不可能，亲爱的。正如你知道的，我没有结婚。你还是告诉我是否……""哈慈齐科斯！我要宰了你，哈慈齐科斯！""好吧，我要走了。我会把我的问题托付给其他人，让他们来问，这些人可不是好对付的主儿。反正你都是会被处死的。"他把你交到那三个军官手中，他们用鞭子把你抽得鲜血直流，想知道某个科思坦托普洛斯是否参与了阴谋。

在接下来的二十四小时里，什么事也没有发生。第二天，11月20日上午，他们把你带到一艘汽艇上，押送你到艾吉纳岛。你在那里待了三天三夜，等待被处决。

* * *

他们在艾吉纳岛采取了许多防范措施。在监狱老区，他们选了一栋无人居住的木房子，在谁也不知道的情况下，秘密地从边门把你送了进去。院子很小，但他们却派了二十名手持冲锋枪的士兵在那里把守。房子的前厅里另有五名，走廊里还有九名，甚至你的囚室里也有三名。三十七名全副武装的士兵看守着一个戴着手铐的人。你笑着叫来一名中士，要他给你打开手铐，哪怕片刻也行。中士回答说不行，尤其是关于手铐，上面有严格的命令。"只要他的手腕一松开，他就会像野兽一般猛扑过来，他是一个非常非常危险的罪犯。"唯一的特许是，牢房的门可以敞开。但这其实并不是什么特许，而是一项安全措施。要是你袭击三名看守中的任何一个，那么前厅、走廊里的看守通过敞开的门马上便能发现，他们立即就可以前来增援。但你怎么能够袭击他们？你又可以用什么东西来袭击他们呢？牢房像个空蛋壳，里面什么都没有，连简易的床和床垫也不给你。你不得不蜷缩在地板上休息。一名军官手里拿着一张纸走了进来。他说："没有时间可以浪费了，按照军事法庭的规定，除非共和国的总统进行干涉，死刑应于判决之后的七十二小时内执行。已经过去四十八小时了，这是一份赦免申请书，你在上面签字就行了。"你接过纸，看了看，又把它还给了那名军官，平静地说："不。"军官目瞪口呆："你不……不在赦免申请书上签字？我没听错吧？""你没听错。帕帕多普洛斯的走卒，小帕帕多普洛斯，我不签。"军官执意说："你听着，帕纳古里斯，你也许以为这没有用，你想错了。我被授权转告你，总统准备把你的死刑减为无期徒刑。""我相信是真的，他会很高兴向全世界宣布，我乞求他饶命。不枪毙我，这对他有利。""对你更有利，帕纳古里斯，你签吧。""不。""你不签字，就没有希望了。""我知道。"军官把申请书塞进口袋，好像是真的为此感到遗憾，又好像是在犹豫不决：是离开，还是不离开。他打算说几句话来劝劝你，但又想不出说什么好。"你需要……需要再考虑几分钟吗？""不必了。""那么，明天早晨五点半行刑。"他怒气冲冲地说，然后摇着头走了。待在屋角的一个看守一阵悲叹："啊，不！啊，不！"

这是一个没长胡子的小伙子，身上穿的军服是刚从库房里领出来的。他一直张着嘴看着刚才发生的一幕。此刻他看着你，似乎想哭。你走到他跟前："小帕帕多普洛斯，怎么了？""我……""你也希望我签字吗？""是的，我希望！的确希望。""你没有听见我是怎么回答军官的吗？""我听见了，但是……""不要说'但是'，小帕帕多普洛斯，当需要死的时候，人就得去死。""是这样，但我还是觉得惋惜。"第二个看守说："我也觉得惋惜。"第三个说："我也觉得。"这些话使你感到非常迷惑，因为长时间以来，没有一个人不对你抱有敌意。在那漫长的日子里，没有对你露出敌意的就只有一个人：军队医院里打扫厕所的一位老太太。因严刑拷打和绝食而处于昏迷状态时，他们把你送到了医院。一天，老太太见你手脚都被绑着，于是手提着垃圾桶走到你身边，用手温柔地摸着你的额头说："可怜的阿莱克斯！可怜的小伙子！瞧，他们把你折磨成什么样子了！你总是孤单单的一个人，不同别人说话。今晚，我要到这儿来，坐在你身边，你跟我聊聊，好吗？"可是，一个军警揪住了她，把她连同垃圾桶一起带走了。从此你就再没有见过她。为了平息内心的激动，你清了清嗓子，大声喊道："小帕帕多普洛斯们，你们都过来。让我们就此事议论一下吧。"他们来到你身边，你开始向他们解释，为什么他们不应该难过，也不应该消极被动。向他们解释，为什么他们应该战斗，应该让你的死有助于某种事业。你甚至朗诵了几首歌颂自由的诗篇，他们礼貌地洗耳恭听。倘若他们喜欢某一首诗，他们就会把它抄录在香烟盒上。"这样我们就永远不会忘记。"三个人都十分年轻，是从边远的农村招来的新兵。他们对你的了解仅限于：你想刺杀那个暴君。他们的无知是如此令人感动，以至于你很难去表达自己，很难找到适当的语言来让他们理解你。"真的，那无所谓，有人试过了，今后还会有另外的人继续试，他们会成功的，因为当你走在街上，并没有妨碍任何人时，如果有个家伙走上来突然给你一耳光，你会怎么办？""回敬他一耳光！""很好，如果他又无缘无故地揍你，你会怎么办？""我也揍他！""很好，如果他不许你说出自己的想法，如果你的想法和他不一样，他就把你关进监狱，如果法律不能保护你，因为不存在任何法律，你会怎么办？""那么我……我……""你就杀掉他，没有别的选择。我知道，杀人是一件可怕的事。但在独裁制度下，刺杀暴君便成了一种权利，不，是一种义务。自由首先是一种义务，然后才是一种权利。"最后，走廊里的一名士官听得不耐烦了，他让你住口："别说了，帕纳古里斯！难道死到临头还想招几个徒弟吗？"然而另一名看守却给你帮腔，对士官说："少啰唆，你这猪猡，否则我揍扁你的鼻子。"他走到你面前来，递给你一支烟。你又觉得不安了。他们突然对你变得这么客气，这是怎么回事？人真是古怪：当你希望得到点东西时，他们什么都不给；但当你不再希望得到任何东西时，他们却又把什么都给你。

下午五点左右，这三个看守交了班。当他们离开时，你感到内心非常空虚。你不知道来接替他们的是些什么样的狗崽子。还好，新来的看守与原来的一模一样，一样的年轻，一样的无知，一样的可怜。先前的不安变成了一种激动，进而又转换成一种勇气。你大声喊道："过来，小帕帕多普洛斯们，你们应该干点有益的事。谁会唱歌？"他们指着一个长着一双农民的手、显得傻乎乎的胖小伙子说："他，他！他是他们村教堂唱诗班的成员，他会！""真的吗？那就给我唱一首《弥撒安魂曲》吧。""不，不唱这首！""我说过了，就唱它！"他依了你，其实你并不希望他唱安魂曲，因为听着听着，你就难受起来了。

> 啊！主
> 让他安息吧
> 啊！主
> 让他死得其所
> 来自尘土归于尘土
> 请接受你的仆人吧
> 啊！主

你打断他说："小帕帕多普洛斯，我不喜欢你唱的安魂曲，我不喜欢'主的仆人'这样的字眼。你要答应我，当你为我唱安魂曲的时候，不要称我是'主的仆人'。没有人是谁的仆人，即使是主，也没有仆人。你明白了吗？"小伙子尴尬地点了点头。但你的心头仍是不好受。"来，小帕帕多普洛斯们，我们唱支更好的歌。谁会唱《微笑的孩子》？""我！""我！""我！""好，既然这样，那我们就一起唱吧！"

> 有什么神奇的妙药
> 可以治愈我破碎的心灵
> 我失去了我的孩子
> 失去了他美丽的笑容
> 从此再也不能与他重逢
> 在那个该诅咒的日子
> 在那个该诅咒的时刻
> 敌人杀死了我的孩子
> 杀死了我孩子脸上甜蜜的笑容

你和他们一起唱歌，但心情依然十分沉重。整整一个晚上，你唱着歌，开着玩笑，做着祈祷，尽量不去想那支安魂曲，不去想那揪心的痛苦，但心情仍然很沉重。有时候，这种痛苦有增无减，翻肠倒肚。在这种时候，你总给自己提些最愚蠢的问题，抱一种最荒唐的希望：枪决在什么地方？怎样枪决？

你似乎听说，刑场在岛的另一端，在海军的打靶场里。但你不知道打靶场究竟在室内，还是在露天。你希望是在露天，希望不要下雨，因为你曾看过一部电影，影片中一名游击队员在雨中被处决。他倒在污泥中的镜头让你感到心寒。你也希望他们不要朝你面部开枪，你暗自想着怎样告诉行刑的士兵击中你的心窝，而不是面孔。最后，你问自己：会觉得痛吗？你也知道，这真荒唐。折磨时受的痛苦与处决时感到的痛苦不可同日而语。子弹射进肉里后，至少要过五十秒钟才能感到灼痛，然后你就会死去。这是你从某本书上看到的，或是从某个打过仗的人那儿听到的。但你的好奇心依然很强烈，你不得不尽量去克服它，去想些严肃的事情。譬如，行刑队开枪前，你说些什么。仅仅喊一声"自由万岁！"是不够的，还得加上几句，或者说一句意味深长的话，当然也包括自由在内。是的，类似1944年意大利军官在切法洛尼亚被德国佬枪杀时喊出的那句话："我是一个人！"一想到在他们面前高喊"我是一个人！"的念头，你揪心的痛苦就消失了。但不久又恢复到原来的状态，因为使你感到痛苦的并不是你会不会喊出那样的话，会不会感到痛苦，雨水会不会淋湿你的身躯，而是你必须在某个特定日子的特定时刻去死的这个事实。被拷打致死，在战争中阵亡，或被地雷炸死是一回事，这是无法预料的。而知道某日某时必死，像开出的火车那样准时，又是另一回事。再过一夜，你就不复存在了。尽管你很坚强，有信仰，充满了自豪感，你也不会对死亡报以超然的态度。你甚至无法想象死亡意味着什么，提出这样的问题比证明以下的问题还要糟糕：宇宙是有限的还是无限的？时间是不是时间？空间是不是空间？上帝是否存在？上帝、时间、空间有没有起点？起点之前是有还是无？是虚无吗？虚无又是什么？也许是当我们终止存在之时——尽管揪心痛苦也要扮演一天一夜的英雄角色之后，在特定的日子、特定的时刻遭枪击之时——我们所是或不是的某种东西。

暮色降临之时，你开始感到疲倦。你努力把自己一分为二，一半为那些隐秘的想法而痛苦，另一半因勇敢面对而骄傲，这种努力使你精力耗尽，疲惫不堪。你觉得双腿、镣铐、眼皮都很沉重。你困得不行，但你越困，反而越不想睡。看守对你说："阿莱克斯，你休息吧，为什么不睡呢？"但每当他们这么说时，你都总是粗暴地回答他们。对一个即将长眠的人说："你休息吧，为什么不睡呢？"这岂不有点匪夷所思？既然仅有一点点时间可以留在世上，还要浪费时间去酣睡，岂不是疯了吗？为了消除困意，你开始踱着方步，在牢房里来回走动，尽量避免坐下。到了凌晨三点，疲劳与困倦终于战胜了你。你躺在地板上，吩咐看守十分钟后叫醒你，绝不要超过十分钟。顷刻之间，你就睡着了。你做了一个梦，梦见自己是一粒种子。种子渐渐长大，长成原来的两倍，三倍，十倍。种子变得十分粗大，外表包不住，嘭的一声爆开了。一千粒小种子散落在地上。这些种子很快又变成一朵朵鲜花，花落果熟，结出新的种子，新的种子又慢慢变大，成为以前的二倍，三倍，十倍，最后爆开，赐给大地千千万万粒种子。这时，一件奇怪的事情发生了：从一朵花中冒出一个女人，从另一朵花中冒出另一个女人，再从一朵花中再冒出一个女人，你想全部拥有她们，但你想，天啊！该怎么办呢？我已经没有时间了。行刑队马上就要到了，他们很快就会把我带走，我必须赶紧动手。于是，你抓住离你最近的一个女人，看都没有看她一眼，既没有问问自己是否喜欢她，也没有问她是否愿意接受你，你就贪婪、匆忙、粗暴地占有了她，占有后抛弃。然后又用同样的方式抓住第二个女人，用同样的方式占有，同样的方式抛弃。接着又抓住第三个、第四个、第五个、第六个，直到数不胜数，一次插入，一个女人。然后你焦虑不安地从梦中惊醒，原来有人在摇你的胳膊，在叫醒你。是谁呢？你睁开眼睛，原来是参加教堂唱诗班合唱的那名新兵。"阿莱克斯，现在是五点了，你睡了两个小时。"

你站起身来，闷闷不乐地打量那几个看守。两个小时！你让他们十分钟后把你叫醒，他们却让你睡了两个小时！你的一部分想哭，想揍他们，骂他们是混蛋、白痴、盗贼；另一半却又明白，他们没有按你说的做，是出于体贴和善意。"让这个可怜的人睡吧。""可是他说过只睡十分钟。""没关系，让他睡。"你竭力控制自己，不高兴地低声说："你们这伙笨蛋，从我的生命中偷走了两个小时。"后来，你说想洗脸，想上厕所，他们带你去走廊，那儿有一个水池和简易的厕所。你当着众人的面，戴着手铐，行动不便地解完手，洗完脸，时间是五点二十。你回到牢房，要了杯咖啡，喝完它，已经是五点二十五了。还能活五分钟。一个行将被处决的人，在他生命的最后五分钟里会想些什么呢？几年后，当我向你提出这个问题时，你回答说，要把这种心情表达出来非常困难。实际上，你花了很大工夫才用一首诗来表达了当时的感受，不过，有三个作家的作品对这种情境做过描述：陀思妥耶夫斯基的

《白痴》、加缪的《局外人》和卡桑扎基斯的《基督的一生》。你对它们都很熟悉。你曾经向我扼要地介绍过后两本，关于第一本书没有来得及说，因为我们对此产生了分歧。我坚持认为《白痴》中没有类似的情节，你反驳说，我错了。年轻的陀思妥耶夫斯基作为政治犯被判死刑，上绞刑架的二十分钟前才获得赦免。书中的梅什金公爵讲了这事，但你记不住是在哪一章。为了说服我，你开始在书中寻找。你拿起上下两册的《白痴》，翻了几个钟头都没有找到。最后，你说："也许我记错了。"你没记错。你去世后我才知道。你去世后，我找到了那天你没有找到的那段话。你不知什么时候在书中夹了一张纸，我一拿到书，就翻到了那一页。那里有你画了线的那段话，你自认这段话就是对你生命最后五分钟内心体验的描述："他只有五分钟的时间可以留在人间，一分钟也不多。他觉得这五分钟对他来说是一个无限漫长的时间，是永恒，是一笔巨大的、梦想不到的财富。他觉得在这五分钟的时间里，可以轮回生死许多次。不过，此刻他不应该去关心那最后时刻的来临，而是要果断做出几个决定。他考虑了同难友诀别的时间，决定把两分钟的时间花在告别上。另外用两分钟的时间来考虑自己的事情。剩下的一分钟用来看一眼周围的世界。"这段话接下来这样写道："他说，对他来讲，最不可承受的是那个挥之不去的想法：要是我不死，该多好！要是我能死而复生，会怎样？一切都是属于我的。我会把每一分钟变成永恒，我不会失去任何东西，我会珍惜每一个时刻，绝不浪费一分一秒。他说，这种想法最终使他如此的恼怒，以至于他唯一希望的就是尽快被处决。"你在亚历山大·叶巴钦提出的那个问题下面画了线。叶巴钦问："他后来用这些财富做了什么呢？是珍视每一分钟而活着吗？"梅什金回答说："啊，不。我也向他提过这个问题，他自己告诉我说，他不是那么活的，而是浪费了太多太多的时间。"你在梅什金这句话的旁边标上了一个巨大的问号。

* * *

你生命的最后五分钟延续了三个小时，后来又延续了三十个小时。五点半，你已经做好了准备，但行刑队却没有来。你问一个中士，这是怎么回事？中士说：大概六点才来吧。你多出了半小时的时间。到了六点，你又做好了准备，但行刑队还是没有来。你又向那个中士打听为什么。中士回答说：六点半来。你又多了半小时。六点半的时候，你再次做好准备，可行刑队仍然没有露面。七点，七点半，八点，情况都是一样。时间就这样半小时半小时地过去，但你还是没有被处决。一次，两次，三次，四次，五次，六次，每次都是轻松与痛苦，希望与失望交织在一起。你越来越焦虑，难以忍受，想立刻自杀。到了八点半，你嚷道："还等什么呀？"院子里传来一阵不熟悉的脚步声，上尉出现在门口。你发出一声轻松的长叹："我在这儿哩。"过了一阵子，你才又气愤又惊奇地听懂了上尉支支吾吾说的话："今天是圣母玛丽亚的节日，希腊在这一天不枪决任何人。处决被推迟到第二天，1月22日，难道他们没有告诉你吗？""没有。"天啊！多可恨的误会，多残酷的错误，也许是哪个不怀好意的家伙在拿你寻开心吧？你默默地转过身，背对着他。整个上午你都一语不发。你一直没有向我解释，当一个人知道还可以在世上多活二十四小时时，心里是怎么想的。不是半小时，而是可以用来思考、呼吸、生活的二十四小时，一千四百四十分钟，一天一夜。当我问起你的感受，你总是一脸茫然，总是在追溯一段也许你已忘却、也许根本就不曾存在的往事，好像第二次临死前的痛苦在一种义愤填膺的情绪中被一扫而光。最后，你总是重复我们见面那天晚上你说的那句话："重新开始等待黎明，一切都和头一天、头一夜的情况一模一样。"痛苦的折磨依然如故，五点，五点半，六点，六点半，七点，七点半，八点，八点半，九点。到了九点，那个让你在赦免书上签字的军官又来了，他宣布行刑日期又被推迟到第二天早晨。他用同样的动作挥着同一张纸，用同样的声调催促你："签吧，快签吧。"你从他手中夺过那张纸，揉成一团，扔到他面前，然后向他扑去，揪住他军装的衣领："混蛋，混蛋，混蛋，原来你是知道昨天不会枪毙我的！我要掐死你这个混蛋！"他们把你从他身边拉开，上尉尖叫着跑开了，说你忘恩负义，说他那样做，你才有可能签字。"你不配得到任何东西，不识抬举的家伙，你再也休想见到我。"紧接着下达了一道严厉的命令，一个看守顿时脸色刷白。你以为最后的时刻到了，这次真的到了。但仍然什么事也没有发生，你又开始等待。九点半，十点，十点半，十一点。到了十一点，你变得烦躁不安，不再往后退的希望成了一种需要，一种强烈的渴盼。你咬牙切齿地咒骂，要求给你一块手表，要求给你做出解释。难道是里亚皮斯消失了？行刑时，需要里亚皮斯代表司法机关到场监督。难道是海上起浪了吗？海上浪大时，船不能航行，甚至连海军的摩托艇也不能出海。你叫过来一个看守："海面风浪大吗？"看守朝走廊探望过去，把这个问题向中士重复了一遍："海面风浪大吗？""海面风平浪静，今天上午风平浪静，怎么啦？""问问而已。"难道是里亚皮斯要坐直升机来，由于风大无法降落？你又把看守叫过来："今天风大吗？"看守又一次朝走廊探望过去，向中士问道："今天风大吗？""什么风？一丝风都没有。为什么要问这样的问题？""问问而已。"你咬了咬嘴唇自忖道："我不明白，真的不明白。"你根本没想到，帕帕多普洛斯会决定不处死你。你根本不会想到，当你因惨无人道的等待受尽折磨时，全世界都在争取营救你：游行、集会，在使馆门前示威，与警察发生冲突，各国元首间频繁的电话，成千上万封电报，外交官在罗马与雅典、巴黎与雅典、伦敦与雅典、波恩与雅典、斯德哥尔摩与雅典、贝尔格莱德与雅典、华盛顿与雅典之间来回穿梭，甚至教皇、林登·约翰逊、吴丹也发来电报，请求赦免你。这一切你怎么能想得到呢？他们甚至不准你向父母亲问声好，不准你与你的律师交谈。判决书下达后，你只见到过塞奥菲洛亚纳科斯、哈慈齐科斯、马里奥斯、巴巴里斯，以及那几个消息比你还闭塞的士兵。对你来说，世界始于牢房，终于牢房。你觉得你像一根无足轻重的海带，在牢房里早已被人遗忘。

下午，行刑队来了。他们催促你："走！帕纳古里斯。"你与看守们一一拥抱，请他们原谅你脾气的粗暴，并感谢他们一直陪着你。看守们掉下了眼泪，其中那个没长胡子的小伙子和参加过唱诗班的胖士兵甚至还号啕大哭起来。你拧了一下小伙子的鼻子，摸了一下胖士兵的下巴。"振作起来，小帕帕多普洛斯们。"胖士兵擤了一下鼻子说："阿莱克斯，我能问你一个问题吗？""当然可以，小帕帕多普洛斯。""你为什么老管我们叫小帕帕多普洛斯呢？这是什么意思？"你笑着说："有时意味着帕帕多普洛斯的小崽子，有时意味着帕帕多普洛斯的走狗。其意思由我说话的语气而定。""可是，我既不是帕帕多普洛斯的小崽子，也不是帕帕多普洛斯的走狗。""好样的！那就与我一起高呼：打倒帕帕多普洛斯！打倒法西斯主义！自由万岁！""可以，但……""所有的人一起来，一起高呼：自由万岁！""自由万岁！""很好！现在你们当中有谁愿意帮我一个忙？""我……""我……""我……""好，在宪兵特别侦缉处有一个名叫哈慈齐科斯的上校。你们打电话告诉他，叫他别忘了替我给阿斯克勒庇俄斯①献上一只公鸡。""什么意思?""他会明白的。"你随行刑队走了。外面停着两辆汽车,一辆卡车,一辆吉普。上吉普前,你久久地注视着苍天。这是一个晴朗的日子,蔚蓝的天空一尘不染,像擦过的玻璃一样明净。车队开动了。但你马上发现,车队并没有开往射击场。因为你对艾吉纳岛很熟悉,知道通往射击场的路应该在相反的方向,还得爬上一座山。车队拐进了一条通往港口的小路。"你们要把我带到什么地方去?""雅典。在雅典枪毙你。"他们让你上了你来时所乘的那艘汽艇,把你关进舱内,把手铐扣在一个铁环上。在比雷埃夫斯港,他们匆匆把你推进一辆汽车。"你们要把我带到什么地方去?""到古迪。在古迪的军营里枪毙你。"然而他们并没有把你带到古迪,而是带到了宪兵特别侦缉处。那儿有一名你不认识的指挥官。他戴着一副墨镜,口里发出一股臭味。他一把口中的臭味吐到你脸上,一边对你说:"帕纳古里斯,报纸上已经报道你被枪决了,现在我们可以随意摆布你了。"整整一夜,你一直相信他们会来把你绑在刑床上,严刑拷打,但他们没有来。天亮时,他们又把你推进昨天的那辆汽车。你筋疲力尽,站不起身来。你的眼睛半睁半闭,趔趄地走着,对什么都没有兴趣,只希望他们赶快动手,就近处决,不必挨到古迪了。当你发现这条林荫道不是通向古迪的那条路时,你感到非常高兴:谢天谢地!至少他们选择了市内的一个兵营。但是是哪个兵营呢?"你们要把我带到哪里?"你问道。"把你带到刑场呀,白痴。你以为我们会把你带到哪儿去呢?玩笑结束了。"结果他们把你带到了博亚蒂。

---

①阿斯克勒庇俄斯(Asclepius):希腊的医药神。他是阿波罗和仙女科罗尼丝的儿子,半人半马怪教给他高超的医术,但宙斯担心他会使所有的人长生不死,于是就用雷霆把他击毙。

第三章

  英雄的传说并不是在英雄做出了震撼世界的壮举之后便告结束。无论是在传说中，还是在生活中，壮举只不过是历险的开端，使命的起点。壮举之后是接受严峻考验的时期，然后是返回故乡，恢复到正常的生活，再后就是最后的挑战，挑战中隐藏着死亡陷阱，但他总能逃脱陷阱。这个严峻考验的时期最为漫长，也许最为难熬。这是因为在这一时期中，英雄完全处于无人过问的境地，极易受到投降的诱惑，一切都对他不利：被别人忘记，单调重复的痛苦，磨人的孤独寂寞。但如果他经不起第二次考验，如果他不能坚持而屈服，那真是悲哀。他的壮举将毫无意义，他的使命会付诸东流。你严峻的考验时期在博亚蒂。你在这个人间地狱耗尽了你最美好的年华，但同时也显示了你英雄的气概，证实了你英雄的传说。你明白这些。就像病人老爱提自己的疾病，老战士喜欢讲他参加过的战役一样，不论谈到什么话题，你都会不厌其烦地回忆博亚蒂。即使后来，当你对炸弹、审讯、艾吉纳岛因禁生活的记忆变得模糊不清时，当你的传说增添了更英勇、更感人的事迹时，博亚蒂这一章也依然铭刻在你心中，如同不治的顽疾引发的疼痛，如同对不可能的胜利产生的自豪。仿佛待在那儿的时间比受酷刑，比等待枪决的时间，让你失去的东西更多。你着魔似的与所有人谈论博亚蒂，甚至对已经听过的人或不爱听的人多次重复。你想把博亚蒂通向地狱之旅的故事奉献给所有人。每当你的幽默感能在悲剧中找到喜剧的成分时，你是何等的沉醉于惊奇、恐惧、开心。你唯一不愿提起的是，在你到达那里之前萌发的那种听天由命的想法，即希望他们尽快把你枪毙；你也不会再次要求那些看守给哈慈齐科斯打电话，让他给阿斯克勒庇俄斯献上一只公鸡了。

博亚蒂离雅典约三十公里。通往博亚蒂的公路很好辨认，因为有许多路标。但你没有看这些路标，只是心不在焉地盯着柏油路面。突然，一条林荫道展现在灰色的群山之中：对面山上隐约有一座建筑，看上去像艾吉纳岛的监狱。它四周筑有围墙和哨楼，哨楼上架着机枪。大门上挂着一块"博亚蒂军事监狱"的牌子。车子驶入后，来到一块空地，空地旁有一排刷成绿色的小房子。他们让你下了车，把你推向左边最后的一间。他们嘀咕了几句，你没有在意他们在说什么。然后他们使劲把你往里面推，用力之猛，以至于你扑通一声摔在地上，后脑勺着地。这一摔，摔得你晕头转向。几分钟后你才回过神来，朝四周看了看。这是什么地方？显然是在牢房里。和别处一样，这间牢房空空荡荡，像个空蛋壳：没有床，没有垫子，甚至没有毯子。空荡荡的牢房里唯一一样东西就是马桶。地方倒不窄，九步长，七步宽。看守呢？一个都没有。真奇怪，按规定，死囚不能单独关押。不过，当你摔倒时，那个戴着墨镜、口臭熏人的家伙说什么来着？他说："这就是你的家。"后来又说了什么呢？"如果你觉得不错的话，那你就待在这儿，直到你死吧。"这是什么意思？难道意味着这次仍不枪毙你吗？不可能，除非判决被缓期了。缓期一天、一周，还是一个月？这个假设并不让你感到高兴。当你去死的决心已定，要让你重新产生活下去的想法是非常非常困难的。你爬到墙根，坐下来，背靠着墙，两腿伸展在地板上，重新看着牢房。门边有一只蟑螂，它慢慢朝你爬来。它继续爬，一直爬到离你鞋子半米远的地方才停下。它长得又大又黑，令人恶心。你踢了踢脚说："滚开！快滚开！"但随即你就后悔了，又叫它过来。"来吧，快过来！"蟑螂似乎听见了你在喊。它转身朝你爬来，爬到你右脚后跟附近的地方停下。"勇敢些，继续！"你鼓励它。蟑螂又往前挪动了一两厘米，绕过后跟，沿着裤腿的方向往上爬，到膝盖附近又犹豫不决地停下来。你俯身观察它。它长着一双毛茸茸的长腿，两条笔直的触须好像两根胡子，但最令人惊叹不已的是翅膀。坚硬而光亮的甲壳下隐藏着一对漂亮的翅膀。如此看来，蟑螂也能飞啰！你朝它伸出胳膊："飞吧！"不，它没有飞起来。"跳起来，起码你得蹦一蹦呀！"它迟疑再三，爬上手铐的铁链，然后爬到手铐上。接着又爬到你的右手背上，最后爬到虎口时，又犹豫起来：走哪条路呢？沿着哪根手指爬呢？它终于拿定主意，沿着大拇指方向往上爬。出乎意料的是，它突然失去了平衡，头朝下一下子栽到地上。你忍不住笑了起来。你听着自己的笑声，心头感受到某种快乐：谁相信你居然还能笑呢？更何况仅仅是因为一只蟑螂从大拇指上掉下来的缘故！你温柔地抚摸它的背部，想知道蟑螂能活多久，要是他们不马上处决你的话，它能陪伴你多长时间。你还想知道，一只蟑螂能否被驯化为宠物。你小时候曾试图驯化一只金龟子，几乎获得成功。想到这些，你更加高兴了。要是身边有个可以与之玩耍、与之交谈的人，不受审判，不被指责，该有多幸运！这是何等的一种天意啊！对蟑螂你可以怎么想就怎么说，甚至可以告诉它，你的勇敢实际上是胆怯，这几个月来，你经常感到恐惧，尤其是行刑队到来时，你更是感到恐惧。他们并没有意识到这一点。只是为了使自己看起来总是显得那么勇敢、冷静，你做出了惊人的努力。在摩托艇上你几乎再也坚持不下去。一小时前，你仍然无法承受那种巨大的压力。半小时前、一分钟前也是如此。似乎你已经不愿意再生活在这个世界上。突然之间，你对这个小生命充满了感激之情。要是在其他场合，你肯定会对它的出现产生厌恶。但此时却不会，因为它使你意识到：你想活下去，你完全可以在这间长九步、宽七步的牢房里活下去。只需一张小床、一张小桌子、一把椅子、一个抽水马桶和一只蟑螂就行。当然，有一些书籍、纸张、铅笔，那就更好。如果他们不枪毙你的话，你就可以学习、阅读、写诗；你并不是世界上唯一一个被关在监狱里的人。在某些情况下，坐牢也是斗争的一种形式。实际上，暴政的残酷程度是由政治犯的数量来衡量的，难道你不同意吗，达利[①]？你称呼蟑螂为萨尔瓦多·达利，因为它的那些触须看上去就像一对八字胡。你一直用这个名字称呼他，跟它讲话，直到钥匙在锁孔里转动了几下，六名看守端着一份饭进来。达利乖乖待在那儿，触须垂下来。也许它厌倦了你的谈话，现在睡着了。"小帕帕多普洛斯们，留神，别踩着达利。""别踩着谁？"一个端着盘子的士兵问道。"别踩着我的朋友达利。""什么朋友？""它。"你用手指着蟑螂说。"啊！"士兵撇了撇嘴，露出厌恶的样子，然后抬起皮靴狠狠踩在它上面。于是地板上留下一摊白色的肉酱。

[①] 萨尔瓦多·达利（Salvador Dali）：20世纪著名的西班牙画家，作品以探索潜意识的意象著称。其脸上蓄的八字胡非常有名。

你经常说，使你更加难过的并不是那摊白色的肉酱，而是皮靴踩在蟑螂上发出的那种破裂的声音。你除了听见皮靴发出的声音外，仿佛还听见了一声凄厉的惨叫，那大概是蟑螂临死时发出的哀鸣。你说，你好像觉得被他们踩成肉酱的是一个长着两只胳膊、两条腿的人，而不是一只蟑螂。一想到失去了它，你的脑袋顿时热血沸腾，因为你突然意识到了你孤独的处境，意识到自己是在一间除了马桶便一无所有的空荡荡的牢房里。你说，这一切点燃了你胸中的怒火，同时也给你增加了一股力量。"凶手！"伴随着这愤怒的吼声，你扑向那个士兵，举起手铐朝他的脸上砸去。装饭的盘子被撞飞在墙上，士兵仰面跌倒。接着你朝其他五个人扑去，其中一个人的腹部挨了一脚，另一个的胃部被你捅了一肘，第三个人的鼻子被你揍了一拳，其情形比在夏天的树林里扔下一根点着的火柴还要糟糕；在短短的几秒钟内，他们全都扑到你身上，一顿拳打脚踢，把你揍得鼻青脸肿，周身是血。监狱长也来了，他恼羞成怒，气得说不出话来。他们这次给他送来的究竟是什么人？这人是谁？简直是个疯子！他不断重复着"疯子"这两个字。在他漫长的监狱长生涯中，他见识过各种各样的人，但从没见过这么乖张的家伙，竟试图袭击给他送饭的无辜的看守。看守有什么过错？他踩死一只蟑螂，完全是为了你好啊。如此看来，宪兵司令部的人说的话是有道理的，他们说你是只野兽，必须像驯兽员对付动物园里的野兽那样，对你采取最严厉的措施。他本人是反对这么干的，但现在看来是没有别的办法了。他将用各种方法来惩罚你，首先是不给你床——尽管按规定，他原本是准备给你的——不给你提供报纸、书籍、纸张和笔。就像他们吩咐过他的那样，采取绝对严厉的措施，甚至连户外放风和家属探望都不允许。一天二十四小时都让你戴着手铐。既然你双手被铐着都能把人打伤，那么一旦手铐解开，又有什么事情干不出来呢？你假装无动于衷地听他讲话，但实际上却在非常认真地掂量他说的每一句话：天啊！既然他在宣布一系列的纪律措施，这就意味着他们不会枪毙你。这是你眼前关心的唯一一件事。看来，明天会有某个圣人来帮助你。显然，明天将是新的一天。

* * *

当生命的存在失去了人性的内涵时，明天也就不成其为新的一天了。你已经被关了一个月了，有时你分不清生和死的区别。你感觉自己还活着，仅仅因为你还在呼吸。首先是那间牢房，它潮湿而阴冷，因为他们不给你生炉子。牢房弥漫着一股难以忍受的臭味，因为便桶两天才倒空一次。看守们进来时，不是屏住呼吸，就是用手绢捂住鼻子与嘴巴，满脸憋得通红，赶紧转身，跑到外面去呕吐。你对臭气已经习惯了，但只要门一开，外面的空气透进来，你马上就会感到两者真是云泥之别。你有时甚至会恶心得连一口饭都咽不下去。没有床更加重了痛苦。尽管在宪兵司令部和吉纳岛时的情况也一样，但你现在并不甘心像条癞皮狗似的躺在地上，更何况地面冰冷，砖头上长满了青苔。这种环境对治你的感冒、咳嗽确实不利。你也没有枕头。"你们至少要给我一个枕头吧！"你曾经对他们这样怒吼道。但帕佐拉科斯——这是监狱长的名字——却假装没有听到，他担心上司会指责他心肠太软。你把上衣卷成一团，当作枕头。身上没穿上衣，你冷得发抖。你不想被活活冻死，于是不睡觉，从地上爬起来，在牢房里来回走动。可不一会儿，你的腿就酸了，只好重新躺下，或坐下来，背靠着墙。你的牙齿在格格打战，等待着太阳升起。实际上，你是看不见太阳的，因为他们在窗子外面钉上了一块木板。但你仍能感觉到它的温暖，你对温暖的渴求胜于对食物的期盼。你根本不在乎吃的东西，因为搁在地上的那个饭盒让你感到恶心，更何况你戴着手铐根本就没法吃。手铐！最大的折磨就是手铐；你仍旧戴着手铐。第一天你以为他们会把手铐给你解开。心想，他们肯定不会让我戴着手铐坐牢吧，他们是不会强迫犯人戴手铐坐牢的，肯定是他们疏忽遗忘了。是的，他们忘了给我解开手铐。当看守进来给你倒便桶时，你伸出胳膊对他说："小帕帕多普洛斯，手铐，你们忘记给我解开手铐了。"但看守根本不予回答。一个星期以后，帕佐拉科斯向你解释说，关于手铐，上面有明确指示。"从8月13日起，我就一直戴着手铐！""这跟我无关，帕纳古里斯，上面要我这么干，我就得这么干。"每二十四小时仅给你解开二十分钟，让你大便。但这二十分钟总不能与实际的需要吻合在一起。脱裤子本身就成了一个高难度的体操动作，因为连接两只手铐的铁链只有三十厘米长。手铐小，再加上扣得紧，你的手腕磨破了，以致滴血流脓不止。

但这些还不足以使你感到愤怒，使你感到愤怒的是孤独与寂寞。你对围墙之外、监狱之内发生的事一无所知，甚至不知道这里关了多少犯人，隔壁牢房里关的是谁。你只能看到来送饭和倒便桶的看守。你跟他们打招呼也好，骂他们也罢，他们一概不开口。上面禁止他们与你说话。为了听见一个和你的声音不同的声音，你只好等待人们争吵与唱歌的回声。这种死一般的沉寂让你烦躁不安，有时你甚至怀念起在审讯期间与在艾吉纳岛度过的日子。你经常说，死亡可以面对，折磨能够忍受，但沉寂却不行。刚开始，你还觉得这没有什么不好，可以有更多的时间好好思考问题。但不久你就发现在这种情况下，你实际上想得更少，也想得更糟，因为仅靠回忆，大脑会变得愈来愈贫乏。一个不跟任何人讲话和任何人不跟他讲话的人，就像一口没有水源的井：井水会慢慢坏死，逐渐腐臭，最终蒸发掉。你经常对墙上的一块污斑说话，墙上的影子可以成为你最好的伴侣，因为它会移动，它的轮廓绝不会雷同，总在不停地变化。它们给你的感觉，有时像一样东西，有时像一个侧影，时而像一张脸，时而像一个身体，也许那是你一位朋友的脸，是你渴望的一个女人的身体。你和它交谈，就像当初与蟑螂交谈一样。不过，如果你稍加思考的话，就会发现，在墙上的污斑与蟑螂之间存在着天壤之别。当你做比较的时候，你会感到非常难受。你十分思念那只叫作达利的蟑螂。你是如此的思念它，以至于怀疑是不是自己的神经出了毛病：一个人可能会为一只猫、一条狗的死而悲伤流泪，却绝不会为一只蟑螂的死感到痛苦绝望。你多么希望再次看到另一只蟑螂出现啊！为此，你一连找了好几天。心想：这里既然有过一只蟑螂，那就肯定还会出现第二只，因为动物是不会离群索居的。但除了几粒椭圆形的小泥团之外，你什么也没有找到，这些小泥团看上去很像是老鼠拉的屎。不消说，这让你兴奋不已，因为你非常乐意有一只老鼠与你做伴。你会喜欢它，胜过蟑螂。老鼠是可爱而聪明的动物，容易驯养。但这一希望很快就破灭了，因为这并不是老鼠屎，而是蜘蛛屎。可你又没有看见蜘蛛，没有什么蜘蛛。牢房里没有任何有生命的东西，只有寂静。当然，如果你能得到一本书，或一份报纸的话，阅读会有助于磨炼你的大脑，至少你可以和文字进行对话。但连书报也在禁止之列，这让你觉得更加寂静、不安与烦躁。烦躁！当你身陷囹圄，被关在只有便桶别无他物的四壁，即使无所事事也是一种惩罚。一分钟犹如数年一般漫长，时间的概念完全消失了。

你不知道如何估计时间。你没有表，被捕后，他们就一直没有把表还给你。有时你甚至连上午还是下午都分不清楚。你总是自己问自己："现在是几点了?"在宪兵司令部的时候,你从来不向自己提这样的问题。你不在乎他们说是上午九点还是下午五点,在审讯时,你也不问时间。但在博亚蒂,那种想知道时间的好奇弄得你全身痉挛,心头发慌。可是那些混蛋却不告诉你。"现在几点了?"对方没有反应。"你回答我,现在几点了?"对方还是没有反应。就仿佛他们的舌头被人割掉了似的。不过,最糟糕的事情还不仅限于这些,你甚至忘了计算天数、周数、月数。在刚来的一星期,每当夜幕降临,你就在门上刻一个记号。刻到第八个时,你病倒了,再也不能刻了。"今天是几号?现在是几月份?"对方一概沉默不语,任怎么问也无济于事。你怒不可遏地喊道:"看在老天的分上,告诉我!这费你什么神呢?!"可是你还是枉费口舌,对方依然沉默不语。在你认为可能已度过了三个月时,一次偶然的机会使你发现其实才只过去了一个月的光景。那一天,他们第一次让你走出牢房。"出来,帕纳古里斯,出来!""怎么回事?出什么事了?""有人来看你啦。""谁?""你会知道的。"阳光让你睁不开眼睛,你拖着虚弱的身体,跟跄着来到探监室。难道是你母亲吗?从你开小差以来,你差不多有两年的时间再也没有见过她了。还真是你母亲,她就站在那里,穿着礼拜天才穿的外套,缠着一块头巾,看上去像是一个盛装打扮的农村妇女。可是她为什么不招呼你?为什么总朝另外的方向看呢?你走近铁栏杆,想叫她一声。但激动的心情让你喉头哽塞,张不开嘴来。你咳了一声,她转过头,无动于衷地看了你一阵子,然后又继续回头朝另一个方向看去。几秒钟后,她愤怒地问看守:"他到底来不来?""他已经来了,你没有瞧见吗?"她的目光在你的脸上看了一下,又移向别处,寻找着那个应该来这儿但没有出现在这儿的人。因为这个脸色苍白、眼圈黑紫、瘦骨嶙峋的手腕上戴着手铐的人,即使在外形上也没有任何与你相似的地方。"我没看见,他在哪里?"你喉咙里挤出一丝微弱的声音:"我在这儿。"探监室顿时被一声怒吼所震撼:"凶手!你们究竟对他干了些什么呀?凶手!"你从没想到母亲会哭,因为你从未见过她落泪。可是现在她却忍不住潸然泪下,过了好长时间才平静下来开始说话。这使你再次意识到,听别人讲话是一件多么幸福的事情啊!是的,她有许多事情要告诉你:她和你的父亲也被逮捕,被关了起来,你知道吗?他们是11月24日获释的。他的情况不太好,受了一百零三天的罪,他的身体被折磨得够呛。但你不必担心,现在好多了。你被关进监狱的事他还不知道。他甚至不知道你已被审判。她一直瞒着他。至于死刑，已经被缓期执行了。不错，缓期三年。不过，普遍的看法是帕帕多普洛斯不会枪毙你——尽管约安尼迪斯坚持要这样做——因为在欧洲谈论你的人太多了，你已成为一种象征，你的名字挂在所有人的嘴边。正是由于这个原因，他们才最终允许她来这儿探监。今天早晨，帕佐拉科斯还允许她给你带些吃的来。更何况因为后天——你打断她的话问道："今天几号？""你不知道今天是几号？！12月23号！后天是圣诞节！""圣诞节？！这么说，我在这儿才待了一个月？""是的，当然是一个月。"

你知道这点后非常痛苦，准备进行反抗。不，不能再这样继续下去。一个人不能没有时间概念而活着。管它什么蟑螂、蜘蛛屎，一边去吧，你必须逃跑。在这之前，首先要求得到人道的待遇。你需要一张床，啊，看在上帝的分上，需要一块手表，一个像样的厕所，还需要每天上午都送来报纸。另外，你还需要有人跟你讲话。哪张判决书有这样的规定呢？你必须一个人单独待着，没有手表，不知道时间，没有日历，不知道日期，没有人回答你的问题，或没有人与你说半句话。你既然没有死，也没有被埋葬，那约安尼迪斯又有什么权利对你进行这样的报复呢？你可以绝食，一直坚持到昏迷为止。如果帕佐拉科斯不让步，这事就会捅到帕帕多普洛斯那儿去。为了不致触犯众怒，挑战民意，帕帕多普洛斯多半会满足你的要求。当然，当各种食物摆在你面前时你却要去绝食，这近乎是一种疯狂的举动。你很爱吃母亲给你带来的东西。啊，兔肉应该是一道佳肴，难道还有比兔肉更可口、更美味的东西吗？也许是猪肝。老天！还有猪肝，上面还撒有桂叶！还有什么呢？炖肉！要是让你在兔肉、猪肝和炖肉三者中做选择的话，你会比帕里斯①选择把苹果献给哪个最美的女神还要为难。已经有多长时间你没有吃过这些东西了？这些东西够吃好几天。三天能吃掉其中的一部分吗？今天吃最易变质的猪肝，明天吃炖肉，不然就会有怪味，圣诞节吃兔肉吧！帕里斯的苹果应该给兔肉：烤得恰到好处，还散发出鼠尾草的香味。吃完之后，就开始绝食！接连两天，你狼吞虎咽，吃了很多东西，以至于到了圣诞那天，你连一杯咖啡都喝不下去。圣诞节不吃兔肉享受享受，真的不应该，不过接下来的一天，

---

①帕里斯（Paris）：希腊神话中特洛伊国王的儿子，赫拉、雅典娜、阿芙洛狄忒三位女神请他做裁判，把金苹果献给最美的女神。后来，他诱拐海伦，引发了特洛伊战争。

它仍将是属于你的。你对烤兔说:"耐心点,我的宝贝,耐心点吧!我们可以把绝食再推迟二十四小时,今天我实在吃不下了,请你原谅!"然后,你兴致勃勃地跳起舞来,从门口跳到对面的墙,再从墙跳到门口。当跳到第四遍时,你紧锁眉头站住了。奇怪,门上仿佛有某种异样的东西,与平时不同的是从观察孔透进来的光线没有了。为什么会这样?你朝门走去,把额头贴在门上,但你立即就跳了回来:在观察孔的另一边有一双眼睛正注视着你。真该死!这么说来,他看见你和烤兔说话了,看见你跳舞了,看见你的举动像个傻瓜一样了!真讨厌,多尴尬呀!他是谁?管他是谁呢?无论他是谁,都应该受到惩罚。你举起戴着手铐的胳膊,猛地伸出右手食指指向观察孔戳去:随即响起一个痛苦的叫声,之后是一阵混乱的声音传来。"快,送医务室!他把他弄伤了,几乎把他的眼睛戳瞎了!什么几乎?就是给戳瞎了!真是畜生!野兽!让我们去教训他一顿!"另一个声音说:"不,不,我能看见。他没有把我戳瞎。我发誓,我能看见东西!这是意外事故,他不是有意的。我想对你们说,就饶了他吧,今天是圣诞节!"可是没用,牢房的门被打开了。七八个人怒气冲冲地冲了进来,成心要进行报复。"野兽,畜生,混蛋,我们让你过个愉快的圣诞节!"他们的声带好像突然恢复了功能,一个月来的沉寂顷刻之间被打破了。他们的嘶喊声震得你耳朵发聋。很快,他们就不再吱声,只顾殴打。七个人一起上,你戴着手铐,行动不便,无法自卫。不久你就被打得血迹斑斑,遍体鳞伤。盘子被踹飞,便桶被打翻,你跌倒在兔肉狼藉、屎尿满地的地板上。圣诞快乐,圣诞快乐。

*　*　*

然而荒唐的是,圣诞节的被殴反倒使事情简单化了。这使你在博亚蒂的第一次绝食进行得非常顺利。本来绝食总是开头难,头三天最难。过了头三天,身体变得非常虚弱,进食的欲望也就随之消失了。因此,当你遭到毒打,变得神志不清时开始绝食,你就不会觉得肚子是空的,不会觉得你唯一想要的是食物。当那七个人把你抛下后,你就处于这种状态:七十二小时内滴水不进。七十二小时后,你喝了一小杯咖啡。然后又重新滴水不进。你虚弱得失去了知觉。当宪兵司令部的医生来到你身边的时候,你已经处于昏迷状态。他就是你被捕那天打算帮助你的那个医生。那天,你处于半死状态,因为你几乎两个星期没有吃东西了。突然，你觉得有一根针扎进了你的胳膊，一股热流在血管里流动。你觉得挺惬意，睁开眼睛，他正俯身瞧着你：瘦削的脸庞，一双小眼睛闪烁着既同情又嘲讽的目光。"你好，阿莱克斯，你好。""你是谁？""你应该认得我，我是医生，名叫达纳鲁卡斯。""你想干什么？""我想帮助你。""像其他看我受刑的医生吗？""我不参与刑审。""撒谎。"他一面往你嘴里塞一小块巧克力，一面问："告诉我，你为什么不吃东西？""因为我想要一本日历。一块手表和一本日历。我还希望有人跟我讲话！""这不过分，还有呢？""我要他们给我解开手铐。""不是问题啊，还有呢？""给我一张床。""小事一桩，还有呢？""一个像样的厕所。""然后，还有呢？""报纸、书刊、纸张、铅笔。""这样就好。要是你只要求一样东西，他们永远也不会给你。要是你提出很多要求，他们也许会满足你其中的一样，或者两样。我会向上面汇报。你把这块巧克力藏好，下次会对你有用。"他带着你要求的清单走了。第二天，床搬进了牢房。两天以后，他们派来了一个和蔼可亲的士兵："你好，阿莱克斯。"

圣诞节那天，他们派他在你的牢房外值班。他们没有告诉他你是什么人，只是对他说，你是个非常危险的人物，非常危险的罪犯，因此连一句话也不应该同你交谈。这使他产生了巨大的好奇心，所以就伏在门上的观察孔看你，想瞧瞧一个非常危险的罪犯究竟是什么样子。但你立刻用手指戳在了他的眼睛上。你用敌视的目光打量着他："你是谁？""我就是被你戳了眼睛的那个人。""那是为了教训你这个想做密探的人。""我不是密探。""所有密探都说自己不是密探。"那个士兵笑了笑，没有回答你的话，径直走到便桶跟前，想把它提出去倒干净。你心想，要是这小子说的话是真的该怎么办呢？为了证实，你必须用激将法来试试他。于是，你用挑衅性的口吻对他说："小帕帕多普洛斯，我看你挺爱收集大粪，哈。""不对，但我很乐意给你倒便桶，因为我钦佩你。"看来他还真的很有诚意，等他提着干净便桶回来，你又开始刺激他："小帕帕多普洛斯，你把我的裤子解开，我想小便。"他羞怯地笑了笑，把倒干净的便桶放好，然后一本正经地给你解开裤子。"现在帮助我小便。""不，阿莱克斯，这不行。这样不好看，我给你打开手铐，你自己小便吧。""啊，他们已经准许你给我打开手铐了？""没有，他们不容许我这样做，但我早就想这样了。""我不相信。""那你就不相信好了。"你的语气温和了一些："为什么之前你不和我讲话呢？""因为之前不了解你。""是因为你没有胆量跟我讲话？还是因为他们禁止你与我讲话？""我知道那是禁止的，但就在刚过去的几天，在你处于昏迷状态说胡话时，我却一直都在与你说话。好了，你希望我把你的手铐解开吗？""如果你解开手铐，我就打算逃跑。""如果你逃跑，他们会重新把你抓回来，到时候，来代替我的就再也不可能是你的朋友了。"你向他伸出手腕，他给你解开了手铐。"如果我现在夺走你的钥匙和手枪，你怎么办？""你不会那么做。""为什么？""因为那是一种愚蠢之举。你还想不想小便呢？"你迷惑不解地解完小便，同时用眼角的余光瞄他：不，他没有撒谎。你靠自己的本能完全能感觉到，他并没有撒谎。犹豫片刻后，你又向他伸出手腕，让他重新把你铐上。右手腕上的伤口很重，肉已经烂到骨头了。"怎么弄成这样？需要包扎一下，阿莱克斯，缠上纱布吧！""把我铐上，小帕帕多普洛斯，别演戏了。""你这就不近情理了，我是不会在伤得这么厉害的手腕上戴手铐的。我马上去找点药，找点纱布来。""别。""反正我得去。"他走了。一个小时后，他拿着药膏和纱布回到了牢房。"你花的时间不短嘛，小帕帕多普洛斯，看来，你是去给你的上司报功了吧？""不，我故意磨蹭了一段时间，好让你的双手自由活动的时间长一些。"他给你敷上药膏，缠上纱布，重新给你戴上手铐。他的表情比任何言辞更能使你对他产生信任。"谢谢你，小帕帕多普洛斯。""我不叫小帕帕多普洛斯。我叫莫拉吉斯，下士莫拉吉斯。"

你差不多花了一个月的时间才确信，他并没有撒谎。在这一个月当中，你经常变得冷酷无情。你每次想证实一件事情的时候，总会这样。你越喜欢一个人，就越怕上当受骗，越怕情不自禁，所以就越故意让他难受。不过，他的善良最终还是使你信服了。他对你是如此的忠心耿耿。有时你问自己：没有了他，该怎么办呢？他除了每天给你倒三次便桶外，还给你帕佐拉科斯不愿给你的报纸、铅笔、纸张。帕佐拉科斯也不是那么太专横武断，有时他甚至允许你在监狱的小教堂里，而不是在铁栏杆隔开的探监室里会见你母亲。然而有一天，看守们逮住你递给她一张纸条。为了不致被约安尼迪斯发现而受株连，他们没收了报纸、铅笔、纸张，也就是说，你通过绝食而争取到的一切全都没了。那次绝食是因为达纳鲁卡斯的缘故才中断的。帕佐拉科斯仅给你留下了一张床。另外，莫拉吉斯还是每次都冒着被人发现的危险给你解开手铐。这使你相信，你完全可以信任他。你甚至对他说了你想逃跑的想法。他听了，好像也不觉得惊奇："我知道，但这很难。""不难，只要有一套军装就可以。你有吗？""我有一套专门是外出时穿的。"你看看自己的身材，又看看他的身材：他比你矮，肩没你的宽，不过，总的说来，两人身材还是差不多。"好吧，以后把那套给我。你自己穿现在这一套。""我？！""你当然得和我一起走啰。""可是，我……""别这样诚惶诚恐，你有足够的时间来考虑这件事。首先我得恢复体力，现在我虚弱得连走到栏杆门那儿的气力都没有。""你打算什么时候……""不知道。别着急。现在去给我端一份丰盛的晚餐来吧。"他给你端来了晚饭，你吃得津津有味。你每天吃饭都像这个样子，变得很安分守己，以至于帕佐拉科斯同意给你一张桌子和一把椅子。有时甚至允许到牢房外放风。唯独不允许给你解开手铐。在宪兵司令部，他们拒绝了他的要求："监狱长先生，难道我们要扮演慈善家的角色吗？"但不管戴不戴手铐，你的身体都恢复得很快。到了春天的时候，手腕上的伤口就差不多结疤了，体重也在逐渐增加。有时你甚至不知不觉用欢快的嗓音唱起歌来。歌词忧伤，那是你在休庭的那个星期写下的一首诗："白鸽远去！乌鸦黑压压地飞临！黑色的鸟群！"你喜欢唱这首歌，因为当你用走调的嗓音来唱它时，你知道这会加倍地激怒那些看守。"闭上你的臭嘴，帕纳古里斯！"随着温暖五月的来临，下面这个戏剧性的事件发生了。

　　一天上午，他们为你解开手铐，拎来一桶热水，替你擦身、洗头、刮胡子，还让你穿上一件干净的衬衫和一条烫得笔挺的裤子。他们对你说，你可以到院子里去溜达溜达，爱待多久待多久。你感到很惊讶，但并没有产生多大疑心。显然他们决定做出让步了，为什么不舒舒服服呼吸一口新鲜空气呢？你走出牢房，院子里空无一人。你靠着墙，仰面对着阳光。一个足球突然弹跳到你脚下，你睁大眼睛，想看看是谁踢来的，但阳光太刺眼，你还是谁也看不见。也许是莫拉吉斯吧？你懒洋洋地把球踢回去。球又蹦了回来。是的，一定是莫拉吉斯，不知道藏在什么地方，正打算与你闹着玩呢。你兴冲冲地又飞起一脚，足球碰到对面的墙壁，又弹了回来。这是第三次，球出现在你脚下。嘿，莫拉吉斯！他想向你挑战吗？嘿，好吧，你可以奉陪。尽管你好长时间没有踢球了，但你要让他瞧瞧，即使在体弱气虚的情况下，你也能战胜他。"嘭！嘭！嘭！"你踢了一脚，两脚，三脚，直到你感到呼吸困难，上气不接下气才停下来。"我累了，莫拉吉斯！"但没有人回答你。难道是别的什么人？不是莫拉吉斯？当你这样问自己的时候，心头有一种被别人窥视的不愉快的感觉。可院子里仍是空无一人。真的空无一人吗？不，你的眼睛现在终于适应了阳光，看见另一头站着一个中士。他正在指手画脚："加油，阿莱克斯，加油！"你不认识他。他是谁？"加油，阿莱克斯，继续踢呀！"你红着脸，转过身，走进牢房。然后，等着莫拉吉斯。第二天，他来了。你一看见他递报纸给你时的那种神态，一下子就明白了一切。所有报纸都刊登了这幅你在踢足球的照片，报纸上这样写道：外国电台在造谣诬蔑，胡说什么你九个月来一直戴着手铐，像狗一样睡在地上，终日不见阳光，仿佛你被活埋了一样。希腊和世界各国的记者，他们自己看到的情况正好相反：你身体健康，衣着整洁，没戴手铐，并且可以随时走出囚室。你见阳光的机会可以说太多太多，以至于在没有催促你进去之前，你自己就主动回去了。莫拉吉斯难过地说："昨天上午正好我没有值班……要是我在的话，这样的事情就不会发生了……我会预先通知你……我是昨晚才知道的……""你告诉我，他们是藏在什么地方拍摄的？""在探监室，他们藏在探监室，透过窗户观察你。"你沉默了几分钟，然后突然失声痛哭起来。你让莫拉吉斯做好准备：你打算在一个星期内逃走。

* * *

1969年6月5日，星期五，夜里。整个监狱都在沉睡之中。莫拉吉斯拎着提包来了，包里装了一套军装。你立刻穿好军装，把换下来的衣服塞进提包。然后把毯子弄成里面睡着人的样子，以便迷惑任何有可能通过观察孔进行窥视的人。你发出命令："我们动身！"那情形仿佛是你准备去做一次郊游。相比起来，莫拉吉斯则显得神情紧张。他意识到自己正在成为一名逃兵，要为当局最担心的这次逃跑承担责任。一想到这些，他的手便不由自主地颤抖起来。"我锁不上门，你把门锁上吧。"他一边用手指着牢房的门，一边把一串钥匙交给你说。你果断地锁上门，径直向黑暗中走去，你们两个人还不知道如何克服第一个难题：通过监狱的大门。要是哨兵认出了你呢？要是他要你出示证件呢？哨兵迷迷糊糊，半睡半醒。"你去讲一下吧。"莫拉吉斯说。你走上前去："醒一醒，饭桶！"然后扔给他那串钥匙说："把大门打开，饭桶！""可是，下士先生……""跟上司说话时要立正！""是，下士先生。""你的上衣没有扣好是怎么回事？难道是一种新式穿法吗？""不，下士先生。请你原谅，下士先生。""我想知道这儿是否一切正常。""是，下士先生，请检查，下士先生。"莫拉吉斯站在你身后轻声嘀咕道："哎，用不着！有什么必要呢？哎，没有必要！"然而你却假戏真唱，根本没听他说，继续演你的戏。"你看你！有这样保管钥匙的吗？你应该为你感到害臊！如此粗心大意，任何人都可能逃跑，真该死！谁都能逃走！好了，我这次饶了你。但我要你明天写个报告，明白吗？""是，下士。""把门打开。""马上就开，下士。""如果我们回来，不准叫嚷'那是谁'之类的废话，听明白了吗？""明白了，下士。"他打开大门，你们来到军营，监狱就设在军营内。现在你们必须对付第二个难题：走出军营。怎么办？现身在另一个哨兵前，重演刚才那出戏，这是不可想象的。爬上围墙，跳出去，这非常危险，因为瞭望塔上的探照灯每隔五十秒就会照射围墙一次。但没有别的选择。你们蜷缩在离营房最远的一个地点，等待适当的时机。当时机一到，你说了声："快！"莫拉吉斯迅速爬上你的肩膀，抓住围墙，翻上墙顶。然后伸下胳膊，把你拉到上面，并吩咐道："小心铁丝网！"既要小心铁丝网，也要小心每隔一会儿就会无情照到你们身上的灯光。"跳！"只听见两声撕裂的碎响。你们两人的裤子被撕开了口子，上衣也划破了。但跳得十分稳当，既没有扭伤，也没有擦伤。你们可以顺着山坡跑下，朝公路方向跑去。唯一的麻烦是遇到一个带牧羊犬放牧的山民，他的狗恰好在这条路的半道上。"那狗会发现我们吗？""希望它不会。""往前走！"莫拉吉斯冲在前面。他弓着身子，像一只野兔朝前方狂奔而去，但你不得不时不时地停下来喘气。狗发现了你，一声接一声狂叫不已，直到你满身污泥，气喘吁吁上了公路为止。现在面临的是如何去雅典的问题。

越狱通常需要外面有人接应，比如说，某个人备好小汽车在外面等他，帮助他继续逃跑。但你出于不信任，再加上想赌一把，所以拒绝了这种方式，不让莫拉吉斯找人帮忙。谁都不应该知道你是与他一起逃跑的，一切都应该由命运来决定，由你的主动性来决定，因此一路上没有任何人在等你们。"现在该怎么办？"莫拉吉斯问。"现在去乘公共汽车。""公共汽车？""是的，公共汽车，就像两个下士通常外出免费乘车似的。"公共汽车来了，你和莫拉吉斯上了车。不一会儿，你们就意识到，上车是个错误：你们的军装撕开了口子，皱巴巴，脏兮兮，看上去什么都像，就是不像两个外出办事的下士。售票员迷惑不解地看着你们："打架了？""嗯，是的，一个坏蛋居然敢侮辱军人。""你们进城吗？""不，我们下一站就下。"你们下了车，莫拉吉斯显得愈来愈紧张。"现在怎么办？""乘出租汽车。"出租汽车来了，但只载你们坐了几公里，因为它的运营范围仅限于博亚蒂地区。你们只好再次步行，唯有茫茫夜色给你们提供庇护。"现在怎么办？"莫拉吉斯又问。"现在我得脱下军装。"你躲在一棵树的后面，拿出塞进莫拉吉斯提包里的衣服。换好衣服，你们松了一口气。这样，两个身穿军装的下士的痕迹就消失了，他们也就失去了跟踪的线索。"现在怎么办？""我们得再叫第二辆出租车，接着叫第三辆，乘出租车直达雅典。"午夜时分，第三辆出租车把你们载到雅典城内。这时，这一全靠运气的计划的脆弱性就暴露出来了。到哪里去藏身呢？在越狱的准备阶段，莫拉吉斯曾多次问你："越狱后你将去什么地方？我可以到一个姑娘或一个亲戚家躲藏，你呢？你的家已被监视，你的同伴现在都在狱中。你怎么办？"你总是这样回答他："不必为我担心，愿意接待我的人数以千计。"这些人是谁呢？是那些只有危险过去、重获自由时才敢露面的人吗？是那些只知道唱高调的家伙吗？是那些一到关键时刻就像遇火熔化的蜡烛一样销声匿迹的懦夫吗？有的人甚至不愿打开他们的门。"谁呀？""我，阿莱克斯，我逃出来了，让我进去吧。""走开，你简直在开玩笑，走开！"有的人把门打开一条缝，门上的保险链仍挂着，一看见你就吓得魂不附体。"不行，太危险了，不行！"甚至曾经说过爱你的一个姑娘也把你给撵走了，就像撵一个叫花子、一个麻风病人一样："赶快走开！你不希望我为了你被宪兵司令部的人抓走吧？"凌晨三点，你们仍徘徊在大街上，从一个街区到另一个街区。莫拉吉斯绝望了："我们接下来该怎么办？我在什么地方与你分手？"你筋疲力尽，走了这么多路，已经耗尽了你的体力。你拖着沉重的步伐，喃喃地说："我已经不适应走这么多路了，我得休息一会儿，必须歇一歇。"你终于发现一座被拆毁的楼房："我们在这儿歇一歇怎么样？""可以。"莫拉吉斯回答说。你们立刻就躺下睡着了，像两个孩子似的，相互依偎在一起。黎明时，你们被一阵叫骂声吵醒了："同性恋！你们不应该到工地上来干你们的邋遢事，明白吗？真可耻！警察！警察！"你们一骨碌从地上爬起，拔腿就跑。一群怒气冲冲的工人在后面追赶。拐过弯，你停下来说："我们必须分开，快！""我不能把你单独一个人留下来，阿莱克斯，我做不到！""没问题，你能行！赶快离开我，我说了。快！""那你到哪儿去呢？""我不知道，别去管它，快跑吧！"那群工人正追赶过来："警察，抓住他们，警察！"莫拉吉斯旋即消失了。你甚至没有时间和他告别，没有时间对他说一声：谢谢，再见。

你就这样一个人孤零零地滞留在这座正在苏醒的城市里。你完全暴露在光天化日之下，六个月之前，他们就给你的脸拍了照，被刊登在每家报纸上，你蓄着胡须，即使在一个人人都留着小胡子的国家，人们也能一下子把你认出来。你至少应该想到把胡须刮掉呀！"他身穿一条深色裤子，上身是蓝色的T恤衫，蓄着胡须。"警方的通缉令可能会如此描述。现在是早晨七点，毫无疑问，警方已经发现了越狱，并且用电话通知了各地。因此乘出租车根本想都不要想。坐公共汽车，情况更糟。继续在熙熙攘攘或人少冷清的街道上行走也一样。这事得马上解决，就在这个街区解决。这是什么区呢？啊，是基普塞利区！谁住在基普塞利区呢？帕蒂查斯！德梅特里奥·帕蒂查斯！昨天夜里你怎么就没想到呢？德梅特里奥·帕蒂查斯是你的远亲，是你的堂弟。他曾经参加过抵抗运动。塞奥菲洛亚纳科斯在审讯期间用棍子打你，拷问过你，他想弄清楚："提供假护照的人是谁？他是何人？"你守口如瓶，只字未吐。不说别的，仅仅出于感激，德梅特里奥就该留你住一夜。但他住在什么地方呢？哦，想起来了，他住在帕特莫斯路51号。只是到帕特莫斯路究竟该怎么走呢？现在得想想：从这儿出发，右拐，接着左拐，然后再右拐……最终就可到帕特莫斯路！这条路真长，老也走不到尽头：这是149号，到51号还远着呢。149号，147号，145号……99号，97号，95号……你一直低头走着，担心有人转过身来说："嗨，这不是帕纳古里斯吗？"57号，55号，53号……51号！你终于到了51号，你按了门铃，是左边上面的第二个按钮。对讲机里传来一个睡意浓浓的声音："谁呀？""是我。""你是谁？""开门，德梅特里奥！看在基督的分上，别磨蹭了！"随着一声清脆的门响，大门打开了。看门的人不在，你犹豫了片刻，是乘电梯，还是爬楼梯呢？你决定爬楼梯，然后气喘吁吁地往上爬。啊，根本爬不动！对于一个十一个月来没有爬过楼梯，且脚受伤的人来说，这些楼梯是何等的漫长啊！你爬了八段楼梯才到了第四层，在那里，一双吓得发呆的眼睛注视着你，已不能把你撑走。但此刻你不愿意花时间去恳求与解释，一个箭步就闪进了屋里，随即关上门。"我逃出来了，德梅特里奥。你至少要留我住一夜。""从监狱里逃出来的？怎么回事？告诉我。""等会儿再说，先给我一把刮胡刀，我必须把胡子刮掉。"

* * *

刮掉胡子，你几乎又会被辨认不出来了。你满意地照着镜子，然后环视了一下屋子。只需扫一眼，你就意识到，一次偶然的机会就使你找到了一个理想的藏身之所：帕特莫斯路坐落在贫民区，帕蒂查斯公寓的建筑与其他建筑没有两样。另外，他的住房还有两个阳台。必要时，可以跳到旁边的房顶上逃跑。但这种必要是不可能存在的：谁又能发现你躲在这里呢？没有人看见你进门，没有人看见你上楼梯。对面的窗户比这边低，发现不了屋里的动静。你数了数房间：会客室、浴室、厨房和一间关着门的卧室。你问道："卧室里有人吗？""有一个朋友。""你不是一个人住在这里吗？""不，不过不必担心，他是一个真正的朋友，一位同志。""他叫什么名字？干什么的？""他叫佩迪卡里斯，一个学生。""我想同他谈谈。"帕蒂查斯打开了门。里面睡着一个年轻人，墙上挂着肯尼迪兄弟的肖像和一幅红场的宣传画，画中有一座座尖顶教堂和克里姆林宫。你收起笑容，走了进去。把他弄醒，严肃地站在他跟前："我是帕纳古里斯，是从博亚蒂监狱逃出来的，不要走漏风声，明白了吗？"惊愕片刻之后，他从床上跳起来，用亲吻、拥抱、发誓效忠的方式回答你说："阿莱克斯，你不知道我是多么钦佩你啊！阿莱克斯，我愿为你献出我的生命。"帕蒂查斯指着肯尼迪兄弟的肖像和耸立着尖顶教堂与克里姆林宫的红场说："我刚才不是跟你说过了吗？不用担心！你现在是在同志们中间。真是走运啊，你绝不可能遇到比这儿更好的地方了，为什么没有马上到这儿来呢？现在休息一下，吃些东西，告诉我们你是怎么干的，你这个机灵鬼！"他们又是许诺保证，又是刻意奉承，直到电台播出新闻为止。电台广播说，逃跑是在早晨八点被发现的，当时，看守找不到交给下士莫拉吉斯的钥匙，于是只好撞开牢房的门。莫拉吉斯和帕纳古里斯一起不见了。现在莫拉吉斯作为同案犯和逃兵正受到通缉。听完广播，立即引起了一场争论：显然，你必须离开这个国家，但通过什么方式离开，这是个问题。是通过陆路走好呢，还是通过海路走更好？帕蒂查斯主张走海路，搭乘一艘国外货轮或一艘游艇离开。佩迪卡里斯建议走陆路,通过与阿尔巴尼亚或南斯拉夫接壤的地带离开边境。你认为乘飞机离开更好。因为你已经剃掉了胡子,再戴一副墨镜,谁也认不出你来,只需要一张护照就行。但护照一事需要帕蒂查斯想办法解决。"好吗?德梅特里奥。""当然可以,明天吧。"但这事又推迟了一天。你知道,明天是星期天,大家都要去海滨度假,什么事也办不成。另外,他们还和两位姑娘有个约会,如果他们不去赴约,反倒会引起怀疑。"再见,我们晚饭时碰头。"

晚饭时,他们没有回来。到了半夜,也没有回来。后半夜,他们还是没有回来。甚至连星期一上午、下午都没有回来。这是为什么呢?你怀着焦急不安的心情,一分一分地数着时间,每一分钟都会冒出一个可怕的假设。是不是他们被捕了?不可能,肯定不可能,如果他们被捕了,警察早就该来搜查了。是不是他们发生了车祸?不会,肯定不会,如果出了车祸,一定会有人来报信的。是不是他们正打算……哦,不,你甚至不愿去想它。很明显,他们留在了两位姑娘那里,与她们睡觉……这是显而易见的,真该死!难道他们不知道你一个人待在这个地方,正在担惊受怕、烦躁不安吗?不知道你正面临急于出国的紧迫问题吗?此外,现在吃的东西也没有了。他们在冰箱里只留下了两个鸡蛋和一个西红柿,以及星期六晚上剩下的一些奶酪。你立刻吃掉了鸡蛋和奶酪,之后又吃掉了那个西红柿。所以除了一块面包皮,什么也没有剩下来。难道他们连这点都没有想到吗?除非……这不可能。德梅特里奥是个可靠的人,佩迪卡里斯是个好样的小伙子,他们肯定正在设法给你弄护照,所以回不来,也无法与你取得联系。你就这样自言自语地对自己说。但疑问依然存在,你像中了毒一般显得焦躁不安。你扑倒在床上,又站起来。拧开收音机,又把它关上。愤怒、无助、犹豫不决的感觉交织在一起,痛苦地折磨着你。离开,还是留下?显然,离开几乎是一种疯狂的举动。然而,留下也同样是一种错误的做法。可以设想一下,尽管他们接待了你,但仍然被恐惧所征服。世界上绝大多数丑事都是出于恐惧才做出来的,你仿佛看到了他们那两张长满丘疹的小脸,看见了他们油腻腻的头发,以及他们套在身上的庸俗的蓝色工装裤。你仿佛听见他们在说:"怎么偏偏让我们碰上了这种事?我可不愿意为他蹲监狱!""我也不愿意。""我们可不可以去报告警察局?""最简单的做法是不回家,让他挨饿:迟早他自己会离开。"是的,你现在才意识到，到帕特莫斯路来躲避是个错误。白白浪费了许多宝贵的时间。一旦天黑，你就离开。你等到天黑，正准备出门的时候，"哐啷"一声，门被打开了："我们回来啦！唉，那两个臭娘们！她们简直是婊子！不管发生了什么，都是那两个女人的错。她们把我们身上的东西全拿走了。我们不停地说'至少得给他打个电话呀！'这段时间，我们一直都在为你操心。我们还去了趟港口，为你找了条船，是艘货轮。星期三离开比雷埃夫斯港，驶向意大利。"

在我们一起生活的那几年中，那是你向我敞开心扉的几年，我注意到有一个话题，你很少讲起，即使提到，也是非常勉强，那就是你在帕蒂查斯和佩迪卡里斯家里度过的那段日子。每当我想进一步了解的时候，你就会脸色苍白，并对我说："别提它了。"但有一次，你打破了沉默，向我讲述了我谈到的那些事情。你说，当你听到那两个人讲"我们回来啦！唉，那两个臭娘们！她们简直是婊子！"时，你只觉肠胃一阵痉挛，感到一阵揪心的痛。看着他们的面孔，你有一种奇怪的不安。他们的有些表现无法使你信服：他们显得过分高兴，过分热情，说得太多，明显自相矛盾，前言不搭后语。比如，他们究竟是在与姑娘寻欢作乐呢，还是在为你忙碌操心？这两件事无法联系在一起。货轮，什么样的货轮呢？是怎么找到的？谁和他们交涉的？用的是什么借口？你变得严肃起来："少废话，多细节。""当然，阿莱克斯，当然。可是，你急什么呀，耐心点，平静点，我们还有一整晚的时间呢。另外，我们得吃点东西，不吃，怎么行？难道你不饿吗？你瞧，我们带来了多好的东西：茄子、羊肉、肉卷。""先讲情况，然后吃东西。""哟，看来你不信任我们？是我们让你一个人待得太久了，是吗？你变得不耐烦了，天晓得你是怎么想的。确实，我们应该昨晚就回来，但那两个婊子……今天早晨，我想顺便来看你一下，可是已经太晚了，我无法准时赶到办公室。"你回头问佩迪卡里斯："你也是怕上班迟到吗？你也去办公室吗？""不，我不去办公室，我要去大学上课。""大学中午也有课吗？下午也有课？""好了，阿莱克斯，你错怪人了。我下午去了趟港口，去找船长……""船长叫什么名字？""说实话，我记不得了，阿莱克斯。他是外国人，名字很难记。德梅特里奥，他是日本人？还是瑞典人？""我觉得是瑞典人。""那艘船呢？""瑞典的，对吧？"你一把揪住他的衣领："别瞎编了，小伙子。"要不是帕蒂查斯过来把你拉住的话，你恐怕就把他掐死了。帕蒂查斯说："你冷静点，冷静点。你很激动，我能理解。但你为什么要去责怪这个可怜的小伙子呢？为什么不把火气撒到我身上？是我叫他去港口的，你不信任我吗？我们是亲戚，又是朋友。我们从小就在一起玩耍，难道你忘记了吗？"你把他推到一边："我现在就离开。""你疯了？想找死吗？"那个年轻人说："不要这样，阿莱克斯，不要这样。你误会了！"他们拉着你的手，抚摸你，甚至哀求、呜咽起来。最后你妥协了。你说："好吧，我们来吃这些肉卷和茄子吧。"你又吃又喝。桌上有很多酒，正是你喜欢喝的香味浓郁的白葡萄酒。你已经差不多有一年的时间没有沾过酒了。之前的愤怒很快就变成了欢乐，继而欢乐又变成了沉醉。"小伙子们，现在我们来谈谈这艘星期三起航的轮船吧。""等会儿再说，阿莱克斯，等会儿再说。我们喝得太多了，先打个盹儿吧。""好，再来一杯，然后睡一觉，阿莱克斯。"你打着呵欠，走进佩迪卡里斯的房间，站在肯尼迪兄弟肖像和那幅耸立有尖顶教堂与克里姆林宫的宣传画下面，心想，是啊，他们是同志，是朋友。然后你倒下睡着了，进入了一种折磨人的梦乡。你梦见了鱼。你梦见你和莫拉吉斯在一起，行走在那条企图谋杀总统的海滨公路上，只是莫拉吉斯在筑堤下面的半道上，而你则在临水的一块岩石上。莫拉吉斯在喊："四只眼睛总比两只眼睛看得清楚，为什么我们要分开？"这时，一个海浪把两条鱼抛到岩石上。你想逮住它们，但它们鲜蹦活跳，又湿又滑，以至于你的手一碰到它们，它们就立刻溜掉了。你抓住了一条，另一条跑了。你又去抓另一条，先抓住的那条又跑了。你很着急，因为光抓一条没用，要抓就得抓一对。"莫拉吉斯，"你喊道，"莫拉吉斯，快来，帮帮我！"但莫拉吉斯没有听见，你从岩石上跌下来，掉入水中。就在那一刻，你发现莫拉吉斯已经先于你落在水中了。帕蒂查斯摇晃着你的身子："怎么了？你不舒服吗？""你为什么这么说？""因为你一直在翻腾，一直在呻吟。""我做了一个可怕的梦。准要出事。""什么事都不会出的，阿莱克斯，安心睡吧。"

  第二天是星期二。早晨，当你还睡得懵懵懂懂的时候，帕蒂查斯就准备出门了。他说："喂，昨晚我们还没谈船的事！都是喝酒给闹的！我们中午再谈。我中午回来，再见。请原谅，我得走了。"你还没有来得及说："啊不，上帝，我们现在就谈！"他就出了门。昨晚被葡萄酒赶走的不愉快，现在又涌上你的心头。但你强迫自己克服这种情绪。两小时后，当你起床时，似乎又恢复了信心。你吹着口哨，煮了咖啡。喝完咖啡，拧开收音机。突然，你又变得忧心忡忡起来。收音机里说，仍没有发现你和莫拉吉斯的踪迹，但政府愿意出五十万德拉克马，悬赏给任何能够提供情报的人。好家伙，五十万德拉克马可是个大数目，足以吊起一些人的胃口。你必须小心谨慎，帕蒂查斯和佩迪卡里斯不在的时候，千万不要弄出什么响动，应该关掉电灯，把收音机的声音开小些，以免引起邻居的怀疑。五十万德拉克马，好家伙。他俩知道你值五十万德拉克马吗？佩迪卡里斯喝得烂醉，正在隔壁屋子里酣睡。你去叫醒他："喂，你知不知道我值五十万德拉克马？""至少从昨天起人们就这么说了。"佩迪卡里斯嘟哝了一句，又翻过身，接着打起呼噜来。从昨天起？！这是怎么回事？他们当时为什么没有告诉你呢？又是谁告诉他们的？当然不是电台。因为你从未漏听过电台的每一则新闻，今天才第一次提到悬赏的事。难道是报纸？不可能，因为星期一报纸不出版。如果登报的话，那么消息就得登在星期天的报纸上……你又回到佩迪卡里斯身边："喂，你听着，关于悬赏的事，是谁告诉你的？""唉，我不知道，忘记了，我喝得太多了。你让我睡一会儿吧，这有什么要紧的？"他显得很诚实，你相信了他。哦，上帝啊，让那些疑神疑鬼、瞎猜乱忌的念头见鬼去吧！难道你的乐观主义全都没有了吗？难道你不能再忍耐一点吗？你躺在床上，等待帕蒂查斯回来。他说过："我中午回来。"十二点整，钥匙在锁孔里转动。你支起胳膊问道："是德梅特里奥吗？"回答你的是一阵混乱的骚动，接着是一把椅子被踢翻的声音。二十来个便衣警察突然冲进屋来，端着手枪："举起手来，否则，我们就开枪。"

我看着那些照片，这是他们把你押送到古迪军营之前，那天下午开记者招待会时给你拍摄的。你的眼睛盯着地面，嘴巴痛苦地扭曲着，戴着铁铐的双手无力地垂下，满脸的忧伤：看上去就像是失败与屈辱的象征。屈辱的感觉并不是由于你重新被逮捕而产生的，而是由于国家安全部部长对新闻界说的那席话："他组织中的成员为了领取赏金，出卖了他。他们是两个人，名叫帕蒂查斯和佩迪卡里斯。"只是那个警官后来对你讲起的内容要比这详细得多。"你以为你有一批忠心耿耿、言听计从的奴仆吗？我们从星期天就知道你躲在帕特莫斯路五十一号了！我们暂时没有进去，指望你自己出来。因为我们答应了你堂弟的要求，不到他家去抓人。他到我们这里来说：'他很烦躁，自己会出门的。我连一点吃的东西都没有给他留下！'我们等了你两天，监视你的一举一动。后来我们等得不耐烦了，就冲着你的堂弟和他的朋友说：'你们在玩什么鬼把戏？那家伙坐牢坐习惯了，他可以在屋里一直待上好几个月。'他说：'我有办法把他引出来，把他带到港口去。'我们失去了耐心，向他要了钥匙。但他还嫌五十万德拉克马赚得不够，又向我们提出要求，想在奥林匹克航空公司工作。我们给安排了。我们是正人君子，说话算数，不像你的朋友那样翻脸不认人。"最后，他还告诉你：莫拉吉斯也被逮住了，在接受严格的审讯。他正在招供，正在招供。

第四章

一个被判处死刑、以奇迹般的方式越狱后又被抓住的人，居然能克服他的沮丧情绪，并且很快就能策划他的另一次逃跑，这样的事恐怕只有熟悉你的人才能理解。此事是在一个半月后，即他们把你从古迪带到博亚蒂时发生的。那时，帕佐拉科斯已不再是监狱长，由于那次丢脸的事，他被革了职。在囚室门口等你的是个五十岁上下的大个子，鹰钩鼻，脑袋硕大，光秃秃的。"你好，阿莱克斯，欢迎你回来！"欢迎你回来！你斜眼打量着他。他长着一对猪眼睛，目光迟钝，充满敌意；嘴唇肥厚，令人生厌；那双笨拙、颤抖的手既可以轻易地用来乞求，也可以自在地用来打人。"你是谁？""阿莱克斯，我叫尼古拉·扎卡拉基斯，新来的监狱长。""你想干吗？""想和你谈谈，阿莱克斯，想跟你说说我的想法。""你是怎么想的？尼古拉·扎卡拉基斯，说给我听听。""好吧，阿莱克斯，我认为你是个勇敢的人，是条硬汉。正因为我认为你是个勇敢的人，是条硬汉，我才很快和上将约安尼迪斯先生谈妥了。我对他说，上将先生，过去的事就让它过去吧，把它一笔勾销，就不要再提它了。让我们忘记这个年轻人犯的错误吧，向他表明我们是有人性的，不给他提供任何可以胡作非为的借口。这样，他最终就会幡然悔悟，痛改前非。上将先生问我，扎卡拉基斯先生，你说怎么办？我回答说，我建议对他宽容些，与他聊聊，给他取掉手铐。真的该给他取掉了，他已经差不多戴了一年了。让我们向他表示一点善意吧！上将先生自然不太乐意，但最终还是让了步。他说，扎卡拉基斯先生，你是监狱长，你说了算。你大权在握，想怎么办就怎么办吧。"啊，上帝呀！这家伙既愚蠢又狡猾，口气既凶狠又随和。你了解这种人，这种人会跪倒在任何政权、任何当局、任何淫威的面前。他会高呼帕帕多普洛斯万岁、斯大林万岁、希特勒万岁、尼克松万岁、教皇万岁，对任何人都可以高呼万岁，只要能明哲保身就行。这种人喜欢欺负比他更不幸的人，因为只有这样，才能弥补他的渺小，才能为他所受的凌辱复仇。专制独裁正是由于他才得以产生，集权暴政正是因为他而得到强化。这种人是专制的温床，集权的基石。通常情况下，这种人充当狱卒楷模的角色再自然不过。你必须马上摊牌提醒他你是谁，必须抵制他，激怒他，准备展开一场新的战斗。你打断他的话："讲完了吗，扎卡拉基斯？""还没有，阿莱克斯，我正想补充呢……""不用了，扎卡拉基斯。我知道你为什么到这里来。你来这里是为了告诉我，我长得帅，你很喜欢我，你想让我鸡奸你。这事太老套，大家都知道，军政府的走狗都是些色鬼。但是，扎卡拉基斯，我没有鸡奸你的愿望。今天没有，永远都不会有。我不能满足你的想法，你长得太丑，太胖，令人讨厌。我甚至不愿脱下你的裤子看一眼你那又肥又大的屁股。""罪犯！共产党的叛徒！被人雇佣的杀手！"他张牙舞爪地离开了。

几小时后，他又死皮赖脸地回来了。"喂，刚才吵了一架，真是遗憾。是我不对，阿莱克斯，我没有明白你是在开玩笑。尽管以前我听人说过，你很风趣，喜欢开玩笑，但我还是给忘了，真不应该。为了请你原谅，我给你送来了这个。拿去吧。"你的眼睛闪闪发亮：他递给你一串念珠。一年多来，你一直梦想得到一串念珠。用念珠消遣本来就是你的嗜好，尤其在这种与世隔绝、无所事事的情况下，它便成了生活中的一种必需。但你不能接受它。接受它就等于原谅他，等于在对他说："扎卡拉基斯，我理解你，你也有家庭，你也是百姓的儿子，我们和解吧！"就等于中了他的圈套。必须挺住，向他表明，你既不会受胡萝卜的诱惑，也不会向大棒屈服。你们是敌人，现在是，以后仍然是。所以你克制住自己，没有向那件珍贵的礼物伸出手去，装出一副无所谓的样子说："我不要。""好了，拿着吧，我真心实意送给你。""我说了，我不要。扎卡拉基斯，我只想从你那儿得到一样东西：抽水马桶。""抽水马桶！为什么？""因为用便桶，我不习惯，臭气熏天，并且不卫生。""可是这儿所有的囚室都放的是便桶，没有一间有抽水马桶呀！""我的牢房应该有。""算了，理智一点，还是收下我的礼物吧！""我不接受法西斯分子的礼物，只要法西斯分子给我安个马桶，因为这是我应该得到的。"扎卡拉基斯打了一个冷战，他知道你早晚要说出"法西斯"这个词来，所以做好了准备。"唉，阿莱克斯，我的朋友，你还年轻。我在你这个年龄的时候，也谈论过法西斯主义！""扎卡拉基斯，你不要对我说，你骂过法西斯。""但我还真骂过法西斯。当时我没有脑子。另外，墨索里尼侵略了我们，我对他没好感。我还记得有一天晚上在里米尼发生的事。你知道，1940年我在里米尼当过战俘，当时经常与意大利人争论。那天晚上我说，墨索里尼是个罪犯，是人类的渣滓……""好样的，扎卡拉基斯，说得好！""而他们回答我，墨索里尼创造了一个国家，给整个国家带来了秩序与安定……""那你就相信了，不是吗？""不，我不信。我告诉你，当时的我就像今天的你一样单纯、天真。我根本不相信，并且予以反驳。我高声吼道：难道你们没有意识到，你们遭受的所有痛苦都是因为他吗？但他们却说，不是这样，我们的痛苦是英国人、犹太人、共产党人造成的。而我……你听听我是怎么回答的。因为我知道怎样控制场面，你简直想象不出我是一个什么样的交谈高手。我回答他们：我本人也不喜欢犹太人，但你们到希腊去干吗？是去找犹太人吗？""简短些，扎卡拉基斯，说到点子上。""不，听着！你知道他们是怎样回答我的吗？他们回答说：我们到希腊去是为了阿尔巴尼亚，否则，你们就会抢走，把它改名为北伊庇鲁斯[①]。""那倒是真的，扎卡拉基斯。""唉，看来你确实不想听下去了。因为当时我是这样回答他们的：是的，阿尔巴尼亚是我们的，但法西斯主义却是一种罪孽。你知道他们是怎样下结论的吗？他们说，反对法西斯主义的人才是罪孽，因为反对法西斯主义就意味着支持共产主义！我的小伙子，他们是对的。我现在才明白，他们说得绝对有理。我想补充一句：你在真心诚意地犯同一种罪。""难道你真的相信是这样？扎卡拉基斯。""你问我是不是相信？我当然相信，百分之百地相信。我的小伙子。不管是谁，只要他反对法西斯主义，他就是在为共产主义和苏联效劳。""哼！"你假装迷惑不解，然后付之一笑，这种笑任何人都无法抗拒。"有意思，老天，真有意思，可以向你提个问题吗？扎卡拉基斯。""我在听着呢，小伙子，尽管提吧。""你会说意大利语吗？扎卡拉基斯。""不，我不会，我只会希腊语。我

[①] 伊庇鲁斯（Epirus）：希腊北部一地区名。

从来就没有想过要去学什么英语、法语或德语。我是个民族主义者，就是这么一个人。""我明白了，在里米尼的那些意大利人讲希腊语吗？""一个字也不会。""白痴，你甚至连希腊语都讲不好，连文盲都不如，你们怎么可能聊那么多呢？"这时，他忘记了自己对自己，对约安尼迪斯许下的诺言，抡起一根棍子，把你揍得昏厥过去。但你并没有抓住棍子来阻止他，这是你希望发生的，因为这样一来你就有了绝食的正当借口，从而得到下次越狱必不可少的工具——抽水马桶。

由于扎卡拉基斯从未有过绝食的经历，所以他不知道前三天的重要性。只有在前三天，犯人才有进食的欲望，过了这段时间便陷入昏昏沉沉的状态，饥饿的感觉也就消失了。所以扎卡拉基斯犯了个错误，你绝食后三个星期他才去看你。当时，你为了活下去，只接受了一点点水。你的两腮都塌下去了，骨瘦如柴，腿变得和手腕一样细。嘴里发出一种无法忍受的臭气，在你身旁根本没法待。一见到你，他就大吃一惊，立即决定向司法部汇报："他要死了，他要死了！"司法部的答复是："如果他死了，我们就把你关进监狱，我们不想制造一起国际丑闻。"关进监狱？我的上帝，他只好劝诱你吃些东西！扎卡拉基斯走进厨房，看了看厨师们为他准备的晚餐，是他最喜欢吃的小扁豆，这个发现令他感到很遗憾，但他还是把它给了你。"小伙子，你好，瞧这儿！"一个微弱的声音："你想干吗？扎卡拉基斯，这是什么？""我的晚餐，给我做的！我送给你吃，小扁豆。"小扁豆？"走开，扎卡拉基斯。""来，尝尝。至少应该尝尝。挺好吃的，对你也有好处！""我说，走开！""你不喜欢它们吗？你是不是更愿意吃小牛排？喝盘羹汤？或者肉汤？"是的，肉汤，你本来就喜欢，但你肯定会为此付出很大的代价！"不，扎卡拉基斯，我不喜欢肉汤，不喜欢羹汤，也不喜欢小牛排。我想要一个抽水马桶，只想要一个抽水马桶！""但我给你解释过了，这个监狱里，谁也没有抽水马桶！""你就有。""我是监狱长呀！""而我就是我，我想要个抽水马桶！""我没法给你！""不，你能。只需去买一个来安上就行。""不行！不行！不行！""那我就绝食而死，这样一来，你就会因过失杀人，或蓄意谋杀蹲在这间囚室。等着瞧吧。到时候，世界各地的记者就会纷纷赶到这里，他们会控告你谋杀了我，不让我吃饭，还毒打我。各国都会对希腊进行制裁。由于你的原因，我们国家就进不了共同市场。""你在说什么？""我说的是，帕帕多普洛斯不会饶恕你，约安尼迪斯也不会饶恕你。现在我想单独待在这里，我想安安静静地死去。我在天堂里会找到抽水马桶。"扎卡拉基斯几乎是哭着离开了。那天晚上，他没有睡觉，接下来的几天，他老来按你的脉，摸你的额头，焦虑得唉声叹气。你的情况眼看愈来愈不行了，你也不想掩饰。他一走近，你就嚅动嘴唇："我要死了……我要死了。"最后他屈服了："阿莱克斯，你听得见我说话吗？""听得见……""如果我给你安个抽水马桶，你愿意喝点肉汤吗？""我没有听明白……你再说一遍……""如果我给你安个抽水马桶，你愿意喝点肉汤吗？""你先给我安抽水马桶，然后我才喝汤。""哦，好吧，好吧！你会有抽水马桶的！""现在就要。""现在！"半小时后，一群工人拿着工具走进牢房。你接受了肉汤，又开始吃东西了。

关于抽水马桶的想法，更确切地说，关于利用抽水马桶来越狱的想法几个月以前就已经产生了，但具体的计划是在古迪形成的。当时你知道迟早要回到博亚蒂这间囚室里来。就越狱而言，这个牢房具有许多天然的优点：位于底层，与一条行人稀少的道路相接。此外，墙壁因潮湿而变得松软，仿佛是故意这样安排以便于人们把它挖穿。只要有个挖掘工具，找到一些东西能把不断变大的洞口遮住，能够把挖掘过程中杂物给清除掉，这事就搞定了。用抽水马桶来冲掉挖出来的泥土最适合不过。现在他们正在给你安装抽水马桶，你觉得事情已成功了一半。你甚至还与扎卡拉基斯开起了玩笑："喂，小帕帕多普洛斯，那盘小扁豆在哪里呢？""今天我没有小扁豆，但可以给你啃块鸡肉。""鸡肉就鸡肉吧！"现在你开始考虑如何解决另外两个问题。首先，用什么工具来挖掘？你连一把叉子都没有，吃饭时他们仅给了你一把小勺……是的，就是一把勺子！你还要求什么呢？难道还要铁镐、电钻不成？你把小勺藏在床下。当看守来找时，你耸耸肩说："我怎么知道那该死的勺子到哪里去了？肯定有人把它收走了。"你用勺子做了个实验，刮了一下墙壁。不错，还行！柔软的灰泥能轻松刮掉，砖头比你想象的更容易弄碎。你用一大块面包把墙补好。现在面临的问题是如何遮盖墙洞。需要一块帘子。但用什么理由、采取什么方法来得到它呢？显然不能再来一次绝食，绝食是一种不能滥用的武器。也许采取讹诈的手段能管用。对，等扎卡拉基斯来接受你的道谢时，你就讹诈他。他终于来了。"满意了吧？你喜欢你的抽水马桶吗？""喜欢，但缺少一块帘子。""什么帘子？""遮丑的帘子。我现在有抽水马桶了。你大概不希望老有人通过探视孔看我大小便吧？""谁会通过探视孔看你大小便呢？""大家都在看，也包括你。""我？！""是的，扎卡拉基斯。不要狡辩了，我看见过你。""混蛋，畜生！""如果你再骂，我就全说出去。""说什么？你想讹诈吗？""我不想讹诈，只想遮丑。我很害羞，如果我脸皮薄，一有点事就脸红，难道是我的错吗？再说了，有帘子的地方让人看着高兴，我这里既没有桌子，也没有椅子……""我明白了，你想把房间布置一下。为了证明我的宽宏大量，我给你一张桌子，一把椅子。""还有一块帘子。""什么帘子？我到哪里去给你找帘子？！"

不行，讹诈没有奏效。恳求也没有用。"扎卡拉基斯，劳驾你，给我块帘子吧。""我没有帘子。""只要给我块破布，两枚钉子就行。""不行。""为什么不行？""因为是我来做决定，明白吗？我是监狱长，懂吗？要是老听你的，你就该成监狱长了！你已经提了太多的无理要求！我给了你桌子，给了你椅子，但我不会给你帘子！""如果你给我帘子，我就把桌子、椅子还给你。""不行，这是原则问题。除非你疯了。"疯了。这倒是个办法。你应该让他相信，你真的疯了。这样，你的要求就会得到满足。晚上，你等他上床之后，把桌子搬到窗下，又把椅子放在桌上。然后爬上铁栏杆高喊："扎卡拉基斯！你睡了吗？扎卡拉基斯！你不应该睡，扎卡拉基斯！你得给我缝块帘子！要天蓝色的！并且要有皱边！"或者喊："扎卡拉基斯，我的帘子缝好了吗？皱边缝上去了吗？"接下来的几个晚上你都这样喊叫，其他囚犯不高兴了，纷纷提出抗议："监狱长，你就给他一块帘子吧！这家伙吵得我们根本无法睡觉！"第六天夜里，扎卡拉基斯带着几个看守冲进你的牢房，把你揍了一顿。不过，揍了之后，倒是给你安上了帘子。天蓝色的，还带有皱边。现在你可以挖墙了。你夜以继日、不知疲劳地挖着，当勺子挖不动的时候，你就用手抠。你的手指头磨破了，手上全是口子，但你不觉得痛。看着墙洞愈来愈大，直径已达四十五厘米的时候，你陶醉在喜悦中。你唱歌，吹口哨，笑声不断。尤其是当你把泥灰扔进马桶，用水冲掉时，你简直是兴奋不已，乐不可支。即使扎卡拉基斯皱着眉头过来看你时，你也没有丝毫紧张。"怎么了？是不是病了？拉肚子了吧？""我吗？不。为什么要拉肚子呢？""你老冲马桶。""我冲它，因为我觉得很好玩。难道不允许吗？""不，没人禁止。"他的小眼睛掠过一道狡黠的目光。

* * *

那一天，墙的厚度只剩两三厘米就穿透了，再挖几下就可以把它打通。你必须等到夜幕降临才能采取行动。于是你舒了一口长气，躺在床上做起白日梦来。心想：一旦上了小路，是往左边拐好呢，还是往右边拐更好？左边是扎卡拉基斯的住房，右边是厨房。往右拐更好。对，就这么办。但怎么对付哨兵呢？嗨，哨兵的问题是可以解决的，你和莫拉吉斯一起逃跑时已经遇到过这个问题。围墙的情况还是老样子，不过，这次你得一个人翻过去了。运气从来没有抛弃过你，首先，你碰上扎卡拉基斯，本身就撞上了好运。可怜的扎卡拉基斯。他给了你念珠、扁豆、抽水马桶和带有皱边的帘子，你却把他气得发疯，甚至利用了他的愚蠢。你认为，正是像他这样的人才导致了暴政的产生，并维持了暴政的存在，这话公道吗？仔细想想，他们首先是暴政的牺牲品。他实际上也是囚徒。他一直待在监狱里，被人诅咒和辱骂，总是听由约安尼迪斯们和司法部长们的摆布，总是提心吊胆，对今天的上司和明天的上司充满恐惧。你真想对他说，你其实不想和他作对，你认为他也是个囚徒。你真想把他争取过来，向他解释，他打你以及像你这样的人，其实也是在打自己。他应该成为一个自由的、不俯首帖耳的人，而不是一个奴仆。非常遗憾，已经没有时间了。正当你想着这些的时候，扎卡拉基斯走进了你的牢房。他看上去疲惫不堪，客气地对你说："阿莱克斯，我得求你一件事。""什么事？扎卡拉基斯。""今晚我感到不舒服，需要休息，请你今晚别唱歌，别再冲马桶寻开心了。""好的，扎卡拉基斯。""真的，你保证？""我向你保证，扎卡拉基斯。""我知道，你是冲着我才那么做的，这很自然，我是看管你的嘛……""我这样做，并不是冲着你，扎卡拉基斯，而是针对你为之效忠的那些人。你也是个囚徒，扎卡拉基斯，就像帕佐拉科斯是囚徒，所有独裁制度下或非独裁制度下的监狱看守是囚徒一样。当这个国家重获自由的时候，你就会明白我说的意思，明白我现在为什么会这么做。你是懦弱与无知的牺牲品，你没有罪过。有罪的是那些发号施令的人。那些发号施令的人是残酷的。你不残酷，扎卡拉基斯。你只是愚蠢。"扎卡拉基斯怪怪地对你一笑，跟早晨问你是不是拉肚子时的笑容一样。这次你注意到了他的表情，心头一阵紧缩，立即警觉起来。但是采取防范措施或改变主意为时已晚。夜愈来愈深,你抑制住内心的不安等待着熄灯的号声,四周一片寂静。

十一点。你摇了重重的两拳,用胳膊肘使劲一捅,墙洞穿了。你把头伸出洞外探望:小路上杳无人迹。你侧耳倾听:没有任何动静。也就是说,一切顺利。你屏住呼吸,把头伸进洞内,然后伸进一只胳膊,接下来是肩膀。往前挪动身子,在过另一只肩膀时,你被卡住了。难道宽度计算得不对?不是,是由于衣服的原因,你穿得太多了:皮夹克、毛衣、线衫。如果脱掉衣服,你就很容易通过了。你把衣服全部脱下,打成一个包,扔出洞外。"咚"的一声,包落在了地上,洞口离地面大约有半米高。一切顺利!你重新把头、一只胳膊、一只肩膀伸进洞里,然后是另一只胳膊和肩膀。腰以上部位全在洞外了。现在需要收腹,用脚一蹬,再使点劲往外挤。这样,你就可以大功告成了。但你刚准备钻出洞口,一阵冷笑便刺入你的耳朵,接着是一串嘲讽的话语:"天气很冷啊,阿莱克斯。你光着身子在这儿干什么?不害羞吗?"那是扎卡拉基斯的声音,和他在一起的还有二十多个士兵,他们站在小路上。扎卡拉基斯一直在狂笑不已。那些士兵也在哈哈大笑。他们笑得前仰后合,以至于手中的枪不断摇晃,犹如被大风吹动的树枝一般。

* * *

"喂,你以为我愚蠢吗?'你只是愚蠢,扎卡拉基斯。'你以为我又傻,又瞎,又聋吗?你以为我不知道你的手为什么有擦伤,为什么冲马桶,以及藏在帘子后面的那些鬼把戏吗?你太自不量力了!简直是个蠢货!你知道我为什么让你这么干吗?因为这样你就不会来烦我了,你这混蛋!因为我要当场抓住你,寻开心!是的,找乐子,寻开心!"然后是一顿暴打:脸上、胸部、生殖器,无一能幸免。"喂,我真的是一无是处吗?我是个可怜的笨蛋,跟你一样是个囚徒!白痴,我是这儿的监狱长!我是头头!头头!一个聪明的头头:我甚至计算过你需要多长的时间,狗杂种!我非常清楚你今天晚上会贸然行动!我们全都知道!大家都看见了,墙上裂了一条缝!你绝没有料到墙的外侧会出现一条裂缝吧?"接着,他们更加凶猛地揍你的脸部、胸口和生殖器。但是,使你感到痛苦的并不是毒打,而是耻辱,是那些回荡在耳边的话语,刺入你耳膜的嘲讽的记忆。当时,你一半身体在墙内,一半身体在墙外,猛然抬头,看见列队站在小路上的那些士兵和他,他冷嘲热讽地说:"天气很冷啊,阿莱克斯。你光着身子在这儿干什么?"你觉得脸上火辣辣的,真想去死。啊,上帝啊,我的上帝!是的,人可以遭毒打,受折磨,被撕成碎片,但不能被嘲弄。这不公正,不人道。"你真的以为我睡觉去了吗?你以为我会躺在温暖舒适的床上琢磨你那些无稽之谈吗?你知道我和卫兵在这里等了你多长时间?三个小时!整整三个小时!"你抬起沉重的眼皮,眼睛射出一道蔑视的目光,红肿的嘴唇艰难地嚅动着:"扎卡拉基斯,你会为此付出代价的。我不知道用什么方式,但这笔账早晚要找你算,扎卡拉基斯。我要让你神经错乱,把你送进疯人院。"扎卡拉基斯用最后一脚来做了回答。他汗流浃背,已经无力再继续毒打你了,然后把你交给宪兵司令部的人。他们用一条毯子把你裹上,把你抬到古迪的军营。在古迪,他们又开始了跟以往一样的审讯,一样的拷打。轮番来审问你的,还是那些人物:马里奥斯、巴巴里斯、塞奥菲洛亚纳科斯、约安尼迪斯。

这次表现得最凶狠的是塞奥菲洛亚纳科斯。"你告诉我,你用什么东西挖的洞?用什么?""一把勺子,塞奥菲洛亚纳科斯。""不是这么回事,这不可能,我不相信。告诉我,是谁帮的你?谁是你的同谋?""谁也没有帮我,塞奥菲洛亚纳科斯。""胡说,撒谎,根本不是这么回事!你很快就会招供的!""用你那些假文件来让我招供吗?塞奥菲洛亚纳科斯。你还不了解我吗?塞奥菲洛亚纳科斯。用你那狗屁不通的伪造自白书去擦屁股吧。用它去擦,你的屁股需要擦干净!""我宰了你!"约安尼迪斯表现得最冷静。他面孔冷酷,一脸幸灾乐祸的怪相,一语不发地看着你。过了好久,他才摇着头说:"帕纳古里斯,帕纳古里斯!我一直都坚持,必须枪毙你,帕纳古里斯!都是帕帕多普洛斯的错,他没有勇气送你下地狱!"接下来,费多·吉齐基斯也来了。他是雅典军区的司令,曾签署过枪决你的命令。他面色严峻,神情沮丧,左臂上戴着黑纱——几天前,他老婆去世了。你戴着手铐,躺在地上,旁边是一个没有动过的饭盘。他朝你俯下身来:"帕纳古里斯先生!请吃点东西。"十四个月来,他是第一个用"先生"来称呼你的人。你也以礼相待:"没有餐具怎么吃?先生。请原谅,将军先生,我可不是一条狗。""我知道,帕纳古里斯先生,我知道。但你应该理解他们的难处,如果他们把勺子给你,你马上就会用它在墙上挖洞!"你灵机一动,觉得面前站着的这个人是个合适的人选,看来向扎卡拉基斯,以及那些侮辱你、嘲笑你的人进行报复的机会到了。如果你能想办法让这个彬彬有礼又实权在握的人相信,那你用的圈套就一定会奏效。你看了一眼他那双无防备的眼睛,收紧脸上的每块肌肉,装出一副十分诧异的表情:"将军先生!你真的相信我是用勺子来挖墙的吗?墙又不是奶油冰激凌!""你说什么?帕纳古里斯先生。你在说些什么呢?""我想说是那些看守帮的我,将军先生,就是那些后来抓我的看守。我想说是扎卡拉基斯帮的我,将军先生。整个出逃的计划就出自扎卡拉基斯!是他给我出的主意。他想利用我的逃跑得到一个调离的机会,像帕佐拉科斯一样离开监狱。将军先生,我怎么知道他是个两面派呢?我相信了他,请原谅我说了这些,但如果您处在我的位置,也同样会相信!当一个监狱长走进一个囚犯的牢房,对他说,'让我们达成协议,你想逃跑,我想调离,我们成全彼此吧'之类的话时,当他把看守交给犯人使唤,让犯人产生重获自由的幻想时……将军先生,我真的怀疑耍两面派是他预先就计划好了的。他对我是如此真诚呀!也许他后来才改变了主意,害怕某个看守捅出去。像帕佐拉科斯一样,他太想调离博亚蒂了!""帕纳古里斯先生,我不相信自己的耳朵。耸人听闻!简直耸人听闻!""我也是这么想的,将军先生。我很乐意向您坦白这件事,因为您是一个好人,一个文明的人,正直的人,一个真正的军人。您从来没有虐待过我,从来没有。您很清楚,在其他人面前我决不开口。即使严刑拷打,我也不会说。""我知道,帕纳古里斯先生,我知道。我应该承认,您是个君子。只是你向我吐露的这些秘密是如此耸人听闻,真是难以置信!""我也这样认为,将军先生,但这是事实。非常不幸,这确实是事实。你可以想一想,当洞还没有挖成的时候,扎卡拉基斯经常来催我:再坚持一下,一直坚持下去!我会给你一把短柄小斧!有一天我太累了,实在挖不动,他马上火冒三丈,不耐烦地说:'你总不会期望我来帮你在墙上挖洞吧?'后来,他派了几个看守来帮我。'这样我就能和帕佐拉科斯一样,离开这儿了。'嗨!他还说了你们军官,尤其您本人不少坏话,将军先生!我不是指给军政府卖命的军人,我本人也看不起他们。我指的是像您这样的军人,将军先生!""谢谢您,帕纳古里斯先生。你是个非常正直的

敌人,帕纳古里斯先生。不过,您当然知道,这些情况光我知道还不行,我得向上级汇报。""我知道,将军先生。我会倒霉的,不过无所谓。您汇报吧,将军先生,尽管汇报。""那么,我们再见吧,帕纳古里斯先生。""再见,

将军。""我会给你带把勺来,帕纳古里斯先生。""感谢您,将军。""请吃点东西吧,好吗?""好的,将军先生。"

他把手举到帽檐边,向你敬礼,仿佛你是他的上级,然后怒气冲冲地离开了。几分钟后,他向约安尼迪斯汇报了一切。约安尼迪斯勃然大怒,当即召见塞奥菲洛亚纳科斯。"这么说,墙洞是用勺子挖的啰!""是的,少将先生。那个混蛋已经承认了。""一把普通的汤勺?""是的,少将先生,我们现在已经查明了。""没有人帮助他,比如说,没有人给他短柄小斧?""没有,少将。他是个畜生,这谁都知道。""而你是个白痴!一个蠢货,一个无能的蠢货!""少将先生!""滚开!笨蛋,废物,变形虫。""少将!""不要让我看见你,不然我就踢你的屁股!"与此同时,那些在小路上嘲笑过你的看守也被带到了古迪。从鞭打他们的房间传来的呼叫声,听起来比竖琴发出的声音还要悦耳。"别打了,救命啊,别打了!和我没有关系!我是无辜的,我发誓我是无辜的,无辜的!我没有帮助他,没有!别打了,求你了,别打了!"他们还让你跟几个人对质。看到他们被打成那种惨状,有那么一瞬间,你甚至产生了为他们开脱的想法。但让你的脸感到火辣辣的受辱的记忆仍鲜活如初,所以你再次重复了对吉齐基斯说的那些话,并且还火上浇油:"对,就是他们。扎卡拉基斯给了他们那把短斧,他们帮我挖洞。然后他们把泥灰砖块运走,以免抽水马桶被堵。""不是这么回事!不是这么回事!""遗憾的是,事实就是如此。他们很懒,连扎卡拉基斯都没法让他们干快点,有时我就把所有的东西都扔进抽水马桶,结果当然被堵住了。他们对我非常生气,所以也不想来修理。"你没见到扎卡拉基斯,约安尼迪斯想单独会见他。说得确切点,约安尼迪斯有些怀疑。他也比任何人更了解你,他知道你什么事都干得出来:为了给扎卡拉基斯制造麻烦,你甚至可以不顾名誉而撒谎。但同时怀疑又伴随着某种合理的推论,无论从哪个角度来考虑这件事,他都认为这种推论是无懈可击的。为什么要叫扎卡拉基斯走人?为什么?如果你撒谎,今后可能就再也找不到比扎卡拉基斯更可信、更可靠的监狱长了。相反,如果你讲的是实话,扎卡拉基斯就应该受到惩罚,但不是他所希望的那种方式。因此,没有必要刨根究底,多加指责,对他表示一点轻蔑就足够了。约安尼迪斯把他叫到面前:"这么说,扎卡拉基斯,你想退休啰。""我不明白您的意思,少将先生。""明白,扎卡拉基斯,你明白。这回那个从不开口的家伙可招了。我对一切了如指掌,你不必再演戏。""少将先生,我再说一遍,我不明白您的意思。是的,我很疲倦。你简直不能想象,和那个倒霉的家伙打五个月的交道是什么滋味。是的,我真想换个地方,不想再见到他,也不想再听见他的声音,甚至想忘掉这个人的存在。可是,退休?不,不!""换个地方?扎卡拉基斯。我没听错吧?您说您想换个地方?""是的,少将先生。如果可能的话,我想换个地方。我实在受不了,少将先生。那家伙是个魔鬼,我向您保证,他是个魔鬼!"约安尼迪斯的声音变得比任何时候更冰冷:"我比您更了解他,扎卡拉基斯。他是个魔鬼,然而是个诚实的魔鬼,跟您正好相反,您是个不知羞耻的骗子。我真该逮捕您,扎卡拉基斯,以通敌罪送交军事法庭。但这种处置方式太便宜您了,等于给您送了份厚礼……""军事法庭?少将先生!以通敌罪受审?!少将先生,是我抓住了那个罪犯,是我……""不要打断我的话,扎卡拉基斯。我对您说过不要演戏了。我重复一遍,送交军事法庭太便宜您了,等于给您送了份厚礼。我知道您应该得到什么惩处。您知道该接受什么惩罚吗?您应该待在原处,扎卡拉基斯。您应该留在博亚蒂!和他待在一起,只要他还活着,您就别想摆脱他,我发誓!""不,少将先生,不!不能这样!""就这样,扎卡拉基斯,从现在开始,我给您一项新任务:为他建个特别牢房,一个即使把门打开,他也不能逃跑的牢房。现在您走吧。但记住,扎卡拉基斯!如果您把事情搞砸了,我会让您受到比军事法庭更重的惩罚,我会把您和他关进同一间牢房!"

像一个幽灵,大约有两个星期,扎卡拉基斯一直都静静地待着。与约安尼迪斯的冲突大伤了他的元气,以至于有一次在情绪极其低落时他向你承认,他甚至不能尽到做丈夫的责任,即使他妻子用嘲弄的话来刺激他也不管用。"好像他们要你建一座帕特农神庙①!"他垂头丧气,悲观失望,只有在梦中梦见你已经被关进那个无法从里面逃走的牢房时,他的心情才会好受一点。但这是个什么样的牢房呢?这个问题让他吃不下,睡不香,甚至与妻子做爱也不成。约安尼迪斯给他规定了期限:"这是您的事,扎卡拉基斯。我给您三个月的时间。一过圣诞节,它就得建好。"过了圣诞节就要建好!只有三个月的时间!为了解决这个问题,扎卡拉基斯翻阅了许多建筑学的资料与书籍,

---

① 帕特农神庙,也叫雅典娜贞女庙,建于公元前 5 世纪,是雅典卫城上供奉希腊雅典娜女神的主神庙。这里喻指特别牢房。

学会了许多难懂的术语。什么潜能、抗摩擦系数、麦克斯韦定律、贝蒂定理、克拉帕龙公理之类，真可谓不一而足。但这些都是徒劳。的确，必须是一座钢筋结构的囚室，地基要结实，墙要厚，即使用气锤也不能把它打穿。当然，必须配双层钢门，窗户要小得几乎看不见，屋顶上要安电网，哪怕瞧上一眼，也会让你惧怕三分。可是他知道，即使这样，也不保险，还得采取一些别的措施，更可靠的措施。这些措施不仅能囚禁你的身体，还能禁锢你的想象，使你的头脑无法思考。尽管他头脑简单，思维粗糙，但还是凭直觉知道：使你无法思考才是问题的关键所在，因为你下次不会在墙上挖洞，而是要耍什么只有鬼才知道的新花招。啊，上帝！如果让你成功了，约安尼迪斯就再也不会这么仁慈了。"记住，扎卡拉基斯！如果您把事情搞砸了，我会让您受到比军事法庭更重的惩罚，我会把您和他关进同一间牢房！" 11月底的某一天，当他在一块墓地溜达时，看到一座圆形的坟墓。这一下，主意有了：造一座坟墓！这是为那个魔鬼准备的礼物：一座坟墓！于是，要建的囚室就有了形状与尺寸。他要为你建座坟墓。旁边也许还栽上小柏树。中间大院子里不是已经有一株现存的柏树了吗？如果他不立即听从灵感的召唤，那情形就像艺术家害怕失去创作冲动似的，扎卡拉基斯马上回到博亚蒂，画了一个六面体建筑草图，定了大小。两个月后，囚室竣工。从2月份的一天上午起，你在这间可怕的囚室一直待了三年半的光景。

　　2月的那天上午恐怖至极。那个恐怖的2月的那天上午，你在古迪。你根本不会想到扎卡拉基斯已经把他的帕特农神庙造好了。你甚至以为已经脱离他的管辖了。你在古迪的日子过得还不算太坏，监狱长从来不给你上手铐，看守们经常与你攀谈，最重要的，是你在那儿结识了另一个莫拉吉斯，一个愿意帮助你逃跑的士兵。"看我，阿莱克斯，不记得我了？""不记得。""但你知道我，阿莱克斯，你以前见过我。""在什么地方？什么时候？""你刚被捕，在宪兵司令部挨打的时候。""挨打？""是的，他们命令我用棍子打你，我打了。不过后来我很后悔。""我不信。""这是真的，阿莱克斯，真有这么回事。我感到很后悔，所以当时就发誓，一旦有机会，我就帮助你……""我不信。""我发过誓要帮助你，我对自己说过，要是你不被杀掉，总有一天，我是会为你做点什么的。""想想看，莫拉吉斯被判了十六年徒刑。""我知道。""他们下次不会再劳神费力来逮捕我了，他们会直接朝我和跟我在一起的人开枪。""我知道。""你知道什么？小丑。"你用你惯用的方式讥笑他，恫吓他，侮辱他，不过到最后，你相信他说的是真的。于是，你们一起制订了一个计划。这次可不能鲁莽从事，有勇无谋。除了一套军装外，他还给你搞到了以便逃出古迪的军方文件，还给你准备了一张假护照，一副能改容的眼镜，一辆在出口处等你的汽车，一艘在乌利亚洛梅尼海湾让你搭乘的游艇，随时可以驶离海岸，进入公海区。唯一的困难是你囚室门上的两把锁，因为钥匙在上尉手里。"阿莱克斯，我偷不到钥匙。""没有必要去偷。你到杂货店去把你认为可能有用的钥匙全部买来就行。"他去了，买回来大约五十把钥匙，其中有一把打开了第一把锁。但第二把锁怎么也打不开。"怎么办？阿莱克斯。""很简单，再买一些来，市场上有多少，你买多少，一把把地试，我们会找到能打开的。"他又去了，回来时带了大约一百把钥匙。上午八点到十一点，他值白班；晚上十点到半夜，他值夜班。在整个值班时间，他一直在开第二把锁，汗流浃背，提心吊胆，怕被人发现。"试试这把。""不行。""这把。""不行。"试到第三十八把时："可以了！"锁被打开了。"很好。你明天能把所有事搞定吗？""没问题，一切都准备好了。""汽车和游艇呢？""准备好了，已经在那儿等好几天了。""那就定在半夜行动。明天见。"半夜是最好的时刻，半夜时分，整个军营都在沉睡之中。

  那天清晨，你跟刚得到抽水马桶时一样，唱起歌来。但你没唱多久，因为大约九点，一队士兵闯进了囚室："走，帕纳古里斯。你将离开这里。""离开？！去哪里？……""去博亚蒂，帕纳古里斯，你将回到博亚蒂。"囚车，没有尽头的行程，一种让你感到窒息的想哭的欲望。前面就是灰色的博亚蒂监狱，已经看到它的围墙与岗楼。扎卡拉基斯在入口处等你，双手叉腰，病态的黄色大脸上流露出一种得意的神情。"瞧谁在这里，看谁又回来了！请进，亲爱的年轻人，请进。你想象不到在你到古迪休假期间，我为你准备了什么。"他抓住你一只胳膊，把你推上一条小路，小路通向你从那里逃跑过的那间牢房的院子，经过牢房，但没有停下。他向右拐，然后左拐，接着又右拐。你的心脏剧烈地跳动。当扎卡拉基斯说"亲爱的年轻人，我们到了，我们去那里"时，你意识到有某种邪恶的事情即将发生。某种恐惧的事，比以前你受过的所有折磨更让你痛苦的事。"我们到了，亲爱的年轻人，我们去那里！你喜欢它吗？它是为你准备的，全部都是为你准备的，仅仅为你一个人!"在空地的中央,映入你眼帘的是一座旁边栽有柏树的坟墓。瞬间,如同被人扇了一记耳光。"柏树很矮,不过它会长高的。"

* * *

你说,如果不亲眼看见那座牢房,根本无法想象它的样子。这就是为什么军政府倒台后,你会向国防部长阿韦罗夫提出申请去那儿拍照的原因。但他拒绝满足你的要求。你当选国会议员时,再次向他提出申请,并说明这不是出自任性,而是有必要向世界披露,专制政权是如何对待囚犯的。可是他还是不批准。你连续不断地向他提了三年的申请,并且每次都表明你怀疑他企图向全世界掩盖罪恶的行径,甚至想把那座牢房摧毁,使它从人们的记忆里消失。然而,他仍是不同意。他甚至不允许你跨过博亚蒂的大门,进去看一眼,以便对自己说——我曾经被砌在里面,可是我活下来了,并且胜利了。你再也没有重新看见过它,也没有为它拍过一张照。但在你死后,我像一个朝圣者一样去寻找那些被抹掉的过去的痕迹,寻找大部分已不复存在的街道与房屋,寻找那些断墙残壁,那些在风中晃动的钢丝网。在那段日子里,我代替你看见了那座牢房,代替你拍了一张它的照片。阿韦罗夫的推土机当时正在摧毁博亚蒂监狱。哨楼拆除了,大部分围墙推倒了,中间的营房已夷为平地,眼前只见一片瓦砾的狼藉。我好不容易才认出了在那个该诅咒的日子里让你玩足球的小院子,认出了扎卡拉基斯的办公室,认出了你从那里与莫拉吉斯一起越狱,后来又返回那里为抽水马桶而斗争的那间牢房。我认出它,是因为墙上的那个洞,从外面的小路上你能清楚地看到它修补过的痕迹。后来我又来到被扎卡拉基斯选中用来建造帕特农神庙的那个大院子。我一眼就认出了它,因为一看见它,我的心跳就停止了。那确实是座坟墓,你没有夸张。它不仅有坟墓的颜色,而且有坟墓的尺寸与外形。只有一个三十厘米见方的小窗打破了水泥墙的单调,另外还有一扇小门通向牢房的警卫室。里面更糟,因为你会发现,里面的实际空间比从外面看上去给人的感觉还要小。空间的三分之二被警卫室占据了。真正的囚室在最里边,在一个栅门的后面。栅门由两部分组成,下面是齐下巴的钢板,上面是密匝匝的钢条。整个囚室长不及三米,宽两米。你也可以认为,其面积相当于一张双人床,或比一张双人床稍大一点。但这个比喻并不贴切,因为有可能使人想到,里面活动的面积有双人床那么大。其实没有这么大。你活动的范围只有一米八长，九十厘米宽，其余的地方被一张行军床和一间带简易洗脸盆和抽水马桶的盥洗室占满了。行军床支在离地面五十厘米的高度，搭在一个墙角和盥洗室的一堵墙壁之间。睡在床上就像躺在一口棺材里一样，因为顶棚很低，光线特别暗，几乎漆黑一团。除了一个微弱的蓝色灯泡外，只有一些微弱的光线从警卫室里射进来。警卫室的天花板安有横向的铁栏杆。准确地说，那不是自然光，因为铁栏杆上有铁格子，铁格子上有铁丝网。太阳穿过铁丝网就像通过漏勺一样——透进来的仅是一些极其微弱的黄色光线。可是雨水、冬天的寒气、夏天的酷热却很容易透进来。总而言之，这是一座任凭雨淋、寒袭、暑蒸的坟墓。我把自己关在里面，试着在那块长一米八、宽九十厘米的地方走了一下，回忆起那些已经远去的诗行："向前三步，后退三步，相同的旅程，无数次往复，今天的行走累坏了我……"三步？！你最多只能走两步。我躺在行军床上试试感觉。低矮的屋顶，阴森的四壁让我感到窒息。为了喘口气，我抓住铁栏杆。竭力克制自己朝那扇敞着的栅门冲出去的欲望。我觉得我在那里度过了好几个小时，但看看表，才知道仅仅过了十分钟。于是我鼓足勇气，准备再逗留一段时间。但时间过得如此之慢，仿佛一切都凝固了，整个头脑僵冻在死一般的寂静中。在这种寂静中，唯一的想法是：出去，出去，赶快离开！

然而，你当时一点也没有在扎卡拉基斯面前流露出你的绝望。你大笑着对他说："好样的，扎卡拉基斯！这是你自己造的吗？""对，正是我。""我不信，扎卡拉基斯。你没有那么聪明。""可是就是我造的，我发誓，是我设计的！""恭贺，恭贺。"然后你指着警卫室问，"这也是为我准备的？""不，这是给看守们准备的，他们给你送饭时用。但是，如果你表现好，我也给你用，每天让你在这里散步三十分钟。""很好，扎卡拉基斯，很好。""没有别的要说吗？""有，扎卡拉基斯，我还要逃跑。""不可能，你不可能从这里跑掉。""我会跑掉。我们打赌？""好吧，赌什么？""一套上校制服。""好。"他打开大门，打开栅门，留你一个人在那儿苦思冥想。必须开动脑筋，思考一些问题。不要被愤怒弄得心烦意乱，不要为你的厄运感到惋惜，不要为二十四小时前没有找到开第二把锁的钥匙感到后悔。肯定能找到某种从这里逃出去的办法，找到它，也许几天的时间就够了。第一天，第二天，第三天，第四天，第五天过去了，这些想法一直萦绕在你心头。与此同时，你收集情况，整理印象，加以分析：坟墓周围有十六个卫兵，每边三名，每个角一名，每次四个人送饭。都是些新的、鲁钝的面孔。也许解决问题的办法就在这些新面孔身上，也许去作弄这些士兵，想出一个逃出牢房的法子并不困难。麻烦的并不是牢房，而是装有铁丝网的围墙。这是你跟莫拉吉斯一起越狱时遇到的普通铁丝网？还是电网？你不敢问，因为害怕引起怀疑。所以，这次你只能碰运气，凶吉祸福，就听天由命吧。如果你触电，那就是电网；如果你安然无恙，那就是普通铁丝网。因为你为逃出牢房设计的方法太漂亮了，所以值得冒险。这是你所能想象的最漂亮、最有趣的方法。第六天，你拿定了主意。傍晚的时候，四个卫兵来送饭。两个站在警卫室，一个打开栅门，一个端着盘子刚跨过门槛，"哐啷"一声，盘子就摔在了地下。啊，上帝啊！囚室里空无一人，行军床上搁着一张纸条："亲爱的扎卡拉基斯，我会回来取上校制服的。如果见到塞奥菲洛亚纳科斯和哈慈齐科斯，请转告他们，我会让他们气得发疯，尿血为止。如果你看到约安尼迪斯，告诉他，让你退休。你最亲爱的阿莱克斯。"

警卫室的两名卫兵匆匆跑了进来。"他在哪里？！""没啦！""不可能。""不可能？自己看吧！""今天中午是谁送的午饭？""是你，你送的！""撒谎！""你说谁撒谎？""你。""冷静点，小伙子们。咱们梳理一下，你离开时关好门了吗？""当然！""钥匙呢？后来交给了谁？""交给了你。""给了我？撒谎！""小伙子们，我们之间就不要吵了，还是好好找找吧！"他们的眼睛在天花板和墙上乱搜索一阵，仿佛你是只苍蝇。这时，你在床下缩成一团，屏住呼吸，忍住笑。的确和你预料的情况一样：他们就是没有查看你唯一可能藏身的地方——床下。但他们会愚蠢到再犯第二个错误——出去时不关里外的门吗？他们坐在床上唉声叹气："啊，上帝啊！他是怎么跑出去的呢？怎么可能呢？"他们认为："应该拉警报。"然后，没关栅门和外面的门就一窝蜂地跑出去了。"警报！警报！"整个营房响彻的都是这个声音："警报！警报！"几秒钟后，你冲出牢房，和大家一起高喊："警报！警报！"你跑到一棵树下，从那里转到厨房。一个身影从你身边擦过，是个士兵。他问："你看见他了吗？"你用手指着往相反方向跑的一个人回答他："看见了，那边！"他谢过你，跑开了。同时高喊："在那边！在那边！"没有人注意到你，也没有人想到打开探照灯。你可以试着趁机溜到围墙那儿了。

你来到墙根，纵身一跳，爬上墙顶。凶吉祸福，听天由命。你碰到了铁丝网，还好，没有通电。但铁丝网划破了你身上的肉，划得比那天晚上与莫拉吉斯一起逃跑时还要厉害。这次需要多长时间才能脱身呢？黑暗对你有利，但警报必须得解除才行。你把手捂在嘴上，成麦克风状，大声喊道："解除警报！解除警报！"一个人跟着喊："解除警报！关掉警报器！"接着，一个中士怒气冲冲地呵斥道："谁说的解除警报？""他！""他，他是谁？""那个穿便衣的家伙。""哪个穿便衣的家伙？笨蛋！快去找犯人！"你刚把插进大腿的一根铁丝拔出来，胳膊上又被划了一道。袖管上全是血，难道割破了静脉？痛苦使你昏迷了关键的一秒钟。"我看见他啦！""哪儿？""墙上！抓住他！"探照灯照过来，灯光打到你身上。你正准备跳时，被人逮住了。"中士，我抓住他啦！"

接下来，你进行了一次短期的绝食。国外仍然对你非常关注，扎卡拉基斯愈来愈害怕你会因绝食而死去。"吃点东西吧！""不吃！""请吃点吧！""不！""这是你母亲送来的。""让她自己吃吧。""好了，告诉我，你到底想要什么？""我已经说过了：一套上校制服。我有权得到它。我从囚室里跑出来了，对不对？""不对，因为我们逮住了你。""那不算数，既然我已经从囚室里跑出来了，就证明你是个傻瓜。""你才是傻瓜！""不对，我是个聪明人。我想得到上校制服。""你要上校制服来干什么？""我要穿它。狂欢节要到了。狂欢节人人都要乔装打扮，世界上最可笑的服装就是上校制服，你的主子，帕帕多普洛斯就穿了一件。""混蛋！""小丑！"第二天的谈话内容依旧。最后，扎卡拉基斯恼羞成怒地嚷了声："去把上校制服给他拿来！""没有，监狱长先生，因为这儿没有上校。""去找一套！"他们找来了一套，你穿在身上，开始吃东西。扎卡拉基斯又返回牢房。"现在把制服还给我。""别做梦。""我把制服给你，是为了让你吃东西，既然你吃了，就该还我了。""不行。""从他身上脱下来！"五个人拥过来，扑到你身上。由于地方很窄，行动不便，他们你推我搡，胳膊肘在墙上磕碰了好几次，才终于把制服从你身上脱下来。他们同时还脱下了你的鞋。那几天非常冷，但你却光着脚，又开始了绝食。"吃吧。""不。""你想要什么？""我的鞋。""鞋在这儿，现在你该吃了吧？""不。""那你还要什么呢？""我想洗个澡。因为身上一股臭味，长了虱子。像你一样，扎卡拉基斯。""我不臭！也没有长虱子！""不，你长了。那虱子重九十公斤，就是你。""我宰了你！""那你将以谋杀罪受到军事法庭的审判，约安尼迪斯给你说过了。""唉，好吧，给他洗个澡吧！""热水。我想洗热水澡。不然，我会得肺炎。如果我死了，你同样会以过失杀人罪被送上军事法庭。""那就给他洗热水澡！""也把理发师给我叫来。""叫理发师！"一桶热水被拎了进来，理发师也来了。他们给你洗了澡，刮了胡子，理了发。但他们受命于扎卡拉基斯，把你的头发剪到还剩半厘米长。于是，再一次的争吵爆发了。"蠢猪，你让他们把我剪成了秃瓢。""我没有让他们把你剪成秃瓢。我只是让你的头发变短了。你不是告诉我，你有虱子吗？""虱子并不仅仅长在头上，凡是有毛发的地方，它们都会长。所以，你干脆把我身上的毛全部剃光算了，连腋毛和阴毛也剃掉。""你这个疯子！他们让我看管的是一个疯子！""我不是疯子，扎卡拉基斯。你知道得非常清楚，我之所以这样做，是为了把你气疯。我会做到的，反正我就待在这座坟墓里。""把他全身的毛剃掉！""不要他们剃，你自己来，因为我知道，你喜欢碰我，因为你除了是个猪猡和杂种外，你还是个同性恋者。"他把你捆在床上，亲自揍你。揍得如此之狠，以至于他不得不马上去叫医生。医生看到你，吓呆了：你被揍得伤痕累累，从头到脚都是伤。"谁打的？""扎卡拉基斯打的。他想给我剃毛。""给你剃毛？！""是的，为了强奸我。他说在伊斯坦布尔的妓院里，他们就是这么干的。我反抗，他就揍我。""强奸你？！""是这么回事，他和谁都这么干，谁都知道，他是个色鬼。"这回把扎卡拉基斯气得肝病发作，在床上躺了一个星期。

　　如今，你们两个既是对方的牺牲品，又是对方的刽子手，这种关系建立在两种角色不断转换或同时扮演的基础上，很难说哪个比哪个更冷酷。也许你更冷酷，因为你非常了解扎卡拉基斯，而他却不了解你。他怎么能了解你呢？你表达的东西和代表的东西对他的世界来说，显得太遥远，比半人马座的阿尔法星离地球更远。如果他们向他解释，真正的英雄绝不会屈服，他之所以与其他人不同，并不是因为早期的丰功伟绩，不是因为他面临酷刑与死亡时所表现出来的自豪之情，而是因为他忠贞不渝，受苦和反抗时表现出来的坚韧，隐藏痛苦和反戈一击时表现出来的自尊。他的秘诀是不逆来顺受，不把自己看成牺牲品，不向他人流露丝毫的绝望与悲伤。必要时，采取讽刺与嘲讽的武器，这是被铐者的盟友——他听了这些话肯定会哈哈大笑起来。

因此，当你发起新一轮攻势时，他又一次表现得惊慌失色。

* * *

刚从最后一次毒打的痛苦中解脱出来，还在恢复之中，你就发起了猛如炮火的攻势。一天晚上，你抓住栅门的铁栏杆，朝警卫室的铁格子天花板呼喊，看守和犯人们都听到了你的声音。"注意，请大家注意！这里是博亚蒂新闻广播电台！特别新闻播报！尼古拉·扎卡拉基斯，这个臭气冲天的地方长官身患肝病。据说该病是由于他企图强奸一名男性囚犯未遂，引起肝火上升造成的，因为这名男性囚犯不喜欢同性恋者。但这种传说是错误的。我们有足够的证据告诉大家，扎卡拉基斯的肝病是由于失望造成的，因为那个囚犯没有满足他从后面插入的欲望。要是有人愿意满足他可怕的要求，请与相关办公室联系，并留下姓名、军衔、军号。扎卡拉基斯将以扁豆汤酬谢。"第二天晚上，你又开始了："注意，请大家注意！博亚蒂新闻电台现在开始广播！特别新闻播报！扎卡拉基斯在撒谎，他没有得肝病，他得的是痔疮。本囚犯知道事情的真相，因为那头蠢猪让我看过。另外，他还向本囚犯解释说，这种病是他在君士坦丁堡一家妓院当男妓时，由土耳其人给他染上的。扎卡拉基斯痔疮的复发，是最近一次和司法部长谈话的结果，因为部长用脚踢了他的屁股。"你每天晚上都准时进行播报。围墙外军营里的士兵认为听它是一种很好的消遣，听得津津有味，以至于晚上外出请假的人也明显减少了。"今天晚上干什么？去看电影吗？""不，我想听帕纳古里斯的特别播报。"或者："你昨晚进城了吗？""没有，我在这儿听帕纳古里斯的特别播报。"军官们也常常装作若无其事的样子加入听众的行列，他们也很想知道你下次会编出些什么新鲜玩意儿。事实上，这种播报逐渐成了一部连续剧，内容关于扎卡拉基斯在传说中的君士坦丁堡妓院的性爱经历，你的拿手好戏是常常在剧情精彩的地方戛然而止。"亲爱的听众，欲知下文，请听明天的播报。"这个连续剧的故事情节我记不太清楚了，但如果我没有记错的话，后来扎卡拉基斯不再做男妓，被人阉割，成了大臣的宦官。由此导致了一系列稀奇古怪的丑事，里面涉及许多人物，包括那个名叫帕帕多普洛斯的大臣，一个名叫约安尼迪斯的哈里发①，一个名叫塞奥菲洛亚纳科斯的刽子手，还有一个名叫哈慈齐科斯的诡计多端的顾问。大臣和那个哈里发是死对头，刽子手和狡猾顾问相互找麻烦，但他们在诋毁宦官时却联合成牢固的同盟。宦官为了自己的生存，竭尽全力表现得卑躬屈膝。

  扎卡拉基斯最后来见你。他走过来，疲倦地靠在门上，用一种黯淡的目光看着你。"阿莱克斯，我必须和你谈谈。""就当在家里，扎卡拉基斯，这里有的是地方。这是宽敞的客厅，你想坐沙发，还是安乐椅？但不要抚摸我，行吗？不要碰我。今天，我感到特别纯洁。""听我说，阿莱克斯。我知道你在开玩笑。我知道，你了解我是个清白的人，正常的人。我有老婆和两个孩子。""扎卡拉基斯，老婆是个幌子。许多同性恋者都有老婆，只有老天知道这些孩子是谁的。""你这个畜生！""不要侮辱我，不要碰我，扎卡拉基斯。否则，我会在广播中说，你是戴绿帽子的家伙。你清楚，事实上，我原来还没有想到这一点。今晚我就不让你当宦官了，让你和大臣的宠妾结婚。这样一来，当你老婆和哈里发同床共欢时，你马上就成了王八。""听我说，阿莱克斯。我理解你。我读过一本心理学方面的书，明白某些道理。你是个年轻人，有性的要求。正是这些要求使你躁动不安。我也有过这种情况，当我在里米尼当意大利人的战俘时，我也总是躁动不安，因为我需要一个女人。所以，要是你愿意，我给你找个女人来。一月一次。不，一周一次。你会乐意的，乐意吗？你乐意吗？""我懂了，扎卡拉基斯。这是老掉牙的玩意儿：你想让我鸡奸你。可怜的扎卡拉基斯，你真的爱上我了。你把事情搞得太糟了，就是这么回事。你如此地疯狂，如此地丧失理智，以至于让我有一种对不起你的感觉。要是我能够，我会让你满足。是的，你应该有一次交欢之乐。但我已经跟你说过千百回了：我不能这么做，你对我没有吸引力。""罪犯！""不要歇斯底里，扎卡拉基斯。不要偏执，难道没有在你面前产生性冲动是我的错吗？你确实是个无毛的家伙！听着，扎卡拉基斯，为什么你不把你老婆给我带来呢？反正她是你家里的人。""绞死你！我要绞死你！""好吧，我就为此做点牺牲，搞你一次吧。"你以迅雷不及掩耳的动作关上门，左手紧紧抓住他的手臂，右手脱下他的裤子，用膝盖把他顶在墙上。当扎卡拉

---

①哈里发：穆罕默德的继承人，中世纪政教合一的阿拉伯国家和奥斯曼帝国国家元首的称号。

基斯恐怖的叫声惊动了卫兵时，他们及时赶来从你手中救出了他。

几天以后，4月9日，你床上的垫子着火了。扎卡拉基斯以他老婆和孩子的名义发誓，坚持说是你自己点的火。由于了解你急中生智的本事，我倒倾向于他的说法，因为这是个不坏的主意。看守们赶来救火，牢房的门必然要敞开。这样，你就可以趁烟雾弥漫和混乱之机溜出去，然后翻墙逃走。但事实却是两天前发生过另外一件事，他们把垫子拿走了，然后又奇怪地、小心翼翼地送回来。一个友好的看守悄悄对你说："阿莱克斯，你藏过什么东西在草垫里吗？我看见班长卡拉萨卡斯在鼓捣垫子，好像在找什么东西。"另外一个事实是，在你袭击扎卡拉基斯后，为了惩罚你，他没收了你的火柴盒和香烟。还有一个事实是，当你身体恢复后，宪兵司令部有个叫库特拉斯的少校来见过你，并对你说："如果你不把发生的事告诉任何人，我说话算数，我们会让你自由逃到国外去。"直到最后，你还极其诚恳地反复对我说："我向你发誓，不是我点的火，而是他们干的。出于方便与需要，我可以在其他事情上撒谎，但在这件事情上我没有撒谎。我连一根火柴都没有，即使想干也无能为力。你为什么不相信我呢？大约晚上七点，我听见'啵'的一声，然后是一个轻微的爆炸声，接着床就起火了。我相信他们在里面放了什么东西，可塑炸药或硫黄。"总之，不管事情是怎样发生的，看来扎卡拉基斯是在想尽办法让你去死。你趴在铁栏杆上请求他们开门："火烧着我了，喘不过气来，我要死了。"谁也没有动。随着你的呼喊，愈来愈浓的黑烟从警卫室的铁窗冒了出来。牢房周围的十六个卫兵丝毫没有来救你的意思，大概扎卡拉基斯给他们下过禁令。向你提过卡拉萨卡斯的那个卫兵站在扎卡拉基斯旁边，大声说："应该把他救出来，监狱长！他会活活烧焦的！"扎卡拉基斯回答说："安静，不必担心，放心好了，这是他耍的花招。"他一直不动，过了好长时间才决定干涉。其时，牢房成了火炉，草垫子火焰高升，你昏迷在地上。当医生到达时他非常吃惊地说，必须把你送到医院，否则必死无疑。扎卡拉基斯还是不允许把你抬到外面去："他必须待在警卫室。"你躺在一条毯子上，在那儿待了两天。第二天下雨，你像一棵树一样泡在水里。医生费了很大劲才跟他们要了一把伞，用伞遮住你的脸。看来，在扎卡拉基斯可能做出让步之前，必须给卫生部长打电话，让他要求帕帕多普洛斯干预此事。这时的你，真是惨不忍睹：胡子、睫毛、眉毛全部烧光了，手上和脸上都是水泡，眼睛不能睁开，嘴巴无法说话。他们把你送到古迪诊疗室做体检，化验结果表明，你血液中二氧化碳的含量高达百分之九十二。你连续昏迷了七十二个小时。回到博亚蒂，扎卡拉基斯用下面的话迎接你："喂，告诉你一个好消息，你的朋友呜呼了。"他递给你一张报纸，报纸的标题上写着：塞浦路斯前内政和国防部长波里卡尔布·盖奥尔加吉斯于昨天遇刺身亡。

  报纸解释说，人们在他的汽车里发现了被冲锋枪袭击过的尸体。凶手逃之夭夭，无法查清是谁干的，侦破的线索渺茫。头天晚上，盖奥尔加吉斯同意与几个神秘的人物在一个偏僻的村子里见面，临走前，他异乎寻常地拥抱了妻子，并对她说："如果我迟迟不回，你就叫人来找我。"你突然泣不成声，不仅仅由于痛苦。是的，在预审阶段和开庭审判时，你都竭力否认他给你提供过任何帮助。然而哈慈齐科斯还是发现了盖奥尔加吉斯在谋杀计划中所扮演的角色，他提供的证据是如此具有说服力，以致希腊和塞浦路斯政府之间的关系迅速恶化，约安尼迪斯增加了驻塞浦路斯岛的军官人数，不到几个星期，盖奥尔加吉斯便失去了权力，失去了马卡里奥斯的友谊和其他政治家的尊重。这些政治家从此把他看成一个什么事都干得出来的冒险家，结果引起了帕帕多普洛斯的仇恨。帕帕多普洛斯甚至公开宣称要他为此付出代价。是谁设下了这次在偏僻乡村会面的陷阱呢？是帕帕多普洛斯私自豢养的杀手？还是他们在中情局的策反成员？也许两者皆是，他们协调一致，共同行动。不管怎么说，你的朋友已经不在人世了：他信任你，帮助你，开导你，而你就像小学生迷恋老师一样对他充满了钦佩之情。他也死了，像乔治一样，由于你的缘故而丧生。有那么一个时刻，你号啕大哭，泣不成声，以致引起呕吐，从此卧床不起。你整整病了一个月。刚刚病愈，扎卡拉基斯又给你带来一个新的痛苦："快点，准备一下。总统先生让你出去几个小时。""为什么？""你父亲快死了，总统先生准许你与他告别，多么宽宏大量啊，不是吗？要是换了我，我就不准你去见他，甚至连他的照片也不让你看。"

  你非常爱你的父亲。几年后你向我坦承，你从来没有以同样的感情爱过你的母亲，因为她粗暴、自以为是，而对父亲你总是怀着炽热的感情。这也许是因为你父亲比你母亲大许多——他结婚很晚，晚年得子，以一个老年人特有的耐心把孩子抚养成人。你小时候为了避免挨母亲的打，有时整天藏在床下，在那儿忍饥挨饿，憋住小便。她大声喊道："出来，我和你还没有了结。"而他则轻言细语地说:"出来,没事,有我呢。"你上学时,下午不想待在家里做作业,她把你关在你的房间,门上锁上两把锁,而他却对你挤眼示意:"快跑出去!由我来想办法。"还有,你父亲从来不是一个叛逆者。作为职业军人,他是在服从命令的教育中成长起来的,他的勇敢总是浪费在枪炮纷飞的战场上。军队是他的世界,国旗是他的上帝。当你选择数学,而没有像乔治那样穿上制服时,你能感觉到他的内心是多么失望!你开小差时,他是多么痛苦!你被投进监狱时,他是多么沮丧!当他也被抓起来,被关进监狱一百零三天时,他经历的究竟是一种什么样的折磨!他在这一百零三天经历的事情,你后来才知道。尽管他已是七十六岁高龄,尽管他得过许多勋章,拥有上校的军衔,但他还是挨了很多打,受尽了各种虐待与侮辱。"即使你没有其他罪过,但生下这个罪犯也算是一种罪过。"或者:"你为什么想回家?你老婆已经抛弃你啦,决定另觅新欢,对像你这样的老骨头再也无法忍受。"最重的一拳几乎使他的一只眼睛失明,更深的屈辱来自一种肉体与精神的瘫痪:八个月来,他一直处于一种昏昏沉沉的状态,没有忧伤与喜悦的感觉,对已经发生的事情失去了任何记忆。他甚至无法想象你是个身陷囹圄、暂缓死刑的因犯。他在椅子和床上总是问一些相同的问题:"阿莱克斯在哪里?""在国外。""在那儿干什么?""学习。""为什么他不来看我?""会来的。""我想见他,我想在我死前拥抱他。"你也想拥抱他。有好几次,你仿佛又成了一个孩子,想热情地拥抱他……扎卡拉基斯不耐烦地晃动着身体。"你到底想不想在你父亲死前去看他一眼?""不。""不?!你说不?!""我说,不,扎卡拉基斯。你的朋友帕帕多普洛斯休想利用我来演一出显示他宽宏大量的闹剧。他休想把新闻界和电视台的那帮记者找来,做什么浪子看望临死之父之类的报道。出去,扎卡拉基斯。""你这个没有心肝的畜生!""出去,扎卡拉基斯。""你会改变主意的!会的!""滚开,否则我会掐死你,扎卡拉基斯。"第二天晚上他又来了:"他死了,你这个混蛋!没有拥抱你就死了!"

  一开始,你没有反应,仿佛变得又哑又聋,或者没有当回事。可能是你这种无动于衷的态度激怒了他,扎卡拉基斯朝地下吐了一口唾沫。你猛然跳起来,嘴里发出一种怒吼:"扎卡拉基斯!"你紧紧地掐住他的喉咙,掐得他脸色发青,舌头可怕地伸了出来。当卫兵把你的手掰开时,他几乎已经被你掐死。

第五章

　　距离扎卡拉基斯告诉你的父亲死了的那个晚上，已经过去几年时间了。那种单调乏味的生活就如同水龙头里不断滴水的滴答声。在死寂的夜里，那声音总是相同的音色，相同的节奏，让你听得心慌、心烦、发疯。你渴望听到不同的声音，哪怕是爆炸声、枪杀声，或任何一种其他声音也好，只要不是这种令人困扰的滴答声，这种暗无天日的光景就行。事实上，在这几年的时间里，你从没有离开过你那个只有蓝灯泡照着的墓穴，从没有跨出过那道门槛，门槛的外边有白天和黑夜，太阳和星星，雨水和微风。甚至没有在外边活动过你的双腿，吸上一口新鲜空气。即使你处于昏迷状态，也不能被送去医务室接受治疗。即使允许你母亲前来探监，也不允许你跨出门槛去见她。以前，和其他犯人会见其亲属的情形一样，你可以和你母亲在探视室里见面。每次你出去可以走一百二十六步，回来时再走一百二十六步，一面走一面仰望天空。但从那天晚上以后，你就只能在囚室里见她，中间隔着铁栏杆。在那些年里，也发生了许多事。首先，你通过我写的书和有时刊登在雅典报纸上的文章，开始知道我。结果你了解了我的母语，以每天二十个生字和两个不规则动词的速度来学习它，以便我们一旦见面，就能彼此交谈。你需要这种特殊记忆的努力，以便克服由于孤独而导致的精神的惰性，克服那种会扼杀你思想专注的可怕的迷茫，否则，你会纠缠于某一种回忆，或让自己耽于无用的幻想。其次，正如我们将会了解的一样，在这几年中，你写出了你最美的诗句。但最重要的是，你从未屈服过，从没有改变过你拒绝妥协的英雄本色。你用开药瓶的小锉刀锯断栅门的铁条，被发现过十七次；你受到过没收钢笔、纸张、意大利语法书、拉帕契尼词典、报纸和书籍的惩罚五十二次；你的鞋子和香烟被抄走过二十九次；被打昏过十八次；被宣布为疯子穿上紧身衣十八次。至于绝食的次数，到后来连你都记不清了。你跟我谈起这件事，列出了详细的清单，你只记得最长的那几次：持续十五天的绝食七次，持续二十五天的绝食四次，持续三十天的绝食两次，持续三十七天的绝食一次，持续四十天的绝食一次，持续四十四天的绝食一次，持续四十七天的绝食一次。后面的几次绝食，你只靠水、加糖的咖啡和藏在床下的一块巧克力来维持生命。你变得骨瘦如柴，医生只好插根管子在你的鼻子里采取强迫进食。这是最糟糕的一种折磨。你无法忍受那根管子，它从鼻腔通过喉咙再插到食道。它像预审阶段塞奥菲洛亚纳科斯的那只手一样，让你透不过气来。同时使你想呕吐，但又根本吐不出来。他们刚把管子插进你的鼻腔，你就在想：算了，不再绝食了！可是后来你又开始绝食。显然，你绝食是为了磨炼自己。有时，你觉得这一切好像都是一种仪式的单调重复。相比起来，你更喜欢扎卡拉基斯发明点新名堂来刺激你，使你不至于没精打采，哈欠连天。当他们第一次没收你的鞋子时，尽管是冬天，但你觉得非常有趣。当他们第一次给你穿上让疯子穿的紧身衣时，你也觉得很好玩。你认为这是些新鲜事。但随着时间的推移，你对这一切也就见惯不惊了。现在你唯一的消遣就是用小锉刀来锯栅门上的铁栏杆。当你从母亲带来的食物里发现锉刀时，当你把一块兔肉塞进嘴里，感觉牙齿间有小金属条时，你有一种说不出来的高兴。扎卡拉基斯听到铁条被锯的声音后，就会匆匆赶来。"混蛋，你在干吗？""我？什么也没有干。""你把东西藏在哪儿了？""什么东西？""锉刀，罪犯，锉刀！""什么锉刀？""我听见了！你在锉铁条！"然后，他把卫兵叫来，吩咐卫兵搜身，裤腿卷角、衬衫领子、裤衩褶边、鞋底都搜遍了，但他们什么也没有找到，因为锉刀藏在头发里、牙齿间、书页中，藏在没有人能想到的地方。"该死的，你就是在锉！""我没锉，扎卡拉基斯，我在奏乐。"你笑着拿起一只杯子，用口水舔湿杯边，然后用食指在上面滑动，让其发出一种锉铁般的声音，"听嘛，笨蛋。"

另外，开玩笑能使你非常开心，这有助于你克服烦闷的情绪。你经常采用可以和卡廖斯特罗①相媲美的恶作剧来取笑他人。用面包和肥皂来做手枪便是其中一例。你用面包屑和肥皂碎块耐心地做了一把玩具手枪。然后用燃过的火柴头把枪托涂黑，又用锡箔纸把枪管裹上。一天晚上，你一切准备就绪，把枪口对准送饭来的卫兵："举起手来！把钥匙交出来！"那次，两个卫兵没带武器。在昏暗中，玩具枪看起来很像真家伙。那个端盘子的卫兵手一抖，饭菜就摔在了地上；另一个全身哆嗦，乖乖地把钥匙递给你。你冷笑一声，把钥匙还给他，因为你知道，有钥匙也没有用，门外还有十六个卫兵。只是补了一句："两个笨蛋！"另外还发生了一次铁丝开锁事件。牢房的警卫室里有一个可怜的傻瓜在看守你，是个刚从农村招来的新兵。扎卡拉基斯派他在那里是为了防止你锉铁条。扎卡拉基斯对他说，你是一个非常重要的因犯。"非常重要"这几个字给他留下了十分深刻的印象，以至于他不仅死死地盯着你，还对你俯首帖耳，甚至称你为阁下。"懒家伙，给我点支烟。""是，阁下。""懒东西，给我扇扇子。""是，阁下。"那天，你看见牢房外面过道的地上有一些铁丝。"懒家伙，过来。""是，阁下。""把锁打开，我要出去小便。""是，阁下。我马上去拿钥匙。""笨蛋，你拿钥匙干什么？你用钥匙是打不开这把挂锁的！你没有看见那儿有铁丝吗？难道你没有想过它们搁在那儿是干什么用的吗？是开锁用的，对吧？""是，阁下，请原谅，阁下。在我们村子里，挂锁是用钥匙打开的。""你们该死的村子跟我有什么关系？开锁，快！我快憋不住了！""是，阁下，遵命，阁下。但你不能在你的厕所里小便吗？阁下。""笨蛋，你没有看见厕所堵了吗？你没有听见监狱长要求我，在厕所没修好之前不要使用厕所吗？快，捡起那根铁丝，把锁打开。就这么办！"真是太好玩了，那个可怜虫在那儿专心致志地拨呀，拨呀，可锁怎么也打不开。"请原谅，阁下，打不开，我去叫中士吧。""如果你去叫中士，我就揭发你。快，接着开！"闹剧很快就终止了，因为你们高声说话的声音引起了其他卫兵的注意，另外的三个卫兵进来制止了他。"笨蛋！你知道你在做什么吗？！"但是就像假手枪的闹剧一样，这件事也有助于减缓你的苦闷和空虚感。学习和读书并不能填补这种空虚感，有时甚至会使这种空虚感有增无减。你说，事实上正是在监狱中学习和读书的时候，你才意识到自己的智力

---

① 卡廖斯特罗（Cagliostro）：18世纪意大利魔术师、冒险家。法国大革命前，他在巴黎上流社会中曾红极一时。

在明显衰退。开始时,你以为已经学会了一个动词,可半个小时后,你又发现早已把它忘得一干二净。于是只好重新开始,反复诵读:"我走,你走,他走,我们走,你走,他们走。"但眼皮愈来愈沉重,你躺在行军床上,想打个盹。结果一睡就是整个下午。醒来时,头昏脑涨,整个人感到晕乎乎的。与其说是个人,还不如说更像棵白菜。

你并没有放弃越狱的念头。直到不可避免、不可抗拒的习惯使你适应了墓穴的生活,你才把你的毅力转化成了诗兴。在这之前,你一直心存幻想,以为能够成功逃出去。但是你愈来愈没有信心,愈来愈对越狱感到无所谓,或者只是把闹着玩当成目的。这一点,用一次逃跑的尝试便可证明。这次尝试显然由于扎根你内心的那种自暴自弃无疾而终了。这次尝试把那个代替开锁傻瓜来看守你的卫兵卷了进来。他是个梦想当演员的小伙子。几句话下来,你就断定他是个弱智,可以随便使唤他,所以你马上在他身上打起鬼主意。"啊!这么说来,你想当演员。你的想法没错,你这副长相完全可以当演员。把脸侧过去让我看看。嘿,不错,侧面更好看。你真是前途无量。""麻烦的是我谁也不认识,帕纳古里斯先生,我谁也不认识。""用不着担心。你告诉我,你确实想当一名演员吗?这个职业很好,我支持你。女人可以随便挑,能够拥有带游泳池的别墅,上亿万元的收入。不过开始时必须得做出一些牺牲。有的人为了当演员险些丧命。想想劳伦斯·奥利维尔①为丘吉尔干了什么就知道了。""他干了什么?""讲起来话就长喽,我以后给你讲。你先告诉我,你学过朗诵吗?""学过,小时候学的。""那就好,学朗诵就像学语言一样,小的时候学,就不会忘。你上相吗?""上相,你干吗问这个?""因为我可以帮助你。""在这里帮助?您就在这里帮助我吗?""不完全在这里。我们明天再谈吧。重要的是不要告诉扎卡拉基斯。他恨演员,也不喜欢戏剧与电影。他是个好嫉妒的人。""您不必担心,帕纳古里斯先生。""你可以用'你'来称呼我。""你放心,帕纳古里斯先生。""好,明天你可以把照片拿来。"第二天,你看了照片,对他说:"这些照片太棒了。毫无疑问,你很上相。嘿!你去过罗马吗?""从来没有。""一个美妙的城市。我几个最好的朋友都在罗马。索菲娅总对我说……""索菲娅?哪个索菲娅?""别打

---

①劳伦斯·奥利维尔(Laurence Olivier):英国著名男演员,最擅长演莎士比亚的戏剧。由他主演的《亨利五世》《王子复仇记》曾获奥斯卡金像奖。

岔,当然是索菲娅·罗兰啦。在罗马的时候,我就住在她的城堡里。嘿,真的。我就是在那儿策划刺杀帕帕多普洛斯的。不过,你千万别说出去。她丈夫,简直不可想象,甚至还帮我制造地雷呢。他只要求我给他写个电影剧本作为交换条件。""一个电影剧本?你给索菲娅写过电影剧本?""不是索菲娅,而是卡洛。卡洛是她丈夫,是个制片商。""哇!""当然,我用的是别名。""哇!""有什么大惊小怪的,难道我能拒绝一位愿意为我冒坐牢危险的朋友的要求吗?""不,当然不能!""正如我说过的,罗马是步入影坛的理想城市,唯一的理想城市。即使马龙·白兰度要想拍电影也得去罗马。如果你真想成为一名电影明星,好莱坞就算了,但你必须去罗马。喂,让我再看看这些照片。""在这儿。""太棒了。鼻子长得很漂亮,右侧相也很英俊,左侧相稍微差一点。多么奇怪,和劳伦斯·奥利维尔长得一模一样。记住提醒我给你讲丘吉尔和劳伦斯·奥利维尔的故事。好吧,就这么定了。我相信我可以把你介绍给索菲娅。不,更准确地说,是介绍给卡洛。索菲娅在这些事情上不管用。只要卡洛跟你签了合同,索菲娅就会要求你与她合作,因为你长得健美,具有男人气概。""你在说什么?阿莱克斯,是真的吗?!""冷静点,小伙子。你不会真的以为我有魔法吧?是不是?况且卡洛处事谨慎,起码要经过一年的试用期,他才会让你与索菲娅一起合作。他会试用你,让你先在电视里试试镜。""电视也行。""行是行,但我不想让你扫兴。电视演员的薪水可没有电影演员丰厚,能一个月挣五万德拉马克也就不错了。""五万德拉马克?!""你以为这很多吗?其实少得很。以后你满可以挣到五十万。"

时间一天天过去,他愈来愈激动,可你却在等待时机给他最后的一击。这一时机终于到来了。他要你写一封信给卡洛和索菲娅。"你疯了?想让我的两个朋友遭殃吗?尤其是帮我造炸弹的朋友。你不知道他跟美国人共事吗?你不知道要是信丢失了,连他也得坐牢吗?你以为这样的要求能通过写信的方式提出来吗?难道不需要当面谈吗?我必须与你一起去罗马!对我来说,这是不言而喻的!如果你不帮我一把,帮我逃出去,我又怎能帮你成为演员呢?""逃跑!那很困难,阿莱克斯,也很危险!""困难?危险?去你的吧!劳伦斯·奥利维尔和温斯顿·丘吉尔就成功了。白痴!傻瓜!你为什么不学点历史呢?你甚至不知道温斯顿·丘吉尔是从纳粹的监狱里逃出来的,因为劳伦斯·奥利维尔帮助了他!劳伦斯·奥利维尔甚至不是一名卫兵,只是一个厨师的帮手。对他来说，那才称得上真正的困难，真正的危险。但丘吉尔从没有忘记报答他的恩情。当他当首相后，硬是让奥利维尔当上了演员。丘吉尔说，'我知道，拉里① 有一个侧相不是太好，但他是我的朋友，不管侧相好不好，反正我想让他成为劳伦斯·奥利维尔！'关键是劳伦斯·奥利维尔有胆量，而你没有！我为你操了那么多的心，看，结果怎么样？走，出去！我再也不想见到你啦！""不，阿莱克斯，你听我说……""出去！出去！"整整两个星期，你装着受了伤害，他徒劳地乞求你原谅，解释说，他的犹豫是一时的软弱造成的，以后再也不会这样了。"我不想听你说！"只是当他扑通一声跪在你面前，恳求你允许他帮助你逃跑时，你才又跟他说话。你是他唯一的希望，没有谁能帮助他成为演员，使他如愿以偿。如果没有你同他一起去罗马，卡洛和索菲娅肯定看都不会多看他一眼。你接受他的允诺，就仿佛在收下他一份珍贵的礼物。但你要他记住，不管怎么说，是他想直接得到某种东西，你之所以接受仅仅是由于你身上那该死的弱点——宽宏大量——的缘故。事实上，连你都不明白，为什么要让他来帮忙，而不让劳伦斯·奥利维尔来相助。奥利维尔是如此勇敢，并且给你母亲打了电话，主动表示愿意为你效犬马之劳。"劳伦斯·奥利维尔？！真的是他吗？！"当然是。拉里并非没有自己的考虑，你很清楚，他之所以愿意为你效劳，是因为想把你带到伦敦，得到你的一部关于俄狄浦斯王的电影剧本。但你不喜欢伦敦，那儿雾太重，君主政体的气息太浓。所以你说："我愿意按你的想法做，让我们策划一下吧。"仍旧需要一套军装，仍旧需要选择夜里的某一时刻，然后你会找到出国的途径。至于墓穴周围的十六名卫兵倒用不着担心，对此，"索菲娅计划"已经做了周密的考虑。那段时间，晚饭仍是仅由两个卫兵送来，通常演员迷是其中之一。另一个的智力更不如他。只需把他打昏，扒下他的军装，把他绑在床上，用胶带封住他的嘴，把他的制服穿上就行了。"小伙子，你要做的就是给我准备一根绳子和一条胶带。"

第二天，演员迷找来了绳子和胶带："今天晚上轮到我和他送饭。""好。"你把绳子藏在抽水马桶后面，把胶带贴在腋下，然后等待。然而，你后来对我说，当时你情绪低落。夜色降临时，一种恐怖的睡意笼罩了你。你倒下呼

---

①拉里（Larry）：劳伦斯·奥利维尔的爱称。

呼大睡，梦见正占有一个女人。自从到艾吉纳岛那晚之后，你大概做过四次这样的梦，每次都梦得很短，因为你害怕来不及行男女合欢之事，害怕在高潮到来之前就把你带到行刑队面前，这已经成了你的一种心结。但这次却相反，梦的时间很长。好像你拥有无穷的时间，慢慢地进入这个女人的身体，伴着大海平静、柔和的波涛，大海以爱抚的浪花拍打海岸，浪花缓缓退去，返回之前不慌不忙地停留，然后又慢悠悠地再次拍打岸沿。推迟那个爆发的时刻是甜美的，那时刻，为了释放咆哮的海水，大海翻腾，波涛汹涌，延长等待那个不可避免的结果的到来是美妙的。此刻它正在来临，愈来愈近，愈来愈近，最后海浪袭来，溅起灿烂的浪花。现在海浪愈来愈高，向你涌来，即将把你裹挟而去……"醒醒，阿莱克斯，醒醒！我来了，我们来了！"未来的演员伸出两只手，使劲推你，指着同伴对你眨眼睛，示意赶快动手。你对他怒目而视："傻瓜，你没有让我把梦做完！"接着又是一阵大骂："你没有让我把梦做完，你毁了我的梦。"你一边骂，一边把他赶了出去，并把饭盒朝他扔去。他哭着离开了，嘴里不停地说："疯子，简直是个疯子。他们给你穿上紧身衣完全有道理。"之后，他不想再到你的牢房里来执勤了，请求扎卡拉基斯给他换个工作。你也再没有见到过他。此事你没有在意，现在你对这坟墓的生活已经习惯了，已经觉得你的行军床并不是完全的不舒服，并不觉得你的牢房太小太小。

* * *

习惯是可耻的顽疾，因为它使人们欣然接受所有的不幸、所有的痛苦、所有的死亡。出于习惯，人们可以和自己厌恶的人生活在一起，可以学会对镣铐的适应，顺从社会的不公，默认痛苦的遭遇，使人们对悲伤、孤独和其他的一切听之任之，逆来顺受。习惯是一种最有害的毒剂，因为它悄无声息、缓慢地进入我们的肌体，在我们的不知不觉中一点一点地生长。当我们在我们的体内发现它时，为时已晚，我们肌体的每一个细胞都与之适应，我们生活的每一种行为都受到它的限制，已经无药可治。那天晚上，你放弃再次逃跑的情形就是如此。在之前，你决不相信有可能会发生这样的事情：你不再想念宽阔的空间，绿色的草坪，蓝色的天空和人群。夏天，阳光透过警卫室的屋顶，在地面形成一道耀眼的光斑，光线使你讨厌，你闭上眼睛，蜷缩在牢房最暗的一个角落里，像一只从不出洞的田鼠，在那儿一直待到太阳落山。即使扎卡拉基斯下令给你打开一扇窗户，让你白天可以看蓝天，晚上可以看星星，你也会用一张报纸把它遮上。然而，尽管你已经习惯了黑暗、狭小的空间和单调的生活，但你身上的某种东西并未灭绝：你做梦的能力、幻想的能力以及把痛苦、恼怒、思绪转化成诗句的能力依然存在。你的身体愈随遇而安，愈萎缩慵懒，你的头脑就愈反抗，你的想象就愈自由，就愈能写出动人的诗行。你总是写诗，从孩提时代就开始写，但只是到了这段时间，你创作的天赋才不可遏制地迸发出来。你写了几十首诗，几乎每天一首。

  不要为我哭泣
  你知道我即将永恒地离去
  对此你无能为力
  那就请你照看那朵花吧
  那朵正在凋谢的花
  我想对你说
  请浇灌它

或者：

  我如此热爱光明
  愿意把一支蜡烛点亮
  但我浪费了它那暗淡微弱的光芒
  还没有分享到它的喜悦
  我就绝望地意识到
  它使别的地方漆黑一团，阴森弥漫
  因为我所拥有的每一束光
  都让我的身体成为阴影
  使我的道路充满黑暗

还有：

> 我不明白，上帝
> 请再说一遍，求求你
> 你是要我感谢你
> 还是让我宽恕你

即使扎卡拉基斯没收了你的纸和笔，你也仍然不停地写。为了写诗，你可以拿出事先藏起来的剃刀刀片，划破左腕，用火柴棍或小木棍蘸着伤口中流出的血，在纱布、碎布和香烟盒上写诗。等扎卡拉基斯把纸和笔还给你的时候，你就用蝇头小字工工整整地把写好的诗誊写在纸上，尤其注意不浪费一点空白的地方。你把纸折叠成细条，想办法送到外面，以便人们知道一个不屈从于习惯的男人的故事。送出去的办法各式各样：有时你把纸条扔在垃圾里，让友好的看守把它捡起来；有时藏在你要拿回家洗的裤子的夹缝里，趁母亲来探望时直接塞到她身上。为了防止丢失和撕毁，你把这些诗背得滚瓜烂熟。当扎卡拉基斯来检查，要求看你写的这些诗时，争吵就自然发生了。"你把诗放在哪儿啦？交给我！难道你不知道在监狱里监狱长要检查一切书面的东西吗？""我知道，但我不能给你，扎卡拉基斯。我把它们放进了我的仓库。""哪个仓库？我要看仓库。""在这里，扎卡拉基斯。"你指指自己的脑袋说。"我不信，你撒谎，我不信！"其实他应该相信，因为几年后我们在这个仓库里找到了所有已经丢失和销毁的诗，并出版了一本诗集。许多评论家认为，这是你文学生涯的一个开端。

当然，争吵不仅仅是由诗引起的。在扎卡拉基斯执意要检查的纸页上，有时除了诗歌外，还出现了奇怪的数字和神秘的算式。你像一个落水的人，紧紧抓住心智的木筏，又重新开始研究数学。"告诉我，这是什么？""是一个定理，扎卡拉基斯。""什么定理？""即使我告诉你，你也无法理解。""因为我是傻瓜，是吗？""是，你是傻瓜。所以闭上你的臭嘴，让我一个人待着吧。"一般情况下，他自愧无知，会知趣地离开。但有时他又很顽固，于是就会爆发一场场可笑的争吵，你们又回复到那段恶战的日子，关系陷入紧张。事实上，由数学问题引起的冲突完全打乱了你在博亚蒂最后几个月的生活。那是1973年春天，有一次扎卡拉基斯又来检查你藏诗的仓库。"在哪里？告诉我放在哪里？""我告诉你了，扎卡拉基斯，在我的脑袋里。""不对，那是不可能的，你不可能全都记住！"突然，他的目光落在一张上面写有 $X^n+Y^n=Z^n$ 的纸上。他一跃而起，把它夺了过去。"这是什么？上面没有数字。啊！是密码，你这混蛋！""不，那不是密码，扎卡拉基斯。""不是密码？你想让我去把少校先生叫来吗？让他来逼你说出谁是 X，谁是 Y，谁是 Z 吗？还有 n，n 是谁？"你指着行军床，叫他坐下来。"你过来，扎卡拉基斯。""不过来，过来你会脱我的裤子，像那次一样，试图强奸我。""我不会强奸你，扎卡拉基斯，我向你保证。""那你告诉我谁是 X，谁是 Y，谁是 Z，谁是 n。""我告诉你，扎卡拉基斯。n 是已知数，X、Y、Z 是未知数。""混蛋，骗子！你想愚弄我，是不是？我会弄清楚这些未知数是代表谁的！""你肯定是个天才，因为三百年来还没有谁成功破解过。""三百年？你看，你这不是在愚弄我吗？看守，把他捆起来！"他们把你捆在行军床上，而你却表现得出人意料地温顺。相反，扎卡拉基斯则愈来愈暴躁。"现在你想说了吧，是吗？你会说的。""我说，扎卡拉基斯。要是你不懂的话，只要你一解开我，我就要剥掉你的裤子。""说！""好吧！你听着。如果 n 是一个给定的大于 2 的整数，在未知数 X、Y、Z 皆是不为零的整数的情况下，该方程无解。因此……""骗子！罪犯！你是个不折不扣的骗子，百分之百的罪犯！""而你是个白痴，扎卡拉基斯。如果这就是方程本身表达的意思，难道是我的错吗？""什么方程？混蛋。""你手里拿着的那个方程：X 的 n 次方加 Y 的 n 次方等于 Z 的 n 次方。那是一个定理，扎卡拉基斯，一个数学定理。你知道我在工学院学的是数学。如果你从微分学的假设开始……""别说了！住嘴！"他几乎哭着离开了牢房，手里拿着那张小纸条，他想从中揭穿一个阴谋。上帝可以作证，他觉得这肯定是个阴谋，是个想再次逃跑的阴谋。他决不能让这个阴谋得逞，必须把它扼杀在萌芽之中。

为了得到约安尼迪斯的表扬，扎卡拉基斯研究了好几个晚上。他本来可以求助于谍报机构，求助于情报部门，但这样做就意味着把本该全部属于自己的功劳拱手让给了别人。于是，他在没有求助于任何人的情况下，得出了下面的结论：三个 n 是参与阴谋，帮助你逃跑的三名士兵，X、Y 和 Z 是三个外面的平民百姓。X 也许指的是克里斯托斯，或者克里斯托普洛斯，或者克萨拉卡洛普罗斯。X、Y、Z 也可能不是指人，如果它们代表的是国家或城市的话，那么X可能指的就是克里特的首府克沙尼亚，Y指的是也门，Z指的是苏黎世。哦，难道X暗指的是基督诞生？也就是说是指圣诞节？对，就是指圣诞节。这下意思清楚了：圣诞节那天，你将在三个士兵的配合下，越狱逃跑，途径也门，然后抵达苏黎世。他急忙回到你身边。"你把我当傻瓜，是不是？我弄明白了，问题全解决了。""全部？！天哪！扎卡拉基斯！不，不可能。我可以发誓这是不可能的。""不，这是可能的。我知道谁是X，谁是Y，谁是Z。你想逃到苏黎世，是不是？混蛋！""你在说什么？扎卡拉基斯。""我知道Z是指苏黎世。""要是Z指的是扎卡拉基斯呢？"在一阵痛苦的沉默中，他目瞪口呆地看着你。天哪！他事先可没有想到这一点。要是Z指的是他的名字，那就只可能意味着你要伙同三名士兵和Y先生一起在圣诞节杀害他。"你想把我杀死，是吗？我应该想到这点！""不，你错了，扎卡拉基斯。你真蠢，杀死你显然是个错误。要是把你杀死了，没有你与我做伴，我会无聊透顶的。我向你发誓，这与你无关，是费马提出来的。""费马是谁？我不认识他！""你不可能认识他，扎卡拉基斯。他生活在三百年以前，是个对政治和文学很感兴趣的数学家，擅长微分学和概率论。这个方程……"他又匆匆走开了，没有给你机会向他解释，这个方程是存在的，是费马留下来的一个著名定理。他证明了这个定理，但手稿遗失了，所以三百年来人们一直都在试图证明，为什么X的n次方加Y的n次方等于Z的n次方，但没有人成功。英国科学院专门为此设了奖金。现在你想得到这笔奖金，更大的意义上不是为了这笔钱，而是为了乐于让那帮把你囚禁在坟墓里的人丢脸。但更糟糕的事情发生了：扎卡拉基斯下令搜查，没收了你的纸和笔，要求看守不得给你留下一个铅笔头，一张纸片，一块布条。他们仔细搜查，甚至搜走了生锈的刀片。现在你既没有纸，没有笔，也没有可以用来割腕的刀片，让鲜血流出当墨水用。在这种情况下，看来要证明费马定理已成了一件不可能的事。但你还是做了尝试。就像空手逮鳗鱼一样，太难了。你刚记住证明过程中的一个步骤，但顷刻之间又忘了。看来，把诗句记在脑子里是一码事，要想记住数学的运算则是另一码事。一天下午，你好像找到了答案，抓住栏杆异常激动地喊："请给我纸！笔！快！求求你们了！"但没有人理你。当扎卡拉基斯把纸和笔还给你时，已经太晚。你已经忘得一干二净。

几年后，你谈起这件事，仍痛苦不堪。说得准确一点，你开始讲这个故事的时候可谓谈笑风生,但讲到后来时,声音和脸色骤变,语气严肃,表情痛苦。你说此事给你带来的伤害甚于多次的鞭挞。从那以后,你对扎卡拉基斯产生了一种奇怪的感觉,一种宽恕的心情。这种宽恕要归咎于你对个人责任的坚守。这件事的结果给你们两人造成了同样的伤害。由于没有办法弄清楚 X 是不是代表克里斯托斯、克里斯托普洛斯、克萨拉卡洛普罗斯、克沙尼亚、基督诞生,Y 是不是指他们,Z 是不是指苏黎世或他自己,扎卡拉基斯只好求助于情报局。情报局的人带着轻蔑的嘲笑对他说,你是对的,这并不是什么阴谋,而是著名的费马定理,是 17 世纪法国数学家费马提出来的,监狱长先生大可不必如此紧张。你看见他手中拿着一个笔记本和两支一红一篮的圆珠笔灰溜溜地向你走来。"我……唉……我想说,我感到很遗憾,因为我知道你的那个费米确实已经死了。""不是费米,扎卡拉基斯,是费马。""对我来说,费米和费马都一样。这是两支圆珠笔和一个笔记本,给你。""没用了,扎卡拉基斯。我已经忘记我的发现了。""也许你会重新想起来。""我不这么认为。走吧,扎卡拉基斯。你走开!"他刚走到门口,你突然叫住他。"嘿,扎卡拉基斯!""你说。""听着,扎卡拉基斯。我们见面时我就对你说过,现在我想再说一遍:你是个令人不可思议的废物,但那不是你的错。有朝一日,要是你被押上被告席,我会来为你作证。但还是这句话:你是个令人不可思议的废物,但这不是你的错。我只要求法庭判你一个星期的徒刑,在这里服刑。""我是这儿的头儿!我是监狱长!""你什么也不是,可怜的扎卡拉基斯,你只是一只驯服的羔羊,唯唯诺诺,唯命是从。你算不了什么,永远无足轻重。可怜的扎卡拉基斯,不管你愿意不愿意,你都会被所有人作弄。这是问题的关键,不管你愿意与否。"刚说完,你就一下子倒在床上,一动不动,只想着那个不用怀疑的事实:从现在开始,你想恨他,很难。

* * *

1973 年 8 月 19 日,星期天。夜里异常闷热,囚室像个火炉子,你无法入睡。你从床上爬起来,想吸一口新鲜空气,但立即又筋疲力尽地倒在床上。一群蚂蚁正以极其整齐的队列在地上移动。它们从警卫室爬进来,穿过栅门,沿对角线方向,斜贯牢房。然后消失在抽水马桶下一块结实的长木条上。一星期前,你就注意到它们了。当初,你想把他们踩死,但又想起被看守一脚踩死的那只蟑螂，你没有这么做，甚至决心做到尽量不踩到它们。每次上厕所或来回踱步时，你都绕开它们。它们也应该得到这种关照：它们是非常有教养的蚂蚁，从不爬到你的床上来，并且观察它们是一件很有乐趣的事。你数了数它们，一共有一百三十六只。第一百三十六只还驮着一片柏树叶。柏树！这几年，它肯定已经长高了。自从那天从古迪诊疗所回来后，床被烧后，你就再也没看见过那棵柏树。那棵树就长在你身边，你却不能看见它，这岂不荒谬吗？一棵树比一队蚂蚁好，甚至比一只蟑螂强。蟑螂是什么时候死的？1968 年 11 月 23 日。大约是五年以前的事了，真是不可思议！你想知道在这五年中，你究竟老了多少。你没法知道，因为扎卡拉基斯不让你有镜子，怕你把镜子当成武器来使用。他认为给你杯子已经过分了，你却在上面奏音乐。为了看看自己的脸，你不得不苦等到理发师来给你理发和刮胡子的时候。但理发师很少带镜子来。复活节那天，他带了一面镜子来，你在镜子里扫了一眼，顿时惊愕不已。你都认不出自己，一脸憔悴，皮肤发青，蓬头垢面，皱纹密布，胡子拉碴：看起来足有五十岁。其实你只有三十四岁。你问："我一直是这样的吗？"理发师回答说："不，不是。"

你打了一个呵欠。随手拿起那本意大利语法书，练习了一阵子虚拟语气的句式："如果我被爱，如果你被爱，如果他被爱，如果我们被爱，如果你们被爱，如果他们被爱……""如果我被理解，如果你被理解，如果他被理解，如果我们被理解，如果你们被理解，如果他们被理解……"费马事件之后，你就再也不愿意用数学来折磨自己了。至于诗，你也开始感到腻味。诗写得最多的是 1971 年。那一年，你写了那首最得意的诗《旅程》，为乔治、莫拉吉斯、盖奥尔加吉斯各写了一首诗，另外还写了一些非常优秀的六节诗。1972 年，你写了《秋天颂》和另外一些诗，非常不错，但篇幅很短。这一年收获不大。今年你只写了不到三十行，太少了。事实上，有好几个星期你都完全处于麻木的状态。好些个日子，你的身体已不听大脑的指挥，甚至有提笔如千钧的感觉。你扔开意大利语法书，拿起一份旧报纸。上面的内容你已经背得滚瓜烂熟了，但每次重读你都会觉得津津有味。上面简要报道了海军的那次未遂叛乱，以及前任部长埃万耶洛·阿维罗夫被捕的消息。你不喜欢这个阿维罗夫。政变前你就不喜欢他，因为他拥护君主政体，是个反动派。现在你不喜欢他，因为他过早被提前释放。谁会相信一个承认自己参与了推翻现政权阴谋的人，可以平安无事地回家呢？"请，阿维罗夫先生，走这边，那是出口，请接受我的致意，祝一切好。"莫非……那所谓的搭桥政策不正是他提出来的吗？"在军政府与反对派之间架起一座桥梁。"反对派！哪个反对派？是指他自己那个反对派吗？！是的，他的出狱等于是掩盖了一个阴谋。即使你被关在墓穴里，你也能嗅到阴谋的味道。如果由于阿维罗夫直接或间接的帮助，让帕帕多普洛斯做出一些狡诈的举动，借用假民主的形式来使军人政权合法化、制度化，那么你对此是不会感到吃惊的。事实上，所有关于这方面的证据都是存在的，你敢打赌。唉，要是你能得到这些证据，拿到这方面的书面材料该多好啊！这样，有一天你就能揭露事实真相，就能证明，真正的罪犯是那些表面上冠冕堂皇的正人君子，是那些善于利用别人，无论政权兴起还是崩溃都能成功登顶、崭露头角的家伙——比如像阿维罗夫之流。政权永远不会灭亡，它可以更换各种色彩，说出各种谎言。你被一种巨大的愤怒所攫住，浑身充满了力量。你笔直地坐在床上，用扎卡拉基斯给你的红色圆珠笔在墙上写下："我要作证。"就在此刻，星期天的寂静突然被一阵欢快的喊叫声打破："静一静，静一静！欢呼吧，欢呼！"你从床上跳下来，抓住铁栏杆，想听得更明白。谁在叫喊？是囚犯？还是卫兵？"静一静，静一静！欢呼吧，欢呼！"那是囚犯的狂欢声。一下子你就明白了。在监狱里，只有一种情况才能使他们如此忘情地欢呼，那就是大赦。你担心的事情终于发生了：搭桥政策产生了效果。当权者意识到有必要松松绑，因此说服帕帕多普洛斯颁布了大赦令，以便更好地奢谈所谓的正常化和民主化。除非独裁政权垮台，欢呼才有可能导致奇迹的发生。你等着给你送饭来的看守。"究竟是怎么回事？他们为什么欢呼？""他们很高兴，明天就可以回家了。"你埋下头，由于消息得到证实而感到非常沮丧。要是他们打算也释放你呢？老天，要是这样的话，可就麻烦了！以后，谁还能去谈论真正的暴政呢？接着，他们就会说，帕帕多普洛斯并没有那么坏：尽管想暗杀他的凶手拒绝请求宽恕，他也没有枪毙他，甚至现在还让他重获了自由！你五年的斗争，所做出的牺牲，所经受的痛苦，一切的一切，都将随风而去，付诸东流。不，你不愿他们释放你。你不想成为他的工具，他的同谋！通过逃跑获得自由是一回事，而从你的敌人那里如同接受一份礼物一样得到它却是另一回事。你自言自语，来回踱步，你忘记了蚂蚁的存在，竟然踩到它们也没有发觉。

整整一个晚上，你都在想大赦这件事。有时相信它是真的，有时又怀疑它的真实性。当你怀疑时，你感到很平静；当你相信确有其事时，内心又分裂成两半。人还是一个人，可这个人却由慷慨和自私、勇敢和软弱、始终如一和反复无常构成。如果说一半的你不希望它发生的话，那么，另一半的你却发疯地渴盼着它的发生。你还年轻，感谢上帝，你还活着，你再也无法忍受继续待在这个坟墓里了！在坟墓里，你从来看不到太阳，看不到天空，接触不到一个女人，不能拥抱她，爱抚她，不能对她说，我爱你；在坟墓里，你总是孤独，孤独，孤独，只能在一个长一米八、宽九十厘米的地方挪动，等于没有死就被埋葬了！外面是生活。空间，生活。阳光，生活。人，生活。爱情，生活。明天，生活。做个英雄真难。那是何等的冷酷无情，缺乏人性，愚不可及，徒劳无益啊！有谁为你是个英雄感谢过你吗？他们会为你立起纪念碑，以你的名字来为街道和广场命名吗？即使他们这么做了，对你又有什么意义呢？难道纪念碑、街道、广场会弥补你失去的青春，没有生活过的生命？不，够了，这是在亵渎生命。仅仅为了人们的感谢，你就不是在尽自己的义务。你这样做是出于原则，为你自己，为你自己的尊严。有谁知道此时此刻有多少人——左的和右的，东方的和西方的——为了他们自己的尊严，不图任何感激的回报而被投进监狱，关在单人的囚室，被活埋吗？这些人的名字过去人们不知道，未来可能也永远不会被了解。他们是无名志士，没有被赞美的英雄，他们也渴望太阳，渴望天空，渴望爱情，渴望伴侣，饱受空间逼仄、缺乏光线之苦，同样遭与某个扎卡拉基斯的惩罚与折磨，他们的鞋子、香烟、书籍、报纸、笔、纸、诗歌被没收，被迫穿上紧身衣，耳朵里常听到的是："他疯了！他疯了！"这个世界充满了这样的疯子。这些疯子是人中豪杰，几乎总是身陷囹圄。只有那些见风使舵、善于妥协、沉默寡言、唯唯诺诺、唯命是从、变节出卖、乐意做奴才的人才不会尝到铁窗的滋味。得了，也许你正在放弃？难道只要能在草坪上或海滩上奔跑，拥有一个女人，和她躺在床上耳鬓厮磨就足以让你忘记你是谁？你想成为什么人呢？你曾经经受住了酷刑、审讯、等待行刑队的到来以及黑暗带来的孤独。在黑暗孤独的五年中，你只见过一只蟑螂和一百三十六只蚂蚁。所以你会竭尽全力经受住大赦的诱惑。如果牢门突然被打开，扎卡拉基斯进来对你说，阿莱克斯，你自由了，你就会回答他——啊，天哪！你会对他说什么呢？你筋疲力尽，闭上眼睛,一觉就睡过去了。当扎卡拉基斯的声音把你吵醒的时候,天已经大亮。"起来,阿莱克斯,你已经被赦免。"

* * *

由于听到了一句你既非常害怕又非常渴望听到的话,一句好坏参半的话,你陷入了长时间的沉默。你的思维停止了,身体麻木了,脚不能动,手不能动,头不能动,甚至舌头都不能动,只有心脏在跳动。然后,在你内心深处再次萌发了一种连你自己都不知道是什么的力量与冲动。于是一只脚动了,一只手臂动了,一条腿动了,头动了,舌头也动了。大脑也开始运转思索。你站起来。"什么赦免?我并没有向任何人请求过赦免,扎卡拉基斯。""你是没有请求过,但总统恩准了你。""总统,狗屁!""畜生,我正在告诉你,你明天就要离开。畜生,你懂吗?!你要走了!要离开这里了!""如果我不想走会怎么样呢?扎卡拉基斯。""我们就把你抬出去!从这里抬出去!"你靠在厕所的那面墙上,手插在裤兜里,双腿交叉,摆出一副挑衅的架势。"那你们就必须把我抬出去,因为我不想离开这里,扎卡拉基斯。""你会离开的,阿莱克斯,你会离开。你不过说说而已,你不知道自己在说什么。一旦你出去就会改变主意。你会意识到外面的生活是诱人的,甜蜜的,并且……""你们,你们所有的人将会发现,把我关在这里比把我弄出去要容易一些。"这次扎卡拉基斯没有回答,没有关栅门,耸耸肩就走了。是无意?还是故意的呢?你把他喊住:"门,扎卡拉基斯。你忘记关门了。"他依然没有回答,继续朝外面那扇门走去。走到门口,想必这时他的脑袋里肯定闪现了一个智慧的火花,因为走到那里,他迟疑了片刻之后才走出去,仍然没有关那扇门。你又把他喊住:"门,扎卡拉基斯。你忘了关那扇门。"你一动不动待在原地,甚至连朝警卫室、过道方向侧身,看一看院子的念头都没有。有一天,你对我说,你当时很想那么做,这种想法比世界上任何一种欲望都强烈。但你还是没有挪动一步。一个小时后,当扎卡拉基斯再回来的时候,你仍然待在那里:背靠着墙,手插在裤兜里,双腿交叉。看来他智慧的火花没有发挥作用。他又开始破口大骂起来:"不识抬举,疯子,混蛋。"他把所有的锁全都锁上,像往常一样,你度过了你在博亚蒂的最后一个夜晚。

* * *

　　为释放得到宽恕和大赦的犯人，他们要专门举行一个正规的仪式。仪式上，检察长宣读大赦令，监狱长官和看守们立正出席，站在一旁，一个士兵举旗，一队士兵行持枪礼。你清楚这些鬼把戏，所以，8月21日星期二发生的事在你看来绝非偶然。除了椅子事件，你的每个动作、每句话都是经过仔细斟酌的，就仿佛它们是你精心创作的某部电影脚本的一个组成部分。首先，当扎卡拉基斯来带你出去的时候，你就一直只穿了件裤衩在那里等他。"怎么搞的？！你还没有穿好衣服？""没有啊，怎么回事？""要举行一个仪式！""什么仪式？""释放仪式！""我没有释放你，扎卡拉基斯。你仍然是我的囚徒。""不是释放我，而是释放你。你想不想穿好衣服？""不想，我喜欢穿着我的裤衩去。""听我说，阿莱克斯。你已经报复过了，现在规矩点，不要让我在检察官面前出丑。你不能穿裤衩去。""不，我能穿。""我跪下来求你了，阿莱克斯。""你跪下来？真的吗？""真的，如果你穿上衣服，我就跪下来。""别扯淡了，扎卡拉基斯。我不喜欢看见别人下跪，即使这人的名字叫扎卡拉基斯，我也不喜欢。"你慢条斯理地穿上裤子、鞋和蓝色汗衫。然后说："啊，胡子，我的胡子怎么办？扎卡拉基斯。""把胡子给他剃了！快点！""为什么要快点？我不着急。""我着急！检察官在等！司令在等！军政要员都在那儿等着呢！""军政要员关我什么事？我喜欢花时间与理发师待在一起。"理发师来了，他给你剃了胡子。这还不够，你让他把发也给你理了。理了发，你还不满足，你又让他修剪你的小胡子。扎卡拉基斯站在旁边，像热锅上的蚂蚁。"你弄好了吗？""没有，还没有香水。""要香水干什么？""有用，我不想像你一样，当个周身散发出臭味的家伙。我要用香水。""帕纳古里斯，你不要惹我发火！""惹了又怎样？你想干什么？扎卡拉基斯，你想让我穿着紧身衣或躺在满是血迹的担架上去参加仪式吗？""去给他拿香水来！"他们带来了。你不喜欢它。"这不是法国香水，我要用法国香水。""去找法国香水！"没有人有法国香水，不过，营地的一名军官却有一瓶法国花露水。在发表了一大通关于法国花露水和英国花露水之不同的议论后，你把法国花露水洒在身上。最后，接近中午的时候，你才准备好，走了出去。你已经有三年零五个月没有跨出过这道门槛了，因此，刚迈出第二步，你就感到头晕，仿佛得了大病，他们只好把你送回牢房，以便你能躺在床上休息几分钟。后来，你用了二十分钟的时间才走到了司令部。一名下士一路扶着你，因为阳光刺得你瞳仁发痛，你只好半眯着眼睛。

在司令部，一小群穿军装的人一直在那里不耐烦地等着。你一出现，他们马上起身立正，显得有点夸张。正在这时，你看见了一把椅子。你一屁股就坐了上去，没有理会扎卡拉基斯的反对。"那是检察长的椅子！""为什么？是他买的吗？""把它让出来！""不。"检察长插话了："帕纳古里斯，站起来！""为什么？反正我不想给你让椅子。""因为我必须要宣读总统的命令。""对于你这个军政府的奴才来说，那也许是总统的命令。但对我来说，这只是一张废纸。你这张帕帕多普洛斯的废纸只配给我擦屁股。""帕纳古里斯，你太过分了！""那就把我抓起来，送我回监狱。""那不可能，你已经被赦免了！""这是你说的。我不接受任何赦免。""快点，站起来。""不，即使你把我杀了，我也不会站起来。"接着是一阵使人不知所措的沉默：怎么办？是冒一场大动干戈的风险强迫你站起来？还是假装无所谓让你继续坐着？看来还是让你继续坐着比较好，这显然是一种比较聪明的做法。"让我们开始吧。"司令官宣布说。一队士兵举枪，一个士兵举旗。检察长开始宣读大赦令。与此同时，你歪坐在椅子上，打呵欠，吹口哨，不停地挠痒痒，尤其是挠脖子。检察长中断了宣布。"你在干什么？""挠痒痒。""你在挠什么？""挠我的睾丸。真烦人，睾丸长得太长了，一直垂到我的脖子上。"检察长满脸通红，扎卡拉基斯咬牙切齿，司令官做了一个愤怒的手势，宣读又继续进行。当宣读结束的时候，除你之外，大家都松了一口气。他们又请你站起来。"帕纳古里斯，咱们走吧！""去哪儿？我在这儿很好，我喜欢这样。况且我累了。""你必须回到牢房，等中校到来。""把我抬回去！""怎么抬？""就像人们抬教皇以便去给他的信徒祝福一样。"此刻，司令官笑了，而扎卡拉基斯却哭了起来。"长官，你看！你看见了吗？差不多四年来，他都是这样！一个罪犯，我告诉你，一个十足的罪犯！"你说："哭吧，扎卡拉基斯，继续哭吧，反正我不离开这儿。"你两只手抓住椅子，盘着腿缠住它的脚。他们只好连人带椅子把你抬走。他们的表情变得愈来愈尴尬，你却突然变得严肃、庄重起来，俨然一个端坐御轿的教皇。但在离开牢房的那一刻，你又开始折腾了。这次是冲着中校。"收拾你的东西，帕纳古里斯，你自由了。""我什么也不收拾，你收拾。""难道你不想离开吗？""是的，我已经对你们说过一千次了，我在这儿很好，我愿意待在这儿。""出去你会改变主意的，并且……""我会发现生活是甜蜜的，扎卡拉基斯也这么说。那你就给我拿东西吧。"一半出于好玩，一半出于顺从，中校拎起你的行李：一个塞满词典和锉刀的提包。你把锉刀藏在把手里，原本是想用它们来开玩笑。看来从现在开始，它们就成为纪念品了。"让我们走吧，帕纳古里斯。""好吧，走。"你看了牢房最后一眼，露出一种既悲伤又惋惜的表情，极其痛苦地看了一眼你留下的笔迹；"我要作证。"然后你走出牢房，走进院子，穿过左边的一条小道，向右转，来到那条僻静的小路——在第二次逃跑的那个可怕的夜晚，扎卡拉基斯就在这里嘲笑你。你埋着头走着，半闭着眼睛，就像那天去参加仪式的情景，执意回避天空。那些看守费劲地搀扶你，你紧紧地把身子靠在他们身上。你感到疲惫不堪，这场粗野和激愤的闹剧已经耗尽了你的精力。每走一步，你都问自己：到了大门口，看守离开了你，你将怎么办？你的脸上没有一丝快乐的表情。终于到了大门口，你离开看守，跨出大门。你惘然若失，喃喃自语："啊，上帝！我的上帝！"

　　一道深渊横亘在你面前，它是那么宽，那么深，那么空，你一看见它就觉得恶心，真想吐。这深渊就是空间，广阔无垠的空间。在墓穴中，你已经忘记什么是空间，广阔无垠的空间了。它是一种可怕的东西，因为它像一种并不存在的东西。没有墙来围住它，没有天花板来遮挡它，没有门把它关在外面，没有锁，没有门闩！像一片神秘、阴森的海洋环绕在你周围，展开在你面前。唯一的基准点是大地，那偶有草丛或树林点缀其中的大地，下有沟壑，上有山冈的大地。它阴森恐怖，充满梦魇。但更糟的是天空。在墓穴里面，你也忘记了什么是天空。它是虚空中的虚空，眩晕中的眩晕。它是如此的蓝，不，是如此的黄，如此的白，是如此的邪恶。它甚于硫酸和火焰，灼伤你的瞳孔。你闭上眼睛，以免强光使你双目失明。你伸出双臂，为的是不致眩晕摔倒。你立刻想起那间曾经关过你的牢房来，伴着一种不可遏制的对过去的怀念，一种想回到那儿的强烈冲动，你想在它的黑暗中，在那狭小、安全的子宫中得到庇护。你想说："那是我的牢房，把我的牢房还给我。"拎着装满词典和锉刀的提包的那个军官看出了你的心思，走上前来，拍拍你的肩膀："勇敢些。"你又重新睁开眼皮，眨了眨眼睛，你迈开腿，一步，一步，又一步。然后又停下来。那不是勇敢不勇敢的问题，而是如何保持平衡的问题。一个人在这样的空间，这样的光线下走路，不像在监狱的小路上行走，当时有两名看守在两旁搀扶你。现在的你就如同在悬崖的边缘摸索一般。甚至笔直往前走都感到非常困难，因为没有墙壁，没有障碍物，你不知道哪里是直路，哪里是弯路，哪里是前，哪里是后，你只清楚哪里是上，哪里是下，哪里是天，哪里是地，能感觉到那令人目眩的阳光。但是当厌恶、不安、恐惧在不断增加时，当一切都在扩展、旋转、翻腾，使你重复"那是我的牢房，把我的牢房还给我"时，慢慢地，你恢复了正常，并且看到了某种东西。那是什么？前方有一团模糊的影子和移动的斑点，一些奇怪的东西波动着、晃动着朝你涌来，乍一看有点像鸟的翅膀或人的手臂，究竟是鸟还是人呢？最后你明白了肯定是人，因为你听到了像人发出的声音："阿莱克斯！阿莱克斯！"你要花很大的努力才能朝那个方向走去。"阿莱克斯！阿莱克斯！"突然，一个影子从其他影子中闪现出来：一个黑色的矮胖的身影。然后影子变成了一个穿黑衣、套黑袜、黑鞋、戴黑帽、黑眼镜的妇人。她张开双臂，伸出手指急匆匆地跑向你。你的母亲。你一下子扑进她怀里。接下来，所有的人都把你围住，朋友、亲戚、记者，他们抚摸你，拥抱你，呼喊你的名字，使你不再为你的牢房惋惜。事实上，顷刻之间，你就不再怀念它了，你感到有一种无以言表的幸福，尽管你有一种想哭泣的强烈冲动。但你没有哭出来，你想说几句话，说几句重要的、有历史意义的话。只是，你愈想弄明白要说什么，你就愈想哭，愈无法克制住想哭的冲动，你感到喉咙梗阻，顷刻间就泪水盈眶。因为你看到深渊时所感受到的那种迷惘此刻已转化成了一种明确的预感，一种警觉：自由对你来说将意味着另一种痛苦，另一种折磨。

  这就是第二天我终于与之相见的那个男人。我们的相见就像在同一条轨道上相对行驶的两列火车相撞在一起一样。

第二部分

第一章

　　上帝并不存在这一痛苦发现摧毁了"命运"这个字眼与概念。但要否定命运却是妄自尊大的,声称我们就是我们自身存在的唯一主宰则是疯狂的。如果否定命运,人生就会成为一系列机遇的丢失,你就会对应该发生而没有发生的事情感到惋惜,对应该做而没有做到的事情深感懊悔,你会让现在荒废,错失生活的良机。你遗憾地问我:"为什么我们以前没有见面?当我引爆地雷时,当他们折磨我,审讯我,判我死刑并把我关在那个墓穴时,你在哪里?"我怀着内疚的心情回答说:西贡、河内、金边、墨西哥城、圣保罗、里约热内卢、香港、拉巴斯①、科恰班巴②、安曼、达卡③、加尔各答、科伦坡④、纽约,然后又是圣保罗、西贡、金边、拉巴斯。当我列出这些遥远之城的清单时,就仿佛是在注明一段段背叛之旅的里程。我从未对你说过,我会出现在命运要我去的地方,因为命运已经注定了我们会在这一天的这一个时刻相逢,此前却不能。在这一天、这一个时刻之前,我们各自所走的道路是如此不同和遥远,以至于最坚强的意志也不能使它们相会。唯有一次,我们有一个擦肩而过的瞬间,就是你从塞浦路斯逃到意大利来的那一天。事实上,只要核对一下日期,我们就能知道你到的时候,我正在离开。但命运自有它的逻辑,没有任何事情的发生纯粹是偶然:要是我们偶然或早一些见面,我们

---

① 拉巴斯(La Paz):玻利维亚首都和拉巴斯省省会,为玻利维亚最大城市。
② 科恰班巴(Cochabamba):玻利维亚中部省会城市,周边地区被誉为玻利维亚的谷仓。
③ 达卡(Dacca):孟加拉国首都,达卡专区与达卡县首府。
④ 科伦坡(Colombo):斯里兰卡首都,该国最大城市。

就不会相互认识。之所以后来我们会相互认识是因为我们其实已经见过无数次面,在西贡、河内、金边、墨西哥城、圣保罗、里约热内卢、香港、拉巴斯、科恰班巴、安曼、达卡、加尔各答、科伦坡,然后又在圣保罗、西贡。绕了这么大的圈子,是为了把我带到你身边,所有的环节都是一种伟大、忠贞爱情的不同阶段。

  在那段岁月里,你有许多面孔,许多名字。在越南,你的名字是黄安氏,是一个脸上、下巴、额头布满伤痕的越共姑娘。一包你想用来炸死暴君阮文绍的炸药在你家里爆炸了,他们逮捕了你。他们用开水烫你,用毛巾捂住你的嘴和鼻子。当我们在特别警察局的一间屋子里见面的时候,那帮穿深绿色军服的军官们正打算判处你死刑。你怒视着我,因为我穿的是一身军服。我对你说:"黄安氏,我不是军人,我是一名记者。我来自一个和你们没有交战的国家,我想好好写写你。跟我谈谈吧,黄安氏。"你回答我说:"我不愿意你写我,没有这种需求。我唯一想做的事是从这里逃出去,重新投入战斗。你能帮我从这里逃出去吗?""不,黄安氏,我做不到。""既然这样,我对你没有兴趣。你走吧,再见。"你的名字也叫阮文山,一个小个子赤脚男人,穿一身黑色衣服,双肩瘦削,两手如柴。但你干了一件惊天动地的事,你在湄公河上的一个水上餐厅引爆了两枚炸弹,使几十个人死于非命。在另一次行动的前夕,他们设下陷阱,于是你被带到第一军区,也就是西贡宪兵司令部。那儿的马里奥斯、巴巴里斯、塞奥菲洛亚纳科斯们没能使你开口,但哈慈齐科斯却成功了。这个西贡的哈慈齐科斯叫范广堂上尉。他对你进行讹诈:"如果你开口,我就堂堂正正地枪毙你。如果你不说,我就用卡车辗死你,让你死得非常难看。"这一回,你不是英雄,你不想被卡车压死,而情愿被枪毙。你嚅动着被打得红肿的嘴唇,问范广堂:"你真的要审判和枪毙我吗?""是的。""那我就全招吧。"我就是在上次见黄安氏的房间里见你,你显得彬彬有礼,很高兴与我待在一起,因为他们给你解了手铐,还让你抽烟。我采访了你两个晚上,听你讲话很愉快,因为你在西贡的监狱里也是个诗人。你给我讲有一个蓄黄胡子名叫耶稣基督的上帝,他展开翅膀在云中飞翔,但像越共游击队员似的被枪决了。你给我讲了你的村庄,日落时分,太阳变成红色,红光映衬在稻田中,微风习习,稻穗摇曳。你对我说,杀戮是多么的毫无意义,多么的愚不可及。你说,人是无辜的,因为他们做了无意义和愚蠢的事,比如杀死自己的敌人,所以我们必须要怜悯他们。分手时我们都感到很遗憾,你遗憾是因为你再也没有机会抽这么多烟了,再也没有机会不戴手铐这样坐着了;我遗憾是因为我已经开始爱上了你。告别时,我祝你从容就义,因为你梦寐以求的就是从容就义。

在玻利维亚,你的名字是恰托·佩雷多,是佩雷多兄弟中最小的一个。老大与切·格瓦拉一起死了,老二死于与警察的冲突。为了进行武装反抗,你逃进了伊利马尼森林。我正要到你那儿去的时候,米兰达将军的部队包围了你,并抓住了你。这消息是你在拉巴斯的同志们跟我讲的,他们希望我能做点什么。于是我跑去找托雷斯总统。托雷斯总统是个很好的人,好得以至于后来米兰达把他给杀掉了。我对托雷斯说:"总统先生,恰托被抓起来了,他们准备枪毙他,请救救他吧。"托雷斯救了你,但你从来不知道是他救了你,是我去求的情。事实上,当人们叫你恰托时,我们从来没有见过面,但当你叫胡里奥,关在拉巴斯中央监狱时,我们却见面了。我耍了一个花招,用假证明进入监狱,来到你的牢房,目的是观察地形,然后向准备营救你的其他人汇报。当时你蓄着一把又密又黑的大胡子,没有写诗,在写书,字体是那样纤细、工整、漂亮。我们在一起只待了几分钟,你信任我,你把我应该知道的都告诉了我,这很管用。当我得知他们已成功营救你的那天,我高兴得流下了眼泪。我到巴西去找你。在巴西,你的名字叫卡洛斯·马里盖拉,是一个当过议员的老共产党员。弗勒里像猎人围追野兔一样追捕你。这个臭名昭著的弗勒里是圣保罗警察局的头子,是那些穿制服的刽子手的帮凶和保护者,这帮刽子手全是所谓的死亡别动队的成员。你当时东躲西藏,不断改变住址与发型。为了告诉我人们在巴西反独裁的真实情况,你很想见我一面。你约了我三次,有两次我没能和你接上头,因为弗勒里的密探跟踪我,无论我走到哪里,都会发现穿深褐色雨衣的他们出现在身后。第三次我总算摆脱了他们,可你却没有在见面的地点出现,因为他们盯上了你。后来,弗勒里把你杀死了。他在罗拉路和卡萨布兰卡路的拐角设下陷阱,布置了两名已被他逮捕的参加过抵抗运动的修士和许多着便衣的男女警察。开枪把你打死的是两名女警察,她们因此得到了提拔和加薪。那是1969年11月5日,我相信,正是弗勒里在罗拉路和卡萨布兰卡路的拐角借助女警察之手把你杀死,给她们提拔、加薪之后,我对你的爱意才不可遏制地喷发出来。

后来，你的名字叫蒂托·德·阿伦卡尔·利马，一名多明我会修士。我甚至对你的长相和年龄都一无所知。1970年2月17日，当马里齐奥带着他的小分队把你逮捕，押送到宪兵司令部——在圣保罗，它叫柏德兰特别行动中心——时，你就成了蒂托·德·阿伦卡尔·利马神父。马里齐奥对你说："这回你可尝到人间地狱的滋味了。"他剥光了你的衣服，把你吊在天花板下面的一根铁棍上。这种刑具叫鹦鹉棍，它看上去确实像一根让鹦鹉在其上栖息的横条。不过在柏德兰特别行动中心，它不是供鹦鹉使用的，而是专门用来吊男人和女人的。他们把犯人的手腕和脚腕捆在一起，然后让铁棍从肘部和膝盖穿过，把犯人吊起来。让受害者保持着这个令人痛苦不堪的、恐怖的姿态，直到血液循环终止，身体肿胀，呼吸停息。他们把你吊在鹦鹉棍上，整个下午和晚上都那么吊着，只有给你"打电话"时才把你放下来。"打电话"是一种刑罚，就是用重掌猛扇受害人的耳朵。之后，他们把你扔进牢房。这儿和博亚蒂监狱一样，没有床、草垫、毯子。"明天你会开口的，修士，会开口的。"但第二天你还是守口如瓶。于是奥曼罗上尉驾到。这家伙擅长让犯人坐老虎凳，并击打他们的生殖器。在奥曼罗上尉面前你仍然没有招，于是阿尔贝纳慈上尉带着他最凶狠的小分队来了。他警告你："修士，当我来到柏德兰特别行动中心，我就把我的良心搁在家里了。为了得到我想得到的，我可以往圣母像上吐唾沫。你否认一次，或拒绝开口，我就增加电流。"他立刻把你捆在"龙椅"——一种电椅——上，在太阳穴、手、脚、生殖器等处接上电源。然后通了二百伏的电流。"说不说？""不。""说不说？""不说。"你每吐一个"不"字，他就给你来一下二百伏。大约晚上十点，他累了。他下结论说，应该对你采取特殊措施。你把他折腾够了，明天要给你点颜色看。所谓特殊措施，就是把电线插进肛门。所以第二天，他就把电线插进你的肛门。用的电流是那么强，通电的时间是那么长，以至于你觉得自己会爆裂成碎片。括约肌松弛，粪便像雨水般溅落在地上。阿尔贝纳慈跨过粪便说："最后一次问你，说，还是不说？""不说。""那就准备去死吧。"他说："把嘴张开，我给你吃圣餐。"你张开嘴，准备从容死去。阿尔贝纳慈把电线放在你的舌头上，电线上通了二百五十伏的电流。四十八小时后，你试图自杀。对你这个天主教徒和多明我会的神父来说，自杀意味着双重的罪孽。他们来给你刮胡子，为了羞辱你，只给你刮了一边。你叫来一个士兵，让他给你找一样东西来，以便把另一边的胡子刮掉，他给你找来一只刀片。一得到它，你就朝左手的肘部内侧划了一刀。刀片割破了动脉，鲜血喷射到墙上。你躺在诊疗室里又恢复了意识。六个士兵看守着你，像扎卡拉基斯一样，马里齐奥上尉坚决要求："医生，他不能死。否则，我们就输了。"你没有死。过了一段时间，我才了解了你的遭遇。我是通过你写给大主教的一封信了解到的。我来圣保罗寻找那封信，想发表它，向世人说明你是谁，想为你做点事。

其实，在命运之轮把我一步步带到你身边的这几年中，我一次也没有用你的名字来呼唤过你，一次也没有介绍过你的面孔，甚至也没有为拥有你那个名字、长有你那副面孔的人签过一份抗议书，参加过一次集会，写过一行报道。我没有读过那三十首诗，它们从博亚蒂传出来，被人翻译，并在意大利出版。对一个我只从表面肤浅知道的故事，我没有做任何努力去更深理解它。关于谋杀，我是很久以后才知道的。那时我在越南，看到一家通讯社的只有几行字的报道，提到希腊的某个军官企图杀死那个暴君。我读了以后感觉很好，因为那里终于发生了一些让人激动的事情，后来，我就把这件事忘了。在越南，整个民族都在为摆脱一种压迫而做出牺牲，但很快又陷入了另一种压迫。尸体的恶臭污染了空气，同时也玷污了无价的英雄主义的气息。这个大悲剧，没有时间让我顾得上想到你。不管怎么说，关于你被审判、被判死刑的消息，我是在墨西哥城大屠杀之后躺在医院里才知道的。我在那次大屠杀中受了伤，左腿和背部各中了一弹。背部的伤口化了脓，他们给我做了手术。报纸上说："那个试图刺杀帕帕多普洛斯的凶手将被处决。"报上还补充说，是你本人要求被处决的。这件事情让我感到非常不安，但不安很快就过去了，因为我想起了墨西哥城广场上被残酷屠杀的几百条生命，中弹的尸体从台阶上滚下来，或翻着跟斗朝前方飞去。机枪的子弹把一个小男孩的脑袋打开了花，另一个小孩扑到他身上，泪流满面。这时，另一梭子子弹击中了他，他的身体断成了两截。一个孕妇的肚子被人用刺刀捅开。一个姑娘只剩下了半边脸，医生反复说："我情愿让她死去，是的，我情愿让她死。"我也被他们抛到尸体堆中，在那儿待了几个小时。那些在监狱里被折磨致死的人被焚烧掉或被秘密埋掉，这样，就不会有人再谈论他们，谁也不会发出赞叹：是他自己要求被枪决的。我后来才知道你的死刑宣判没有被执行，这时我产生了一种短暂而抽象的喜悦。至于你在监狱遭到的非人的折磨，我只知道一点皮毛，也同样引起我一种短暂而抽象的愤怒。如果命运不存在，如果我没有不得不成为你命运的工具，那我们就必须得问问我们自己：为什么我会在8月的那天给你拍电报，然后心急如焚，像是赴一个期待太久的约，急匆匆地跑到雅典来？为什么我到达你城市的那一刻，我就有一种预感，一件让我、让我们无法自拔的事将会发生的预感？这事无可回避，无可挽回。

雅典的天气非常炎热。盛夏的午后，高温使南方地区酷热难忍。柏油路面熔化了，鞋子踩在上面，给人一种软绵绵的感觉，衣服紧贴汗淋淋的皮肤，没有一丝微风。我从机场出来，坐进出租车，把你的地址给了司机。立刻我就被一种奇怪的不安攫住了，这种感觉和我在越南曾经有过的感觉一样，当时我跟巡逻队走在可能埋有地雷的小路上，我认真留意每一个轻微的响动，尽量跟着别人的足迹走。但我知道这没有用，我的鞋子很可能偏离其他人的足迹几厘米，从而踩响地雷。我甚至后悔我说过"我也去"。我真想往回走，真想跑掉，并且大声喊叫："你们这该死的战争究竟与我有何相干？"这就是当时我内心的感受。我不安的情绪很快就变成了痛苦。这种痛苦和我那天早晨感觉到的痛苦是一样的。当时我去圣保罗郊区寻找蒂托·德·阿伦卡尔·利马神父的信，被弗勒里穿深褐色雨衣的特务跟踪。和我那天下午的心情也一样，当时我明明知道要发生大屠杀，可我还是去了墨西哥城广场。就像你期待某种不能确定、但肯定会给你打击的灾难，期待某种难以预料、但一定会使你更加痛苦的悲伤一样，出租车在闷热的街道上穿行，我心里感到矛盾和焦虑。司机不认识你住的街区，老是走错路，绕了几圈，又回到原来的地方：一个挂有"德斯柯"牌子的汽车修理间。修理间下面有一条斜坡，那是个黑洞洞的深坑。每次从那儿经过，它都会吸引我的视线，仿佛是个不祥的预兆，让我心生恐惧。三年后，他们把你扔进了这个深坑。德斯柯，德斯柯，德斯柯。司机很沮丧，他用一种神秘而古老的语言向我道歉。他说话的声音使我想起在学校学的《伊利亚特》和《奥德赛》中的词汇。"Den xero, den kataleveno. 我不知道，我弄不明白。"但他突然挥舞着写有地址的那张纸条，在栽有橄榄树的人行道旁边刹了车。橄榄树的后面有座小花园，花园里有橘子树、柠檬树、玫瑰丛和其他花草。花园中有一条小路通向一座别墅式的黄房子，房子上装着绿色的百叶窗，四周有凉台。凉台上挤满了激动的人群。路的左边有一棵高大的棕榈树，树上挂着一串串大蒜。天知道为什么。"Edo，edo！这儿，这儿！"司机在胸前画了个十字，或许是在感谢上帝，终于到了，或许是想摆脱这个又瘦又小的外国女人。这个着装像个男人的女人理了理被汗水浸透的长发，没有马上下车，坐在那儿一动不动，好像有点害怕。然后，她毅然跨出车门，走向她的命运之约。

我一点也不知道你长什么样，没有看过你的一张照片。我甚至从来就没有问过自己：你是年轻还是年老？漂亮还是丑陋？高还是矮？发色浅还是深？此时我突然想知道你究竟是个什么样的人。我穿过人群，沿着小路，踏上凉台，来到一扇挤满了更多激动之人的小门口，然后走进一个充满喧闹声的破旧客厅。客厅里，男人坐在一边，女人坐在另一边，好像在阿拉伯国家一样。那些男人看起来长得都一样，每一个都可能是你。虽然明知认不出你来，但我还是在人群中寻找你。但突然我把你认出来了，因为顷刻之间我们的目光就碰到了一起，并且有一种一见如故之感，因为这个瘦小的、长相难看的男人，这个小黑眼睛闪亮闪亮的男人，这个一脸的黑色络腮胡在苍白病态的面容上显得十分抢眼的男人，只可能是黄安氏、阮文山、恰托、胡里奥、马里盖拉、蒂托·德·阿伦卡尔·利马神父。黄安氏伸出双臂，跳了起来；阮文山急匆匆跑到我面前；恰托、胡里奥、马里盖拉抓住我的手，拥抱我；蒂托·德·阿伦卡尔·利马神父伸出手，温柔地抚摸我的脸。不过，说出下面这句话的声音是属于你的："你好，你终于来了。"这是一种那样的声音，甫一听见，就会使人永远失去平静。

* * *

"我正在等你呢，来吧。"你挽着我的手，带我离开人群，沿着走廊，进入一间卧室。里面的一个衣柜被改装成了神坛。耶稣像、圣母像、圣人像自上而下，闪烁着扑朔迷离的银光。另外还有点着的蜡烛、香炉、弥撒书。神坛对面的屋角摆了一张床，床上堆满了希腊文书籍。一大束红色的玫瑰花搁在书上。你兴高采烈地拿起那束玫瑰花，往我手里一塞："给你。""给我？！""是的，给你。"然后，你用权威性的口吻喊了一声："安德列亚斯！"这个叫安德列亚斯的年轻人走进来。他身材高挑，仪表堂堂，穿着一件蓝色外套、白色衬衫。他几乎以立正的姿态站在那儿，并一直以这种可笑的姿态听你用你的语言说话。然后，他翻译成英语。他告诉我，你说你懂意大利文，是在监狱里学的,但在那几年里,你只能与语法书打交道,所以还是请他来做翻译更好。你首先为在一间卧室里接待我表示歉意,那是你母亲的卧室,只有在这里,我们的谈话才不会被打扰。你还向我解释,床上的那些书是我作品的希腊译本;为了得到一本我的书,你甚至不得不进行绝食;当你被单独囚禁在牢房里的时候,这些书总是陪伴着你;玫瑰花就是表示谢意。你说你叫了两个朋友到机场来给我献花,但他们没有找到我,因为我的电报没有说明是哪次航班,所以玫瑰花就放在这儿了。我惊讶地听着,回答不出一句话来:这是一个什么样的男人啊?刚出监狱就不嫌麻烦、如此隆重地接待我,为什么这一切没有让我感到高兴,反而增加了我的不安和痛苦呢?为什么听到他说话的声音,我会有一种说不清楚的担忧与困扰呢?我必须尽快摆脱他,至关重要的是,会见必须转换到另一个层面来进行,我必须让自己明白,我是带着任务来的,到这里来是为了采访。我不管是否会伤害你,尽量不去理会你奇怪的表情和其他的反应,当即用克制和嘲讽的口气,简单表示谢意:"很好。"接着我把玫瑰花放在凳子上,把录音机搁在矮桌上,坐下来,同时请你坐在我的对面。好,就这样,现在让我们开始吧。我冷冰冰地以职业性的口吻向你提问题。但与此同时,我却不顾一切地、疯狂地观察你,想解开那个谜底,为何你具有这么大的魅力,甚至可以说是魔力。我在想:你身上有某种东西,既吸引人,又排斥人,既让人神魂颠倒,又让人望而生畏。恰如从摩天大楼顶层往下看的情景:你有凌空飞翔的感觉,但同时也有跌落深渊的恐惧。

到底是什么?也许是面孔吧。不,不对,这面孔并没有什么特别出众之处。唯一称得上漂亮的应该是额头:高阔,饱满,卓异纯洁。唯一有趣的是那双眼睛,无论形状还是大小,它们都不一样,一只大,一只小,一只睁开,一只半闭。那只大的、睁开的眼睛射出的目光严厉,近乎恶意;那只小的、半闭的眼睛显得温柔,甚至带有稚气。但两只眼睛同时射出的目光犹如暗夜着火的森林。脸上的其余部分就不怎么样了。眼皮像两个不成形的肉勺子;鼻子索然无味,而且有点歪,鼻孔显得有点傲慢;下巴又尖又短;脸颊圆得有点过分。面容由于遭受折磨而显得憔悴,但脸蛋仍是圆圆的。只有柔软、密匝的胡须,浓浓的眉毛——像是用画笔描了两道——才让这张脸显得非同寻常。至于身体,体型倒是不错,无论臂膀、臀部、双腿都长得很结实。当虚弱的身体养好了,它可能会变得极富诱惑力,但这终究是个中等个头的劳动阶级的男人的身体,一个略嫌粗野的身体。不,在我所看到的这个躯体上,绝对没有任何东西能够让我着迷,或者让我疯狂。那会是什么?也许是声音。那只不过是埋怨的声音——你好,你终于来了——就像一把刀子,深深地扎进我的心窝。这声音深沉、浑厚,具有一种无法言说的丰富感情。或许是你那种能够打动人、掌控人的权威性?"安德列亚斯!"只有非常自信的男人才会这样沉着,并且不用回答他说的话,因为他是那样笃信,毫不疑虑。你掏出烟斗,不慌不忙地装烟,不紧不慢地点上,然后像老人一样大口大口地吸起来。当你回答我的问题时,你以这种方式来显示你的超然。但不管怎么说,当你开始说的时候,却并没有表现出你的克制。当我们见面,你跳起来,拥抱我的时候,也没有任何克制可言。唉,最好还是不要去想它为妙。还是在你身上去寻找黄安氏、阮文山、胡里奥、恰托、马里盖拉、蒂托·德·阿伦卡尔·利马神父的影子吧,让他们的形象在你的脸上重合吧,去看看那双用绳子吊在天花板上变形的手腕、被老虎凳压坏的腿、腰间的伤口,以及左脸上那个像紫色的肉瘤一样绽开的疤痕吧。"你使我想起了一名巴西神父,阿莱克斯。""蒂托·德·阿伦卡尔·利马神父。""你怎么知道的?!""我知道。我读过他的信,就是那封通过你发表的信。当时我真希望你也能为我做同样的事。""我没有为你做过任何事。""没关系,现在你已经来到了这里。"你放下烟斗,抓住我的双手,紧紧地握着,用眼睛直勾勾地盯着我。"你来到了这里,我们相互找到了对方。"

真可怕。因为一下子全明白了,而明白了这点就等于承认我刚到雅典时那种攫住我的预感是有道理的,并非空穴来风;就等于承认在这个房间里,在这个可笑的摆放着耶稣像和圣母像的小神坛前,我不仅必须要对我的理想和道德观进行总结,不仅要对你代表的,或我认为你代表的理想和道德观进行思考,还必须去面对一次交锋,面对会把一个男人和一个女人引向彼此之爱的一次会见。这是世界上最危险的一种爱情,因为它把理想与道德和感情与诱惑混在了一起。我抽回手,把它们藏在矮桌下。我像一只刚伸出触须便赶快往回缩的蜗牛一样胆怯,避开你的目光,开始顽强地抵抗,或者借助提问来掩饰自己,或者利用安德列亚斯在场的机会,把目光盯着他,而不是盯着你。然而,你讲述和描述的事情——拷打、审讯、死亡判决,在地狱里待了那么多年但始终没有失去信心，没有自暴自弃，没有丧失个性——它们像一阵大风完全摧毁了我反抗的意志，我又被吸引到你身边。除了大风，还有那种声音，那双眼睛，那些顽强地伸向我的手指。最后，我终于屈服了。我不再回避你的目光，任凭我的目光和你的目光融汇在一起。我把我的手重新放回矮桌上，以便你每次想把你的手压在上面时能够找到它们。采访就这样进行下去，安德列亚斯的在场已显得不适合，显得多余。几个小时的时间就这样不知不觉地过去了。我们开始谈话时，太阳悬在高空，银色圣像熠熠生辉。后来光线变暗，由暗而黑。一个穿黑衣服的老太太进屋开灯，但即使这样，也没有使我们分心。当我问你政治对你来说意味着什么时，那消失了的恐惧又攫住了我的心。我指的政治不是秘密的、地下的政治，而是在享有自由的情况下所从事的政治。一开始，你回答我，你从来就没有搞过政治，但喜欢和政治调情，以加里波第的风格，而非加富尔的风格。然后，你突然住嘴，一言不发，在沉默中，你慢慢把你的手指伸向我的手指，你非常缓慢地抓住它们，同样非常缓慢地用我的语言说："我喜欢调情，但我更喜欢爱情，以爱换爱，相爱与共的爱情。"

我像被黄蜂蜇了一下，倏然站了起来。我说我必须告辞了，要去找旅馆。你斩钉截铁地说："你哪儿也别去，就留在这儿。"然后，你拖着被塞奥菲洛亚纳科斯打残了的那条腿，一跛一拐地朝正在厨房忙碌的穿黑衣服的老太太走去。夜深了，那些由于你没有露面而深感失望的来访者，早已离开了。

* * *

人行道上站着四名警察，凉台上清爽宜人，空气中弥漫着茉莉花香，微风吹动着挂在棕榈树上的那串令人费解的大蒜。我直指着大蒜问安德列亚斯："那是干什么用的？"他笑了起来："避邪，可以赶走警察和其他麻烦事。你真的要留下来吗？""不，你去向他解释。""你必须自己去给他解释，这事很难办。当他决定了某事时，想不依从他，几乎是不可能的。""我不是为了依从他才到这儿来的。""唉！他们都这么说，但到头来都依从了他。就是因为依从了他，那十四个人才进了监狱。不过，你可以马上离开，晚上肯定有一次航班飞罗马。如果你愿意，我可以送你去机场。""为什么你要为我担心？你是怕那些警察会逮捕我吗？"他又笑了起来。"不，不是怕那些警察。""我不明白。""我想说,在这儿进行的不是采访,而是灵魂的融合。他必须保持安静,至少一段时间的安静,他需要休息。爱情不是休息,当爱情产生于灵魂的融合时,它就可能成为一个悲剧。""请不要夸张。"我冷冷地说。他的多管闲事激怒了我,此外,他看到的比我害怕他看到的更多这一事实也让我感到恼火。但是,当我想让他住嘴的时候,与此同时,我又想继续听他讲下去,所以就用某种方式来鼓励他讲。"不要夸张。""我没有夸张。或许我真的夸张了?我们希腊人对悲剧非常着迷。因为我们发明了它,所以在哪里都能看到它。""但你讲的是什么样的悲剧呢?""只有一种悲剧,它以三个永恒的要素为基础:爱情、痛苦和死亡。"正当他说到这里时,你跛着脚走了进来。"一切都安排好了!你睡在客厅里。这没有大不列颠的旅馆套房舒服,但比博亚蒂的行军床好多了。过一会儿,我们吃点东西。""听我说,阿莱克斯……""你喜欢吃梅莉沙拉沙特拉吗?""阿莱克斯……""还有斯帕拉克皮特呢?""阿莱克斯……""哦,你还不知道梅莉沙拉沙特拉是什么东西。那是菠菜甜饼!斯帕拉克皮特就是凉拌茄子。非常好吃,等会儿你就知道了。比扎卡拉基斯的扁豆好吃。我给你讲过扎卡拉基斯和扁豆的故事没有?"你不断地说呀,说呀,打断我的每一句话,不让我说出"谢谢,我不能留下,我得离开,谢谢"之类的话。你不停地唠叨,所有的话题都服从于你的意愿:扎卡拉基斯、扁豆、菠菜甜饼、凉拌茄子。最后,你不由分说地搂住我的双肩,靠在凉台的栏杆上,贪婪地嗅着空气。"五年和十天以来,这是我第一次闻到茉莉花的花香。昨天夜里还没有这种香味呢。""有,昨天夜里有。"安德列亚斯说。"我再说一遍,昨天没有。""是的,昨天没有。"安德列亚斯重复了一遍。

晚饭不错。甚至连被邀请来共进晚餐的安德列亚斯也这么认为。你显得兴高采烈,把博亚蒂描绘成一个高级的度假酒店:有温水游泳池、高尔夫球场,私人电影院,提供伊朗鲜鱼子酱的餐厅,还有一流的服务。你没有用过分热情的眼神看我,也没有做出过分亲密的动作,也就是说,不会有什么东西能再次引起在凉台上讨论过的那种预感的恐惧。所以在某种程度上,我就得出了结论:手的碰触、热情的表情只不过是一种友好的表示,关于爱情的谈话仅仅是对敏感问题的一种政治性表达。如果我愿意,我也能没有障碍地接受你的邀请,留下来,第二天下午才走。渐渐地,房子里又充满了熟人,他们是来问候与拥抱你的。你像一个出远门刚回来的家长，不慌不忙地接待他们。这情景引起了我的好奇。我还饶有兴趣地观察你与他们谈话，给他们指令和指点的那种方式。是的，重新见面是件好事，但绝不能昏了头。这次大赦是一个阴谋，是在右派埃万耶洛·阿维罗夫之流的配合下，意在强化独裁的一个花招。是的，躺在自己的床上睡觉是舒服的，但从监狱出来却不是为了睡在自己的床上，而是为了重新投入战斗。你像着了魔似的不断提起阿维罗夫的名字，我从安德列亚斯的翻译中得知，你恨他就像恨那个暴君一样。"他在说什么？""他说有一天他会出示文件，证明这件事。""他在说什么？""他说帕帕多普洛斯之流会下台，但阿维罗夫们却会继续在台上。"你用同样的频率，同样严厉的观点提到流亡左派正式代表安德列亚斯·帕潘德里欧的名字。"他在说什么？""他说他正在主导一部反对派的轻喜剧。""他在说什么？""他说像帕潘德里欧这样的人只能用一种独裁来取代另一种独裁，充其量只能为某种形式的专制制度铺平道路。"这证明了你自由的人格，思想的独立，而在这几个小时极富戏剧性的采访中，我把这些看作是我们的共同点，确信这能解释那种让我感到不安的神秘的激动情绪，并且这种情绪会减弱，自然转化成一种理想的兄妹情谊。是的，我可以留下来，我认为，这点是可以让人放心的。我站起来帮穿黑衣的老太太——你的母亲——收拾东西，你母亲低声嘟囔着，好像在发什么我听不懂的牢骚，一边忙碌，一边整理自己灰色的发髻，把桌子上剩余的东西端开。"我发现你很平静。"安德列亚斯说。"是的。"我回答道。"那你真的要留下来？""是的，我想是这样。""哦！晚安。""晚安。"我向他，也向你道了晚安。由于疲惫不堪，我关上了客厅的门。这是一扇装有毛玻璃的门，从前厅有灯光透过来，让人感到不舒服。但我一倒在沙发上，就很快睡着了。

两小时后，一阵脚步声把我惊醒：我隐略感到有某种危险正在降临。为了听得更清楚，我支起胳膊肘，侧起身来，但没有听见任何声音。屋子里一片沉静，甚至听不见花园里树叶摇曳的沙沙声。然而，我并没有听错，在朦胧中我听见的脚步声仍然那么清晰，甚至能分辨出它的节奏：频率不变，步履缓慢，走路人脚掌有残，用脚后跟着地而行。一下，两下。一下，两下。一下，两下。我更仔细地向玻璃门方向看去：前厅里亮着一盏昏暗的灯，没有看见任何人。真是奇怪。也许害怕你会来到我身边的那种担心是如此强烈，以至于这种担心冲破了我潜意识的屏障,产生了幻觉。我又躺在床上,希望能很快入睡。我闭上眼睛,但与此同时,那惊醒我的脚步声又出现了,玻璃门的后面出现了你的身影,黑色的,一动不动的身影。我跳起来,屏住呼吸,站在那里看着黑影,此刻,我感觉时间仿佛凝固了。黑影晃动了一下,往回走,离开了。脚步声重新响起:频率不变,步履缓慢,朝来时的方向远去。一下,两下。一下,两下。一下,两下。脚步声突然停止,接着又以同样的节奏往回走。黑影又出现了,比上次近,比上次清晰。一只胳膊抬起,手刚一触到门把手,但很快就缩了回去,仿佛门把手是根烧红了的铁棒。那折磨人的脚步声再次响起。一下,两下。一下,两下。一下,两下。脚后跟每触碰一次地面,都会强化我焦急的期待,期待门快点打开,我们能面对面地站在黑暗中,去倾诉和倾听那个词、那句话,那个我不想听到的词,那句我不想去听的话。脚步声又停了,胳膊又抬了起来,手指又放在了门把手上,停在那里一动不动。后来,门把手慢慢、慢慢地转动,发出咯吱咯吱的声音。但突然,一切发生得是如此之快,是事后我才捋清楚的,你放开门把手,转过身,走开,又回到了你的卧室。"砰"的一声把门关上。关门的声音之大,甚至给人一种整个房子都在震动的感觉。我深深地吸了一口气,感到无比的轻松。

我体验过这种轻松。那是在战争中,每当一颗子弹从我身边擦过,而我仍安然无恙时,我就会体验到这种轻松。

* * *

打仗的时候,最残酷的事情莫过于自认为没事的时候却突然中弹。当你保持警觉,或冒生命危险,不顾一切往前冲时,什么事情也没有;当你松懈片刻,或感觉安全时,子弹却飞过来了。也许是空中飞来的一块弹片使你受了轻伤,这枪伤可以使你回家或被转移到后方,但后来却发现是致命伤,因为弹片切断了动脉,碰到了心脏。第二天发生的事情就是如此。第一颗子弹是我预料中的,那是在早晨我们见面的时候射过来的,我轻易地躲开了。当时,我们在走廊见面,像两只准备打架的猫,生硬地打招呼:"早晨好。""早晨好。"后来射出的子弹——你用肩膀挤挤我的肩膀,用胳膊碰我的胳膊,短暂但让人紧张的接触——我都安然无事地躲开了。致命的危险不在于这些动作，而在于你要对我说，而我却不愿意听的那个词、那句话。为了阻止你说，我到别人那儿去寻求安全感，那些逐渐出现的人，比如记者或者摄影师。如果有那么几分钟的时间，只有我们两人单独在一起的场合，我就进行自卫，用下面这些直截了当的话题把你岔开："你读过蒲鲁东的作品吗？""你看过巴枯宁的书吗？""你曾经是一个马克思主义者吗？"也不知道为什么，尽管我耍了一些花招，但我却没有离开你。我的航班是晚上七点的，我甚至不想提前一分钟离开你，等待动身的时刻，我心中充满了忧虑。每当有飞机从我头顶飞过，我的心就一阵紧缩，我必须做出巨大的努力，才能做到不主动走近你。下午一点左右，安德列亚斯来了，然后又来了两个你邀请来吃午饭的朋友。你和他们争辩起来，我没有介入，因为你们讲的是希腊语，这使我的紧张情绪有所缓和。我心想，这个在监狱里待了几年的男人显然被一个倾慕他、理解他的女人迷住了，他显然企图闯入她的房间，满足他那压抑得太久、积累得太多的饥渴。这与爱情、痛苦、对危险的恐惧和灵魂深处的结合有什么关系呢？看来，我是把有些乏味、无聊的事情解释得太过感性，太富情感色彩了，也许到了明天，这二十四小时又会呈现出全然不同的意义，好心的安德列亚斯毕竟不是什么卡桑德拉[①]。然后，我起身走进花园，庆幸自己又重新得到了安宁。到了下午三点半，知了在人行道旁边的橄榄树上不停鸣叫，但仍有微风徐徐吹来，给人清爽之感。我靠在棕榈树上，点燃一支烟，向那串大蒜投去一瞥嬉笑的目光。等我抬起头时，我看见了你。

你全身披着阳光，向我走来。你面色如此苍白，以至于颧骨上红肿的伤口看上去比成熟的樱桃还要红。你一边朝前走，一边死死地盯着我，行走的节奏和昨天夜里的相同。一下，两下。一下，两下。一下，两下。你走到我面前，停下来，什么也没说，抓住我的手，什么也没说，你让我回到屋子里，什么也没说，你把我推进你的卧室。我刚看了一眼安德列亚斯惊慌失措的目光，卧室门就关上了。你指着一把椅子："请坐，让我们谈谈吧。"你坐在床上，双手交叉在胸前。"你别走。""我别走？！""是的，你别走。""为什么我别走？阿莱克斯。""因为我不想让你走。如果我不想你走，我就不愿意你离开。""听我说，阿莱克斯。我到这儿来已经完成了我的工作，所以没有理由

[①] 卡桑德拉（Cassandra）：希腊神话中特洛伊最后一位国王普里阿摩斯的女儿，被阿波罗神所爱，具有预卜凶吉的本领。

再留下来。""完成什么?""采访,我的任务。我来这儿是为了采访,完成一次任务,你记得吗?我已经完成我的任务了。""你不是为了采访,而是为我而来的。你到这儿来是为了我。""是为你,就像我为其他人,那些我在玻利维亚、越南、巴西写到的其他人一样。""撒谎。""你听我说,阿莱克斯……"我必须诉诸常识,应用理性的武器来面对这个男人,面对这个二十四小时之前还像老人一样大口大口地吸着烟,以超然之态向我讲述他苦难经历的男人。"听我说,阿莱克斯。我不是到处去寻找风流艳事的人,并且……""我也不是。""即使站在同一条战壕里,拥有相同的思想与感情,但要想建立一种比朋友、同志更亲密的关系,光有这些是远远不够的,而且……""我知道。""我甚至不会说你的语言……""没关系。""我生活在另一个国家……""没关系。""我不会,也不能改变我的生活,为……""没关系!""但有关系,所有这一切都有关系。我相信,要是你昨晚进了客厅的话,我会把理由告诉你。"你顿时身体微微一颤,就仿佛我用针扎了你一下。"昨晚我看见你了,阿莱克斯。我当时希望你不要进来,因为……""因为你没有勇气!"我感到受了侮辱,跳了起来。我回答说,也许我没有勇气,但我不需要你,因为我不需要你埋藏在你心中的那种痛苦。我并不迷信,我是一个开通的女人,但我本能地知道,如果继续与你交往下去,带给我的就只能是痛苦。不错,我是怕你,但怕的是你本人,而不是怕与你上床这件事。于是,我亮出了最后一张王牌:"你不是想和我一起睡觉吗?如果这就是你想的,那我们现在去睡好了。因为今天晚上我就要离开。"你的表情从怀疑、惊讶逐渐怒不可遏,胸口剧烈地起伏着:"但我爱你!"

那声嘶哑的喊叫,像一头受伤、受辱的猛兽发出的怒吼。这头猛兽突然发怒,伸出手臂抓住我,摇晃我,最后像铁钳一样把我紧紧攫住。灼人的气息,贪婪的嘴唇,还有眼睛,我在这双难以令人相信的眼睛里看到了一座燃烧的森林。当时,我差点请求你原谅,差点向你坦白,我也是爱你的,尽管我不想去爱。但当我看到那双眼睛,一种油然而生的恐惧突然封住了我的嘴;因为在这双眼睛里我看到了死亡。尽管这显得有些荒唐和夸张,但我还是告诉了你,这眼睛里有死亡的阴影,并且声称在未来的几年里,你的命运已经注定,将会发生一些事情,要是没有我,如果没有我作为你命运的工具与媒介,那么它们就不会发生。眼睛里还有与你相随的失败,紧追你不放的灾祸，直到某年五月初的一个夜晚他们把你扔进伏里亚格梅尼路的一个黑洞——一个挂有"德斯柯"牌子的汽车修理间的地槽——为止。另外还有你带给我的痛苦与奴役，使我降格为一个骑瘦马的桑丘·潘沙，丧失我的人格，失去我的生活。无论接受你的爱情，还是去爱你，都将铸成大错。我一下子就认定了这一点。我立刻挣脱你的拥抱，你的亲吻，把你推开，冲进另一间屋子，匆匆把我的东西收进提包。我叫来安德列亚斯，问他能否送我去机场。五点钟左右应该有一班飞机，如果运气好一点的话，能够赶上。我问他："十分钟的时间够了吗？""够了。"安德列亚斯回答说。你笔直地靠墙站着，双手插在口袋里，脸上露出一种神秘的微笑，默默地看着这一切，既没有阻止我，也没有安慰我。但当我跟你母亲告别之后，你才喊道："我也去。"然后你带我上了车，坐在我旁边镇静地说："我们走吧。"一路上，你什么也没有说，我也没有开口。似乎已没有更多可说的了。到了机场，我下了车，先同安德列亚斯，然后同你握手。你握着我的手说："再见！"我刚走了几步，就听见你大声高喊，俨然一道命令："站住！"我转过身，你把右手伸出窗外，用食指和中指比了一个"V"的手势。你的表情既热情又苦涩。"你会回来的！我会胜利！你会回来的！"

很快我就回来了。第二天我就收到第一封电报："我等着你。"两天后收到第二封，电文说："你在等什么？"四天后收到第三封："我感到很难受，因为你仍然没有勇气。"一星期后，我在波恩收到你一封信，信上说你住院了，在苏格拉底路的那家医院。信中还附了一首短诗：被遗忘的爱的意识／复活了／让整个的我重获新生。下面还注明："献给你。"我本应该从波恩直飞纽约。但是，我取消了原订的机票，改乘去雅典的航班。下午只有一个从法兰克福机场起飞的航班，不过只有雇一辆出租车载我去法兰克福才能赶上。几小时后，我来到了你的国家。我被不可抗拒的命运所驱使，从此以后，我再也无法摆脱它的羁绊。因为命运已经超越了为生存而斗争的本能和幸福模糊的诱惑。

* * *

幸福是一种欢笑，是晚上九点我在医院前面的出租车站爆发出来的一种笑声。当时一个身影从黑暗中突然蹿出来，打开车门，扑到我身上，对司机说：“快开车！"几小时前，我刚来看你时，你躺在病理科的小病房里，周围全是医生和药品，你看起来仿佛是这个世界上病得最重的一个人。你用极其微弱的声音请我九点再来。你说：“我的情况很糟，非常糟……"但此刻的你却精力旺盛，生龙活虎。你在出租车里搂着我，对司机说：“快，开车！""你要干吗？你到底怎么了？""我逃跑出来了！""逃跑？什么意思？""我是说，我从床上爬起来，穿上衣服，在护理员头上猛击了一拳，跑到这儿来等你。""在护理员头上猛击了一拳？！""是的，他不让我走，他说他不能那么做。我让他待在那儿，并对他说：你瞧，你能不能做。""你让他待在哪儿了？""我的床上。我把他捆在床上，还用橡皮膏堵住他的嘴。否则，他会大喊大叫。""我不信。""你是对的，我讲的不是真的。实际上哪里还用得上武力呢？只需动动脑筋就行了。'听着，'我对他说：'你什么时候开始值夜班？'他说：'九点。'我又问：'什么时候下班？'他说：'五点。'我问他：'你住得远吗？'他说：'很远。'我说：'不用回家，你愿意舒舒服服睡一觉吗？'他说：'当然。'我回答说：'很好，这是我的床和睡衣。我穿你的鞋子吧。'我让他坐到椅子上，把他的鞋脱了下来，我就走了。他是个傻瓜，我不回去，他是不会离开那间屋子的。"我捧腹大笑，笑得直不起腰。所有的疑虑和恐惧全没有了，并且惊奇地发现在你身上有一种我不了解，甚至产生过怀疑的东西：诙谐与乐观。你和我一起笑。你承认是在作弄我，因为今天你没有生病，病是你装的，他们只是让你进医院做一些检查，没什么别的原因，明天就能出院。尽管不知道什么原因，司机也笑了，他从后视镜里看着我们。在笑声中，汽车穿过灯火辉煌的城市，驶入伏里亚格梅尼路，从挂有"德斯柯"牌子的汽车修理间通过，把我们送到了一家餐馆。三年后，你在这家餐馆吃过最后一顿饭，不久就遭遇了灭顶的横祸。要是有天神提前昭示过我们，要我们警觉，要是众神告诉我们，这就是你不可更改的命运，我们早已注定的命运，我们是不会相信的，我会以嘲讽的口气回答说：命运是不存在的。"我们去哪里？""查罗普罗斯。""那是什么地方？""是一家露天海滨餐馆。那儿有鱼吃，你喜欢吃鱼吗？""喜欢。""我不喜欢。暗杀的前一晚上，我晚饭就在那儿吃的，吃的是鱼。""那为什么我们还要去那里？""因为今晚我要向鱼挑战。"

　　幸福是一种自豪，是我们走进餐馆时感到的那种自豪。当我们走进餐馆，人们用探视与敌意的目光看着我们，对他们来说，你并不是什么英雄，而是一个暗杀未遂的刺客，社会秩序的破坏者，充其量是一个应该待在戒备森严的监狱里的疯子。挑衅性的咳嗽声、惊恐的议论声从他们的桌子那边传过来："他不是……"一个衣冠楚楚的大使馆的年轻人用英语惊呼道："看，谁在那里！"你明白了他的意思，顿时就蒙了，一下子靠在我身上，就好像我是根拐杖，你弄不清楚是应该继续往前走，还是往后退。然后，你高傲地挺着胸，把我带到一张桌子前面，让我们暴露在众目睽睽之下。议论声愈来愈大，我看得出，每一声议论都像一把锋利的刀子一样深深地伤害着你。你不时把头埋下，仿佛在强忍着伤痛，以使自己稍微好受些。你觉得，重获自由之后是如此令人沮丧，如此艰难！但我的手指在寻找你的手指，紧紧地握住它们，不断地对你说，你不是孤独的。你的脸顿时焕发出光彩："我明白。"共同去面对挑战是件美好的事情。看见有人冲着你笑，尽管是偷偷地笑，也是美好的。他们之所以偷偷地笑，是因为有人警告过他们，他们害怕招来麻烦。接着，有个勇敢的侍者拿着一瓶酒朝你走过来，并大声对你说："这瓶酒是送给你的。阿莱克斯，你能到这儿来，是我们的荣幸。"深蓝色的天空像涂了一层彩釉，夜幕上缀满了闪烁的繁星。我们的旁边是一棵高大的树，树上开满了橘黄色的花朵。我们渐渐进入了一种使我们头脑一片空白的相互吸引的魔力之中，抑或是一种使我们忘乎一切的自在之境？卖花姑娘拎着一篮玫瑰花走了过来，你抓起一束，塞到我怀里。一个驼背走进来，举起一根挂满彩票的杆子，你买下一把，把它们放在我的盘子里。你的每一个举动都是内心之爱的自然表白，都是希望被爱的笨拙恳求，你先前的那股子鲁莽劲儿现在已变得无影无踪。你手中的叉子掉在桌上，勺子也掉下来了，像孩子一样满脸涨得通红。你递给我一份专门为等我回来准备的礼物：一张叠得整整齐齐的纸片，上面写满了密密麻麻的字。"阿莱克斯！那是什么？""我最喜欢的一首诗：《航行》。献给你的，看，标题下还有你的名字。"你用感人肺腑的声音为我翻译：

> 我乘着海轮在陌生的水域航行
> 这海轮与其他无数的海轮无异
> 其他海轮以固定的航速在海上闲逛

> 有很多，太多的海轮锚在港口不动
> 多年来，我都在往我的船上装货
> 装他们给我的一切货物
> 兴致勃勃，其乐无穷
> 后来，我记忆犹新
> 把它漆得光彩夺目
> 并且小心翼翼
> 不让一滴油漆溅落下来
> 为了我的航行
> 我想让它美丽如初
> 等啊，等啊，漫长的日子过去
> 终于等到起航的时刻
> 我扬帆远行……

读到这儿，你戛然而止，向我解释，航行是生活，你就是那艘海轮，这是一艘无论过去还是将来都不会抛锚的海轮，它不会为温情、欲望停止不前，不会为应该的休整而靠岸停泊。因为你从不放任自己，为了追求梦想，你从不困顿，从不屈服。如果我要问你什么是梦想，你可能无法回答我：因为今天你可能称它为自由，明天又可能称它为真理。它和目标是否实现无关，只涉及对它们的幻影和光亮的追寻。

> 时光在流逝
> 我开始了我的航程
> 但不走他们指给我的航线
> 即使当时就感觉
> 我的船与他们不同
> 所以现在我的航行
> 就更应该与他们不一样
> 不必担心靠岸与贸易
> 我不在乎船上的货物

> 然而，我将继续远航
> 因为我知道船的价值
> 知道我自身拥有的财富……

我不知疲倦地听你朗诵。

幸福是午夜引领我们回家的依从，回到那个带花园的家，花园里长满了橘子树和柠檬树。我们蹑手蹑脚进了门，没有理睬每时每刻都在监视你的那些警察：两个在街角，两个在人行道上。幸福是窗下有一棵正开花的茉莉树，你探出身子，摘下一束茉莉花，羞涩地献给我。幸福是一间小屋子，由于有你在那儿，我不再介意它的脏乱，它的狼藉，不再介意皮面油污、陈旧破损的沙发，不介意家具上难看的装饰，不介意镜框里可笑的文凭。幸福是出其不意落在我额头上纯洁的一吻，当时，和风在橄榄树枝间絮语，海涛给我们送来美妙的歌声。幸福是前所未料从你脸上滚落下的一滴眼泪，当时你低声地说："我一直感到无比孤单，再也不想这样下去了。请发誓，你绝不会离开我。"幸福是一种触碰，当时你严肃的面孔靠近我同样严肃的面孔，你充满激情的眼睛看我同样充满激情的眼睛，你犹豫不决的双手寻找我同样犹豫不决的双手，就仿佛我们是两个第一次遭遇爱情的年轻人，就仿佛我们知道正在准备举行的仪式将会决定我们未来几年的岁月。幸福是一种漫长的、令人敬畏的沉默，当时我们的嘴唇毫不迟疑地碰在一起，毅然地结合在一起，我们的身体紧紧地相拥在一起，没有恐惧，倒卧在黑暗中，相互抚摸，沉浸在令人陶醉的甜蜜与喜悦之中，寻找已经遗忘，但却渴望的动作，找到它们，以便彼此和谐地进入，一次又一次，反反复复，就仿佛进入了永恒。时间现在是属于你的，没有行刑队带着冷酷的命令到这里来，把你带到刑场，执行枪决。后来，我们彼此看着对方，筋疲力尽地把头枕在同一个枕头上，你大声说："Ságapò tora ke tha ságapò pantote。""那是什么意思？""意思是：现在我爱你，今后也永远爱你。你重复一遍。"我低声说了一遍。"如果不是这样呢？""肯定会这样。"我做了最后一次徒劳的辩解："没有任何东西会永远存在下去，阿莱克斯。当你老了的时候，还有……""我绝不会变老。""不，你会。会变成一个长白胡子的著名老头。""我绝不会长出白胡子，或者灰胡子。""你想把它染黑吗？""不，我会早早死去。所以你应该一直爱我。"你是认真的？还是在开玩笑？我强迫自己相信，你是在开玩笑。你乌黑的眼睛里闪出一束嘲弄的光芒，一种由许多的明天构筑的幸福激动着你的身体，随即，你又不知餍足地扑到我身上。我也不再想凉台上的那段对话了："我们希腊人对悲剧非常着迷，因为我们发明了它，所以在哪里都能看到它。""但你讲的是什么样的悲剧呢？""只有一种悲剧，它以三个永恒的要素为基础：爱情、痛苦和死亡。"

幸福是一声呼叫，当我睁开眼睛时，你几乎用惊讶的声音叫起来："你真美！"我们发现，已经快五点了，你必须赶回去，把鞋子还给那个被绑在床上的护理人员。幸福是我们出门，呼吸到预示黎明来临的凉爽空气，仍然没有理睬那些尾随我们的警察，相互搂在一起，径直走向出租车，我们告别，但知道很快就会重新相聚；幸福是我回到你那有橘子树和柠檬树的家，并不后悔从现在起我就将承担那如磐石一样压在我肩上的重任；幸福是我醒来后去医院，听见你得意地对我说，没有人知道你昨晚的逃跑。医生说你没有什么问题，可以出院。从化验和透视结果看，并无任何大碍。尽管酷刑和监狱生活影响了你的健康，但你的心脏却没有一点问题，肺部情况也良好。你会逐渐好起来，一切都会恢复正常。

最后，幸福是昨晚当我们正在相亲相爱时，得知隔壁邻家生了一个小男孩，他们给他取名叫克里斯托斯。请问，当我们做爱时，隔壁有一个小男孩诞生了，难道世界上还有比这更好的祝福吗？我们应该庆祝克里斯托斯的降生，庆祝这个蓝天白云、充满阳光的日子。让我们到海边去吧！你有五年时间没有见过海了，你一直梦想再次看到海。从你离开博亚蒂，重见天日起，你只去过医院，带我去过一趟查罗普罗斯餐馆。除此之外，你就没有出过门。那我们就到海边去吧！我们来到格里法达海滩。你走得犹犹豫豫，埋着头，仿佛不敢抬起你的眼睛。后来，你抬起头，机灵地眨眼睛，让人惊异，你的脸上有一种我弄不清楚的表情。是欢乐？还是恐惧？你突然撒腿就跑，朝海水冲去。你跨着大步，像一头动作敏捷、挣脱缰绳的马驹，浑身充满了青春的活力。一面跑，一面高声地喊："生活！生活！生活！"到了水边，你跳起来，转过身，向我伸出手臂，无比兴奋地喊我。我也跑起来，我们欢笑地翻滚在烫人的沙滩上。"生活！生活！生活！"今天没有人从岩石那边过来抓你，海面也不像八月那天上午那样波浪滔天，你不愿回忆起当时的情景。那天，你绝望地呼喊："等等我！我来了！等等我！"海面温柔、平静，海水在岸边涌起朵朵白色的浪花。谁怕鱼呢？"没有人怕！"它们是否预示着失败和灾祸呢？"没有的事。"那我们就下水吧。我们急不可耐地迅速脱掉衣服。我们一起泡在水中，在温暖、平静的海中并肩而游，时而停下来交换一个带有海水味的亲吻。"现在我爱你，今后也永远爱你。"游累后，我们手握着手躺在海滩上晒太阳，欢乐和凉意使我们瑟瑟发抖。我能感觉到你那嫉妒我晒成棕褐色身体的白皙身体中，有一种让你全身战栗的欲望在涌动，我想等回家后，我们就能让它得到满足。世界上真的有一个名叫帕帕多普洛斯的暴君么？谁还认识什么约安尼迪斯？什么哈慈齐科斯？扎卡拉基斯？从来没有见过他们。整整一个星期，我们甚至没有提起过他们的名字。幸福是那持续了整整一个星期的遗忘。

那是脱离现实的一个星期，是总会让我怀着无比的惊讶去回忆的一个星期。我们离群索居，只有我们自己，在一种无法言明的极度幸福中过着简单、平静的生活。为了让你重新适应生活，有很多琐碎的事情需要处理。比如，得再教你如何穿过马路，而不必担心你被汽车碾过，教你如何在人行道上避开行人，而不致被行人的推搡和城市的混乱吓着。在博亚蒂的墓穴，你把这些也给忘了，从海边回来后，你改变了主意：白天再也不想走出家门，或者，必须出门时，你就把自己关在车里，只有在车里面才会感到安全。当你走出汽车，一切都会让你感到恐惧。为了让你横穿一条马路，我必须用一千句使你放心的话来鼓励你："快，走吧，现在是绿灯！"即使让你到人行道上去散步，也要鞭策、鼓励你。实际上，你不愿直着走路，而是斜着走，直到撞墙为止。所以每天上午，我都带你到市中心最繁华的街道上走走，你紧紧地挽着我的手臂，就像盲人牢牢抓住导盲犬的颈绳。渐渐地，你又重新养成那些已经遗忘的习惯。"你看见了吗？他径直冲我走来，而我却没有撞到他。""你意识到没有？你没有注意到红灯，是我发现的。"每天下午，我们都待在家里，天气闷热，四周悄然无声，只有偶尔的蝉鸣打破寂静，我们沉浸在沉默中，无休无止地拥抱在一起。我们很少说话，我们不需要说话。但每当夜色降临时，你就像一只能预感黑夜来临的蝙蝠，立刻兴奋起来，变得滔滔不绝，于是我们就到外面去吃晚饭。有时，我们会一直走到比雷埃夫斯；有时，我们就待在格里法达，那里有几家你少年时代就有的酒馆，有一位长着水汪汪蓝眼睛的年老吉他手。他弹着吉他，用洪亮的嗓音为我们唱那首名叫《双人床》的歌曲。你喜欢这首歌，因为歌中唱的是一对恋人，同睡在一张又窄又小的床上。我们的床也是又窄又小，那是你小时候就在上面睡的床。如果我们不搂抱在一起睡，就会从床上掉到地上。但我们到艾吉纳岛去的那天，这一切却突然结束了，没有任何预兆。

第二章

你没有说要去艾吉纳岛，你只是简单地说去某一个岛。我也没有问你要去的是哪个岛：我让自己被幸福牵引，就像一片随风飘扬的树叶。船刚驶出港口，我们站在甲板上，我出神地看着破浪前进的船头，两边溅起一排排扇形的浪花，一只海豚露出水面。我抓住你尖叫："海豚！你看见了吗？海豚！"你用冰冷的声音回答我："我什么也没有看见，他们把我关在地板下面。""地板？我不理解，阿莱克斯。你在说什么呢？""我在说，那天他们把我带到艾吉纳岛，准备枪毙我。"说完这句话，你就再也不吭声了，不想任何人接近，不需要任何人陪伴。只是上了岸，你才开口，让我坐进出租车，向司机说了一个我听不懂的地址。出租车开动了，我们一句话没说，离开了居民区，一句话没说，来到一条上坡路。路上车辆罕见，行人稀少，两边闪过仙人掌，然后是橄榄树、阿月浑子树，接着又是仙人掌。不时会看到一幢小型别墅，一座粉刷过的房舍，一个嵌有黑圣像的白色神龛。"我们要到哪里去？阿莱克斯。""那边。""那边是什么地方？""那边。"看来，要穿破那道把你圈在其中的神秘屏障是不可能的。你神情肃穆，眉头紧锁，两眼圆睁，目不转睛地盯着前面的景色，就好像每一段路下面，每一个拐弯处，每一块石头后面都暗藏着杀机，就好像那些仙人掌、橄榄树、阿月浑子树后面隐藏着什么秘密。这些仙人掌、橄榄树、阿月浑子树时而消失在绿色的田野，时而沉入幽暗的沟谷，时而混杂在茂密的灌木丛中。难道你是在找某个人不成？或者是去赴一个危险的约吗？不，我本能地断定，不是这样。难道你是想让我看看那座你在里面被关了三天三夜的监狱吗？是的，这完全有可能。但监狱显然是靠近港口，而出租车行驶的方向却正好相反。"阿莱克斯……""别说话！""听我说……""闭嘴！""为什么？""闭嘴！"我们就这样一直走了半个小时。后来，司机把车子开进了一条羊肠小道，那儿崎岖不平，杂草丛生，刚好能使一辆小车通过。爬了两公里坡道后，汽车开始在坑坑洼洼、布满乱石的路上颠簸，然后驶入一片光秃秃的荒野，最后停在一根横杆前。缠满铁丝网的栏杆挡住了去路。铁丝网后面是一块木牌，上面写着："军事要地，严禁入内。"我们下了车，你温柔地拉着我的手："我们到了，跟我来。"

我迷惑不解地跟着你，茫然地打量着四周。我们来到该岛的一个制高点，前方是阿蒂卡的东南海岸，脚下是悬崖峭壁，径直矗立在海湾，右边是一个突入海中的荒芜岬角：没有房舍，没有棚屋，树木全无，寸草不生。极目望去，除了裸露的岩石，就是浩瀚的大海，一派让人心悸的洪荒初开之境，给人一种孤独、凄凉、死寂之感。然而，这却是我见过的最美丽的地方之一。尤其是那个岬角，它微微倾斜，犹如大地的和谐之舌，缓缓伸进海面，还有那泛着微光的小海湾，洁白而一尘不染的细长海岸，让人感觉心旷神怡。完全应该跪下来，为活着的生命感谢上帝。难道这就是你带我到这里来的原因？难道你一路上啥也不说，一直保持一种神秘的沉默，也是为了这个原因？是为了让我喜出望外，感到意外的惊喜？我转身对你说话，而你却没有理会我。你脸色苍白，抬起胳膊伸向那没入水面的大地之舌，指给我看某样东西，但我却什么也看不见。"下边，那儿。""那儿是哪儿？阿莱克斯。那是什么？""那块空地。""什么空地？""那块长方形的灰色空地。还没看见吗？"没有，我确实没有看见。"往下，再往远一点。离海只有几步远，另外一边是一堵矮墙。"哦，是的，我现在看见了：一块由围墙围着的长方形水泥空地。但那是干什么用的呢？是曲棍球场，还是直升机停机坪？也许是军用直升机停机坪。难怪那儿挂了块"严禁入内"的牌子。"我看见了，"我说，"是直升机停机坪。"而你却说："不对，是射击场，是处决死刑犯的地方。他们本来应该在那儿枪毙我，让我背靠那堵墙。"你停顿了一下，"整整五年来，我一直在想，那地方到底什么样？位置在哪里？我知道，只有站在这儿才能俯瞰它的全景。"你又停了一下，"我总在想，它很凄凉吧？很丑陋吧？凄凉！丑陋！见鬼，其实不然。它是个完美、真正完美的命丧之地：前面是莎罗尼科海湾,上面是碧蓝的天空,下面是蔚蓝的大海,雅典清晰可见……瞧,远处的右边是索尼翁角,那儿有一个神庙遗址。遗址的前面是帕帕多普洛斯的别墅——拉科尼西山庄。再远处就是我在那儿埋地雷的小桥,然后是伏里亚格梅尼路,格里法达镇。我的家就在格里法达。左边是比雷埃夫斯港,在比雷埃夫斯港上方,你能看见卫城。谢天谢地!如果我在那儿被枪毙,那么我死后也能看见卫城、我的家和那个我打算在那儿杀死暴君的地方。这应该是一次美妙的死亡,真正美妙的死亡。我失去了一次美妙之死的大好机会。"

就仿佛面对卫城、你的家和暗杀暴君的地方而死,是你一直渴望得到的一个美妇人似的,当你正要与之享受云雨之欢时,她却冷冰冰地溜走了。你的脸上有了血色,出现了红晕,嘴唇和耳朵也涨得通红;你的眼睛射出欲望的光芒。或者是懊悔的光芒?我无法劝你离开那里。让我们走,我不断重复说,让我们走吧。可你始终无动于衷,死死盯着那块错失了美妙之死的长方形空地。直到黄昏,出租车才重新启动,沿着那令人伤感的仙人掌、橄榄树、阿月浑子树行驶。到达你被关了三天三夜的牢房——你朝圣之旅的第二站时,天已经完全黑了。但你认不出那幢建筑,甚至找不到那扇你曾经进去过的门。你徒劳地在围墙外面打转,苦思冥想,拼命地回忆。你说:"也许他们是从后门把我带进去的。是的,确实有一条半隐蔽的小路通向一道铁门,那是一道带百叶窗的铁栅门。进去是个围起来的场地,场地的左边有一个很窄的过道。过道很窄,一次只能容一个人通过。过了过道,有个带哨楼的小院子,是为死刑犯准备的。这是一栋肮脏、破旧的平房,房子的前廊只有几步长,马上你就可以进入一个过道,左右两侧都是一间间的牢房。我的牢房在右边最里面一间,四米长,三米宽,墙壁被刷成浅蓝,已经褪色,砖砌地面,没有灯,因为光线可以从院子里的灯映过来。"你的脸再次泛起红晕,你的眼睛又一次射出欲望的光芒:"我是多么想再看它一眼啊!还想在里面待一下,哪怕几分钟也好。我真的想那样,你相信吗?""让我们离开吧,阿莱克斯,让我们走吧。""再待一会儿。""让我们回家吧,求求你,我们回家。""再待一会儿。""我累了,太晚了,我感到冷。""再待一会儿。"你坐到地上,背靠着一丛灌木,不肯起来。你甚至不愿告诉我,究竟什么东西让你待在这儿不想走。当我们登上最后一班船时,你对我说,是一种恋旧的情绪让你耽留在那里—— 一种对死亡的迷恋。"因为一个被判了死刑、在那儿待了三天三夜等待死亡的人，他绝不会再是同一个人。像新长出的第二层皮，像一种没有满足的欲望，死亡总会与他如影随形，相伴终生。他会继续追寻它，梦想它，也许会借助崇高事业、神圣天职的名义去追寻，去梦想。如果没有在死亡中找到其归属，他的内心绝不会平静。"

我们还没到家，你就向我证明了这点。出租车载着我们朝格里法达驶去，到了泰莎罗尼卡路，为了给迎面驶来的一个车队让路，一切车辆禁止通行。首先张扬驶来的是四辆摩托车和一辆小警车，接着又是两辆摩托车和另一辆小警车，最后是一辆黑色轿车：帕帕多普洛斯本人的座驾。我刚刚看见那张灰色的圆脸和一小撮黑胡子，你的嘴就扭曲了，发出尖厉的喊声，你把手伸向车门："小丑，狗杂种！""不，阿莱克斯，别这样！""放开我，我要下车，放开我！"你的臂力大得惊人，我拉不住你，无法阻止你开门。黑色轿车愈驶愈近，那张灰色的圆脸愈来愈清晰，此刻，我甚至能看见那双狡黠的小眼睛以及他不怀好意的嘴角上挂着的那抹神秘的微笑。再过一会儿，你将冲出汽车，扑到他身上，招来杀身之祸。"帮帮我！"我对司机大喊道。他明白了我的意思，突然转身，挡住你，把你往后推："你疯了？我的朋友。"我感到身上有一种重压，知道你晕过去了，知道幸福已经结束了。失去幸福往往能使我们头脑清醒，使我们从一种昏昏欲睡、不能进行思索、也无法进行判断的状态中苏醒过来，现在我明白了：爱你将会是一件极其痛苦的事情。

* * *

"有人发现了吗？"安德列亚斯问。我耸了耸肩膀。"我想没有，发生得太快了，当时大家的注意力都集中在车队。""出租车司机呢？""出租车司机表现不错。我给了他地址，他就把我们送回了家。他只是摇了摇头，就这样。"他也摇了摇头："这只是个开头，你明白吗？"我点头："我知道。"然后我问他，他怎么也来了，是来提前告知有什么不幸的事将要发生吗？他再次摇头："不，是他叫我来的。雅典有个歌唱家，他闻名遐迩，但被军政府所嫉恨。他在普拉卡有个俱乐部，前些日子曾多次向你们两人发出过邀请。今天上午，阿莱克斯让我转告歌唱家，说你们今晚准备到那儿去。但有一个条件，他们得演唱被军政府禁止的歌曲：特奥多拉吉斯的歌。""会发生什么事？""我想，警察会来干涉。他会想方设法让警察来抓他，以此证明一切都没有变,独裁政权仍然存在。是的,我担心这确实是他的打算。除非……""除非什么?""不知道,也许他在策划某件更复杂的行动。所以必须……"他刚说到这儿的时候,你冲到我们跟前:"阴谋,阴谋!你们在搞什么阴谋?快,手脚麻利点,赶快准备。我们去散散心,去听音乐。我希望今天晚上你穿漂亮点,穿红色的衣服吧。"

* * *

我们上路,现在我躺在你怀里,听着你熟睡中发出的沉重的呼吸声。我试图把刚才发生的事情理出个头绪来,但我的思绪像一团乱麻,解开一个结,马上又系上另一个结,愈解愈乱。你进去后,歌唱家唱了一首特奥多拉吉斯的圣歌。之后,乐队开始演奏那些遭禁的乐曲。我们是在阳台上,所以整个街区肯定都能听到这儿的喧闹声。但警察并没有来干涉。中途,你甚至让大家和你一起唱那首根据你的诗《迎接死亡》配曲的进行曲,几十个高昂、无畏的声音随即响起,震撼着绛紫色的夜空:

> 迎接死亡
> 战斗不息的旗手
> 在我们身后
> 所有的人们
> 活着的和死去的
> 都渴望揭竿而起

甚至到了这个时候,警察也没有出来干涉。只是到半夜一点左右,才来了两个宪兵,要求声音小一点,因为有附近的居民发牢骚,然后还连声道谢,说对不起。没有抓人,也没有提什么违法的事情。这是为什么?你的挑衅没有奏效。你跑到街上,恶狠狠地咒骂帕帕多普洛斯、约安尼迪斯,甚至咒骂劝你息怒的行人。不仅如此,你每骂一句,就神气活现地高喊一声:"我就是帕纳古里斯!"但仍然什么事也没有,就好像所有警察都接到了命令,任凭你说什么、干什么,都不予理会。这是为什么?你一回到家,就抓起电话,打到宪兵司令部的总机:"我是帕纳古里斯!我是帕纳古里斯!找约安尼迪斯!

我要找约安尼迪斯!"接着又是一阵令人毛骨悚然的咒骂,但值班的人并没有冒火,他说约安尼迪斯少将晚上不在办公室,你愿意留下口信吗?"是的。"你吼叫了一声,你叫他拿笔把它认真记下来,不要漏掉一个字:"约安尼迪斯,你这个同性恋、婊子养的不要脸的东西,是的,帕帕多普洛斯不敢枪毙我,但你连逮捕我的勇气都没有。你犯了一个错误,约安尼迪斯,一个错误,因为我会把你弄得尿血,约安尼迪斯。"然后,你放下话筒,平静地说:"我要看看他们是否来抓我。"真是匪夷所思,没有人来。再过一会儿,就是上午十点,仍然没有人露面。为什么没有人来?我不理解。另外,我也不理解,你为什么不用严肃、有效的方式来享用你重获的自由,而要通过这种做戏的举动,表面的、华而不实的挑衅来糟蹋自由。就像在原始森林中行走的恐龙,践踏大树如同踩倒小草。这样做有什么意义?有何作用?难道你真的是在寻找在艾吉纳岛拒绝了你的死亡吗?我挣脱你的手臂:"阿莱克斯……"你醒过来,大笑不止:"他们没有来抓我,是不是?""是的,他们没有来。""我就知道会这样!""你知道?""当然,我知道。约安尼迪斯不是个傻瓜。谁会认真对待一个口出狂言或打电话到宪兵司令部去侮辱他的疯子呢?""你不会对我说,你这样做是故意的吧?""不错,就是故意的。很快你就会发现,今天我们会有一个安静的日子。你会发现,我们可以舒舒服服去趟索尼翁角。""索尼翁角有什么?""有一座非常漂亮的神庙,波塞冬①神庙。"

这是个阳光灿烂的下午,波塞冬神庙的遗迹矗立在矢车菊蓝的天空下,显得格外耀眼。海面泛着珍珠般的波光,外国游客欣喜激动,不时用英语、德语、法语发出感慨:"太神奇了!真美!绝了!"我也有同感。我挎着背包,走在你身边,不时弯腰捡个石子,想留作纪念。但你突然从我手中夺过石子,并煞有介事地说:"你不能这样!这是偷窃!应该感到羞耻!""你说什么?偷窃?你是什么意思?这和羞耻有关吗?不过一个石子而已!""如果每人都拿走一个石子,那还能留下什么?""大理石柱子、石碑……""那你到时候会把大理石柱子、石碑也偷走!甚至会偷走那堵悬崖峭壁。多么壮观的峭壁啊!爱琴斯②就是在那儿跳海的。据传说,爱琴斯在那儿等待去斩

---

① 波塞冬(Poseidon):希腊宗教中的海神,其名是"大地的丈夫"或"大地的主人"之意。传说他是克洛诺斯和瑞亚的儿子,众神之王宙斯和冥神哈得斯的兄弟。
② 爱琴斯(Aegeus):传说中的希腊国王,误信王子身亡后,悲恸绝望,投海自尽。后人为了纪念他,把其葬身的大海命名为爱琴海。

杀弥诺陶洛斯的王子忒修斯归来。爱琴斯叮嘱忒修斯，如果他凯旋，进港时船上就挂上白帆。但忒修斯被胜利冲昏了头脑，喝得酩酊大醉，忘了升白帆，结果……"这时，有某种东西滑进了我的挎包，感觉沉甸甸的。"阿莱克斯，你把什么东西搁在里面了？""别吱声，别看，别摸。两截台阶石。""两截台阶石？！你不让我偷一颗小石子，而你却拿了两截台阶石？！"一阵得意的狂笑："啊，为了你，我什么不能干呢？一个窃贼！你使我变成了一个窃贼！""你什么时候拿的？"你一直没有离开我身边，你从来没有俯身下去捡过什么东西，你是什么时候拿的呢？"真讨厌。拿了就拿了嘛。你管我什么时候拿的呢？我对你说过了，不要去摸你的包。难道你想让我因为两小截台阶石重新被送回博亚蒂吗？让我们赶快离开这儿吧。装做若无其事的样子，就这样。我们是一对正在欣赏风景的情侣。就这样。"你用左手挽住我的右手，挎包夹在我们之间，你把我带到海岬边上，远离游人。你为偷盗兴奋不已。然后，我们来到海岬顶端，那儿的岩石像个晒台一样面对海湾，你停下来。"让我们在这儿坐一会儿吧。我们背对着波塞冬神庙坐，不，你侧着身子坐，看是否有人发现了我们。"我打量了一下四周，秩序井然的游客正全神贯注地欣赏多立克式柱廊的超凡之美，没有人来找我们的麻烦。只有一个穿格子衬衫的年轻人站在一边，仿佛是在看拜伦在上面刻有他名字的那根柱子，但实际上是在看我们。"那边有个小伙子，可能发现我们了，正在盯着我们看呢。现在，他好像要走开了。哦，已经走开了。你认为他会去告发我们吗？""绝对不会。""那好，让我们看看你到底偷了什么？"我怀着喜悦、急迫的心情拉开挎包的拉链，但马上我的笑容就消失了。里面根本没什么台阶石断片，而是两听苹果绿色的罐头。"阿莱克斯，这是什么东西？！""香烟。上面写着哩：'金弗吉尼亚牌'手制卷烟。""香烟？谁给你的？""一个朋友。""一个穿格子衬衫的朋友？""正是。""但什么时间给你的呢？""当我给你讲爱琴斯和忒修斯故事的时候。动作够敏捷的，对吧？""我们有必要专门为此来索尼翁角吗？""显然有必要，一个高明的谋划家向来喜爱考古学。""阿莱克斯，罐头里装的是什么呀？""我告诉过你呀，香烟。'金弗吉尼亚牌'手制卷烟。"我在手中掂了掂它们的重量。苹果绿色的罐头上另外印有几个字："净重五十克。"五十克！我看，每个罐头至少有两百克，甚至三百克。"阿莱克斯……"我打开盖，揭开锡纸，疑惑马上就消除了。我非常熟悉这种表面粗糙的黄色颗粒。我可以向你介绍它所有的特点和性能。你放在我包里的像玩具和礼品的东西是梯恩梯,两块难看的梯恩梯。

太阳西沉,晚霞挂满天空,红中带紫,外国游客的赞叹声有增无减。几只海鸥在红中带紫的火一样燃烧的晚霞中飞翔,其中一只收翅直下,一头扎进海里,如同你梦中的那只海鸥。我把目光移到你脸上:"你打算用它来干什么?阿莱克斯。"你用一个问题来回答我:"告诉我,什么是爱情?""也许就是在你挎包里搁上两块梯恩梯。""回答得很好,带着它们,保管好它们。我特意把它们交给你,是为了向你证明,爱情是友谊,是患难与共。爱情是一种陪伴,由于有共同的梦想、共同的责任,你能与你的爱人共享一张床。我可不想要一个只能给我幸福的女人。世界上有许多能使你幸福的女人,如果幸福就是你要寻找的东西的话。要是从这种意义上讲,实际上我有过很多的女人,这五年的监狱生活算是一个间歇。但是我从来没有找到一个伴侣。我想找到一个伴侣,一个将会成为我同志、朋友、战友和兄弟的伴侣。我是一个战斗的男人。我将永远是这样的男人,无论在何时,在何种情况下都是,甚至是到了天堂都是如此。我不能接受别的生的方式和死的方式。这个星球上有多少人?三十五亿?好,如果三十四亿九千九百九十九万九千九百九十九个人,也就是说全世界除一个人之外都不战斗了,我也仍将战斗下去。这跟梯恩梯没有关系,在一个战斗着的男人的一生中,梯恩梯只是一个短暂的瞬间。再说了,我不喜欢梯恩梯。我不喜欢暴力,不喜欢任何形式的暴力。我永远不会像有些人一样,以他们国家的名义,或以某种该死的意识形态的名义去炸毁一辆载满儿童的汽车。我不相信战争,不迷信流血的革命。我坚信,它们只能起到更换主子的作用。我讨厌枪声和爆炸声。我告诉你吧,我喜欢加富尔式的人,而不喜欢加里波第们。但当自由受到威胁时,那唯一重要的东西就是自由,当……""你究竟想用它来干什么?阿莱克斯。""干什么?听我说,五百克梯恩梯确实少得可怜,但我却能用它干成很多事。只要有一根雷管、一根导火索、一点想象力就行了。另外还需要一个同伴的帮助。我需要你,你对我有用。""所谓用处就是到处去走走,收集'金弗吉尼亚牌'手制卷烟罐头,以避免引起人们的注意吗?""不,比这还多。你能使我感到不孤独。如果你能帮助我,不抛弃我,那我就告诉你我会用它来干什么。"那声音,那眼神,就仿佛那声音、那眼神中有一个魔鬼。这是一种冷酷而又清醒的、无法抑制的欲望，是那种让某人感到困惑、使其心神不宁的欲望。受这种欲望驱使的人，他可以以他信仰的名义干出任何荒唐的事情，他可以摧毁自己与别人的生活，牺牲自己与别人的感情，葬送自己与别人的才智。不过，你的话中却包含了一种极不寻常的爱的表白，它们抵得上床上的一千次拥抱，销魂的一千个良宵，珍贵的一千朵茉莉，等于一千句"现在我爱你，今后也永远爱你"。头天夜里我梦见的那只恐龙，那只一边咆哮，一边践踏大树犹如踩扁小草的洪荒时期的恐龙，其实并不是什么恐龙，而是人，而且是一个孤独的男人。这个男人是如此孤独，以至如果你拒绝与之相伴就会有一种可鄙的感觉。"我想找到一个伴侣，一个将会成为我同志、朋友、战友和兄弟的伴侣。你愿意帮助我吗？""当然。"我回答。"那好，现在来说说卫城的事情……"

* * *

卫城计划既异想天开，又疯狂至极。其要点如下：一旦闭馆，游客退场后，就占领古迹保护区，然后在帕特农神庙上升起一面红旗——这倒不是因为你喜欢红旗，而是因为红色会激怒军政府，而且红色经白色大理石一衬托会显得更耀眼——最后是占领帕特农神庙，并以扬言要炸毁它作为要挟。"阿莱克斯，两块梯恩梯甚至不足以炸毁一根柱子！""肯定，但他们并不知道我只有两块梯恩梯。一旦我示威性地炸毁一根柱子……""他们不会相信你。""会相信。因为他们认为我什么事都干得出来，甚至相信我会炸毁帕特农神庙。""你真的会炸毁它吗？""打死也不会。"一开始，你想抓几个旅游者当人质，尽可能抓美国人。但后来你觉得抓他们会带来很多麻烦。他们会设法逃跑，还需要为他们准备食物、水，甚至提供药品。他们会令人非常讨厌。相反，帕特农神庙不吃不喝，不会逃走，也不需要药品。再说了，有什么人质比帕特农神庙更有价值呢？你说，热爱自然美景和人类文化的人都一直在谴责那个名叫科尼格斯马克的家伙，1687年，他居然敢炮轰帕特农神庙，当时土耳其人在那里设了个火药库。如果失去了帕特农神庙的残存部分，那就好比失去了文明的象征。全世界都会起来保护它的四十六根柱子，各国大使馆都会出面干涉，给军政府施加压力，呼吁军政府接受你提出的要求。"什么要求？""在独裁制度下，可提的要求不计其数，我有一个要求，其价值不亚于厄瑞克忒翁庙①和女像柱②。"你事先就排除了这个计划不能实现的可能性,反复强调,卫城是不可攻克的。因为它耸立在海岬的悬崖峭壁之上,唯一的入口只能通过卫城的山门才能到达。只需十二个武器精良的战士便可挡住军队和警察的进入。唯一的问题是到哪儿去找这样的十二个人。"十二名战士,阿莱克斯?两架直升机,再加几名狙击手,五分钟就能把他们消灭干净。还不要说催泪瓦斯了……""不会,如果他们一开枪,一放催泪瓦斯,我就炸掉帕特农神庙的一角。这是个心理战问题。""你说过,你打死都不会炸帕特农神庙。""谁说真的要去炸掉帕特农神庙的一个角呢?他们怎么知道乱飞的石头是不是来自帕特农神庙呢?""那好,让我们来设想一下这次行动。你认为能坚持多久?一天?一夜?""只要带点吃的东西,三天三夜没有问题。你能想象吗?红旗在帕特农神庙上空飘扬三天三夜,那是一种什么样的景象?周围一片白色,红旗像罂粟花一样夺目耀眼,全城的人都能看见它。电视台摄像人员、记者、摄影师就会从世界各地蜂拥赶来。军政府会成为人们的笑柄,这样,他就会被迫屈服。""他是谁?""嗨,约安尼迪斯呗。我想见的是约安尼迪斯。帕帕多普洛斯愈来愈无足轻重了,迟早会被约安尼迪斯搞掉。""你想与他在什么地方见面?为什么见面?""和他谈判,对不对?在卫城见面,好吗?他肯定会爬到那儿去的……""这就是那个其价值不亚于女像柱的要求吗?""是的。""听我说,阿莱克斯。约安尼迪斯肯定不会来的。""你听我说,我清楚他会来,我给你说,他肯定会来。因为他天不怕地不怕,因为他对我恨之入骨。"

你对此真是坚信不疑,对计划不会失败的信念是如此不可动摇,以至于跟你讲任何道理都是枉然。是的,约安尼迪斯可能会爬到卫城上来,你也可能带一包梯恩梯在身上,在帕特农神庙里会见他。你会对他说:"祝贺你,约安尼迪斯。你没让我失望,约安尼迪斯。五年前,是你说过,打死也不肯开口的人,十万人中只能找到一个。今天我要对你说,能够接受这种邀请的将军,十万人中也只能找到一人。但那天我是戴着手铐的,约安尼迪斯。今天,你也应该戴上它们。要不,我们就铐在一起吧。"接着,你就把你的右手腕和

---

① 厄瑞克忒翁庙(Erechtheum):公元前421—前405年建于雅典卫城上的爱奥尼亚式雅典娜神庙,由于其体形复杂和细部精致完美而著称。
② 女像柱(caryatid):代替柱子用作建筑支撑物的女性雕像,最早出现在希腊的小建筑中。

左手腕铐在一起,并且说:"你看见我身上带的炸药了吗?约安尼迪斯。上面还装了一根速燃引火线。只要你敢动一下,我们就一块儿被炸死。""我不相信,阿莱克斯。我不相信你会那么做。""我会的,我会。如果需要,我会那么干。等着瞧吧。""然后呢?""然后我就提要求,我们到阿尔及利亚去。""阿尔及利亚?!""是的。""和约安尼迪斯一起?""当然,我们把他当人质,一直把他的手腕与我的手腕铐在一起。我们要求得到一架专机……""要是约安尼迪斯以死来阻止你呢?""他可能会这么干,但他的手下肯定不会。他是军政府里的铁腕人物,大部分军队是由他控制的。阿蒂卡地区就是他说了算。所有想搞掉帕帕多普洛斯的人都不愿意约安尼迪斯死。所以,不管我提什么要求,他们都会答应。况且,我身上还带着这包装上导火线的炸药。必要的话,我就与他同归于尽,就像那个想和希特勒一起被炸得粉身碎骨的德国将军一样。""你疯了。""也许吧。但历史不正是疯子们创造的吗?逻辑不能创造历史。如果我们老是一味去考虑:什么是合理的,什么是不合理的,什么是可能的,什么是不可能的,那地球早就停止转动了,生活也就失去了目标。"

我在这个疯狂的行动中究竟要扮演什么角色,仍然不清楚。有时我好像是一种精神上的支持,有时我又好像在扮演一个具有战略意义的重要角色。"如果我在北边安排三个人,在南边安排三个人,东边布置两个,四个布置在入口处和山门之间,那么在帕特农神庙就只剩下我一人,后面没有人压阵了。你会使用冲锋枪吗?"你根本不在乎我可能会有反对的意见,比如在使用冲锋枪的问题上。你甚至不在乎我是否赞同这整个计划。因为那天下午在索尼翁角已经有约在先,我不能以任何理由抛弃你。你在谈论整个计划时说过,你唯一担心的事情是:到哪儿去找这十二名勇士。由于你背后没有一个政党做支撑,没有一套包装过的意识形态,要找到这十二名勇士谈何容易。如果你硬是要找,那就只有瞎蒙,碰运气。由于意识到这一点,你把自己关在家里,列名单,做分析,逐一淘汰:"这个不行,我不太了解他。这个不行,他会走漏消息。这个不行,他胆小怕事。"想打你的岔,试图和你谈些别的事情,根本不行。"这不关我的事。我对它没有兴趣!"只有当听到智利发生政变,阿连德被杀害的消息后,你才从牛角尖里钻了出来,好像卫城计划从你的脑海里消失了。但不久又冒了出来,如同漂浮在水面上的一块软木塞那样顽强，你愈是把它往下按，它愈是要往水面上浮起来。阿连德之死使你打算大干一场的疯狂念头更加坚定了。"除了升面红旗，我们还升面智利国旗，自由不分国界。"你列出了一个候选人名单，逐一约见他们，一个一个进行筛选，但没有透露约见的目的。你若无其事地接待他们，向他们伸出双臂，热情地拍拍他们的肩膀。你把他们带进客厅，那儿有一台盒式录音机正在大声播放抵抗运动的歌曲。这是你用来很快断定与你打交道的人是什么样的人的一种方法。如果有人神情紧张，并且认为播放某些歌是危险的，那你就马上淘汰他。另一方面，如果他听后情绪激昂，或镇静自若，那你就进一步考察他。究竟性格如何，是否具有冒险精神、智力水平、战斗意志怎么样，你都进行仔细考察。如同一位正在观察蚂蚁的冷静的昆虫学家，或一位正在量体裁衣的裁缝师傅，你研究他，测试他，分析他。但大都收效甚微。最后，你总算选了五个人，你想把他们作为突击队的核心力量。可是，其中三个人立刻声明他们缺乏行动的勇气。另外两个人的表现更糟。

第一个要求给他几小时的思考时间。当他回来时，手里拿着一张纸，上面写满了计算公式。向你解释，为什么这次突袭不会成功，因为要人们相信神庙里埋了地雷，不仅荒唐，甚至根本不可能。他说，帕特农神庙并不像看上去那样不结实，任何一个工程师或建筑师都知道，它的大理石柱子并不是那么容易被摧毁。因此，要炸毁它，有两种可行的方法。两种方法都首先要一根一根把柱子炸倒。其中一种方法是在柱子的底部凿一个深十五厘米、长宽各十五厘米的洞，然后在洞里装上炸药。十五厘米是可能凿的最大限度，也是必须凿的最小限度。需要在洞里装十公斤炸药，才能把柱子炸倒。每包炸药有半公斤重，也就是要装二十包。但一个洞只能放进十包，因此就需要两个有一定距离的洞。神庙有四十六根石柱，所以必须凿九十二个洞。用电钻在大理石上钻一个洞需要一小时，九十二个小时的工作由十二个勇士分担，他们需要放下冲锋枪，变成工人。每人必须钻三至四根圆柱，大约要连续干上八个小时。比如说从晚上十点干到翌日早晨。要完成这个任务，起码需要十二台电钻和一台大功率发电机。此外还有更糟糕的，凿洞时会发出震耳欲聋的噪声。不间断的轰鸣声会把从比雷埃夫斯到基弗莎的居民吵醒。当然，这项工作也可以在一小时内干完，但你需要九十二个人，而且……你愤怒地打断了他的话："我不想要一篇关于如何炸毁帕特农神庙的论文，我也从未想过把帕特农神庙变成一把漏勺或一块瑞士干酪。说这些都是废话。"但他说："不，这是在讲道理。如果约安尼迪斯问起炸毁帕特农神庙的可能性是否存在时，任何一个专家都会说不可能，除非你有半吨炸药。每根圆柱用十公斤炸药，十公斤乘以四十六，差不多就是半吨。你不觉得太多了吗？另一种方法不需要电钻或大功率发电机，因为炸药放在外面即可，但需要十吨炸药。也就是说，每根柱子需要两百公斤炸药，两百公斤等于四百包。为方便起见，可以把这些炸药包放进一个口袋里，像一个包袱一样用结实的胶条把口袋绑在柱子上。一根柱子一个口袋，就需要四十六个口袋。最关键的是，如果你能使军政府和全世界相信，你已经把十吨炸药，或至少半吨炸药运进了卫城，那一切就搞定了。"你又打断了他的话，但这次你表现得异常冷静。显然，口袋的事激发了你的灵感。"不需要什么炸药，但你使我产生了一种想法。我们只需带上四十六个空口袋，两三百米黏度强的胶带和一捆电线就行。帕特农神庙到处都是石头，没有人知道我们在口袋里装的是什么。"小伙子不安地看了看你，站起来走了。

第二个人不反对用空口袋的主意，可以，他温和地说。他了解你的想象力，你的想象力可以与你的勇敢媲美，这一点，在博亚蒂的五年中早已得到了证实。因此，他绝不赞同那些低估你成功可能性的人的看法。由于了解你的性格，无论警察，还是约安尼迪斯都不会怀疑口袋里装的不是炸药。他唯一怀疑的是你能否从这次爆炸中活下来，不管你是活下来，还是死去，这次行动的最终目的又是什么呢？"我告诉你，是全世界的注意力集中到希腊，调动国内外舆论，让军政府出丑。"他点点头，清了清嗓子，仿佛想得到我的认同，把最重要的话译成英语，以便我能理解。然后，像布道一样滔滔不绝地讲起来。他说，没有人会忘记，第二次世界大战期间，一个名叫格拉左斯的英雄爬上了卫城，把入口附近旗杆上的德国国旗扯了下来。这个勇敢的举动如今已经成为传说，写进了小学的课本。但除了让世界一时轰动和嘲笑入侵者外，这个举动又有什么作用呢？难道它唤醒了人民，影响了历史的进程吗？勇敢的壮举、个人的英雄主义绝不会影响社会的现实。它们表现的仅仅是个人主义、人的自负，但不会产生任何影响，因为它们只局限在特殊的环境之中。遗憾的是，希腊人很擅长此道，关于这个问题，伯特兰·罗素专门写了一篇论文。罗素认为，希腊城邦的公民受原始爱国主义思想的支配，显得很勇敢,但不智慧。他们的热情固然可以取得个人的成功,但这种成功对整个城邦并没有裨益,归根结底,此乃他们政治上无能的表现。当然,即使不援引罗素的话,我们也能明白,出类拔萃的榜样并不能有效地动员民众。相反,这种榜样会使他们胆怯,因为在一个人或少数人的壮举面前,他们会有一种遭排斥、受威胁的感觉,会陷入一种自卑的情结。所以,英雄的牺牲是一种利己主义行为。"利己主义?"你勃然提问,像一记耳光一样响亮。"不错,是利己主义的行为。或者我应该称之为孤芳自赏?确实是一种错误行为。""孤芳自赏?错误行为?"这次的发问像是在鞭挞。"是的,阿莱克斯,就是错误行为。你又在犯和五年前相同的错误。我已经给你解释过了,扮演个人主义英雄,单枪匹马刺杀暴君,并不能推翻独裁制度。只有发动民众反抗,进行有组织的斗争,才能达到消灭独裁的目的。否则,死了一个旧的暴君,又会产生一个新的暴君,一切都会和以前一样。"我发觉你使劲地咬着烟斗。"这么说,我过去什么用处都没有,现在也没有任何用处。""我不是这个意思,阿莱克斯,我是在讨论思想的一个基础问题,我是从某个思想观点的角度理性地分析问题。但必须承认,英雄身上有太多的虚荣心!""虚荣心?!"你跳了起来,接着就听见他在喘气,你抓住他的领带,勒着他的脖子。"听着,你这个大言不惭的家伙!胆小鬼总是用思想方面的理由来做掩护!缺乏信念的人总是躲藏在理性之幕的背后!空谈家,当我在铁床上受酷刑,站在行刑队前面等待枪决的时候,你在哪里?你在干什么?在写书教育人民吗?在组织公元2333年的民众反抗吗?你给我从这里滚出去,滚开!"然后,你疲惫至极,伤心地哭了起来。炸药包,电钻,除,乘,四十六乘以二等于九十二,九十二除以十二约等于七或者八,伯特兰·罗素,利己主义,孤芳自赏,民众——难道这个城市里就没有人信任你?没有人愿意助你一臂之力吗?

我希望这是一个有益的转机。但实际上除了加重了我的困惑外,什么效果都没有。这种困惑在那天晚上当你打算扑向帕帕多普洛斯的座驾时,我就感觉到了:我是不是掉进了什么陷阱?是不是误入了什么迷宫?

* * *

在你遭到五个人的拒绝后,我看你就像一个在充满敌意的异国迷了路的旅行者一样，这个旅人不熟悉那儿的道路，只好迷茫地停留在每一个十字路口，徒劳地期盼遇到某个人或某件事来告诉他，该怎么往前走，或该怎样往后退。实际上，后面那两个人已向我提供了证明，使我明白，即使在你的世界中，在与你说同一种语言的人中，你也被人看成一个令人无法理解的怪物，确切地说，是一棵会扰乱森林和谐的怪树，或一只色彩鲜艳，但由于害怕中毒而无人敢采的蘑菇。这证实了我的迷惑，强化了我的恐惧，这种恐惧自艾吉纳岛之行后就一直都在折磨着我：你和黄安氏、阮文山、恰托、胡里奥、马里盖拉和蒂托·德·阿伦卡尔·利马神父究竟有什么关系呢？你确实是我相信的那种人吗？我回到你身边，同意做你的伴侣，这件事做得对吗？那个充当卡桑德拉的安德列亚斯说得是否有道理？等待我的只有痛苦和悲剧？你身上代表的一切都是对理智的挑战，对常识的背叛，是扇在逻辑之脸上的一记耳光：你用盲目、固执、夸张的热情投身于冒险的事业，你通过夸张、华丽的辞藻来抒发你的激情，你反复无常，能言善辩，经常把你的意志强加给你的同伴，对他的观点予以否定或者嘲弄。你渴望在不断的危险、持续的紧张和不停的斗争中耗尽自己。斗争并不是为了实现某个具体的目标，你是为斗争而斗争，仿佛目标无关紧要，或者仅仅是一个借口，一个幻觉，这幻觉有时被称为自由，有时是你假想的敌人。因此，你徒劳地追逐，仅仅为了活着。因为活着意味着行动，停顿就是死亡。爱你，进而接受你，就意味着要去扮演桑丘·潘沙的角色。桑丘·潘沙追随堂吉诃德，跟着他的主人说富有想象力的、疯疯癫癫的谎话，靠虚幻的梦想生活，与臆想的敌人战斗，承受无法承受的痛苦，改正不可能改正的错误，到达不可企及的星球。在追随的过程中，桑丘·潘沙的内心一直都想弄清楚，堂吉诃德是否明白自己是在说富有想象力的、疯疯癫癫的谎话，所以在每个十字路口，他都会萌发逃跑的冲动。类似的冲动我也产生过，它总会给我们的关系造成伤害，但同时也会给我们的关系提供保证。因为我已经认识到，正是那些使我疏远你的东西，同时也让我亲近你。就仿佛我们性格中那些相异甚至相忤的东西是上帝用来把我们结合在一起的黏合剂。

　　是前进？还是后退？我犹豫不决，举棋不定。与此同时，我又模模糊糊地意识到，我不能逃避上帝的意志，无法摆脱命运的安排。因此，我想尽量去适应你，通过你复杂、矛盾的性格来理解你。你的情绪说变就变，一会儿变成小孩，一会儿变成老头，这两者都与我了解的那个男人，与世人以为了解的那个男人不同，然而都集于他一身，犹如两条河流汇入同一个大海。老头走路时低着头，弯着腰，烟斗不离口，慢慢抽着烟，眼睛半睁半闭，温和，慈祥，以无限的耐力承受着不幸，说话的声音悦耳动听，八月那一个下午，正是这样的声音诱惑了我。如果你问他关于那个小孩的问题，他就会回答："他就是我。他是真正的智慧。智慧的面孔不是阴沉、冷酷、沉思的，而是快活的，充满欢乐的。智慧的目的与归属应该是欢乐与喜悦。"他称我为小孩、阿利塔克。另一方面，这个小孩活蹦乱跳，就像当时他坚信自己已找到十二名勇士来占领卫城一样。这个小孩情绪多变，神经分分，时而欢呼雀跃，时而怒气冲冲，依当时的脾气而定。高兴时，他会幸福得像只找到根骨头的狗，用爪子握成小拳头来攻击你。他会把你淹没在一种快乐的氛围之中，像孩子似的转着圈圈说："想玩吗？"如果你问他关于那个老头，他会用一段毫无意义的顺口溜来回答："我是我。我和他是我和他。我和你是我和你。所以，我始终就是我。"另外，他还用意大利语玩一些不甚高明的文字游戏，为能掌握我的语言而乐不可支。"我不想要你，我想要茶！"① 更有甚者，他还收集小玻璃球、瓶子、盒子，以及任何可以成为玩具的东西。他很喜欢玩具，甚至把我买来送给克里斯托斯——我们第一次上床做爱时，隔壁邻家生的那个男孩——的礼物据为己有。这是一个带音乐盒的银色小钟，音乐盒会奏出非常好听的催眠曲。无须我赘言，这两者的结合是不可抗拒的，尽管生活节奏不同，人生道路相忤，有时甚至形同水火，但小孩和老人的成分仍然能协调地共存一个人身上。这个人即使没有光荣的过去赋予的魅力，也依然对人具有极大的诱惑。看来，女人们疯狂地爱上你绝非偶然。有时候，男人也会疯狂地爱上你，尽管你没有意识到，或者是装着没有意识到。你在女人方面总能获得极大的成功。我很少看见一个男人能唤起莺莺燕燕们如此大的热情，如此深的迷恋，直到你生命最后一天也是如此，尤其是你刚从博亚蒂出来的那段时间。当时，妙龄少女和半老徐娘，豪门闺秀和贫民女子，才女和蠢妇，仿佛在参与一项贪婪性爱的投票竞选，全都争先恐后地向你献身，这种情况几近灾难：电话不计其数，情书纷至沓来，礼物源源不断，皮条客络绎不

------

① 在意大利语中，"你"和"茶"发音相同。

绝。她们甚至当着我的面,毫无顾忌地把小纸条塞在你手上,或塞进你口袋里。尽管当时我们已生活在一起,但这一事实不但没有令她们失望,反而更激发了她们的热情。现在,你又能镇静自如地穿过马路,又敢在人涌如潮的人行道上行走了,你那只伤残的腿走起路来也不显得那么一跛一拐了,甚至连那些以前瞧不起你的女人现在都想投入你的怀抱。我面对这种现象,觉得很有趣,试图去找到一把能开启你性格之门的钥匙:既然迷恋你的痴情男女数不胜数,那你为什么还会感到孤独呢?为什么不能找到一个人来助你一臂之力,以你喜欢的方式来与独裁制度做斗争呢?为什么你不会稍微顺应现实,不在一个有组织的运动、一个得到承认的政治团体中采取行动呢?为什么你始终要坚持孤军奋战,妄图以个人的力量来改变时局呢?为什么你会要么采取一些诡诈的做法,要么像卫城计划那样,使用某种带有游戏性质的爆炸手段呢?我费了很长时间才弄明白,作为反叛的斗士和杰出的艺术家,你勇敢的斗志和非凡的才干正体现在这些地方。

你对那个计划一直念念不忘。所有的事——要得到一个准备去执行的命令绝无可能,你称之为空谈家的那个人说的话确实有道理,由于分心与其他诱惑所造成的时间的缺乏——这一切都不能使你忘却这个计划。一天早晨,你对我说:"我们到克里特岛去。""去干吗?""去找我们需要的十二名勇士。在克里特岛,我们会找到。"

* * *

盼望到克里特岛这件事恰恰证明了你的顽固,你的偏执。每当由你的信念产生一种想法,这种想法又变成一种精神紧张时,这种偏执狂就会在你身上发作。你特别喜欢把口袋绑在柱子上的想法,这种想法又激发你产生了另一个怪念头:除了在口袋里不装炸药而是装石头和其他杂物外,你还想利用这些口袋围绕帕特农神庙组成一幅标语。"我们不能在大理石上写任何东西,因为柱子上的沟缝很碍事,另外,用油漆把神庙涂得污秽不堪等于是犯罪。但在口袋上我们可以写任何东西,每根柱子上一只口袋,每只口袋上一个字母,这样,远远看去,标语的内容就一目了然。难道这不是个绝妙的想法吗?"它确实是。但问题是要想好写什么内容,以便组成各个单词的字母数正好和帕特农神庙四面的柱子数相等。正面与背面各有八根圆柱,因此写在这儿的单词每面不得超过八个字母。神庙两侧各有十七根圆柱,写在这儿的单词字母总数不能超过十七个。但四角的圆柱上完全不能出现字母,否则,会出现混乱。因此就必须把前后的字母减少到六个,或者把两侧的字母都减少到十五个。这没有考虑空格的问题,这个问题让你非常头痛。因为空格后,有些词看上去会显得太长,而有些词又会觉得太短。"Katapiesis!(压迫)""太长。""Laòs!(人民)""太短。"最后,我们终于找到了一个大抵适合的句子,共有八个单词,四十三个字母,七个空格:"Agonas dia tin elefteria Agonas kata tis tirannias(为自由而战 为反对暴政而战)。"问题在于那个"大抵"。实际上两个"Agonas"写在正面和背面的圆柱上正合适,还能在两端庙角的圆柱上留出空格。"dia tin elefteria(为自由)"这三个单词的字母数与一侧的圆柱数也正好相符。但比较起来,"kata tis tirannias(为反对暴政)"这几个单词就多出了一个字母。这显然使你伤透了脑筋,但并没有让你灰心丧气。你说,这条围绕帕特农神庙的标语内容很好,至于看上去美学效果如何,那就不要去管它了。你打算把"tis"这三个字母集中在两根圆柱上,其中一根圆柱用一只特大的口袋,写上两个字母。为了验证这个方案,我们甚至还登上了卫城。这是一系列实地考察的开始。在考察过程中,为了不引起人注意,你坚持让我扮成一个考古迷,装作欣赏、拍照、研究帕特农神庙的柱廊与楣饰。与此同时,你寻找一些可供藏身的场所,步量入口山门到厄瑞克忒翁庙之间、厄瑞克忒翁庙到帕特农神庙之间、帕特农神庙到入口山门之间的距离,仔细查看东北角上那块延伸到城墙的岩石。当年,格拉左斯就是爬上这块岩石把德国国旗扯下来的。你留心游客的人数,观察看守人员的行动,寻找为了威胁性爆炸适合安放梯恩梯的地点。"我要带一份完整的计划到克里特岛去,这计划无比详细,完美无缺。"对于我提出的关于此行是否有必要的疑问,你根本没有听。"一切都会顺利的,你等着瞧吧。"

你对此确信不疑,因为你认为这次万无一失:没有约人见面,没有预订机票,订旅馆用的是假名。你只把我们要到的消息告诉了极少的、非常可靠的朋友。当我们离开家去机场时,警察可能会跟踪我们,显然,这种危险是存在的。但去机场的路上,我们并没有发现有人跟踪,甚至登机的时候,也没有发现有人在注意我们。"看见了吗?他们刚刚发现我们混在旅客中间。"当我们一进机舱,幻想就破灭了。他们无时无刻不在盯着我们,一切都布置得如此严密，以至于我们的一举一动都在他们的视线之内。比如，他们给我们留了最后一排靠左的两个座位。这两个座位和其他座位不一样，在我们的座椅和我们身后的机舱壁之间有一个半米宽的空地，两名便衣占据了这块空地。他们用手抓住我们的座椅背，一直盯着我们，嘴里发出难闻的大蒜味。他们毫不掩饰待在这儿是为了监视我们。相反，他们实际上在挑逗你，摸你的头发，用怪笑与嘲讽的话来刺激你。"你懂意大利语吗？""懂。""'一路顺风'希腊语怎么说？""卡隆，德克西迪。""嘿嘿！"我用目光向你询问：他们这样做，违反规定，在飞机上站着，是否意味着他们是在出公差，并且带有特殊的任务？你微微点头，表示同意。一路上，你一言不发，一动不动，直到飞机降落为止。玛丽恩和费博来接我们。玛丽恩从你读工业学院起就是你很好的朋友，费博是大赦释放的抵抗运动成员。你和他们拥抱，向他们讲刚才发生的事，大蒜气味消失了，那两个人也不见了。接下来替换他们的又是谁呢？好像又没有人盯梢我们了。玛丽恩和费博驾着一辆雷诺牌汽车进入克沙尼亚的街道，把我们送到旅馆，没有车子尾随。"他们可能只是害怕你劫持飞机。"玛丽恩咧嘴一笑。但几乎在同一时刻，她突然惊呼起来："啊，不对！"我们刚到旅馆，就发现右边的人行道上停着一辆白色的警车。我们进了房间，房间非常漂亮，窗户对着大海。你走上阳台，但立刻就退了回来，用沙哑的声音命令我："关灯，快！""为什么？""我说，关灯！"我把灯关掉，来到你身边："什么事？究竟发生了什么？""你看！"我探头张望，头几秒钟，我只看见皓月当空的迷人夜色，平静的大海，海浪轻轻拍打海岸，泛起银色的浪花。然而，你用手向离岸二十米的地方一指，我才发现那儿停泊着一艘船，船上有三个人在用望远镜窥视我们。我的胃猛地一下痉挛起来。

它每夜都停在那儿，从不挪动地方。上午某个时候它开走，黄昏时分又回来。船上总是坐着三个人，他们用望远镜对准我们房间的阳台。这种骚扰方式既巧妙又可笑。说它巧妙，因为它是用一种表面上对你无害的方式来刺激你；说它可笑，因为那三个人不得不每夜受活罪，轮流在黑暗中一刻不停地监视着。更糟的是，你拒绝换房间，换旅馆，甚至拒绝关上百叶窗。你说，如果不这样的话，就等于示弱，等于投降。我们应该装作什么也没有发现，或者采取满不在乎的态度。晚上我们回到旅馆后，你总是挑衅性地把所有的灯都打开，然后推开窗户。我们在如同白昼的房间里走动，明知道有人在监视,这滋味确实不好受。你比我感到更痛苦。在飞机上,你好不容易才克制住自己,没有对那两个弄你的头发,挑逗你和嘲讽你的家伙发火,然后,又在人行道上发现了那辆警车,感到浑身不自在。这一切使你的神经每时每刻都绷得紧紧的。比如,你坚信我们的房间安装有窃听器。于是就不停地挪动家具,检查抽屉,翻动床垫。你用写纸条的方式来与我交谈,然后又扔进烟灰缸里烧毁。即使夜里躺在床上,我们也无法忘掉被人监视的那种不愉快的感觉。我们甚至不敢亲热,似乎墙壁是玻璃做的。你辗转侧翻,梦呓般地重复:"这么下去多难受啊!"就这样忍着,等待迟来的黎明。新的一天又带来新的折磨。我当初怀疑此行是否有必要,看来是对的。物色十二名勇士看来是不可能解决的问题。只要我们一出门,那辆白色的警车马上就发动,紧跟在我们后面。如果我们步行,它就脚跟脚地紧贴,如果我们坐出租车或乘费博的"雷诺",它就在几米远的后面尾随着。除此之外,是否还有便衣跟踪,我们就不得而知了。第一天上午你觉得,位于办公大楼六层的玛丽恩的建筑师办公室,是你会见想要见的人的理想场所。然而当你乘电梯上楼时,你却闻到了那股在飞机上闻到的蒜臭味,于是便取消了这次约见。为了寻找适合的人,你只好利用在餐馆吃晚饭的机会。你请很多人围着桌子吃饭,想必其中肯定有你感兴趣的人。但这种考察极其表面,无用的谈话使一切化为泡影。你不安的情绪与日俱增。"浪费时间,完全是在浪费时间!"有几次,你绝望到了顶点,我根本不敢问你物色工作的进展情况。尽管我们之间存在着语言上的障碍,但从仅能听懂的几个词中,比如"Den ine practicos(不现实)","Den ine pragmaticos(无法实现)",我还是能感觉到情况非常糟糕。

有一天,我觉得是第五天,这种紧张和失望的情绪,就像长期被压缩的气体一样,突然爆发了。那天,我们去看韦尼泽洛斯[①]的坟墓。就像在艾吉纳岛一样,死亡的召唤使你鬼迷心窍。你说,没有人在生前能比他死后说更多的东西,这座坟墓就是证明。如果韦尼泽洛斯仍然活着,正挽着胳膊与你交谈,你就绝不会听到此刻他长眠于地下时对你所说的。接着,你话锋一转,开始谈论杨·帕拉赫[②],谈到他在布拉格圣瓦茨拉夫雕像前自焚的事情。

[①] 韦尼泽洛斯(Venizelos,1864—1936):希腊首相,因扩大了希腊版图,被许多希腊人认为是现代希腊最伟大的政治家。
[②] 杨·帕拉赫(Jan Palach,1948—1969):捷克斯洛伐克的英雄,1969年1月16日,为了抗议苏联坦克进入布拉格,在著名的瓦茨拉夫广场点火自焚,想用自己年轻的生命唤醒民众的良知。

"你知道我要说什么吗？帕特农神庙比圣瓦茨拉夫雕像更有名。只有捷克斯洛伐克人知道圣瓦茨拉夫是谁，但帕特农神庙家喻户晓，路人皆知。"我压抑住恐怖的感觉，装着没听明白，若无其事地问你："这和帕特农神庙有什么关系？""有很大关系。你想想，如果有人在帕特农神庙自杀，这对军政府将是多大的羞辱。全世界都会认为……""会认为他疯了。""为什么？难道杨·帕拉赫疯了吗？难道说那位在西贡自焚的越南和尚也疯了吗？要从事斗争，坚持反抗有很多种方式。自尽就是其中之一种。我从未想到过自杀，即使在受尽折磨、忍无可忍的情况下也没有萌发过自杀的念头。但当时我不像现在这样感到孤独，我知道外面有人关心我，信任我，愿意帮助我。不过，当没有人愿意帮助你，没有人愿意听你的，你单枪匹马不能做任何事情时，自杀就有了某种意义，就会产生一定的作用。""一桶汽油就够了吧，是不是？""不，要五百公斤梯恩梯，外加一根导火索和一根火柴。""阿莱克斯！""不要担心。像我这样的人，即使爱着别人或被别人所爱，死的时候也是孤独的。唉，今晚我要喝个烂醉。"你说到做到，喝了一杯又一杯，灌了一瓶又一瓶。酒与愤怒，愤怒与痛苦，痛苦与忧伤，忧伤与羞愧，羞愧与无助，甚至与孤独交织在一起。你感到如此孤独，以至于要减轻这种孤独纯属幻想，就像用勺子舀干大海一样无望。你喝得那样多，甚至超过了我对一个男人酒量极限的想象。我们选择的是露天酒店，就在旅馆的对面。我们坐在一张靠近马路的桌子旁边。一辆蓝色的轿车慢慢地来回转悠，车上的两个人一刻不停地注视着你。但你却没有发现他们，过量的酒使你的眼睛看不见任何东西。如果我对你说："让我们走吧，有一辆让我怀疑的汽车在盯我们的梢。"你就会把你那双混浊的眼睛睁得大大的："我没有看见任何汽车。只需要五百公斤梯恩梯、一根导火索和一根火柴就够了。"当你最终决定离开酒店时，你醉得根本站不起来。你靠在我身上，如同一棵大树压着一株细草。我费了九牛二虎之力，才拽着你穿过街道，走上台阶，进入旅馆，来到电梯跟前。然后，我打开电梯，关上，再打开，再关上，走进房间，把你扔在床上。

以后的岁月中，类似的事情又发生过好几次。每次我都用全身的力气去对付。但我逐渐掌握了一些动作的要领和小小的窍门，知道该如何让你挪动脚步，怎样使你保持身体的平衡。当然，最重要的是我明白了，你豪饮并不是为了生理上的愉悦，而是为了排解绝望的情绪。你熟知醉酒的所有技巧与奥秘。甚至连我都学会了如何去辨别醉酒的三阶段：第一阶段，精神振奋，十分健谈，把饮酒逐渐转化成智力的交锋、社交的仪式，类似苏格拉底辩论式的会饮；第二阶段，挣脱压抑的束缚，打破自控的壁垒，天马行空，自由自在，进入遗忘的状态；第三阶段，身体散架，直接进入忘却与麻木的无垠疆域，即抵达一种神秘的、不可言说的自我陶醉，跌入虚无的深渊，一种绝对的休息，暂时的死亡。从你的讲述中我终于弄明白，每个阶段都是人为的，事先都经过了冷静的考虑，并且每个阶段都和一定的痛苦程度相对应。如果早先知道这一点，我就会变得更宽容，允许我们去爱某个有缺点和弱点的人，因而也会更习惯去这么做。但现在我做不到，我只感到惊奇，难以置信，十分厌恶：一个英雄怎么会如此脆弱？"五百公斤梯恩梯，一根导火索，一根火柴。""安静点儿，阿莱克斯，安静点！""这么下去多难受啊！""安静点儿，阿莱克斯，安静点！"你突然躺在床上，身体像大理石一样僵硬，脑袋像着火般的灼热。你发高烧，胡言乱语起来。如果我向你弯下腰身，你就往后缩，用胳膊挡住脸，缩成一团，用惊恐的眼睛看着我："不！不！不！"或者说："够了！够了！"我没有办法让你平静下来，因为你看见的不是我，而是过去没有忘记，也无法忘记的魔影，是塞奥菲洛亚纳科斯、马里奥斯、巴巴里斯和哈慈齐科斯们的面孔。我发现每当你不仅愤怒而且痛苦，不仅痛苦而且沮丧，不仅沮丧而且无助或者孤独时，这几个人的面孔就会出现在你眼前。这是一种症结，是失败感的象征。你高烧胡言乱语之后，身体变得极度虚弱，虚汗淋淋，像油一样冒出来，浸透了衣服、床单和枕头。最后，近乎患上僵住症，你沉入了死一般的睡眠。

我一直守在你床边，直到第二天早晨。你醒来时，完全恢复了。"早晨好！你睡得好吗？多明媚的阳光呀！你知道我今天会带你到哪儿去吗？去伊拉克利翁！收拾行李吧！""伊拉克利翁有什么？""你很清楚，那儿有克诺索斯神庙！""除了克诺索斯神庙，还有什么？""我想去见一个人。"你叫了费博，要他用他的雷诺车载你去，我们准备动身。你说，在一个阳光明媚的早晨外出旅行，这难道不是一个绝妙的主意吗？有像费博这样的朋友，难道不是一生的荣幸吗？如果不是由于玛丽恩的缘故，你肯定早已邀请他参与这次行动。他不会找任何借口拒绝。但你不能向他提这件事，不能让他离开孩子们和她。这就是有妻子、有家庭的麻烦之处。再说了，在1968年那阵子，你也不会去找有家室的男人。你聊啊聊，根本没有去管你所说的那些藏在墙里、家具里和天晓得藏在什么地方的窃听器，忘记了你在韦尼泽洛斯墓前说的那些关于死亡、杨·帕拉赫的话，忘记了关于用炸药包来自杀的想法。至于昨晚发生的事——你烂醉如泥、发烧、说胡话——你只字不提。

* * *

"没了！""谁，什么没了？""那辆白色的警车。""你确信吗？""绝对确信。你来看！"我向外一看，确实如此。"也许它只是暂时离开一会儿，你别存幻想。""不会，门房说它昨晚就开走了。"我尽量回忆，但是徒劳无功。从饭馆到旅馆途中，我只顾使出全身力气拽着你走路，根本没有注意其他任何事情。然而，这事真是蹊跷。费博耸耸肩说："大概他们决定不打扰你们了。""也许吧。""也许他们会在路上跟踪我们。""也许吧。"我们钻进雷诺车，费博开车，你在旁边，我坐在后座上。我们顺利地穿过市区，很快就上了去伊拉克利翁的高速公路。一路上仍然没有人找我们的麻烦，只偶尔有一些车辆，一两辆小卡车超过我们，没有发生任何异常的情况。"我很纳闷。""我也是。"为了弄清楚是否有人在后面跟踪，我们在一家乡村酒店停了下来，把车停在一个显眼的地方。然后，坐在一张小桌旁边。我们在那儿大约逗留了三十分钟。最后我们坚信，确实没人跟踪我们。由于某种我们不知道的原因，他们对你要到伊拉克利翁这件事一无所知。但你和费博通话时，确实清清楚楚地说出了伊拉克利翁这个地名。难道他们真的以为，你来克里特岛是为了一次无关紧要的旅游度假吗？这个猜测不是完全没有道理。我们轻轻松松回到雷诺车："最多一个半小时，我们就到了！"

从克沙尼亚到伊拉克利翁，沿途风光迷人。公路时而依海蜿蜒，下面是半岛最蓝的海岸，时而透迤在险峻的岩石、丛山之中，暗红色的岩石与海蓝色的天空交相辉映。九月的天空一尘不染，万里无云。只有山羊在那里出没，甚至看不见任何有可能煞风景的房屋。因为知道没有被人跟踪，所以你有一种释怀的幸福感。你纵情欢笑，畅谈令人高兴的事情，甚至回忆起昔日那些并不能让你愉快的往事，但今天说起它们，你却眉飞色舞，兴趣盎然。"旅馆老板娘，多好的女人啊！你想想看，她居然不要我们付钱！""她让我们在贵宾簿上留言，当我在上面写上'自由'二字时，她甚至激动万分。""她还给了我一满袋水果。""水果！在塞浦路斯，有一段时间我饿得不行，只好到农田里去偷瓜果。你尝试过不用刀子偷西瓜的滋味吗？简直就成了坦塔罗斯。①""阿莱克斯，告诉费博你在雅典偷香烟的事，向他讲你是怎样得手的。""你肯定喜欢听。你知道兼售香烟的报亭吗？你到那儿叫老板拿包香烟，正准备付钱的时候，你假装把钱掉在地上，或干脆把钱扔在地上。你弯下腰去捡钱，弓着身子，绕到报亭背后，然后溜之大吉。""真无耻！""我当时是个逃兵，一个子儿都没有！""告诉他，你是怎样在小吃店偷吃蛋糕的。""是这样，叫住一个小孩，并对他说：'你愿意饱吃一顿蛋糕吗？'小孩点头。然后又对他说：'跟我来，因为我不喜欢一个人单独吃蛋糕。'你们走进小吃店，要了蛋糕，把自己塞了个饱。之后，你对小孩儿说：'在这儿等我，我很快就回来。如果招待员问起来，你就说你爹到澡堂去了。'你出去就再也没有回来。反正他们不会把一个小孩子抓起来！""真是个无赖！""你那么说，是因为你没有挨过饿。告诉我，1968年复活节那天你吃的是什么？""让我想想。1968年的复活节，我在越南的岘港前线。我只有美军士兵的军用罐头可吃。你呢？""一罐鱼子酱。""那你还发什么牢骚？""听我说。你在越南，可我在罗马，正在策划刺杀暴君的事。跟往常一样，我身无分文，饿得半死，屋子里只有一小听鱼子酱，甚至连一小片面包都找不到。你用一小听鱼子酱，不用面包，能填饱肚子吗？从那天起，我就讨厌鱼子酱。我不明白为什么有那么多人喜欢鱼子酱。费博，你喜欢鱼子酱吗？"但费博根本没有听见。他脸色苍白，神情紧张地盯着后视镜说："讨厌，这帮混蛋！""费博，怎么了？""我们想得太天真了，他们跟在了我们后面。"

我扭头一看，跟在后面的不是那辆白色警车，而是头天晚上你正喝得酩酊大醉时，在酒店前面来回转悠的那辆蓝色小车。它跟在我们后面大约三百米的地方，非常显眼，因为在光秃、笔直的公路上只有这辆车在行驶。我几乎不敢相信，在这之前，我们两人居然没有看见它。费博在村子里停下来不久之后就看见它了，只是他没有告诉我们。他解释说，刚开始以为它要超车。后来他认为不是这么回事，因为它离我们差不多有半公里的距离，似乎看起来没事，但过了一会儿，它就开始像影子一样跟着我们。如果费博加

---

①坦塔罗斯（Tantalus）：希腊神话中宙斯的儿子，因触怒诸神在冥界受罚：站在齐颈的水中，口渴想喝时，水就退去；头上悬着果树，想吃水果时，风就把果子吹开。

速，它也加速；费博减速，它也跟着减速。路上什么也没有，连条狗都看不见，甚至包括逆行道。"他妈的！""不是他妈的，这是命运。"你冷冰冰地发表评论。你也转身看了一眼，你的表情既不显得惊讶，也不显得愤怒，而是异常的平静，带有几分嘲讽，就仿佛这事非常正常，完全在你的意料之中。不过，你的左眼却放射出愤怒的目光。"再试试，费博。"费博踩下油门，距离又拉开了五十米。蓝色小车马上紧跟，又恢复到原来的车距。"哦，明白了。到伊拉克利翁还要多长时间？""说不准，看情况。""我们过了雷蒂姆诺了吗？""过了。""佩拉马呢？""过了。"你对我苦苦一笑："警察全部罢工了。""罢工？""肯定是这样。难道你以为那是辆警车吗？那不是警车，里面坐的也不是什么便衣。""那他们是谁？""法西斯分子。""你怎么知道？""我知道，你问费博。"我问了他，但没有得到答复。费博趴在方向盘上，把速度提到每小时一百三十公里，试图与蓝色小车拉开距离。当他拐急弯时，由于方向盘没控制好，车轮发出了刺耳的声音。公路两边是悬崖峭壁，汽车瞬间就要撞上去似的。"小心，费博，小心！""就让他这么开，别担心。等他们来撞我们的时候，那才可怕呢。""撞我们？""显然，这是一个聪明的主意。事后，谁能证明这是一次犯罪，还是一场车祸呢？""如果他们想那么干的话，他们就不必等那么长的时间，阿莱克斯。"当我这么说时，两边的悬崖峭壁顷刻被甩在了身后。我终于理解，他们为什么非要等到现在不可。从这儿开始直到下一个路基垫高的弯道，路上没有护栏或护墙，路边陡峭的岩石直落深谷。伴着被撞的危险行驶在这段路上，犹如蒙眼在独木桥上行走。我们驶进这段路，那辆蓝色小车随即就跟了上来。

它朝着我们向前猛冲，一眨眼工夫就追了上来。直到最后一瞬间才减速，差一点就撞上了。然后，它用它的头部紧紧咬住雷诺车的尾部。两辆车的距离是如此之近，以至于你完全可以清楚看见坐在车里那两个人的嘴脸：多油脂的黑胡子，发青的面孔，开车的那个在阴险地笑。我听见自己叫了起来："你说得对，他们想让我们车毁人亡！"我听见你在低声吩咐："走中间，费博，开到路中间。"费博点点头，离开路边的悬崖，开到路中间。但那辆蓝色小车也跟着这么干，跟在我们左侧靠后的地方。它前保险杠的右端几乎撞到雷诺车的后保险杠。"加速，费博，加速。"费博踩下油门，嘟哝了一句：车速不能再快了，但愿他们仅仅是在吓唬我们。就在这时，蓝色小车的头部碰到了雷诺车的左侧。顿感轻轻一震，就像被猫爪子玩笑似的抓了一下。但这也足够把我们的车撞到右边的边缘，靠近悬崖了。我看见费博紧紧抓住方向盘，就在轮子即将滑出路沿的当儿，他猛打方向盘，让车子又重新驶回到路中间。车子继续朝前开了一段时间，第二次碰撞接踵而至。这次比上次更猛烈，雷诺车就像在一张抹了油的毯子上迅速滑行，一瞬间就滑向了悬崖边，死到临头的感觉在我们心中一闪而过。只差几厘米，车子就会翻下去，我们就可能葬身于深谷。幸好费博处理得当，又重新把车子拐回路中间，甚至成功与蓝色小车的距离拉开了十米。后来又迅速拉开了二十米、四十米、八十米、一百米。这时，你点燃一支雪茄说："好样的，费博。"对我来说，这简直不可思议，在如此危急的情况下，你居然还能想到抽烟，并且还能把烟点着。你确实是这么干的，抽着烟，显得很平静，平静中带着一种不屑。你的声音仍然那样冷静，与头天晚上那个虚弱的发高烧说胡话的你完全判若两人。相反，有人也许会认为，拿你的生命去冒险，让两个爱你的人去冒险，对你来说，简直就不是个问题。不仅不是个问题，或许还是一种颇为神秘而残酷的享受。"他们会跟上来，正紧追不舍呢。快给我一支笔，我要记下它的车牌号。"

他们真的追上来了。伴着一阵马达的轰鸣，蓝色小车呼呼地蹿了上来，随即，一百米的距离消失了。我还没有来得及看清它难看的车头、明晃晃的挡风玻璃，以及像人体一样的车身，顷刻间它就开到了我们的旁边。它猛然加速超车，开到我们前面，然后又突然减速。"啊，上帝！"费博惊叫一声，赶紧朝左打方向盘，差一点就和它相撞。这激怒了他们，蓝车再次加速，再次猛冲，又开到我们前面，迫使费博重复相同的危险动作。这超出了我们的预料，他们试图把费博搞得筋疲力尽，使他无法控制车子，让车子掉进深谷。这是猫玩老鼠的游戏。事实上，他们的车马力更大，车身更结实，不会打滑。可以说，想什么时候超就什么时候超，想怎样超就怎样超。在前面封堵时，也不担心会被撞翻。它就这样第三次、第四次、第五次、第六次超车和减速。我们则第三次、第四次、第五次、第六次地避让，先向右，后向左，然后再向右，再向左，以"之"字形的线路始终行驶在深谷的边缘。时间仿佛过了几个世纪，而不是几分钟，路程仿佛走了数百里，而不是几十米。费博愈来愈紧张，愈来愈疲惫，脸色由白转青。而你则恰好相反，若无其事地抽着烟，指点他，鼓励他，给他提建议。"太好了，费博，不错。当心，费博，就这样。快，费博，加速。""要是有人赶上来就好了！"费博上气不接下气地说。没有人赶来，甚至对面也没有出现车辆。公路上空旷无人，只有我们和那辆车头难看、挡风玻璃明晃晃、车身像人体一样的蓝色小车。我之所以只提车，是因为你眼里只有车，而没有车里的那两个人，还因为从那天开始，对我来说（同时也对你来说）汽车就意味着死亡。至于是哪辆车，什么牌子、什么颜色的车也就无关紧要了。它今天是蓝的，明天可能是黑的、深绿的、红色的、褐色的，最终也可能是苹果绿的。你又看了它一眼，"之"字形游戏结束了，它把我们挤到悬崖边，准备发起最后冲击，因为他们知道，悬在空中的这段路很快就会结束了，越过弯道，马上就是有护墙的路面，然后两边又是石壁。如果能够到达那里，我们就会安然无事。但是，我们能顺利到那里吗？雷诺车的轮子每转动一圈，蓝色小车就逼近一步，它的车身险些就要碰到我们。我无法控制内心的恐惧，用手紧紧抓住你的肩膀，向费博凑过去，请求他：加速，费博，开快点，再加把劲，到了有护墙的地方，你再减速，蓝车在那儿撞上我们，就不那么可怕了。还有两百米的距离，一百米，五十米，四十米，三十米，二十米，前面就是护墙，那儿，十米，五米，三米，两米，一米……

它在护墙开始的地方撞击我们，在旁边蹭了一下，碰到了车身左侧中部，我们的车朝右边滑。但滑得不是太厉害，因为费博减了速，控制住了方向盘。另外当雷诺车原地打转，似乎失控要掉入深谷，连我们都深信车子停不下来时，费博也把车子控制住了。车子停下来了，我们面面相觑，发现我们居然在这空旷无人的公路上毫发无伤，感到真是不可思议。蓝色小车消失了，你挥动着那张记有车牌号的纸说："这回我们总算可以去伊拉克利翁好好玩一趟了。"

* * *

在离城几公里看见那辆白色警车时，我们当即就意识到，这回在伊拉克利翁玩不好了。警车的行驶方向与我们相反，开得很慢，像是在寻找某样东西或某个人。一看见它，我们就火从心头来：它不就是来寻找三个活人，或三具掉进深谷的尸体的吗？毫无疑问，它是在寻找我们。和我们会车后，它立即掉头进城，跟在我们后面。这时又跟来了一辆红色小车，上面坐了几名便衣警察。可以说监视达到了一种令人恐怖的程度。当我们停下来在一家饭店吃饭时，他们的一个人就在门边把守，另一个在屋后，还有一个蹲在街角。要说服你保持冷静，做到离开饭店时不理睬他们，要装得像一个度周末的旅游者一样，真是太难了。因为你无法冷静下来，脸色气得发青，你想直面他们，或者揍他们一顿。接下来，费博打电话取消了几个你事先安排好的约会，我和你去了克诺索斯神庙。可是，在这个古迹外面的石阶上，我们又闻到了那股蒜臭味，又听到了那个嘲讽的声音："你懂意大利语吗？"你顿时火冒三丈，一面挥拳朝那个面目最可憎的家伙扑去，一面冲着他破口大骂："奴才""胆小鬼""混蛋"。只是因为穿制服警察的介入，你才没有被抓起来。看来，马上返回克沙尼亚才是明智之举。但回去的路上怎样才能避免遇到来时的威胁呢？如果他们决定在高速公路上把你干掉，那么他们肯定会趁黄昏或天黑时再作尝试。就此引起了一场争论。我说，向穿制服的警察求助也许是一个不错的主意，因为在克诺索斯神庙，他们实际上帮助了你，如果我们向他们讲明今天上午发生的事，他们也许会给我们提供保护。关于这一点，你甚至连提都不想提，更不愿意做进一步的讨论。你高声嚷道："我？让我得到警察的保护？！我是帕纳古里斯！我是帕纳古里斯！"最后，费博想出了一个妙计：想办法让我们始终在警察的视线之内。费博实施了这一计策，他故意把车开进僻静的小路，走禁止线和逆行道，假装摆脱他们，要逃跑的样子。他让他们起疑心，使白色警车一直跟踪我们从伊拉克利翁开到了克沙尼亚。在那儿待了好一阵子，我们才发现那辆蓝车的牌照是假的。

在长满柑橘树和柠檬树的花园散步的时候，我思考着假牌照的来历，苦思闷想，脑子里只有问题，而没有答案。比如，蓝车里的两个人是谁雇用的？是谁给这两个人下的追杀命令？如果他们成功地制造了一场车祸，又将在谁那里获得奖赏？是帕帕多普洛斯吗？也许是。但如果他想让那场宽容的闹剧更具可信度的话，那么让你活着，显然对他更有利。是约安尼迪斯吗？也有可能。不过，他更希望看到你被处决，而不是制造车祸让你在雷诺车里被撞死。是塞奥菲洛亚纳科斯、哈慈齐科斯，以及那帮知道你出狱这个坏消息后，害怕你报复的家伙吗？也许。但我还是不好理解，他们居然会冒险策划这样一个阴谋，制造这样一起蹩脚的车祸。是秘密的情报机构，抑或附属于当局的某些人吧？不排除这种可能。显然，所有这些人都是怀疑的对象。

但有一点是可以肯定的：干掉你的命令来自上面，出自某个掌有实权之人。否则就无法解释，为什么在我们离开克沙尼亚之前，那辆白色警车就已经开到伊拉克利翁了，也无法解释，为什么上面架有望远镜的那艘小船可以肆无忌惮地在港湾里停靠三个夜晚。可是，他们为什么要在克里特岛，而不是雅典对你下手呢？是出于地理上的原因，还是出于战略上的考虑？抑或卫城计划被发现了？即使这个计划被暴露，他们用得着如此恐惧，以至于决定把你干掉吗？理应知道这个计划分明就是一个疯狂的玩笑，不过是一朵开放在你想象花园的幻想之花。与其这样，还不如死死把你盯住，或者对城堡严加防守，这样不是更简单些吗？后来，我逐渐找到了答案。不，卫城计划与此无关，或者说关系不大。当权者怕的不是那五百克梯恩梯，不是你用它来做的那件多多少少有些耸人听闻的事。当权者怕的是你本人，怕你到处惹是生非，制造混乱。自从离开博亚蒂后，你就没有安分过一秒钟。你频频向国内外媒体发表声明，接受采访，举行抗议，提出法律申辩。你甚至对大赦令进行大肆抨击，认为它是荒谬的，因为它同时也宣布严刑拷打者无罪。这些人没有受审，也没有被判刑，你怎么能够赦免他们呢？宣布这些人无罪，岂不等于承认被当局禁止的酷刑实际上已经发生过吗？就不要提你在公开场合闹事，不断给宪兵司令部打骚扰电话和你喜欢的受人爱戴了。你从来不会走在大街上而不被人注意。总是有人在街上把你拦住，拥抱你。似乎远远不止这些，报纸对我们的事做了大量的报道。我们之间那种出人意料、颇具传奇色彩的关系引起了人们一种病态的兴趣，我们成了一对使新闻界疯狂的恋人，这更让当权者感到头痛。当然，最让当权者感到头痛的是，你的固执、桀骜不驯和丰富的想象力。他们无法猜想一分钟以后，或第二天，你会做出什么事来。每个向自己提这个问题的人都会变成一个扎卡拉基斯，深更半夜醒来惊呼大叫："他在哪儿？他在干什么？"在别的场合，这可能很可乐，很有趣，但在政治生活中，更糟的是在独裁体制下，这却是一种没有宣判的死刑。你必须马上离开希腊。

"你在沉思什么呢？"你突然出现在我身后问道，眼睛看着我，仿佛听见了我的心声。"我没有沉思，我只是在想……""我明白了，你是在想迟早会有人来把我给收拾掉。'问题是他们中的哪个来干这事。'不去管它了，这是一个无关要紧的事情。在任何时候、任何国家、任何制度下，我都是一个让人讨厌的人物。那个最后把我干掉的人，是你想象不到的。""阿莱克斯，我是在想……""在想我应该放弃卫城计划吗？不，那是一个不错的主意，我不会放弃。如果找不到助手，我充其量降低标准：把它搞成一个示威行动。不用梯恩梯，不用武器，也不扣留人质，只需一条标语：'为自由而战！为反对暴政而战！'喂！只需四十三块布就成……在夜间行动，谁也发现不了我们。""他们会发现我们，阿莱克斯。夜晚的帕特农神庙会被灯光照得雪亮。""哦，不错。那我们就黎明时干。""在整座城市醒来之前，他们会把一切都清除干净。""我们不用布，而用油漆，让那些大理石见鬼去吧。我们只需带一桶油漆就行了。""阿莱克斯，听我说。你必须放弃这个念头，必须离开希腊。""哼！原来你是这么想的！要是这样，我还不如在帕特农神庙前把自己炸死算了。""是因为活人讲的话没有死人讲的话更具影响力吗？""正是如此。""不，你错了，阿莱克斯。死人永远是缄默的。当他们似乎在说话的时候，那是因为人们把他们遗忘了。刚开始的时候，遗忘他们好像是不可能的，似乎他们的形象会永世长存，但不管怎么说，过了一段时间以后，甚至没有人会记得他们曾经出生过。""不是这么回事！""是真的，阿莱克斯。非常不幸，事情本身就是这样。死人在所有方面都得依赖活人。""你错啦！""不，阿莱克斯，不。错的总是死人。因为他们死了。你必须活下去，阿莱克斯，必须活下去！为了活下去，你必须离开希腊。""见你的鬼！"你回到家，把自己关在那间小卧室。当你走出卧室时，神情似乎轻松多了："你知道我要说什么吗？卫城计划让我讨厌了。我不想再听到像卫城、帕特农神庙这些字眼。我要另想办法。""还是用梯恩梯吗？""唉，梯恩梯？昨天晚上，我们从克里特岛一回来，我就把它处理了。还是退给了那个给我的人。我对他说，拿着吧，当烟花玩，让自己高兴高兴。我有更重要的事情要做。"

第三章

　　见你放弃计划，我松了一口气，并且相信这是我以理相劝的结果。刚开始我没有去考虑使你改变主意的真正原因。之后，在你活着的时候，我也没有去考虑。但许多年以后，当你的幽灵成为我噩梦的回忆时，我经常回溯过去，追忆往昔。当我把往事的片段拼凑在一起的时候，你曾经的那个男人的形象才变得清晰起来。我试图通过你的死来理解你。我恍然大悟，你当初为什么突然放弃卫城计划，不，我的劝说并不是促使你放弃的决定因素。其原因是你身上的一个致命弱点。这个弱点就是，你干什么事都虎头蛇尾，有始无终，只有幻想，而没有实际的行动。当一种想法成为一种挥之不去的执念时，你愈显得倔强与刚毅，就愈是证明你没有恒心与耐性去付诸行动，贯彻执行。在某一段时间内，你会把所有精力投入某一件事情之中，折腾自己，伤害别人，犹如一辆在路上横冲直撞的坦克，无视一切障碍物，无论这障碍物是无生命的物体，还是有生命的存在。然后，你突然转向，放弃原来的想法，不再提及。只有在两件事情上，你始终坚定：一是暗杀帕帕多普洛斯，这件事决定了你的生命；二是搜索证据，这件事决定了你的死亡。它们分别标志着你英雄神话的开端与结束。这种事情会经常发生在诗人和艺术家身上。尤其会发生在那些知道他们不久将会死去的孤独的叛逆者身上。一般说来，他们的存在是一团包含着无数次未竟冒险行动的烈火，是一场任风随意播撒种子的风暴。他们不想知道植物是否发芽开花，不想等到看见发芽的那一天。叛逆者没有时间去等待，也不想去等待，因为他们必须不停地追求新的东西，总是一而再、再而三地重新开始。乍一看，好像是有始无终，但仔细想，这种有始无终却又是始终如一。一切都为了目标，甚至包括别人的想法。事实上，在有些情况下，你用一种新的想法去代替过时的想法，尽管这种想法不是你的，而是从别人那里听来的。也许当初听到的时候，你会表示反对，把它埋在你潜意识的深谷。"我不需要忠告。我不需要别人的意见。"但一旦这种忠告或建议在潜意识的深谷与你的幻想暗合，它立即就会浮现在你的脑海中，所以你会对它进行加工，使之变成你自己的想法。我建议你离开希腊就属于这种情况。一天晚上，我静静地睡在你身边，你把我摇醒对我说："睁开眼睛！睁开眼睛！""怎么了？出了什么事？""我明白了！""明白什么了？""我必须离开。""去哪里？""离开希腊，去意大利，去欧洲。""啊！""你不同意，是吗？如果你不同意，那你就错了。目前在这儿，我的手脚被捆着，什么事也做不成。他们盯得我太紧，人们胆小怕事，他们都往后退缩。而国外的情况就大不同了。我可以建立组织，成立行动小组。在流亡者中间开展工作，这你是知道的，在欧洲到处都有这样的流亡者。然后，我会秘密地回来，说得准确些，回来后再去……明天我去申请护照。帕帕多普洛斯不会发神经病拒绝我。""那约安尼迪斯呢？""约安尼迪斯倒是有可能。""要是约安尼迪斯坚持不给护照呢？""在某些事情上，还是帕帕多普洛斯说话算数。"

* * *

我们知道，各种独裁制度都大同小异，无论是右的还是左的，是东方的还是西方的，是过去、现在还是未来的。它们的镇压手段都一模一样，不外逮捕、审讯、单独囚禁，都有愚蠢、恶毒的看守，他们连笔和纸都要统统收走。对那些不听话的人的迫害也是一样的，即使是从监狱释放的囚徒也照样要受到控制和威胁，如果他死不悔改的话，就试图置他于死地。今天的独裁制度都有一个共同的特点，这个特点初看起来有点奇怪：当它们的异己者申请到另一个国家时，它们却拒绝他出国。按理说，异己者申请到另一个国家，事实上他帮了独裁政权一个大忙——等于是在说："我走了，我老老实实地溜了，不再找你的麻烦了。"——但情况并非如此。如果异己者离开了，会使当局感到头痛，觉得受到冒犯。因为如果他走了，诚然他不会再给当局找麻烦，但当局又如何对这个不听话的家伙进行报复呢？又如何对他进行控制，折磨他，把他投进监狱，关在古拉格群岛或疯人院呢？更重要的是，怎么能阻止他思考和发表见解呢？对独裁制度来说，叛逆者流亡在国外比待在国内麻烦得多，因为他们在国外流亡时，可以思考，可以发表见解，可以采取行动。你要干掉他，也很麻烦，得派遣刺客，动用手枪，甚至斧头。比如在巴黎，杀害罗塞利兄弟①用的是手枪；在墨西哥城，谋害托洛茨基用的是斧头。与其这样，还不如把他扣在家里，不慌不忙、轻轻松松把他干掉，把他投进监狱、疯人院、古拉格群岛。当人民保持沉默时，他根本就没有一点办法。护照？什么护照？哦，对了，当然要申请护照，但你必须出示你的出生证、良民证，并且……

为了申请护照，你首先必须出示出生证。但你的出生证保存在格里法达镇政府，那儿的工作人员说，他们无法给你，因为户籍册上没有你的名字。是倒霉不慎遗失，还是奉约安尼迪斯之命撕掉了？不得而知。户籍册看来没人动过，有你家里其他成员名字的那几页都在，唯独没有写着你名字的那一页。镇政府的工作人员吞吞吐吐，困惑不解。他们又能说什么呢？只好说，从户籍册上看，你根本就不存在。这是你母亲从那儿带回来的答复。她穿戴得像个贵妇人，头戴小黑帽，身穿黑衣服，手拎黑提包，脚套黑袜子，戴副黑眼镜，去镇政府拿你的出生证。"你还没有出生。""你在说什么呀？""他们说你没有出生，因为在户籍册上没有你的名字。"这可出乎你的预料，在你受的所有侮辱和诬陷中，这可算是最厉害的。你的咆哮声震得玻璃窗咯咯作响："我没有出生？我没有出生？！"即使他们说你死了，你也不至于如此愤慨。但说你没有出生，那意思是：你根本就不存在！在这个世界上，很少有人能够像你一样，能够向世人明确地证明自己出生过。你咆哮，气得眼泪盈眶。你的出生是如此遭人嫉恨，以致他们要枪毙你。但他们怎能枪毙一个没有出生的人呢？怎能枪毙一个不存在的人呢？你想去镇政府，把那里的人统统揍一顿，从镇长到最低级的交通警，一个都不放过。直到他们齐声高诵："你出生了，阿莱克斯，你出生了。"你才住手。我费了很大的劲来说服你，

---

① 卡尔洛·罗塞利（1899—1937）和内洛·罗塞利（1900—1937）两兄弟，皆为意大利社会党人，反法西斯战士。哥哥卡尔洛曾参加西班牙内战，受伤后去法国治疗，因积极参加反法西斯斗争，于1937年在巴黎与弟弟一起被恐怖组织谋杀。

让你相信，这样做正中了他们的下怀，他们的目的就是要激怒你。最好的办法还是假装相信这是一个失误，并且继续坚持索要出生证。你母亲头戴小黑帽，身穿黑衣服，手拎黑提包，脚套黑袜子，戴副黑眼镜，又去那里查找户籍册上丢失的那一页。她每天都去，每次都大声嚷叫：以女神的名义发誓，你确实出生了。她当然知道得很清楚，因为她在自己的肚子里怀了你九个月，然后才把你生下来。这帮狗崽子、窃贼、专制主义的奴才也知道这一点。她叫他们把你的出生证交出来。许多工作人员并没有生气，而是站在你这边。他们叫她第二天再来。但第二天同样的事情又发生了。"你没有出生，你根本就没有出生。"她回到家里时这样说道。然后，她走进那间壁橱里设有小祭坛的房间，对着圣像发牢骚。她骂圣人们自私自利，麻木不仁，懦弱无能。她威胁说：如果他们不显灵，再找不到户籍册上那一页写有你名字的纸，她就要吹熄所有的蜡烛，关上壁橱的门，让圣像在黑暗中发霉。但圣人们仍是沉默不语，对她的恐吓和威胁置若罔闻，那页纸还是没有找到。最终，护照申请还是没有递交上去。一天晚上，你在餐桌上铺开一张大地图。"你过来看看。"我迷惑不解地走过去："什么事？""自从他们坚持认为我没有出生那天起，我就在研究这张地图。我想非法出境。""啊，不！""嘿，我看行！你听我说……"

你说，出去有两条路：一条陆路，一条水路。至于坐飞机，想都不要想。从理论上讲，通过陆路逃向与希腊东北部、西北部接壤的四个国家之一是可能的。这四个国家分别是：阿尔巴尼亚、南斯拉夫、保加利亚和土耳其。但土耳其必须被排除，因为安卡拉政府与希腊政府的关系很紧张，要穿越边界几乎是不可能的。保加利亚基于同样的原因也不应予以考虑。阿尔巴尼亚也一样，因为那个国家拒绝接受外来者。至少有三名政变后逃到阿尔巴尼亚的人被关进了地拉那监狱，并因非法入境罪被判重刑。"如果走陆路的话，我愿意选择南斯拉夫。我之所以说愿意，是因为无论在埃兹伏尼越境，还是在南斯拉夫寻求政治避难，都比较容易。问题不在于越境，而在于如何抵达埃兹伏尼。从雅典到那儿，坐汽车或火车至少要六个小时。他们有足够的时间跟踪我，把我抓起来，或给我的脑袋一粒枪子儿。所以，我还是愿意选择水路。从伏里亚格梅尼海湾走。选择伏里亚格梅尼海湾有两个好处：其一，从格里法达出发，到那里只有半小时的路程；其二，那是个小码头，可以迅速进入公海。不过,这个季节停泊在那儿的游艇不多,你的游艇可能会引起注意。""我的游艇?什么游艇?!""就是你要去弄到手的那艘游艇。一艘外国游艇,上面坐着四五个看上去优哉游哉、准备出游爱琴海的阔佬。""我到哪儿去弄到这么一艘游艇,上面还坐着四五个优哉游哉、游爱琴海的阔佬呢?""我想,也许在意大利。我怎么知道呢?不要打断我的话。第二个设想是从比雷埃夫斯港上船。但那儿戒备森严,警察和海关会检查每一条船。但它也有一个好处,那就是这个港口很繁忙,不容易引起人注意。是啊,要是让我选择,我会选择比雷埃夫斯港。只是不管从比雷埃夫斯港还是从伏里亚格梅尼上船,开航时都会遇到问题,因为我们必须把我们的去向通知港务局。我们可以说我们要去克里特岛,然后,我们沿伯罗奔尼撒海岸往南走。当游艇到达基西拉岛附近时,我们往右拐,而不驶向克里特岛。""阿莱克斯……""基西拉岛位于伯罗奔尼撒的最南端,驶过基西拉岛后,我们立即就可以到达公海,进入爱奥尼亚海的水域。如果我们运气好的话,海岸警卫队没有时间来阻止我们。然后,我们在布林迪西或塔兰托登陆。当然,最近的路线应该是科林斯和帕特雷。不过,那样太冒险,因为那是客轮航线。""阿莱克斯……""从比雷埃夫斯港到基西拉岛,或从伏里亚格梅尼到基西拉岛,需要航行一天一夜。时间太长了。显然,我们必须尽可能缩短航行时间。所以你一定要弄到一艘非常快的游艇。""阿莱克斯……""我希望一星期内起航。""一星期?""十天也可以。快到十月了,十月初乘游艇出游还说得过去。""阿莱克斯!请理智点,阿莱克斯。游艇可不是出租车,出租车你吹声口哨就能叫到,更何况还要找到四五个愿意与你一起出游的人,这可不是闹着玩的。""这事非常简单。你能够找到。要是你找不到,我就只好越境到南斯拉夫。不过,如果这样的话,还没等我到埃兹伏尼,我就可能挨枪子儿了。"

你根本没有考虑你的要求是否在我的能力范围之内。也许你考虑过,但没有当回事。所以我枉费心思,即使反复给你讲明像这样的逃离至少也得需要一个月的准备时间,也毫无用处。要我在十天的时间内把一切都安排好,除非我拥有阿拉丁神灯。你和往常一样,一旦迷恋一个梦想,就会盲目乐观起来,无视横亘在眼前的障碍,听不进任何理智的忠告。只要我对你的计划稍有反对,你就会用撕裂肺腑的喊叫来予以反驳:"你不爱我!"你要我等到细节考虑好了就立即出发，你只考虑细节问题，在其中倾注了巨大的热情，就像当初计算从卫城门厅到厄瑞克忒翁庙，从厄瑞克忒翁庙到帕特农神庙，从帕特农神庙到卫城门厅的距离一样，或像计算一句口号需要由多少个字母来组成一样。现在，你只考虑航线、风向、秋季的暴风雨、海岸警卫队的出巡规律、港口的条例、查找船只的技术资料、计算领海和公海的里程。当初，你三番五次把我带到卫城，现在，你经常把我带到比雷埃夫斯港。"是的，我已决定在比雷埃夫斯港上船。"没有一个晚上我们不到游艇码头附近的那家小饭馆吃饭。你在那儿装作欣赏月亮在海水中的倒影，其实是在研究、观察、策划新的点子，向我透露新的念头。"让我们设想，那就是我们弄到的游艇。如果我们趁天黑上去，谁会发现我们呢？你看，那帮人乘出租车回到这儿来了，汽车可以直接开到码头，从汽车到跳板只有三米的距离。我走出汽车，混进人群，假装是船员。对了，我得刮掉胡子，换上水手服。等到黎明时，我们就可离岸上路了。"你还说："在雅典待两天就足够了，不过，你应该尽量少上岸。否则，你会被人认出来。你应该戴一副黑色的假发，弄一张假护照。就向某位和你长得像的朋友借一张护照吧。其他人就不必这样了，只要带上他们的正规证件就行。应该注意的是，他们必须装得若无其事，看上去像是真正的游客。不要给我打电话，也不要与我联系。只需把游艇的名字和到达的日期告诉我就行了，其他的事情我来处理。你可以寄张明信片通知我，明信片署名朱塞佩，把船名和抵岸日期写在贴邮票的地方。""写在贴邮票的地方？！""当然，这个办法很简单，是我自己想出来的。你把字写在贴邮票的地方，然后贴上邮票。收信人接信后，用水把贴邮票的地方浸湿，揭开邮票，就能看到字了。"我一面默不作声地听着，一面真切地希望，在这段时间内，户籍册里丢失的那一页已经找到。这样一来，你出生的事实就得到证实，你也就不会再费尽心思去琢磨偷渡的事了。在这样希望的时候，我的确向壁橱里的那个小祭坛瞟了几眼，向圣像哀求起来。你母亲总是对着圣像抱怨，唠叨，威胁，祈求奇迹发生。自从她知道你要秘密出逃之后，她采取了新的策略，不再向所有的圣人祈祷。军队的保护神圣乔治被她排除了，因为她怀疑他和军政府有瓜葛。山民的保护神圣埃利亚斯被她打入了冷宫，因为她怀疑是他想帮助你逃往南斯拉夫。海员的保护神圣尼古拉斯被她否决了，因为她怀疑是他支持了你的游艇计划。所以，她祈祷和叩拜的对象主要集中在圣法诺里奥斯，因为圣法诺里奥斯是迷失之人，进而也是迷失之物的保护神。正好在限制期将至的那个星期五，圣法诺里奥斯显灵了。

当我正收拾行装去罗马的时候，一声欢乐的叫喊传遍了整个屋子："出生证！出生证！"我冲出门一看，原来是你，手里拿着那张写有你名字的纸片不断挥舞。"我出生了！我出生了！"我立即把行李包打开，出行计划被取消了。现在可以开始提出申请，看来搞到一份护照有望了。当然，那一页也不是偶然找到的，是因为帕帕多普洛斯终于批准把那份证件发给你。不过，现在我们要看他需要多长时间才能使约安尼迪斯采纳他的意见。你说过，约安尼迪斯所做的一切都是为了阻止你离开这个国家。你是对的，不久我们就发现，在把证件发给你后，对你住宅的监视也加强了。街角增加了两名警察，在马路边上又增派了三名，附近公寓的窗户后面，总有人在监视你。另外我们还了解到，宪兵司令部的一名军官已给许多人提出了警告，反对他们来见你。其实这样做，完全没有必要，因为你从克里特岛回来后，已经成了孤家寡人，来看你的人屈指可数，邀请你吃饭或到他们家做客的人更是寥寥无几。甚至连过去对你卖弄风情、最殷勤的女人，现在也离你远远的。那些崇拜者，以及那些过去自称是你朋友的人，当初千方百计邀请你，现在却说："我很想来看你，但我不能。我有家室老小，这你能理解。"

* * *

"必须有人去看看护照是否办妥了。你是否去催一下，看是不是办好了？应该再问一下，是不是已经办下来了？"像一个求雨的农夫，站在龟裂的田野上，每吹过一丝风，就翘首观察天空，寻找一片能消除干旱的云，你等待那个时刻，护照管理部门的人对你说："这是你的护照，祝一路顺风！"我的心情和你一样焦急不安，因为我急于回到我的世界、我的生活，重返我的工作。我期盼着飞机从雅典机场跑道上起飞的时刻，只有到那时，我才能摆脱那些不断侵袭我的烦恼、激情、长期的紧张，以及有时交替出现的无聊感、空虚感。这种无聊感、空虚感类似那些士兵的感受，他们在两次战斗的间隙不知如何打发他们的时间，无法填满平静的时光。他们只好躺在战壕里打呵欠，怀念枪炮声。此刻，每一样东西都令我厌恶，我厌恶地中海东部这座城市的氛围，它使我想起特拉维夫或贝鲁特，它不再具有西方的色彩，但也没有东方的特色；我厌恶它肮脏愚蠢的现代建筑和绿色全无的山峦，以及由于疏忽和无知而留下的烧焦的岩石与树墩；我不喜欢它的土耳其风俗，用玩具小杯狼吞虎咽喝咖啡连同咖啡渣也一起喝掉的习惯，不喜欢这儿的人睡午觉一睡就睡到下午六点，像得了偏瘫症似的，慵懒困倦，一动不动；我憎恨这儿的大多数人得过且过，在暴政面前低三下四，唯唯诺诺。的确，这种愚蠢麻木、唯唯诺诺四处可见，如果有必要，我们每个人都会这样：“我很想来看你，但我不能。我有家室老小，这你能理解。"尽管如此，如果有朝一日你发现真的有人这么做，你还是会气得发疯。还有，这座脏兮兮的房子也令人不舒服，只有那带柑橘树和柠檬树的花园看起来还算顺眼。但你不愿到那儿去，因为有人通过窗户在监视我们。所以，我们总是被关在那几间脏兮兮的房间里。房间的玻璃门让我们毫无任何隐私可言，因为每个房间至少有两扇玻璃门，有的还是三扇。透过玻璃门，你总能感觉到一双野蛮、仇视、顽固的目光在逼视。还有一系列小事情，开始你还觉得有趣、可乐，现在却让你讨厌至极，苦不堪言。你不能忍受厨房后鸡舍里发出的臭气，不能忍受整天吵得我们不得安宁的母鸡的咯咯声，不能忍受天亮时仿佛把我们耳朵都要震聋的公鸡的打鸣。我讨厌这只公鸡，它的老祖宗被制成标本，瞪着玻璃珠眼睛，挺着蜡制的鸡冠，神气活现地摆放在餐厅里。看着它，我就想像你一样，重复那句话："必须有人去看看护照是否办妥了。你是否去催一下，看是不是办好了？应该再问一下，是不是已经办下来了？"

希望事情进展得快些，利用你电话被监听的事实，我要了点小花招。于是，我给纽约打电话，假装有几所美国大学邀请你去讲课。一个朋友和我配合，冒充文化参赞，催你尽快动身。不是我打电话过去，就是他打电话过来，由于日期逼近而抱怨，因为他们必须印海报，发请柬，通知报社，要让大学院系放心，同时要让各城市的市长为你安排宴请。如果不是邀请去讲课，就是授予你荣誉学位，由于你非常谦虚，开始时还犹豫，不愿接受，但之后还是接受了。只是该如何去解决护照的问题呢？护照还没有，他们仍没有发给你。我回答他们时，总是唉声叹气。于是，愤怒的声音纷纷从芝加哥、波士顿、费城传来。打电话的人声称是大学校长、市政官员、民主党或共和党的领袖。其他朋友也在电话里表示了极端的愤慨。总而言之，造成的后果很严重，给人的印象是，希腊当局耽误你讲课，是在给美国文化界出难题，而阻止你出席颁发荣誉学位的仪式，对美国文化界来说，简直就是奇耻大辱。这样的丑事只有在苏联才有可能发生。如果他们不及时签发护照，参议员们将把这事变成一桩国际丑闻。究竟是哪些参议员，哪些大学，哪种学位，我们从不挑明，因为害怕秘密机构去核查。不过，他们愈来愈相信真有这回事。两年后我们得知，此举确实影响了帕帕多普洛斯的决定。"美国参议员的这档子事确实让他的助手们非常担忧。"一位秘密机构的官员后来悄悄告诉你。显然，你对我的策略一点不感兴趣。事实上，你消沉沮丧，我的电话打得愈多，你愈恼火。你咒骂自己，说什么放弃游艇计划愚蠢至极，你不应该等什么护照，即使他们给你，你也不打算要了。你应该逃到南斯拉夫，要是脑袋吃一颗枪子，那更好。一天夜里，发生了一件糟糕透顶的事。你说中午之前，你将坐火车去埃兹伏尼。你母亲打算和那些圣人们讲和，当时由于只信奉圣法诺里奥斯而冷落了他们。现在她又给所有圣人们点燃蜡烛，并许愿对他们虔诚。她发誓说，如果你能拿到护照，她就再也不责怪他们。其中一位被感动了，满足了她的要求。破晓时分，我们被走廊里的脚步声吵醒。原来是她在给你收拾行装。我们问她为什么要这样，她回答得干净利索。她说她梦见了圣克里斯多夫，出门远行的保护神。他头戴缀满星星的皇冠，手持火光四射的宝剑，他的长袍是如此闪闪发光，以至于一回想起来就会让她感到头晕目眩。圣克里斯多夫高举宝剑，对她微笑。接着对她说：那护照已经办好了。等管理部门一开门，你就可以去取，天黑之前你就可以出国了。我们俩耸了耸肩膀。要是圣法诺里奥斯关于出生证的预言是正确的，那为什么圣克里斯多夫会没有法力呢？"我们去看看吧。"我们去了，护照真的办好了。你用贪婪的手指抓住它，只说了这么一句："现在几点了？""九点三十。""去罗马的飞机几点起飞？""下午两点。""你愿意去帮忙买一张机票吗？""没问题，单程吗？""不，往返票。"

我感觉自己仿佛是一只飞翔在寥廓苍穹的小鸟，似乎忘记了所有的丑恶、烦恼和焦虑。未来如同彩虹一样缤纷。我微笑着，在彩虹下奔跑，人们用惊异的目光看我。可是，我一拿到票，这欢乐的情绪就消失得无影无踪。这是一张普普通通的机票，长方形的纸片上写有航空公司的名字。一碰到它，我的内心就充满了一种莫名其妙的不安。我刚到雅典来找你的那天，也感受到了这种难以言表的焦虑。为什么？也许是机票的颜色引起的？机票的颜色是苹果绿，和金弗吉尼亚牌烟盒的颜色一模一样。我试着不去想它，跳上一辆出租车，对自己说，如果跟迷信的人生活在一起，自己也会迷信起来。出租车迅速向伏里亚格梅尼路开去，我又高兴了几分钟。之后，我到了伏里亚格梅尼路，站在挂有"德斯柯"牌子的汽车修理间外面。看着那个黑洞洞的深坑，莫名其妙的不安又涌上了心头。这是一种难以用语言来形容的焦虑之情。为什么我会感到这么热？十月份的天气会有这么热吗？也许我正在发烧，是由于疲倦的缘故。整个夜里，所有的事情都凑到了一起，你威胁说要去埃兹伏尼，一大清早又被圣克里斯多夫的预言吵醒，预料之外的护照发放，你突然决定要动身起程。像往常一样，当这一切都汇聚在一起的时候，立刻就会产生太多情绪的波动、感情的激荡。我用这种自我诊断的办法，尽量不去多想。回到家，把票递给你："票在这儿。"

* * *

"他们不让我们离开。"你低沉的声音充满了愤怒。"你为什么这么说？""我闻到了大蒜的臭味，我们的周围至少有二十名警察。"我看了看四周，没有看到任何迹象可以证实你说的话。机场候机厅里看起来和往常也没有两样。几十名旅客坐在椅子上闭目养神，孩子们到处乱跑，惊扰众人，旅行团的人在购买纪念品，没有人看上去像便衣警察。不管便衣警察有没有大蒜味，反正他们身上有某种东西逃不过有经验之人的眼睛。这种东西就写在他们的脸上，既愚钝又狡黠，就表现在他们的眼神中，既漠然又警觉。即使背对着他们，你也能感觉到他们在盯着你，就像有手按在你的颈子后一样。如果你转身去寻找他们，他们就会把眼睛移开，假装若无其事，心不在焉。然后又小心翼翼把视线挪回来，冷漠地扫视你，仿佛你是一个不屑一顾的物体，或一道遮挡视线的障碍。但总有这么一个时刻，他们不再上演这样的滑稽戏，而用愚蠢、恶毒、傲慢的眼光看着你。那些手握大棒、为虎作伥的人都是这样。"我没看见他们，阿莱克斯。""你还没有学会如何去识别他们吗？那个是便衣警察，那个也是，还有那个。""你怎么知道？！""从他们穿的鞋，他们的鞋都有鞋带。包括那个穿蓝色牛仔裤的小伙子。"我打量了一下你指的那些人。他们看上去都有那种心无旁骛之人的表情，愚钝，木然，全都穿着有带子的鞋。"你说得对，但我不明白他们怎么能够阻止我们离开呢？我们已经过了护照关，已经拿到登机牌了。如果他们要阻止我们，早就应该动手了。""在这之前有记者在。"这一点也是真的。你要出国的消息报界很快就知道了，在检查护照之前，我们一直得到记者的保护，他们给我们拍照，提问题，记录所有的细节。如果警察当着这些证人的面阻止我们，那这就会成为一桩特大新闻。"是的，但我还是不明白他们怎么能够阻止我们，阿莱克斯。""你很快就会明白的。"正在你这么说的时候，扩音器里传来了广播：去罗马的航班马上就要起飞了，离港的乘客请从二号登机口登机。我们朝那儿走去，跟在队伍的后面。我们来到二号登机口，拿出登机牌，一位空中小姐大惊失色地把我们推到后面说："不，你们不行。""我们不行？为什么不行？""往后面站。""往后面站？为什么往后面站？"我再一次向她出示登机牌。顷刻间，那帮鞋上系鞋带的家伙拥上来，他们的手插在口袋里，嘴唇紧闭，把我们围了一圈，对我的抗议毫不理睬。"我们已经办完了一切手续！我们的证件是合法的！"沉默。"我们有权利登机！"沉默。"我们有权利知道，为什么我们不能上去！"沉默。"我是外国公民。如果我们错过了航班，我会通知我们的大使馆和我国政府！"沉默。接着，你开口了，声音刺耳，愤懑。"别说了。跟这些狗屁根本没法讲理。"一个警察把手从口袋里抽出来，看样子是要朝你扑过来。"小心，阿莱克斯！"其实根本没有必要提醒你，因为你早已做好了充分的准备，表现得异常冷静。就像那次我们去伊拉克利翁的路上，被蓝色小车所撞时一样，正是这种冷静拯救了我们自己。"我们该怎么办？阿莱克斯。""我们毫无办法，除非能知道在帕帕多普洛斯和约安尼迪斯之间，谁能赢。"与此同时，那位惊慌失措的空中小姐仍在继续收其他旅客的登机牌。他们以漠不关心的表情从我们身边走过。五分钟后，只剩下我们俩，被那帮鞋上系鞋带的人静静地包围着。

五分钟，十分钟，二十分钟过去了。每一分钟都如同一把刺向心脏的匕首，如同干渴将死的坦塔罗斯所受到的折磨，每当他的嘴靠近泉水想喝时，水就消失了。飞机就在那儿，离我们几米远的距离，几乎就在二号登机口的前面，透过玻璃门清晰可见。舱门仍然开着，舷梯还没有撤掉。我们只需跨过门栏，走几米，进入机舱，一切就搞定了。"但是不行，你们不行。"一位航空公司的官员走过来。我拦住他问，机长不关舱门，不撤舷梯，是不是在等我们？他小声说，是的，但没有人知道他到底能等多久。我又问他，禁止我们上飞机是不是最终的决定？他再次小声地回答说，不是，他们之间正在频频通电话，为此事争吵不休。他为自己的直率坦言而吃惊，然后突然走开了。二十分钟，二十五分钟，三十分钟过去了。那位官员再次出现。"你们做好准备吧，他们正在与共和国总统通话。如果他们授权于我们，我们就立即让你们登机，以免事情有变。""有变？""他们已经改口三次了。等一等！"他对讲机的指示灯闪起来了。我看见他把对讲机举到耳边，不断点头，向那群警察走去，用"我只是在执行命令"这句话与他们争论。然后他回到我们身边，脸涨得通红，一把抓住我们的登机牌，急忙说："快！上飞机！"我们几乎没有回过神，就已经坐在飞机上了，看着乘务人员把舱门关上。"我们成功了，阿莱克斯。""也许吧。""为什么说也许呢？""因为引擎还没有发动起来。"引擎确实没有发动。这是为什么？我们只好等着，感到很好奇。时间在一分一分地流逝，流得很缓慢。五分钟，十分钟。十分钟，十五分钟。十五分钟，二十分钟。二十分钟，二十五分钟。空调没有打开，人们开始抱怨。"太过分了！简直令人愤怒！"二十五分钟，三十分钟。三十分钟，三十五分钟。三十五分钟，四十分钟。是不是下达了相反的命令？肯定是这么回事。通过舷窗，我们看见两个警察正在和那名让我们匆匆登机的官员争吵。他摊开双臂，仿佛想说，实在抱歉。我按住你的一只手。你的手有那么多的汗，以至从我的手中滑脱了。你全身冒汗，大股大股的汗水从额头、太阳穴、下巴滴落下来，把衬衫湿了个透，连外套上都浸满了一大块一大块的汗渍。你好像失去了自控能力，是因为天气炎热？还是因为过度紧张？你甚至连话都说不出来了。"阿莱克斯，你看，就要起飞了。""哦！""他们不敢让我们下飞机。""哦！""如果那样，就会成为一则丑闻。""哦！"突然一声令人惊喜的巨响，引擎发动了。飞机移动，缓缓离开，来到跑道，在那儿停了下来。接着是一阵抖动，抖动愈来愈厉害。然后是如雷轰耳的巨响。伴着巨响，飞机在跑道上风驰电掣。最后腾空而起，插入寥廓的蓝天。转眼间，雅典就成了一幅缀满小房子的地图，树木看上去像针头一般大小。接下来，雅典成了一个灰色的斑点。我回忆起那个八月之夜，空气中充满了茉莉花香。你长叹一口气，不怀好意地说："我曾经鸡奸过一个将军。""什么？！"我结结巴巴地问。"我不感到后悔，只为没把此事告诉约安尼迪斯而感到遗憾。"然后，你倒在座位上，闭上你的眼睛。

当你再睁开眼睛的时候，我们正飞临科林斯海湾上空。你端起空中小姐送来的那杯香槟酒吟哦：

> 我赢得了生命
> 和一张死亡的传票
> 我依然在旅行
> 有些时候
> 我以为已经到达
> 旅程的终点
> 其实不
> 它们不过是难以预料的事件
> 仍在途中

"听起来像首诗。"我说。"是诗，是两年前写于博亚蒂的一首旧诗。当时枪毙我的最后期限到了，这个期限他们居然前前后后拖了三年。""但这首诗读起来很悲伤！""当你知道这只是延缓执行的话，每一次死刑的延缓执行都会使人无比悲伤。"这时，两架战斗机出现了，像两只令人不安的黑色的昆虫。它们在飞机旁边大约飞了一分钟，与我们坐的飞机保持同样的高度、同样的速度，仿佛是在给我们护航。然后，它们转向左边，留下两道白色的烟幕，像两个巨大的问号，掉头返回了。一旦紧张的气氛消失，你就喝起了香槟，忘记了那首悲伤的诗，你又成了你自己。你滔滔不绝地讲述即将在欧洲展开的数不清的计划：上山打游击，袭击兵营，设立电台，鼓动人民起义。我无法使你安静下来。不管怎么说，一时间，只有你美丽的声音萦回在我的耳边，还有你在说的"延缓执行"这个词。我明白了，当我看到那张苹果绿的机票时，为何我会感到莫名其妙的不安，为何我会有一种难以言表的焦虑。延缓执行，延缓执行。即使到了意大利，到了欧洲，情况也不会发生改变。你不会少受苦，也不会少冒险。到达克里特岛后的那个下午，你说得很清楚："在任何国家，任何时候，任何制度下，我都会让每一个人感到不舒服。"无论你在哪里，你都是怪树一棵。无论长在何处，都会大煞风景，所以应该拔掉，根除。不管你到哪里，最终他们都会除掉你。这倒不是因为你想干的那些事：上山打游击，袭击兵营，设立电台，鼓动人民起义；而是因为你这个人本身，你的怪癖，你是个反叛的诗人，不接受任何约束，不遵守任何模式、任何戒律，甚至把合法与非法的概念抛之脑后；还因为你作为孤胆英雄的特立独行，沉醉于梦幻与想象的世界。反叛的诗人、孤胆的英雄是一个无人追随、形单影只的人，他还没有把群众引向街头，还没有发动足以改变时代的革命。但他在为这一切准备着，筹划着。即使他还没有做出什么立竿见影的实际业绩，即使他只是以勇敢或疯狂的行动在表现自己，即使他被人侮辱，被人抛弃，但他还是能搅动一潭死水，还是能在一条压抑、固守的堤坝开掘一个口子，扰乱奴役人的政权。不管他说什么，还是做什么，哪怕是一句被打断的话，一个失败的行动，都能变成一颗会开花结果的种子，一种弥漫在空气中的芬芳，一株能成为森林中其他植物榜样的树。对我们这些没有他的勇气、洞察力和天才的人来说，他就是一根标杆。被搅动的死水，被扰乱的政权很清楚，他才是必须被铲除的真正的敌人，真正的危险。它们甚至知道，他不可能被替代，被复制。世界历史已经向我们清楚地证明：当一个领袖去世之后，另一个领袖就会随之出现；当一个活动家消失之后，另一个活动家就会应运而生。但当一个诗人、一个英雄消失之后，就会留下一个无法弥补的空缺，你必须等待，直到上帝使之复活。但只有上帝知道，这复活会发生在什么地方，会出现在什么时间。

  所以，把你带出希腊也于事无补，这次出逃充其量不过是另一次"缓期执行"而已。这是一次绝望的尝试，为的是尽可能让你多活一些时光。

第三部分

第一章

  一个命中注定要成为诗人和英雄,因而必然被钉在十字架上的男人,其悲剧在于甚至连爱他的人也不理解他。他们总想改变他的命运与角色,比如试图用温柔的体贴,舒适的诱惑,以及在理所应当的休息中对胜利的幻想来安慰他,拯救他。事实上,爱他的人并不希望把他交给死亡,恰好相反,他想挽救他的生命。为了稍微延长一点他在人世间的时间,爱他的人会不惜动用武器,施展伎俩。从这个意义上说,没有其他人比我更理解你了,没有其他人比我更希望把你从你的命运与角色中拯救出来了。尤其是我们刚到意大利的时候,当时我还没有明白,接受挑战就是你的面包,不断冒险就是你的饮料。没有这种面包和饮料,你就会像缺乏阳光和水的树木一样,日渐枯萎。当我们走进我在罗马选的那家旅馆套房的那一刻,你就明白了。你没有向我隐瞒你已经理解的那个事实。你走进去,仔细查看了三个房间、面对维内托大街的阳台、豪华的家具、珍贵的地毯、精致的水晶吊灯。然后,你在一个漂亮的花篮前停下来,花篮搁在桌子上,旁边有一盘水果和一个装着冰块的小桶,桶里冰镇着一瓶葡萄酒。你问道:"这花是送给你的,还是送给我的?""送给你的。""这水果让你吃的,还是让我吃的?""让你吃的。""这酒是让你喝的,还是让我喝的?""让你喝的。这一切都是为你准备的,阿莱克斯。""哦,我看出来了。"接着是长时间的沉默,沉闷,如同死寂一般。在这种沉默中,你坐下来,装上烟斗,点燃烟丝,最后用一种充满忧伤的声音说:"你知道吗?在博亚蒂的一个晚上,我做了一个梦。我梦见我在一家像这样豪华的旅馆里。一模一样的家具、地毯、吊灯、阳台。是的，另外还有一个阳台。同样的花篮，同样的水果，同样的酒。那个把我带到那儿的女人对我说：'为你，全都是为你准备的，阿莱克斯。'但我感到很忧伤。刚开始，我不清楚自己为什么会感到忧伤：旅馆很漂亮，我非常喜欢。但很快我就明白了：我感到忧伤，是因为我戴着手铐。奇怪的是，我睡觉的时候，扎卡拉基斯已经把手铐给我取了，可是在梦中，手铐仍套在我的手上，并且扣得很紧。手铐扣得是如此之紧，以至于我根本没法拔出酒瓶的瓶塞。后来，酒瓶掉在地上，打碎了。然后，我跑出旅馆，边跑边喊：'可耻，狗屎，可耻！'我醒了，仍待在牢房里，手上没有戴手铐。"我笑了起来，从小桶里取出酒瓶，递给你："打开它，今天它不会掉在地上了。"你接过酒瓶，举到头顶。然后让它落在镶木地板上。"啪"的一声，酒瓶摔碎了。"可耻！狗屎！可耻！"

一个命中注定要成为另类，因而必然和他的时代格格不入的男人，其悲剧在于有人对他的那种无意识的残忍。这些人误以为他是一个非同凡响的大人物——其实不是，并且经常向他提出大量的建议、批评、警告和有思想深度的问题，这让他痛苦不堪。事实上，审察他的人看不见他的本质特征，仅仅通过似是而非的方式来看他，并出于势利、恶意或懒惰来勾勒他的形象。有时，把他描绘成刺客，有时，把他描绘成殉道者，有时，又把他描绘成革命者、领袖。从这种意义上说，使你感到最残忍的，莫过于你刚到罗马几个小时那些向你蜂拥而来的人，他们扑过来又是亲吻，又是拥抱，表示热烈的欢迎。奇怪的是，对你来说，他们通常是些根本不重要的人。他们来找你，仅仅因为可以在别人面前炫耀认识你这件事。还有些蛊惑人心的政客，他们把自己看成你的债主，因为在你受审期间，他们组织过公共集会，参加过抗议游行。只有极少数真正喜欢你的人，他们是你待在意大利时的朋友与同志。即使是这些人也是带着成见，用有色眼镜来看你。他们向你这个殉道者建议："牺牲已经够多了，苦日子已经尝过了。你必须好好休息，给自己放一个真正的长假，不要去为任何事操心。你已经尽了你的本分，那就多吃，多喝，多睡，让自己高兴。让政治见鬼去吧！难道你到这里来还要为政治烦恼吗？明天我们会举行一个大型聚会。"他们向你这个刺客提出告诫："与人接触，与人讲话要小心。不要跟不三不四的人群搅在一起。下次行动不要用地雷，以免闹笑话。况且地雷很笨重，用起来不方便，最好是巴勒斯坦人用的可塑炸弹。你应该去黎巴嫩待一段时间，接受巴勒斯坦人的训练。"他们批评你这个革命者："多么美丽的领带，多么漂亮的衬衫。你自己感到很得意，是吗？还有，你为什么住这样的旅馆？这对你不适合，这是电影明星、基辛格、伊朗国王住的地方。工人阶级会怎么想？人民会怎么想？你必须马上离开，到我家来住。我会在过道里给你搭张沙发床。"他们向你这个领袖提问："你有什么打算？有什么计划？你想用什么方式发动群众？你必须表明你的思想观点，必须意识到，与一种专制制度作斗争是不够的，强调自由的问题是不够的。为什么你不举行一次记者招待会？为什么你不写文章？"没有人想到过问你一句：你到这儿来想干什么？想寻找什么？你突然失去了控制。当时，你正听着那个把你当成革命者的人的说教，说革命者应该睡在过道的沙发床上，这是一座宫殿，你不能住在像这样的宫殿里。你忘记了你是谁，忘记了你代表什么。开始你还耐着性子默默听着，偶尔还嘟哝两声，后来就变成了一场争吵。你要他们住嘴，不要过问你的事。你说，你在自己的宫殿里愿意待多久就待多久，你还要去买二十四件丝绸衬衫、二十四件英国风衣、二十四双带扣环的皮鞋。你让他们滚蛋！但随即你就号啕大哭起来，哭得如此悲伤，以至于连我都忘记了你故意摔碎酒瓶，高喊"可耻，狗屁，可耻"这件事。"我想离开这儿，"你泣不成声地说，"我想离开这儿，回到雅典去。让我们回到雅典吧。"

　　一个由于让所有人不舒服，对任何人都无用，命中注定要孑然一身的男人，其悲剧最终在于，当他脱离自然环境（此环境视政治为梦想）而进入不自然环境（此环境把政治理解成一种职业或宗教派系）时，他必须要去面对的那种孤独处境。十一个月后，当你重新回到你的国家时，你才理解了这一点。不过，你刚到意大利就有所领教了。你遇到的是这样一些人：只追求个人名利的虚荣者，只关心在议会取得席位、为自己谋私利的野心家，只知道往自己口袋里装钱的生意人，食古不化、抱残守缺的遗老们；他们中最好的，也不过是那些置身在教条的高端、爱发牢骚的巫医们；另外还有肆无忌惮的冒险家，嗜血成性的狂妄分子，革命词句总挂在嘴边的骗子。他们把革命当作战胜无聊的借口，当作外国军团的替身。这就是当时映入你眼帘的政治图景。刚开始，由于受到我的约束和被别人所利用，你感到很痛苦。后来，你开始寻求帮助，以便继续与军人政权展开斗争。于是你拿起话筒，开始给几个政党的领导人打电话。这几个政党在你的内心激起了一定的希望，它们是：社会党、共产党、共和党、左翼天主教社民党。"喂，我是帕纳古里斯。""谁？""帕纳古里斯。亚历山大·帕纳古里斯。阿莱克斯。我想和某某同志通话。""什么事？""哦……我……我想……向他问好。""他不在。在开会。明天再打吧。不，明天不上班，放周末长假。等几天再说吧。""喂，我是帕纳古里斯。""特拉古里斯？""不，帕纳古里斯。亚历山大·帕纳古里斯。阿莱克斯。我想和某某参议员通话。""你的意思是想和部长先生通话！""啊，不知道。是的，就是部长先生。""部长先生不能被打扰。""那我就给他留个话吧，请他一有空就给我来个电话。""请注意，部长先生有重要的事要做，要处理非常重要的问题。如果谁来找他，都需要他亲自回答的话，那还了得！""喂，我是帕纳古里斯。""大声点，听不清楚。你是谁？""帕纳古里斯。亚历山大·帕纳古里斯。""你是本党同志吗？""是的……""你是俄国人吗？我听你有俄国口音。""不，我是希腊人。""你有什么事？""我想和总书记通话。""哦，如果你是希腊人，你就得通过外事办。"情况就是这样，要么你找的人，他们说不在，要么，他们对你说，他们正忙于解决人类的重大问题，或者把你支到他们助手的助手那儿去。除了肩膀上被人热情地拍两下，你一无所获。"亲爱的阿莱克斯，亲爱的亚历山大，见到你真高兴，认识你真是幸运。"但在他们眼睛深处却深藏着一种怀疑的目光，仿佛在说："我该拿他怎么办？我该如何利用这个人？"当你是一个等待处决的死囚、一个判处终身苦役的犯人和一个手戴镣铐的囚徒时，你显然对他们是有用的。你为他们出风头、上演尽国际主义义务的闹剧提供了借口。现在，你自由了，吃得好，住得好，你对他们还有什么用处呢？另一方面，他们在琢磨，你到底想干什么呢？为什么你要见负责人呢？最好不要让他们与这个讨厌的人见面，对你敬而远之，用让你等待接待的方式使你疲惫不堪，心生厌烦。在那段日子里，愿意听你说话的只有三位老人。

* * *

第一个是费鲁奇·帕里，他曾在意大利北部领导过抵抗运动。跟他谈话，你感觉很好，使你精神振奋，沮丧情绪一扫而空。你不再唠叨："明天就回雅典，我想回雅典去，让我们回雅典吧。"其实，后来你们谈得很投机，相互有更深的了解。考虑到你们俩年龄之间的差异，这事就有些蹊跷了。你兴致勃勃地谈论起会见他的那一天。开始时，他让你有些害怕，因为你不能看见他的脸。帕里当时已经八十三岁，老态龙钟，脊椎有毛病，总是佝偻着腰，如同一棵被大风吹弯的松树。即使他站着，你也只能看见他身上的黑裤子、黑上衣，以及他头上那团卷曲的白发，看不见他的脸。他以那种爱给自己开玩笑的老人的幽默，故意夸张自己的畸形，有意突出自己的驼背。磨蹭了好半天，最后才抬起他的头，露出他的脸。苍白、干瘪的脸上，褐色的胡须和眉毛显得很滑稽，眼睛发光，充满了一种老顽童似的嘲讽。那一天，他开始的表现同往常一样。但很快，嘲讽就变成了热情。他举起一双骨瘦如柴的手，摸你的脸颊、下巴和嘴唇，并且大声说："我的孩子，我的孩子，你离开希腊是对的，完全正确。你现在可以组织战斗，重新开始。坐下，我的孩子，坐在我身边，我有许多问题要问你。首先，我能为你做什么？我知道，你需要帮助，你太孤单了。"第二个和你谈话的老人，也让你感觉很好。他是当时的众议院议长桑德罗·佩尔蒂尼。你和他也是一见如故，关系很好，这种关系一直维持到你去世。你经常谈到，当他跳起来迎接你时你感到的那种愉快心情。他身材矮小，精神矍铄，带点神经质。奇怪的是，他也和你一样，常常会突然高兴，或突然忧郁。拿烟斗和吸烟的姿势也和你差不多。"好样的，阿莱克斯，很好。你来意大利定居，是个明智的决定。在组织武装抵抗方面，我们会想办法，助你一臂之力。要是我，在监狱待了这么多年之后，也会这么干。是的，武装抵抗，没有其他办法。"他一遍一遍地讲，不断鼓励你，让你心潮澎湃，热情高涨。后来，你会见的第三个老人是皮埃特罗·南尼。我们去他弗尔米亚的家中见他。突然，热情的潮水退去，你从睡梦中醒来，你意识的岸上留下的全是死鱼、干枯的海草、污秽的杂物。一堆垃圾，这就是现实。

  我仍能记得他从深度近视镜片后端详你的情景，他脸上的肌肉绷得很紧，密密麻麻的皱纹像蜘蛛网一样布满在皮革一般的脸上和高阔的秃顶上。他一动不动，难以接近，活像一具埃及法老的木乃伊。他神情冷漠，犹如一个对任何事物都不惊不诧的古代智叟，因为他什么都看过，什么都知晓，也许，他不会再相信什么了。他用长时间的拥抱来欢迎你，用嘶哑的声音叫了你一声:"亚历山大。"他动了感情,吻了你两次。但很快,他就坐到一把像宝座一样的高靠背椅上,用一种在显微镜下观察标本的科学家的冷静之态来研究你。他没有提过去那些让你感到痛苦的事,没有表示你离开希腊是好还是坏,只向你提了几个实际而明确的问题:帕帕多普洛斯在台上还能坚持多久?还有多长时间约安尼迪斯才能把他赶下台?换了人马是更好还是更糟?有百分之几的军官支持军人政权?你坐在对面一张软得出奇的沙发椅中,显得局促不安,用冰冷的语气,字斟句酌地回答他的问题。你不愿意向他提供更多的消息,而只想把谈话的内容引导到你感兴趣的话题上。后来,你做到了。"武装抵抗是推翻军人政权的唯一途径。""武装抵抗?"南尼重复了一遍。他明白武装抵抗是不可能的,但同时又清楚,对你讲也无用。所以,他保持沉默,听你说,一直琢磨你。他似乎在追逐一种已经逃遁的念头和想法。然后,突然兴致勃勃地对我大声说:"他让我想起了一个从都灵来的、我非常喜欢的小伙子,一个死在西班牙内战的社会主义者。他的名字叫费尔南多·德·罗萨。实际上,与其说他是个社会主义者,还不如说他是个无政府主义者。简直就和帕纳古里斯一模一样。和帕纳古里斯一样,他也搞了一次失败的暗杀行动。对象是萨伏亚的乌贝尔托亲王。当乌贝尔托到布鲁塞尔与玛丽亚·何塞订婚时,他择机向他开了一枪,没打中。然后,他去西班牙,参了军,直接到了前线。几乎一上前线他就死了,一颗子弹击穿了他的头部。这事发生在1936年。是的,他很像罗萨,尽管罗萨的头发是黄色的,眼睛是蓝色的。但他们都喜欢空想,易激动,缺乏耐心,同样勇敢,同样纯朴。"当时,你左颧骨上那块伤疤突然充血,耳朵涨得通红。你低声问道:"他在说什么?""他说你看起来像费尔南多·德·罗萨,一个死于西班牙内战的社会主义者,或更像一个无政府主义者。他非常喜欢他。""无政府主义者?"我感觉到你想说两句来反驳,但这位尊贵的老人却一直在谈论乌托邦、现实主义和他的怀疑。比如,当我们想搞清楚像你和费尔南多·德·罗萨这样的人有道理,还是像他这样按常识与理智行事的人有道理时,这种怀疑就会在我们身上产生。当理智侵蚀了意志的乐观,当我们意识到人们和人们的理想不吻合,人民和人民的理想不相符,社会主义和社会主义的理想不一致,当我们发现头脑清楚就意味着悲观时,这种怀疑就会折磨我们。他停了一下,接着又说:"当然,关于这些事你会有大量的时间去思考,反正你现在是在流亡中。顺便说一句,你知道,我在法西斯统治时期也流亡过。整整十三年呀!流亡在巴黎和法国南部的奥弗涅①。"

这是第一次,有人在与你的谈话中使用了"流亡"一词。在那些日子里,谁也没有提到过这个词。流亡。没有人用如此清晰、如此明确的语言来概括过你待在意大利的现实处境。流亡。没有任何概念和词汇比"流亡"这个字眼更让你厌恶的了。流亡。我偷偷地看了一眼你的眼睛,它们充满了痛苦、羞辱与愤怒。你陷入沉思,由于自尊心受到极大的伤害,你甚至不想去听南尼给你的几个名字与地址。这些人也许对你有帮助,至少南尼是如此希望的。你几乎立刻就说,时间太晚,我们该走了。我们离开了南尼。回罗马的路上,你一直在睡。或许你是假装在睡吧?因为我们到旅馆的时候,你一下子就睁开了眼睛,很快就跑出汽车,匆匆向电梯跑去。五分钟后,一声大叫震动了三个房间:"我的票!"我跑进卧室,看到所有的衣服全被扔在地板上、椅子上、床上,每件上衣、每条裤子的口袋都被翻开。我的几个包也被打开了,我的稿子撒得到处都是,像是刮了一阵旋风。我呆呆地看着你:"票?什么票?""我的返程票!我们订的是返程机票,对不对?""对,是返程票,又怎么了?""因为我把返程票丢了!在哪儿呢?!""冷静点,你不可能丢。你把它放在了你的皮夹里,卡得紧紧的,不可能滑出来。再仔细找找,让我们一起来找。""我已经找过了,到处都翻过,没有在那里。""不着急,你会找到的。反正你现在用不着,你没有必要马上赶回雅典。""你说什么?""我说反正现在也用不着,你没有必要马上赶回雅典。""我明白了!就是你把它收起来了!你从我这儿偷了它!你偷了我的返程票!目的是阻止我离开!让我在这儿流亡!你想让我待在这儿过流亡生活!""我没有偷任何东西。如果你把票弄丢了,你可以通知航空公司,他们会给你补一张。我不愿拽着你,让你在这儿过流亡生活,你可以自由离开,想什么时候走就什么时候走。"我感到很愤怒,走到另一个房间,把自己关在里面。直到第二天早晨,我才发现你没有睡在床上。你和衣躺在地板上。"一个流亡而不是度假的男人就应该这么睡。况且这个男人已经对自己厌烦了,他必须重新找回自己。"你看起来很懊恼和沮丧,整个人好像垮了一般,我原谅了你。但票始终没有找到,我也一

---

①奥弗涅(Auvergne):法国旧省,境内有许多死火山,谷地肥沃,牧场广布。

直没有弄清楚，是你把票真的丢了，还是把它撕毁以后再来表演一出歇斯底里的闹剧，以便抑制你立即想奔向机场回雅典的冲动。通常情况下，你一方面想做，另一方面又不想做某些事情时，都会这样。

* * *

秋天的托斯卡纳是美丽的。你可以沿着散发蘑菇和金雀花香味的小路散步，可以听到从长满柏树和杉树的山丘吹来的风声，在苔藓丛生、卵石遍布的山涧钓鳗鱼，在红色的石南丛中打山鸡与野兔。正是葡萄采摘的季节，茂密的葡萄叶中挂满了一串串紫色的葡萄；流淌蜜汁的无花果缀满枝头，燕雀和百灵鸟在枝丫间跳动；林中的树叶已变成金黄与橘红，打破了夏季原来单调的绿。如果你感到厌倦了，需要再找回自己，消除心中的疑虑，那就没有比秋天的托斯卡纳更好的地方了。让我们到托斯卡纳去吧，我对你说。你来到托斯卡纳，山坡上的那幢老房子从来没有像这个秋天那样迷人过。常青藤开着红色的花把它团团围住，一直爬到二楼的窗台和屋顶的小塔边；蔷薇花出乎意料地怒放，生机盎然；紫藤花像一条蓝色的瀑布从阳台的栏杆处一泻而下；小礼拜堂外面的杨梅树也开了花，紫色的浆果让贪婪的山雀在上面疯狂啄食；洁白、傲慢的睡莲在水池里随风飘荡。但对这些，你只是冷冷地看了一眼，然后就把自己关在屋子里，对什么都不感兴趣，不感到好奇。一连好几天，你足不出户。你从来没有走进葡萄丛中去采摘过一颗葡萄，从来没有到树林中去呼吸过一口弥漫着金雀花香的空气，从来没有登上山顶去欣赏一下迷人的景色。只有一次，你跨出门槛三十米，惊奇地发现成熟的栗子裹在长满毛刺的外壳里，而成熟的核桃外面还包着一层绿色的皮。还有一次，你走进花园，惊恐地看见长睡莲的水池里有鱼在游动。你问，小礼拜堂里是否埋着死人。但最使我不安的是另一件事：尽管房子很宽敞，有许多楼梯可爬，有许多门可开，有许多房间可进去，许多东西可看，许多书可读，但你总是待在那间屋子里打瞌睡，关上百叶窗，打开灯。当不打瞌睡的时候，你就在房间里来回走。通常是先往前走三步，然后再往后退三步。要不你就数着念珠玩，浑浑噩噩地听音乐。"你觉得不舒服吗？阿莱克斯。""我吗？啊，不。""那你为什么不出去走走，老把百叶窗关上，把灯开着？把灯关上吧，让阳光照进来！""不，不需要什么阳光。它让我心烦，会使我分心、走神。""但你需要分分心！走吧，让我们去散散步。""不，不去散步。我会疲倦的。我们就留在这里吧，到我身边来，挨着我。""但阿莱克斯，像这样的生活和蹲监狱没有两样呀！""我喜欢这样。难道我没有告诉过你，一个人待在监狱里有多自由吗？无所事事可以使他尽情思索；隔离的状态可以使他想哭就哭，想打嗝就打嗝，想挠痒就挠痒。但在外部世界，他只能在别人同意的间歇进行思索。人们会认为，哭泣是软弱的表现，打嗝没有教养，挠痒太不礼貌。""这么说来，你在这儿也想哭泣、打嗝、挠痒啰？""不，我在这儿工作。""工作？什么工作？""我在想问题。""你没有想问题。你在睡觉。""你说得不对。"

我甚至无法使你冒火。像一阵突然刮来的风吹散云朵，你的火气一下子就消失了，连同你的焦虑和愤怒也不见了踪影。它们已被一种浑噩的状态取代，或被一种安然的慵懒取代。兴许在我看来，这种慵懒就是一种浑噩。你只有在特定的时刻，受到特定的刺激后，才脱离这种状态。比如，午饭或晚饭时，你坐在桌子旁，吃得津津有味，喝得眉飞色舞的当儿，也会开几句玩笑："我们一起唱首歌吧，'啊，如果海洋是美酒，群山是奶酪！'"有时，你会通过窗缝看着那条调皮的黑色杂种狗利罗，当你看见它被链子拴着的时候，你就会跑过去把链子给它解开。"即使是一条狗，也不应该受到链子的侮辱！来，利罗，快跑开。"有时，晚饭后，你会试图去回忆在博亚蒂写的那些诗，它们珍藏在你的记忆中。你搜索枯肠，神情严肃，眼睛半闭，眉毛紧锁，回想这些诗句，如同在黑暗中追逐发出微光的萤火虫。事实上，只要有一行诗句回到你的脑海中，你就会像一个在黑暗中捉到萤火虫的孩子一样，快乐得大喊大叫："我想起来了！想起来了！"然后，我们开始翻译，边吵边译，因为你坚持想在译文中使用几个根本就不存在的意大利语单词。我说："意大利语中没有这个单词。"你说："如果没有，我就来创造一个。"吵着吵着就会动起手来，这种别扭一直要等到夜里，你在被子底下寻找我的身体时才会终止。然而，所有这些都只不过是从慵懒的灰烬里遗留下来的火星而已。第二天早晨，你又会故态复萌，躺在床上懒洋洋的，动都不想动，或者关着百叶窗，开着灯，在屋子里晃来晃去。"你至少应打开窗户，让阳光进来呀！""不。""到外面去，运动运动！""不。""你不想要一本书读一读吗？""不。""但你想在这黑洞洞的屋子里干什么呢？""我在工作。""什么工作？""我在想问题。""你没有想问题，而在睡觉！""你说得不对。"最后，我的不安变成了无所谓。我从你身边走开，心想：我可不能把生命中的每一分钟都用在分析你的变态心理和怪诞行为上。再说了，我还有急于要做的工作。我正在写一本由于去雅典而被中断的书。我不接受慵懒能激发灵感的观点。但有时我也很担心，因为我发现了一些可怕的迹象，比如，你从记忆的海洋打捞上来的那些诗，几乎全是关于死亡的。仿佛这还不够，还有那首让你着魔的歌，一首既欢快又哀伤的歌，副歌伤感得如泣如诉。你听着它，从来不觉得疲倦。你噘着嘴，脸上的表情既嘲讽又痛苦。当我问你为何如此喜欢它时，你回答说："因为歌里有我无法忘掉的歌词。""什么歌词？""生命短暂，转瞬即逝。"另外，即使你和利罗的默契也是一种死亡的契约。那天，你把它放出去，它差点就被轧死。于是，我更加确信这一点。为此，我们还吵了一架："你为什么要把它放出去？！我拴它，并不是为了折磨它！难道你没有发现它仇恨汽车吗？难道不知道只要放了它，它就会朝汽车扑去，向汽车乱咬吗？"你的回答是："如果它愿意被汽车轧，并且被轧死，那是它的权利。你不能取消它的这种权利。爱不是给希望战斗并准备为之牺牲的人套上锁链。爱是让他以自己选择的方式去死。这是你无法理解的另一个道理。"然后，你转过身，迈着沉重而缓慢的步伐朝塔楼走去，在那儿一直待到深夜，在寂静中听蟋蟀的鸣叫，如同一个陶醉在自我沉思中的神秘之人。

在那段日子里，整个雅典在沸腾。你知道这件事。正是我们来到乡下的那个星期，成千上万的示威者走上街头和广场，高喊"打倒暴君！""打倒帕帕多普洛斯！"并且在宙斯庙附近与警察发生了激烈的暴力冲突。示威者使用了石块和燃烧瓶。警察开了枪，有数十人受伤，上百名示威者被捕。更多的审讯即将进行，更多的判决即将做出。你也知道，示威者们高呼你的名字，终于不怕打出你的旗号。既然这样，那你为什么还要像一个斯芬克斯一样待在那儿无动于衷？为什么还要像一个陶醉在自己沉思中的神秘之人一样，在寂静中倾听蟋蟀的鸣叫呢？为什么还要把自己封闭在黑暗的孤独中，只有在被子下与我做爱时，或提醒我"生命短暂，转瞬即逝"时，才能从中解脱呢？你是准备挣脱我为了不让你被轧死而拴在你身上的链子呢？还是你的精神真的如此疲惫，以至于你愿意欣然接受链子，甚至对那些呼喊你的名字，在斗争中向你发出呼唤的人们也毫无反应呢？必须找到答案，或找到一个你能对他敞开心扉的人。正好在这时,由于某种常能打开生活死结的无法解释的逻辑,有个人来到了山顶上的这幢房子,一个面容温和、神色机灵、仪态大方、举止文明、目光慈祥、满怀自信、兴许善良的五十岁的男人。他的名字叫尼古拉斯。你在工业学院学习期间——其时你正处于政治的狂热之中——正是他第一个看中了你的个人魅力,让你在社会主义阵线谋事。当时他是该阵线的主席。你用盖奥尔加吉斯给你的假护照离开塞浦路斯后,在意大利来见你的也是他。在你准备刺杀暴君期间,他成了最信任你的人,成了你的顾问和保护人。与你同甘共苦,耐心等待你在索尼翁路埋地雷那一天的还是他。你对我多次说起过他,每次都带着尊敬甚至崇拜的心情,尽管你也取笑他反对冒险和过分注重细节,还把白手绢叠成三角形插在蓝色外套的口袋里。你总是为不能见到他而感到遗憾,因为他一直住在苏黎世。"尼古拉斯是我唯一信赖的人,因为只有他了解我。"他终于来了,他的到来开启了你自闭的闸门,冲破了你消沉的堤坝。一下子你就判若两人,愿意走进田野,走进树林,产生了沐浴阳光的欲望。你口若悬河,滔滔不绝,使我倍感痛苦的担忧一扫而空。但当我问他"你们两个谈了些什么?"时,把我双脚都给吓软了。

"疯了,简直疯了。什么秘密回国啦,袭击兵营啦,武装抵抗啦,而且还要单枪匹马。他说,在这儿也一样,没有人听他的,没有人帮助他。只有三个老人愿意见他。所以,他要一个人单干,即使把他杀了,也在所不惜。不过,他的计划倒是挺周密的,连所有的细节都考虑到了!""他是在什么时候想出这些计划的?尼古拉斯。在什么地方想的呢?""什么地方?就在这幢房子,这段时间。就在你认为他打瞌睡、玩念珠的时候。其实他没有,他是在严肃工作,在以数学家般的严谨态度来拟订他疯狂的计划。这是他的习惯,总是这样。""我还认为他是在思考死亡,他老是谈到死亡。""的确如此,如果没有一个政党、一个组织做后盾支持他,要实施他的每一个计划都无异于自杀。他自己也知道,单是现在重返希腊这件事,就等于自杀。他会被认为是暴乱的煽动者……他们会把他像一条狗一样杀掉。""返回希腊?现在?""是的,他想在11月17日返回希腊,这天是他判死刑的周年纪念日。""这事他没有告诉我!""显然是这样。""在雅典的时候,他什么都没有瞒着我。""在雅典的时候,他还没有意识到:你的所有努力都是为了让他活着，让他安全。现在，他明白了，也知道，他走的那一天，你会感到无比惊讶。所以，他离开这间屋子时会说自己是去买包烟，其实是回希腊。或者他会假装跟你吵一架，为他的出走找个理由……而几小时后，他就会拿着假护照降落在雅典机场。""他没有假护照。""他会弄到一份，会的。""难道你没有试过劝阻他吗？""当然试过了。我提醒他，做一只甘愿牺牲的羔羊是不可取的。我向他解释：为什么目前的暴乱不会有任何结果，只能在血泊中被平息的道理。我对他说，历史不会重演，现在，他的角色已经变了：应该利用自己的声望在国外开展工作。但是，他就是这么一个人，你劝他做的事他偏不做，你不希望他做的事他偏要做。所以，劝说只会使他更加固执。现在只有一个办法可以让他改变想法：向他提出另一个他以为是自己的、并且对他构成挑战的主意。你怎样使他到意大利来的？""差不多就是你说的这个办法。""那就再试一下，让他萌发点新念头，把他带到一个遥远的地方。"

* * *

想办法使你打消原来的想法，萌发新的念头，把你带到遥远的地方，愈远愈好。去哪里呢？去地球的另一端，去美国！我对他说，我会这么干。但当我这么说的时候，却没有考虑到一个事实。那里也有恐怖的利维坦，一头巨大的怪兽，美国，这个自称民主楷模的国家和那些右的或左的暴政都有一个共同之处，这就是，它也是一个强权国家，傲慢、冷酷，其基础建立在摩尼教的戒律、残缺的规章、无情的利益之上。它恐惧乃至仇恨那些不能代表某个集团的人物，恐惧乃至仇恨那些在电脑上无法归类、不循规蹈矩、不信奉某种宗教的个体。即那些所谓独来独往、散兵游勇式的坏人。散兵游勇式的坏人不得出境和入境，他既不能得到离开那个暴政国家的护照，又拿不到获准进入这个自称是民主楷模之巨兽的签证。原因很简单，他单枪匹马，形单影只，因为他身后没有一个政党、一种意识形态做支撑，所以也没有一个政权来给他做担保。有趣的是，那些离开苏联的持不同政见者却不是散兵游勇式的坏人。隐藏在他们后面的是某种统计理论的学说和有关敌对阵营的教义。对利维坦来说，为他们买单是有利可图的，因为他们是可供交换的货物，是平衡世界的货币。我给你一个科尔巴兰，你给我一个布科夫斯基。我把间谍 X 或 Y 交给你，你让我有某个索尔仁尼琴。这样做，不是因为我关心拯救他本人，而是因为我可以利用他的头脑来证明你有多么坏，他的存在具有某种象征意义。但谁会在一个堂吉诃德的身上下注呢？谁会去资助一个对任何政权都没有用，对任何阵营都不买账，所有人都讨厌的人呢？谁会去支持一个不属于任何组织，坐表弟开的出租车去安放炸弹，只凭自己的道德准则、想象力和疯狂梦想行事的家伙呢？有哪个国家、哪个政治团体愿意为他操心，为他提供担保呢？难道他会调和那些统计资料吗？能被当作可交换的货物、平衡世界的砝码来使用吗？你清楚，因为无交易对象，那个利维坦就必须与他本人交涉。但利维坦是不和任何个体，尤其是那些没有档案资料的个体交涉的。它只和其他国家、其他教义、其他宗教交涉，偶尔也和国中之国的某些党派交涉。要是它们是反对党，那就再好不过。如果你连共产党员都不是，那美国是不会接受你的。共产党员、法西斯分子、社会主义者或佛教徒，换句话说，只要是一个服从体制权威的什么者，一个能够被归类、被注册、被把控、被用作交易的群体人就可以，而一个只代表他自己的古怪原子则不成。因为他不符合电脑里面储存的某个精确模式，所以只要一输入电脑，他就会遇到麻烦。特奥多拉吉斯之所以能进入美国，因为他是个共产党员。也就是说，是个可以被分类、归档，有人担保的人。再说了，他还是个颇有知名度的音乐家，是一枚有一定分量的可以放在天平上的砝码。所以美国人允许他入境。由于没有想到所有这些因素，没有考虑到这种现实，再加上一直存在那种幻觉：总认为这个利维坦基本上还算是头善良的巨兽，不会忘记它就是由那些下脚料，那些散兵游勇式的不正经分子缔造的。我甚至不愿去想他们会拒绝你的签证。看来，唯一需要考虑的问题就是如何敦促你去申请签证。

"阿莱克斯，我必须去美国一趟，离开这儿两三个星期。""去美国？！两三个星期？！""是的，我必须去。你不能与我一起去，真是太遗憾了。我想说的是，我不是去度假，而是去找人，寻求帮助。""在美国寻求帮助？去向一个名叫尼克松的总统，一个叫基辛格的国务卿，一个把智利交给杀死阿连德的皮诺切特的中情局寻求帮助吗？也许你忘记了是谁帮助了帕帕多普洛斯，给他提供保护，是谁让他待在台上得到了最大的好处了吧？""不，阿莱克斯，我没忘。但美国并不全是尼克松、基辛格和中情局，我在美国认识的民间反叛人士比欧洲的要多得多。你必须承认，大量的新思想都产生在这个国度。""那儿的新思想比其他地方的新思想寿命更短。他们的反叛人士无足轻重,无法取得任何效果,甚至不能对尼克松、基辛格和中情局产生轻微的影响。他们不能阻止非正义的战争、肮脏的联盟、政治清洗和种族迫害。""我知道,不过,当你被判刑时,仍有一些议员表现很好。他们敦促约翰逊去与帕帕多普洛斯交涉,反对判你死刑。""哦!""美国还有许多希腊人。你想想,纽约有七十万,芝加哥七十万,旧金山三十万,华盛顿也至少有二十万。就不再举其他城市的例子了。在美国的希腊人比在意大利、德国和瑞士的总数还多。""这能说明什么问题呢?在意大利、德国和瑞士的希腊人,他们仍是希腊人,因为他们说希腊语,他们关心希腊的事。但在美国的希腊人,现在已变成美国人了,他们不说希腊语,一点也不关心希腊的事。""你说得不对。他们会说希腊语,甚至年轻人也说。在纽约,我经常去买花的那个花店老板就是希腊人,并且是个说希腊语的希腊人。花店旁边那个饭馆里的侍者全是希腊人,也说希腊语。如果你去了美国,我会介绍你认识许多说希腊语的希腊学生,他们都是军政府的反对者。然后,我会把你带到那些为你出过力的参议员、众议员那儿去,把你介绍给吴丹和联合国的其他朋友。你可以到大学里去发表演讲,在电视上……""当真,在美国的电视上,他们会让像我这样的人发表讲话!""为什么不呢?美国是一个能接受所有人的国家,包括那些批评它的人。""美国是一个纵容奢侈的国家,甚至是宽容奢侈。如果你批评它,它连一点感觉都没有。即使有感觉,也像是被人胳肢了一下,一笑了之,不当回事。但对美国来说,我并不代表一种批评,而是一种障碍。我试图杀死一个被他们保护的人,这点,你总该记得吧?当它面对障碍时,它不会愚蠢地绕开,而是会一脚踏上去,把挡路的东西踩得粉碎。"好了,既然我已经把你带到这个地步,我也就只好抛出真正的诱饵了。我直截了当地说:"但你真的会去美国吗?""你干吗这么问?""因为有许多人甚至连到美国去了解它的文化、它的人民的念头都没有萌发过。他们认为,如果他们到美国,似乎就意味着一种背叛,还有它那摩尼教教义……"我感觉我的话在起作用了。你皱着眉头说:"摩尼教的教义指什么?""意味着世界被分成两半,生命被分成两个部分:一半是善,另一半是恶;一部分是美,另一部分是丑。换句话说,非此即彼,黑白分明。""哦,狂热主义。""对。""教条主义。""不错。""你不会在暗示我是他们中的一员吧?""不会,但是……""但是什么?难道你居然会认为有铁幕横亘在我心中吗?谁说我不愿去美国啦?

我会去美国、苏联、中国、北极，去世界上任何一个可以让我学到东西的地方！不管去哪里，都会有愿意听我说话的人。谁说我不能去那里?！"啊，老天，激将法有效了，终于奏效了！"没有人说过你不能去，阿莱克斯。但是，你没有签证，并且……""签证可以申请，可以得到。问题是你到哪儿去申请呢？到哪儿去弄到一份签证呢？""哪儿，我不清楚……一般在米兰领事馆申请，要不了十分钟就能搞定。""那好，你赶快收拾行李。""收拾行李?""是啊，我们去米兰。""去米兰?""不错，接下来，我们去美国。我想看看这头大象，想见见那些参议员、众议员、侍者，那些说希腊语的年轻人，还有吴丹和那个花店老板。我想见愿意给我一些帮助的任何人。这将是一次非常有益的旅行，以前我为什么没有想到呢?"

到了米兰，你急得不行，甚至连旅馆都不想进。因为快下午五点了，马上办公部门就要下班了，所以我们把行李放在前台的桌子上，立刻朝领事馆跑去。值班的官员在由无家可归和散兵游勇式的不法分子缔造的利维坦的星条旗前接待了我们。值班官员是个小个子，一脸雀斑，长着个漂亮的鼻子。办公桌上放着一块职称牌，上面写着"副领事"。他名叫卡尔·麦卡勒姆。他脸上流露出一种不耐烦的神情，因为他无所事事一天之后正应该回家休息的时候，却被人截住了。为了节省时间，他让你匆忙填写了一张要你回答是否共产党员，是否信仰上帝的表格。然后在护照上盖上签证章，注明你的姓名、籍贯、年龄，以及签发日期和终止日期。他正打算在签证上签字的时候，他的秘书用热情、温柔的目光看着你，接着说："可怜的人，这几年你受了多大的苦啊！"马上他就收住了笔，以怀疑的目光审视你，用英语问道："怎么了？这几年你上哪儿去了？"我感到非常诧异，把他的话给你翻译成意大利语："他想知道这几年你待在什么地方，阿莱克斯。"你说："告诉他！"我照办了。他不理解。"博亚蒂？什么博亚蒂？那是一个诊所？还是一座医院？"我又翻译了一次，同时朦朦胧胧地预感到，我对美国的信任感马上就要再次遭到践踏，只不过这次付出代价的是你。你只是笑，什么也没有觉察到，根本没有意识到事情正在变糟。很显然，我刚才跟你讲的关于利维坦的好话——美国接受所有的人，包括那些批评她的人——还真的让你相信了。"医院？不，先生。我不能把它说成是一座医院。它也确实不是座医院。"副领事听懂了。"确实不是？你说'确实不是'是什么意思？"我又翻译了一遍，那种预感愈加明显了。"博亚蒂是一所监狱，一所军事监狱。一所糟糕透顶的军事监狱。"你回答说，脸上又浮现出一种不知情的微笑。副领事的笔"吧嗒"一声掉在桌上。"一所监狱？！军事监狱？！""他想知道你为什么会在监狱里？为什么会进一所军事监狱？"我给你翻译，你的笑容一下子就消失了，声音变得沙哑起来："告诉他。"我对他说："副领事先生，这位是亚历山大·帕纳古里斯，希腊抵抗运动的英雄。""希腊抵抗运动？！什么抵抗运动？抵抗什么？抵抗谁？"我把这句话翻译给你听。你的声音变得更沙哑了："告诉他，把护照还给我。""不要签证了？""不要。"我又转身对着副领事："先生，请你是否……"但还没等我把话说完，护照就被放进了抽屉。"对不起，我不能签字，也不能把它还给你。"

我看了你一眼。你注视着他，脸色苍白，目光由于惊愕而木讷，眼珠子一动不动，就像个盲人。"他说什么？""他说他不能签字，阿莱克斯，还说不能把护照还给你。""告诉他，作为一个美国人，在意大利没有权力没收一份希腊人的护照。告诉他，如果他不还给我，我就自己动手了。"我做了翻译，并且加上了几句我自己的话。大意是说：他犯了足以让他蹲监狱的非法占有财物罪，我会通知我的律师，找他们驻罗马的大使馆，并且立即报警，不管有没有外交豁免权，他都会蹲监狱。但我的话产生的唯一效果就是把他吓得无法形容，他结结巴巴地说，不，不，他不能，不能这么做，因为已经在护照上盖章了，简直是个天大的错误，不能饶恕的过失，仁慈万能的主啊，全是他惹的祸，怎样才能弥补啊？我的上帝，我的上帝。他一边说，一边身体直打哆嗦。你知道，当人们走近笼子去抓兔子时，它们会吓得魂不附体，周身哆嗦。它们的心脏会怦怦乱跳，不知怎么办才好，不知往哪里逃命，用什么方法来保护自己，只好疯狂地从笼子的这一端跑到另一端，竖起前爪，抓住笼子的隔条，乱吼乱叫。副领事现在的表现就是这样：一会儿锁上抽屉，把钥匙塞进上衣里面的口袋里，以免我们去抢；一会儿把电话机放在膝上，防止我们给律师、大使馆、警察打电话；一会儿又把电话机从膝上拿开，放到茶几上，然后又从茶几上往另一个抽屉移，试图把它塞到里面。抽屉里塞不进，只好重新拿出来，把它交给女秘书。女秘书徒劳地安慰他："副领事先生，没有必要这么急，签证上没有签名，等于无效。"但女秘书的话根本不管用，他还是心急如焚，焦躁不安，更变本加厉地向仁慈万能的主祷告。

他突然站起来，去找他的上司，向他承认错误，请求指示。当回来时，他显得平静多了。"你是共产党员吗？""不，先生，我不是共产党员。"你回答他说。"你是否属于任何政党？""不，先生，我不属于任何政党。"你回答。显然，你不是可用于交换的货物，不是平衡世界的砝码，不是可插进电脑的卡片，没有已确立的权威、某种意识形态或哪个政权为你提供担保。真是这样吗？真是这样。在这种情况下，要把护照还给你，他就需要得到希腊政府的批准。"得到谁的批准？""希腊政府。"你又看了他一眼。你之前一脸的不屑此刻已变成让人恐惧的狂怒。你站起来，伸出右臂，用食指指着他，指头几乎碰到他的鼻尖："美国人，把我的护照还给我，美国人。马上！""但……我得……把盖上的章注销……""他说，他得把盖上的章注销。"我翻译。"告诉他，他也可以把他的睾丸给销了，如果他有那玩意儿的话。"我点了点头。"帕纳古里斯先生说，你也可以把你的睾丸给销了，如果你有那玩意儿的话。"塞进上衣里边口袋里的那把钥匙马上就被掏了出来，抽屉被打开了，那份护照被捏在了那只兔子的手上。这只兔子战战兢兢地说必须去与他的上司商量片刻，并请求你息怒。当你拿回你的护照时，盖了章的那一页被涂上了一块很大的黑疤，那是由八个英语字母组成的一个词，意思是："注销"。一个单打独斗的男人就这样被注销了。

不仅被注销，而且被诽谤。第二天我给一个美国大使写了一封信。此人叫沃尔普，意大利人叫他戈尔佩。这个家伙没有道歉，而是让一个名叫玛格丽特·哈丝蔓的驻罗马的女领事做了答复。这个女领事写了两封简短的信，一封给你，一封给我。她在信中说：沃尔普大使经过认真考虑，想告诉我们，副领事卡尔·麦卡勒姆的做法是完全正确的，因为根据联邦移民法第212条第一部分第9款、第212条第一部分第10款，以及第212条第一部分第28款第6项第2点的规定，不能给你签证。这些条款到底是什么内容，这些令人眼花缭乱的数字究竟指的是什么，这该死的信只字未提。但很快我就弄清楚了，这些条款指的是"道德败坏"：刺杀暴君，或企图刺杀暴君，实施颠覆合法政权的行动，在移民法中这些罪行就是用"道德败坏"来定义的。我还了解到，这个决定在华盛顿得到了国务卿，就是那个权重一时的基辛格的批准和认可。所以，再通过其他人插手来使签证批下来就不要抱任何希望了。然而，命运之路是不可穷尽的。你执意要到那个不愿意接受你的美国去，所以,你拿着那本被墨水涂污了的护照到苏黎世去找尼古拉斯。因此,11月17日,你被判死刑的周年日这一天,你没有在雅典。约安尼迪斯在四处找你,决定履行他的诺言:"帕纳古里斯,我要枪毙你。"

* * *

"我现在怎么回去?该怎么办?怎么办?"在雅典,暴乱在两天之内发展到令人难以置信的程度。据报纸报道,城市的每个地方都设置了路障,军政府的牌子被摘下来砸得粉碎,示威者开着被他们征用的公共汽车到处跑,车身上写着"军政府必须下台!""打倒法西斯主义!""打倒美国佬及其走狗!"的标语。报纸上刊登了一幅你母亲的照片,她头戴黑色帽子,手拿黑包,戴副黑眼镜,身穿黑衣服,脚套黑袜子,胳膊上挎着一个食品篮子,正被工业学院的小伙子凯旋般地抬着往前走。从另一幅照片上可以看到,有一大群人从大学里涌出来,沿着斯塔迪乌路行进,整个街道红旗挥舞,人潮涌动,水泄不通,少说也有一万人之多,可是连一个警察都看不见。然而,这些照片说的是发生在二十四小时之前的事,那天的晨报在刊登这些照片的同时,还报道了几则完全不同的消息。刚过半夜,大约有五十辆配有重机枪的坦克就开进了首都,它们大多朝工业学院的方向驶去。那儿会集了许多学生,是动乱的中心。坦克冲开学校大门,开始射击,打死了几十人。其中就有在索尼翁角递给你两块梯恩梯、穿方格衬衫的那个小伙子。他是唱着你的颂歌死去的。但谁也没有向他说一声感谢的话,历史是不会记住这些无名小卒的。"我现在怎么回去?该怎么办呢?"你像一头掉进陷阱、在网中挣扎的老虎一样怒不可遏,迈着大步、踉踉跄跄在尼古拉斯的房间走来走去。要是我求你——冷静点,即使是意志最坚强的人也必须去面对命运的突然转折——你就会把心中的怒火一股脑儿地发泄到我身上。"都是你的错,你的错,你的错,你的错!是你想出去美国旅行的主意,让我白白浪费了时间!是你用那个臭领事馆、那些连成为自己的勇气都没有的法西斯伪君子让我分了心!是你把我带到那只连话都说不清楚的兔子那里去!如果不是因为你,我今天就已经在雅典了!我原先本可以用我的护照回到那儿去,现在即使有护照,我也回不去啦!回不去啦!回不去啦!"你的眼中充满了无助、绝望的泪水。

尼古拉斯带着晚报走了进来。他说,工业学院的人群在拂晓时已经被驱散，政府承认有几十人死亡，几百人受伤。人们把这件事称为大屠杀。萨洛尼卡、帕特雷，以及梅加拉地区的农民骚乱已遭镇压，但雅典仍是骚乱的中心，所以坦克仍停留在议会大厦的前面，宵禁提前从下午四点开始。当然，最重要的消息还是来自帕帕多普洛斯发表的广播讲话。在讲话中，他宣布重新实行早在八月就被取消了的军事管制，决心恢复"被少数为国际共产主义服务的无政府主义者和不择手段的政客扰乱了的秩序"。"他真是这么说的吗？""是。""是广播讲话，而不是通过电视？""对。"顷刻之间，掉进陷阱的老虎的愤怒似乎平息了。你看着我，目光中没有任何责备的影子。"这么说来，是有人把枪对准帕帕多普洛斯的太阳穴，逼他这么说的，逼他的人是约安尼迪斯。现在，帕帕多普洛斯是被约安尼迪斯掌控的傀儡，他的假民主计划已经失败，他的统治已经结束，他想用选举闹剧来使自己的政权合法化的企图已经破产，军队已经背叛了他。这些坦克不听他指挥，归约安尼迪斯调动。正是约安尼迪斯火上浇油，加剧了骚乱。正是他使事态扩大，然后进行残酷镇压。正是约安尼迪斯一手促成了工业学院的大屠杀，以此来证明帕帕多普洛斯的软弱与无能。不管怎么说，正如你看到的，今天的约安尼迪斯已经得到了强硬派的支持，大权在握，可以随时发号施令。""如果你现在回去，我敢说，你在雅典一下飞机，最多可以活五分钟。"尼古拉斯低声说。你忧郁地笑了笑："对我来说，现在没有必要回去了。除了被关在帕帕多普洛斯隔壁的牢房里，不会有其他结果。""你这是什么意思？！""我的意思是，我们全都理解错了。这并不是一场人民的暴乱，而是一次政变中的政变。这次政变是约安尼迪斯策划的。目的是把帕帕多普洛斯赶下台，建立独裁制度，说得更准确些，是把独裁制度重新纳入军事统治的轨道。不出一个星期，这一切就会昭然若揭，正式登场。"

你的预见得到了证实。一个星期后，约安尼迪斯真的把帕帕多普洛斯软禁了起来，让一个名叫费多·吉齐基斯的将军接替他的位置，当上了共和国的总统——就是那个1968年签署了你的枪决令，第二年到古迪监狱来劝你进食的吉齐基斯。"帕纳古里斯先生，请吃点东西吧。""将军，没有餐具我怎么吃？我又不是一条狗。""我知道，帕纳古里斯先生，但你应该理解他们的心情。一旦他们把勺子给你，你就会用它来在墙上挖洞！"在你的故事中，角色们几乎总是那么几个。仿佛天神们把他们作为你的诱饵，能够从中找到乐趣似的。

* * *

我们回到了罗马那家舒适的旅馆。令我感到好奇的是,你居然要了你初到意大利时住的那个套间。这个套间曾引起过你良心上的自责,使那些甘愿做出牺牲的同道们感到愤怒。我们是上午到达这家旅馆的,到了以后,你就一声不吭地检查窗帘、吊灯、床头灯、壁炉和沙发的坐垫,就仿佛哪里藏有炸弹似的。"你在找什么?""没找什么。""那你摸来摸去干吗?""嘘!轻点!"你把每样东西都检查了无数遍之后,终于在客厅的沙发上坐了下来,大声地说:"唉!南尼说我流亡在外,可约安尼迪斯并不这么想。好像就在几天前,他还相信我在雅典,甚至还派人在帕特农神庙的石头堆里找过我。约安尼迪斯是不会善罢甘休的。他具备罗伯斯比尔似的残忍品性。另外,他知道在军事独裁政权中权力是如何运作的,知道在军事独裁政权中,真正拥有实权的不是政府首脑,不是共和国总统,而是能够掌控军队的人。可怜的阿维罗夫。他的搭桥政策又不得不从头开始了。这回,他必须和约安尼迪斯打交道。""阿维罗夫?"你最不愿意提起的名字,这次却从你的嘴里出来了。"是的,阿维罗夫。就是那个策划海军叛乱,后来又去告密的家伙。这家伙总是能左右逢源。谁知道他给帕帕多普洛斯许过什么愿?谁知道他会用什么方法来欺骗约安尼迪斯?也许他会利用吉齐基斯来达到自己的目的。""但这一切跟阿维罗夫有什么关系呢?""关系大着呢。啊,真热!"你推开落地窗,走到阳台,在那儿焦急地示意我过去。我很不情愿地跟了过去:因为冬天已经临近,外面很冷。"过来干什么?""嘘!小声点!""小声点?可你却在这儿大吼大叫!""因为我想让他们听见所有的声音。""谁听见?""那些偷听的家伙。我相信他们在某个地方安装了窃听器。""未免太荒唐了吧!谁会安装窃听器呢?""谁都有可能。希腊大使馆,美国情报机构,以及为美国情报机构和希腊大使馆效劳的意大利特工……""这就是你为什么到处翻找的原因?是想找窃听器吗?""完全正确。""那你为什么还要回到这里来?而且还要订同一套房间呢?""因为没有什么地方比被监视的地方更安全了。当你知道被监视后,你就可以采取一些措施,甚至可以制造一些虚假的信息来欺骗他们。让我们来试一下。""怎么试?""稍等片刻,你就会明白。现在我们就回到屋子里,我说我准备到雅典去。你只需配合我就行了,不准笑,好吗?"只能如此了,这总比在十一月的寒风里被吹得冷飕飕的要强。再说了,既然你的脑袋里产生了有窃听器的想法,也就只能按你的想法去做。"好吧,阿莱克斯。"我们回到起居室,你又开始大声讲话,字字句句清清楚楚。"我打算明天离开,准备搭乘明晚七点的飞机抵达雅典。""你预订机票了吗?阿莱克斯。""绝不能预订,不能让他们预先知道。你可以最后一刻赶到那里,预订一个位子。我不会愚蠢到提前两天让自己的名字出现在旅客的名单上!""你真的不打算用你真正的名字、你自己的护照去旅行吗?阿莱克斯。""也许会用。""你真的会这样?""一切会很顺利,我向你保证。""阿莱克斯,为什么你要到雅典去呢?""你真天真!你想我会去干吗?当然是去搞一次暗杀啰。""暗杀谁?""除了约安尼迪斯,还能是谁?"

　　你精心策划了这场骗局。你首先提醒在雅典的一个朋友,叫他第二天到机场去看一下,是否有异常的情况发生,比如,晚上七点左右有没有警力出动。然后,你又做了周密的安排,在飞机起飞前四十五分钟到达机场,这一细节显得最为邪恶,因为把不明就里的尼古拉斯也卷进去了。那个星期,尼古拉斯本来要陪你到斯图加特去见一些希腊移民,你通常是去苏黎世见他,但这次你却说服他来罗马见你。这样,他们就会在你假想的雅典之行之前看见你和他在一起,对通过窃听器听到的那段对话就不会有丝毫的怀疑。"阿莱克斯,他们照样会发现这只不过是个花招。""他们不会,就按我说的去做。对我来说,当他从海关出来的时候,只要他们能看见我们在一起就行了。然后,我知道该怎样溜掉,他们会相信我已经登上了那架飞机。"所以,你不耐烦地给出租汽车公司打电话,并催促对方:"快点,请马上给我叫辆出租车来,我必须尽快赶到机场。"你拎着一个看起来像旅行袋的公文包离开,装着与我告别。同时又低声向我吩咐,我无论如何不能比你先回旅馆,以免被人询问你是不是已经离开了。对那些想打听你在什么地方的人,我最好是避而不见。我们晚饭时会再见面,与尼古拉斯一起在一家餐馆碰头,半夜我们去中心邮局给雅典的那位朋友打电话,问问他有哪些事情发生了。为了使你高兴,我点头答应,但我认为这纯粹是徒劳和闹着玩的,怀疑装有窃听器的念头毫无根据。但我错了。半夜,那位雅典的朋友在电话里说,在下午很早的时候,雅典机场就如临大敌,一片混乱、紧张的景象。跑道上布置了士兵、装有无线电话的汽车和救护车，只差没有出动坦克。七点钟的班机一到，机场就出现了戏剧性的场面：所有乘客都像罪犯一样受到搜查，一个三十来岁的西班牙人被抓了起来，褐色短发，留有小胡子，很像你。"这回相信了吧？确实装有窃听器，不是吗？"你脸上露出一丝得意的微笑。相反，尼古拉斯则显得紧张兮兮，焦躁不安，平时的那种温和、稳重消失了，那块插在口袋里、叠成三角形的白手帕也弄得歪歪斜斜。他反复说，这终究是一个无用的玩笑，很快他们就会让你付出代价。你必须停止这种个人的挑战、个人的抗争。你必须改变方式，否则，什么事情都办不成。你不是想搞武装斗争吗？好了，要是老把精力浪费在泄私愤、报私仇上，武装斗争是搞不成的。武装斗争需要许多人的参与。你应该去寻找他们，一个星期、一个月找不到也不要灰心，不要着急。"好了，让我们去斯图加特吧。让我们从斯图加特开始，从德国开始。"

* * *

你们走遍了德国、法国、瑞士、意大利的南方和北方，你们想在那些希腊流亡者和侨民中寻找游击队员，我想象不出还有什么比这些寻找之旅更令人失望的事了。听天由命的尼古拉斯陪伴你，我没有与你们同行，所以无法见证你们的失败。但当你回来时，一看到你那张疲惫不堪的脸，以及你猛地一下把箱子往地上一搁的动作，仿佛那箱子里装的是你的痛苦似的，再加上你喃喃自语地说"空话，空话，空话"，我就明白了究竟是怎么回事。接下来，你讲了发生的事，全都一样。你每到一处，都会受到凯旋式的欢迎，你在剧场做的每一次讲演都会引来热烈的掌声。人们在播放音乐、噪声鼎沸的饭馆里没完没了设晚宴招待你，腰间别着自动手枪的年轻保镖在你睡觉时为你警卫，无数的亲吻、拥抱、女人的献身，但到头来，就是没有哪个有种的家伙说，好的，让我们拿起枪杆与约安尼迪斯战斗到底。"为什么？告诉我是怎么回事？！"这是个多余的问题，因为你像平常一样，拒绝正视现实：在希腊你无法招募到几个愿意去占领卫城的同人志士，在意大利人们以怀疑与不安反对你的计划。在这儿也没有任何人愿意在自杀性的冒险中去牺牲自己，更何况这种冒险又没有任何政党支持，没有任何意识形态指导。这里也存在你政治身份的问题，你单枪匹马，单打独斗，不可能被用作可供交易的货物、平衡世界的筹码。人们会问:"他是谁?""他想干什么?""谁为他做担保?"当教条的毒素毒害了人们的意识,让他们成为乌合之众时,不仅外国领导人的大脑、那头巨兽利维坦的电脑要出问题,甚至你同胞的脑袋也会以同样的方式做出反应。他们也会提出相同的问题:他怎么可能没有一张档案卡?不属于一个党派?不信仰一种宗教?这些问题回答也没有用。但他就是帕纳古里斯,就是那个试图把你们从暴政中解放出来的人,那个为之被判死刑的人,这个人在一个没有窗户的如同鸡窝一样的牢房里被关了好几年!他的过去、他的现在、他的纯洁可以为他担保!但他们视而不见,听而罔闻。不错,但他的档案卡、党员证在哪里?他是社会主义者、共产党员、佛教徒吗?如果他不能用科学的术语来解释,他为什么不信奉某种教义,不认同某种教条,那情况会更糟。毕竟,他不是一个哲学家、思想家,也从来没有对这些烦人的问题做过深入的思考,没有对他感性的知觉做过理性的梳理。他只想说的是,他想当一个男人,要成为一个男人,就意味着要去争取自由,富有勇气,敢于战斗,敢于承担责任。所以,应该采取行动,与这个独裁制度作斗争。

在这种情况下,你以你的名字作为唯一的担保,以你的过去作为唯一的介绍,出现在德国、法国、瑞士、意大利的希腊侨民面前,结果是到处碰壁。你动员他们参加武装抵抗时,得到的也同样是那句该死的话:"我很愿意参加,但无能为力,因为我有家室。"要不就是由于大多数人不理解你在为谁招兵买马,你属于什么组织,谁是你的后台,而使动员无果。就别提这样的事实了,许多人实际上已被共产党人或帕潘德里欧①分子争取过去了。和共产党人的对话实际上是不可能的,因为你的自由主义与他们的教条主义水火不容。至于帕潘德里欧分子,你对他们嗤之以鼻,因为他们是一个救世主的追随者,而这个救世主把一个党的威望建立在自己的姓氏之上,或更准确地说,是建立在他那已故的、有名望的父亲的姓氏之上。你尤其蔑视那个救世主——这一点在我们相见的第一天夜里,我就明显感觉到了,你用嘲讽的口气谈论他。只要有人提到安德烈亚斯·帕潘德里欧的名字,你就会破口大骂:"那个说大话的混蛋!不负责任的家伙!欺骗民众的小丑!"你对他恨之

---

① 帕潘德里欧(Papandreou, 1919—1996):泛希腊社会主义运动创始人和主席。生于希俄斯岛。雅典大学和美国哈佛大学毕业。1981—1989年和1993—1996年两次出任总理。他的父亲老乔治乌·帕潘德里欧曾在1944—1945年、1963年、1964—1965年三次出任希腊总理。

入骨，疾恶如仇，刚开始我还以为出自个人恩怨，是由暗杀之前他的所作所为令你失望引起的——你曾经多次跑去求他帮助，但毫无结果，他没有兑现许下的诺言，还对你撒谎。我也想过，也许是由于他在多伦多安逸舒适的流亡生活让你感到不满。这和一些领导人的习惯做法如出一辙，一有危险就躲到安全的地方，危险一过就回到国内，坐享别人用生命换来的成果。但在工业学院大屠杀期间，他却来到了罗马，声称是他策划和领导了暴乱，说暴乱分子每天给他打电话请求指示，死去的人不是四十，而是四百、五百、六百、一千。我的误解消除了。我明白了，在你看来，帕潘德里欧代表的是我们这个时代一种典型的痼疾，这种痼疾像教条主义思想一样具有极强的传染性。这些教条主义思想是：光说不做的民粹主义，自以为或想让别人以为是为人民谋利益的墨索里尼式的革命主义，披上社会主义时髦外衣、带有欺骗性的抽象理想主义。这远非个人恩怨，你蔑视他，其实是蔑视那些职业左派，那些机会主义者，他们的鼓动为右派发动政变提供了借口，并使他们以法律与秩序的名义把腐化与丑恶掩盖起来。

那些拒绝你的人，大多属于左翼分子。我真的无法想象，还有什么事情比那几次徒劳的奔波更令人失望。你每次回来，面容都十分憔悴，好像又打了一次败仗。要不就面部浮肿，仿佛又喝醉了酒。实际上，在那几个星期的时间里，饮酒已成为你日常的、自我放纵的自虐行为，是让你备受折磨的绝望的象征。在这段时间里，我这个桑丘·潘沙从扈从变成了护士，徒劳地试图用柔情蜜意来捆住你的手脚，使你耽留在林中的小木屋。

第二章

在所有的民间传说中，都有这样的一间小木屋。那是英雄在此隐居，休养生息，为下一次行动做准备的秘密之所。在你的故事中，也有一间这样的林中木屋，它位于佛罗伦萨。第二年年初，我们秘密地居住在那里。之所以说秘密，是因为只有很少几个值得信赖的朋友知道它的存在，至于了解它具体位置的人，可以说凤毛麟角。要想找到它，是一件非常困难的事。那地方很偏僻，门牌号因日晒雨淋而模糊不清，字迹难以辨认。很少的来访者即使来过这里也会迷路。你还记得吗？那条林荫道穿过城市最美的街区蜿蜒而上，林荫道两旁长满了梧桐和菩提树。在林荫道的半路上有一道围墙，围墙正好对着公共汽车站。墙上有一道栅门被树丛和绿荫遮掩，穿过栅门是一条隐秘的小路，开始笔直，接着拐弯，然后直通向一个长满松树、柏树和马栗树的小花园。在这条笔直小路的尽头，一幢四层的新艺术风格①别墅掩映在一道由月桂树围成的篱墙后面。别墅过去是一个贵族家庭的私邸，现在被分隔成公寓，出租给三四个房客居住。显然，我们住的并不是一套完整的公寓，而是四楼的一个单间。它原来好像是间书房，我们可以通过一个秘密的入口进入，然后爬六段笔陡的楼梯到达那里。上楼时不会遇到任何人，除了一只狂吠乱叫的达克斯狗和一只张牙舞爪的猎狐犬。房间倒是宽敞，已被改造成带浴室与厨房的居室。宽大的窗户可以透进充足的阳光。一扇窗户通向铁栏杆

---

① 新艺术风格（art nouveau style）：1890—1910年流行于欧洲与美国的一种装饰艺术风格，以曲折有致的线条为其特色。主要表现于建筑、室内装饰和插图艺术。

凉台，从那里可以俯瞰分成两段的小路以及和月桂树篱墙挨在一起的丁香花丛。从另一扇窗户望出去，可以看到花园的后部。通过这些窗户，映入你眼帘的全是树。它们非常繁盛，非常茂密，有的是如此高大，以至于看上去足有一两百年的树龄。我经常在想，有些树离窗户那么近，你完全能够伸手可及。比如，那棵马栗树的树枝就伸到了窗台，你无须伸手就可摘到栗子，或抚摸它发亮的果壳。但这个房间最让人叫绝的还不仅仅这些。在正对朝南那扇窗户的墙上有一个巨大的衣柜，衣柜上装有很多镜门。马栗树和柏树的影子投射在镜门上，以至于给人感觉这不是一间屋子，而是一座树林。当我们打开窗户的时候，那些粗心的鸟儿甚至会产生幻觉，朝镜门方向飞去，以便在镜中的树枝上歇脚。一旦它们意识到并不存在什么树枝的时候，就会惊慌失措，停止飞翔，用翅膀拍打它们无法分辨的幻象。然后飞离镜门，在天花板和墙壁之间乱窜，试图找到一片树叶或一根枝丫，这些东西它们觉得应该有，其实并不存在。最后它们只好落在吊灯上，转动它们的小脑袋，一面看看窗外的现实，一面看看镜中的幻影。它们无法弄清楚什么是现实，什么是幻影。要想使它们飞到屋外，我们必须帮忙，挥动一张毛巾："往那边飞！出去！往那边飞！"一天早晨，一只知更鸟飞了进来。它兴致勃勃地直往镜门冲去，在镜子上狠狠撞了一下，折断了翅膀，随即掉在了地上。这只知更鸟非常幼小，也许是第一次试飞。你伸出战战兢兢的手，小心翼翼地把它从地上捡起来，用牙膏和药膏把它那只折断的翅膀固牢，并拿来一顶帽子，给它做窝。它在帽子里待了两天两夜，一直在轻声哀叫。直到第三天黎明，它才停止了哀叫。你一翻身从床上跳起来。"它好了！它好了！"但它并没有痊愈，而是死了。你轻轻抚摸它身上的羽毛，不停地喃喃自语："我的小东西，是幻觉把你杀死了。瞧，如果你寻求并不存在的东西，看会有什么样的结果？"然后，你把它装在一个铁盒里，埋在柏树下。你说："凡是死于幻觉的人，都应该有一个体面的葬礼。"

这间林中木屋也有一个严重的不足。比如，那条种有梧桐和菩提树的林荫道并不安全，因为那里不仅来往行人很少，而且两旁全是栅门紧锁的住宅。除了一个没有人上下的公共汽车站，没有一家商店，一栋公共建筑，或一个可以聚会的场所。相反，我们的栅门总是敞开着，一路上连一盏照明的路灯都没有。一到晚上，栅门后那条小路完全一片漆黑。要想走到那幢别墅，你必须摸黑走上一百米才成。如果有人想要袭击、劫持或杀害你,他只需待暮色降临,藏在树后或月桂树篱墙后等你就行了。因此,我们决定,晚上进出时乘坐出租车。但很少有出租车司机愿意把我们载到门前,即使他们这样做了,也会在我们拿出钥匙对准锁孔之前匆匆离开。其时,任何袭击者都有可能从黑暗中蹿出来,对我们下手。这样的事情,我预先也想过,所以对是否租下这间房子一直举棋不定。但你却回答说,要得到美好的东西,都得冒风险。能住上这样迷人的地方,冒点风险是值得的。于是,我们签合同租下了房子,把房子装饰了一番。墙上挂几幅画,书架上摆一些书,写字台被挪到一个恰当的位置,摇椅搁在凉台附近,甚至桌子上还摆了一盏昂贵的蒂芙尼彩色玻璃罩台灯。你向我保证说:"我在这里会很安静,你等着瞧吧!"开始的时候,你确实做到了。有一段时间,我真的以为,我们又回到了我们刚相识时那幸福的一周。夜晚,我们用销魂的激情彼此相爱之后,相拥入睡,以至于那张双人床显得过于宽大。白天,我们也充分享受生活,在同一张桌子上工作,各干各的,互不干扰,一起在花园里散步,在城里的咖啡馆里约会,兴高采烈地扮演交换戒指的恋人。一天下午,你带回一枚钻石戒指送给我,我赶紧去给你买一枚白金戒指,但大小不对,无名指戴不进去,你只好戴在左手的小指上。后来,你就把它一直戴在那儿。当你埋怨它小,说"戒指"这个词时,我觉得很有趣,因为你发"戒指"这个词的音的时候,听起来仿佛是在说"小羊羔"。你埋怨时经常说:"你看这只小羊羔!"

当然,你也有情绪恶劣的时候。比如,当你在中心邮局领取信件的时候——之所以去邮局取邮件,是为了保守林中住地的秘密——其中从雅典来的一些信息会重新激发起你强烈的自责感,强化那种被流放的感觉。尽管如此,一种出乎意料的平静心情似乎已取代了由于白白到德国、瑞士、法国跑了几趟而引起的狂躁情绪。你现在的所作所为表明你是理智的:你为罗马的一家日报写专栏文章,介绍希腊的抵抗运动;你把自己的诗歌整理成册,在书中既有希腊语原文,又有意大利语译文,这样,它就可以在希腊传播;刻一些橡皮印版,用于印制内容为反对军人政权的传单。这真是一个天才的发明,因为在希腊要印传单的话,只能在地下印刷厂,而地下印刷厂费用是昂贵的,只有共产党人和帕潘德里欧分子才有这个条件。有了这些橡皮印版后,只需一些纸张和印泥就可以用印版来印传单了。在这些传单中也包括应该出现在帕特农神庙的那一条内容："为自由而战！为反对暴政而战！"你印了一百五十份这样的传单，每幅的尺寸有两包香烟那么大，所以使用起来非常方便。然后你把它们装进夹层皮包，每次托付给去雅典的人一个。其中三个包已经到达了目的地，另外四个仍放在镶有镜子的衣柜中。你现在酒喝得很少，晚饭前只用橙子汁解渴。在一个月的时间中，你只有两三次晚饭时喝醉了。不过只是到了醉的第一阶段，即到打开话匣子，开始讲俏皮话为止。"是的，今天晚上我喝酒了。但是，你能想象苏格拉底和克里托、斐多和辛西亚辩论时只是喝橙子汁吗？"唯一让我担心的是你那次神秘的瑞典之行。"我要到斯德哥尔摩去一趟。""去找其他侨民吗？""不，不。""那你为什么要去斯德哥尔摩呢？""喂！你要审问我吗？"你带了一个小包和一个信封从斯德哥尔摩回来，把它们锁在桌子的一个抽屉里，然后把钥匙放在你衣服的口袋里，没有给我做任何解释。"阿莱克斯，你藏的究竟是什么？""没藏什么呀。""藏的是梯恩梯，是不是？""梯恩梯？我的老天，不！"我不喜欢你这么做，每次我看到那个抽屉，都会感到焦虑。好在你再也没说武装斗争的事，甚至对回雅典的事也只字未提。

然而，我很快就发现，你稳定的情绪与随和的脾气都是装的，是蒙骗我的一种手段。

* * *

"艺术在贫穷中诞生，在富足中死亡。""只有在某些情况下，这才是真理，阿莱克斯。你不能否认菲迪亚斯的雕刻是艺术，不能否认西斯廷教堂是艺术，须知这两者都不是在贫穷中诞生的。""闭嘴，我没有和你说话，而是在与他说话。"我们正在与一个出版商共进晚餐，他负责出版你的诗集，这次来佛罗伦萨是给我们送诗集的清样。所以，我的反应很强烈，要是只有我们两人在场的话，也许我就不会发这样大的脾气。"不要用这种方式与我说话！""我说过，闭嘴。你懂什么菲迪亚斯？你连用鼻子吸烟都不会！瞧，她甚至不会用鼻子吸烟。如果你不用鼻子吸，那抽烟还有什么意思？""每个人吸烟都有他自己的方式，"出版商说，"我也不会用鼻子吸，不过，我看不出菲迪亚斯和抽烟与用鼻子吸烟有什么关系。"然后，显然是为了缓和我已被激起的怒气，出版商也点燃了一支烟，而且只用嘴吸。但这只起到了火上浇油的作用，你又发起了不公道的攻击："要结成同盟吗？要保护弱者吗？她可不是弱者，不是。不必担心，她比我强，她是钢铁造成，她的心也是钢铁造成的！你见过她哭过吗？见过吗？"奇怪，真是奇怪。这种情况以前从未发生过。"她不仅不会抽烟，也不会用打火机。把打火机打燃后，至少要用三十秒钟才把烟点燃，纯属浪费气体。她没有一件事干得好。你知道她是怎样贴邮票的吗？总是图案朝下，比如那种有头像的意大利邮票，她总是倒着贴。如果你提醒她，她总会耸耸肩说，反正都一样。她不尊重任何人，不相信任何人、任何事。"如果你喝醉了，我会以为你在说胡话。但你只喝了一小杯，今天晚上你对酒不感兴趣。在之前我们之间也没有发生任何口角。事实上，直到你发表那番艺术诞生于贫穷，死于富足的宏论之前，你都是温和、热情。难道你神志不清了吗？和我一样，出版商似乎也有这样的疑问。显然，这种疑问很快就变成了不满："确实，任何人都应该变成铁人，阿莱克斯，只有这样才能容忍你的怪癖。也必须有一副铁石心肠。如果处在她的位置，我早就心肌梗死了。""结成同盟！继续结成同盟！""这不是结成同盟的问题，而是……""而是你不知道谁画了西斯廷教堂的穹顶画。你来说说，是谁画的？""是温斯顿·丘吉尔画的，阿莱克斯。""好，太好了。温斯顿·丘吉尔的本行是什么？""篮球冠军。""完全正确。他是什么时候死的？""死于1965年，享年九十一岁。""错了，错了！温斯顿·丘吉尔死于1967年，享年八十岁。"好了，你也对他搞起了恶作剧。谢天谢地，幸亏是以开玩笑的方式。现在，我可以不再悄悄赌气了，就跟你们一块儿闹着玩吧。"他说得完全正确，阿莱克斯。丘吉尔死于1965年，享年九十一岁。""我说过了，死于1967年，享年八十岁。""不，阿莱克斯。很遗憾，我必须反驳你，但真的是1965年。我记得很清楚，是1965年1月24日，因为那天我在伦敦，第二天我的孩子就出生了。"出版商的声音很干脆，极富挑战性。这正中下怀，你马上改变了声调："你撒谎。""我没有撒谎，所有的人都能确定这个日期。要不，你可以打电话给一家报纸的资料室问问。""我来打。"我说。然后我站起身，溜了一圈又回来："他们已经查了百科全书，说丘吉尔生于1874年11月30日，死于1965年1月24日。这是历史事实。""资料组错了，百科全书也错了。""你简直把我们弄糊涂了。""哦，是吗？要是这样，那就太好了。"你把一把钱往桌子上一扔，没有吃完饭就离开了餐桌，甚至连招呼都没有跟我们打。

　　当我半夜回去的时候，我确定在房间里能找到你。但房间是空的，那个总是锁着的抽屉大开着，只有那个小包在里面。信封已经不见了。啊，不！里面装的究竟是什么？我打开带镜子的衣柜。如果那四个装橡皮图章的包还在的话，我就用不着那么担心了。但其中两个包不见了，也就是说，你真的去了雅典。你带的是假护照，看来信封里装的就是假护照。那么那个小包呢？小包里装的又是什么？我把它打开。里面是一副假发。一副栗黄色的男人用的假发。这么说来，你也许没有去雅典。难道是到苏黎世去了？我打电话给尼古拉斯："你在等他吗？他又到你那儿去了吗？""不，你为什么这样说？""因为……""我正准备到你们那里去。"第二天上午，他真的来了，上衣口袋里露着白手帕，眼神显得比以前更温和。"当他从瑞士回来时，情绪怎么样？""很好。""这是个什么信封？""一般的信封。""跟一份护照那么大吗？""差不多。""由此看来，他此刻正拿着一份瑞士护照在旅行呢，护照上的名字可能是贝尔森，或者埃里克森。""但他为什么不告诉我呢？""跟那次没有告诉你他在乡下策划的事是一个道理：怕你阻止他。这就是他做事的风格，难道不是吗？事实上，激怒你，惹你生气，也是他的风格。当然，更是他的策略。如果他没有惹你生气，你也不可能惹他生气。这样，他就没有借口离你而去。否则，他没有理由这么做：只有吵一架，然后突然离开，才合乎情理，既用不着解释，也用不着撒谎。""我早就应该意识到这一点。""他同样会把你激怒的。在惹人生气的艺术方面，他堪称大师。谁知道他什么时候就开始筹划这出戏呢？在有些事情上，他的耐性好得出人意料。""他不信任我。""不，他在按自己的想法行事：不知者不言。如果我们不知道他在哪里，在干什么，那么，不说出真情，对我们并不困难。如果我们知道了，就有说出去的可能性。另外，他在投入一种结局可能很坏的行动之前，会遵循另一条规则：断绝与他爱的人和爱他的人的一切联系。他一般会采用谩骂和侮辱的方式来断绝这种联系。他认为，一个被他谩骂和侮辱过的人，当听到他锒铛入狱或被杀死的消息时，内心的痛苦可能会小一些。请相信我，他要做到这点很难。事实上，他昨天晚上一定感到很难受。忘了关抽屉和戴假发就是证明。唉！但愿他的脑袋里不要冒出什么特别胆大妄为的行动计划，不要产生新的铤而走险的想法。他可能会用这些计划与想法来弥补他的绝望与沮丧。但是我们不能抱任何幻想：现在连那些侨民也拒绝了他，他比任何时候都更想证明自己能单枪匹马做任何事情。他绝不会改变主意。""既然这样，该怎么办呢？尼古拉斯。""没事，我们能做的就是等待。希望他能回来。"

第四天你回来了。电话铃响了，从另一头传来了声音："是我！是我！我在这儿！""这儿？哪里？""在罗马火车站，我马上乘火车过来！"三小时后，你出现了：胡子拉碴，蓬头垢面，一身肮脏，那模样比一个在阴沟里睡了三夜的叫花子还要邋遢。但你笑容满面，如同一个比赛获胜或通过考试的孩子。"我到过那里！我到那里去过了！等我洗个澡，把一切都告诉你！"然后，你放满了一澡盆水，兴高采烈地跳了进去，滔滔不绝地讲了起来。关于丘吉尔的事你没有表示歉意，对你的粗暴行为也没有进行任何解释。当然，你确实去了希腊一趟。你蓄着胡须，叼着烟斗，带着念珠，即使在一千个人中也很容易把你认出来。你乘上午第一班飞机在雅典机场着落，镇静自如地拿出一个名字是比约恩·古斯特夫松的瑞士护照，站在边防警察面前。你在想，有时候警察是只看护照而不怎么在乎乘客本人的，或者只是把护照上的照片和通缉名单上的照片弄来对照一下，运气糟糕的话，好事情自然就不会发生。但你别无选择，那就只好相信运气，一切听天由命了。那个警察马马虎虎翻了一下护照，看了一下比约恩·古斯特夫松这个名字，然后打着呵欠用英语向你道谢："非常感谢。"你左手拎着那个大包，它下面的夹层装了二十七个橡皮印版，右手拎着那个小包，下面的夹层有十二个印版。你朝海关走去，心头一点都不轻松，因为在海关他们有可能还会检查你的护照，或者会发现你带的包太过沉重。但要是一个人总是想着这些，那他就不会做成任何事情，难道不是吗？那干脆拎包的时候就装着它们很轻的样子，你直接朝出口走去。你用漫不经心的口气与海关的那个家伙打招呼，就像没带什么东西的乘客一样对他说，没有，先生，没有香烟，没有烈性酒，没有礼物，只有几十个用于印刷反军人政权传单的印版。但后面这点，我可不会告诉你们，因为你太蠢，太懒惰了，根本就不可能发现它们。但如果他们并没有那么蠢，那么懒惰，情况又会怎样呢？但海关也顺利通过了。然后，你回到城里，很想跑回你那个有橘子树和柠檬树花园的家，拥抱你的母亲。当然，你并没有这么做，而是到一个朋友的家里躲藏了二十四个小时。你把那些印版留在了那里，会见了四个同志，你把他们称为"人民武装抵抗军"。你很喜欢这个名字，因为在希腊语中，"人民的"是"laikos"，"抵抗"是"antochi"，"武装"是"oplofri"，"军队"是"stratos"，把它们的第一个字母拼起来，即"laos"，也就是"人民"的意思。事实上，印版上落款全是"laos"。"但你用一支只有四个人的军队究竟能做什么呢？！""你会看到的，我会把他们编成四个团：人民一团、人民二团、人民三团、人民四团，一团一个人。""你永远也不会停止欺混蛮诈，你会吗？""不会。"

第二天，你是在干你最想干的事中度过的：羞辱约安尼迪斯。你用的方法很简单，采用"红色海绿花"①的方式，在首都各地稍稍露脸，然后又突然消失。你会去酒吧，站在人行道上，打出租车，然后下车，逗留在旅馆的前厅里。一旦听到人们尖声惊叫："帕纳古里斯！那是帕纳古里斯！"你就会溜之大吉。然后又在另一个地方出现，也许是一个很远的街区，给当局制造惊恐与不安。人们会说，帕纳古里斯回来了，有人在立宪广场看见过他。不，是在工业学院的外面。不，是在科洛纳基。不，是在塞浦斯尼。不，是在帕拉迪。不，是在普拉卡。不，是在比雷埃夫斯。不，是在格里法达。那不可能。但确实有这么回事。我确实见到了他，不会错，就是他，他蓄着胡须，叼着烟斗，拿着念珠。我还与他打了招呼，叫了他的名字。或者是：我想和他打招呼，叫他的名字，但当我横穿马路，四处探望时，他就转眼不见了。他们的传言立即变成了新闻，新闻马上又传到了宪兵司令部。麻烦的是约安尼迪斯并不相信这些传言。"你这是怎么知道的？""我知道，因为我给宪兵司令部打过两次电话。我告诉他们：'请留神，帕纳古里斯已经出现了，请报告少将。'但接电话的人却回答说：'我们已经接到报告了，但此消息不可靠。'过了一会儿，我又打了一个电话，告诉他们：'请注意，那是真的，我就是帕纳古里斯。'你知道那个白痴是怎样回答我的吗？他说：'要是你是帕纳古里斯，那我就是卡拉曼利斯。'于是，我就想到一个主意，给他们一个确凿无疑的证据。我和一个朋友爬上卫城，在帕特农神庙前拍了一张照片。照片上的我手中拿着一张打开的报纸。你理解吗？如果他们看不到标题与日期，他们就会以为那是一张旧照片。后来，我把它印了一张，和明信片那么大，给约安尼迪斯寄了去。上面标注：'由亚历山大·帕纳古里斯

---

① 英国作家奥齐 1905 年创作的小说《红色海绿花》中的人物，经常神出鬼没营救受害者。

寄出。他想什么时候回到希腊就可以什么时候回到希腊。他想让你知道这件事。'""我不相信。""我向你发誓，这是真的。"你从澡盆里跳出来，去拿你保存的几张照片。你不要说，还真的和你讲的是一码事。"那么，你是怎么回来的呢？""哎哟！太艰难了。不，简直就是个奇迹。登机牌是我的一个朋友去帮我取的，但接下来我还得过护照检查这一关。就别提我有多担心了。突然，我看见有一个三十人的旅游团，我就混了进去。他们闹哄哄的，乱作一团，把那个可怜警察的脑袋都吵昏了。他甚至没有弄清楚我们当中谁是比约恩·古斯特夫松，就在护照上盖了章。瞧，就这样搞定了。"

我看了一眼，双腿直打哆嗦，倒不是因为盖的那枚章，它确实是雅典机场的章，最新的日期，而是因为你往返用的那份护照，比约恩·古斯特夫松是个小伙子，你和他看起来是如此不同，就仿佛一条白狮子狗和一条黑猎狗的差别。他长有一张稚嫩、漂亮的脸，没长胡子，乍一看，你还以为他是个姑娘或孩子。他的头发是淡黄色的，眼睛颜色很浅，仿佛得了白癜风。还有，他的出生日期完全符合他的长相：今年十八岁。"你疯了，阿莱克斯。""嗯……也许你说得对。看来我必须得换张照片，要不，把胡子刮掉。"

* * *

你一直没有刮胡子，也没有换照片。不过，你去弄了一个意大利人的护照，此人的体格特征多少与你有些相似。这样，你又可以开始你的荒诞闹剧，继续你的旅行了。你很少对我吐露真情。你很信奉尼古拉斯曾经向我解释过的那条原则——如果你不知道，就不会感到痛苦，不会讲出来——对玩弄花招乐此不疲，每次你去希腊，都瞒着我，总是事先惹我生气，和我吵一架，然后甩一句："我走。"尽管我知道你的花招，但每次还是要中圈套。"你甚至连电话都不知道该怎么打。为什么拨完一个号码后，你的手指头总是不拿开？拨号盘会自动回转的，难道不是吗？""闭嘴，阿莱克斯。我想怎么拨号码就怎么拨号码。""我偏要说，把你的手指头拿开，我看了心烦。""阿莱克斯，你让我安静点，好不好？""好，那我不说了，我走。"或者是："威尼斯是个没有生命的洋娃娃。""也许是，但我同样喜欢它。""因为你没有品位。""很好，你可以说任何东西，但你不能说喜欢威尼斯的人没有品位。""得了，我就是要这么说。闻闻这种香水吧，气味太难闻了，简直就是臭的。像一个没有生命的洋娃娃一样，让人恶心。这就是你为什么喜欢威尼斯的原因。""傻瓜！乡巴佬！""傻瓜？乡巴佬？""是的，但我还想补充一句：你说得对，我的品位很糟糕，但事实是，我是和你生活在一起呀。""从今以后，你再也不会和我生活在一起了，我走。"你一个人走了，但第二天我才意识到，我像一个傻瓜一样又中了你的圈套。然后，三四天过去之后，你又回来了："是我！你猜我去哪儿了？"或者说："你好，亲爱的。我从雅典给你带了些香水。这回的香水可一点不臭。"于是，我的气也就消了。当你外出旅行时，我的愤怒变成了担忧，怕你遇到什么危险。直到看到你回来，这种担忧才会消除。我一直弄不清楚，你像"红色海绿花"一样老是返回希腊，究竟有什么意义！除了磨炼自己，与死神较劲外，还有什么好处呢？难道是去和人民一团、人民二团、人民三团、人民四团取得联系吗？是为了组织一些通常会失败的活动吗？是打算从共产党和帕潘德里欧分子那里争取一些人过来，以减轻开始给你造成压力的孤独感吗？为了不使你感到难堪，我甚至避免问你任何问题，假装相信它们是一些非常有意义的、以后值得去回忆的壮举。接下来，二月底的一个晚上，当我们在家里看报纸的时候，我的眼睛落在了一则来自雅典的消息上，报道很简短，顶多十行字。说的是头一天夜里，有四枚炸弹在一个工厂爆炸，所幸没有人员伤亡。但第五枚炸弹在两个人——一个士兵，一个非军方人员——正拆除它的时候引爆了，这两个人当即被炸死。在出事地点，警察发现了一个署名为"人民八团"组织的传单。我盯着你的眼睛："你那四个团进展怎么样？""现在不是四个，已经是八个了，"你露出得意的笑回答说。"我已经招募了人民五团、人民六团、人民七团和人民八团。几天之内，你就会看到会有什么事发生！""那已经发生了，阿莱克斯。就在昨天晚上。""发生什么？""五枚炸弹。当他们试图拆除炸弹的时候，有一枚爆炸了，炸死了一名士兵和一名非军方人员。""爆炸是在哪里发生的？""一个工厂。""这跟我没有关系。""不，有关系。因为在那里发现了人民八团的传单。"你的笑容消失了，随即跳起来，从我手中抢过报纸。"我必须马上离开。""离开？为什么？""因为他们没听我的话，违抗了我的指示！""怎么违抗了？""在所有事情上都违抗了！不应该在那儿爆炸，不是在那里！也没有想过要任何人的命！一群白痴！傻瓜！""阿莱克斯，既然你安置了炸弹，那么拆除炸弹的人就有被炸死的可能。""我知道。我必须走。""阿莱克斯,如果那两个人死了,也并不能完全责怪他们。六年前的那次爆炸,同样的事情也完全可能发生。你自己安放的一枚地雷不也是没有引爆嘛。""我知道,但我必须走。""武装抵抗是一种战斗,阿莱克斯。而开枪放炮并不是散糖果。如果你试图暗杀帕帕多普洛斯的计划成功了,天晓得有多少人会与他一同丧命。""我知道。但我必须走。""你走不成!这次我要阻止你!"

你没有走成,这倒不是因为我给你施加了压力,而是因为你的性格使然,所说的和所做的正好相反。很明显,我想,这两个人的死给你心里造成的不安是暂时的,很快你就意识到,远离雅典,在别的地方待一段时间是明智的。你甚至没有再提起走这件事。自从我们俩那次谈话之后,一个月的时间过去了。之后,我们会发现发生了一连串戏剧性事件。我们一起去了罗马,但刚到罗马,你就嚷着必须去米兰。这让我产生了怀疑,尤其是因为你没有给出一个去米兰的令人信服的理由。"用眼睛看着我,阿莱克斯。究竟是米兰,还是雅典?""雅典?跟雅典有什么关系?再说了,如果你想弄清楚我究竟去的是不是米兰,干脆你就与我一起去米兰好了。""可以呀。""今晚吗?""今晚。""那就预订卧铺车票吧。""卧铺车票?但你从来不乘卧铺火车!你总是说卧铺危险,是个陷阱,谁都可以从乘务员那里偷到钥匙,溜进卧铺包间,还是坐飞机更安全。""不,不坐飞机,今天不坐飞机。"我订了卧铺票。整天你都在想方设法散布去米兰的消息:在装有窃听器的房间里打电话,好几次向值班人员打听有没有卧铺包间,高声询问火车准确的发车时刻。结果弄得当我们离开旅馆的时候,没有人不知道你的出行计划。通过这一番折腾之后,我们到了火车站,进了卧铺包间,乘务员帮我们安放行李。在包间里,一场出其不意的喜剧上演了。"你不喜欢跟我一起去米兰吧!""不喜欢?阿莱克斯。我不是人都在这儿了吗?""你在这儿拉着脸,我可不能忍受拉着脸的人。""你错了。""我没有错,我不想和你一起去米兰。我不想和一个给我脸色的人一起待在一个包间里。""你听我说,阿莱克斯。去米兰的主意是你提出的啊,我没有任何理由去米兰。我没有拉着脸,我也没有做什么脸色给你看,你是在故意找碴。你大概不会坚持认为丘吉尔是今天早晨死的,是在二十岁的时候去世的吧?"当我说这些的时候,我已意识到,坐卧铺到米兰的整个安排只不过是一个为了欺骗我的诡计,是想欺骗所有那些监视你行动的人。你这样做是为了一个人乘飞机去雅典。你又一次对我说了谎，我又一次极其愚蠢地中了你的圈套。我看了一下表，离火车发车还有一分钟。马上站长就要吹哨，火车即将启动，已经没有时间来卸下行李了。另外，这也可能引起别人的注意，破坏你的计划。事到如今，简直没有办法，什么也不能做。我一屁股坐在铺位上，小声地说："你没有必要这么做。"你回答说："不，我做不到。"站长吹响了哨子。你冲进过道，跑到门那里，打开车门，跳了出去。火车开动了，你低着头在站台上跑动，连头都没有回一下。

一天，两天，三天过去了。我在想：我绝不会原谅你的这次举动。事实上，我一回到林中的那个住所就开始收拾我的东西，给你留下一封信，说明我拒绝维持这种关系的原因。我在信中写道：我不是那个织着布等尤利西斯回来的珀涅罗珀，我自己就是尤利西斯，我一直都像尤利西斯一样生活着。只是为了你，我才背叛了我的天性，成了桑丘·潘沙。但你不应该忘乎所以，为所欲为。不管怎么说，桑丘·潘沙跟随堂吉诃德，至少能得到他的信任，绝不会把他作为一包行李扔在火车上。但四天之后，当我看到你的处境时，满腹的牢骚就烟消云散了。你的脸看上去像一副狂欢节的假面具：半边紫红，半边苍白，两者颜色的界限从额头开始，经鼻子一直延伸到下巴和脖子。白的那半边，眼睛还正常，红的那半边，眼睛肿得吓人。"你到底怎么了？"你没有回答我，拿起一瓶葡萄酒，拧开盖子喝起来。你一句话不说，闷头闷脑，一杯接一杯往嘴里灌。从你嘴里断断续续吐出来的唯一几个字是："怎么还没醉，怎么还没醉。"你确实没有醉，你的目光依然有神，你说的话条理清晰，双脚站得仍旧稳健。半瓶下肚后，你走向酒柜。那儿放着你不喜欢喝的烈性酒，你把存放的所有烈性酒全部拿出来，排在桌子上，又开始喝起来，一会儿喝这一瓶，一会儿喝那一瓶。你故意混着喝，什么伏特加呀，威士忌呀，法国白兰地呀，全部混在一起。然后，拿出人们吞药丸的决心，一股脑儿把混合酒喝下去。最终，你总算如愿以偿，喝得酩酊大醉。喝到了饮酒的第三阶段，即暂时的死亡。但这次并没有使你进入无边无际的梦幻之乡，没有让你沉入忘却一切的甜美之境，没有使你坠入虚无缥缈的幽深之谷。你很快就恢复了知觉。随着苏醒而来的是撕裂肺腑的叹息、哭泣和让你窒息的抽噎。几个单调的语词通过泪湿的手巾断断续续地传出来："走开，他们叫我走开！走开！走开！走开！""谁叫你走开？谁？""他们。是他们对我说的。走开！

走开！走开！走开！走开！"我花了一整晚的时间，才弄清楚在雅典究竟发生了什么事。原来，五颗炸弹爆炸和死了两个人之后，就没有人敢来找你，也不允许你去接近他们了。只有两个人愿意与你在海滩碰头，但不愿意听你讲任何东西，只是来与你告别：对你这种斗争方式再也不感兴趣了，所以决定加入某个政党，并且很快就会加入。"祝你顺利，再见。"当我问你在哪儿过的夜时，你指着紫红的那一半脸说："和乞丐与流浪狗一起过的夜。"然后，你说出了真情：找不到休息的地方，到黎明时你只好返回海滩。你侧身躺下，半边脸枕着沙滩，半边脸迎着初升的太阳。不一会儿，你就晕过去了。懵懵懂懂在那儿一直待到下午。当你睁开眼睛时，发现自己身边围着一群孩子。他们用手捅你，往你身上泼水取乐。"他死了！他死了！"你没有反抗，因为你没有力气。你站起来，向机场走去。"我的半边脸和一只眼睛在发痒，这个季节的雅典，太阳几乎和夏天一样火辣。我怕他们会看见。幸好他们什么也没有注意到。后来在火车上才发红的。"我给你抹上治疗晒伤的药膏，试图安慰你："阿莱克斯，下次外出的话……"你打断了我的话："不会有下次了。从今以后，我真的就流亡国外了。这样更好，因为我不再相信炸弹、爆炸和武器了。任何一个蠢货都会扣动扳机，点燃导火线，让两个人毙命，甚至杀死一个暴君。然后呢？又有什么变化？一个暴君死了，他们会创造另一个出来，而通常说来，那些未来的暴君才是真正开枪的人。不，尸横遍野并不会使世界变得让人更容易忍受一些。要用思想！真正的炸弹是思想！啊，上帝！我的上帝！我浪费了多少年华啊！现在该是我认真思考的时候了。麻烦的是我太累了，感到了一种令人恐怖的疲惫。"

这是你第一次对我说：真正的炸弹是思想，任何蠢货都能扣动扳机，点燃导火线，让两个人毙命，甚至杀死一个暴君。我无比惊讶地看着你。你是何时开始明白这个道理的呢？是什么原因促使你得出了这个与你的性格截然相反的结论的呢？难道是那两个人的死亡？是你遭到了你那人数少得可怜的军队的反对？或者是这些事件埋下的种子在你的内心深处突然萌发什么东西了？如果你真的能够开始思索，真的能够形成直觉，那些直到今天你都只能通过简短的句子或诗来表达的直觉，那该是一个多么大的胜利啊！如果你真的能够成功地面对事实，那该是一种多么珍贵的恩赐啊！这些事实，由于我们认为没有必要，或者由于我们缺乏勇气，由于盲目和知识偏见的蒙蔽，使我们视而不见。比如总是找借口，说什么你是孤身一人呀，无论你做什么都是单枪匹马呀之类。其实这是一种有利条件，没有什么不好。是的，不能否认，这会给人带来一种痛苦和沉重的负担。但这也有它的好处，因为这是人类斗争的唯一方式，是坚信自由，使世界变得更为美好、更为理性、更容易让人接受的唯一途径。因为世界不是一个抽象的概念，世界是具体的我，具体的你，具体的他。如果我不能改变，你不能改变，他不能改变，每个个体不能独立地、个别地、自发地发生改变，那一切都不能改变，我们仍然是奴隶。事实是你已经承认自己筋疲力尽。实际上，我早就注意到你疲惫的事实了。如果让我回顾最近几个星期以来发生的事情，我就能说出是什么时候让我明显感觉到的。现在让我来告诉你。

* * *

今年初春，也就是早在那次倒霉的雅典之行之前，这次雅典之行让你想过一种有意义的流亡生活的希望彻底破灭，我们在林中的那个居所被人发现了。当我们注意到有一群穿蓝色牛仔裤的年轻人从早到晚都在车站附近的栅门外徘徊时，我们意识到了这一事实。这是帮行动古怪的年轻人：看他们的样子，他们确实是在等车，但公共汽车来的时候，他们又不上车。另外从远处看，他们好像在热烈地争论，但当你走近他们的时候，个个却又装聋作哑。仿佛他们并不想让我们知道他们说的是哪种语言。他们人数不定，有时三个，有时五个，但有两个皮带扣上有旋十字图案的人总是在场。是意大利人？还是希腊人？说不准。我们自然也想到那种可能，他们不过是一些喜欢在那里扎堆的游手好闲之人，或者认为，那两个皮带扣上有旋十字图案的人就住在别墅里，但我们在栅门附近又从来没有见到过他们。最终我们只能认定，他们的出现完全是由于你的原因。难道他们是被哪个对你的行动感兴趣、想监视你在国外行踪的人派来的？或者是被哪个想绑架你、暗杀你的人派来的？第一个星期，你想去责问他们，但后来改变了主意，心想，如果他们没有用语言和行动来冒犯我们，我们就不便前去责问。最明智的做法就是假装没有注意到他们。你表现出来的唯一具有挑衅性的动作，就是进出门的时候像舞动一把剑一样地挥动你的烟斗，换句话说，就是那烟斗倒着握在手里。"你知道这武器怎么用吗？要是有人攻击你，你就用它捅他的眼睛。""要是捅不着眼睛呢？""没关系，只要捅着他，都会捅出一个窟窿来。当然，只要烟斗柄是直的，不弯就行。"我说："我们最好是买一把手枪，我想买一把手枪放在我的皮包里。"你不同意我的说法。"不！不需要武器！我禁止你买枪！"你只想着用直柄烟斗，而不是用弯柄烟斗做武器，你对烟斗的信任无以复加，以至对我的担忧置若罔闻。但话又说回来，我确实从未看见你拿过枪。你被人们认为是一个爆破专家，热衷于炸药与武器的人，但却对武器怀有一种本能的厌恶。你不知道怎样使用它们，甚至拿猎枪的姿势都不对：总是枪托举得太低，不能把你的脸贴着它，所以老是打不准。即使有一只鸟儿在两米外的树枝上睡觉，你也打不中。你还自嘲地说："要是我下次再看到它，我就用烟斗把它打下来！"

还是来说说那伙穿蓝色牛仔裤的年轻人吧：随着春天的消失，气候变得愈来愈暖和，在夏日临近的时候，门外那伙年轻人无声的折腾结束了，但取而代之的是一种更加凶狠、更加残酷的折磨。每天夜里，我们刚一熄灯开始上床时，从铁栏杆阳台上的那扇窗户就会射进来一束明晃晃的光柱，如同发光的石头砸到我们身上。我们始终没有弄明白，这道强光是怎么射进来的，为什么会射得这么准？我们向花园望去，发现光源离得很远，光线来自花园墙外的松树后面。它要射进我们的窗户，必须穿过好几十棵树，并且找到没有树干与枝叶遮挡的空间。但它居然做到了，尽管还有百叶窗的遮挡。这道强光没完没了地折磨我们：一会儿慢慢从墙上移到天花板或床上，一会儿从下方跑到上方，从右边挪到左边，仿佛在画十字；一会儿又捉摸不定地来回摇晃，射我们的眼睛，让人火冒三丈，无法忍受。这时，你失去了你的理智，你无法忍受这股在你眼睛前晃来晃去的光。你跑去打开百叶窗，跳进阳台，大声喊道："胆小鬼！从暗地里出来！胆小鬼，你们不出来，我就下来找你们。"你当然没有下去。你很清楚，如果下去，那就正中了他们的下怀。他们就是想激怒你，诱你下楼，揍你一顿，然后倒打一钉耙，说你先动手。但有一次，你再也控制不住自己了。就在强光照射我们眼睛的那一刻，我看见你纵身从床上跳起来，穿上袜子，套上鞋，还没有等我反应过来，你就冲上阳台怒吼起来："我来啦！"然后，你奔向门。我急忙拦着你，拔出门钥匙，攥在手中。你一阵狂怒，试图让我松手，想掰开我的手指。你紧紧抓住我的手指，但你的劲用得愈大，我就攥得愈紧。于是你抓住我的手腕，狠狠拧我的胳膊,好像要把它拧断似的。你把我掀翻在地,压在我身上。我很难反抗,因为我只能用一只胳膊、一只手来对付你。但我还是竭尽全力,与你扭打在一起。这是一场无声的恶战,就像两条缠绕在一起的蛇,都想绞死对方。双方互不让步,拳打脚踢,一声不响。唯一的动静就是双方呼哧呼哧的喘气声。突然,我的肚子被你狠狠踢了一脚。一阵剧烈的疼痛。钥匙落在你手里。我的声音打破沉默,说出了一个你不知道的事实:"孩子!"

你好像脑门上挨了一枪似的,完全僵住了。你看了我几秒钟,惊得目瞪口呆。然后伤心地祈祷:"啊,上帝!我的上帝!"你站起来,不再理会那道继续转动,在我们身上、我们周围摇晃的光,甚至没有注意躺在地板上的我。我腹痛难忍,犹如万箭钻心。你突然狂笑不止,如同疯了一般,又笑,又哭,又蹦,又跳,还拍起手来。你甚至没有感觉到我的痛苦,事实上并不是出于安慰,最终,你把我抱起来,缓缓地放在床上,并把你的头贴在我肚子上。你轻声细语地说:"早安,孩子。你是锚中的锚,链中的链,是欢乐中的欢乐,美酒中的美酒;你还不知道我是谁,我是你;你也不知道你是谁,你是我;你是不会死亡的生命;生命,生命,生命。摆脱黑暗吧,孩子,赶快摆脱黑暗,让我们远走他乡,去一个他们不能找到我们的地方,我们可以在那儿尽情地玩。痛苦我受够了,斗争我厌倦了。"这种疯疯癫癫的独白,甜蜜,美好,但同时也让我心如刀绞,愁肠寸断。后悔没有事先告诉你,后悔以前没有意识到,孩子是唯一能改变你命运的这个事实。如果我意识到了,我就不会跑去拔门上的钥匙,不会和你扭打在一起,就能避免那致命的一脚。毋庸置疑,你那一脚是致命的。种种征兆,明白无误。我相信,任何奇迹也不能使我肚子里死去的胎儿复活。尽管如此,我依然沉默不语,不忍心让你那种虚幻的幸福感破灭。我想,还是让你保持几个小时的幻觉吧。我一动不动,想恢复体力,以便拖着身体去找医生。第二天早晨,为了不吵醒你,我小心翼翼起床,悄悄离开你,出了门,想去证实我早已知道的那个结果。但我这样做并没有想到以后告诉你,情况有可能更糟,因为你会受到更大的刺激,再次产生复杂的负罪感。每次想起那些你曾经爱过并且死去的人,你父亲,你哥哥乔治和波里卡尔布·盖奥尔加吉斯,你都会产生这种负罪感。"我是死神。我带来死亡,散播死亡,"当你看到我和那个失去生命的、不成形的小东西时,你喃喃自语。然后,你消失了四天。第四天晚上,我再次见到你时，简直没有把你认出来。你两眼深凹，满脸胡子，衬衣上留下口红的印痕，浑身散发出一股酒臭味，走路摇摇晃晃，活像个吃喝嫖赌在外鬼混了四天四夜的无赖。天晓得你去了哪里，和谁在一起。你没有做任何解释，甚至没有问我的情况究竟如何。只是倒在摇椅里，语无伦次，筋疲力尽地牢骚："我老了，我已经老了。瞧，头发都白了。我腰酸，肝痛，还咳嗽。"

那一小撮银灰色的白发在博亚蒂就有了。腰酸很轻微，是由风湿引起的。肝痛是饮酒的结果。咳嗽显然是抽烟太多。但在那一刻，你确实相信自己老了。你觉得你被生活打败了。

* * *

你终于开始思考问题。有时很痛苦，有时很天真。也许一些需要深入探讨的想法被你轻易忽视了，而一些显而易见的真理，你又把它们当成了刚发现的新大陆。你经常拾人牙慧，重复一百五十年前某个无政府主义者宣布的原则。南尼透过他那副厚厚的眼镜，一眼就看出了这一点。但不管怎么说，你终于开始思考了，令人惊奇地摆脱了知识分子武断的模式，尤其是这些年来，这种模式蒙蔽和欺骗了不少人。你阅读，写作，不管是在家里还是在旅馆里，我总会看见你不断地读，不断地写。你给我翻译或朗诵短文、手稿、札记，像一个孩子在学校写了一篇好作文一样扬扬得意：听听我今天写了什么，看看我今天得出了什么结论，让我读给你听。"这是一个崇尚'主义'的时代。什么共产主义、资本主义、马克思主义、历史主义、进步主义、社会主义、修正主义、工团主义、联合主义、法西斯主义，但没有人发现，任何'主义'都和狂热主义纠缠在一起。这也是一个'反'字不离口的时代。比如反共产主义者、反资本主义者、反马克思主义者、反历史主义者、反进步主义者、反社会主义者、反修正主义者、反工团主义者、反联合主义者，比比皆是，但没有人注意到，这任何'者'其实都与法西斯主义者脱不了干系。没有人认为，真正的法西斯主义原则上都是'反'字当头的，出于想当然，事先就否认每一种思想倾向中都有其合理的成分，或至少有某种可以用来寻找合理的东西。它将自己禁锢在教条中，盲目地相信自己掌握了绝对的真理。无论是圣母玛利亚的教条，还是无产阶级专政的教条，或是法律和秩序的教条，它们都消弭了自由的重要性与意义，而自由却是唯一无可辩驳、不容争议的概念。实际上,'自由'这个词没有同义词,它只能加形容词前缀或其他修饰性成分,如:个人自由、集体自由、人格自由、道德自由、人身自由、个性自由、宗教自由、政治自由、文明自由、商业自由、法律自由、社会自由、艺术自由;言论自由、舆论自由、信仰自由、出版自由、罢工自由、演讲自由、信念自由、思想自由。总之,它是唯一可以接受的狂热主义,因为要是没有它,人就不成其为人,思想就不成其为思想。""好样的!""你喜欢?你真的喜欢?那就接着听下去,下面说的更重要,是关于左派和右派的,我要说到那些卑鄙的假左派知识分子,他们真的让我恶心。"你挥动着那张满是记号、涂改得很厉害的纸,又开始滔滔不绝地说起来。

"许多知识分子认为,作为知识分子就意味着要去提出理论,或发展、修改理论,然后占为己有,按照某些模式和绝对真理来解释生活。他们在这样做的时候,不考虑现实,不考虑他人,甚至不考虑他们自己。换句话说,他们拒不承认他们本身并不仅仅是由大脑构成的,除大脑之外,他们还有心,或类似心的东西,有内脏和肌肉,所以感情和欲望与理智无关,并不受理智的控制。这些知识分子并不聪明,是些白痴。总而言之,他们根本不是什么知识分子,而是某种意识形态狂热的传教士。由于这种狂热的愚蠢,他们不能意识到,一旦他们和这种意识形态成婚,要是他们成的是那种不准调情、不准离异的婚,情况更糟,这样,他们就再也不能自由思考了。因为所有的东西都得顺从它,判断所有的事物都得遵循这样的模式:一边是地狱,另一边是天堂;这样做是合法,那样做是非法。所以,为了所谓的一致,他们的言行就变得不一致,更有甚者,变得卑鄙龌龊,下流无耻。比如左派知识分子,今天那些赶时髦的知识分子,或者说那些贪图便利,因恐惧和缺乏想象力而赶时髦的知识分子,他们总是随时准备谴责右的专制制度。这并没有错,但他们绝不会,或几乎从来没有谴责过左的专制制度。对于前者,他们分析,研究,又是写书,又是发表宣言,进行不懈地斗争。对于后者,他们保持沉默,要不为之辩解,顶多扭扭捏捏、胆胆怯怯做点批评。有时,他们甚至会引用马基雅维利的观点进行狡辩:为了达到目的,可以不择手段。什么目的?是按照抽象原则和数学计算建立起来的一个社会吗?是的,二加二等于四,正题加反题等于合题,但他们忽视了在现代数学中,二加二不一定非得要等于四,也许可以等于三十六。他们忽视了在先进的哲学里,正题与反题是同一个东西，物质与反物质是同一实体的两个方面。由于这种计算，由于可悲的意识形态的狂热，由于幻想或主观的臆断，他们认为善和美只能够在一边存在。如果种族灭绝、大屠杀、滥用权力发生在右边，他们就认为是非法的；如果同样的情况发生在左边，他们就会认为是合法的，或至少是可以原谅的。结论就是：意识形态就是我们这个时代的重大疾病，而那些愚蠢的知识分子就是传染这种疾病的媒介。那些世俗的传教士不愿承认，生活（他们管它叫历史）本身会打乱他们精神的手淫，从而证明那些教条完全是人为的，支离破碎的，与事实相悖的。如果不是这样，那为什么共产主义政权会重蹈资本主义政权罪恶的覆辙呢？为什么它们也同样有法西斯政权中才有的约安尼迪斯、哈慈齐科斯、塞奥菲洛亚纳科斯和扎卡拉基斯呢？为什么它们会相互攻击，要用像爱国主义、狭隘的民族主义这样的感情与需要来支撑自己呢？是到了该谴责这种疾病的时候了，不必胆怯，不必犹豫，不必恐惧。要做到这一点，仅止步于马克思和马克思主义者是远远不够的，我们必须至少上溯到两千年前的基督教思想。正是基督教思想孕育了人为的切分，这样做合法，那样做不合法；一边是天堂，另一边是地狱。今天，我们头脑的主人，那些左派的神学家，完全是在重犯他们前辈的错误：从旗杆上取下十字旗，换上镰刀斧头旗。你会发现，这是换汤不换药，新换的旗只不过是一块同样飘扬着特权、野心和欺诈的破布。"你接着问我："你喜欢？真的喜欢？当然，它们只是些笔记。太遗憾了，我在博亚蒂的时候没有把它们记下来。事实是在监狱里，你无法思考。你会有大量的时间，但你无法思考。如果能写几首诗的话，已经不错了。"

你在研究。比如研究蒲鲁东，他鼓吹自由、反对暴力的社会主义就很适合你的胃口。然后是柏拉图，尽管我不理解，你究竟能在柏拉图的著作里找到什么东西。再接下来是像加缪这样的作家。你管加缪叫加米，因为在希腊语里，常把字母"u"念成"i"，于是加缪（Camus）就被读成加米（Camis），你怎么也没办法正确发好这个音。"加缪！""加米！"你崇拜加缪（你读成加米），因为你年轻时偶尔读到过一篇他与萨特论战的文章。你提到加缪时说："他是一个敢于反对救世主绝对观点的理想主义者。"有时你会在加缪的东西中加进一些你自己的私货，比如一个句子，一个比喻，一种思想，或者改变说法以符合你的胃口。你常常朗读一些能表达你观点的段落。"听听这段：'有组织的宗教不能满足现代人的需要。在我们这个时代玩弄宗教的把戏毫无意义。不管它们是来自教会，还是穿上新的，或貌似新的马克思主义的外衣献身，都毫无意义。'再听这段：'一个有理智的人不能接受一种这样的意识形态，这种意识形态要求他把所有的一切都贡献给他的国家，并把他看成是国家的一个被动的客体。以历史使命的方式来谈论人是令人厌恶的，也是危险的。因为在书本这样说了之后，就该由警察来说话了：规定我几点该睡觉或不该睡觉，什么时间可以喝酒或不可以喝酒，到头来，就会让我到红场去排队，去给圣列宁墓下跪。不，不能完全以逻辑与历史的名义为任何事辩护。创造历史的并不是逻辑！'""加缪不是这么说的，阿莱克斯。他说，历史并不是一切。此外，他并没有提到什么酒和圣列宁墓。""这有什么关系？我来替他补充，使其更完整。"有时恰恰相反，你会抄写一些片段，就像在羊皮上誊写《圣经》的誊写员一样认真，然后一字一句地念给我听："今天，我们必须提出两个问题。你能否接受，直接或间接地接受，被人杀死或成为暴力牺牲品这一事实？你们是否愿意，直接或间接地愿意，去杀死别人或使用暴力？那些对这两个问题做出了回答的人，肯定自然而然就会承担一系列的后果，由此就会以一种全新的方式提出如何进行斗争的问题。"你接着念："因为人已经把他整个儿交给了历史，所以他就再也不能扮演他自身的角色，而这一角色与历史相连的那一角色是同等真实的。于是，我们便生活在恐惧中。为了摆脱这种恐惧，我们必须用我们自己的头脑来思考问题和采取行动。千百万欧洲人的命运正处于危险之中，他们饱尝暴力与谎言之苦，丧失了他们心中最美好的希望，他们对那种去杀害同胞的想法已心生厌恶，哪怕这种想法是为了使他们觉悟，他们厌恶被迫去相信这同一种制度。"你似乎想在这几页中找到你发生转变的证据：你不再相信炸弹、爆炸、武器与流血斗争了。

你转变得如此彻底，以至我不再好奇究竟是什么原因促使了你的转变，是埋藏在你内心的种子发了芽，还是因为胎儿的夭折萌发了你对和平的渴望？你对过去冒险的行动与荒唐的挑战，既不表示悔恨，也不表示怀念。你现在所做的一切，似乎都是合情合理的：参加会议与群众集会，在侨民中散发你那本已经出版的诗集，去布鲁塞尔会见欧洲共同市场的领导们。即使是你新冒出的疯狂想法也比以前平和多了，至少可以理解并被接受。你只要求意大利电台给你挪出一点时间,每两周向希腊听众广播一次。类似的节目在法国、英国和德国开播了,但由于距离太远,希腊的听众无法收听。相较而言,意大利电台则不同,它可以覆盖爱奥尼亚海和爱琴海之间的所有地区。所以你不断地去罗马,向部长、副部长、政党领导人做解释。你执着,耐心,顽强,即使他们无动于衷,虚伪狡诈,用"我们看看再说,我们研究一下再考虑"之类的说辞来搪塞你,你也绝不灰心气馁。甚至当你明白,你的努力不会有任何结果,他们的冷漠、狡诈和搪塞不会使事情有任何进展时,你也坚持不懈。"太遗憾了,"你说,"又是一件痛苦的事,必须再次付出代价。"现在,这成了你的口头禅。每次听到你这么说,我都不敢相信自己的耳朵,因为你身边能促使你重走老路的各种诱惑就像召唤尤利西斯的塞壬之歌。"奥德修斯,奥德修斯!来吧,啊,勇敢的奥德修斯!你听我们说,拉埃特斯的儿子!请停下上岸!"在欧洲,巴勒斯坦人仍在到处制造惨案;在德国,城市骚乱已成家常便饭;在意大利,暴力哲学的泛滥与日俱增。绑架、勒索、枪击、杀人已不再是右派的专利,也成了极左派令人发指的做法。不难看出,这些现象在短时间内不会消失,它们还会不断增长,甚至成为一种时尚。要是这些塞壬们解开了尤利西斯把自己拴在桅杆上的那根绳子会怎么样呢?要是尤利西斯听从了它们的召唤,忘记了自己的转变,重新与风车作战,情况又会如何呢?回答我的是一声粗犷的怒吼:"你完全不理解我,一点也不理解!你怎么能含沙射影地说我与那些狂热的信徒、那些搞恐怖主义的官僚在某些方面是一样的呢?你怎么能认为我与那些在那个方便的民主国家——尽管糟糕但仍然是民主国家,尽管恶心但仍然是民主国家——像约翰·韦恩[①]一样乱开枪的亡命之徒,以及那些不敢面对严刑拷打和专制政权行刑队的宗派主义者是一路货色呢?我不是恐怖主义者!从来就不是!我相信民主!我反对一切暴君,难道你忘了?我不许你把我和那些为他们抽象的意识形态模式而不惜流血的可怜虫混为一谈!不允许。他们是些披着红色外衣的法西斯,是冒牌的革命家!"从那天起,"冒牌的革命家"这一说法就成了你的口头禅。为了谴责民主政体表现出的那种胆怯与软弱,你更喜欢说:"这不是自由,而是戏弄自由。"一天晚上,罗马一片混乱,窗户被打碎,商店遭袭击,

---

[①] 约翰·韦恩(John Wayne):美国著名电影演员。

汽车被焚毁，我终于明白，为什么你会在蒲鲁东和加缪的旁边还要摆本柏拉图。你翻开柏拉图著作其中的一页，开始朗读起来："如果一个渴望自由美酒的民族拥有一伙蹩脚斟酒的领导人，人们想要多少他们就斟多少，直至把整个民族灌醉，那接下来就会发生这样的事情：当统治者拒绝满足他们提出的愈来愈多的要求时，他们就会宣布他为恶棍，并指责他想剥夺自由。我们也会发现这样的现象，如果一个人对他的上司表现得唯唯诺诺，他就会被认为是一个没有个性的人，一个奴隶。如果胆怯的父亲对他的儿子同样胆怯，那儿子对他的父母就不会有任何惧怕和敬重。如果师傅不敢训斥徒弟，并一味地取悦他们，那徒弟就会嘲笑师傅，并要求和长辈享有同等的权利与待遇。而长辈为了不显得过分严厉，就会顺从年轻人。这样一来，公民的灵魂就会极端痛苦，只要出现顺从的情况，大多数人就会义愤填膺，拒绝服从。到头来，所有人都会无视成文或不成文的法律，对任何东西都不关心，都不尊重。在这种放任自流的局面中，暴政就会埋下它的种子，并开花结果。实际上，所有过分的做法都会导向它的反面。就像季节的交替，植物的生长，物体的运动，都是这样，国家的政权更是如此。"

但那个得势的政权，那个用强权来剥夺一切但没有倒台的政权是多么愚蠢啊！是多么盲目、闭塞和无知啊！当天晚上，那个拒绝发给你去美国签证的基辛格来罗马进行正式访问，由一百一十名年轻的警卫护送，受到了如一个东方总督般的高贵待遇。他下榻的就是我们住的那个旅馆。从那一刻起，你这个宣称反对暴力、背诵柏拉图的人受到了比全城任何人更严密的监视。我们隔壁的房间住进了他的保镖。不会弄错，他们穿着花里胡哨的夏威夷衬衫，毛茸茸的手里拿着啤酒罐头，他们的同事从对面楼房半开的窗户一直监视我们。仿佛这还不够，我们这层楼的整个过道里到处都是腰别手枪的便衣。他们的任务之一就是搜查我们的抽屉。有两次我们回到房间，发现我们的东西被挪动过，或变了样。我之前说政权是盲目、闭塞和无知的，这个说法多半是错的。看来，政权能看到一切，听到一切，知道一切。政权这会儿知道那个可怜虫的真正敌人，其实不是那些面目不清的可以向无辜、手无寸铁的平民开枪的街头暴乱分子，而是你。

第三章

　　七月中旬的一天早晨，你醒来时说道："军政府要完蛋了。"然后你告诉我，你夜里做了一个梦。根据这个梦，你感觉到了军政府即将垮台的预兆。你梦见自己置身于一口深井的井底，井里有很多鱼，井底一片漆黑，以至于从井底往上看，天空只不过是一束遥远的微光。你待在井底的时间无法计算，也许有几个世纪，你唯一的愿望是逃离，朝天空的方向，爬出井口。但井壁太滑，连一个洞孔都没有，没有一个地方可以搁脚，你只有希望奇迹的出现。突然，奇迹发生了，井壁出现了洞孔，变得凹凹凸凸，你开始往上攀爬。攀爬过程无比艰难，因为你经常滑下去，掉在鱼群之中，不得不重新开始。付出了九牛二虎之力，最后你终于爬到了井口。你抓住井口，喘了一口气，看了看井口的外面。周围是一片满是砾石的不毛之地，一座山峰耸立在这片不毛之地的中间，山顶悬着一块巨石。突然，山体发出一种震耳欲聋的巨响，顿时山摇地动，那块巨石开始晃动起来，向前倾斜。随即崩裂，从山顶滚落下来，摔成无数的碎渣，像那些不毛之地上的砾石。你欣喜若狂，激动不已。但好景不长，转瞬之间，你变得怒不可遏，因为山顶上又出现了另一颗巨石，和第一颗一模一样，但却岿然不动地耸立在那里。这种情况让你非常愤怒，于是在你心中萌发了一种想去把它推倒的强烈冲动。你想爬出井口，但一切都是徒劳。一种神秘的力量让你的双腿像铅一般沉重，你的胳膊软弱无力。你一次次地努力，但总是无济于事。你绝望地待在井口，痛苦无比。你认识到，那块巨石必须被推倒。如果你不去推它，它是绝不会像第一块巨石那样倾倒、崩裂，从山顶上滚落下来，并摔成碎片的。这种有心无力的痛苦不知持续了多长时间，在梦中好像持续了很久很久。季节在交替，气候由热变冷，又由冷变热，从晴天到雨天，从雨天到晴天，你始终趴在井口，一半身体在井外，一半身体在井内，就这样死死地盯住那块巨石。但你似乎记得开始的时候是夏天，后来下了两场雪，燕子飞来过两次。事实上，正是燕子又飞来的时候，你准备采取行动，而不仅仅是干瞪着眼。你探出身子，抓起一块石头，想向那块巨石掷去，以使它失去平衡。你意识到，这显然是一个危险的动作，因为你知道在某个时候，井壁的洞孔和凹凸不平已经不见了。要是你再次掉下去，就绝不可能爬上来。但是你知道还是应该试一试，于是探出身子捡起了一块石头。你举起石头，准备把它扔出去。但你正准备把它扔出去的时候，从巨石的方向突然刮来一阵狂风。狂风迎面向你吹来，来势凶猛，使你松了手。你又掉入井底，落在了鱼群之中，永远也无望爬上来。

"多么恐怖的梦啊！阿莱克斯。""是的，太可怕了。我不能释怀，无法忘掉。""但那梦说军政府要垮台还是让人欣慰的。""不，它不仅仅预言军政府要垮台。让我永远掉进深井的并不是军政府，而是军政府的继承人。""喂，别说了！你并没有掉进什么深井。你梦到这些是因为你整天都在想它们。我们睡觉时做的梦不过是白天思想的反映。科学证明……""科学并不存在，科学是一种见解。它什么也证明不了，至少不能证明生命与死亡。"你对这个梦的其他部分做了解释，我没有和你争论。你认为那座山代表权力，是永远压在我们头上、无法摆脱的权力；悬在山顶的那块巨石代表政权，权力用政权来为自己服务，直到权力决定废除它，在一个更有利可图的环境中用另一个政权来取代它。独裁、民主、革命全是压在山顶上的巨石。所有的巨石都是一样的，自从人组成部落以来都使人类承受同样的苦难。但如果那块滚落下来摔成碎渣的巨石是军政府的话，那重新出现的巨石又是谁呢？它已经取代了军政府，为什么你还要推倒它呢？是因为它始终让你待在井口，一半身子在外，一半身子在内，使你无法爬出井口吗？这就是我想知道的。"但那块取代了军政府的巨石究竟是什么呢？它是谁？""你的意思是它应该有个名字，有张面孔吗？它当然有名字与面孔。""那么告诉我。""没必要，反正用不了多久你就会明白。""用不了多久？""是的，就是几天的工夫，说不定几小时。"二十四小时之后，塞浦路斯发生了政变，有人想杀死马里奥斯，土耳其入侵该岛。一个星期以后，军政府召集曾经被帕帕多普洛斯排挤的领导人，授权他们组成政府，以便在与土耳其的交战中拯救国家。但你并不为此感到高兴，而是不断嘟哝："山顶的巨石倒是崩裂了，但它仍压在山顶上。你什么时候去雅典？""我该何时去，或我们该何时去呢？""是你去。我不去。""为什么不去？我不理解。""当有人轻声向你问候'亲爱的朋友，我亲爱的年轻女士，见到你是多么荣幸啊！我读过你的书、你的文章，我是你的崇拜者，我们是同行，你知道吗？我也在写作'的时候，你会理解的。"

我一个人去了雅典。尽管当时不理解你说的话，但当我到雅典机场后一下子就明白了。我一下飞机，立即就被人拦住，被关进了一间小屋子。所有的旅客都让通过，包括从巴黎来的特奥多拉吉斯，但我的名字却被列在黑名单上。看来，在他们全部通过之前，我还得在小屋子里待一段时间。一个警察似乎同意我入境，另一个则持反对态度，他们在相互争论，试图达成一致意见。他们不知道我的入境该由谁来批准，是新的内阁部长，还是宪兵司令部？他们不清楚。前天晚上，卡拉曼利斯已从流亡地回来，并宣誓就任了总理。现在的政府内阁已由文官组成，他们中的大多数以前都是独裁政权的迫害对象。但吉齐基斯仍任共和国总统，约安尼迪斯仍继续控制着军队和宪兵司令部。前政权的要员一个也没有被逮捕，而政治犯却仍被关在狱中。不管从哪个角度看，人们都会觉得这是一场让人迷惑不解的闹剧。对这种事态，大家都说不清楚，不敢下结论，只知道军政府没有被推翻，只是让了位。这种让位并不是出于军政府的自愿，而是迫于美国的要求。美国明确反对在希腊和土耳其这两个北约成员国之间爆发一场战争。但一个政权的让位并不意味着它就寿终正寝了，如果它让位的同时还把持着像总统这样的关键职位，还仍然控制着军队和警察，那实际上它一夜之间就可以重新夺回政权。所以，局势完全有可能突然发生改变，一切都取决于约安尼迪斯。只有在美国大使发出了华盛顿的最后通牒后，他才会做出让步，这已是公开的秘密。但约安尼迪斯仍然叫嚷着自己被出卖了，他指责中央情报局建议他在塞浦路斯搞政变是个错误。他声嘶力竭地说："他们欺骗我，我太天真了。"但他现在根本不认为自己失败了，他不断发出暗示，他会用军队来捍卫他的荣誉，用坦克来对付任何侵犯。人们感到诚惶诚恐。当初的激情已成明日黄花，如今大多数人把自己关在家里，避免卷入事端，招来麻烦。没有人再谈论自由，最多只能谈谈自由的味道。卡拉曼利斯本人总是脾气暴躁，情绪低落，似乎预料到局势会变得更糟。只有新任国防部长阿维罗夫显得无忧无虑。正是他见到我的时候用清脆的声音对我说："亲爱的朋友，我亲爱的年轻女士，见到你是多么荣幸啊！我读过你的书、你的文章，我是你的崇拜者，我们是同行，你知道吗？我也在写作。"

* * *

阿维罗夫在一名海军军官的陪同下站在我的卧室门口。他握我的那双手像不能用刀撬开的贝壳，尽管看上去软绵绵的，仿佛没有骨头。我好奇地打量他。在他拱起的眉毛下，那对眼珠子又圆又黑，它们时而逼视我，似乎在向我施催眠术，时而又骨碌碌地转，像两颗在油里浮动的橄榄。在他灰白色的胡子下长着一张非常滑稽的嘴巴，嘴巴看上去是瘪的，其实牙齿一颗不少。他笑容可掬，热情似火，如同一个恋爱中的人等他的心上人等得太久，终于等到可以和她同床共枕那一天一般。这个角色与他的外表或年龄极不相称：他大约六十岁，个子矮小，溜肩驼背，臀部肥大，圆腰腆肚。那张毫无吸引力的脸上还长着个歪歪扭扭的蒜头鼻。不过他额头很高，一副聪明相。这种聪明，无须去思考，你就能立即意识到。如果硬要说他不聪明的话，那至少也算得上是和聪明差不多的狡猾。另外，他是个性格强硬的人。这点你也感觉出来了。你一发现他的这种性格就惊诧不已，你说从他的外表和举止上判断，谁也不会得出他强硬的印象。然而这种强硬是存在的，就隐藏在他那身松松垮垮的皮囊之下。在紧闭的"贝壳"稍稍松开的那一瞬间，我抽回了我的手，并且说："请进，部长先生，请到屋里坐。"他进了屋，傲慢地打了个手势把那个军官支走，在扶手椅上坐下来，接着又对我恭维了一番。"先生，我没有想到会劳驾你到这里来，应该是我去拜访你才对。""亲爱的，我亲爱的朋友，一个有教养的男人是不会麻烦一名女士亲自去看他的，更何况还是一位如此端庄、如此迷人、如此著名的女士！要是我不来，那就太无礼，太粗俗了，简直不可饶恕。你能听得懂我的意大利语吗？"他说一口特别棒的意大利语，没有毛病，不带任何口音。"部长先生，你的意大利语说得很好，用词与发音都无可挑剔。即使帕纳古里斯也无法与你比。"我故意提到你的名字，想看他做何反应，但他没有任何反应，仿佛根本没有听到似的。"亲爱的，我亲爱的年轻女士，你知道吗！我是在意大利学的意大利语。当时我是战俘，被关在里米尼。""里米尼？扎卡拉基斯也当过战俘，被关在里米尼。""扎卡拉基斯是谁？""博亚蒂的监狱长，帕纳古里斯曾经待过的那个监狱。"他又没有接茬。"里米尼，罗马，了不起的岁月，我们就是在那几年学会意大利语的。""扎卡拉基斯并没有学会。部长先生，我想顺便问一下，像扎卡拉基斯、塞奥菲洛亚纳科斯、哈慈齐科斯这些人现在究竟怎么样了？当然，我最想问的是约安尼迪斯的情况。这些是大家都想知道的。如果军政府不再拥有权力，那么人们就会问，为什么约安尼迪斯还把控着宪兵司令部呢？"他叹了一口气，在椅子上挪动了两次身子，眼睛闭上，又睁开，最终来了一段慷慨激昂的开场白。在回答我棘手的问题之前，他介绍了一下背景情况。他说，这些背景没有人知道。许多人认为这次政局变动的原因是塞浦路斯，是塞浦路斯发生的这次愚蠢的政变。"啊，不对，亲爱的朋友！这样的看法是不对的，那仅仅是个引子。军人们之所以要抛弃这个国家的政府，原因是他们发现，一场灾难即将来自保加利亚。""保加利亚？！""是的，亲爱的朋友，是的，来自那帮共产党人。他们总是在各个地方伸出他们的爪子。请问，当我们和土耳其、塞浦路斯发生冲突时，那帮保加利亚的共产党人究竟干了些什么？他们在边境聚集了好几万人的军队。有五百架苏联战斗机，我说的是五百架战斗机，降落在保加利亚军用机场。有两千名苏联的技术顾问，我说的是两千名，从罗马尼亚派到保加利亚。军政府的军官们感到心惊胆战，整整三十六小时都处于极度的惊恐之中。这是他们生命中最绝望的三十六小时，因为……嗨，因为他们是爱国主义者，是顶呱呱的爱国主义者，包括约安尼迪斯在内。要说爱国，应首推约安尼迪斯。吉齐基斯召见了他的参谋部同僚，对他们说：'先生们，这个国家正面临生死存亡的时刻，要想拯救它，唯一的办法就是让文官来执政。'于是，他把我们叫来……"

他滔滔不绝地说呀说，一种莫名其妙的不安连同后悔与他接触的感觉一股脑儿地向我袭来。我这是为什么？是谁建议我这么做？不是你。你从没有提到过他的名字，也没有暗示过那个会柔声细语说"亲爱的朋友，亲爱的年轻女士"的人是他。那么是谁呢？哦，对了，是卡纳罗普洛斯，是前总理卡纳罗普洛斯。他在政变那天晚上被捕，本应在今天卡拉曼利斯的位子上。我认识卡纳罗普洛斯，我是在申请护照的那段时间认识他的。自此以后，我和他的关系很好。我喜欢他那张苦行僧般的、充满忧虑的脸,喜欢他的做派,一种不得志的老绅士的做派。我欣赏他的勇气和老派的开明想法,所以,我一从机场的小房间出来,就急急忙忙去找他。我们谈了很久,畅所欲言,但关于卡拉曼利斯突然回国这件事,他却避而不谈,用一种窘迫不安来回避它。他说他不能回答这个问题,他不想讨论此事。他突然说:"你可以去问阿维罗夫,向阿维罗夫讨教这个问题。"我给阿维罗夫打了电话,他提出要来我住的旅馆。这真是一件奇怪的事情。难道他有可能是那块山顶上的巨石吗?尽管他巧妙地谈到了保加利亚人,更巧妙地赞美了军政府中的那些要员,几乎是无耻地为他们开脱,但在他列举的证据链中仍缺乏一个环节。这个环节也许就在某处,唾手可得,但我仍然不能确定。这就像一个人到处找他的眼镜,而眼镜就架在他的鼻梁上。必须找到这个环节。我必须更加仔细地听他所讲的内容。"亲爱的朋友,现在让我来给你解释,吉齐基斯和他的幕僚是如何像绅士一样地对待我们的。即使有那件事,他们还是像绅士那样对待我。你肯定知道,去年夏天,我卷入了海军叛乱未遂事件,他们逮捕了我。但他们并没有伤我一根毫毛。真是无可指责。哦,我必须再强调一遍:他们做得真是无可指责。昨天……亲爱的,你想想看,我们分别到吉齐基斯那儿去,他站着迎接我们,礼数周全,十分友好,然后邀请我们坐下来,给我们倒橘子水和咖啡。等我们全部到齐后,他才坐下来,简明扼要地告诉我们,国家正面临一场巨大的灾难,为了拯救这个国家,整个军政府决定放弃除军事指挥权外的一切权力。随后,他把他的幕僚们叫来,他们挨个讲了同样的话。接着进行讨论。我们谈到应由谁来承担责任。吉齐基斯这时的表现确实令人钦佩。他诚实,通情达理,友善。他愿意自己来当替罪羊。他说:'一个政权垮台时总需要一只替罪羊,所以,就由我来扮演这个角色吧。先生们,我不想成为共和国总统,但我愿意接受这个职位,我做出牺牲是应该的。'好了,无须我多说,现在不是考虑接不接受这个建议的问题,我们必须做出承诺,要避免社会动乱,惩罚、报复行为的发生。我们必须在这些方面做出承诺。最后,我们谈到了关键性的问题:选择一个人来组阁,形成新政府。大多数人选的是卡纳罗普洛斯,但我想让卡拉曼利斯来干此事。""部长先生,为什么你要选卡拉曼利斯,而不选你自己呢?"他又露出了笑容:"很简单,亲爱的,非常简单!因为我不想放弃国防部!嗨,在这一点上我一向不含糊!一点也不含糊！""并且你如愿了。""是的，亲爱的年轻女士，不错。我想要的东西都能得到，我想要两样东西就能得到两样东西。"

国防部长，军队！这就是那根链条中所缺少的一环。那么。你对军队的看法又是怎样的呢？你说："在希腊，谁控制了军队，谁就控制了希腊。"我注视着他那双又圆又黑的眼睛，那两个眼珠子像是浮动在油里的橄榄："部长先生，如今是谁在控制希腊？"那两颗"橄榄"突然严峻起来，清脆的声音也变得冷冰冰的："亲爱的朋友，你以为是谁？""部长先生，一小时之前，我认为是约安尼迪斯。""我亲爱的朋友，我就是那个通过约安尼迪斯少将发布命令的人，控制军队的人是我。""在希腊，谁控制了军队，谁就控制了希腊。难道不是这样吗？部长先生。""这是谁说的？""帕纳古里斯。"他猛地站起来："见到你确实很高兴，非常非常高兴，但很遗憾，我现在得走了。"他朝门的方向走去，向我伸出那双没有骨头的手，我的右手又被"贝壳"夹住了。"我希望不久也能见到我们的朋友，请转告他。顺便问一句，他什么时候回来呢？"没等我回答，他就径直走出去了。我心中的所有疑惑都消除殆尽。但仅仅过了两天，我又开始怀疑了。政治犯们开始离开监狱，人们又显得兴高采烈，自由的气味在逐渐转变成自由的气象。难道是我错了？

* * *

你嘲笑说："山顶上的巨石没有必要处处显恶，如果不把政治犯从监狱里释放出来，谈论自由还有什么意义呢？他绝不会表现得像个暴君，他不会这么干，他很聪明。你知道他是怎样清除卡纳罗普洛斯的吗？他们喝着橘子水和咖啡开会，当会议进行到一半的时候，他宣布休会，让大家再酝酿酝酿。他和别的政治家一块儿离开了会议室。他佯装上厕所，实际上是待在了总统府。他说：'你们先走一步，一会儿见。'他又进了吉齐基斯的办公室，两人给在巴黎的卡拉曼利斯打电话：'马上起程，回国组建政府。'当其他人带着酝酿的结果回到会议室时，卡拉曼利斯已经接受邀请，同意回国组阁，正乘坐吉斯卡尔·德斯坦的专机飞回雅典。真是大师的手笔。我敢拿脑袋打赌，这一招是阿维罗夫在军政府逊位之前就策划好了的。""不管怎么说，他说他希望尽快见到你。""这个狗娘养的。""他还问我，你什么时候回来。你到底什么时候回去呢？"这次你没有回答我的话，而是走到旅馆的窗前，指着坐在旅馆对面酒吧的一对男女：一个穿蓝色牛仔裤的小伙子和一个女人。女人大约三十岁，体态优美，很有魅力，胸部丰满，头发是浅黄色的。"他们是谁？阿莱克斯。""我不知道。以前从没见过那男的。女的，我见过。就在昨天，我还在日内瓦见过她呢。"我去雅典的第二天，你去日内瓦参加一个关于塞浦路斯问题的会议。"在日内瓦？""是的，至少见过两次。第一次见的时候，我不认识她，只是感到心神不宁。但第二次……""你认出来了？""是的，从斯德哥尔摩开始，她就跟上我了。在斯德哥尔摩，我到哪儿，她就跟到哪儿。开始，我并没有在意，以为她只是我瑞典的一个崇拜者。但后来我才搞清楚，她既不是崇拜者，也不是瑞典人。""为什么不是？""因为她说的不是瑞典语。"我又朝她看了看，感到很困惑。"你肯定吗？""非常肯定。此外，她还爱戴假发。在斯德哥尔摩，她的头发像现在一样是浅黄色的，但在日内瓦，她的头发又变成栗色的了。所以，我第一次没有把她认出来。""好好想一想，阿莱克斯。也许在日内瓦看到的那个女人和现在坐在路边的女人并不是同一个人。也许她们长得很像。再说了，隔那么远，根本认不清楚。""我不是远距离审视她的，我们上了同一架飞机。我有足够的时间来仔细观察她。""她发觉了吗？""但愿没有。你赶快离开窗户吧，我不想让她现在发现我们在注意她。"我离开了窗户。"那个年轻人呢？""以前从来没见过他。不管怎么说，我相信他无足轻重。这个女的才值得注意，她老跟着我。她非常老练，是个顶级高手，真正精明的间谍。""谁派来的间谍？""我不知道。为了搞清楚，我必须抓到她。为了抓到她，我必须让她多活动一段时间。她可能为任何部门工作，比如希腊中央情报局和意大利国防情报局。如果她是为后者跟踪我，那么对前者也是有好处的。大家都知道，在意大利秘密情报部门和希腊秘密情报部门之间是有利益交割的。""阿莱克斯！但希腊中央情报局是为军政府服务的呀！""现在它为新政府效力。秘密情报部门总是为权力服务，它们不会因为一种制度或一个政策的变化而发生改变。有时为了照顾面子，它们可以换换人马，甚至撤换头头，但这是换汤不换药。我想阿维罗夫是不会给希腊中央情报局开什么新方子的。""是啊，但为什么希腊中央情报局要派人跟踪你呢？或要求意大利国防情报局跟踪你呢？！是由于你的过去，由于……""有些人对我的过去不感兴趣。它们只对我的现在，更准确地说，是对我的未来感兴趣。"未来，你的未来。自从军政府倒台以来，这个问题就一直折磨着我。你现在能为你的未来、你的生活做些什么呢？我看着你的眼睛："好了，阿莱克斯，你什么时候回去？"你又一次回避了我的问题，指着那个女人和那个穿蓝色牛仔裤的小伙子。"哼！我敢打赌，那两个家伙也想知道这点。其实，我也敢打赌，要是我躺在棺材里回希腊，它们的老板才乐不可支呢。"你第二次没有回答我的问题。

  第二天你还是没有回答，第三天、第四天也是如此。人们一个个都回到希腊了：政治家、女演员、学生、作家，更多的是骗子，他们出国仅仅是为了保命，或者扮演舒舒服服的政治流亡者的角色。他们会说："我是军政府的受害者，打倒军政府！"汗流浃背、热情高呼的群众会把他们作为英雄或女中豪杰来欢迎，也许正是这些群众，过去曾当着你的面"砰"的一声把门关上。他们一到雅典机场，就举起拳头高呼："人民万岁！自由万岁！"他们急不可耐地去为自己的议员生涯打基础。都是些投机取巧的自由派人士、社会主义者、反法西斯主义分子。而你却一声不吭，沉默不语。帕潘德里欧则像荣归故里的古代武士，或像从特洛伊战场凯旋的阿伽门农，他向新闻界通报说，他将通过海路回国，在帕特雷上岸，然后由小车和大车组成的庞大车队护送，在如林红旗的簇拥下进入首都。人们会欢呼："安德烈亚斯万岁！安德烈亚斯万岁！"你仍然一声不吭，沉默不语。我的困惑有增无减。难道你迟迟不回是因为不愿与那些当危险过去之后才狂犬乱叫，以及那些以别人的苦难来喂肥自己的豺狼为伍？难道是由于没有了独裁，你的国家就让你感到兴味索然？或者由于一想到要过一种正常的生活就让你觉得无聊透顶？我在想，这是许多斗士的通病，当战争结束，他们无法适应和平的环境。以前你那些我没有在意的话，现在在我看来具有了非同一般的意义，并且证实了我的看法。你说："我总算理解格瓦拉了！与其在古巴虚度年华，还不如死在玻利维亚。我也想这么做！"或者："今天早晨，我碰见了一个希腊人，他真的在进行战斗，是一个托洛茨基分子。真遗憾，他有一张党票，我们不可能一起共事了。他对我说：'亲爱的朋友，军政府一垮台，我们俩就会失业，闲得无聊！'"在意大利，你不会闲得无聊：这儿有皮带扣上刻有旋十字图案的年轻人，有戴假发的金发女郎，你还怀疑有人巴不得看见你躺在棺材里回希腊。事实上，令人不可思议的迫害仍在继续，一件并非微不足道的小事更加使我们认识到了这一点。在我写完那篇关于7月23日事件的报道后，我们去了苏黎世。当我们在尼古拉斯家附近的一家餐馆吃饭时,你惊呼了起来:"啊,不!但我在飞机上没有看见她呀。""阿莱克斯,你不要跟我说她在这儿。""不错,她就在这儿,在你的背后。不要转过身去。""一个人?还是有其他人?""一个人。""这次是什么颜色的头发?""黑色,她戴的是黑色假发。""我们该怎么办?""做个测试吧。我们出门,到另一家餐馆去。如果她也跟我们去那儿的话……"我们扔下饭菜,大摇大摆地离开了餐馆,然后到城市另一端一家带花园的餐馆就餐。几分钟后,她出现了,装作在找人的样子。她若无其事地扫了我们一眼,然后走开,似乎在说:"真糟糕,他不在这儿。""阿莱克斯,我们追出去当面问问她。""用什么借口呢?换换假发,像我一样出现在同一座城市,这不算犯罪。""不对,是出现在同一条街,同一个餐馆。如果你不想当面责问她,那我们就叫警察吧。""好姑娘!你能对警察说什么?说有一个金发,哦,不,褐发,哦,不,有一个栗发的女人老跟着我们,我们到那儿,她就出现在哪儿吗?更何况警察实际上是为特务机构服务的。就由她去吧。说实话,我也想当场把她抓住。"哦,这也许就是你不愿回希腊的原因,我最后得出了这个结论。你知道在国外比在国内更危险,这对你有一种难以言说的吸引力。你害怕过正常的生活,害怕人们的喝彩而徒生烦恼。

可是一天晚上,你突然改变了主意:"我已做了决定,打算在 8 月 13 日回去,也就是在我谋杀帕帕多普洛斯纪念日这一天。""这就是你等这么久的原因吗?""不完全是,虽然唤起某些记忆的想法让我感到相当有趣。我指的某些人不仅仅是约安尼迪斯、阿维罗夫,还包括海对岸我的那些伙伴,那些任何事也没有做的家伙。""阿莱克斯,你说'不完全是'是什么意思?""意思是……你是否还记得,你曾经问过我是喜欢加里波第还是加富尔吗?""记得,你回答说你更喜欢加富尔。""也就是说喜欢政治。唉!在认真思考了某些事情,对右派、左派和民众进行了仔细的分析之后,我不敢确信我真的还喜欢那种政治了。回到希腊就意味着要回到那种政治之中。"然后,你突然改变了话题,就仿佛再讨论它会引起你的不快,你说,不管怎么样,现在亟须考虑的是另外的问题。那就是平安地等待 8 月 13 日的到来。

* * *

为了确保 8 月 13 日前平安无事，你必须采取一些必要的措施。第一个措施就是远离过去待过的一些地方，比如林中寓所、托斯卡纳的家、罗马，因为那些对你的行踪非常感兴趣的人很容易在这些地方找到你。于是我们决定到海边住几天，好好休息一下，过一段属于自己的生活。我们选择了伊斯基亚岛，一个朋友在那儿开了一家旅店，随时可以接待我们这两个不速之客。"要紧的是不要告诉任何人，不要提前预订房间，几乎不要带任何东西。没有人会注意我们，找到我们。"事情恰好相反，二十四小时之后，她又找到了我们。显然，她一直在监视我们的所有行踪。这个胸部饱满、淡黄色头发的女人——这次头发又变成了淡黄色——装得若无其事站在月台上，离我们大约十米的距离，也在等同一辆开往那不勒斯的火车。这次她不是一个人，还有一个穿蓝色牛仔裤的小伙子和她在一起，这个小伙子和那个在米兰旅馆对面酒吧看到的小伙子长得很像。"我真不明白，阿莱克斯，他们为什么这么想知道你在干什么、你准备到哪儿去呢？""也许他们想知道的远不止这些，他们可能想知道得更多。""那我们还去吗？""当然。现在反正在哪儿都一样。况且我想知道她下一步究竟想干什么。""好吧。"我们走进了一节离她比较远的车厢，和一对老年夫妇坐在同一个隔间里。没过多久，那个穿蓝色牛仔裤的小伙子出现了，手里拎着一包用塑料口袋装着的东西。他把东西放在行李架上，坐在你旁边，开始翻阅一本黄色画报。他的皮带扣上有旋十字图案，和那些在林中寓所前面游荡的家伙身上的图案一模一样。但真正令人讨厌的还不是旋十字图案，而是他那坐立不安的神经质，就仿佛有什么大难题和可怕的事情在折磨他。他把画报扔在一边，唉声叹气，怒气冲冲，用奇怪的眼光看着那包东西。不久，他站起来，拿下那包东西，之后又把它放在行李架上，然后再拿下，把那对老年夫妇吓得够呛。最后，他骂骂咧咧地走了：操他妈的，到处都是傻瓜蛋。"我们跟上他，阿莱克斯。""不，这正是他所希望的：和我干架。如果我接他的茬，就会把我的注意力从她身上引开。这样一来，我就弄不清楚她是不是坐气垫船去伊斯基亚岛了。她会坐气垫船的，你等着瞧吧。这样也好，我有证据和借口抓住她，问出她是谁，谁派她来的，来干什么。这次我会抓住她，让她把一切都讲出来。"

气垫船很拥挤，我们费了很大的劲儿才上了船。前面的人挡住了去路，我们只好站在甲板上。试着往前走，想找到一个舒适的位置纯属徒劳，甚至挪动半米的距离也不可能。"我们跟丢她了。"我嘟哝道。"也许。""要是我们在下火车的时候去责问她就好了。""也许吧。"事实上，我们刚下火车，她和那个穿蓝色牛仔裤的小伙子又出现了。他们站在月台的那头，可这次小伙子手上提的那包东西不见了。她激动地在和小伙子说着什么，像是在责备他。为什么？是因为他没有把你激怒吗？你保持镇静，假装没有注意她，把我推出火车站："走，不要回头。"从车站到码头的距离不远，我们步行去那里。这样做的好处是可以知道她是否在跟踪我们。但她没有跟踪我们。"莫非她打了一辆出租车提前到那里去了。""也许是吧。""要是这样，她就已经进船舱了。""也许是吧。""岂不是说她会待在那不勒斯，不再跟踪我们了？""也许是吧。"发动机响了起来，气垫船缓缓离开码头。"这样更好。"你正说着"这样更好"的时候，发现她在甲板的另一侧，正在向岸上的两个人挥手，一个是穿蓝色牛仔裤的小伙子，另一个是满脸长痣的圆脸青年。她挥动右手，然后把手举到耳边，仿佛在打电话似的，反复说："八点！我晚上八点给你们打电话！"她的声音清脆敞亮，一口标准的意大利语。那两个人用对待上司的态度唯唯诺诺地点头。我看见你脸色苍白，不顾人们的反对，突然冲进人群。人们抱怨说："你想干什么？瞎挤啥？想去哪里？"十分钟后，你回来了。"她不见了。""不见了？""我找遍了整个船，也没有发现她。她不在船上。""我去找找看。"我去了，激起了更多的抱怨与抗议："你想干什么？瞎挤啥？想去哪里？"我找遍了每一个地方，包括厕所，但仍然没有发现她的踪影。"可她是在船上呀！""当然在船上。""那我们再一起找找。""不用了，我们在岸上让她吃一惊。我们最先下船，让她吓一跳。"当船靠岸的时候，我们先下了船，站在踏板脚下等着，注视每一个乘客，决心不让她溜掉。除了一位乘客突然嚷嚷说他的公文包被盗引起了一阵骚乱外，我们一刻也没有分心。可能就是在这一刻她趁机溜掉了，因为顷刻之后，有一辆汽车迅速驶离码头，透过后座的玻璃窗，她那头金黄色的头发清晰可见。

* * *

第一天什么事情也没有发生。我们过得还算平静。开旅馆的朋友把我们安排在一个临海的舒适的房间里。这家旅馆条件不错，有两个餐厅，一个私人海滩，一座漂亮的游泳池，还有一个入口处挂着"禁止入内"牌子的小海湾。我们在这儿得到了莫大的安慰，觉得为那些烦恼和愤怒的事去操心毫无意义，我们应该尽情享受我们的假期。顶多我们多加小心，不要上街，游泳时不离海岸太远，经常待在有人的地方，万一有事可以找到证人。但第二天清晨你就惊叫起来："快醒醒！快醒醒！""怎么回事？""你看。"在离我们房间直线距离五六百米的海中，停泊着一艘带顶篷的大汽艇。"阿莱克斯，现在是八月，我们住在海边，你难道觉得八月份在海上看到一艘汽艇不正常吗？""是的，白天正常，晚上不正常。从昨天晚上开始，它就一直在那儿了。""这又怎样？""让我来告诉你，汽艇不会夜间出航，再说了，它一般不会停在像那样的一个地方。""像什么样的地方？也许他们在钓鱼呢。""他们整个晚上都在钓鱼，但他们钓的不是鱼。这艘汽艇到那里后，就没有挪动过位置。""也许引擎出故障了。""要是引擎出故障了，就应该回港修理，或让一条船把它拖走。引擎是正常的，你敢打赌吗？"我和你打了赌，但我输了。几分钟之后，汽艇发出了"轰轰轰"的声音，开走了。但不一会儿它又出现了，并停泊在原来的位置上。它在那儿一直待到中午，接着引擎又响起来，开走，然后又回来，停下。这次停在了离海岸一百米的地方。下午三点，上述过程又重复了一遍。日落时也一样。大约每隔三个小时，它就要这样折腾一次，每次大约移动一百米的距离。船上有四个人，难道他们没有一个人愿意上岸吗？我们向救生员打听了一下，他嘟哝道：夏天这儿全是疯子，夏天的疯子多得你数都数不过来。去年就有一对夫妇在海上待了差不多一个星期，人们称之为耐力比赛。这个回答让我们深信不疑，以至于晚饭的时候，我们让开旅馆的朋友陪我们，一道去了一家港口的餐馆。你在那儿大吃大喝，不亦乐乎。那天晚上，你睡得很安稳。而我则难以入眠，对于救生员说的那番话我根本没有当真。当时在饭馆的时候，我就四处观看，啥都没有干。我不断起床，不断走到窗前，看那艘汽艇是否还在那里。它还在那里。在皎洁的月光下，在平静的海面上轻轻晃动。对任何人来说，它看上去都像是世界上一艘最不具有伤害性的船。黎明时，还是那个样子，仍在那儿晃动。整个上午也是如此。中午也一样，在那儿晃动。即使到了下午三点，它也没有开走。我们没有回我们的房间，而是去了那个挂有"禁止入内"牌子的小海湾。

我们不担心那儿的荒凉寂静,我们躺在一块岩石的阴影里。汽艇仍在那儿摇晃。它激起了大量的浪花,因为它离岸愈来愈近,此刻离岸不到两百米。我指着它对你说:"它真的不让你担心了?"你淡淡一笑:"昨天晚上在餐馆里,他们可以轻易抓到我。是我弄错了,他们不是冲我来的,他们对我构不成危险。""也许不危险,但很诡谲。在烈日下待在那儿一动不动,难道他们不怕热吗?""那是艘有顶篷的汽艇。""难道他们不想洗个海水浴?""我看是太懒了。""他们为什么从不露面呢?""我不知道。""有一件事让我不解:它老在那儿晃呀晃。我的意思是说,它好像没有抛锚。为什么他们不抛锚呢?"你的笑容立刻就消失了,仿佛你从来没有考虑过我提的这个问题似的。你突然站起来,对我说:"不要动,我去看看。"我还没有来得及阻止你,你扑通一声就跳入了水中,径直向汽艇游去。

接下来发生的事快如闪电。当我想起当时目睹的一切时,犹如一部快放的电影,一幕接一幕,仓促、狂乱地在我眼前闪过。奇怪的是,当时我们的动作既不仓促,也不狂乱。你很镇静,我也很镇静。如果我们想达到目的,镇静是必不可少的。另外,必须装出对一切都满不在乎的样子。汽艇一发动,我一听见马达声,就理解了这一点。你游得离汽艇已经很近了,游到离它五十米的时候,你突然转身往回游。你大把大把地划水,不慌不忙,但坚定有力,每划一把,就前进一大段,在身后留下一串长长的水花。与此同时,汽艇动了起来,同样缓慢而坚定。仿佛它有意让你游在前面,想延长从你身上压过的快感,因为它能意识到自己的优势,一定能赢。汽艇上的四个年轻人终于可以看清楚了。掌舵的那个很年轻,长着一头淡黄色的头发,其余三个长着黑发,大约三十岁。他们怀着怒气与敌意盯着你看,你们的距离愈近,他们的怒气与敌意愈盛。你也知道他们离你愈来愈近了,但你仍是以坚定、准确的节奏往前游。你没有回头看他们一眼,也没有露出任何紧张的神色,而是径直向挂有"禁止入内"牌子的海湾游去。因为海湾入口处的航道很窄,汽艇很难开进去。你每划一次水,至少前进两米,只要再加把油,你就可以游到码头附近的礁石处了。要是你此时筋疲力尽,失去信心,那就糟了。但你既没有筋疲力尽,也没有失去信心,而是游进了海湾。你抓住礁石,爬上码头,沿着码头坚定地、不慌不忙地往前走,仍然没有转身看他们一眼,就好像那艘已经停下的汽艇和那四个为是否上岸争论不休的年轻人不存在似的。与此同时，我向你走去，尽量装着和你一样镇静，不去看你那张由于紧张而发青的脸，不去看你那双睁得大大的、充满怀疑的眼睛。我的心怦怦乱跳。我把我们的毛巾、鞋、你的裤子、拖鞋，以及所有的东西都留在那里，造成我们只是离开一会儿的假象。我知道你很快就会抓住我的手腕，把我推进游泳池的围栏，然后走上平台，接着走进电梯。"你带房间钥匙了吗？"我们进了房间，你透过百叶窗的窗缝往外看："他们有两个人上岸了，在那儿等我们。你把所有东西留在那儿，做得太漂亮了。""如果他们到这里来怎么办？""不会的，他们没有这个胆。他们正等着我们去那儿拿东西呢。现在我们穿衣服吧，快！""然后呢？""然后我们出门，跳进一辆出租车，到港口去，上我们最先发现的船。不带行李，把行李全搁在这儿。明天我们再打电话，叫他们把行李和账单给我们寄来。在明早以前，没有人会知道我们离开了，没有人会知道这件事。"

你的声音很冷静，但你的脸仍由于紧张而绷得紧紧的，脸色发白。穿衣服的时候，你的手一直在颤抖。当我们装得若无其事，经过旅馆服务台时，当我们坐上出租车，到港口，登上去那不勒斯的那条船时，当我们跑到中央火车站，混进熙熙攘攘的二等乘客人群，准备乘一列慢车时，你的手仍然在颤抖。我从来没有看见你像这副模样。直到我们上了火车，你的手才不抖了，你的脸才变得有了血色。你打破了长时间的沉默，你说，你为什么会突然转身，并且游回来。"你观察得很准，他们没有抛锚。不抛锚是为了随时可以开动汽艇。我当时犹豫了片刻，只听见那个长黄头发的人在说：'他在那儿！'其他三人从汽艇上探出身来看，其中一个好像带着枪。但我相信他们不想杀死我。如果他们想这么干的话，他们有的是时间。我确信，他们是想绑架我。""在以后的几小时里，他们有机会得手，阿莱克斯。你预订的飞机后天才起飞。""我知道，但今晚他们什么也做不了，因为他们没有发现我们离开。谁看见我们离开了？行李仍在房间里，账单也没有付，没有人会怀疑我们已经回罗马了！"你似乎对这点太过自信，以至不容我怀疑，也不听我劝告。到了罗马，你直接去了旅馆，然后从那里去了特拉斯塔韦区，选了一家露天餐馆。我们在这家餐馆吃晚饭的时候，你深深叹了口气："什么时候才到头呢？到那时我就再也没有能力继续去冒险了。""你为什么提这样的问题？""因为他们又发现我们了。你看那边，那儿有一辆绿色的小车。"我看了一下,那是一辆深绿色的吉普奥轿车,停在广场的另一侧,里面坐着一个戴墨镜的人。"也许他在等某人,阿莱克斯。""不错,他在等我。""也许他等会儿就会开走。""他不会走,不会走,他已在那儿待半小时了。""也许只是个巧合。""可能是,但它却不是。"你买了单,叫了出租车。出租车来了,但当出租车开动时,吉普奥也动了起来。它那么无礼地尾随我们,以至出租车司机两次把头探出窗外,扭头对他喊叫:"混蛋,你想干什么?"很快司机就明白是怎么回事了,因为在沿河宽阔的林荫道上,那个戴墨镜的家伙追了上来,与我们并驾齐驱。在前灯的余光下,我们能清楚地看到他那张刮得很干净的脸,脸上挂着的冷笑,看见他那双戴手套的手,那件雅致的格子衬衫和那根蓝色的领带。不久,他超过了我们,随即减速,又和我们并驾齐驱。之后,又超过我们,再减速。最后,在克里特岛发生的那件事又重演了:吉普奥轿车从前面撞我们,从后面撞我们,然后使劲猛顶,把我们撞到人行道上。司机非常机灵,避开了一棵会使我们车毁人亡的树。之后,在你不断地催促下,他猛追上去,竟然使我们记下了车牌号。像往常一样,车牌号是假的。

这是一块假车牌号,又遇到一块假车牌号,这让我气愤至极。我嚷着,我不想让你睡在棺材里回到你的国家。于是,我向警察求助。警察局派了三名便衣来护送我们。你自然不愿意,冲我大声喊叫:"混蛋,傻瓜,让那些为权力效劳的奴才整天跟着我,是让我丢人现眼。难道你不理解,请求警察的保护是多么天真可笑吗?更何况这么一来,我们就没有任何希望弄清那些家伙究竟是什么人,是谁派他们来的了。"你说得对,因为你死后我才发现,与监视那些想绑架你或杀死你的人比起来,意大利警察对监视你更感兴趣。他们甚至知道那个戴各种假发的金发女郎是谁:她是克罗地亚人,名叫雅戈达,由于她能吃苦耐劳,手段凶狠,人们又叫她火蛇。她为意大利国防情报局和美国中央情报局效劳,是一个具有新法西斯主义观点的将军的朋友,也是法西斯组织的保护人。看来,警察局给你派来三名便衣并非偶然,似乎是为了提醒那些行为莽撞的人:"小伙子们,小心点,请注意分寸。否则,我们将逮捕你们。"他们的行为怪异可笑,像护士搀扶病人似的把你紧紧夹住,也像猎人行进在野兽出没的森林似的,在行人堆里东张西望,东闻西嗅。他们甚至解开衣服的扣子,以便大家都能看到他们别在腰间的手枪。我们为此吵了一架,吵得是如此凶狠,以至于我取消了雅典之行,改去了纽约。我们像陌生人一样，一起度过了最后的二十四小时，没有分开，只是为了在别人面前照顾彼此的面子。所以几天以来，那个想问的问题我只好忍住不说，这个问题被你粗暴打断后，我曾徒劳地想再次提出。这个问题是，你怎么回到政治生活，"那种"政治生活中去？即你打算怎么把你经过仔细考虑过的事情付诸实施？可到现在它仍是一个悬而未决的问题。

* * *

去雅典的飞机和去纽约的飞机几乎同时起飞。现在，我们的争吵算是过去了。一句笑话——桑丘·潘沙将离开堂吉诃德，准备去做巴拉塔里亚的总督，不过，他是会回来的，高高兴兴当他的侍从——打破了沉闷的僵局。你请求我原谅，我也请求你原谅。我们心平气和地坐下来，一边等待飞机起飞的广播，一边说着在这二十四小时中没有说出的话：我们应该保留林中的那个住所；两个星期之内，要么我来找你，要么你来找我，无论环境如何，我们都不想长期分离；分居在不同国家的不同地方，会使我们再次感到轻松，充分享受每一天的自由，不过，一切都不会改变。但我们彼此都清楚，我们人生的一个章节已经结束了，伴着无数的悔恨，那些痛苦的体验会刺伤我们的心。我们后悔不能彼此理解，后悔在一次毫无意义的打斗中失去了我们再也不可能出生的孩子。我们不时沉浸在痛苦的沉默中，你抓住我的手，看着我的眼睛。我们也说了一些废话，人们通常在火车要开而未开之时，用这些废话来打发空出的时间。每一分钟都变得很长，仿佛不会终结。"你是准备去华盛顿，还是待在纽约？""我一到那儿就给你打电话。""好，还得写信。"你突然问道："蒂托·德·阿伦卡尔·利马神父怎么了？"我惊诧地看着你。一年前，我给你提过他的事，整整一年中，你再也没提到过他的名字，也没有问过我他的情况。"他在巴黎。你被关在博亚蒂的时候，巴西政府为了交换一名被绑架的外交官，释放了他和另外七十名政治犯。他去了智利的圣地亚哥，到阿连德死之前，一直待在那里。后来由于联合国的干预，皮诺切特才允许他离开。他选择返回巴黎，进了一座多明我会修道院。你为什么突然对蒂托·德·阿伦卡尔·利马神父感兴趣？"你淡淡一笑："你不是曾把我比作蒂托·德·阿伦卡尔·利马神父吗？"我也笑了起来："只是在认识你之前。在认识你之前，我把你比作许多人。但你为什么突然对蒂托·德·阿伦卡尔·利马神父发生兴趣了呢？""因为我昨晚梦见了他。"又做梦了！难道你治不好爱做梦的毛病吗？"讲来听听，你梦中的蒂托·德·阿伦卡尔·利马神父是怎么回事？""他举起手臂，在铺满树叶的地上行走。""这意味着什么？""我不知道，但我感觉……感觉他非常痛苦。也许他再也不愿意战斗了。当你不愿意再战斗的时候，情况就糟了，你就会举起双手，走向死亡。"扩音器响了，你乘坐的飞机马上就要起飞。我们起身走向登机口。"那就再见啦。""再见。""这次会有很多人来接你，是吗？""可以想象，一定人潮涌动。""你要多加小心。""别担心，我们会有许多时间待在一起，至少两年的时间。在那个关于大山的梦里，我一直抓住井口，一个夏天、秋天、冬天、春天过去了，又是一个夏天、秋天、冬天、春天。当春风习习的时候，燕子飞来，差不多刚好两年的时间。""别说傻话啦。""这不是傻话。梦并非傻话，这道理我得向你重复多少遍你才懂呢？"

大约两个星期之后，我偶然看到一份报纸，上面的标题赫然在目：多明我会神父在巴黎自杀。自杀者就是蒂托·德·阿伦卡尔·利马神父。新闻报道说，他的尸体是在树林中被发现的，静脉被割断。因为他已经在那儿躺了两个星期了，所以辨认他的身份很费了些周折。他可能是在 8 月 13 日去世的。

第四部分

第一章

  在关于英雄的故事中，只有在他重返故里后，他在一个难以想象的环境中所经历的痛苦和所取得的业绩才是值得赞颂的。如果不能荣归故里，那他长年流落异乡的生活便失去了任何意义。但同时，回乡又是一件他必须面对的最痛苦的事，这种痛苦比他在严峻的考验中、斗争中所经受的痛苦更甚。这不仅因为那些天神总是在他回乡的路上设置种种障碍，想方设法阻挠他，折磨他，而且还因为回到那些凡夫俗子中间，他不得不忍受他们的忘恩负义、冷漠无情和鲁莽愚钝。只有在一个英雄的故事中，英雄才没有经历这样的痛苦，这样的悲伤。那就是印度武士穆丘孔达的故事。为了避免对人类感到失望，他请求天神让他沉睡千年。醒来后，他发现人类仍有负于他的牺牲。于是他重新把自己关进山洞，寻求自我解脱，沉入睡眠，永不醒来。当你登上飞回你祖国的飞机时，你并不是不知道这些故事。在所有的人都拒绝你之后，在海滩上你的半边脸被中午火辣辣的太阳晒红之后，在你领受了人们的忘恩负义、冷漠无情和鲁莽愚钝之后，你放弃了你的秘密之旅。按理说，军政府垮台后，你在国外流亡已没有任何意义，但你意识到回国后你会陷入一种让你窒息的新的孤独，所以迟迟不归。左派和右派，各种意识形态，各种政党团体，人们的随波逐流，计算机的程序卡片，这一切都让你难以忍受。在雅典下飞机时，你所感到的失望是你不曾预料，甚至不曾想象的。"会有很多人来接你吗？""可以想象，一定人潮涌动！"你毫不怀疑，你在机场会受到凯旋般的欢迎。关于这一点，我也不会怀疑。在飞往纽约的途中，我一直都在想，在政权更迭期间，人们会不惜利用各种借口来欢呼庆祝。你想想，有成千上万的人前去迎接在巴黎舒舒服服过了十一年的卡拉曼利斯和在加拿大安安逸逸住了七年的帕潘德里欧。有无数的人扯破嗓子向独裁制度不足挂齿的牺牲品和在国外无所事事、等时机好了才回来的胆小鬼欢呼。不消说，8月13日你回到希腊的那天，究竟会发生什么。肯定会那样，我反复对自己说，报纸肯定会强调这一天的象征意义，你决定在刺杀暴君的纪念日回国，说明你打算把尊严与自由再次带给这个国家。但当我从纽约给你打电话时，你的回答却让我感到挨了一闷棍。只有两家报纸报道了这则消息，并且用寥寥数语登在不显眼的地方。只有很少的人能注意到它们，即使注意到了，也不会引起多大的兴趣。在海关门口等候你的人屈指可数，他们是你的朋友、熟人、急着拉你上床的姑娘、叔叔、婶婶、侄儿、侄女、表兄、表妹，还有几个临时打电话被叫来的人。有人举着一块可怜的标语牌，上面写着："自由万岁！"有人举着一面更可怜的红旗，有人在激动地高喊："让开，闪开。"好像真有许多人堵在那里，有必要开道似的。突然爆发了一阵掌声，其情形犹如生日蛋糕上的蜡烛被吹灭后人们常听到的那种。一张张热情的嘴频频送来亲吻，一双双汗津津的手不断拍你，推你。之后，你钻进了一辆汽车。直到第二天早晨，再也没有人见过你。"阿莱克斯，你干什么了？""我喝得烂醉，去和一个妓女混了一夜。是个胖女人。""为什么？阿莱克斯，为什么那么干？""因为她迷住了我，我像个靶子上的小木偶，被她射中了。"

让我吃惊的不是你讲的关于胖妓女的故事，而是你讲话时那种沮丧的声调。很久以后，我琢磨你有损自身形象的朝三暮四和玩世不恭，想起那些你搞到手后又抛弃的女人，那些被你责骂的朋友，以及几次毫无意义的纵情狂饮，我扪心自问：这一切是不是就是在1974年8月13日下午开始的？就在你回到希腊，受到冷遇之后？当你发现8月13日这个日子在你为之战斗的国家并没有显得有什么特别之处时，当你发现成千上万的人涌去欢迎卡拉曼利斯，欢迎帕潘德里欧的儿子，以及独裁政权那些不足挂齿的牺牲品，而没有去欢迎一个明知不可为而为之、曾被判过死刑的人时，你内心深处的某种东西就崩溃了。这种痛苦使你的脾气变得异常暴躁，甚至到了一种非理性的受虐狂的程度。你根本不顾那种你认识得很清楚的现实：只要你站在卡拉曼利斯或帕潘德里欧一边，只要你迎合右派或左派的做法，信奉那些让世界分裂，把人们像足球队员一样组织起来的教条，而根本不管这些人是多么懒散，多么无能，那报纸就会用突出的版面登出你回国的新闻，大家都会记得8月13日是你刺杀帕帕多普洛斯的周年纪念日，成千上万的人就会前来欢迎你。有人会授意他们前去排好队，就像有人授意他们去排好队欢迎卡拉曼利斯、帕潘德里欧和其他人一样。"但总还是有人在那儿吧？难道不是吗？"你一听，好像肺都被气炸了一样："什么人不人！这些善良的人们，因为被剥夺，被压迫，受人摆布，所以永远都能得到宽恕！就仿佛军队只是由将军和上校组成似的！就仿佛只有国家的首领才制造了战争，杀害了无辜的民众，摧毁了一座座城市似的！就仿佛当时要向我开枪的行刑队士兵不是人民的儿子似的！就仿佛那些折磨我的人不是人民的儿子似的！""冷静点，阿莱克斯。""难道把国王迎上宝座的不是人民吗？难道在暴君面前卑躬屈膝的不是人民吗？难道选尼克松当总统的不是人民吗？难道投主子票的不是人民吗？""冷静点，阿莱克斯。""就仿佛没有人民的认同，没有人民的懦弱，自由会被扼杀似的！'人民'二字究竟意味着什么？谁是人民？我才是人民！人民是少数敢于斗争和不妥协的人！其他的人不是人民！他们是畜生，畜生，畜生！"你挂了电话。

后来，我给你写了一封信，那是从那时起我们不多的几封信中的一封。我写道，我非常难过，不是因为你烂醉如泥，寻花问柳，尽管这些事已使你回国的意义大打折扣，很遗憾，在你的一生中，肯定还会有另外的滥饮狂醉，还会有更多肥胖的、骨瘦的、既不胖也不瘦的妓女，我难过是因为你挂断电话前给我说的那些话。这些话说明你的思考毫无意义。你不是早已明白了一些事情吗？难道博亚蒂那首关于群氓的诗不是你写的吗？诗中这样写道：

    从来不加思考
    没有自己的主见
    今天高呼万岁
    明天狂吼打倒

对这样的人民，我们不是讨论过很多次吗？别人让他们去哪里，他们就会去哪里；别人叫他们干什么，他们就会干什么；别人要他们怎么想，他们就会怎么想。他们是各种权威、各种教条、各种宗教、各种时尚、各种主义的牺牲品。难道蛊惑人心的政客宽恕人民罪过和懦弱的目的，是出于对人民的关心，而不是仅仅为了更进一步地奴役人民和利用人民？我们不是已经早有定论了吗？对于那些蛊惑人心的政客来说，人民仅仅是一个抽象的数字，是一个让个体身份与其责任相脱离的空洞的概念。难道个体不是唯一真实的存在吗？难道每一个个体不是意味着对自己与他人的责任吗？在我写的一本关于越南战争的书中，你读到了介绍 M16 型步枪子弹的内容。这种子弹只要从枪膛里射出，就会以近乎声音的速度旋转飞行。射中人体后，它会继续旋转，然后爆炸，把人体撕裂得血肉横飞。所以，只要击中你身上的一块肌肉，也会使你在一刻钟内当场毙命。无疑，这是一种令人恐怖的子弹，一想到有人发明它，有政府采用它，有实业家通过它来赚钱致富，就更令人恐怖。然而，一想到工厂里的工人在他们工会的认可下，在他们信奉社会主义和爱好和平党派的支持下，会一丝不苟、尽心尽责地制造它，并且还将稍有毛病的子弹，射速与杀伤力不合格的子弹全部淘汰掉，这也同样令人恐怖。一想到军队的士兵们会举枪小心瞄准，把子弹准确地射向目标，以便弹无虚发，并且还用"我只是在执行命令"这种令人恶心的口号来为自己开脱，这种恐怖也是无以复加。我在信中写道，对"我在执行命令""我当时只是在执行命令""我只是执行了命令"这类说法，我已经听腻了；对把责任仅仅推诿给将军、富翁、有权之人的做法，我已经见得太多了。如果真的是这样，那我们成了什么？难道是在战争和选举中，在传播他们该死的意识形态、宗教思想和各种主义中可以被随意利用的统计资料与抽象数字吗？如果子弹被发明，被生产，被射出，这同时也是我们的过错，是我的、你的、他的过错，是每一个服从者与顺从者的过错。说人民永远是受害者，总是无辜的、清白的，是一种谎言，是对每一个人，每一个男人，每一个女人作为人的尊严的亵渎。人民是由男人、女人、人构成的，每一个人都有责任为他自己做出决定与选择。你不能停止做出决定与选择，因为你既不是一个将军，也不是一个富翁或有权势的人。但我给你写信的原因，不是要提醒你注意你已经明白的事情，而是要告诉你一些与你有关的事情。这个故事 19 世纪初发生在纽约州，流传在美国那些荷兰侨民的先驱者之中，故事的主人公名叫里普·范·温克尔。"当里普像你一样回到故乡时，他发现故乡的一切都发生了巨大变化。当时正临近选举。由于他离开故乡二十年了，满脸的胡子已经变得灰白，没有人能认出他，他也不认识任何人。里普肩上扛着一支猎枪漫无目的地在城里闲逛，后面跟着一群好奇的妇女与儿童。他来到一家小酒馆，那儿正在举行一场政治集会。他走了进去，想听一下人们究竟在说什么。由于他显得太与众不同，所以引起了那些政治家们的注意。他们用惊奇的目光从头到脚打量着他。集会结束时，演讲者来到他跟前，把他拉到一旁，问他打算投两党中哪个党的票。里普大瞪眼睛，一脸茫然。然后，另一个人走上来，扯着他的胡子问同样的问题：是投联邦党？还是民主党？里普再次目瞪口呆，不知所措。顿时周围一片静默。静默中，一个头戴卷边帽、自命不凡的老先生拨开人群走过来。他一只手叉腰，一只手拄拐杖，站在里普跟前，要里普解释：为什么选举时要肩扛猎枪，后面还跟着一群乌合之众？是不是想在村子里惹是生非，聚众闹事？里普的惊讶变成了冤屈，他回答道，他是个安分守己的本地人，这次回来是想为故乡出点力，尽一份自己的责任。他带枪是因为像他这样的人习惯带支枪在身上，但从未乱用过。不管怎么说，他既不想投联邦党的票，也不想投民主党的票。然后，从看热闹的人群中突然爆发出一阵骚乱，周围的人都在喊叫：'他既不投联邦党的票，也不投民主党的票！简直是个逃亡犯！异端分子！把他赶出去！把他抓起来！'接着，里普被抓了起来，被双方的人打了一顿。好了，阿莱克斯，对乌合之众或那些戴卷边帽的人来说，也即对那些政治家的政治来说，你就是里普·范·温克尔！"

实际上，故事不完全是这样的。我按照我的意图做了一些改动。比如，里普其实回答的是："啊，先生们，我是个安分守己的本地人，是国王陛下的忠实臣民，愿上帝保佑他！"另外，里普既不是什么真正的英雄，也没有受什么苦。他只不过睡了一觉，他带枪的所作所为是在梦中完成的。但你并不知道这些，一收到信，你就打电话给我："我喜欢里普·范·温克尔的故事，不过，我和他不一样。他是当场挨了打，而我却没有。很快就要举行选举了，你相信吗？他们全都要选我，卡拉曼利斯，帕潘德里欧，甚至共产党人和中间派联盟都要选我。""不可能！""真的，是这么回事，在政治家们的政治中，一切都有可能。在他们的政治中，任何人都可以被他们利用，甚至可以让他在议会里占有一个席位。"听得出来，你的声音是欢快的。显然，你已把第一天的沮丧之情忘得一干二净。"你打算怎么办？阿莱克斯。""我特别喜欢有关头戴卷边帽、自命不凡的家伙的那段情节。""阿莱克斯……""什么事?""你还没有回答我的问题呢。""什么问题?""你已经听见了。""是的,我听到了。不过,我要问你另一个问题:你知道有什么搞政治,同时又不介入那帮政治家的政治的方法吗?我想搞政治。政治对我来说,是一种责任,是斗争的一种武器。如果你得到一点自由,而又不把它用来从事政治,那为自由而战还有什么意义呢?我曾试图杀死一个人,是为了可以从事政治;我自找苦吃,也是为了可以从事政治;我蹲监狱,在国外流亡,还是为了可以从事政治。现在,我们即将拥有一个议会席位了,我怎么能够去过一种隐退的生活呢?我必须进入议会,我必须像尤利西斯利用木马进入特洛伊城一样进入议会。所以,我需要一匹木马。""换句话说,需要一个政党。""是的,一个政党。那又怎样?""那样的话,与屈从于别人的要挟无异,阿莱克斯。""不会,我一旦进入特洛伊城,就会按自己的方式行事。另外,我要告诉你,除此之外,我别无选择。现在唯一的问题是……再见,在雅典与纽约之间谈这些事会花掉很多电话费。"

* * *

有好几天,我没有给你打电话。反正我知道那使你进退两难的事是什么。这是我们这些无党派、无宗教、无祖国的人经常会遇到的问题,也是那些想对世界做一些改变,但又没有被电脑编程严格控制的人经常会遇到的问题。即,与谁站在一边,接受谁的要挟。很明显,既不能与卡拉曼利斯的党站在一边,也不能与帕潘德里欧的党同道。但除了这两个让你嗤之以鼻的政党外,唯一可选择的就是共产党与中间派联盟了。中间派联盟类似于自由派社会主义者俱乐部,组建于20世纪60年代,由社会党、社会民主党和一些摇摆不定的左派团体联合而成。我不相信你会和共产党站在一边,你经常把"所有的右派独裁迟早都会垮台,但左派专政却绝不会垮台"这句话挂在嘴边。可以想象,当他们听到你这么说时,会是多么的恼羞成怒。你准备投靠中间派联盟的想法,对我来说,简直是个天大的玩笑,等于是自己虐待自己。在中间派联盟里面,除了它的领导人——你认为他是个好人——之外,其余的都是些既没有思想也没有出息的机会主义者。不过,你没有别的选择:如果你想成为一名议员,在议会里展开斗争,你就必须加入某一派别或另外的派别,即使你想作为一个无党派人士也得如此。所以，出于好奇心的驱使，同时也是由于一种预感到不祥的无言的紧张与惊慌，我打电话给你。但这次，你的声音听起来一点也不快乐，更像是决堤的江河，充满愤怒的咆哮，滔滔不绝。"你决定了吗？阿莱克斯。""是的。""打算和谁站在一起？""和谁站在一起？什么意思？""意思是你准备站在哪个左派党一边。""左派，什么左派？左派是谎言，左派是'人民'二字的托词，是穿在人民身上、印有'人民'二字的一条裤衩。人民是左派的旗帜，我的老天，该死的！这是一条和右派博弈时穿的裤衩——我走车，你走象，我走王，你走后！兵都一样，只是颜色不同，我的老天，该死的！如果你不想坐在那里无所事事，你就得穿上这些裤衩，你就得挥舞这面旗帜，你就得打上这个标签。是的，你说的没错，这是要挟，卑鄙的要挟。我是屈从了要挟。""跟谁站在一起？阿莱克斯，你跟谁在站在一起？""你认为我能跟谁站在一起？我选择了一种最不像要挟的要挟，一个最不像政党的政党：中间派联盟。""哦！""我知道，这不是最好的选择，但它里面没有自命不凡的人，没有装神弄鬼的骗子，甚至没有在历史女神的圣坛上顶礼膜拜的教士。也许最终我会觉得待在那里并不赖。""你这是什么意思？难道你不是作为一个无党派人士进入议会的吗？""不，我加入了联盟。""加入了？"我无言以对。这样说来，你已经完全屈从了，说明我们这些无党派、无宗教、无祖国的人已无望取得胜利。不过，又有什么其他办法呢？难道要像苏格拉底一样，去家中和广场游说吗？难道要像被你称为混蛋革命家的那些人一样，去扔炸弹吗？"喂！喂！你在听着吗？""我在听着，阿莱克斯。""我还以为你把电话挂了呢。""啊，没有。我在想……""想什么？""不是什么重要的事，亲爱的，没什么。""那你愿意祝我好运啰？""是的，亲爱的，我祝你好运。""你什么时候来？说好，你什么时候到我这里来？"

* * *

"你什么时候来？"每次通话结束时，你都要问一句："你什么时候来？"你几乎每天都打电话来，有时直拨，有时预约，有时白天打，有时夜间打。电话费有时你在雅典预付，有时我在纽约结算。你打电话并不总是因为你想念我，或有什么事想对我说，而是因为打电话是你喜欢的一种消遣，是你无法克制的一种嗜好。打从少年时代起,你就有了这种嗜好。至于起因何在,我不得而知,但我知道你打电话的热情始终不减,即使特务跟踪、警方窃听,你也照打不误。你通过打电话出谋划策,谈情说爱,夸夸其谈,勾引女人,组织活动,结交朋友,通过打电话来消除你的郁闷与烦恼。"唉,要是在博亚蒂的牢房中有一部电话就好了!"你到意大利后,问我的第一个问题就是:"你有几部电话?"当你听到我有三部电话,但只有一个号码时,你感到很失望。在那栋长有橘子树和柠檬树的花园的房子里,你有两部电话,两个号码。在议员的办公室里,你有六部电话,用三个号码。即使几间屋子里的电话同时响起,你也不会心烦意乱。相反,你喜欢电话的铃声,在你听来,刺耳的声音变成了音乐,是竖琴、小提琴、单簧管、长笛的奏鸣。看见你像一只欢快的蟋蟀,从一个房间跳到另一个房间,这是个令人难以忘怀的场面。你在电话里承诺别人的口气简直令人难以置信。在电话里,你从不拒绝任何人,也从不抱怨别人的打扰。你奔向话筒的劲头像饿汉扑向芳香的三明治一般,一阵的狂呼高喊:"是我!是我!"不过,你更喜欢的是给别人打电话。你在意大利流亡期间,有一段日子,你的手指时刻不离拨号盘。每到月底,账单一送来,我们会如此震惊,以至于一看见它们,就会感到沮丧无比,就仿佛你犯下了重大的过错一般。接下来,你会后悔莫及,谴责自己,不断地说:"我们不能再打了,我们不能再打了。"但这个承诺只能维持几小时的效力,之后,你就会把它忘得一干二净,又开始重新拨号码,给遥远的城市、遥远的国家打电话。"是我!是我!"长途电话让你陶醉,国际电话让你狂喜,洲际电话让你兴奋得如入天堂。你说,跟地球另一端的人通话,犹如一个童话,给人一种超自然之感,尤其是打直拨电话。你总是在找那些住在遥远的地方并可以与他们直接通话的人。当你发现可以给日本直接拨电话,而在日本又找不到可以直接与之通话的人以后,你感到非常懊丧。有好几个月的时间,你不断问我:"你也许想去日本,是吗?"一天晚上,我迷惑不解地问道:"你到底为什么想让我去日本?"你坦白地告诉我:"没事。只不过要是你去的话,我就能给你打电话了!"不能给日本打电话,于是就用不断给纽约打电话的方式来代替。它们会给你提供机会,让你享受那神奇而不可思议的乐趣。这样,我就没有理解你之前反复叨念的"你什么时候回来?"这句话的弦外之音。所以,当我回到雅典的时候,一切都让我惊愕不已。

你好像生了一年的病,脸上皱纹密布,疲惫不堪,昔日丰满的脸颊无迹可寻,如今只剩下一个宽阔的额头,两个发黑的眼圈,一个干瘪的鼻子,一撮浓密的胡须。你形容枯槁,身体佝偻,强壮的双肩、结实的胸膛已不见踪影。你无精打采,精神萎靡,看上去就像一株缺乏水分与养料的植物。但最令人担忧的还不是你身体的衰弱,而是你颓废的精神状态,就好像你有意想借此来表达某种反抗与愤懑似的。头发油腻蓬乱,刘海俗不可耐地弯卷,指甲污黑,衣服皱得不成样子,到处是汤汁饭渣的痕迹,裤子没有裤线,在膝盖处像口袋一样松垂,衬衣肮脏,扣子没有扣上,领带胡乱地打在脖子上,身上散发出一股臭味——只有长期不洗澡、穿衣服睡觉的人身上才会有这种难闻的气味。我是如此震惊,所以没有让你把我带到你家里,而是我把你带到了旅馆,将你推进浴缸,把换下的衣服送去清洗。之后,让你去理发馆。即使你洗得干干净净,胡子也刮了,但看上去仍是一副倒霉的样子,让人心酸。我无法想象这到底是为什么。你的办公室在索罗诺斯大街,在去你办公室的路上,我问你:"说吧,阿莱克斯,到底是怎么回事?"于是,你拐弯抹角地说起来:你感到烦躁不安,因为家庭成了沉重的负担。是的,家庭能给人带来安慰,但同时又是沉重的负担,是人一辈子也还不清的债。从我们的婴儿时期、儿童时期一直到我们的青少年时期、成年时期,这种债一直都伴随着我们。家庭类似于一个政党,你一出生就成了这个党的成员。它也是一种独裁形式,即使你反抗,也无法摆脱它,因为不管发生什么,你还是会爱它。啊,我的老天! 就拿母亲来说吧:母亲是大地、太阳、星星、星系,是宇宙中的宇宙、法则中的法则、爱中的爱。母亲就是一切。在印度,她被描绘成长有四只胳膊,头戴被她吃掉的孩子的头颅组成的花冠。实际上,人们称她为嗜血的时母[①]。在西方,她被描绘成头顶光环,面带笑容,满脸的慈悲与忧伤,人们称她圣母玛利亚。可怜的基督直到三十岁才离开母亲,去做自己的事,因为她用爱来束缚他,她想让他做个木匠。在希腊神话中,母亲成了肩膀浑圆的忒提斯[②],她是胸脯丰满的盖亚[③],是臀部肥大的朱诺[④],是长有猫

[①] 时母(Kali):印度教女神,性嗜血,喜吃恶魔,口吐红舌,身带污血。
[②] 忒提斯(Thetis):希腊神话中,宙斯与波塞冬都爱上的海中仙女。
[③] 盖亚(Gaea):希腊神话中的大地女神。
[④] 朱诺(Juno):古罗马宗教所信奉的主要女神,其地位与朱庇特相当。

头鹰眼睛、两眼放光、凶神恶煞的雅典娜①，是比谁都更可怕的伊俄卡斯忒②——她生了俄狄浦斯，后来又与他结婚，他为此付出了失明的代价。不管你用什么名字称呼母亲，她都是一样的，总是伟大的母亲。她创造我们，毁灭我们，保护我们，惩罚我们，用她的温情与妒忌折磨我们。该死的！

"不，阿莱克斯，不是这样的。"你无可奈何地叹了口气。"你说得对，那只是部分原因，但事情不是那样。""那到底是怎么回事？"你又滔滔不绝地说开了，这次矛头对准的是那些追你的女人。说这些女人不愿意放手，她们比伊俄卡斯忒、圣母玛利亚、时母更无情，更嗜血成性。所有的麻烦是我没有来雅典，而去了纽约，留下你一个人不管，像靶牌上的丘比特娃娃一样任人收拾。男人毕竟是血肉之躯，而肉体是脆弱的。你说："你不要以这种眼神看着我，她们施展各种手段赢得了我的欢心，我就上钩了。有的女人为了能在电梯里被男人搂上几分钟，甚至可以出卖她们的灵魂。一旦你对她们表示好感，就无法摆脱她们。最可气的是那个让她丈夫戴绿帽子的胖女人，我无法摆脱她，她不让我脱身，真是个婊子。不要以那种眼神看着我，我已经说过了，我再说一遍，都是你的错。该死的！""不，阿莱克斯，也不是这个原因。"你又无可奈何地叹了口气。"是的，也不是这个原因。这只是一部分原因，但实际上并不是这么回事。""那你说说，到底是怎么回事？"于是你第三次发表长篇大论。这次针对的是你生活的城市。"你看一眼这个城市吧！要了解它，你只需看一眼就知道了。比如这广场，我从小就住在这里。我记得，当时周围的房子漂亮极了，好看的铁栏杆凉台，红色的屋顶，墙体因年代久远而呈现出一种特殊的光泽。可现在只有高楼大厦，这些大楼象征着既不知道如何改变，也不知道如何保护，只知道怎样破坏与遗忘的无知。我们已经忘掉了一切，甚至包括苏格拉底和柏拉图。我们只剩下了海洋与天空，剩下了可以让西红柿生长的太阳，昔日的骄傲不见了。并且独裁政权维持了七年之久，为了重新得到一丁点自由，为了使埃万耶洛·阿维罗夫能够上台，他们可以在塞浦路斯策划一次流血事件。这帮人只能靠散布流言蜚语、耍阴谋、弄权术活着。土耳其人骂我们是野兽、叛徒、骗子，他们骂得对。我不会相信任何人，无法相信任何人。该死的！""不，阿莱克斯，这不是原因。""是

---

① 雅典娜（Athene）：希腊智慧女神，女战神，从宙斯的头颅中诞生。
② 伊俄卡斯忒（Jocasta）：俄狄浦斯的母亲及妻子。

的，不是。它好像是，但其实不是。""那好，阿莱克斯，究竟是什么？"你抬起头，满脸的忧伤。"是……是我全错了。""全错了？！""是的，全错了，因为这次选举纯属一场闹剧，是那些穿'自由'字样裤衩的人玩弄的一个花招。狗屁选举！约安尼迪斯仍然坐在宪兵司令部的宝座上，塞奥菲洛亚纳科斯、哈慈齐科斯、马里奥斯、巴巴里斯之流仍然逍遥法外，帕帕多普洛斯仍然安安逸逸地住在他拉科尼西的别墅里。唯一受审的人是帕帕多普洛斯的老婆黛丝碧娜，因为她每月从希腊中央情报局白白领取一万德拉克马。起诉书上说，她什么也没有干，白拿这些钱，算是在敲诈国家。而那些为情报局卖力的人却是好公民。如果你高喊：'真是太不像话了，'他们就会对你说：'咋啦？现在我们既民主又自由，还进行选举，即使帕纳古里斯也可以作为候选人！'我不想当什么候选人，不想在这场闹剧中当配角！我错就错在不应该答应下来！错就错在不应该回来！我全错了，是的，全都错了！我想离开这里！离开！离开！""离开？你想去哪里？""去军政府倒台时我该去的地方！去智利，去巴斯克人①那里，甚至去地狱！去真正能战斗的地方。我不想跟影子战斗，不想与虚无的敌人对决！"

这才是你面容憔悴、眼窝深凹、身体衰弱、意志消沉的原因。后来，你花了几个月的时间来思考问题，我以为你会脱胎换骨，面目一新——毕竟，真正的炸弹是思想——但我错了，你并没有变化。对你来说，光有思想是不够的，还需要用自己的智慧去接受挑战。也许你并没有忘记死亡的魅力，没有忘记我在艾吉纳岛已经觉察到的那种莫名其妙的悔恨之情。我看着你，就像看着一扇门，一扇我们想努力去打开、却不知它实际上早已被打开的门。该怎么说呢？说什么才能对你有所帮助呢？难道说"死去容易活着难"这样的陈词滥调吗？难道说"战时英雄好当，平时好汉难做"这样的老生常谈吗？说这些是无济于事的，尤其因为你说的都是明摆着的事实：这次选举只对卡拉曼利斯、帕潘德里欧、阿维罗夫之流有利；用"自由"这个词去骗人与用"人民"这个词去骗人一样容易。"我不知道对你说什么好，阿莱克斯。""我相信确实如此。来，我们走吧。"我们来到索罗诺斯大街，你把我推进一幢大楼的门，你的办公室就在这幢楼里。我们走进大楼，乘上电梯，来

---

① 巴斯克人（the Basques）：欧洲比利牛斯山西部地区的古老居民。

到一个狭长的楼道。有一扇门上写着你的名字。一看见它，我就惊叫起来，因为有人在你的名字上面画了一个大十字叉，在大叉下面标了两个日期：1968年11月17日—1974年11月17日。"阿莱克斯！这是什么意思？阿莱克斯。""你能想到它是什么意思，"你喃喃地说，"意思是，只要有人发现我六年之内还活着，他就不高兴了，希望看到我在1974年11月17日死去。"然后，你又来精神了："你知道我是怎么决定的吗？我不走了。不，我不想放弃当候选人。我将参加竞选，我会的！啊，我希望选举就在11月17日举行！"好像那些对你进行恐吓的人早已知道似的，选举即将在11月17日举行。这消息很快就公布了。

* * *

像枯萎的植物得到雨水一样，一个星期的工夫，你就恢复了元气，身体也复原了。消瘦的面容，深陷的眼窝，松垮的双肩，精神萎靡，愁眉苦脸的表情统统不见了。堂吉诃德又找回了自己，他的想象力又可以开始在充满疯狂念头的王国自由驰骋了。"我有主意啦！十字叉下面的两个日期让我产生了新的想法！我要印一万张传单，上面写着：'1968年11月17日，军政府判亚历山大·帕纳古里斯死刑；1974年11月17日，人民将选他为议会议员。'你瞧，我把'人民'二字也用上了，这样一来，那些穿裤衩的人也会投我的票。""是这回事，阿莱克斯，但……""不，最好一半印成传单，一半印成贴笺。这样可以节省糨糊，只要用舌头一舔就可以贴上。贴哪儿都行，想贴哪儿就贴哪儿：出租车和公交车的玻璃窗上，酒吧的壁头上、椅子上、桌子上，人的身上。有人路过，'啪'的一声，贴在他的背上、手上，甚至贴在他的屁股上。你能想象把我的贴笺贴在阿维罗夫屁股上的情景吗？""能想象，阿莱克斯，但……""听我说，我不想印传单了，我想散发我的诗集，先散发一千册。这么干，漂亮吧？再说了，这也是对文化传播的贡献。""是的，阿莱克斯，但谁来操心你的竞选？是党吗？""党？党跟这有什么关系？""竞选是需要钱的。""钱？什么钱？""比如，印传单、贴笺、买一千册诗集的钱。""我们自己买诗集，争取打折。想办法自己印传单与贴笺。我不接受党的任何东西！""阿莱克斯，难道你真的想靠一本诗集和在人们的屁股上贴一些传单来参加竞选吗？""不，还要组织集会。""但集会也是要花钱的呀！它需要许多人来组织它们,并且……""我有不少朋友。""你需要电话和……""是的!电话,是的!""还有,你需要一间办公室。""我已经有一间办公室了。""就是索罗诺斯大街的那间吗?但它只不过是个鸽子笼,比你在博亚蒂的牢房大不了多少!阿莱克斯,听我说……""不,我不想听你说。如果我听你说,你就会给我讲大道理。一讲大道理,我就会失去信心。要是失去了信心,我就不会赢得竞选。我们会弄到钱的,如果弄不到,只能怪运气不好。我可以不要办公室,不要汽车,不要电话,只需买几桶油漆,几把排笔,在墙上写上'请投我一票'。如果实在没法,就直接用煤块来写也行。"没有什么障碍能把你吓倒,相反,困难只能激发你的自豪感与想象力。你说过,如果实施民主的方式是错误的,为什么不通过抵制不道德的选举手段来予以反对呢?"他们花掉几十亿,把竞选集会搞成大型的游艺会、商贸会!他们砍伐森林,去制造用来印制传单的纸张!他们用掉一桶又一桶的汽油,用汽车去接送他们的候选人!诚实的候选人其实只需一辆自行车和一个话筒就够了。不用说,那些所谓的支持者是不会白白出钱的:捐款多半是一种贿赂,等于是放债,迟早会有人来找你偿还,叫你为他们办事,甚至贪赃枉法。"你的元气确实恢复了,有一天,你把五百万偷偷带进希腊,准备用这些钱来作为你的竞选经费。

你终于承认,靠一辆自行车、一个话筒,或用煤块在墙上写"请投我一票"是没有多少效果的。你决定,还是需要印一些传单,找一间比索罗诺斯大街的鸽子笼更宽一些的办公室。在做出不接受你意大利同胞的一分钱的决定之后,你任命我作为你国外的私人财务总管,让我到意大利来,向那些穿着印有"人民"二字裤衩的人们求助。我们犯了一个天真的错误,因为帕潘德里欧才是意大利社会党的宠儿,只有在他身上,他们才肯表示国际主义的援助。然而,在一个晴朗的早晨,你激动地惊叫起来:"胜利啦!胜利啦!"一个基层组织在南尼的鼓动下筹集了一笔款子,没有执行中央委员会的决定,把这笔钱放在威尼斯,等你去取。威尼斯两年一度的艺术节正好给你发来了邀请,让你去参加开幕式,机票已给你买好。这样,你就可以分文不花,立即去把这笔钱取回来。"多少钱?阿莱克斯。""数目巨大!""有多大?""你会知道的。"二十四小时后,你来到圣马可广场。两个来自摩德纳的人交给你一个用绳子捆着的包裹。你拥抱他们,吻他们,表示感谢。你跑回旅馆,用颤抖的双手解开绳子，一张张一万里拉的钞票撒落在床上。"阿莱克斯……这就是你说的数目巨大吗？""是的，五百万！想想看，五百万！你知道我能用五百万做多少事吗？"你一面说，一面兴奋不已地数着钞票，触摸它们，拍打它们，把它们整整齐齐放进手提箱里。从此以后，这个手提箱就与我们形影不离。不管我们去哪儿，乘汽艇，坐小船，餐馆里吃饭，逛博物馆，我们都带着它。甚至在总督府举行的艺术节开幕式上，你也坚持要我把它放在我的膝盖上。这样，当你发表致辞时我也能够护着它。在宴会上，你把它放在桌子下面，夹在两腿之间。"我不愿把它搁在旅馆里，不会。否则，会有人把它偷走。这样的话，我的竞选就完蛋了。"因为你唯一关心的是怎样防盗，所以我在想，你根本就没有考虑如何把钱转移到希腊的问题。这是个不可忽视的问题，因为意大利法律对私带现金出境有非常严格的规定。不过，你确实已经考虑过了。这是我陪你来机场后才知道的。你带着提箱走进卫生间，把自己关在里面，半小时后才出来。你走路的样子让我无比惊异。动作非常古怪，两条腿仿佛是木头做的，双膝不能弯曲。更搞笑的是，你的双脚无法离开地面，在地上拖着走，活像个机器人："阿莱克斯！你究竟怎么了？""唉！两只鞋里各塞了一百万，左腿绑了一百万，右腿也绑了一百万，其余的藏在了裤衩里。再见。"你脸上露出一种奇怪的微笑，接受警察的检查。一个警察开始搜你的身，从胳肢窝一直摸到臀部，看有没有私带武器。他打开提箱，在各种文件中翻找，最后找到了你的钱包。"没有意大利货币吧？""一个里拉都没有。""祝你旅途愉快，谢谢。""应该感谢的是你。"你心里想。你僵硬得像个机器人，脚没有抬，膝没有弯，带着这一大笔钱上了飞机。由于这些钞票既皱又破，还散发一股难闻的气味，没有一家希腊银行愿意兑换。"这是钱，还是脏袜子？"不过，后来你还是想办法把它们换成了德拉克马。其中一部分你用来租了一套房子，你把它称为"我的司令部"。

* * *

"司令部"包括两个又大又脏的房间，墙上的泥灰已开始脱落。玻璃窗被一张照片和一幅招贴画遮住了一半。照片是你在受审期间拍的，招贴画是你自己选的，极富象征意义：一只白鸽和一个举起的拳头，拳头里握着一根橄榄枝。"鸽子是什么意思？为什么要画一只鸽子？""不为什么，我喜欢鸽子。""那橄榄枝呢？""也是喜欢。""可这究竟是什么意思呢？""那谁知道！""司令部"的全部家当：两张旧桌子，一张借来的写字台，八把由不同的人分别捐赠的椅子，一把缺了一条腿的沙发椅，一个花盆，一只煮咖啡的电炉。另外，还有多部电话，其中一部是红色的，投进硬币后，才能通话。你在这里会见的人，都缺乏政治经验：年轻小伙子，他们唯一的优点就是盲目地崇拜你；姑娘们，她们唯一的长处就是和你谈恋爱；另外就是你那些年老的亲戚们和一位头戴小帽、鼻梁上架一副深度近视眼镜的老太太。实际上，任何人，只要愿意来这里做无偿的工作，你都毫不客气、没有节制地加以利用。包括利用那个被你蔑称为"胖婊子"的可怜的女人。你让医生去贴传单，让建筑系的学生在墙上写你的名字，让年迈的姑婶和行动不便的人接电话，煮咖啡。尽管他们每个人都心甘情愿地为你拼命工作，但竞选活动仍然进行得很不理想。首先是缺乏宣传材料。除了一些印有"1968年11月17日—1974年11月17日"的贴笺和几十张印有白鸽与拳头的招贴画外，其余就只有一百份印有你护照照片的传单。至于那一千本诗集，由于你拒绝支付一笔数目不小的关税，它们仍堆在海关的一个仓库里。新闻界对你漠不关心，它只热衷于为自己的右派和左派客户做广告。报纸甚至对你是候选人一事只字不提。总之，你没有做任何争取选民的工作，也没有去请求他们投你的票。你只是在集会上做过一些讲演，而这正是你的阿喀琉斯之踵①。你只有在受审、直面死亡时，才能慷慨陈词，很好地表达你的思想。而在平时，你却没有这方面的才能。你语不成句，缺乏激情，羞羞答答，欲言又止。有时你为了显得镇静自如，故意装模作样，但动作又显得很不自然，比如把双手插在口袋里，或者凶狠地挥舞烟斗。最糟糕的是，你洪亮嗓音的魅力不见了，变得更加含混而嘶哑，不是由于不断口吃叫人如同嚼蜡，就是因为大嚷大叫让人无法忍受。这还不够，你本质上讨厌集会。你认为集会不过是玩弄文字，说谎话，向民众许下永远不会兑现的承诺，是欺骗、控制民众的把戏。为了不让自己掉入这个罪恶的泥淖，你走向另一个极端，强调残酷的真理，宣讲一些不合大众胃口的概念：意识形态的毒害，教条的盲目，托词的虚伪，进

---

①阿喀琉斯之踵：意为致命的弱点。在希腊神话中，阿喀琉斯是国王佩琉斯和海中仙女忒提斯所生的儿子。传说在幼年时，忒提斯曾把他浸在斯提克斯冥河的水中，使其刀枪不入。只有脚踵没有沾到河水，所以成了他的致命弱点。

步的虚假，以及唯命是从的大众的懦弱。你用简单的口号和轻蔑的评论来予以总结。听你的演讲是如此难受，以至于我每次都提心吊胆，不断自问："啊，上帝！他今天又会捅出什么乱子来呢？"

我不经常去听你演讲，一般我不会去受那份罪。再说了，我不大听得懂你那些用希腊语讲的东西。但要是我去了，只要听到"社会主义""法西斯主义""革命""人民""裤衩""帕潘德里欧的儿子"这样的字眼，我就能重新组织出一篇讲稿，其大意和你讲的出入不大："社会主义？什么社会主义？今天人人都在奢谈社会主义，'社会主义'这个词已经成了每盘菜都要添加的调味品，成了谎言的装饰品，成了一种时髦。也许我们已经忘了，墨索里尼也在谈论社会主义，他的确是靠社会主义起家的。难道希特勒不也是这样吗？纳粹主义不就是国家社会主义的缩写吗？有些人把社会主义挂在嘴边，你们就跟着他走，既不问他说的是什么社会主义，也不看究竟是谁在讲社会主义。比如，帕潘德里欧的儿子，他的裤衩上就写有'社会主义'的字样，同时还写有'革命''抵抗'的字样。但究竟是什么样的抵抗？什么样的革命？甚至帕帕多普洛斯也称他的政变是革命，皮诺切特也是这样。另外，右派中没有一个独裁者不用'革命'这个词。他们全都想盗用革命的名义，但并没有人真的去革命，至少那些自称是革命家的人不会去革命，因为他们的革命除了改变主子与政体外，一切都没有发生改变。革命不是有人命令、有人倡导才发生的。只存在一种可能的革命，这种革命由个人进行，在个人内部发生，在个人内部缓慢地、坚韧地、倔强地发展！革命需要耐心，需要坚韧，不能一蹴而就，不能乱来，和那些手拿魔杖、向你们吹得天花乱坠的政治煽动家说的完全是两回事。不要理会那些向你们许诺奇迹会发生的人，不要理会那些像巫师一样，对你们说他们顷刻之间就能扭转乾坤的人。巫师是不存在的，奇迹是不会发生的。那帮自命不凡的人在跟你们开玩笑，把你们当成傻瓜蛋，因为你们习惯于被人牵着鼻子走，习惯于俯首帖耳，唯命是从。如果你们按照这些假革命家的说法去做，那这座民主的大厦一口气就可被吹倒！我们必须紧紧抓住用塞浦路斯的血赐给我们的一点点自由。是的，既然是被赐给的，那这种作为礼物赐予的自由就必然会结出苦涩的果实。如果你们不警觉，那这次选举只会对军政府的继承者有利。因为军政府并没有完全垮台，它只是改变了策略，把权力交给了那些穿自由派外衣的小丑，交给了像埃万耶洛·阿维罗夫这样的猪猡，交给了那些影响深远、卑鄙邪恶的右派。这些右派令人厌恶，直到昨天都还在和帕帕多普洛斯、约安尼迪斯跳小步舞，今天却又与好战分子和其他集权类型的崇拜者打得火热。你们没有注意到这点，因为你们没有动脑筋思考。反正总有人为你们思考，为你们做决定：'主人，告诉我，我该怎样做？告诉我，同志，我该怎样想？'"

　　人们听着，时而失望，时而生气，时而困惑。他们在想，这家伙在胡扯什么呀？为什么他要挖苦他们？让他们的希望破灭呢？他提到裤衩、耐心、作为礼物的自由，他说社会主义是一句空话，一种调味品，一种时髦货，究竟是什么意思？最后，他为什么要谈到思考与不思考的问题，说什么：同志，告诉我，我该思考什么？他们一直相信：好就是好，坏就是坏，坏人站在一边，好人站在另一边。他们从来没有听说过：好和坏，好人和坏人，其实是一回事；也没有听说过：要想世界变得好一些，就必须自个儿干革命。但自个儿怎么干革命？听你演讲的人，他们大多数是双手长满老茧的穷人，一生下来就只知道服从。他们是每个政权的垫脚石，野心家们的工具，是勃列日涅夫和皮诺切特、阿维罗夫和帕潘德里欧那些徒子徒孙之间做交易时互换的商品。你只需看他们一眼，就能明白，他们来参加集会是为了得到一点希望，而不是为了挨一顿臭骂。说实话，他们真的不能理解这个年轻人，他讲起话来语不成句，结结巴巴，单调乏味，还突然疯疯癫癫，狂呼乱叫。所以，集会通常是以清冷收场，最多有点稀稀拉拉、出于礼貌的掌声。声音之小，还不如夏天的雨水声。你紧绷着脸，钻进一辆小卡车离开了会场。这辆绝不会提高你身价的小卡车不知是从谁哪儿借来的，上面贴满了贴笺和招贴画，招贴画上印着你那张护照上的可怕的照片。车子是如此的老旧，以至于人不去推它，它就发动不起来。看着你喘着粗气使劲推车的样子，赞赏的人不多，失望的人倒不少。这还不算，你的政敌们，特别是文人墨客，还经常对你进行无情的报复。他们摆出一副盛气凌人的样子，就好像研读过四十卷的马恩著作，四十五卷的列宁著作和黑格尔的《逻辑学》似的，他们攻击你缺乏学识、思想肤浅、性格脆弱。要不，干脆就冷嘲热讽："让他说下去，他连自己都不知道自己想干什么。他是个莽撞粗鲁、想入非非的人，是个不成功的爆破者。他究竟有什么能耐？只不过安放了两颗炸弹，其中一颗还没有爆，另一颗只在公路上炸开了一个小洞。"有些话深深地伤了你，但你强忍着，毫无惧怕地继续讲出那些残酷的事实真相，继续坐着那辆破破烂烂的小卡车，继续用着借来的写字台和别人捐赠的椅子。你那可怜的五百万用得所剩无几，现在已没有剩下几个德拉克马了。但你却坚信不疑，自己能在这场博弈中获胜："人们在心里能理解我，他们最终会投我的票。"选举的日子终于来临了。

* * *

我在约旦一个脏兮兮旅馆的房间里踱来踱去，等待你从雅典打来的电话，就像等待陪审团即将做出的能够决定我们未来命运的判决，就像等待医院做出的能够决定我们健康与否的最终诊断。等得愈久，心情愈焦虑，愈害怕诊断的结果是不治之症，是不可上诉的最终判决。我没有参加你最后组织的那场集会，我没有勇气这么做。不过，通过位于辛特格玛广场的大不列颠宾馆的阳台，我看到了在同一晚上同一时间举行的卡拉曼利斯的集会。我看到了那些你所信任，并愿意投你票的人们。我看见他们秩序井然、有条不紊地来到集会地点，真像一群牲口，那些对他们空许诺言、威胁恐吓的人叫他们到哪里，他们就到哪里，因为不需要认路，所以连眼睛都不睁一下。这条充满羊群的通向辛特格玛广场的道路是当权者选定的。此时，他们在雅典的辛特格玛广场高呼卡拉曼利斯万岁；而彼时，他们却又在罗马的威尼斯广场高呼墨索里尼万岁，在梵蒂冈的圣彼得广场高呼教皇万岁，在柏林的亚历山大广场高呼希特勒万岁，在伦敦的特拉法尔加广场高呼女王陛下万岁，在巴黎的协和广场高呼戴高乐万岁，在莫斯科的红场高呼斯大林万岁，或赫鲁晓夫万岁、勃列日涅夫万岁。谁出来，他们就喊谁万岁；谁在台上，他们就喊谁万岁。他们从不为平民百姓欢呼，从不想可以做真正的男人与女人，而不做温顺的绵羊。只有在他们的葬礼上，只有他们不再捣乱的时候，人们才会为平民百姓鼓掌。我看见广场上人山人海，看上去像一个黑压压的方阵，像开进了一支八十万人的大军，真让我害怕。令人害怕的倒不是这支军队的数量，而是它以班以排为单位整齐排列的阴森队形，是他们挥舞旗帜、晃动标语牌、手擎火把时的动作，是他们按固定的节奏齐声高喊"万岁"时的声音。一、二、三："卡—拉—曼—利—斯！""卡—拉—曼—利—斯！"每呼一次"卡拉曼利斯"就像按固定间隔时间发射的五发炮弹。喊声震天，令人悚然。这个老政客的演讲人们一句也听不见。由埃万耶洛·阿维罗夫陪伴着，他在聚光灯的照耀下高声喊叫,声嘶力竭。只有上帝才知道他喊的是什么。唯一能听清楚的就是他那个党的名字:新民主党。他可能在解释新民主的含义,在想方设法忽悠听众。但他们并不想知道他究竟在讲什么,只是一味地向他欢呼。因此,即使他现在是在宣布一场足球赛的结果:"皇家马德里队战胜曼彻斯特联队,比分二比一",或是在大声讲解烹调术:"排骨裹上面粉,加作料,然后用油炸",其结果都一样。人们都会以同样激情高呼他的名字,挥舞旗子,晃动标语牌。他们会服从班长的命令,班长服从排长的命令,排长服从对讲机的命令,对讲机服从这个造神仪式伟大导演的命令。谁是导演?他考虑得无比周到,甚至想到了放焰火,放鸽子。然而,他没有预料到鸽子会出问题。到了夜晚的某一时刻,五彩缤纷的焰火像喷泉喷出的星星一样绽放在天空。几百只鸽子从总统府后面的鸽笼里放出来,向广场飞去。但它们并没有像往常那样自在地飞翔,而是像一只只醉蝴蝶似的胡乱拍打它们的翅膀。由于受到噪声、焰火、旗子和人们疯狂之举的惊吓,它们的排泄功能严重紊乱。于是,热乎乎的鸽屎像雨点一样落在人们的头上。鸽子根据只有动物才严格遵守的一视同仁的原则,也把屎拉在了卡拉曼利斯和阿维罗夫身上。于是,他们一边擦去上衣上的鸽屎,一边匆匆离场。喇叭里播放着国歌,八十万人排着整齐的队伍,秩序井然地离开广场。向后转,齐步走!传单、废纸、空瓶、破鞋、果屑,扔得满地都是。正当自动扫地车赶来清理的时候,发生了一件事。也许出于偶然,也许故意为之,管播放机的技术员在机子里放了一张特奥多拉吉斯的唱片。上面灌的那首歌是特奥多拉吉斯得知你判死刑后创作的。于是,国歌消失了,取而代之的是一首悲伤的歌曲。歌中唱道:"当你一而再、再而三敲打的时候,我的亚历山大……"听到歌声后,我感到非常震惊,简直不敢相信自己的耳朵。我急匆匆地跑下去,想看看人们有什么反应。但除了两个年轻人,两个人民的儿子,畜群里的两只羊羔,广场上已空无一人。其中一个年轻人说:"这歌听起来挺悲伤。这个亚历山大是什么人?"另一个耸了耸肩,回答:"不知道。"

我已经失去了信心,根本不想再等待什么投票结果。然而,计票的那天晚上,我还是在你的司令部待着,对于我来说,知道事态是如何进展的也就够了。当时大家都带着一副不抱希望的表情,电话铃响起,带来的都是坏消息。时间一小时一小时地过去,唱票结果,卡拉曼利斯的那个党愈来愈占有优势，而你的那个党却明显处于劣势。你获得的选票不多，新闻界已经认定你将在这次选举中惨败。这个选区五人投你的票，那个选区十人投你的票，最多的选区十五人，大多数选区一人都没有选你。一群为你辛苦干了一个半月的男女青年围在你身边，你一次又一次徒劳地把票数加在一起，希望能达到当选的票数。戴小帽的那个老太太一次又一次徒劳地打电话，了解最后的唱票结果，把听到的结果转告大家，发现你少了三票，而不是五票、六票。痛苦的事实并未发生任何改变，可你的面容却变得愈来愈憔悴，愈来愈苍白。黎明时分我离开了，不忍目睹这痛苦的结局。第二天上午我才重新见到你，看见你正在睡觉，一副完全被打垮的样子。但当我一轻轻触碰你的头发，你就突然醒了，并且愤懑地痛哭起来："人民，谁对他们撒谎，他们就投谁的票！谁愚弄他们，他们就投谁的票！谁糟蹋几百万来放焰火、放鸽子取悦选民，他们就投谁的票！人民想当奴隶，他们喜欢当奴隶，他们喜欢！"说完，你又睡着了，还是那副被打垮了的样子。我打算从你身边走开，不想在你的失败被正式宣布时待在雅典。我原本的计划是三天之内去约旦采访侯赛因国王。我以此为借口，在你的枕头上留下一张纸条。我对你撒了谎，说我的采访计划提前了，必须马上动身去安曼。然后，我真的去了安曼。在安曼，我给你打过两次电话。你的回答含糊其词，给我的感觉是，如果一切顺遂的话，通过全国汇总的票数，你还有一线希望进入议会。说实话，我不想再给你打电话了："一旦事情落实下来，你打电话给我。"在这段时间，我等待你的消息就像被告等待陪审团做出的关于他前途的判决，也像病人等待医生做出的决定他健康与否的诊断。如果你的党不能使你以微弱多数当选，那该怎么办？如果你只以一名不受欢迎的过客的身份参与那些政治家的政治，你做出的牺牲又有什么意义？你又怎么能够在羊群中和那些沉睡在山脚的无动于衷的石头中播撒你的种子呢？不要幻想你在议会占有一个席位，这或许对你多多少少是一种保护。要是情况正好相反呢？我看了看表，十一点。和侯赛因见面的时间定在中午。我朝门口走去，电话铃响了，我又折回来。你兴高采烈的声音冲进我的耳朵："是我！是我！我成议员了，一个不体面的议员！"

是什么如此迅速地扑灭了我心中的宽慰？是因为痛苦地知道，你之所以被选为议员靠的是别人剩余的选票，即餐桌上留下的残羹剩饭吗？是因为知道你无法承受新的失望吗？还是因为侯赛因给我讲的那个故事？那天上午，国王陛下看上去好像比平时更忧伤。当我们谈到他的宿命论时，他问我："你知道撒马尔罕的故事吗？"然后，他把这个故事讲给我听。从前，有一个人，他不想死。他住在伊斯法罕。一天晚上，这个人看见死神在他的家门口等他。他大声问道："你找我有什么事？"死神说："我到这儿来，是要……"还没等死神说完，这个人就纵身跳上一匹快马，朝撒马尔罕飞奔而去。他马不停蹄连续跑了两天三夜。第三天拂晓，他来到撒马尔罕。到这儿后，他坚信死神再也找不着他了。于是，他下马去找客栈。可是当他一踏进客栈客房的门，就发现死神正坐在床边恭候他。死神站起身，向他走来，对他说："我很高兴你来了，而且很准时。我担心我们碰不上面了，你也许会到别的地方，或者姗姗来迟。在伊斯法罕的时候，你没让我把话说完。我来伊斯法罕是为了与你约定：第三天凌晨，我们在撒马尔罕这家客栈的这个房间见面。"

* * *

"我会在政治家们的政治中玩得很开心的，你等着瞧吧！现在我可以开始搜集证据了……""什么证据？""宪兵司令部的文件，有关那些无耻之徒的证据！找到证据需要一段时间，但我会找到的。重要的是不要和任何人掺和在一起。就像今天一样。""像今天一样是什么意思？！""是的，就像今天一样。""你觉得今天没与任何人掺和在一起，是对的吗？""绝对正确。"这一天，雅典举行盛大游行，人们悼念工业学院惨案的罹难者。我刚好从安曼回来，赶上参加这次游行。我们向你的办公室走去，当走到游行队伍将在那儿汇合的街道附近时，你突然说，你不想与任何人掺和在一起。"阿莱克斯，你给我解释一下，这究竟是为什么？""我已经给你说过了，为了尽快把事情弄得水落石出，为了表明我不愿与骗子、机会主义者为伍，为了证明我不愿在他们的旗帜、标语牌下游行。所有的党派都将参加游行，每个党派都召集起它的全班人马参与其中，目的只有一个：显示力量，追求虚荣。'瞧，我有多少人马！我的人马比你多！我的旗帜比你多！我的标语牌也比你多！'这些党派对工学院惨案的罹难者并不感兴趣，一点都不感兴趣。每当我想到那些连话都不敢讲，一有风吹草动就吓得屁滚尿流，甚至连'反抗'这个词都不愿听的奴才们要参加这场滑稽的游戏时，你知道我想对你说什么吗？我甚至宁愿与塞奥菲洛亚纳科斯一起参加游行。""但也有一些真正参加过抵抗运动的人在那里呀，阿莱克斯。""当然。但他们被各个党派收买了，被各个党派当作别在衣领上的石竹花利用了，被那些连话都不敢讲，一有风吹草动就吓得屁滚尿流的奴才们压垮了。事情总是这样。不，对不起，我再说一遍：我不想跟他们掺和在一起。""你总得跟某些人站在一起呀，阿莱克斯。你不至于想一个人去，或只与我一道去游行吧？""我不会一个人去游行，或只与你一道去游行。我会和与我一样孤单的人去游行。这样的人存在，尽管人数很少，但存在，我会找到他们的。""他们在哪儿？""在人行道上。那儿已经有一些了。瞧！"我们到了你的办公室，你做了一个夸张的手势，用手指着一小群在竞选期间曾经为你工作过的人。其中有那个头戴小帽、鼻梁上架近视眼镜的老太太，有一个身高不足一米四的侏儒，拎着一个比她个头还要大的提包，还有十来个男孩子和十来个女孩子，以及一个跛子。"他们是我的朋友！我们将组成一支不依附任何人的独立队伍。看见了吗？""你甚至没有一面旗帜，没有一条标语，阿莱克斯。""你想要旗帜吗？想要一面彩色的旗帜吗？"你转过身，从戴小帽老太太的脖子上取下一条鲜红的围巾："对不起，我会给你再买一条。"然后，你用圆珠笔在上面写下了"自由与真理"这几个大字。"现在我们有旗帜了，还是鲜亮的彩旗。我们只缺一根旗杆。快，找旗杆！找一些钉子！找一把锤子！"锤子有了，但钉子与旗杆找不着。"把椅子拆开！把门把手的螺丝拧下来！把桌子也给拆了！""阿莱克斯，你想干吗？""做旗子与标语牌。你不是说还需要标语牌吗？"他们有的卸下椅子的腿，有的拧下门的把手，有的收集木条与螺丝，有的做标语牌，干得既卖力又麻利。半小时后，我们就组成了一支独立的队伍，走上街头。头戴小帽的老太太和手拎大提包的侏儒走在最前面。老太太举着一条椅子腿，椅子腿系着她那张上面写有"自由与真理"几个字的围巾。侏儒举着一块标语牌，上面写着一条不知从哪里抄来的标语，字迹潦草，难以辨认。你、我、跛子和两个小伙子走在第一排，其余的人走在我们后面。"现在我们干什么？""现在我们游行。我们游我们的。边游行边唱歌。我们唱我们的。""我们唱什么歌？""《先行的死难者》。不行吗？"于是，我们唱着歌出发了。"先行的死难者！！旗手的斗争永无止境！我们追随你们的步伐！渴望把旗帜高高举起！"我们看上去像一群乞丐，想不引起人们的注意也不可能。为了和我们前后的游行队伍分开，你突然停止了唱歌，并且喊道："五米！保持五米的距离！"

一个戴着袖章、维护秩序的学生走到你跟前，要你跟上队伍，但没有用。他反复说，其他队伍都是连在一起的，你也不能例外。你用大声怒吼来回答他，吓得这个可怜的人掉头就跑。"拉开距离！五米！"人行道上的人们看着我们，感到迷惑不解：这批由一个侏儒和一个戴小帽的老太太领队的家伙自成一队，是些什么人呀，他们为什么不跟其他人一起走？为什么他们不唱其他人唱的歌呢？为什么他们不挥舞相同的标语牌、相同的旗帜？为什么他们要举着皱巴巴的破布和字迹难认的标语牌呢？那个下令保持五米距离，把劝他跟上队伍的人轰走的家伙是谁？时不时地，就能听到你的名字："让我来告诉你，他是帕纳古里斯。难道你没有认出他的小胡子和烟斗吗？"你得意扬扬，像个神父似的殷勤地伸开双臂向他们打招呼："来呀！过来呀！"

我们就这样继续前进，手挽着手，组成了一道坚固的人墙。突然，我感觉你全身剧烈抖动了一下，你点头叫我看两个年轻人。一个头发是浅黄色的，另一个是深褐色的。两人穿着讲究，面色严峻，充满敌意。"你看见他们了吗？""看见了，他们是谁？""两个前宪兵司令部的看守。在宪兵司令部的时候，用棍子来打我的人中就有他们两个。"说完，你冲出游行的队伍，举起双手吆喝："站住！"顿时，队伍前推后拥，第二排撞上第一排，第三排撞上第二排，第四排撞上第三排。我们的队伍一停，整个队伍便停了下来。只有戴小帽的老太太和拎大提包的侏儒继续往前走了几步，但很快就发现人们没有跟上来。于是，赶紧往回走，感到很奇怪，很困惑。说实在的，大家都感到很奇怪，很困惑，谁都不明白你为什么要突然下令停止前进。从最后一排传来了责问声和抗议声："谁叫停下的？走啊，继续走啊！往前走！"我碰了碰你的胳膊肘："阿莱克斯，我们继续前进吧。"你不吱声。"你究竟想干吗？"你还是不吱声，继续沉默。事后你对我说，当时你举棋不定，犹豫不决，不知如何是好：是上去揍他们一顿呢，还是顺便利用他们一下？是把他们当成敌人呢，还是朋友？就像赌场上一个毫无理性的赌徒，往往会以一种难以预料的方式来克服他的犹豫不决。开始，他也许会思考、琢磨，接下来，根本既不思考，也不琢磨，只凭一时的冲动：管它是红是黑，是赢是输，就是它了！你直愣愣地盯住这两个年轻人，就像下注前赌徒盯着赌桌，考虑把赌注押在红点上还是黑点上，是单数还是双数上，是这个数字还是那个数字上，反正结局都一样，重要的是要采取行动，冒一下险，敢于与命运挑战，不能袖手旁观。一阵冲动，决定已经做出。你迈着缓慢而沉重的脚步，目空一切，从容不迫地离开队伍，就仿佛这整条大街是属于你的，任何人也无权对这种所属权提出质疑。你走到两个年轻人面前，他们脸色惨白，用惊恐不安的眼神看着你。你把烟斗叼在嘴里，向他们微微一笑。然后又从嘴里取下烟斗，握在手里，朝游行队伍一挥，指着你那支队伍对他们说："到我们的队伍里来吧，我等着你们。"说完，你转过身，迈着同样缓慢的脚步，带着同样目空一切的神情，回到你那支队伍中等着。仿佛赌徒等待赌盘里的骰子停止旋转，停在某一红点或黑点上，停在某一单数或双数上。不是红就是黑，不是赢就是输，就是它了。

我不知道等了多长时间。几个月后，谈及此事时，你坚持说没有等多少时间，大概两分钟的工夫，最多三分钟。但对于我和其他知道是怎么回事的人来说，等待骰子停止旋转的时间，长得令人难以忍受。那两个年轻人走下人行道，向你走过来。你伸出双手欢迎他们。这回那个戴袖章的人愤怒了，他很不耐烦地说："快走啊，说真的，你们到底走，还是不走？"你挽着他俩的胳膊，把我们推开，挽着他俩走。右边挽着一个，左边挽着另一个。你重新集合队伍，继续往前走。当发现我还在犹豫不决时，你狠狠地瞪了我一眼。这种目光足以证明，你这样做并不意味着宽恕或仁慈，而是出于傲慢与蔑视。不是蔑视宪兵司令部的那两个看守，而是蔑视整个社会虚伪的法律；蔑视那些为工业学院大屠杀流泪，而现在捞到好处的政治家；蔑视那些现在参加游行，但在暴政时期却保持沉默或为虎作伥的人。你蔑视那些扛着机会主义旗帜，举着随波逐流标语的人，你不愿与他们为伍。要是他们不能理解，甚至无法猜测，那就太糟糕了。他们确实不能理解，无法猜测，于是一种说法就传开了，说帕纳古里斯宽恕了两个曾经毒打过他的人，他正挽着他们的手臂在这个城市的大街上走着。左边一个，右边一个，像被钉在耶稣左右两侧的两个窃贼。这不是谣言，大家都有目共睹，他们现在正沿着斯塔迪乌大街行走，领着一支小小的队伍单独游行。这种说法让那些冷眼旁观这支秩序井然游行队伍的人激动不已，这支队伍组织得太好了，以至于给人一种不真实的感觉，也让那些由于不关心或把自己看作局外人而没有参加游行的人非常兴奋。这两拨人现在拥前挤后，以便看到夹在两个窃贼之间行走的耶稣。当他蓄着小胡子，叼着烟斗，带着轻蔑的神情出现在他们面前的时候，他们激动地欢呼起来，掌声雷动，喊声四起。有的呼喊你的名字，有的响应你的邀请："来，参加到我们的队伍里来。"然而慢慢地，你没有预料的事情发生了。游戏不再是游戏，随着一种幻觉，你的傲慢变成了谦卑，你的蔑视变成了感激，感激那些什么也没有理解却站在人行道上欢呼的人们。你说，那些独立的个体之所以没有参加游行，并不是因为他们不关心，或没有兴趣，而是因为抗拒，拒绝与没头没脑的乌合之众搅在一起。你坚持认为，那些反对举行纪念活动的人并非缺乏同情心，也非玩世不恭，而是在寻找某种别的东西。谁知道那是什么？但终归是某种东西，也许是他们被压抑的自我，他们那种被群体、群体人的概念伤害了的本性。你贸然扮演了你认为他们要你扮演的角色。你的表情、目光、步态全变了，两眼炯炯有神，开始对那些参与进来的人说："谢谢。"他们真的参与了进来，有男人与女人，主要是手牵孩子，或让孩子骑在肩上的女人。还有年轻人与老人，我猜想，大多数老人是在那个戴小帽老太太的鼓动下才参与进来的，跛子们是被那个走在第一排的跛子感召进来的，而小伙子们是被那个拎着大提包的侏儒吸引进来的。走了一百米左右，我数了一下，有五个跛子，其中三个拄着手杖，两个没有。最引人注目的是一个患过小儿麻痹症的胖小伙子，拄着一副铝拐杖，走路一颠一簸的，不敢走近我们这支人数已经很多的队伍里来，只好在一旁跟着我们走。他怎么能跟上我们不掉队呢？真是匪夷所思，但他做到了，他使出全身力气，喘着粗气，拖着两条不听使唤的腿和一个畸形的身体。过了一会儿，你又一次叫队伍停下来，向他走去，并吻了他。然后把他带到队伍里来，让他站在第一排的中间。队伍又前进了，可这次是按照他行走的速度前进。自此以后，你就没有必要再喊"来吧，来加入我们吧"，因为已经有很多人加入我们的队伍里面来了。到辛特格玛广场时，我们的人数差不多已增至一千人了。是的，从三十增加到了一千。

你就这样在政治家的政治舞台上崭露头角，就这样在政治家的政治舞台上开始犯一系列诗人式的悲剧性错误。这是一支临时拼凑的、松松垮垮的、没有战斗力的队伍，人们加入你的队伍纯属误会。他们打算寻求别的模式，误以为这是一支仁义之师，是一支耶稣基督的队伍，充满了宽恕、同情与基督之爱，但他们理解错了。这支队伍使你产生了幻觉，你认为自己不再孤独了。现在你骑上这匹错觉之马，准备向那个你认定的风车恶龙扑去。

第二章

在英雄的传说中，龙的形象是可怕的。从外形上看，龙通常像一条长翅膀的大蟒，有许多个脑袋，向外吐出分叉的舌头。有的龙又像一条巨蜥，眼睛冒火，爪硬如铁。它吞吃童男童女，鼻孔冒气。它王国的外面有一座起保护作用的桥，任何人胆敢接近，都会被它吃掉。它的四周堆满了骷髅、啃过的骨头、撕碎的尸体。这是那些试图打败它而没有成功的人的遗骸。在现实生活中，龙的本质是不会变的，只是外形各不相同。有时，你甚至无法说出它是什么样子，因为它象征的是一种抽象的现实，一种虽然存在却无法看清的事态。有时，你甚至无法认出它，因为它以人形现身，跟普通人一样，有一个身体，长两只手，两条腿；有一个脑袋，长一个鼻子，一张嘴巴，两只眼睛，也许是一双催眠师那样圆圆的眼睛。不过，两只眼球溜溜直转，像两颗泡在油里的橄榄。它那双手似乎软绵绵的，好像没有骨头。说起话来，油腔滑调，充满甜言蜜语："亲爱的朋友们！亲爱的年轻女士们！见到你们，我何等高兴，是多么的幸运啊！"总之，从外表上看，任何人都不会把埃万耶洛·阿维罗夫想象成一条龙。尽管和他见面时我感到不自在，尽管我感觉他就是山顶上的那块新巨石，但我还是不会把他与那幅充满骷髅、骨头与尸体的画面联系起来。此外，他的生活方式也看不出来有什么冒犯别人之处。他对家乡的保护神——圣蕾帕拉塔——无限虔诚，每个礼拜天，他都要到这位圣女像的面前祷告、忏悔，为自己的罪请求她的宽恕。他是主教和大主教的朋友，相信天堂与地狱。他是一个仁慈的父亲，受人尊敬的丈夫，忠实于家庭，衣着绝对符合道德风尚。他受过良好的教育，擅长写作，出版过几本无人问津但也对人无害的书。他极为富有，在伊庇鲁斯北部靠近爱尼奥纳的地方拥有一座庄园。他想方设法反驳福音书上的说法：富人进天堂比骆驼穿过针眼还难。我想说的是，他既不好吃懒做，也不滥情纵欲，而是积极主动，充满活力和实干精神。比如，在他的庄园里有个名叫"梅佐诺伏"的农场，他从加拿大进口最好的奶牛，用它们的奶制成上等的奶酪、奶油、乳清干酪，并用"梅佐诺伏"命名。此外，他还生产一种口感很不错的葡萄酒，名叫阿维罗夫白葡萄酒和阿维罗夫红葡萄酒。他对这一切感到如此自豪，以至于当他说政治对他来说只是一种业余爱好，是一种为自由的事业效力的方式时，叫人们不相信也难。他经常把"自由""自由主义"这些词挂在嘴边，经常对各种各样的专制制度表示愤怒。事实上，他自我宣称从意大利和德国占领时期始，他就是个反法西斯主义者了。

然而，他还是一条龙。也许在那段时间、那种事态下，他是你们国家所能给出的、一个英雄可以与之进行最后对决的一条最理想的龙。因为他那从不冒犯别人的外表，他那些"梅佐诺伏"牌奶酪、奶油、乳清干酪，他自由主义的伪装，他自称的反法西斯主义，所以在那段时间、那种事态下，他比别的任何人都更能代表政权。这个政权不可改变，无孔不入，不容毁灭。它有着巧妙的伪装，经常披着合法的外衣，有时以祖国和社会的名义，有时以法律与文明的名义，有时打着秩序与正义的旗号，有时打着民主与革命的旗号，指使我们，控制我们，蒙骗我们，敲诈我们，忽悠我们，恐吓我们。"主人，告诉我该做什么？同志，告诉我该想什么？"它甚至会像传说中、神话中长翅膀的大蟒和守护桥头的巨蜥一样，把我们吞吃掉。用堂吉诃德的长矛去杀死它是无济于事的，因为它每次都能起死回生——也许为了迎合大众的意愿，而非上帝的意志，改改面孔，换换声调。它总是如此，总能够如此。但如果你不去同它战斗，不去训斥它，不去戳穿它的谎言，那情况会更糟，代价会更大，它的王国就会日益扩大，它的周围就会充满更多的骷髅、被啃的骨头、撕碎的尸体。它贪得无厌，对它已有的东西绝不满足。它会利用每一次媾和与投降的机会大捞一把。那些为它效劳的人或代表它的人，那些让它现身的人，也即那些山顶上的巨石，都有和它相同的特点：贪得无厌，起死回生。被你选为攻击目标的这条龙的情况正是如此。他通过世袭的权力、遗产继承和家族的名义，获得了发号施令权。第二次世界大战后，他效忠君主制度，首次当上了部长。此后三十年，他在政治上死而复生，反反复复了一千次，即使好像被埋葬了，其实也没有真正死去。关于这一点，有事实可以证明：即使帕帕多普洛斯的政变也没有使他下台，即使海军反叛失败后遭逮捕，他也毫发未伤。他在政府中担任的职务是经过选举考验的，合法的，就不要说他一直在当国防部长这件事了。是的，从现在起，你必须集中你所有的精力来对付他。你斩钉截铁地说，你会那样做的。"阿莱克斯，其他人怎么办？""什么其他人？""蛊惑人心的罪魁祸首，独裁政体的理论家，那些冒牌的革命者。""要是我还活着，以后我会腾出手来对付他们。要是我死了，那就没有办法了。但有人会代替我去对付他们的。一个人不可能同时在两条不同的战线上打仗。尤其他孤独一人时，更是如此。他必须掌握时机，在他生活的国家，选择最重要和最直接的敌人来予以打击。如果我在苏联，在波兰，在捷克斯洛伐克，在匈牙利，在阿尔巴尼亚，我的敌人可能就是以某种教条的名义扼杀自由，把人们关进古拉格群岛或疯人院的权威政权。我就会同他们的专横与谎言做斗争。但我是在希腊。在昨天的希腊，我的敌人是帕帕多普洛斯、约安尼迪斯，在明天的希腊可能是帕潘德里欧，或只有上帝才知道的什么人。但今天，我的敌人是阿维罗夫及其右派们。傲慢无礼、虚伪狡诈的右派们穿着印有'自由'字样的裤衩，利用民主来控制我们。如果我不集中精力与阿维罗夫和右派们作斗争，那我在党派问题上向要挟让步，同意加入一个我不信奉的政党又有何意义呢？进入议会又有什么作用呢？再说，也没有时间可以浪费了，因为阿维罗夫肯定在策划下一次政变，他梦想成为希腊的主人，让这个国家重新成为他的王国。"

* * *

12月8日，全国就实行共和制还是君主制进行全民公决。投票结果，共和制赢得了决定性的胜利，但你对这件事明显不太关心。约安尼迪斯终于被捕了，并与帕帕多普洛斯、帕塔科斯、卡莱佐斯、拉达斯这些军政府的要员一起关在科里达洛斯监狱，你对此似乎更不在意。你说，这两件事都没有多大意义，因为公民投票的结果可以宣布作废，监狱的大门可以重新打开。你只关心与那条龙较量这件事，与此同时要忠实于自己，不愿像帕潘德里欧分子那样故作抗议之态，或像共产党人那样只知道抽象地说教，你不允许自己被官方的那些立场所左右。所以，当别的左派议员口若悬河、夸夸其谈时，你则开始用具体的责问来折磨阿维罗夫："为什么部长先生不重新起用被军政府革职的具有民主倾向的军官呢？难道军队里有诚实的人会使部长先生烦恼吗？为什么部长先生允许约安尼迪斯的追随者担任师长、团长的职务呢？你不知道他们随时都有可能向雅典进军，再次解散议会吗？难道部长先生喜欢看见一次有可能被挥动自由主义旗帜的人利用的政变吗？""部长先生是否知道，关在科里达洛斯监狱的约安尼迪斯少校继续控制着他的卡扎菲分子，即那些有能力发动政变的军官？"你把这些责问称之为"问题"或"超级问题"。你甚至为自己取了一个新绰号：提问员或超级提问员。你现在又开始打电话："是我！是我！超级提问员！你猜猜我今天做了什么？""你向阿维罗夫提了一个问题。""不对，一个超级问题！""那他是怎么回答的？""他给了我一个低级的回答。"你从不给他一点喘息的时间，像一只马蜂似的老盯着他。愈是不理，愈是想把它赶走，它就飞得愈近，叫得愈厉害，寻机猛蜇一下。你好像不把他当成一条龙了，而把他当成另一个扎卡拉基斯。你产生了一种新的怪癖。我忘不了你对我说的那句话："等着瞧吧，你会发现我在政治家们的政治中有多开心。"开始，我还以为你只不过是在开玩笑。但当我参观了议会，目睹了你的工作后，我就相信，不是你在开玩笑，如果要说实话的话，其实是他在拿你寻开心。你只要一对他说话，脸上的肌肉就绷得紧紧的，声音也变得沙哑了。相反，他的表情却平静安详，声音也十分温和。他说，这位年轻、无畏的同事应该有耐心，形势是微妙的、困难的。关于原先的军官为什么没有重新起用，原因实在不能透露；为什么约安尼迪斯的追随者没有被解职，道理也是一样的。他只能说，事态会慢慢变得让每个人都满意。他说他感谢这位年轻、无畏的同事，从心里感谢他，因为这位同事使议会意识到了这样一个严重的问题。至于你不断提到的可能发生的政变，他只字未提。

最后的问题是关于乔治的。乔治的死一直让你耿耿于怀。你愿意拿出你生命中整整一年的时间把这件事情弄得水落石出：是谁唆使以色列人去抓他，并把他交给军政府的？你想得到受审期间塞奥菲洛亚纳科斯在你面前晃动的那份卷宗。"这就是你哥哥乔治的档案，就在这儿！你想看看里面写的是什吗?"你愿意花同样大的代价看见他中尉的军衔被恢复。自从开小差后,他的军衔就被剥夺了。你始终坚持这样一条原则,在军事独裁统治的国家,军人开小差不是犯罪,而是履行责任。所以,你对阿维罗夫谈起这个问题时,声音比平时更嘶哑,面部肌肉比往常绷得更紧。这一次,你简直不是在提问,而是在下命令:"部长先生必须找回乔治·帕纳古里斯中尉的档案,并公之于众。帕帕多普洛斯和以色列政府打交道时,他的生命成了两者做交易的商品。部长先生必须恢复他被军政府剥夺了的军衔与荣誉。部长先生必须还他以清白。"阿维罗夫先说,找档案需要时间。然后说,档案也许找不到了,因为可能早已不存在。但即使找到了,他也不能公布出来,因为机密文件是不能公布的。听他这么说,你失去了控制,用手指指着他高声嚷道,你哥哥之所以开小差,是因为不愿意为军政府卖命。那些现在待在政府里包庇罪犯、隐瞒老朋友罪行的家伙当时就做不到这一点。在真正民主的政体中,所有的文件都不应该保密。你还说,总有一天,你会把这些档案找到的,从而证明他和他的政府说的都是谎言。你甚至说,你会找到更多的东西,一些东西和他有最直接的牵连,到时候会来个更精彩的水门事件。你的回答太尖刻,太具威胁性了,他确实吃了一惊。第二天,他在会议厅外面碰见你,伸开双臂向你迎来:"亲爱的朋友,我亲爱的朋友,我们之间存在误会,必须消除。你到我家来一起吃晚饭,我们像有教养的人一样好好谈一谈。我妻子也很想见你。亲爱的朋友,我女儿也对你佩服得五体投地!"但你装着没有看见伸出的手臂,一只手插在口袋里,另一只手拿着烟斗,用烟嘴指着他:"你仔细听着,阿维罗夫,只要还有议会,国家的弊病就应该在议会里讨论,不应该在烤肉和甜食之间叽叽喳喳。"几天以后,2月24日,没有被阿维罗夫解职的军官正如你谈到的一样,果真试图发动政变。

许多人认为,他们只是拟订了一个政变计划,但还没有来得及实施。陆军只是部分人支持政变,海军和空军没有人卷入。事实上,政变在酝酿中就被扼杀,三十七名军官被逮捕。一周后,我来到雅典,你仍然显得焦躁不安,脸上没有一点笑意。你递给我一份十页的手稿。"你读读这个。""这是什么?""我想在意大利发表的一篇文章的提要。""为什么在意大利发表,而不在希腊发表?""因为在希腊没有人愿意为我发表。"手稿上这样写道:"第一,这场政变太荒诞离奇了,不可能是真的。但它真就真在它的荒诞上。2

月24日的政变绝不是一种尝试，它完全没有失败，按照国防部长阿维罗夫的想法，应该说它是成功了，因为这有助于推进他的计划。阿维罗夫的计划曾经是，现在仍然是让这个国家成为他的王国。正像美国中央情报局乐意看到的，让他成为这个国家的主人。（此处应该说明，阿维罗夫过去和现在一直得到美国中央情报局的支持。他在军政府统治时期为希腊中央情报局效劳，同时为美国中央情报局卖命。）第二，对于2月24日晚上发生的事，阿维罗夫了如指掌。他们特别通报了他，说约安尼迪斯手下的军官，也就是那些卡扎菲分子，准备篡夺国家大权，雅典驻军中百分之六十的人站在他们一边。（此处应该说明，身为国防部长，阿维罗夫统管宪兵司令部和希腊中央情报局，因此所有的情报机构全在阿维罗夫的掌控之中。）第三，政变前几天，阿维罗夫甚至允许政变的策划者之一，一名希腊五角大楼任职的步兵将军，前往科里达洛斯监狱对约安尼迪斯作礼节性的探访。（此处应该说明，按规定，只有家属和律师才有资格做这种性质的探访。）第四，事实上，阿维罗夫希望发生一次政变。这是他达到自己目的的第一步。他可以利用这次政变，从军队中清除四十名了解他的计划而又不愿支持他的军官。（此处应该说明，通过这次政变，他实际上清除了三十七名军官。）第五，我们必须问卡拉曼利斯，他是否完全明白阿维罗夫的目的是要建立一个披着议会外衣的独裁政府，也就是说，议会只是一个幌子，是一个空谈的场所，它无法引导国家的政策。（此处应该说明，阿维罗夫在与政变策划者打交道的时候，任意摆布他们，并向他们许诺，可以给他们的卡扎菲主义合法地位，在欧洲立足。）第六，即使卡拉曼利斯明白，他也不能有多少作为。他实际上有职无权，尽管他想方设法让人们相信，他领导的政府办公室，没有一间他不可以随时进入，只要他愿意。但却有一间办公室他不能随便进入，就是国防部部长办公室。（此处应该说明，卡拉曼利斯不能解除阿维罗夫的职务，因为阿维罗夫手中拥有军权，在希腊，谁能指挥军队，谁就能指挥总理。还得说明一点，两者之间正在进行一场你死我活的斗争，秘密的、阴暗的斗争。）第七，在议会回答有关政变的问题时，卡拉曼利斯说，除了存在法西斯主义的危险外，还存在着另外的危险，他的生命比其他人更受到威胁。他说这些话究竟是什么意思？（此处应该说明，政变实际上以卡拉曼利斯和阿维罗夫的和解告终。）第八，仅此一举，阿维罗夫就把卡拉曼利斯和约安尼迪斯搞定了，完全打败了他们。现在那些卡扎菲分子非常清楚，如果没有一个政治大人物在后面撑腰，政变是不可能成功的。政变的成功需要一个像阿维罗夫这样既具有政治手腕又具有聪明才智的人来做后台，而像约安尼迪斯这样鲁莽的军人是不管用的。但要使那些卡扎菲分子认识到这一点，阿维罗夫必须要把他们从约安尼迪斯身边拉过来才行。(此处应该说明，由于这个原因，阿维罗夫并没有一直打算关押约安尼迪斯，而是希望他逃到国外。阿维罗夫表示，愿意帮助他秘密出国，并且提供在国外生活的所有费用。还应说明，约安尼迪斯没有接受阿维罗夫的建议，部分原因是出于骄傲，部分原因是他知道自己在军队中的实力。)第九，阿维罗夫并不想捷足先登，急于求成。他对表面上的权力不感兴趣，他知道如何耐心等待时机。希腊未来的独裁者是阿维罗夫。(这篇文章的标题应该叫：阿维罗夫：希腊未来的独裁者。)"

我把这篇提要还给你，深感困惑不解。"你真的想就这些内容写成一篇文章吗？""确实如此，你得帮助我。""你没有想过，他们会要求你就你说的话提供证据吗？""我有证据。""证据齐全吗？""我只缺一样东西，就是军政府统治期间，他在希腊中央情报局工作的证据。但我迟早会找到的，我知道到哪儿去找。""在哪儿？""在宪兵司令部的档案里。""那就好，让我们行动吧。"我们着手行动，第二个星期，文章见报了，用的是你想用的那个标题。但有些人并不喜欢它。在你门上画了一个十字叉，写上"1968年11月17日—1974年11月17日"两个日期的神秘来访者，这回又在你位于科洛柯特罗尼大街那间新办公室的门上留下了一个更加恐怖的记号。

* * *

你是在圣诞节那天开始租用这间新办公室的，这样，你在城里就有了一个舒适的住所和一个便于工作的地点。你特别喜欢它，因为离议会很近。尽管这幢楼很简陋，很破旧，但斑驳的墙壁，带铁栏杆的阳台，窗台上摆着的一盆盆天竺葵，却使这幢建于19世纪末的楼房具有一种沧桑的魅力。门厅并不雅观，因为隔着一道玻璃墙，和一家出售纺织机械的商店相邻。不友善的、媚俗的守门人总是坐在铺着草垫的小凳子上打瞌睡，但只要一有人走到电梯间，他就会立刻装出一副笑容可掬的表情。电梯是部老电梯，向上运行时咯咯直响，十足吓人，并且还经常在楼层之间停住。如果能直接到达四楼，那就该三呼万岁了。四楼只有一个公寓套间，共有五间房，外加厨房、洗澡间和两个过道。你把前面的三间房布置成办公室和会客室，用来接待来客。把第四间房作为书房。第五间对着厨房与洗澡间，你把它作为卧室和起居室，布置得和林中的那个住所一模一样。我们从意大利买来家具，在那段时间，我赶过来帮忙，帮你铺地毯，挂照片，安窗帘，装吊灯，把室内的陈设布置得跟林中住所的风格没有两样。起居室里放了一张大沙发床，一个19世纪的书柜，一面18世纪的穿衣镜，一张小圆桌，一把雕花椅，一张法国挂毯。书房里放了一张佛罗伦萨式的实木长桌，一把红衣主教坐过的椅子，几把让受欢迎的来访者坐得舒服的椅子，几把让不受欢迎的来访者坐得不舒服的椅子，还有一个带秘密抽屉的柜子。你说有朝一日当你找到能揭露阿维罗夫的文件后，将把它们藏在柜子里。墙上挂的东西表现了你政治上的独立性：一幅佩利扎·达·沃尔佩多绘画的复制品，画的是社会底层的农民；美国宪法第一页的复印件；一块青铜板，上面刻着皮埃罗·卡拉曼德雷为纪念马尔扎博托大屠杀撰写的铭文："永远反抗"；一张羊皮纸，上面抄录了《神曲》开头的几行诗和一幅孙中山的画像。我们一直忙到天黑，才把房子收拾成这个样子。然后，去查罗普洛斯饭店吃晚饭。吃完饭，我们手挽手地回家，脸上浮出了笑意，因为电梯没有被卡在楼层之间。"它真行！它真行！"我们仍是笑着走出电梯口，打开时控灯，朝房门走去。正是在这时，我们看见了那个恐怖的记号：一个骷髅头。一个画在深褐色纸上的黑色的大骷髅头，用胶带纸贴在你的名字下面。

我仍然清楚地记得你当时的动作。你先是紧紧搂着我的双肩，一动不动地呆站了好几秒钟，直愣愣地盯着那个骷髅头。然后，你慢慢地离开我，走上去撕下胶带纸，取下那张纸，把它放在你的口袋里。接着，你把钥匙插进锁孔，踮着脚轻轻走进房间，侧耳细听每一个轻微的声音，查看每一个房间，看是否有人躲藏在里面。最后才转回去关上门。我说："行了，你该歇歇啦。"但你对我的劝说充耳不闻，仍是不断地喃喃自语，没完没了地分析情况，疑神疑鬼，推测原因。"真是奇怪。我们是十点钟离开的，那时这幢楼的大门是关着的。所以肯定有人事先就溜进来了，在等我们出去。要不就是有人有大门的钥匙。无论哪种情况，都说明他不是在闹着玩的。我必须换把锁，同时必须避免单独被他盯上，尤其是在晚上。明天晚上我们应该找三四个人来跟我们一起吃饭。必须有证人在我身边，一个不够，至少得有三四个人才行。""让他们证明什么？""证明一次偶然事故，一次挑衅事件。譬如说，当我在一条空荡荡的大街上行走的时候，一个醉汉或一个假装的醉汉突然向我袭击，或有人想用汽车撞我，想把我从桥上或陡坡上撞下去。如果没有目击证人，谁能证明我遭到了挑衅或袭击呢？他们会说那是一个不幸的偶然事故。如果我只有一个目击证人，比如你，而这个证人又跟我一块儿死了，那该怎么办？另外，我们得在很晚很晚的时候再回家，决不能在半夜和下半夜两点之间的时间回家，因为这段时间最危险。凌晨两点后他们很疲倦，会以为我们不回家了，所以就会撤走。要是出门，我们应该让灯总是亮着，这样，他们就会以为屋子里有人。要注意楼梯的动静，楼梯是容易出事的地方，没有人看守，再加上那盏该死的灯，一会儿亮，一会儿灭……"听你这么说，真是令人难以置信。即使在林中木屋居住的那段时期，你也从来没有这样神经紧张过，从来没有考虑过如此详细的防范措施，从来没有想出过这么多可能袭击你的手段。难道突然间你不再热衷于冒险了？难道冒险不再是你的雨露了？以前，你不冒险，就会萎靡不振。难道这是暂时出现的危机吗？我得出结论，不错，你肯定是暂时陷入了一种精神的危机。但第二天，你确实采取了你所列举的那些防范措施，直到你被杀害的前几天一直都是这样。

晚饭回家时你表现出来的那种警觉，实在让人吃惊。如果没有证人和我们在一起，你就不愿立刻走进大门。你会停在对面的人行道上，仔细观察两三分钟。直到确信没有被袭击的危险后，你才会穿过大街，匆匆打开大门，然后赶紧把门关上。你会蹑手蹑脚穿过门厅，要是我的鞋跟在地面上稍微弄出一点声音，你就会恶狠狠地瞪我几眼，就像门厅的暗处潜伏着无数打算暗算你的人似的。你就这样一直小心翼翼地走到墙角，打开手控自动两用灯的开关。只有在这时，你才会轻松地喘口气。但如果你发现那部旧电梯没有在墙角的底层等着，那就更糟糕。你会忘掉刚才轻松的心情，眉头紧锁，骂骂咧咧，开始嚷道："瞧！他们已经上去了，正在楼上等我呢。"为了弄清楚到底是怎么回事，你按电钮让电梯下来。看表，计算电梯下来需要多少时间。你确实知道它从四层到一层需要多少时间：五十八秒。要是电梯从四层下到一层的时间刚好是五十八秒，你的脸就会顿时发白，把手指按在嘴唇上，叫我不要发出任何声音："嘘！嘘！"我们屏住呼吸，溜进电梯，乘到楼上，然后小心翼翼地走出电梯。我们更加注意，尽量不发出任何声音。接着，你轻轻把钥匙插进锁孔，慢慢打开门，又一次对我发出"嘘！嘘！"的暗示声。突然，你像一只狂怒的猫，冲进第一个房间，然后又冲进第二个房间、第三个房间、第四个房间。你把门推开后，直奔写字台，查看洗澡间、厨房、贮藏室。最后来到上了两道锁的卧室。即使到了卧室，你也没有安静下来。你弯下腰，先是在床下寻找不速之客，然后在抽屉、书籍和纸片中查看一遍。你事先都把它们放在一定的位置，以便知道它们是否被人动过。每次，我都以怀疑的态度顺从地依着你，说也无用："你看，没有人来过，没有人在这里。"有时我自忖，你是不是心理变态？是不是个被迫害狂？你采用老办法，这里放一根头发，那里放一根头发，如果头发不见了，就意味着有人进来过，有人来搜查过。有一天夜里，你发现一根放在门把手上的头发不见了，你花了几个小时的时间来找。"一根头发就是证据。如果它不见了，就说明有人进来过，到房间里来搜查过。""但谁来过？阿莱克斯，谁来过？""我知道是谁。"关于有可能谁会闯入的问题，始终没有得到回答。不久，我就不再关心此事，它被另外的问题取代了。

自从看见骷髅头以后，你在方方面面都变了，完全变成了另一个人。即使最普通、最常见的现实也会伤害你。所以，你的反应近乎歇斯底里，不是愤怒过了头，就是痛苦到了顶。你会突然火冒三丈，弄得我莫名其妙。比如，你一怒之下就突然中断了那次莫斯科之行。

* * *

"喂，是我，是我，我要到莫斯科去。""莫斯科？""是的，他们邀请我去参加国际青年大会。我想去那里看看。""阿莱克斯，那不是你应该去的地方。""我知道，但我想满足一下我的好奇心。""什么时候动身？""就现在。""多久回来？""两周以后，他们邀请我待两周的时间。"但接下来，三天之后，你就打电话来："喂……是我……是我……"声音忧伤、烦躁。"你是从莫斯科给我打电话吗？""不，从雅典给你打过来的。""哦，那么说你没有去莫斯科！""不，我去了。""你去了？怎么回事？我们三天前刚通过话，这不可能。""可能，完全可能。明天我就到罗马，你会见到我。"第二天，你到了罗马，手里拿着护照，从印戳上看，你确实到过莫斯科，在那儿待了三天。"阿莱克斯，只待了三天！""不，两天半。""是他们把你赶出来了吗？""当然不是，是我自己跑的。""自己跑的？什么也没有看就跑掉了？""我什么都看到了。""说说看，你看到什么了？""我看到了红场，看到教堂塔顶该挂十字架的地方挂的是红星，不过反正都一样。我看了圣人墓，也即列宁陵墓。我看到信徒们排着队到圣人墓前去祈祷，也就是到列宁的木乃伊面前去祈祷。他们像一群蠢驴一样排着队，一群排队的傻瓜。我看到了部长会议大厦。我还看到……看到……""看到了什么？""看到三个警察在打一个男人，就像当年塞奥菲洛亚纳科斯和巴巴里斯打我一样。要知道，这不是发生在卢比扬卡大厦的审讯室，而是发生在一家旅馆的酒吧里。这是一家专为富翁和拥有外币的外国人开设的旅馆，旅馆的名字叫俄罗斯大饭店。他们打他是因为他想进旅馆，他不是一个外国人。他是一个普通公民，想像一个富翁或拥有外币的外国人一样进去喝杯酒。他们使劲用靴子踢他的脸部、头部和生殖器。他们狠狠揍他，他大声叫喊：'斯瓦波杜！斯瓦波杜！'我不知道是什么意思。不过，给我当翻译的那个希腊人很快给我做了翻译，意思是：'给我们自由！给我们自由！'我再也喝不下去了，喝下去的酒变成了眼泪，夺眶而出。我哭着离开酒吧，回到客房，收拾行李。第二天上午，我回到了雅典。""就因为这？""就因为这，他妈的！在我的国家，专制统治延续了八年，但在他们那里却有五十年之久。我的老天！""怎么，难道你以前不知道？""当然知道。但我还是哭了。""如果不哭，你会多待几天呢？""我受不了，真的受不了。有人喊：'给我们自由！给我们自由！'他们就揍他。我脑子里想到的就是那声呼喊：给我们自由！给我们自由！还有就是某些人唱的歌谣，当然是悄悄低唱的，因为他们几乎所有的人都在沉默和恐惧中煎熬。这首歌在这儿，我已让别人翻译过来了。"这是一首关于莫斯科地铁乘客的讽刺歌曲。歌词中写道：在莫斯科乘坐地铁的乘客，如果想挤到门口下车，必须往左边走。

  我在地铁里
  舒舒服服好安逸
  因为从童年起
  它就被听得滚瓜烂熟

> 在没有副歌的地方
> 就会出现说唱的段落
> 站定的在右
> 前行的靠左
> 这是永恒的命令
> 神圣的请求
> 你若想往右边走
> 准保寸步也难行
> 要想走出车门口
> 必须得往左边挤

那天，我再也没有办法让你讲其他的事情。为了打破这种沉默，你只是摇着头，重复这句话："此行是一个错误，毫无必要。我连想都不愿去想了。"

在那次错误的、毫无必要的旅行中，一件习以为常、司空见惯的事情就把你伤得那么重，以至痛哭流涕，一走了之。后来，我花了很多时间才弄清楚你究竟遇到了什么事情。原来是这么回事：一个七十四岁的将军，从腹部到颈部全都挂满了勋章，来机场接你，自称是苏联共青团的领导人。之后，他陪你乘坐一辆黑色的高级轿车去部长会议大厦。主席台上没有一个年轻人，全是和来机场接你的那位一样的老将军，同样从腹部到颈部挂满了勋章。这些讨厌的老人一个接一个地走到话筒跟前发表讲话，没有一个年轻人敢冒犯他们。他们讲的全是列宁、马克思、斯大林格勒战役，除此之外，没有其他。这样的事情使你心中燃起一股无名的怒火，萌生了一种接受邀请等于是犯罪的感觉。当会议结束时，你甚至拒绝接受去大剧院看演出的票。该死的大剧院、芭蕾舞、天鹅湖，你对这些不感兴趣。你想一个人待着，你把那个给你当翻译的希腊人支开，对他说："我想睡一会儿。"然后就去大街上乱逛，想去看看马雅可夫斯基广场。20世纪60年代，弗拉基米尔·布科夫斯基和"灯塔派"成员经常在那里朗读尤卡的诗：

> 我是那个
> 追求真理，反抗暴政的人

再也不愿意为你们效劳
我想砸碎你们用谎言编织的锁链

你边走边想,但想得最多的是布科夫斯基,因为在那些持不同政见者中,他使你感到最亲切。你也想到了普留奇、格里高连科、阿马尔里克,想到了那些工人、学生和素未相识的公民,想到千千万万和你一样默默无闻的普通人。只因为他们想得到一点思想与行动的自由,只因为他们想反抗僵死的教条,他们就被投进了他们国家宪兵司令部的囚室、他们国家博亚蒂的监狱,就被他们国家的马里奥斯、巴巴里斯、塞奥菲洛亚纳科斯、吉齐基斯、扎卡拉基斯残酷折磨。沉默、顺从,甚至与之合作的人民出于恐惧、无知,对他们不闻不问,甚至出卖他们。你走了大约十五分钟后,突然意识到走错了路:你发现自己来到了一个中间有一座雕像、对面有一座大楼的广场。你收住脚步,一会儿瞧瞧雕像,一会儿看看楼房,内心涌起莫名其妙的不安,顿时感到一种刺骨的寒意。雕像高高地竖立在底座上,雕的是一个瘦高男人,表情严峻得像个教士,身披一件长及脚踝的大衣,直挺挺地站立着。周围人流穿梭,车水马龙,让人无法靠近。那幢楼房是一座雄伟的灰色建筑,建于19世纪末或20世纪初,一层和顶层没有窗户,乍一看,你会以为是博物馆、科学院或部委机关。但你的本能告诉你,都不是,而是一个人人皆知、令人望而生畏的机构,它跟那座身穿大衣的男人雕像密切相关。你转身往回走。回到旅馆,你立即向人打听那是什么广场,什么雕像,什么楼房。后来你得知,那是捷尔任斯基的雕像,他是肃反委员会(契卡)的创始人,该委员会后来相继改名为国家政治安全局、国家安全委员会(克格勃);那广场叫捷尔任斯基广场;那座楼房叫卢比扬卡大厦,是折磨、惩罚所有拒不从命、想寻求一点自由的人的中心,是所有宪兵司令部的大本营。你正是在这时萌发了迅速离开的念头。

你原打算第二天早晨离开,但第二天一早,那辆黑色的高级轿车又把你逮住了,又把你送到了部长会议大厦。老将军们在会上再次高谈列宁、马克思、斯大林格勒战役。你在那儿一直待到下午,然后借呼吸一下新鲜空气的机会逃了出来,跳上一辆出租车,让司机把你载到契克洛瓦大街四十八号B座的安德烈·萨哈罗夫住所。你下车时,自言自语地说,千万不要碰上守门人，因为守门人大多都是警方的特务。守门人倒是没有，但契克洛瓦大街四十八号B座所在的地方属于一座蜂窝似的十二层楼房。你不知道萨哈罗夫究竟住在哪一层，你根本想都没有想，就开始接二连三地犯错误。你走进楼房，出来，又进去，想找到一块标有全楼住户的牌子，结果以失败告终。于是你随便到了某一楼层，随便按了某家的门铃："萨哈罗夫住在这里吗？""没有！"你接着按第二家的门铃："萨哈罗夫住在这里吗？""没有！"你再按第三家的门铃："萨哈罗夫住在这里吗？""没有！"由于语言的障碍，你被弄得不知所措。在他们的回答中，你只能听懂"没有"二字。一听到"没有"，就仿佛挨了一记无情的耳光。你只好走出楼，站在人行道上。你开始考虑，是否还继续找下去。最后你认为，还是不找为妙。你一时冲动，莽撞地跑到这幢楼里来，引起了三个说"没有"的人的注意，这事已经够愚蠢的啦。谢天谢地，幸好还没有人盯着你。但正当你这样想时，一个男人却不知从什么地方突然冒出来了。他手里拿着一支烟，仿佛要向你借火似的，朝你走来，眼睛死死盯着你。"劳驾，借个火。"你为他点燃烟，也同样死死地盯着他，仔细观察他，看他是不是警察。此人身上的一切——长满老茧的手，肮脏的指甲，破旧的衣服——都表明他只不过是个卖身投靠克格勃的可怜虫，或许是为了几个卢布而投靠，或许是被威胁、被恐吓而投靠。你在部长会议大厦感到的那种愤怒，现在已被一种让人窒息的忧伤所取代。带着这种忧伤，你走到库尔斯克地铁站，靠几句勉勉强强的法语，坐上方向对头的地铁，在该下的地方下了车，回到旅馆。回到旅馆后，你筋疲力尽地一头栽到床上。入睡后，做了一场噩梦。梦见约安尼迪斯、吉齐基斯、塞奥菲洛亚纳科斯在部长会议大厦高谈阔论，他们的胸前也挂满了勋章。你还梦见阿维罗夫在克里姆林宫的一间屋子里会见刺杀托洛茨基的凶手杰克逊，低声对他说："亲爱的，你得再给我帮个忙。"你也梦见了马里奥斯和巴巴里斯，他们从卢比扬卡大厦出来，在塞浦路斯和雅典的街道上追捕你，最后正好在契克洛瓦大街四十八号B座的门口把你抓住。他们在之前已经逮捕了萨哈罗夫，但萨哈罗夫长的不是自己的脸，而是卡纳洛普罗斯的脸，他是黎明时被军政府逮捕的，当时身上还穿着睡衣。他们没有把你送到宪兵司令部，而是把你关在谢尔勃斯基精神病院，给你穿上紧身衣，打了一针让你精神错乱的针药。"他疯了！竟敢反对当局，真是个疯子！"然后，他们开着一辆小卡车，把你带到博亚蒂，关进牢房。你的旁边关的是布科夫斯基和普留奇。你对他们高声大喊："我在这儿！我们在一起！"但他们听不懂你的话，因为他们不懂希腊语。扎卡拉基斯对你嘲笑："我告诉过你，学意大利语没有用，不是吗？你为什么不学俄语呢？俄语是大国语言。要么学俄语，要么学英语，对不对？"你醒来时浑身是汗，天已大黑。你马上打电话给那个给你当翻译的希腊人："我想大醉，带我到可以喝酒的地方去吧。"你从来没有产生过如此强烈的想喝酒的愿望，从来没有产生过如此强烈的想喝醉的愿望。你不管走到哪儿，看到的都是同样的丑恶，让所有的希望破灭的丑恶。你想一醉方休，把一切都遗忘。希腊人来了，但已是将近晚上十一点，旅馆的酒吧正在关门。在莫斯科，除了旅馆的酒吧外，没有其他地方可以喝酒。于是，你开始出去寻找一个在晚上十一点仍没有关门的旅馆酒吧。折腾了半天，这荒唐的朝圣之旅是在俄罗斯大饭店结束的。但你在那里并没有喝醉，因为刚要了一瓶酒，就见三个警察冲进来殴打那名想要像富人或拥有外币的外国人一样喝酒的公民。挨打的他不断呼叫："给我们自由！给我们自由！给我们自由！"

正是这些如此强烈、如此过分、如此绝望的反应，使我相信，你在各方面已变得判若两人。不仅如此，自从骷髅头事件之后，你的身上还产生了另外一种东西，一种过分悲愤的激情，一种没有任何欢乐可言的狂放的情绪，类似酒神狄俄尼索斯的激奋和狂喜。狄俄尼索斯头缠常青藤，两眼充满泪水，阳具勃起，心急火燎，在树林中奔跑尖叫，与半人半羊的牧神和女祭司们嬉戏打闹。

* * *

狄俄尼索斯不是一个幸福的神，相反，他是诸神中最不幸的一个，因为他代表的是生的痛苦与死的必然。狄俄尼索斯不是长生不死的神，他的诞生和再生都是为了再次被杀戮。为了把他的尸体重新塑造成人，巨人泰坦不得不把它撕成碎片，放在锅里煮。为了使他身上长出可以为人酿制美酒的植物，谷物女神得墨忒耳不得不把他的一块碎肉埋在土里。如果没有死亡，狄俄尼索斯的生命就不存在。他诅咒出生，同时又无意识地拒绝死亡。他的信仰就是贪婪、绝望地纵酒狂饮，他的狂喜充满了痛苦，他的欢乐浸透了忧伤，这是必然的。尽管你的表情千变万化，但万变不离其宗，总能在你身上看见那个在林中奔跑、与半人半羊的牧神们和女祭司们嬉戏打闹的狄俄尼索斯的影子。"我们玩一会儿吧？"你总是显得生机勃勃，激昂亢奋。但突然间，这种生机和亢奋就会染上愤怒与疯狂的色彩，就仿佛一场在自我欺骗、回避死亡意识的闹剧。你再也不能安静下来，心平气和地思考问题了，再也离不开喧闹的场所与嘈杂的人群了。白天，只要你不去议会，你的办公室就会像牙科医生的诊所一样人满为患，你会从早到晚和一些人厮混在一起。也许其中有的人会对你百般讨好，求你推荐，有的无能之辈会来寻求你的庇护。他们都是你鄙视的政治掮客，你根本不应该见他们。但你还是很喜欢和他们在一起消磨时间，一起喝啤酒、橘子汁和咖啡。"请，再来瓶啤酒。""再要瓶橘子汁。""再来杯咖啡。"每天要来二三十人。要是我不满地问你："这有什么意思？"你就会含糊其词地说："没事！只是为了生活！为了找乐子！"客人走后，已是晚上十点，尽管你已筋疲力尽，但你还是会开始你那套老动作的前奏。借口要找"证人"，你会随便拉上几个留在这儿或碰巧到这里来的人，带他们到一家小餐馆吃饭。这些人往往是只知道让你破费的吃客。你们聚在一起，又吃又喝。人愈多，你似乎就愈高兴，吃得愈起劲，喝得愈过瘾。酒喝了一升又一升，菜吃了一盘又一盘。你时而夸夸其谈，时而大声喧哗，时而高谈阔论，时而大放厥词。你容光焕发，表情丰富，语调亢奋，精力充沛，不知疲倦。要是这些酒肉朋友中有人困得不行，胆敢问你："你难道不想回家睡觉吗？"你就会痛骂他一顿，或冷冰冰地回敬他一句："我死后有的是时间睡觉。"你们一直要喝到两三点钟，直到侍者把椅子倒扣在桌子上，对你们说别的客人已经走了为止。只有在这时，你才会起身，为每个人付钱，像百万富翁似的给一大笔小费，最后才横下一条心说走的事情："好，我们就撤吧！"但刚一出门，你就心血来潮，理智全消。想方设法要去消磨掉后半夜，把那帮跟你走的昏昏欲睡的人拖到别的地方。"走，音乐！应该来点音乐！"

市郊的夜店是你后半夜最爱去的场所。这地方很宽敞，也很让人讨厌。我讨厌它，首先是因为那里演奏的音乐声音太响，一进门，几乎就要把人的耳膜给震破，实在令人无法忍受。其次是因为这种喧闹声带有一种恐怖与死亡的味道，甚至给人的视觉印象也是如此。比如，聚光灯用一束束红、黄、绿、紫的强烈光线照射舞台，刺得人的眼睛生疼。布景一闪一闪地发光，一会儿变一个花样，像有人在施魔法。观众看着布景，仿佛坐在游乐园的旋转木马上，转呀转，转得你的胃里真难受。但你坚持要坐在靠近乐队的位子上，坐在那儿，乐队发出的撕裂声、尖叫声、重击声，更让人有一种震耳欲聋的感觉，邪恶的强光闪烁更让人有一种头晕目眩之感。这种乱哄哄的气氛就是你追求的，只有在这种气氛中，你才感觉自己活着。你又要了一些酒，让自己沉浸在这种病态的享乐之中。那些不了解你的人看不出这个鬼地方对你产生的影响，因为这种影响并没有从你的行为中表现出来。你坐在那里，一语不发，显得镇静自若，唯一出格的行为是，把那个卖花的女孩叫过来，买了她篮子里所有的花。然后以潇洒大方的动作把花扔给歌手。然而，这种影响是强烈的，又是阴郁的。如同情欲的烈火、强烈的痉挛，烘烤着你的身体，牵动着你的思想，让你没有表露的、抑制在心的欲望得以释放。在艾吉纳岛，在你应该被处决前的那个黎明，你做了一个梦。梦中也出现过同样的欲望。在梦中，你好像是一粒种子，由一粒变成两粒，两粒变成三粒，三粒变成十粒。这些种子愈长愈大，愈长愈饱满，以至于外壳再也包不住。于是"轰"的一声爆裂开来，千万粒种子撒满大地。每一粒种子又变成一朵花，然后结出果实，继而又变成一粒种子，一粒变两粒，两粒变三粒，三粒变十粒，循环往复，以至无穷。你想占有从那些花朵中绽放出来的每一个女人。由于你知道自己没有多少时间，所以你就随便抓住离你最近的那个，迅速地进入她的身体。完事后，便把她推开，又去抓第二个、第三个、第四个、第五个。我知道你的这种欲望，由于知道而感到痛苦，由于痛苦而避免去看你的面孔。但有时好奇心会促使我去寻找你的面孔。我在你的脸上看到了某种兽性的东西，尽管你强迫克制自己，但你的脸还是变形了。你的眼睛变得愈来愈小，嘴唇发紫，鼻孔微微颤动，呼吸急促。一天晚上，舞台上出现了一个大象般的女人，她正在和一名小青年转圈圈。女的肥胖，长一身赘肉，红衣服里胀满了脂肪。男的瘦小、干瘪，穿件紧身的牛仔裤，又蹦又跳。他们两人淫荡地、疯疯癫癫地跳着舞：母象矫揉造作，摇摆着松软而巨大的臀部，不断抖动她那过于突出的乳房；小青年晃动着他羸弱的、女里女气的身体，一副迫切想被占有的表情。我认为，这场面太无耻了。我正打算对你这么说时，只听见轻轻的"啪嗒"一声。我转身看见你咬着断开的烟嘴，而烟斗却落在你手里。"阿莱克斯！"你用一种气喘吁吁、不耐烦的声音回答我："不要打扰我，我正在占有他们两个。"

一旦你被魔鬼缠成这副样子，想要你离开那个该死的夜店，几乎就不可能。我只有等到凌晨五六点，当桌子上堆满了许多空瓶子时，才能把你拉走。也不知是什么生理和心理上的原因，能使你有如此惊人的能耐承受住酒精对你的折磨。你从未达到过饮酒的第一阶段，没有感觉到兴奋，也从未陷入过第二阶段的过分与第三阶段的昏厥。相反，你总是显得精力充沛。而这正是最糟糕的地方，因为我们回到家后，你还得忍受蹑手蹑脚走过门厅的折磨；如果电梯停在楼上，你又要焦虑万分地看着表，数着电梯下来是不是用了五十八秒；接着，你还得劳神费力查看每一个房间，检查头发是否还在原来的地方。等这一切都完了以后，就是你那套老动作的最后部分：狄俄尼索斯用生殖力的象征物来驱逐死亡，通过高潮的释放来无情地赞美生活。你口中振振有词地叨念着：生活，生活，生活。在一阵疯狂、不祥、无爱的拥抱之后，你就会呼呼地睡去。然而我仍大睁着眼，警觉着耳朵，浮想联翩，无法入睡，倾听着黎明时分清道夫在科洛柯特罗尼大街上骂骂咧咧、乒乒乓乓清理垃圾的声音。因为我无法从常规中解脱出来，习惯用常理来解释生活，定义善恶的观念，所以我在你这些表现中就看出了一种症候：为什么你要以这种方式糟蹋自己？到酒馆与夜店去鬼混究竟图的是什么？沉沦在低级的感官刺激和病态的幻想中，为一个肥胖无比的女人和一个皮包骨头的男人激动不已意义何在？英雄究竟成什么了？英雄的传说究竟到哪里去了？也许你已经放弃了，使你的战舰驶进了风平浪静的港口，抛锚泊定？要不，是我弄错了，把玩世不恭的彼尔·金特①当成了勇敢的堂吉诃德？这些问题让我辗转反侧，失望伤心，我愈来愈相信，我曾经认为你具有的那些美德已不复存在，或者说，过去曾经存在过，而现在已不见踪影了。正是在这段时间，我不怎么爱你了，不想再扮演桑丘·潘沙的角色。这个角色如今已没有用处，失去了意义。于是，我重新投入工作，到处旅行，又回到以前的生活，这种生活在那个要命的八月的下午被你彻底给打乱了。我们总是忘记英雄也是一个人，仅仅是一个血肉之躯，总是忘记反抗暴君，忍受折磨，在缺乏空气、光线昏暗的牢房里挨过许多年，有时比在阵线模糊、布满陷阱的正常情况下进行斗争要更容易一些。我花了好长时间才弄明白，你那种狄俄尼索斯式的疯狂纯粹

---

①挪威著名剧作家易卜生笔下的人物，彼尔卑鄙自私，狂妄自大，野心勃勃，毫无骨气。

是一种绝望的表现。你发现自己从事的是一项力不从心、无论如何都不会成功的事业，因而感到无能为力。只是到你死后，我才知道：自从你看见那个骷髅头之后，就已经明白你的生命只剩下最后一个夏天。

* * *

"那本书中的那条鲸鱼，那条总也不死的白鲸叫什么名字？""莫比·迪克。""船长呢？那个想猎杀白鲸而丧命的船长叫什么来着？""阿卡布。""水手呢？那个大难不死、幸存下来讲述莫比·迪克和阿卡布故事的水手叫什么？""伊斯梅尔。""那我就叫你伊斯梅尔，我则署名阿卡布。把你的地址给我。""阿莱克斯，我们有什么必要总是玩这些鬼头鬼脑的把戏呢？""我说了，把地址给我。"我把地址给了你。我要到沙特阿拉伯去一趟，打算在两周后的星期四回来。你要我的地址，是为了到时好通知我，我们是在罗马还是雅典重新见面。但我在吉达收到你发来的电报，电报上说，见面的地点既不在罗马，也不在雅典，而是在拉纳卡，换句话说，是在塞浦路斯。"请伊斯梅尔于中午抵达拉纳卡，不必复电，直接到那里。阿卡布。"真怪！但奇怪的并不是你把约会地点定在塞浦路斯，因为你有七年没有去过那里了，你想重新看看对你生活产生过影响的地方与人，这实属正常。我觉得奇怪，是因为你的这种做法，是你真用了伊斯梅尔和阿卡布这两个名字，为了避免说出见面日期和塞浦路斯这个地名而采取的狡猾手段。唯一点明的是时间。你也不要我回复。"直接到那里。"你是在开玩笑，还是怪毛病发作？或者其中有更重要的原因？我看了看班机时刻表。看来，在给我发电报之前，你确实做过详细的研究：从吉达只有经过贝鲁特才能到达塞浦路斯，而从贝鲁特起飞的班机正好是在中午着陆。然后，我耸了耸肩膀，赶紧执行命令。在拉纳卡，我一下飞机，就看见你得意扬扬的样子，身旁还有三个陌生人做警卫。"真棒！你真的赶到了！""是的，但你给我发一封用不着去猜的电报不是更好吗？""不，要是那样，他们就会知道我在塞浦路斯。""谁会知道？不应该让谁知道？""我想给他们造成假象的某些人。我离开雅典说的是要去意大利的佛罗伦萨。""什么时候？""两周以前。""那么说，你整整一周一直都躲在塞浦路斯？""不，只躲了三天。不过，这三天已足以让他们派人到意大利去瞎折腾了。现在，他们全都知道我在这里。明天，马卡里奥斯要在一个公共集会上做一次演讲，我和其他议员将去参加。""请说详细点。""没什么好说的。我听到了风声，采取了些防范措施。快，我们走吧。"我们乘上小汽车，准备驶向尼科西亚。我的脚马上碰到了藏在前排座位下的冲锋枪。"要这个干什么？这也是你的一种防范措施吗？"你耸耸肩："不，不，这是因为这里的武器多得很。塞浦路斯人简直对武器着了迷。他们错误地认为，为了保护一个人，你必须得有支机枪。别再提它了。瞧，今天天气多好啊！"

看来，你的心情确实很好。大家都认为，你为自己又一次处于危险之中感到兴奋与高兴。也许正是由于这个原因，我才没有对整个事态的重要性予以重视，甚至没有试着去打听那些神秘的人物究竟是谁。相反，我有时会逐渐产生这样的疑问，是不是你为了自个儿解闷才杜撰了这出戏，什么莫比·迪克呀，阿卡布呀，伊斯梅尔呀，都是你胡编的。如果你真的听到什么风声说，他们要暗算你，如果你的确相信了这一点，才把他们骗到意大利去瞎折腾，那么你为什么要选择杀人比任何地方都方便的塞浦路斯呢？此外，你说的是去意大利，难道你上去塞浦路斯的飞机时就没有人看见吗？难道航空公司的雇员、边防警察，以及其他在出港口的相关人员没有注意到你吗？这次旅行你用的是你的真实姓名，难道说你没有使用自己的护照？胡说八道！也许你根本就不是一周以前到的，而是跟应邀参加马卡里奥斯这次集会的其他议员同时到的。"让我看看你的护照。""你不相信我，是吗？就像上次你不相信我只在莫斯科待了三天！""不是不相信。""给你。"护照上的章确实是七天前盖的，但我的疑虑还是没有打消。即使发现别的议员都住在舒适的旅馆里，唯独你住在军事分界线附近小客栈这一事实，我的怀疑也仍没有减弱。"阿莱克斯，为什么我们不搬到一个更像样的旅馆去住呢？""因为这家客栈是我信任的一个朋友开的，我在这儿感到安全。"小客栈只有一个入口，在我的座位下藏枪的三个小伙子轮流守候在此，昼夜不停。一个随身警卫随时跟着你，你到哪儿，他到哪儿。当然，有时为了不引人注意，你们也保持一定的距离。你不是说过在塞浦路斯武器多得很吗？直到有一天晚上，我才真正警觉起来。我们去拜访马卡里奥斯，谈话中说起了宪兵司令部的文件，就是你和阿维罗夫争吵时说要找出来使他和他的政府出丑的那些文件。"阁下，关于塞浦路斯的政变，有很多东西都值得更进一步地深究。我听人说，约安尼迪斯是中了中央情报局和希腊某些政治家为他设下的圈套。证据就在这些文件里。"马卡里奥斯回答说,现在去找这些文件无疑是在冒杀头的风险。他反复提醒我:"这样做很冒险!非常冒险!"回到小客栈,我们又开始议论这件事:"阿莱克斯,你明白马卡里奥斯说的话吗?"你回答说:"不要忘了把它写在书里。""什么书?""在我死后你会写的那本书。""什么死不死的,你是不会死的,我也不会写什么书。""我会死,你也会写一本书。""要是我比你先死,或我们一块儿死了呢?""你不会和我一块儿死,或死在我的前头。伊斯梅尔不会比阿卡布先死,或和阿卡布一块儿死。因为需要他来把阿卡布的故事讲出来。"

你说这话时是笑着说的,马上我也跟着笑了起来。只是一年以后,当我回忆你被害的过程时,我才发现了一个令人毛骨悚然的巧合。就在你去了塞浦路斯,而在雅典大家都以为你去了佛罗伦萨的那个星期,有两个希腊人到了意大利。他们作为两个学建筑的希腊留学生,克里斯托斯·格里斯波斯和诺蒂斯·帕纳约蒂斯的客人逗留在佛罗伦萨。这两个人说,他们是来度假的,在帕特雷开往安科纳的轮船上偶然与他们相遇才交上朋友的。多么奇怪的朋友啊!因为一个自称是帕潘德里欧分子,以前同情过共产党,另一个说自己是纳粹分子。多么奇怪的度假啊!因为他们选择了佛罗伦萨,却没有兴致去游览这个城市。白天,他们差不多总是关在屋子里,等着一个总也不来的电话;夜晚,他们总是外出,仿佛在寻找某种他们不能找到的东西,某个他们不能找到的人。回到屋里,他们显得极度沮丧。到了第七天,他们失望地走了。究竟是什么原因让他们失望呢?那个纳粹分子长着淡黄色的头发,有一双冷酷的蓝眼睛,脸显得虚胖,充满敌意。此人少言寡语,跟人打招呼时像个军人一样,总会猛蹬鞋跟,高喊一声:"嗨,希特勒!"他说他叫特基斯,在雅典开了几家复印店。格里斯波斯和帕纳约蒂斯给了我一张他的照片,从照片上看,我觉得他很面熟。几个月前,在调查希腊和意大利法西斯分子之间的关系时,我采访过一个像他这样的人。总之,他和那些在春天参与殴打共产党议员弗洛拉基斯的人是同一类人。那个帕潘德里欧分子是个胖子,圆圆的脸,长得有点俗气。看上去和我们那天到伊斯基亚岛去的路上看到的那个小伙子差不多,就是那天我在气垫船上看到的那个小伙子,当时他和跟踪我们的"火蛇"在一起。他身穿蓝色牛仔裤,腰间围根带金属扣的皮带。说话唠唠叨叨,没完没了,谈得最多的是他那辆银白色的标致牌汽车,吹嘘它的速度如何快，性能如何好。他自称是个了不起的驾驶员，在追车和撞车方面无可匹敌。他滔滔不绝谈论他在国外的见闻。在军政府统治期间，他去过加拿大，曾在多伦多一家汽修厂工作过，参加过汽车比赛。格里斯波斯和帕纳约蒂斯说不清楚，或说他们记不起来这究竟是些什么样的比赛，尽管他们对他非常了解，三个人都来自科林斯。但我却没有费多大的劲就弄明白了，这些所谓的比赛，就是赛车手用自己的车头去撞别人的车尾，或相互之间不断碰撞，以其技巧的高超胜出。另外对我来说，把这件事和报纸已经披露的一些事实联系起来并不困难。正是这个人分别于1973年的秋天和1974年的春天两次到过意大利，在米兰、罗马、佛罗伦萨做过逗留。他的政治立场像变色龙似的反反复复：他曾经同情过共产党，现在却又是认同纳粹主义的特基斯的朋友，并且称自己是帕潘德里欧的追随者。他有一段非常有意思的历史：在独裁统治的最初几年，曾为德斯皮娜·帕帕多普洛斯那帮人出谋划策。他经常在极右派和极左派之间斡旋，牵线搭桥，成了两者可怕联姻的产儿，而这种联姻是为了掠取更多的钱财，获得最大的现实利益。

我这里说的是米凯尔·斯泰法斯。正是这个米凯尔·斯泰法斯后来在1976年5月1日夜开车撞死了你，用的正是那辆银白色的标致牌汽车。当你在塞浦路斯时，正是他徘徊在佛罗伦萨的街头。当时你让所有的人都相信你去了佛罗伦萨。

第三章

你知道，那个可怕的夏天将是你生命中的最后一个夏天。所有的事情都是在那个可怕的夏天发生的。为了让你不忘记在撒马尔罕的约会，死神又以一辆汽车的面目在你面前反复出现。对帕帕多普洛斯、约安尼迪斯以及军政府要员的审讯已经开始，同时对塞奥菲洛亚纳科斯、哈慈齐科斯和那帮打手的罪行也在提请诉讼。我们正好在这时从塞浦路斯回到了动乱的雅典。这些由工会挑起的动乱既奇怪又不合时宜。说不合时宜是因为它们发生在对过去的暴君进行公开审判而理应让这个城市欢呼的时刻，说奇怪是因为它们具有罕见的暴力色彩。示威者扔自制炸弹、燃烧瓶，破坏道路，投掷石块，警察则用催泪瓦斯、警棍、疯狂抓捕来对付。另外，说奇怪还因为这些警棍和抓捕所针对的却不是那些最激进的示威者。相反，从某些迹象来看，警察似乎还特别关照那些激进分子，为那辆黑色的凯迪拉克牌汽车提供保护。这辆汽车自骚乱四十八小时以来，一直都在来来回回地行驶，投掷自制炸弹和燃烧瓶。对于这种情况，开始时我们认为在审讯期间，左派在这时上街游行是不合时宜的，是一个策略上的错误选择，后来，我们才开始怀疑它是右派策划的阴谋的一个组成部分，意在找到必要的借口再发动一次政变，恢复所谓的法律与秩序。这段时间，耸人听闻的谣传不胫而走，你办公室的许多人都显得忧心忡忡。他们说军营里弥漫着一种战争气氛，坦克兵团已处于戒备状态，有人看到军队在调动。只有你表现得镇静自如："不要大惊小怪。要是真有这一小撮人，把他们独立起来就行了。要是那辆凯迪拉克牌汽车确实存在，那就必须把它查个水落石出。搞清楚究竟谁在里面，谁是他们的后台，他们是在为谁效劳。坐在这儿空谈没有用。"那天下午你离开了办公室，很晚才回来。回来时满面春风地对我说："你准备一下，我们出去散散步。""出去散步？你认为在这样的晚上去散步合适吗？""合适。另外，我希望你打扮得漂亮点。""为什么？""因为要是他们把我们抓起来的话，我们就可以抗议说：'看我们这身打扮，这跟我们有什么关系？我们是去跳舞的。'"你甚至强迫我穿上长裙子，蹬上高跟鞋，戴上首饰。你自己穿了一套蓝色西装，套了一件丝绸衬衫，打了一根赫尔墨斯牌领带。"打扮成这副样子，穿得如此时髦，难道是为了和那些示威者混在一起吗？！""我们不和任何人混在一起。况且我们还有一辆车呢。""什么车？""我租的一辆车。""为什么你要租一辆车？""一方面是为了去看看兵营，另一方面是为了找那辆黑色的凯迪拉克牌汽车。"

你租的那辆车不适合干这两件事。为了节省钱，你租了一辆破旧的雷诺牌汽车。这辆车走起来嘎嘎直响，一换挡就有熄火的危险。但另一方面，对于你只是出去侦查一下，这辆车也就足够了，因为你的侦查不会担太大的风险，只需在离兵营一定的距离停下来，关掉前灯观察，睁大眼睛看，竖起耳朵听就行。要是有人靠近，你就搂着我，或假装亲热。到了半夜，我们已经查看了三个兵营，但还是没有发现任何传说的有可能要发生政变的迹象。城里也没有发生什么异常情况，只是在动乱结束的第二天，在工学院门口引爆了一颗炸弹。至于那辆投掷炸弹的黑色凯迪拉克牌汽车，连影子都没有看见。"阿莱克斯，你不认为要找到它等于是在大海里捞针吗？""不，我认为我能找到它。""在哪里？怎么找？""我不知道。让我们到工业学院去吧。""我们刚离开那里还不到三十分钟！""应该再去一趟。"雷诺车又颠颠簸簸、吱吱嘎嘎开回工业学院，我们来到上锁的校门后正在执勤的学生中间。你问他们，这段时间那辆凯迪拉克来过吗？回答说，没有，没有人见过它。你问他们，是否敢肯定？他们说，敢肯定，绝对是这么回事。你又问，会不会没有看清楚？回答是，不会，不可能。你说："那好，我就在这里等。""为什么要这样？阿莱克斯，为什么？""因为我感觉它会来。老实告诉你吧，我有这种预感。"你掏出烟斗，把烟点燃，吸了几口后，那辆凯迪拉克就从斯塔迪乌街的一个十字路口冒了出来。它慢慢向我们驶来，好像想做什么，但又犹豫不决，又好像在观察形势。当开到我们身边时，它突然加速，一溜烟地跑开了。我们好不容易才看清了牌照上的两个字母：CD，这是外交使团的缩写。还看见车上坐了四个人，其中三个大约三十岁，黑头发，样子既下贱又傲慢；另一个五十岁上下，灰头发，尽管穿着一件样式古怪的短袖花衬衫，但仍不失一种颇具权威感的表情。"赶快！走！"你把我推进雷诺车，然后坐到方向盘后面说，让我们再目睹一回这个死神吧：在它眼窝的地方是两盏前灯，它的骷髅头是顶棚和挡风玻璃，它的四肢是四个车轱辘，发动机的噪声是它的声音。你为能再次找到它高兴得发狂，因为你又可以像在克里特岛、罗马一样与它亲热地开玩笑了，像往常一样，又可以用你的勇敢、对挑战的迷恋、你的疯狂来冒险了。这种疯狂时而像堂吉诃德，时而像狄俄尼索斯，时而又像阿卡布。不管这种疯狂有多少张面孔，但其本质都是一样的。无论你身边的人是谁，你都不会顾及他们的安危，你不会考虑他们生命的安全，也不会考虑自己生命的安全；你唯一考虑的是如何追上那辆黑色的凯迪拉克，弄清楚里面坐的究竟是什么人，那四个人是干什么的，是谁派他们来的。你也许会让他们跪在地上，侮辱他们，哪怕为此付出生命的代价也在所不惜。

这种追逐是疯狂的，无用的，愚蠢的。我们沿着斯塔迪乌街、帕蒂西乌街、阿克桑德斯街、吉菲西亚斯街追逐那辆速度比我们快两倍的凯迪拉克。它假装逃跑，是为了把我们愈引愈远，诱我们进入圈套。很快，追逐者就会变成被追逐者，被追逐者变成追逐者。它很刁钻，一会儿加速，一会儿减速，时速一百二十公里，一百三十公里，一百五十公里，然后又降到一百公里，九十公里，八十公里。这和钓鱼人的计谋是一样的，他一会儿放线，一会儿收线，直到把上钩的鱼拖累为止。你熟悉此道，当然不甘示弱。你面色煞白，精神专注，双手紧握方向盘，不断踩油门。转向，打轮，车速愈来愈快。我一直恳求你，看在上帝的分上，算了吧，否则，我们只有死路一条。难道你没有发觉他们是在耍弄你吗？只要他们愿意，他们想何时溜就可以溜。他们不想溜掉，完全是由于想缠住我们，把我们引到只有老天才知道的什么地方。你不可能追上他们，即使追上了，也不会有什么好结果。因为他们是四个人，我们只有两个人，他们身上带有武器，而我们没有。即使我们没有翻到公路外面摔死，他们也会置我们于死地。像这样的死是愚蠢的，你为何想让我也跟着你一块儿死呢？你不是说过，由于你的原因而让别人牺牲是不道德、不文明的吗？由于极度的恐惧与愤怒，我辱骂你，诅咒你，同时也恳求你。但你还是一如既往，脸色煞白，精神专注，双手紧握方向盘，不断轰踩油门，转向，打轮，刹车，让车失控，乱滑。你根本不搭理我，一声不吭，连个手势、表情都没有。你甚至没听见我说的话，对我的感受不以为然，仿佛我是个包袱，而不是一个人。你只对那辆车感兴趣，除此之外，没有其他；你只对那四个人感兴趣，除此之外，一切都不存在。他们大概也是干此类事情的行家，那个开车的简直是个高手。有时让我们超过，有时又超过我们；有时与我们保持一段很长的距离，有时又离我们只有几米之遥。就这样，把我们从沿海的阿吉斯路引到拉菲纳。然后，突然来个左转，把我们带上了伊米托斯山。接着又右转，让我们下山，向乌拉地区的海边驶去。在这期间，你连嘴都没有张一下，甚至没有看我一眼。不知从哪个时候开始，我就不再抗议，不再恳求，也不再埋怨了。直到凌晨三点，那辆黑色的凯迪拉克驶回城里，出人意料地突然停了下来。那个一头灰发的人下了车，他那高大的身影随即消失在黑暗中。我这才舒了一口气，暗生了一点希望。心想你也许会下车去追他。然而，你略作犹豫之后，又继续去追那辆车。这样，我们就中了他们的圈套。前面是一条通向地下车库的死胡同，黑色汽车稳稳当当直接开进了这条死胡同。我高喊了一声："快倒车！"你终于开了口："太晚了。""我们中计了，阿莱克斯。""我知道。"你继续驾车，往车库里开。黑色的凯迪拉克停在车库门口，你把车停在它的旁边。你倒拿着烟斗对我说："跟我来。"我听从了。整个车库除了那三个家伙，没有任何人，胡同里也没有人。在霓虹灯发出的绿光中，一只猫不声不响地逃走了：这是唯一的生命迹象。

"瞧！他们在那里。"那三个人并排站着，正在等我们。露着胸，双手叉在腰间，张开腿，一副职业拳击手的架势。第三个人的左胳膊肘挂着个圆形的小包，奇怪的是，三个人长得很像：同样的面带冷笑，同样的身材，同样的橄榄色皮肤，同样的像逗号一样的两撮小胡子。连他们的穿着也同样寒酸：裤子走了形，上衣破破烂烂，领带歪歪扭扭。用不着费多少脑筋就能知道：他们不是凯迪拉克的车主，整个事件的策划者是那个一头灰发的男人。但正因为他们是被人利用的工具，是三个想得到几个德拉克马的可怜虫，我们面临的危险才更大。我本能地把我的手伸进包里，假装是在掏武器，但实际上武器并不存在。尽管这样做并非完全是一个无用的动作，但你异常的勇敢并不需要我这样做。你瞪着眼，咬紧牙关，慢慢向他们走去。你脸上的每块肌肉都散发出一种极度的愤怒，如此冷酷，不可遏制，以至于看上去你不再像一个人，而像一头披着人皮的野兽。你一边喘着粗气，一边往前走；一边喘着粗气，一边盯着他们看。走到他们跟前时，停了下来：故意慢条斯理地一个个上下打量他们。打量他们后，你用烟斗敲了敲那个圆形小包。由于他们中没有一个人反抗，没有做出任何动作，也没有说一句话，于是你就先用我的语言，然后用你的语言说："你瞧，这是炸弹，但不是扔向暴君的炸弹，而是投向人民的炸弹。这是个希腊的法西斯分子，一个胆小如鼠的奴才，一个为美国中央情报局、希腊中央情报局和阿维罗夫效劳的奴才。"这样说了之后，你仍然迈着缓缓的步子，慢腾腾地围着他们走了两圈。然后在中间那个家伙的跟前停下来，一把拽住他的领带，使劲拉了几下，带着一副不屑的表情说："这也是一个希腊法西斯分子，你瞧，也是一个没有长球的家伙。同样也是个为美国中央情报局、希腊中央情报局和阿维罗夫效劳的奴才。"仍然没有一个人表示反抗，做出一个动作，或说出一句话，我不敢相信自己的眼睛，一直把手放在我的包里。心想，他们就这样一直一声不吭站在那里，任人侮辱、嘲弄，简直不可思议，这完全不正常，过一会儿，他们准会向你扑过来，把你杀死。接下来，你又走到第三个跟前，举起烟斗，把烟斗柄搁在他胸口上，使劲捅了两下，仿佛那是把匕首。对着他说道："他也一样。难道你不这样认为吗？你看他这双手。"你在他的手上敲了一下。"看这身衣服。"在他的衣服上敲了一下。"看这张脸。"又在他脸上敲了一下。"你也许会说你是人民的儿子。你们三个人也许都会说是人民的儿子。在游行的队伍中，他们有可能被误认为是人民的儿子。但情况恰好相反，他们是胆小如鼠的奴才，是法西斯分子。你知道我是怎样对付胆小如鼠的奴才和法西斯分子的吗？你知道吗？"

其实你不能拿他们怎么样，绝对不能。你身上只有一个烟斗，身边只有一个女人，况且这个女人还穿着长裙子，行动不便，只是假装在掏并不存在的武器。如果他们中有一人回过神来，我们一下子就有可能被杀掉。你清楚这一点。你用眼角扫了我一眼，终于明白了我这种虚张声势。你将计就计，准备赌一把："不是红，就是黑；不是输，就是赢；机不可失，时不再来；要不你们活，或者你们死。"无论哪种情况，又有什么关系呢？重要的是要敢于去打赌，挑战，下注。五秒，十秒，二十秒，三十秒，四十秒过去了。碗里的骰子旋转，转啊转，然后逐渐减速，最终停了下来。正在这时，一件你没有料到、也无法想象的事发生了。突然，那个挎小包的人猛地跪在地上，那个你拽了他几下领带的人用手在胸前画十字，而那个你用烟斗敲了他几下的人则用双手捂住脸。他们纷纷求饶说："别开枪，阿莱克斯，别开枪！我有家庭，有孩子。饶了我吧，让我走。""别开枪，阿莱克斯，别开枪。我们误会了，我对着我的孩子和国旗发誓，其实我们是钦佩你、尊敬你的。别杀了我们。"我看得出来，你犹豫了，看得出来，你必须做出巨大的努力，才能忍住不让笑声从喉咙里爆发出来，才能保持镇静。你用先前的那种口气命令道："站起来，胆小鬼。快上车，紧紧跟在我们后面。""阿莱克斯，你在说什么？你想干什么？""我想把他们带回工业学院。""你相信他们会跟我们走吗？""是的。"他们还真的跟在了我们后面，服服帖帖，像被催了眠似的。就像美国西部片里的镜头一样：村长单枪匹马，独擒匪帮，把匪帮带回村里，交给法官，对他们依法进行审判。他们不声不响地服从你，完全按照你的指令办。而你驾驶着那辆发动机像病人的咳嗽声，换挡时随时都有可能熄火的破旧的雷诺车在前面开路，把他们带到了学生们那里。学生们根本不敢相信自己的眼睛。学生们没收了那个小包，里面果然装的是一枚炸弹。然后对他们进行盘问，查明他们是什么人，那个一头灰发的人是谁，那辆车牌上挂着CD字样的凯迪拉克是谁的。毫无疑问，这个车牌照是假的。末了，你对他们说了声："祝好运，晚安！""阿莱克斯，难道我们就这么走了吗？""我们就这么走了是什么意思？""我的意思是，难道你不想知道是谁派他们来的？他们是些什么人吗？""我已经知道了。况且我不喜欢看人被审问、被审判、被判罪的场面，尽管他们是一群混蛋也一样。在我看来，站在审判席上的敌人已经是过去式的敌人了。"

你这么说的意思很快就清楚了。正是在那个夏天，那个可怕的夏天，你本性的始终如一显露出来了，实际上，你表面的前后不一是和这种始终如一联系在一起的。你向人们表明，正在被审判的那些被推下权力之巅的巨石，如帕帕多普洛斯、约安尼迪斯之流已不再能引起你的兴趣了。

* * *

"我看见他啦！我看见他们所有人啦！""他们看见你了吗？""是的，第一个看见我的是拉达斯。你知道,就是在暗杀那天早晨把我当成乔治的那个人。当时他对我说'你听我说,中尉,我认识你弟弟亚历山大,他是个聪明人。要是他在这儿的话,肯定会劝你不要在拉达斯面前耍花招'之类的话。当他一看到我,马上就跳了起来,仿佛被黄蜂猛蜇了一下,脸色顿时刷白。然后伸出一只手,放在约安尼迪斯肩上,对他嘀咕了一阵。约安尼迪斯转过身,用眼睛寻找我。当我们的目光碰在一起时,我感觉他有些窘迫。他随即把这消息告诉了帕塔科斯。帕塔科斯嘴唇嚅动了一下,好像在问:'他在哪里。'他等了一会儿才转头看我,但当他发现我正在看他的时候,他立即又把头转了回去,好像一个正在偷听的被当场捉住的孩子。接着,他告诉了马卡雷佐斯。马卡雷佐斯又弯腰告诉了帕帕多普洛斯。帕帕多普洛斯不动声色,直挺挺地坐在椅子上,眼睛盯着脚尖前的某个地方。他就这样呆坐着,有好几分钟之久,仿佛挨了一闷棍似的。然后,他微微转了一下眼珠,几乎让人觉察不到,因为他的头纹丝不动,面部表情也没有任何变化。他看见了我,让我很难受。""让你难受?""是的,那双暗淡无光、筋疲力尽的灰色眼睛让我难受。它们看上去就像是死人的眼睛。还有那张脸,僵硬,焦黄。不,不是焦黄,而是绿得发青。你知道吗,就像池塘里那种死水的颜色。对了……还有,还有那副尊容。也许他是故意装出来的,为了表明他曾是一国之主,不愿和一般的人混同起来,甚至不愿意与他的狐朋狗党们平起平坐。如今作为被告在法庭里受审,只能怪命运不济,即使在这种情况下,也得保持矜持的态度。我在想,他并不像我以前认为的那样可笑,他也是一个人。这让我感到惊讶,因为我以前从没有把他看成一个人。对我来说,他始终是一辆应该被炸掉的汽车,一辆里面坐着个暴君的汽车。当我想到审判他和审判我之间的那种差别时,我得做出很大的努力才能恢复刚进法庭时对他怀有的那种厌恶之情。审判我的时候,我的双手被铐着,被夹持在两个警察中间,穿的囚服显得过于肥大;而他现在衣冠楚楚,衣服烫得笔挺,脸颊刮得干干净净,胡子剪得有模有样,座椅上还铺了个软垫。但当我恢复对他的厌恶之情时,已经没有多大意义了,因为他是一个已经蒙辱、已经失败的人,因为我在那儿看着他,会使他再次蒙辱,再次失败,所以,这个我曾经试图杀死的人已不再是我的敌人了。与其把他当成敌人,还不如说他是个我再也不会感兴趣的人。""那约安尼迪斯的情况呢?""哦,约安尼迪斯永远都是约安尼迪斯。冷漠，从容，自信，面无表情，不可一世，像个宗教裁判所里的法官。他从不会让步，屈服，约安尼迪斯不会这样做。他不会自哀自怜，不会表现得像是个蒙受了耻辱、已经失败的人。总之，我非常了解约安尼迪斯。因为某些独裁政权并不是偶然或任意出现的，它们总是先前的那个政治集团结出的果实，是这个集团的盲目性、无能为力、不负责任、谎言、虚伪结出的恶果。在那些自以为能够通过扼杀自由来纠正上述弊端的人中，不仅有像帕帕多普洛斯这样的人，而且有像约安尼迪斯这样满怀信念的人。的确，由于狂热和糊涂，他们甚至无法意识到他们只不过成了他们意欲要去推翻的那个政权的工具。是的，即使怀有真实的信念，也是工具。事实上，他们过后要为之付出代价。相比起来，阿维罗夫之流却绝不会自食其果。他们总是浮在水面上的软木塞，即使你把它们拴上铅块扔进海里，它们也会照样浮起来。他们总会躺在床上自然老死，临终前手握耶稣受难十字架，口袋里揣着高贵的身份证明书。啊，不，对不起，就连约安尼迪斯也不再是我的敌人了。我没有兴趣再把约安尼迪斯当成我的敌人了。"

尽管一开始做出的判决得到了大家的认可，但你还是写了一篇文章来表明自己的观点。实际上，你为争取约安尼迪斯、帕帕多普洛斯和军政府其他要员不被判死刑而做出过努力。"尊敬的法官先生，1968年春天，我们这些抵抗运动成员也对军政府做出过审判。我们判处他们死刑，判决书上注明，帕帕多普洛斯的死刑由我来执行。但我们当时审判的是处于权力顶端的人，而你们现在审判的却是已经失去了权力或自动放弃了权力的人。我们当时不属于那个错误地发动政变的政治集团，但你们现在仍属于这个政治集团，属于这个集团的成员。所以，法官先生们，你们今天也应该和这二十七名被告一样，站在科里达洛斯法庭的被告席上。你们当初执行他们的法律来判处那些反对他们的人。和你们一起受审的还应该有各位部长、副部长、上校们的幕僚，用金钱来支持军政府的实业家，以及出于怯弱帮了军政府大忙的出版商和记者。当然，还得算上那些冒牌的抵抗运动成员和伪革命家，他们今天作为受害方出庭作证，进行控辩，扮演受害人的角色。其实他们从未为反抗独裁政权做过任何事，只是由于狡猾，他们当初才没有喊帕帕多普洛斯万岁。说实在的，这次审判有太多令人不满意的地方。无论从形式上看，还是从道德上看，都是如此。一开始就令人不满意，在审判的准备阶段，你们就忽略了一个痛苦的历史事实：暴政并不是因为抵抗运动才垮台的，它是由于自身的原因而垮的，由于作恶太多，实在难以为继。于是一天晚上，约安尼迪斯同意让吉齐基斯重新召回被军事政变废黜的政治家。正是在这天晚上，军政府便自动让位。这一点对约安尼迪斯有利。我们千万不要忘记，他曾控制着大量的军队，在国家的关键部门安置了大量的军官。他完全可以拒绝放弃指挥权，或要求新政府赦免他本人和军政府的其他要员。我们也千万不要忘记，是国防部长阿维罗夫让约安尼迪斯继续担任宪兵司令部的头儿，然后又让他光荣退休，让他在自己的院子里种了几个月的玫瑰。如果约安尼迪斯没有意识到站到帕帕多普洛斯那边去是犯了谋反罪的话，那我们就可以说，他才有理由认为自己被人出卖了。如果我处在他的位置，我就会把阿维罗夫叫到跟前来责问：'阿维罗夫，你玩得究竟是什么把戏？你先是让我当军事警察的头儿，然后又让我光荣退休，让我在自己家里种玫瑰，最后又把我抓起来受审，要我得到死刑的惩罚。'我还会责问他，为什么吉齐基斯没有站在被告席上？当军政府逊位时，他不是共和国的总统吗？这次审判确实是一场闹剧，一个为旧主子开脱的计谋。至于你们正在签发或已经签发的死刑判决书，使我们想到了以下的事情：如果当初没有在罗莱托广场立即把墨索里尼等人绞死，那之后就不应该再判他们死刑。如果在独裁时期刺杀暴君是一种责任，那在民主时期宽恕他就应该成为一种必须。在民主时期，主持公道不应该通过挖坟墓的方式来进行。"

你实际上想与约安尼迪斯和帕帕多普洛斯交谈。你说，如果能杀杀前者的威风，打破后者的沉默，你就能知道宪兵司令部的档案藏在什么地方，就能很快得到指控阿维罗夫的证据。实际上，要接近他们并不困难，因为和其他被告一样，他们并没有被关在笼子里面，而是坐在法庭中央，仅仅由一排态度和善的警卫保护着。但你在制订这一计划时却没有考虑到你的胆怯和古怪的惧怕心理，即害怕冒犯他们。你一走进法庭，就被摄影师的闪光灯、记者的评论、群众的耳语包围着——看啊，他来了——你躲在一根柱子后面，即使庭审结束时，你也没有向前挪动一步。"你跟他们谈话了吗？""没有。明天吧。""你拿定主意了吗？""没有。明天吧。"然后，有一天早晨，你咬咬牙，狠狠心，径直向帕帕多普洛斯走去。后来你对我说，当时你下了那么大的决心想和他谈，以至迈出第一步后，整个人几乎就镇静了下来，你记得很清楚：你朝他走去，人们用惊讶的目光看着你，全场顿时鸦雀无声，静得能使你听得见你的心跳。他也盯着你，那一池青绿色的死水终于被微风吹动了；他的眼角露出一丝微笑，你弄不清楚这微笑是讽刺还是同情，不管怎么说，这对你已然构成一种鼓励，一种邀请。但当你走到他面前，你的目光与他的目光相遇时，一种遥远然而清晰的记忆顿时浮现在你的脑海：一辆黑色的林肯牌轿车沿着索尼翁的公路行驶，车上坐着一个你从未谋面但却想把他杀死的人。你的脑海中闪现出那些模糊但却令人不安的念头：谁知道他长得什么样？谁会让我们看见他的脸？如果你看见他的脸，发现他和你一样也是一个人，就会忘记他代表的是谁，杀死他就会变得非常困难，所以最好是自我欺骗，想象你杀的是一辆汽车，这辆以时速一百公里行驶的可恶的汽车。一百公里等于十万米，一小时等于三千六百秒，汽车每秒前进二十七米，十分之一秒大约行驶三米，可是，天啊，十分之一秒究竟有多长呢？甚至不及眨一下眼的工夫，十分之一秒就能决定命运，一千零一，一千零二，一千零三。正当你一面想着这些，一面嚅动嘴唇想说出那些你绝不会相信自己能够说出的话——你好，帕帕多普洛斯先生，我想和你谈一谈——时，从旁听席上传来了一个女人的尖叫声："帕帕多普洛斯，杀人犯！约安尼迪斯，刽子手！可恶的家伙！绞死他们！"你的决心立刻消失了，红着脸，转身离他而去。

"为什么？阿莱克斯，为什么？""因为我感到很不安，很耻辱，上帝知道，我曾经侮辱过他们，恐吓过他们，诅咒过他们，但当时他们是主子，我是戴着镣铐的人。你不能去侮辱一个戴镣铐的人，绝对不能，即使他以前是个暴君也不能。够了，我再也不想回到那个法庭了，再也不想踏进法庭的门了。"你兑现了自己的承诺，甚至拒绝去听判决书的宣读。你说："法官宣读死刑判决，我已经听过一次。我知道，被宣判死刑意味着什么。"于是，我代替你去听了。这件事使我得出了这样的结论：平时你总是把具体的事情与千变万化的想象联系在一起。此时你看到的东西是不存在的，或者只存在于你的想象中。首先，没有人面临被处死的危险，连小孩都知道，判处死刑只是一种形式，一小时后，卡拉曼利斯就会宽恕他们。其次，科里达洛斯法庭看上去根本就不像是个悲剧的舞台，倒像是歌剧最后一幕上演之前，观众在那儿待着的休息厅。还有，被告们诡秘地微笑着，交换着会意的眼色，甚至向我投来几瞥反常的好奇目光，咕噜着：他没有来，她来了。至于帕帕多普洛斯和约安尼迪斯,他们就像两个妒忌心十足、相互仇视的女人,只顾回避对方。我对他们没有任何好感。对于前者,我没有看出他像一个如你描述的那样,是一个有尊严的人;对于后者,我也想象不出,他具有那种你竭力为之辩护的老实士兵形象。瞧他那张扁平的脸,粗俗不堪,令人望而生厌。最多只能说他身上具有某种可怜巴巴的东西,或某种可笑的东西,使人对之垂怜。你知道,大兵们往往很可笑,他们仿佛一生下来就穿上了军装,军装好像是他们的第二层皮。若是让他们脱下军装,换上便服,他们就会显得傻里傻气,平淡无奇。约安尼迪斯确实显得很俗气,长着一副说抓人就可以抓人的凶相。那件格子衬衫穿在他肥胖的身上显得太瘦太短了。他穿的裤子刚及脚踝,裤脚上还奇怪地夹着两个晒衣服用的夹子,实在令人不敢相信。帕帕多普洛斯倒不俗气,但有时看上去像个顺手牵羊时被人当场捉住的公务员。而约安尼迪斯,那个满脸横肉的约安尼迪斯真是俗不可耐。我的目光怎么说都无法从那两个裤夹子上移开。不久,他发现了这一点,站了起来。双手叉在腰间,像个机器人一样,迈着笨拙的步伐向我走来。我坐在检察长座椅的附近。他走到我跟前停下,昂首挺胸,气势汹汹,用他那双冰冷的灰眼睛盯着我。我也盯着他,不甘示弱,和他进行一次可笑的毅力比赛,仿佛在说:你不把眼睛挪开,我也绝不挪开。就这样,我们僵持了好长一段时间。最后,他用自己的语言嘟哝了些什么,把目光挪开,转身走了。走时,仍然昂首挺胸,双手叉腰。我没听懂他说的是什么。

"谁知道他说了些什么?"你诡谲地笑着说:"我知道。""不可能,当时没有任何人听到。""但我也知道。""啊,真的?那你讲给我听听,他说了些什么?""他说,请代我向他致意。"你对此坚信不疑。接着,你带我出去吃晚饭,和往常一样,后面跟着一群牧神和女祭司。你向他们解释:这次审判为什么不公正。

* * *

你说的话全成了耳边风。当然谁也不能理解你,谁也不赞成你的这种做法:当初你想杀死这些人,如今却又对他们如此宽宥。人们在议论:"这个人喜欢自相矛盾,前后不一。他不知道他究竟想要什么。"那年夏天,我也经常这么想,我从来没有像那个夏天一样清楚地意识到,陪伴一个人走进沙漠真是个悲剧。这个人的本质被我们忽略了，因为他同时是好多人的集合。你的身上糅合有许多相互矛盾、相互冲突的特点，所有这些矛盾、冲突集中在一起，无法用英雄性格的二重性来做出解释。你有两只眼睛，一只眼睛好，一只眼睛坏；你有两张面孔，一张儿童的，一张老人的；你有两种思想，一种盯住过去，一种面向未来。只有在你死后，当我追溯你的性格特征时，我才明白，你当初做的每一个被我和其他人认为不合时宜的举动，其实都是有道理的，完全符合你一以贯之的做法。比如，你对塞奥菲洛亚纳科斯、哈慈齐科斯和那帮打手的态度就证明了这一点。你并不是不赞同对他们进行审判，相反，你把对他们的审判与对帕帕多普洛斯、约安尼迪斯和军政府其他要员的审判严格区别开来。这样做，不仅因为他们犯下了无法抵赖的罪行，而且因为可以警告那些仍在实行酷刑的国家。你曾三次被传出庭作证，但三次你都找借口拒绝出庭："我发烧了。我有事。我在意大利呢。""但阿莱克斯，你是最重要的证人，大家都盼望着你出庭。""我知道。""那你打算什么时候去呢？""不知道。"不久，你突然给我打了一个电话："你愿意跟我一起去吗？明天我将出庭。"促使你做出决定的原因，是因为你听说为了尽量弱化你出庭和作证的影响，在你出庭那天，庭长将禁止摄影记者和电视摄影师进行采访。"简直难以置信！阿莱克斯，谁会要求庭长这么干呢？""他。""他是谁？""阿维罗夫，难道不是吗？这是个军事法庭，而军事法庭归国防部管。""你准备用什么方法来挫败这种企图？""什么方法都不用。这对我很适合。"

我感到奇怪，这怎么对你很适合呢？我一面想，一面观察着你即将进来的这间屋子。实际上这是间相当寒酸的屋子，和科里达洛斯法庭那个像剧场一样宽敞的审判庭完全不一样，完全不像那回事，只是一个长而窄的小房间，中间有一条通向证人使用的麦克风和法官座位的过道。过道的左侧是旁听席和记者席，右侧是律师席和被告席。被告席的第一排坐着塞奥菲洛亚纳科斯，他大块头，满脸麻子，看上去像只猿猴，很容易认出来；第二排坐着哈慈齐科斯，他穿着一套蓝色西装，系一根蓝色领带，身上的衬衣显得很干净，一副墨镜遮住了他的半张脸；第三排是那个医生，每次拷打时，他必须到场，以免犯人被殴打致死。他是个狡猾的家伙，身材细长，有一张难看的小嘴，眼睛一眨一眨的活像蝴蝶的翅膀老在颤动。除了他们之外，还有其他被告，大约三十个人。这些人的面孔显得生疏、无辜，表情平平常常。面目狰狞的坏人很少见。在我看来，即使哈慈齐科斯也不是一副凶神恶煞的样子，塞奥菲洛亚纳科斯也不是。比较而言，他那个当律师的老婆倒是显得有点奸诈。她长着一头美丽的金发，一副不屑的表情，嘴角挂着嘲讽的微笑。整个审讯没有出现戏剧性的场面，那个个子矮小、秃顶、身穿黑色长袍、面带怒容的主审法官在没精打采地主持庭审。但不久，他呼唤你的名字，叫你出庭作证，你迈着步子，沿着过道走上前去。只有在这时，塞奥菲洛亚纳科斯才又成了塞奥菲洛亚纳科斯，哈慈齐科斯又成了哈慈齐科斯，审讯室似乎突然变大了，沉闷的气氛顿时一扫而空，人们立刻精神了起来。你不是在缓缓而行，而是大踏步向前。你故意表现出非同寻常的镇静和高傲，使人觉得有明显挑衅的意味。与之相比，那天晚上你对黑色凯迪拉克上那三个法西斯分子的态度，简直就可以说是轻松打趣、仁慈有余了。一步，两步。一步，两步。一步，两步。然而给人留下最深印象的不是你走路的节奏，而是与这种节奏配合得很好的你身体的其他动作。尤其是你的右臂，它前后摇摆的频率和左腿的节奏配合得恰到好处。你似乎在按着钟表的节奏往前走：嘀嗒，嘀嗒，嘀嗒。你另一只胳膊弯成直角放在胸前，手里拿着烟斗。你的眼睛射出坚定的目光，直盯主审法官，仿佛他是一头待猎的野兽。你故意不看哈慈齐科斯和塞奥菲洛亚纳科斯，好像你从来不认识他们似的。你走到话筒前，右手伸进口袋，嘴里叼着已经熄灭的烟斗说："我要问一问法庭……"我看见穿制服的法官们由于惊愕，表情严重变形，庭长的脸色顿时变得刷白："你什么也别问！提问是法庭的事情！你只需陈述你是何时、何地被囚禁的就行了。只陈述事实，不作任何评论。懂吗？"我一下子就明白了：为什么你会说禁止记者和电视摄影师采访对你很管用，为什么你一听到这个消息就愿意出庭作证，为什么你会这样，看都不看塞奥菲洛亚纳科斯和哈慈齐科斯一眼。你想故意挑衅，大声说出本想在科里达洛斯法庭说出的话：真正的罪犯不是坐在被告席上的被告，而是为了自己的目的把他们带到这里来审判的那帮人。好了，我就憋足气，等待好戏吧。

你拿下嘴上的烟斗，像长矛一样举起："庭长先生，我被囚禁的时间是1968年8月13日至1973年8月21日。庭长先生，我会陈述具体事实，仅仅是事实，而且是本庭所了解的事实，因为我没有必要等到政权更迭后再来指控这个法庭里的被告。为了节省时间，您只需把我七年前写的控告书念一遍就行了。显而易见,为帕帕多普洛斯效劳的司法机构,并不知道我这几份控告书。其实,它们就在您鼻子底下的那个卷宗里。在重复那些事实之前,我要提一个条件:您必须客客气气地跟我讲话,用我的全名,称我为先生,哦,不,应该称我为尊敬的议员先生。您必须解释清楚,您为什么要禁止摄影记者和电视摄影师采访我的作证。是您的国防部长阿维罗夫要您这样做的吗?""证人!!"你根本没有理会他的吼叫,举起烟斗在空中挥了两下:"我再重复一下这个问题,庭长先生,是您的国防部长阿维罗夫要您这样做的吗?""证人!在这儿,提问题的人应该是我!""只要您解释清楚,我就回答您的问题。""证人,你大概忘记你在什么地方了吧?""我没忘记。我是在军事法庭上为这帮人的罪行作证,我跟这帮人斗争了好几年,而像您这样的法官过去一直都在为他们效劳。我是在审判室里,这里正在审判一批打手,而您过去曾经根据独裁政权的法律对他们的受害者判过刑。这个法庭对我的不尊敬与帕帕多普洛斯的法官给予我的相比,有过之而无不及!""你住嘴!""庭长先生,您又用'你'来称呼我了。""你住嘴!""您还是用'你'来称呼我,小阿维罗夫,如果您还要这样,那我就要用与帕帕多普洛斯的法官谈话的方式来与您说话。"那些穿制服的法官愈听愈震惊,你的每一句话都让他们心头打战。被告们被弄得目瞪口呆,律师们的反应同样如此。文字记者们不停地记呀写呀,个个情绪振奋,激动不已。我想,你们何时才能终止这场口舌之争。但争吵总停不下来。你的声音响亮,他的声音刺耳,你一句,他一语,不协调的声音交替出现,一声比一声高,像狗吠一般。舌战继续进行。这场舌战是你事先计划好的,是你期盼的。"证人!我只想知道你被捕后发生的事!只说这些,别扯别的。""您先得解释清楚,小阿维罗夫,您为什么要禁止摄影记者和电视摄影师进来采访。您得先停止用'你'来称呼我!""我不叫小阿维罗夫。小阿维罗夫是什么意思?""您很清楚。它的意思是阿维罗夫的奴仆!""你辱骂法庭。住口!""您是说让我住口吗?小阿维罗夫。他们用酷刑、用行刑队都没能让我住口,难道就您这副样子,能让我住口吗?""我不想堵住你的嘴!我要根据诉讼程序向你提问!""诉讼程序不允许您把我当成小孩子来跟我说话,小阿维罗夫。""事实!我要的是事实!""都在您的卷宗里呢,您自己念吧,小阿维罗夫。"

他屈服了。大概是因为没有议会的许可他就不能逮捕你,或者是因为怕这事闹大了对他不利，要不，就是他开始感到厌倦了，明白斗不过你。他瘫倒在自己的座位上，开始用"您"来称呼你。他恳求道："请息怒，帕纳古里斯先生，我求您。请别生这么大的气，请心平气和回答我的问题，如果您愿意。"你接受了他的让步，没有再逼他解释禁止摄影记者和电视摄影师的事情，况且你已经说了你想说的东西。于是，你拿下烟斗，把手从口袋里抽出来，开始陈述从1968年8月13日至1973年8月21日这段时间，你所遭受的各种折磨。你的声音低沉、单调，仿佛在扮演一个你不想担当的角色。所有的陈述不到三十分钟。其他人说了五六个小时，罗列细节，搜索枯肠，把所有鸡毛蒜皮的事都说了出来，而你却用了不到三十分钟的时间，就把在一千八百三十七个白天和一千八百三十七个夜晚所受的苦讲完了。在那段受苦的日子里，你渴望能像现在一样，得到讲话的机会，能够站在一个法庭上控诉今天坐在你后面的那帮家伙。这是唯一能让你坚持活下来的原因。然而你在不到三十分钟的时间里就浪费了你渴望已久的机会。你曾经对我讲过的那些事，现在几乎只字不提。记得那时你一提起往事就会脑袋滚烫，双脚发冷，全身高烧，神志不清，扑在我怀里痛哭不止。甚至有时会把我的脸误认成塞奥菲洛亚纳科斯、哈慈齐科斯或那个每次拷打必到场的医生的脸。如果我恳求你："冷静点，是我，你看清楚，是我呀！"你就会声嘶力竭地把我推开："不，住手！不，够了！凶手，你们这些刽子手！救命呀！"你甚至在提到那些最令人毛骨悚然的酷刑时，也是轻描淡写，一带而过，就仿佛这些事发生在遥远的过去，它们是如此的遥远，以至从你的记忆中消失，踪迹难觅。仿佛坐在你身后的塞奥菲洛亚纳科斯、哈慈齐科斯或其他人，并非离你只有几米远，而是相隔千里之遥，好像消失在了时空之中。你只提了几个名字、日期和几桩干巴巴的事情：鞭挞，棍打，刀扎，用燃烧的烟蒂烫生殖器和身体的其他部位，用毯子或其他东西蒙住头不让呼吸，性摧残。当说到"性摧残"这几个字时，你突然打住，沉默了下来。"请继续讲。"庭长用一种新的、近乎亲切的口吻让你说下去。"不，这足够了。""足够了？！""是的，我没有更多要说的了。"

法庭出现了令人难以置信的寂静。从法官到被告，从律师到记者，所有的人似乎都惊呆了。"也许你忘了一些事情。"庭长提醒道。"我没有忘。但此刻，就像我说过的，这足够了。"又是一片寂静。"有人想向证人提问吗？"

庭长结结巴巴地说。过了好长一段时间，一个身穿上尉制服的被告提了个问题：＂我想听听帕纳古里斯先生说说，当时在他受审期间，我的表现怎么样？＂也许他希望你为他开脱一些责任，也许他确实比其他人表现得好些，想借此得到从轻的处罚。但你没有满足他的愿望，只是转过头，目光越过塞奥菲洛亚纳科斯和哈慈齐科斯，神神秘秘地说道：＂和现在一样。＂法庭出现了第三次沉默。＂还有没有人想问证人问题？＂庭长又问了一声。这时，塞奥菲洛亚纳科斯挪了挪身体，吃力地站起来，双手按在前面椅子的靠背上，椅子上坐的是他那位穿法袍的妻子。他站起来的动作费劲得无法形容。站在那里显得很高，很壮实：拳击运动员一般的肩膀，如公牛一般粗短的脖子看上去像个举重运动员。不过，他身上也有一些脆弱的地方，脸上有一种痛苦和屈从的表情。不管你喜不喜欢这种表情，它都能唤起人们巨大的同情。这和人们看到一头死去的大象或倒毙的犀牛时所产生的同情是一样的。＂阿莱克斯……＂他的手仍按在椅背上，摸了一下他妻子的法袍，他妻子生气地对他嘀咕了些什么。他用那双明亮的眼睛死死盯住你的后背，清了清嗓子，用嘶哑的声音、悲伤的语调又叫了你一声：＂阿莱克斯……＂他与其说是在叫你，还不如说是在求你，求你转过身来，至少能看他一眼。＂阿莱克斯……＂但你仍一动不动，装着没听见。＂我必须声明一下，阿莱克斯。＂＂声明应该是针对法庭，而不是针对证人。＂庭长警告说。塞奥菲洛亚纳科斯低下头，但目光仍停留在你身上。我知道，你能感觉到他的目光，像一块厚重的铅一样压在你后背上。但你仍没有转过身，也不想转过身。＂继续讲，你要声明什么？＂庭长问道。塞奥菲洛亚纳科斯深深地叹了一口气：＂先生们，我的声明如下：阿莱克斯……尊敬的帕纳古里斯议员并没有把他知道的事情全部讲出来。他讲的全部属实。我请求他相信，我感到很遗憾，我们都感到很遗憾，我们为过去曾经用那样的方式来对待他感到遗憾。我请求他相信，我其实是非常钦佩他的，一直都非常钦佩他，我们都非常钦佩他，因为……＂说到这儿，他停顿了一下，不过马上就用更有力、更坚定的声音往下说：＂因为，先生们，他是唯一一个敢于反抗我们的人，唯一一个从不低头的人！＂

你脸上毫无表情，身子纹丝不动，甚至连眼睛都没有眨一下，就当没有听见一般。你就这样保持着这种姿态，直到法庭允许你退庭为止。你沿着过道往回走，朝塞奥菲洛亚纳科斯相反的方向转过身体，以便你仍然能背对着他,或只让他看见你的侧面。接着,你像进来时那样镇静,迈着进来时那样的步伐,左臂弯成直角放在胸前,手里握着烟斗,右臂随着你的步子前后摆动,昂着头,目不斜视,离开了审判庭。一步,两步。一步,两步。一步,两步。

* * *

扎卡拉基斯呢?既然当局认定了这场闹剧的好处,所以各种各样的审判就接二连三地进行下去了。一次审判刚刚结束,另一次审判就接踵而至,第二次是第一次的延续与重复,第三次、第四次是第一次、第二次的翻版与复刻。因此就连那些开始不怎么引人注目、显得不那么重要的家伙,现在也被带到了审判席上。不久就轮到了扎卡拉基斯。我以为你对他的态度会有所不同。难道你能忘记,那天夜里你一半身子在墙洞外,一半身子在墙洞内时,他发出的那种冷笑声吗?难道你能忘记,他指给你看那座坟墓状的囚室、那株柏树时,他没收你的鞋、笔和纸时,他毒打你和给你穿紧身衣时,他脸上那副狰狞的笑容吗?是的,也许你可能忘记。但只要你一看见他那张傻里傻气的大脸,看见他那双像小猪一样的小眼睛,你就会想起当他发现"X"并不代表克沙尼亚,"Y"并不代表我门,"Z"并不代表苏黎世,他拿来红蓝圆珠笔让你解费马大定理时,你对他许下的诺言。你对他说:"你给我听着,扎卡拉基斯。你是个混球,但那不是你的错。将来当你坐在被告席上,我来对你干的坏事作证时,我肯定也会这么说。你是个混球,但那不是你的错。"事实上,你陈述的证词与其说是在控告他,还不如说是在为他辩护。"是的,我在博亚蒂受的所有折磨都要归咎于扎卡拉基斯,是他给我戴了几个星期的手铐,是他亲自打我,或命令别人打我,是他没收了我的书籍、报纸、笔和纸张,是他侮辱我,残酷地迫害我。但我也没有示弱,用谩骂回敬他的侮辱,用挑衅回敬他的恶毒。有一次,他下令给我剃光头,我对他说:'我身上的毛要么全剃光,要么全留着,扎卡拉基斯。你不能光剃我的头发,而不剃我的腋毛、我的阴毛。如果你不把我的腋毛和阴毛也剃掉,那我就再次绝食。'他怕我绝食,于是屈服了。他派一个士兵来给我剃腋毛和阴毛,被我拒绝了:'不行,得让扎卡拉基斯来给我打肥皂,他是个同性恋,喜欢干这事。'我一直叫他同性恋,或傻瓜蛋。我曾经对他说:'你真傻,扎卡拉基斯,等你死后,你的脑壳也只配送给军事院校的学生当痰盂用。'因此,法官先生们,不必为此动怒,因为像扎卡拉基斯这样的人,在哪个政权都能找到。他们是一些无足轻重、不足挂齿的家伙。你叫他们高呼帕帕多普洛斯万岁,他们就会高呼帕帕多普洛斯万岁;你叫他们高呼约安尼迪斯万岁,他们就会高呼约安尼迪斯万岁;你叫他们高呼国王万岁,他们就会高呼国王万岁。如果塞奥菲洛亚纳科斯发动政变成功,他们也会高呼塞奥菲洛亚纳科斯万岁。像他这样的人是俯首帖耳的羔羊,放牧人想让他朝哪里走,他就会朝哪里走。这样的人只知道服从。只有被有权有势的人踩着时,他们才会感到舒服。大街上到处都能碰到这样的人,举行集会的广场上也不会少见。可怜的扎卡拉基斯。要是我是你们的话,我只判他一个星期的徒刑,把他关在我曾经待过的那间囚室,让他尝尝待在那儿的滋味。""你们别听他的!"扎卡拉基斯绝望地尖叫起来,"我不是傻瓜!我不是一个分文不值的傻瓜!我是监狱长,我曾经当过监狱长,是个领导!是个头头!我愿意承担我该负的责任!"但由于你的辩护词,他被判无罪。很自然,现在你对所有人采取的都是这种态度。你似乎突然之间不再相信你之前一直相信的东西了,不再相信那些你视之为你政治道德基础的原则了。这些原则是:对个体的崇拜,拒绝宽恕那些听从工业家和将军的吩咐、制造和使用 M16 型步枪的人,蔑视那些用"我只是在执行命令"来作遁词为自己开脱的人。在每次作证时,你都要重复这样的话:"不错,某某下士确实参与了对我的拷打,但他当时只是在执行命令。但在艾吉纳岛,在我等待被枪毙的时候,他向我下过跪,请求我的宽恕。""是的,某某中士确实把我打得死去活来,但他只是在执行命令。在博亚蒂,他给我母亲捎过信,保存过我写的诗。"最后,你甚至把这些话用在了塞奥菲洛亚纳科斯身上。由此引发了一系列的后果。

  这次审理的是有关塞奥菲洛亚纳科斯的案子,庭长表现不错,完全没有屈从那条恶龙的胁迫,没有做出任何禁止摄影师和电视台记者采访的决定。对你的态度也算尊敬,甚至有点殷勤。没有对你发出诸如"只讲事实,不发表评论"之类的警告。当你的评论多于事实时,也没有非难你,还一直称你尊敬的议员先生。"请讲,尊敬的议员先生。""我想说的是,亲爱的庭长,应该把士兵的罪过与军官的罪过加以区分。我想说的是,士兵应该得到赦免,因为他们不能拒绝执行命令。况且,连军官们也不能拒绝执行命令。当您过去为军政府服务,作为军事法庭的成员时,难道您拒绝过给抵抗运动成员判刑吗?"这是个欠公正的提问,算得上一种无理的冒犯。对此庭长义正词严地予以反驳:"您错了,议员先生。我从来没有为军政府服务过,从来就不是任何军事法庭的成员,从来就没有判过任何抵抗运动成员的刑。""啊,没有吗?那他们为什么要授予你将军的头衔呢?小阿维罗夫。"法庭里顿时一片混乱,接下来,有人大声高喊:"好样的,阿莱克斯!祝贺你,阿莱克斯!"那是塞奥菲洛亚纳科斯的声音。那天,他看上去根本不像一头倒毙的犀牛。他得意扬扬,兴致勃勃,听了你的话,像喝了玉液琼浆一般提神。你离开审判庭时,他匆匆向你走来。"能向您介绍一下我的妻子吗?阿莱克斯。"涂了口红的金发女郎脸上露出了更加傲慢的微笑,她挡住了你的去路,把右手伸给你。你犹豫了片刻,握住它说:"我很高兴。"但当你还没有回过神来究竟是怎么回事时,顷刻之间,她那只柔软的小手就被塞奥菲洛亚纳科斯硬邦邦的手取而代之了:"亲爱的阿莱克斯,请允许我也握一下您的手。"

* * *

"你握了他的手!""是的,握了。我回答他说:'反正我不是第一次摸大粪。'然后,我就握了它。""啊,不可能!""哎,就是这么回事。我们甚至还拥抱了一下,当然,准确地说是他搂了我一下。他笑着说:'这个字您对我重复过无数次,我已经听习惯了。'然后就搂了我一下。""啊,不可能!""唉,是这样的。""可是,有什么必要这么做呢……我没法理解,阿莱克斯,我真的没法理解你。""因为你无法理解奋斗中的人,你再读读萨特的作品吧。""萨特和这有什么关系?!""《肮脏的手》,第五幕,第三场,我能把它全部背下来:'孩子,你多么看重你的纯洁啊!你多么害怕弄脏你的双手啊!很好,那就保持你的纯洁吧!但这有什么用?你为什么要来找我们?纯洁是苦行僧的信念,教士的理想。你们这些知识分子,布尔乔亚的无政府主义者,以此为借口游手好闲,无所事事,不为所动,戴着手套,双手叉在腰间。而我的双手却是肮脏的,一直脏到胳膊肘。我曾经把手伸进过粪便里、血泊中。'""但你的手却是干净的,阿莱克斯,它一直都是干净的!""事实上,我一直都是失败的。""阿莱克斯,你又在盘算什么?""没什么,一切都是早就决定了的,尽管现在只是在看看听听。唉!在这几次审讯中,人们讲了一些有趣的话，发生了一些有趣的事。"你那只伤过的眼睛掠过一道亮光。但我没有必要去问究竟是什么原因。一切都是明摆着的。就像天空灰暗，乌云压顶，风在怒吼，预示着一场暴风雨即将来临。经过长时间的酝酿，它降临到这个木然的世界，洪水滔滔，树枝折断，树根拔起，房顶掀掉。所以，你就准备来一次大爆发了：把自己上千张面孔凝固成一张面孔，撒旦的面孔——对上帝的失望，对上帝独断的反叛，对取胜的幻觉，让你决定成为一个魔鬼。与那辆黑色凯迪拉克的殊死对决，为帕帕多普洛斯辩护，为约安尼迪斯辩解，替扎卡拉基斯开脱，和塞奥菲洛亚纳科斯握手，这一切仅仅是一个序幕，是乌云压顶、狂风怒吼的开始。

第五部分

第一章

　　所有的旗帜,甚至包括那些最崇高、最纯洁的旗帜,都被鲜血和粪便玷污了。当你欣赏陈列在博物馆、教堂里那些荣耀的旗幡时,当你看到人们怀着美好的憧憬和梦想把它们视为珍贵的文物来顶礼膜拜时,你可不要产生错觉:那些浅褐色的斑痕并不是锈迹,而是血迹与粪污。大多数情况下是粪污,失败者的粪污,胜利者的粪污,好人的粪污,坏人的粪污,英雄的粪污,那些由鲜血和粪便构成的人的粪污。非常不幸,哪里有血迹,哪里就有粪便,血迹需要粪便。显然,很多事情要取决于流了多少血,排了多少便。如果前者多于后者,人们就会高唱赞歌,竖立纪念碑;如果后者超过前者,人们就会高喊耻辱,举行赎罪仪式。但要确定两者一定的比例是不可能的,因为有时血迹与粪污呈现的颜色是一样的。从表面上看,大多数旗帜是干净的,但若我们想了解真相,就必须问问那些以理想、梦想、和平的名义被杀害的死者,问问那些假装让世界变得更美好而被欺骗、受伤害和被激怒的生者,然后根据这些人的证词来做出统计,看有多少丑恶、野蛮和污秽被当成了美德、仁慈和纯洁。在人类历史上,没有一桩事业是不以鲜血与粪便为代价的。在战争中,不管你是为所谓的正义一方(对谁的正义?)而战,还是为所谓的非义一方(对谁的非义?)而战,你射出的都不可能是玫瑰,而是子弹、炸弹。你杀死的都是无辜的人。即使在和平时期也是如此,每一个大的举动都会无情地产生大量的受害者。如果英雄挑战恶龙,诗人对决风车,情形就更糟,因为恶龙和风车都是最凶残的刽子手,它们注定要死亡和受难,所以也就毫不犹豫地把这种死亡与受难强加于别人。就像一棵没有被完全拔除的树，一个没有被完全掀开的屋顶，一颗没有完全破碎的心，因为目的是好的，结果是积极的。但正当风暴来临，具体的恐惧被等待与希冀所减弱之时，我却忘记了这一点。我无法知道让我心烦意乱的真正原因，这种原因在你死后我才能明白：当时我为什么要惊恐不安地离开你。

夏天临近的时候，我情绪低落地来到雅典。驱使我回来的不是热情，而是一封信。最后一次旅行给我造成的创伤，像无法消化的食物，堵在我胸口。你那些过火的、难以理解的做法让我心生无数疑惑，备受痛苦的折磨，心中的有些东西似乎早已破碎。在我们共同生活的十四个月里，我一直行走在你的沙漠，缓和了你的孤独，但我的孤独却丝毫未减，我经常感到身心疲惫。愈来愈觉得我爱的那个人变成了好几个另外的人。当然，这些人也许会重新聚合成一个人，但这却是个面目全非、无法辨认的人。你不再写诗，不再认真读书，只是随便翻翻。你不再与人面对面地争论，而只满足于几句空洞的口号。你也不再关心遭到你蔑视与嘲讽的议会。现在除了你的诺言和你的恶龙，什么也不能引起你的兴趣。你只谈这条龙，只谈可以用来反对他的证据，根本不管任何其他的问题，也无视任何其他的事实。如果我改变话题，如果我说："毕竟阿维罗夫不是什么宇宙的中心，你不应该只关心如何得到宪兵司令部的文件，不应该把所有心思用在这方面。"你就会气愤地说："你不理解，你根本不想理解！"更有甚者，你继续慵懒地在那些夜晚鬼混，它们成了你内心不满与消沉的晴雨表。你不再局限于听听吵闹的布祖基音乐，围在狄俄尼索斯酒神身边的女祭司们的圈子也扩大了，你现在开始和一些不三不四的女人鬼混。和她们在一起，你似乎体验到了一种有损于自己的病态的快乐。另外，你还热衷于被你称为"跳个够"的舞蹈。你蹦呀跳呀，手里拿着表测量蹦跳的速度。有时，你跳得让人根本弄不懂，跳到一种让你气急败坏的程度，你深陷其中而不能自拔。这一切损坏了你在我心中的形象，扼杀了我想和你在一起的愿望。"你什么时候来？""不知道。""那我到你那儿去。""不，等一等。我必须去一趟伦敦、巴黎、纽约。"就仿佛远离你有助于克服我精神上的危机，挽救我俩岌岌可危的爱情。事实上，保持一定的距离，我可以通过记忆的滤镜来观察你，把你的缺点和毛病过滤掉，重新找回那个我曾经倾慕过的人。但我又一次失望地对自己说，这个我曾经倾慕过的人已经分裂了。

开始,你还没有意识到这一点,并且采取男人原始的傲慢方式责怪我,说我委身他人,背叛了你。你和塞奥菲洛亚纳科斯握手,我们关于肮脏的手展开了一场争论之后,你终于明白:我回避与你相聚,并非因为情敌,而是因为我已经对你产生了厌倦。于是,你像一头自知处于险境的动物似的,本能地给我写了一封信。信末的署名是乌纳穆诺[①],信中摘抄的全是乌纳穆诺的内容:"要是我如此回避他,请相信我,那是因为我爱他。尽管我离他而去,但我仍在寻找他。当他在我身边,能看见他双眼,听到他声音的时候,我真想弄瞎他的眼睛,割掉他的舌头。然而,一旦我离开他,眼前立刻就会出现两束摇曳的火花,宛如迷失在夜空中两颗闪耀的星星。这就是他的眼睛。他的话由于他的不在而变得纯洁。他的身体离我愈远,灵魂就离我更近。"又及:"你什么时候来?"这封信让我屈服了,我匆匆起程。但一种不祥的预感伴随着我,在雅典机场与你见面时产生的这种预感一直就没有消失过。这种预感像一种找不出原因的高烧有增无减。此刻,我们躺在床上相互搂在一起。足有好几分钟的时间,你一直盯着我看,仿佛想说什么。这时,我感觉到使我产生不祥预感的原因就要通过你说的话水落石出了,但我情愿没有听见你说的话。

你的话是这样开头的:"那只蝎子。他不是人,是只蝎子。我是不会跟他握手的,不会。即使这样做能使人间变成天堂,我也不愿干。凡事都有个限度,脏手也一样。再说了,怎么能和蝎子握手呢?蝎子没有手,只有蜇人的钳子!""你在说谁呢?""我在说哈慈齐科斯,尼古拉斯·哈慈齐科斯上校。塞奥菲洛亚纳科斯和他相比,简直就可算是个小天使。因为在塞奥菲洛亚纳科斯面前,我可以自卫,可以抱怨,可以喊叫,可以晕过去。塞奥菲洛亚纳科斯只是揍我,只是折磨我的身体。而那只蝎子却不一样,他会伸出钳子,把毒刺刺入我的灵魂。然后'吱'的一声,射出毒液。""阿莱克斯……你为什么又想起这些事情来了?阿莱克斯。""我记得被判死刑后,他讥笑我的那副样子。'你好,苏格拉底。也许我该叫你狄摩西尼。不,比较而言,还是称你苏格拉底更好。'我真想哭。我愈是对自己说'不哭,不能在他面前哭,绝不哭',我的眼泪愈往眼睛外面涌。""阿莱克斯……你现在提这件事还有什

[①] 乌纳穆诺(Unamuno,1864—1936):西班牙著名作家和哲学家,最有名的作品是:《人的悲剧意识》(1921)和《基督教徒的痛苦》(1928)。

么用？阿莱克斯。""不久，我再也忍不住了。真可怕，居然在一只蝎子面前像个孩子似的号啕大哭。可怕还因为他变本加厉地挖苦我，说些像'谁会料到你居然还知道怎么哭呢？'诸如此类的话。我简直被气昏了头，朝着他大喊：'我不会死，哈慈齐科斯。总有一天，我会让你痛哭流涕，因为你会蹲监狱。当你蹲监狱的时候，我就会操你的老婆，哈慈齐科斯。除了像我现在一样哭，你一点办法都没有。'""阿莱克斯，请别再说啦！"但你还是接着往下说："而他却放声大笑起来。他说他还没有结婚。""阿莱克斯，你愿告诉我你为什么又突然想起这些事情来了吗？"在过去那些岁月中，你从未提起过哈慈齐科斯，从来没有。"因为……我对你说过，审讯时发生了许多有趣的事，你还记得吗？""记得。""那就好。我当时就意识到，问题的关键就在这里。他律师的态度非常蛮横，总是摇晃一叠文件，威胁说要披露什么秘密，但后来又并没有把这些不属于庭审范围的作为证据的文件抖出来。所以我做了一些调查，发现他在监狱中受到了某种特别的关照。可以听收音机，看电视，可以接受亲戚和朋友的造访。其中包括一个名叫孔塔斯的人也来探过监，这家伙为一个曾经资助过法西斯的金融家工作。他们每个人走进他牢房时，都带着一包复印件，上校先生反复地研究这些材料。这些材料是宪兵司令部的档案复印件，是我想得到的那些文件。""啊！""我要把它们弄到手。""你知道它们保管在哪里吗？""不知道，但我知道是谁在保管它们。""谁？""他妻子。""你说过他没有结婚。""当时没有，现在结了，并且很爱他老婆。好像是个漂亮姑娘，比他年轻许多，是个抵抗运动成员的女儿，真想不到。他们是在她父亲坐牢时认识的，三四年前结的婚。""你认识她吗？""不认识，从来没有见过。""那怎么办？""很简单，我想办法认识就行了。""要是她不愿意认识你呢？""她会的，她会的。""要是她不想告诉你那些文件藏在什么地方呢？""她会告诉我，会告诉。萨特戏剧第五幕第三场中还缺乏一句台词：与手相比，把性器插进血和粪便会来得更容易。""阿莱克斯！""用一句文雅的话来说，就是：为了达到目的，可以不择手段。""阿莱克斯！""确实萨特剧本中的人物就是这么认为的。""阿莱克斯！""是的，已有一项漂亮的工作在等着我去做。我想对你说的是，这项工作只有一件事让我担心：没有交通工具。为了在必需的情况下能够随时动身，而没有必要老是叫出租或找别人借车。就连你的堂吉诃德也不是只靠两条腿走路啊。所以，我需要一匹马，也就是一辆车。你能送我一辆车吗?"

* * *

机场几乎空无一人。头天开始的罢工导致大多数航班取消,候机厅里只坐着三个身披白色长袍的阿拉伯人、五六个烦躁不安的西方人和两个手拿念珠的修女。询问处的工作人员试图让我改变主意,说我乘坐的飞机起飞的可能性很小,最好改在明天走。但我坚持说,我必须当晚赶到罗马。然后,他们建议我搭乘一架从亚洲飞来要在雅典停留的前往罗马的飞机。但他们说不准飞机何时到达,因为它已经晚很长时间了。我回答说:"非常好。"经过警察的检查,我进入候机大厅,找一个酒吧安顿下来。一个美国人徒劳地想和我搭讪:"您也在等从曼谷飞来的飞机吗?""是。""真烦人,对吗?""是。""您讨厌和我说话吗?""是。"我需要一个人待着,需要静静地想想,自从你问我"你能送我一辆车吗?"以后所发生的一切。你根本无法猜到,你这句话在我内心产生的震动。我没有回答你的问题,只是盯着天花板上的一块污迹。那是一块潮湿的污迹,但很快就变成了一块黏糊糊的精液的斑痕。大约有五分钟的时间,我只能如此想:它看上去就像一块黏糊糊的精液的斑痕。那是因为——我刚才忘记说了——那些为自由、真理、人类、公正而战的英雄也把他们的精液留在了被血迹和粪便玷污的旗帜上,留在了博物馆、教堂陈列的光荣的旗幡上。有人以美好梦想、美丽言辞的名义脱下他们的裤子射出精液。想想看,世界上有多少人以这样的方式被蹂躏,被伤害,被杀戮!有人就以这种方式来书写历史。然后,我突然站了起来,避开你询问、困惑的目光,开始讲一些和小汽车与宪兵司令部档案不沾边的事情。我找了一些借口离开家,在城里漫无目的地转了两个小时,想让自己平静下来。我提醒自己说,这样的反应太过分了,与一个开明女人的性格不符:毕竟我们还一起讨论过关于肮脏之手的问题嘛。当你重提迈雷托和苏格拉底的故事,再次给我解释你为什么痛恨那只蝎子时,我能感觉到你内心遭受的那种痛苦。但经过冷静的考虑之后,我觉得我只有一个选择:离开。我必须离开,同时,我必须避免与你单独在一起。这样,也就避免了和你发生任何争论。回来的时候,我发现有两个记者在你的办公室。这太好了,我让他们和我们一起去吃午饭。这样一来,我们甚至连一分钟单独待在一起的时间都没有。吃完饭，你到议会去参加一个法案辩论的时间到了，我忘记了那是什么法案。你问："你愿意跟我一起去吗？""很抱歉，不行。"那两个记者说："我们和你一起去。"你和他们一起出去的时候对我说："下午六点以后我们再见面。""好吧。""今晚我们吃饭不带证人，用你喜欢的方式。""好吧。""也别吃得太晚。""好吧。""你怎么啦？不舒服吗？""没有。为什么这么说？"电梯咯吱咯吱地下来了，你隔着玻璃窗对我笑。只有在那时，我才改变了想法，一时冲动想追上你，把你抱住，感受一下你胡须扎在我脸上的那种滋味。我向你坦白，我要走了，再也无法坚持了。但我仍然一动不动地站在那儿，只是冷冷地说了一声再见。

我看了看我的表：五点整。我想象你坐在大厅里，专注地听着辩论。但你根本就听不进去，因为我莫名其妙的做法让你心神不定，烦躁不安，一种想哭的欲望在我心头涌起。我干咳了一声，想用咳声来阻止它。咳嗽的声音回响在空荡荡的候机厅里。一个修女转过身来，那个美国人也用惊奇的目光看了我一眼。他是个非常漂亮的男人，瘦高个子，一头灰发，蓝眼睛，像纯种马一样健壮、优雅。我回看了他一眼，心想：要是你有一头灰发，蓝眼睛，瘦高匀称的身材，像纯种马一样健壮、优雅，那离开你就困难多了。我自相矛盾地想，觉得自己并不爱你，从来没有爱过你。即使在那幸福的七天里，或在林中寓所的那段时间里，也从来没有爱过你。至少在人们通常说的爱的意义上是如此。我说的是那种只要看一眼被你爱的人，眼睛就会放光、呼吸就会停止的生理欲望。只要你碰到意中人的手，摸到意中人的脸，你就会颤抖不止，手脚无措，全身瘫软。意中人身上的一切都是独一无二的，无可替代的。即使他呼出的气、流出的汗，也是可爱的。即使他身上的每一个缺点，在你看来也不再是缺点，好像成了可爱的品质。你需要他，就像需要空气、水和食物。在这种爱的桎梏中，即使你死上一千次，但只要你活过来，你还是愿意。我了解这种热恋病的症状，但平心而论，和你在一起的每一个瞬间，我并没有产生过这种感觉。你的身体并没有真正吸引我，我不能理解，为什么那些女人会认为它是好看的，以至会疯狂地迷上它，背叛自己的丈夫，并且被顶到墙上，或被按到床上几分钟后，还不知羞耻地对别人说她们是如何得到你的。从一开始，我就觉得你长得不好看，并且一直是这么认为的：一双小眼睛，形状不同，位置各异，一只高，一只低，一只睁得大，一只闭得小；一个没有鼻骨的塌鼻子；一个难看的短下巴；一张稍微胖一点就会鼓起来的脸；你的头发油腻，从来不梳理；你身体矮胖，肩膀太溜，手臂太短；双手肥厚，你的指甲是被撕断的，而不是被剪掉的。你在监狱学会了撕指甲，因为那儿没有剪刀。尽管我很反感，给你提出过多次，但你仍是陋习不改。你做的许多事情都让我不舒服！比如，你吃饭的样子，狼吞虎咽，不堪入目。你往嘴里猛塞食物，连一匹马一次也吞不了那么多。还有，你洗澡时，把自己像只鸭子一样泡在浴缸里，不打肥皂，在里面打好几个小时的盹，然后突然跳出来，浑身湿漉漉地跑到床上，钻进被窝，把我全身弄湿，而你却高兴地大喊大叫，我冷！我冷！还有你那过剩的精力，贪婪而强烈的性欲。每当你用猫一样的爆发力向我发起攻击时，我就会产生一种逃避的冲动。但我必须克制自己，掩饰自己的真实感情，因为你不明白，我的响应是一种大脑皮层的活动，它得到一种神秘温柔感的支撑，这种感情渗入骨髓，浸入心脾，尽管我不知道它从何而来，但肯定不纯粹是来自于感官。我不会听从感官的召唤而来到你的身边。我清楚地记得，当我听见你在磨砂玻璃门外来回踱步，犹豫是进来还是不进来时，我是多么苦恼。我清楚地记得，当我看见你的手握住门柄时，我是多么害怕。而当你的手缩回去时，我又感到多么轻松。难道这有可能是我预感到一场悲剧即将来临吗？我也清楚地记得，那天晚上我到医院来看你时，我的心里是何等的不安。而当我想到，需要由我来填补你生活中的这五年空白，由我来满足你那长期没有得到满足的欲望时，我的内心又是多么焦虑。不，即使在充满魅力的第一个晚上，感官的因素也没有对我产生任何影响。说你的激情激起了我的激情，那是言不由衷。之后的情况也是如此。在我们疯狂、甜蜜的拥抱中，我寻找的也不是你的肉体，而是你的灵魂，你的思想，你的感情，你的梦想，你的诗篇。也许从来就没有一种爱情是以身体的占有为其目的。我们选择或接受一个人，往往是他身上有一种我们说不清道不明的魅力，或者他在我们的心目中、信念中、道德中代表了一种值得我们去爱的东西。但不管怎么说，爱的关系的媒介仍然包含了肉体，如果他的肉体不能吸引你，那肯定还有其他东西吸引你。比如性格、生活方式或行为做事的风格。然而，随着时间的推移，我发现就连你的性格我也不怎么喜欢了：不加节制，动辄狂怒，说话刻薄，经常做无用功，时时暴饮暴食，进入醉酒的第一阶段、第二阶段、第三阶段，生硬得像岩石，自闭得像蚌壳。我愈是试图打开蚌壳，取出珍珠，它愈是紧紧地关闭，并流出一股黑色的液体；我挖掘岩层愈深，寻找翡翠与红宝石，发现的石头与煤块就愈多。你的树林里到处是荆棘与芒刺，只要我摘到一朵鲜花，手就会划出一道口子，流血不止。你自视清高，仿佛可以为所欲为。你办事轻率，不考虑环境的因素，不顾及可能会遇到的问题。你经常陷入自相矛盾的境地。所有这些毛病都让我深感惋惜。但为什么我会一时冲动，想去追你，抱住你，感受一下你胡须扎我脸颊的滋味呢？为什么我现在要干咳一声，想把眼泪往肚子里咽呢？

我又看了看表：五点半。如果议会辩论真的在六点结束，那么不久，科洛柯特罗尼大街那套住宅的门外将会响起门铃声，你会把鼻子贴在门上那个金属的窥视孔上，等着我开门，然后高兴地说："是我！是我呀！"然而窥视孔将会继续关着，回答你的是一片寂静。起初，你对此并没有在意，还以为是在开玩笑呢。于是你用自己的钥匙开门走进来，蹑手蹑脚，想出其不意地抓住我，你轻手轻脚从一个房间找到另一个房间。"你藏在哪里呀？"你当然找不到我。然后，你失望了，你希望能找到一张纸条，上面写着："我出去了，很快就回来。"以前我离开时，经常会给你留这样的纸条。但你也不会找到这样的纸条，我没有留下任何我写的东西。我喜欢用消除自己所有痕迹的方式来让你明白其中的缘由。电梯把你和两个记者载下楼后，我从抽屉里拿出了我所有的东西，从衣柜里取走了我所有的衣服，把它们塞进两个大提箱和一个盒子里。然后把提箱和盒子与那些无关紧要的东西，如几乎是空了的香水瓶、牙刷、发卡、镊子，一起藏进储藏室。我收拾得如此干净，连根头发都没有留下。最后，我把随身要用的东西塞进了一个旅行包，把房间的几把钥匙搁在床上，向你表明，我再也用不着这些钥匙了……一阵恶心的感觉突然涌上心头，但并不是出于生理上的对你的嫉妒。我从来没有嫉妒过，即使刚认识你的时候就发现，对女人的欲望能满足你的虚荣心，我也没有嫉妒过。即使后来你沉溺于酒色之中，有一次我看见你咬断烟斗，目不转睛地盯着那个体态丰满的胖女人和干筋瘦猴的小伙子看，我也没有嫉妒。我说的这种嫉妒指的是，只要一想到你所爱的人与别人有染时，你就会心如刀绞，双腿发软，夜不成寐，肝胆欲裂，心头上火。由这种嫉妒引起的疑问、猜疑和恐惧会毒害人的智性。它会使我们到处打听，四处诉苦，不断设陷阱，耍花招，使我们人格的尊严丧失殆尽。它让我们觉得受盘剥，遭抢劫，成了众人的笑柄，使我们变成专门对付我们所爱之人的警察、法官、狱卒。也许是出于智性的思考，我太崇尚爱情的原则，总觉得爱情关系应该不断创新，特别要不断清除渣滓，去掉长期使人窒息的包袱。因此，我总是不让自己由于你的缘故而感受到这些痛苦的东西。实际上，知道有别的女人渴望得到你，我感到高兴；看见你接受别的女人的诱惑，我觉得很开心。有时，基于某种贪心，这两者会增加我与她们争夺你的乐趣，这种贪心是由于和你天天相处养成的。只是在最近一段时间，你的过火做法才使我感到非常伤心。这倒不是因为我知道我被别人取代了一个小时或一个夜晚，而是因为你在糟蹋自己，给别人的闲话提供了口实，因为你染上了那些你想要改变的社会恶习，与某种亚文化的淫猥之举同流合污，这种亚文化的男性性器崇拜让人类的智力蒙受耻辱。但即使在那时，我也没有愤怒到沉默不语，把钥匙扔在床上，砰的一声关门就走。那今天发生的事情又是怎么回事呢？

我第三次看了看表：六点整。一种直觉告诉我，辩论会真的已在六点结束，现在你正往回家的路上走，或许正在乘电梯，或许正在按门铃，或许正在蹑手蹑脚地走进房间，想突然抓住我。我看见你在一个房间一个房间地找我，看见你正在找那张并不存在的纸条。你眉头紧锁，打开抽屉，里面是空的，发现所有的东西都不见了。最后，你打开储藏室，发现了提箱和盒子。一下子全明白了，顿时脸色发白，呆若木鸡。你闭着嘴，咬紧牙关，鼻孔张开。你的目光怎么样呢？是恶狼扑向猎物的那种眼神呢，还是一条狗在地毯上撒了泡尿被主人用脚踢时的那种眼神？我头晕脑涨，灰发的美国人、拿念珠的修女、身披白色长袍的阿拉伯人在我面前全变成了一片模糊的影子。我靠在茶几上，用颤抖的手点燃一支烟。也许我不爱你，或不想爱你。也许我不是嫉妒你，或不想嫉妒。也许我对自己说了一大堆真话或谎话，但有一件事是确定的：我爱你，我从来没有这样爱过世界上的任何人，今后也不会这样去爱世界上的任何人。我曾经这样写道："爱情并不存在，如果存在，也是个骗局。"爱究竟意味着什么？意味着现在当我想象你吓得呆若木鸡时感受到的东西。我的天啊，我爱你。我是如此的爱你，以至即使你伤害了我，我也无法接受产生去伤害你的念头；即使你背叛了我，我也不能容忍自己产生去背叛你的想法。如果爱你，就要爱你的缺点，你的过失，你的错误，你的谎言，你的丑陋，你的潦倒，你的粗俗，你的自相矛盾，爱你的身体：太溜的肩膀，太短的手臂，笨拙的双手，肥厚的手掌，扯破的指甲。的确，爱的对象并不是身体，但即使在大洋把我们分开的日子里，我还是把你的身体带到床上，与我的身体挨在一起。在我的记忆中，我拥抱过它，就像我们住在林中小屋时那样拥抱。在冬天，在寒冷的夜晚，我们拥抱在一起，相互取暖，我的头靠着你的头，我的肚子贴着你的肚子，两人的腿勾搭在一起。或者像夏天我们躺在科洛柯特罗尼大街的寓所里一样，下午酷热难熬，我们就挪开身体，一面大笑着说："滚开！你这烫人的东西！"但总有那么一个时刻，你会用你那双怪异的小眼睛，一只高，一只低，一只睁得大，一只闭得小的眼睛甜蜜地注视我，让我陶醉。我弯身去吻你肿起的眼皮，用指尖去碰触你滑稽的鼻子、扎人的胡须和布满皱纹的嘴唇，你经常说那是一个老男人的嘴唇。我的手指在你的下巴上移动，然后捂住你的颊骨。最后，慢慢移向你的耳朵。这是一对长得很好看的完美的耳朵。我说："多么漂亮的耳朵！多么漂亮的耳朵啊！"你对我至少能赞美你的耳朵而感到幸福。也许我并不喜欢你的性格和言谈举止，但我还是那么痴心地爱你，爱得比欲望更强烈，比嫉妒更盲目。这种爱不可抑制，无法平息，以至于我不能想象，要是没有你，我的生活会怎么过。你是我生命的组成部分，就像我的呼吸，我的双手，我的大脑。放弃你就等于放弃我自己，放弃我的梦想——这梦想同时也是你的梦想，等于放弃你的幻想——这幻想也是我的幻想，等于放弃你的希望——这希望也是我的希望，等于放弃生活！爱是存在的，它并不是一场骗局，而更像是一种病。我可以列出这种病的种种症状和现象。如果我和不认识你的人，或对你不感兴趣的人谈起你，我总会向他们解释你是多么不同寻常，多么伟大，是一个了不起的天才。如果我经过一家卖领带和衬衫的商店，我总会情不自禁地停下来，看看有没有你喜欢的领带或能与你的外套匹配的衬衫。如果我在一家餐馆吃饭，就会不假思索地为你选几道你最喜欢吃的菜，尽管这些菜不是我最喜欢的。如果我读报，就会留意你最感兴趣的内容，并且把它剪下来寄给你。如果你在深更半夜萌发了冲动，或给我打电话来，我总会装得比清晨鸣叫的黄雀还要兴奋。我愤愤地扔掉香烟。这样的爱情又何止是普通的疾病，纯粹就是一种癌！

　　一种癌。爱就像癌一样，不断繁殖的癌细胞和带毒的淋巴液会慢慢侵蚀人的机体。肿瘤愈生长，你就愈清楚：任何药物都不能抑制它，任何手术都无法根除它。当它只有一粒沙子，或一粒米大小的时候，也就是说，当你刚开始说"我爱你"的时候，当我们只是在微风吹拂的橄榄丛中拥抱的时候，也许还有救。但现在不可能了，因为它已经侵占了你的每一个器官，每一个组织，它正在吞噬你，使你不再是你自己，而是一团和它粘连在一起的物质，只有死亡才能使你们分开。它的死同时也是你的死，你就是这样侵袭我，吞噬我，杀害我的。癌症病人有一个令人沮丧的特点：一旦他们知道癌已取胜，或将要取胜，他们就会停止用药物、手术刀和意志来与之抗争，就会顺从地任它宰割，对它强加的痛苦，没有诅咒，甚至没有抱怨。他们用亲切、宽容的口气来称呼"我的病"，就仿佛它是一个朋友，一个主人，或某种必须拥有的东西。"我的"这个词有时候听起来十分悦耳，当我念叨你名字的时候，发出的也是这种声音。瞧，我的病已严重到这种程度，因为当你还是一粒沙子或米粒的时候，我就没有摆脱你，即使我本能地警告过自己，不管是谁，只要进入了你的生活，就会永不安宁。不过，我仍然有过离你而去的机会，在我们到索尼翁角那个神庙去玩之前，在你打算用两小块梯恩梯干出一番事业之前，这样的机会有的是。但我把这些机会统统放过了，结果癌细胞愈长愈多，病情愈来愈严重。我终于认识到，爱就意味着痛苦，解除痛苦的唯一办法就是不去爱。当你无法做到不爱之时，也就是你命中注定受苦受难之日。我的问题是无法解决的，我的病是无可救药的，即使跑开也无济于事。真的无济于事吗？我抬起头，心想，它还是有点用处的：可以维护我的尊严。你不能对一个爱你、你也爱的人说："我要凌辱某人的老婆。为了满足这种乐趣，我需要一匹马。你能给我一辆车吗？"当我听见你重复那句世故的套话"为了达到目的，可以不择手段"，重复那些迂腐的"不得不为之"的观点时，即使你的英雄气概、你的拼搏精神、你的出众才华、你的诗歌都无法消除我内心的那种厌恶之情。将军们为了夺取一个铁路枢纽，或一座山岗，"不得不"让士兵去送死，反正事后拍一封言辞动人的电文就行了：尊敬的先生，或尊敬的女士，我们沉痛地通知您，您的儿子在战争中阵亡了。革命者宣称他们"不得不"向涌来的人开枪，像轰炸机的飞行员一样摧毁城市，屠杀生灵，然后为那些争取平等、推翻沙皇而死去的人谱写一首英雄进行曲了事。那些斗争中的人们也信奉这种"不得不为之"的说辞，在该死的斗争的名义下，他们可以干出种种背信弃义的事情。例如把布里塞伊斯[①]作为交换的对象，使卡桑德拉沦为奴隶，用伊菲革涅亚[②]的生命去祭神，当阿里阿德涅[③]帮忒修斯战胜弥诺陶洛斯[④]之后，他却把她遗弃在一座荒岛上。反正撕碎一个女人的心，剖开另一个女人的肚子，这些事在历史和革命面前无足挂齿，对不对？够了，有人说得非常好听，说什么安静使人昏睡，幸福使人愚蠢，而痛苦却使人清醒，赋予人思想。不，痛苦使人麻木，失去理智，把人置于死地。和你在一起，我遭受的痛苦实在太大了。除了出现过小小的快乐绿洲，短暂的幸福风暴，我们的结合所带来的就是一连串的痛苦、危险、疯狂和紧张。和你在一起，就像上前线。火箭、手榴弹、燃烧弹像雨点般袭来，无休止地挖掩体，在布满地雷的小路上巡逻，发起攻击，杀伤敌人，自己受伤，惨叫，呻吟，呼叫担架。"给我弹药。""长官，我不行了。"一个人不能总待在火线上，不能永远生活在动荡中，要是这样，他最终必以疯狂告终。

六点半，扩音器沙沙地响了起来，一个柔和的声音通知说，来自曼谷的飞机已经降落。这下好了，我很快就要登机，即使你想起跑到这儿来找我，也已经来不及了。也许还来得及？突然间，我的恐惧化作一系列的形象，它们以疯狂的速度映现在我的脑海里：你看到床上的钥匙，立即恍然大悟；抓起钥匙，跑到门外叫来一辆出租车，上车；叫司机把你载到机场；你到达机场，进入大厅，向警察出示议员通行证后，登上通往候机厅的楼梯；你径直向酒吧和我藏身的那根柱子走来。我愈不愿意相信这是事实，就愈感到这样的事情正在发生，甚至觉得能听到你沉重、有节奏、无情的脚步声：一、二，一、二，一、二。我埋下头，心想：是否应该去和那几个阿拉伯人、两个修女和那个美国人排在一起，他们已经走到出口的附近了，但我却一动不动地待在远处。你的脚步声愈来愈近，愈来愈清晰：一、二，一、二，一、二。脚步声戛然停止，眼前出现了一双我非常熟悉的皮鞋，鞋上沾满了尘土，因为你从来不擦它。鞋子的上方是一条我非常熟悉的裤子，皱巴巴的，没有裤线。

---

① 布里塞伊斯（Briseis）：《伊利亚特》中的人物，她本是阿喀琉斯心爱的奴隶，后被阿伽门农夺走，引起阿喀琉斯和阿伽门农之间的不和。
② 伊菲革涅亚（Iphigenia）：希腊神话中阿伽门农和克吕泰涅斯特拉的女儿。后来被阿伽门农杀死献给阿耳忒弥斯女神。
③ 阿里阿德涅（Ariadne）：她帮助忒修斯在克里特岛的迷宫里杀死了妖怪弥诺陶洛斯，但忒修斯却把她遗弃在一座荒岛上。
④ 弥诺陶洛斯（Minotaur）：克里特的一个妖怪，牛首人身。

裤子的上方是那件掉了最后一颗纽扣的格子呢上衣。我吓得脸色发青,但还是决定不理你。我只盯着那颗纽扣掉线的地方看,假装没有看见你。紧接着,我扔在床上的那串钥匙在我耳边响起,宛如突然奏起的军乐。你用沙哑的声音责问道:"我哪儿得罪你了?"我马上抬起头,寻找你的目光。啊,不,那不是挨了几脚的狗流露出来的那种眼神,而是恶狼扑食时射出的凶光。这只狼的嘴唇红得出奇,每怒吼一次,就会露出两排锋利的牙齿,让我浑身发麻,不寒而栗。"混蛋!我不需要你的汽车了!我不想要你的汽车了!我不需要任何东西,不需要任何人。我在跟你说话呢,站起来!"我仍然坐在那里,用眼睛看着你。这时,扩音器里又传来了那种柔和的声音,通知大家说,飞机马上就要起飞了,催促乘客赶快登机。看来,我必须走了。我准备站起来,觉得没有任何理由服从你。你气得脸色苍白,用那串钥匙指着我说:"如果你动一下,如果你登上那架飞机,我就杀死你。"我站了起来,拎起旅行包,终于开口说:"要是我再踏进这座肮脏的城市,我情愿不得好死,你也不得好死。"说完,我就转身朝登机口走去。当我走到离同机乘客没几步远的地方,一记重拳就落在了我的胸口上:"站住!"我仍然继续往前走。顷刻,第二记重拳又打在了同一个地方。这回,你用的劲更大,下力是如此之狠,我疼痛难忍,以致连气都喘不过来。我朝后仰了一下,一个修女被吓得嘟哝了一声:"啊,上帝!"那个美国人满脸涨得通红,做出一副想前来干涉的样子。我打了个手势制止他,死死地盯住你的脸。一颗颗汗珠从你的额头、鼻子、胡须上滴落下来,两眼蓄满了亮晶晶的泪花。看来,你就要哭了。就这样过了几秒钟,我才说出了下面这句话,我终于把它说了出来:"去死吧。"表达了这个愿望后,我转身离你而去。

* * *

八个月后,我走进太平间寻找你的遗体,心如刀绞,悲痛得像只受了伤的野兽。想起那个冲你而来的诅咒,尽管这是人们常用的一句口头禅,我还是感到痛不欲生,肝胆俱裂。它就像一个坏了的水龙头不断往外滴水一样折磨我:"去死吧,去死吧,去死吧。"我当然还有其他错误和罪过值得自责,它们全都可以用"去死吧"这个咒语来加以概括。我痛苦,悔恨,责问自己:我那天为什么会做得那么过分,不向你做任何解释就离开了你?难道是你坦率说出了自己的计划，天真地向我提出了要小汽车的要求，就使我做出如此过分、如此决绝的反应吗？我无法宽恕自己，同时又急于想宽恕自己。我不断为自己开脱，随即又加以否定。是的，我感到自己受到了侮辱，做出了合乎人情的反抗，想从沉重的枷锁中解脱出来。但我不是向来对你的坦率表示接受吗？如果你不向作为伴侣的我求助，又能向谁求助呢？所以，使我做出那次强烈反应的原因应该是别的，它深深埋在我的潜意识中。那就是恐惧，是的，是一种我不愿意承认或没有意识到的恐惧。在听了你关于"不得不为之"的高论后，我的内心肯定引起了某种变化。就像点燃了一粒火星，这粒火星又点燃了另一粒火星，引起了连锁反应。又好比一串连在一起，用同一根雷管引爆的母雷，一个引爆，其他就会跟着爆炸。这些地雷就是我受伤的自尊心、不肯承认的嫉妒心，以及被压抑的烦恼情绪。这些地雷在无人引爆的情况下，它们会长年累月无声无息，安然无事。但有一天晚上，它们突然爆炸了。显然是由于汽车，是"汽车"这两个字引爆了它们。我痛恨汽车，我如此地痛恨它们，以至我决不允许自己拥有一辆。从认识你的时候起，这种仇恨就有增无减，因为从一开始，我们的生活中就一直存在着一种可怕的东西——汽车。在克里特岛，一辆汽车紧靠着我们，向我们挑衅，把我们挤到马路边上，想使我们掉到悬崖下去；从伊斯基亚岛回来，一辆汽车停在饭店门口等我们，企图撞毁我们乘坐的出租车；还有一辆在工业学院投掷自制炸弹的小汽车——对我来说，那辆黑色的凯迪拉克是所有汽车事件中最恐怖的一次。这还不包括你试图炸毁的那辆，即帕帕多普洛斯乘坐的那辆林肯牌轿车。你曾试图在那个幸福的周末藏身于它的下面。死神总是以汽车的面目出现，车灯象征着眼窝，车头成了脑壳，车轱辘变成了骨瘦如柴的四肢。然而，你却要我送你一个死神。这就是原因之所在，这就是引爆地雷的第一粒火星。但你为什么要向我要车呢？为什么单单是我？唯独是我？你并不需要我的帮助就可以买一辆小车。为什么要找到那些文件，必须要一辆车呢？这辆车与宪兵司令部的档案、与哈慈齐科斯的老婆、与阿维罗夫的有关证据究竟有什么关系？就像我后来了解的，关系大着呢。再说了，神话中的英雄从来就没有不骑马决斗的，马在他最后的一次决斗中几乎有着一种神秘宗教色彩的作用。即使在你的文化渊源——古希腊的神话传说中，也总会提到马。因为没有马，英雄就无法进入地狱王国。马是一种具有魔力的东西，是死亡时不可缺少的礼物。这个有魔力的礼物，这个死亡工具的给予者历来都是爱着英雄的他或她。

我们总是在事后才明白事理，要是当时能及时觉察，就能避免这个已成定局的命运。的确，当我登上飞机时，当我坐在那个想帮助我，想徒劳与我搭话的美国人身旁时，我不曾想过这架飞机将带我远离你。这个美国人住在纽约，非常了解纽约。他问我："你了解纽约吗？"我说："是的，我了解。"他问："你在纽约住过吗？"我说："是的，我在纽约有一个房子。""真的吗？太好了。真是太巧了。"他又问："那么你准备去纽约吗？""不，我不打算去纽约。"事实上，我确实是去纽约，但我没有告诉任何人，相信那是你唯一不能找到我的地方。事实上，那天下午，只要一想到还要见到你，对我来说，似乎就是一场难以言尽的灾难，是一种恐怖至极的威胁。

* * *

为了找到我，把我当作你死亡的工具，你想出了一个奇招。事后，连我自己都难以置信，不禁自问，究竟是一种什么样的愚蠢让我中了你的圈套。尤其是我比任何人都更了解你的狡黠和你那擅长恶作剧的才能，所以更是不解。尽管我们隔海相望，但我并不感到后悔。在纽约的每一天更加坚定了我远离你的决心。我在那儿工作，会见属于我的世界而不属于你的世界的人；我在那儿讲我熟悉而你不熟悉的语言；在那儿寻找总会让我感到轻松与舒适的环境。晚上，我回到家中，在十层楼凭窗眺望灯火通明的城市夜景，眺望雄伟的摩天大楼和东河上造型优美的桥梁。面对这样的景色，回顾自己度过的每一天，再也感受不到哈慈齐科斯、塞奥菲洛亚纳科斯、阿维罗夫这样的名字对我的折磨了，也不想念你。我躺在自己那张舒适的床上，心想：仅仅享受电热毯提供的温暖，一个人睡觉，真爽。当然，有时通过一个名字、一种声音、一种食物，甚至是一块霓虹灯招牌：亚历山大、卫城、奥林匹克、希腊餐厅，你的形象也会时不时地闯入我的脑海。但只要一想起胸口上挨的那两拳，我就会把你从我的脑海里驱逐出去。有时也会发生这种情况，一看见那枚我们在圣诞节交换的戒指——现在戒指已从我左手手指上取下来，放在了抽屉里——我就会感到一种哽咽。但只要稍微想一想，喉头的堵塞感也就消失了。我想，在荒凉的沙漠里，每一棵树都是一种奇迹，每一丝微风都是一种幻想。我们是在乌托邦的沙漠里认识的，相识时，我们忘了询问彼此是谁，想到哪里去。我们像两条没有标签的狗，被爱情这根不结实的颈绳拴在一起，手拉着手，在沙丘里跌跌撞撞地行走，摔倒了爬起来，爬起来再摔倒，相互陪伴。如今，这根颈绳断了。如果因为喉头哽塞就要把它再连接起来，那实在太糟糕了。最坏的事情莫过于再扰乱我内心的平静，破坏我超然的独立。只有一种可能，才会出现上述的情况，这就是当我听到你声音的时候。你的声音仿佛具有某种魔力，使我着迷，让我迷惘。与其说这是一种可能，还不如说是一种恐惧。尽管你竭力阻止我登上的那架飞机是飞往罗马，而不是飞往纽约的，但你不必费多大工夫就会弄清楚，我是到纽约来了。只需打个电话就行了。这种恐惧只持续了一个星期，第二周我就不再担心了。显然这是一个严重的错误。我逃离你的第十七天凌晨，电话铃突然响了："喂，是我！是我！"

这个突如其来的电话里带有恐吓的成分。不管怎么说，这都构成一种侵犯、一种强迫，是一种蛮横无理的做法。因为它打破了别人的平静，不管你高兴与否，有无准备，你都得接受它。你喜欢这种出其不意，搞突然袭击，冷不丁地把人怔住，搞计划之外的行动。这是你的专长。我已经把这些忘了。无论是出于好心还是恶意，你喜欢像箭一样突然射落在别人身上，像孩子一样随意闯入别人的房间，干扰别人的谈话、工作与休息。我把你这些特点给忘了。然而，你对于我在出其不意中会变得惊恐不安这个弱点却没有忘记。你已经估计，如果在第一个星期给我打电话，因为我还处在警觉之中，就会有防备，而如果在第二个星期再打，我就会措手不及。"喂，是我！是我！"听到这个声音，我感觉房间的四壁像离心机的叶片一样开始旋转，床陷进了一片茫茫的湖水，漂亮的摩天大楼、美丽的东河桥梁、灯光闪烁的城市，这个属于我而不属于你的世界一下子消失了。没有办法，说来也奇怪，这时我对你抱有怀疑的那道微弱的防线似乎不起作用了，我问道："你有事吗？你在哪儿？""我在这儿，在马德里！你听我说，我遇到麻烦事，需要你的帮助！""在马德里？麻烦事？我不信。""你应该信。天哪！是真的，真的，真的！是件很麻烦的事，真的很麻烦！如果不是这样，我为什么要打电话给你。你以为我喜欢给你打电话吗？听我说！""谁告诉你，我在纽约？""没有人告诉，我猜的，所以打电话试试！不要耽搁时间了，天哪！我只有几分钟的时间，听我说！""好吧，我在听。""我来这里用的是假护照，你明白吗？我把装真护照的钱包丢在警察检查站了，你明白吗？""你在说什么鬼话呀？""就是这么回事，不要打断我。天哪！就是这么回事！我当时没有发觉把真护照忘在那儿了，你明白吗？直到喇叭里喊我的名字，一个警察来到候机厅，我才意识到。""啊，不会这样吧！""是这么回事，我的钱包在他手里！我该怎么办，难道想把护照留给他？显然，我应该把它要回来。但如果他们不是傻瓜的话，现在一定知道我是谁，知道我在这里。你明白吗？我那趟班机由于故障，停飞了，我得等另一班。他们让我们进城，但我用什么护照进城呢？我认为，还是待在这里为妙。""啊，怎么会这样？""哎，就是这么回事。现在我告诉你，你应该做些什么。""我？阿莱克斯，我在纽约能为你做什么呢？你知不知道，在马德里和纽约之间，还隔着大西洋呢？！""当然知道。天哪！当然知道。不过没关系，让我讲下去，你听着。""好吧，我听。""你一定得乘下一趟飞往欧洲、在马德里中途停留的班机，一定。从纽约起飞的许多班机都需要在马德里停留。我不离开候机厅，除非他们把我抓起来。我把希望寄托在混乱上。这儿的情况太混乱了。这种情况一直会延续到明天早上，因为其他航班也被取消了。我不明白这是为什么。候机厅也是过境厅。你下飞机后，就来过境厅找我。别让人注意，直接到我跟前来，把你的过境证给我。飞机再次起飞的时候，我就坐到你的位子上。同时，你去女卫生间，待在那儿直到飞机起飞。然后，你假装丢了你的过境证，做出很着急的样子。你听懂了吗？""我觉得太荒唐了。""太荒唐？""是的，让我从纽约飞过来。你为什么不在马德里找个人呢？""谁？在马德里能找谁？""好了，那就在欧洲找个人嘛。""谁在欧洲？在欧洲找谁？""为什么不搭乘第一个离港的航班呢？""为什么？为什么？你认为现在是提问的时候吗？我的老天！同样的话我得向你重复多少次啊！你想让我蹲监狱吗？""别说了，阿莱克斯，我来。""马上就来！""马上就来。""如果你找不到我，请不要放弃机会，说明我被捕了。请继续你的旅行，到罗马去。然后赶紧去希腊大使馆，要他们把这件事通知雅典。你听懂了吗？""听懂了。但如果你是在马德里被捕的，我去通知希腊驻罗马使馆有什么用呢？是不是这样更好，要是……""别再商量了。天哪，别商量了。我跟你说怎么办就怎么办！我不能再说了，我说得太多了。如果你找不到我，别放弃机会，请继续去罗马!""好的,再见。我这就动身。"

我放下话筒,脑子里产生了两种截然不同的想法:一方面,我觉得这不像是真的;另一方面,又觉得这完全有可能。我们可以这样假设:我离开你后,你十分痛苦。决定放弃去找那些文件。你是突然做出这个决定的,就像你放弃卫城计划一样。这使你产生了一种可怕的空虚感,另外,你必须采取别的行动。不是在希腊,也不是在那些政治家的政治中。你需要在一个白是白、黑是黑、红是红的现实中,即在一个被专制独裁压得喘不过气来的国家里展开行动。这个国家就是西班牙。你有一个心结需要在西班牙了结,当年巴斯克分子仿效你袭击帕帕多普洛斯的做法,成功炸毁了卡雷罗·布朗科的汽车时,你许下了一个诺言。你不乐意接受在你失败的事情上巴斯克分子却取得了成功这一事实。我竭力安慰你:"他们人多,你单枪匹马;他们有一个组织,而你却只是一个人。"你妒忌得要命:"那是我的计划,我的计划。"接下来你说,你要让他们看看在这方面你是不是真的不如他们。难道你到西班牙去就是为了出这口气吗?不,不应该是这样:因为弗朗西斯科·佛朗哥正命悬一线,气息奄奄,民主即将重返西班牙,而你对暴政的反对如今已是坚定不移。你深信,任何傻瓜都会扣动扳机,真正的炸弹是理想的观念。我又认真思考了一下,觉得你并没有放弃寻找文件的念头。你一定是为了与宪兵司令部档案有关的事情去西班牙的,也许有些文件就保存在那里,因为有几个人在阿维罗夫和希腊中央情报局的帮助下逃到了马德里。这样,你手持假护照,担心西班牙警方会发现你真实的身份,就可以得到解释了。现在你是议员,是法律的代言人,你当然不愿你的违法举动被抓个现行。是的,必须帮助你离开马德里机场。不管我们是否远隔重洋,都应该让你摆脱这种困境。在浮想联翩中,我已把之前的疑问、怀疑、不信任完全搁置一旁,寻找中转马德里飞往罗马的航班。我找到了这架航班。我匆匆收拾行李,又把那枚戒指套在手指上。几小时后,我就上了飞机:堂吉诃德,我来了。桑丘·潘沙仍然是你的桑丘·潘沙,将来也永远是。你可以永远信赖我。我在这里,我就在这里。只有当我飞临大西洋上空时,我沉睡的脑袋才稍微有一点清醒:为了得到一张登机证,让我从地球的另一边匆匆赶过来,这想法确实够奇怪。这差事只要找马德里的任何人,完全可以在一两个小时搞定!难道这是你让我回到你身边的借口吗?你什么事都干得出来,甚至有可能给我开个天大的玩笑。这种猜疑的想法让我满脸涨得通红。但现在已经没有办法了，我竭力什么都不想，只好强迫自己好好睡一觉，直到飞机抵达马德里机场。

在过境厅里，我没有找到你，也没有发现你跟我提到的那种混乱情况。然而大厅里有警察活动的异常迹象，这让我感到很紧张。我向一个服务小姐打听，夜间是否发生过什么突发事件。服务小姐用奇怪的目光看着我："突发事件？什么突发事件？"她说她只负责通知航班的事，其他的事她不管。我表示明白，请她原谅我的好奇："非常感谢，再见。"我继续飞行，两个小时后到达了罗马。如果你确实被捕了——根据服务小姐流露出来的那种奇怪的目光，似乎可以做出这样的推测——那我就应该按照你的吩咐去做。先在旅馆稍停片刻，然后直奔希腊大使馆。我匆匆来到我们的旅馆，由于十分疲倦和紧张，我没有在意服务员和守门人说了些什么。好像在说有两把钥匙，来了一个包裹。究竟是什么包裹呢？不会有人给我寄包裹的。我机械地上楼，朝房间走去。自从我们不再摆阔后，旅馆总是把这个房间留给我们。我走进房间。房间里窗帘低垂，光线幽暗。尽管光线幽暗，但我还是看见了一大篮子红色的玫瑰花。玫瑰花含苞欲放，正是我喜欢的那种。另外还有一盘漂亮的水果，里面有苹果、梨、橘子、葡萄和蜜饯。没有人知道我会来这里，谁会送我这些礼物呢？我皱起眉头。突然，床上有个东西动了动，你的声音冒了出来："你喜欢这样的惊奇吗？"

* * *

那篮玫瑰花被撞到了墙上，花瓣纷纷扬扬撒落了一地。苹果、梨、橘子全都被扔到了床上，中间还夹杂着一只没有击中目标的鞋。一串葡萄扣在你额头上，活像酒神巴克科斯①头上的花冠。当我把花篮和水果朝你扔来的时候，一个嘲讽式的冷笑扭曲了你的嘴唇，随即又变成了一种天使般的微笑。因为无可奈何代替了愤怒，我嗓子发干，半响说不出话来，只好听你的辩白："你听我说。"你把那串葡萄从头上取下来，然后不慌不忙地一颗一颗送进嘴里。"第一，我确实到过马德里，用的是一份假护照，嗨，护照就在那儿搁着呢。我想会见几个抵抗运动的西班牙人，了解一下某个同时在希

---

① 巴克科斯（Bacchus）：希腊神话中酒神狄俄尼索斯的别名。

腊、西班牙、德国和意大利活动的法西斯组织。这个组织是由奥托·斯科尔泽尼创建的，就是此人释放了墨索里尼。我心中有许多没有厘清的疑团，想借此找到一些关键线索。第二，我真的把我装真护照和钱的钱包忘在警察那里了。喇叭里确实喊过我的名字，一个警察真的又把钱包还给了我。第三，我坐的那个航班确实取消了，我真的是在机场给你打的电话。当时我正在等另一架飞机。我一面在那儿等，一面问自己：如果他们询问我，我该编什么说辞，这才想出了那个主意。这主意不错，可以借此让你回来。第四，如果我不想出这个主意，你现在就不会在这里了，我需要你。""需要我给你买辆小汽车吗？""不。为了更多的事，很多很多的事。"你变得严肃起来。"我很快就会成为众矢之的，包括右派、左派、中间派，他们都会反对我，因为那些文件对哪一派都没有好处。现在看来，他不是唯一参与了此事的人，甚至在那些叛徒中也有我党的一个猪猡。我会比以往任何时候都显得更孤立，并且……""你见到她了吗？""见到了她的情人。嘿，她有个情人！""那你什么时候见她呢？""很快，回到雅典就能见到她。但我必须留点神，因为最近十多天来已经发生了许多奇怪的事。我感到我已经被严密监视起来了，并且经常有人跟踪我。这是一件很糟糕的事。""你打算继续干下去吗？""当然。这不是问题，就像我说过的，问题是我不能指望任何人，甚至不能指望那个党。我会愈来愈孤立。"

听到这里，我所有的怨恨都突然消失了。我把在愤懑中扔掉的玫瑰花捡起来，重新插进花瓶，又把散落在床上的水果重新放回果盘，然后说："让我们考虑一下汽车的事吧。"说出这句话，表明我又担当起了我们相识前神为我选定的那个角色：成为你命运的工具，因此也是你死亡的帮凶。

第二章

那年秋天，我又走进了你的生活，就像一只随波逐流的木筏，无法抵挡河水的急流，不知道河水是要把它推上岸边，还是冲向大海。我与爱情及癌症所做的斗争皆以失败告终。我的出走等于是一声空响的礼炮，我觉得我犯了一个无法挽回的错误。这种感觉让我压抑，我扪心自问，究竟错在了什么地方。其实，即使知道错在哪里，也不可能对我有任何帮助，因为对你来说，拥有一辆汽车，已成为一个不可更改的事实。你甚至相信，能否得到那些文件完全取决于你是否拥有一辆汽车："我根本不可能租辆出租车守候在哈慈齐科斯的家门口，或跟踪他的律师阿凡特基斯！出租车司机通常是警方的线人。"要不你就会说："我不能总是借用或租用别人的车，我必须不断走动，从城市的这一头跑到那一头！"或许，要是我不说："让我们考虑一下汽车的事吧。"你大概也就不会再想起它了。但既然我提醒了你，这念头就会在你的脑子里挥之不去。我们只要开口说话，就总会扯到诸如汽缸、车轴、磨合器、国际驾照、印花税、价格、车牌、海关申报单、车身颜色之类的话题上去。说得最多的是颜色。你想要一辆菲亚特132型，该型车的颜色很多，但没有一种合你的意。几乎每一天我们都要围绕蓝色、铁灰、乳白、深红、墨绿和苹果绿的优缺点争论一番。只有在一个问题上，我们取得了一致的意见：不要苹果绿。我是出于迷信，因为绿色总会在我心里引起不愉快的记忆，或让我感到烦躁不安。而你却是出于一种难以抑制的对安德烈亚斯·帕潘德里欧的反感，因为在竞选期间他选择绿色作为他那个党的标志。再说了，这种苹果绿色的菲亚特汽车是一种新产品,在雅典还没有上市。如果你开这种汽车,那些跟踪你的人就更容易识别出来。最好选灰色、棕褐色或蓝色的,这些颜色在夜间不容易被发现。总之,汽车的事情是如此深地吸引我们,以至于我们在一起的时候根本就不谈其他。当然,我们更不提你正卷入其中而我不了解的那个戏剧性事件,因为我发过咒誓:我的双脚不会再踏进那个肮脏的城市。从此以后,我没去过雅典,通常是你来意大利。要是我问起,你那边的事情怎么样,你就会闪烁其词地说:"在适当的时候,我会告诉你。现在我不愿提到它。"你唯一提到的一次是当我们涉及"不得不为之"这一话题的时候。那是一个下午,我们在维纳托路散步。当时正是鸟儿纷纷飞回、准备落在马路两侧的树上栖息的时辰。几千只鸟儿从天而降,黑压压的一片,像是飘浮在紫色天空中的一片乌云。我们驻足观赏。它们像下滴的水珠一样,一只只脱离那片黑云,盘旋一圈后,收翅直下,落在一棵椴树上——所有的鸟都落在这棵椴树上。它们一边往下落,一边欢快地尖叫。这种尖叫声和持续不断的拍翅声混在一起,震耳欲聋,简直是一种邪恶的声音。但给人印象最深的还不是这种声音,而是那棵椴树的无奈无助。尽管它高大壮实,但仍然被禁锢得动弹不得,像是在忍受重负,忍受折磨。这种折磨没完没了,因为那片乌云老不见缩小。这是一片永不消散的乌云,数千只鸟儿不断飞离云层,像贪婪的猛兽扑食公牛一样落在椴树上。树上栖满了飞鸟,有的树枝由于不堪重负被压弯了,真正被折断了。周围的人行道上铺满了一层落叶。"阿莱克斯!"你神秘地微笑,点了点头:"这就是背信弃义,所谓'不得不为之'的一个例子。鸟儿们知道它们正在伤害树,也许正在毁灭它,但它们就是不能住手。""不,它们能,因为在维纳托路上还有其他的椴树。""但它们不需要那些树,它们要的是这棵。我清楚。""你是什么意思?""我的意思是约安尼迪斯那儿也可能有我想要的东西。你以为宪兵司令部的前任头子就不会保存某些宪兵司令部的档案吗?塞奥菲洛亚纳科斯,但更可能是他老婆,也保存有几份这样的文件。他的同伙阿凡特基斯也一样。但他们永远都不会把这些文件交给我。因此我就应该只在那个能够给我文件的人身上下功夫,让他把文件交给我。""依我看,这项工作已经开始了。""应该说已经开了个好头。""阿莱克斯,难道你和以前那些在你脸上吐口水的人打交道不感到反感吗?""哦,我猜想有一天巴枯宁问过同样的问题,涅卡耶夫是这样回答的:

'在政治中，如有需要，一切都是合法的，同强盗、掠夺者、窃贼结盟，引诱和背叛都是合法的。在政治中，不管是谁，尤其是有用的敌人，都是一笔可以利用的资本。'"然后，你改变了话题。我也没有再深究。也许因为，由于我反反复复听你唠叨像汽缸、车轴、国际驾照、驾驶证之类的字眼，使我深信在那段时间内，你昼思夜想的内容绝不会超过小汽车的范围。

* * *

小汽车终于有了。随着冬季冰雪的来临，它也进入了我们的生活中。有人建议你买一辆磨合完毕、已经注册的廉价车。工厂打电话来，说他们那儿有两辆这样的廉价车，几乎是新的。真是千载难逢的机会。唯一的问题是颜色：一辆是米黄色的，另一辆是苹果绿的。你立即淘汰了那辆苹果绿的，开始阐释米黄色的好处，在雅典，它和出租车的颜色是一样的。"跟米黄色出租车颜色是一样的，比这更不起眼的汽车不会再有了。难道你不这样认为吗？让我们去买吧。"我们去了。正当我想对你说"它确实是很适合的颜色，与其说是米黄，不如说是一种很温和、很收敛的榛子色"时，我听见了一声惊喜的尖叫。我看见你突然转身朝树荫下一个闪亮的大绿点跑去。"我的春天！我美丽的春天！我的草地！五月的雏菊、紫罗兰、马鞭草将在这草地里盛开！我要这一辆！"几分钟后，它就属于了你。"别啰唆了，也别迷信了，即使老远就能认出来，又怎么样？不买太遗憾了。我们现在就把它买下来，一个小时以后出发。你瞧蓝色的天空，为了我的春天，我给天空下达了命令，我给乌云拍了封电报，叫它当我驾驶我的春天牌汽车时消失。"接下来的一系列印象、声音、色彩像一道新伤刺痛着我的记忆：你签订购车合同，坐在方向盘后面，把行李包扔进后备厢，驾着车驶进高速公路。那是一个阳光明媚的上午，公路两侧的草地飞速闪过我们的眼帘，然后又迅速在我们身后消失，周围绿色的景色和你春天牌汽车的绿色融为一体。你突然唱起歌来："绿色之上的绿色！生活长青！"我们去了托斯卡纳，在山顶的那个房子里度过了圣诞节，我们每年都在那里过圣诞节。但当我回忆起你最后一个圣诞节和接下来的那段日子时，我想到的并不是那些围墙，也不是那些树林，而是那辆绿色的汽车。你和那辆车形影不离。"我们去兜一圈吧！我们走，把车子发动起来！"你驾驶着汽车，漫无目的，从不知疲倦。只要四个轮子还在，你那股疯狂劲还没过去，任何时候你都愿意开车，什么地方你都愿意去。只有看到服务站和卖玩具娃娃的商店，你才愿意停下来。你买下一大堆玩具娃娃：小的，大的，布的，塑料的。我不明白这是为什么。"你到底怎么了？阿莱克斯。你准备把它们送给谁？""送给孩子、大人和其他人。""送给其他人？让他们玩吗？""玩具娃娃不是送给他们玩的，而是为了让他们记住是谁送的。"到第七天，你请求我陪你到雅典去："你不会把雅典从你的地图上抹去吧！"我终于被说服了。于是，我们带上那一堆玩具娃娃，坐在那辆绿色的汽车里开了好几个小时，来到布林迪西，上了开往帕特雷的轮船。第二天晚上，我们驾着汽车在帕特雷上了岸。然后开上了从帕特雷到科林斯的公路，再由科林斯驶向雅典。这也是四个月后米凯尔·斯泰法斯驾着他那辆标致牌汽车走的同一条路线。他是来杀害你的，两个乘坐一辆红色宝马的同谋当他的助手。

* * *

　　一路上，你很高兴，滔滔不绝地说话。在船上，你和船长及那些大副谈笑风生。你甚至走到舱底去问候"春天"，以免它孤单寂寞。但我们一驶上公路，你就郁郁寡欢起来，变得沉默不语。你以一种奇怪的专注神情开着车，头偏向你的左肩，时不时地伸出手来摸我的手，唉声叹气。"怎么了？阿莱克斯，是不是疲倦了？""不，没有。""你觉得不舒服吗？""没有。""那究竟是怎么回事？""我也不知道，只是觉得心情沮丧。""为什么？""不知道。也许是天黑的原因，也许是公路的缘故。""公路怎么了？""没什么。就好像……嗨，没什么。"当我们到科洛柯特罗尼大街的时候，你的心情仍然很糟糕。你把汽车斜停在人行道上，开始往下搬玩具娃娃。仿佛这次回来让你感到烦恼，要不就是拥有这辆绿色汽车使你感到担忧。除了心情不快，你还有一种听天由命、漠然无为的表情。尽管你在罗马说过："我觉得受到了特别的监视。"但这次你却没有在意电梯没有停在底层这个事实，进屋时也不像往常那样谨慎。"你改变方式了？""哦，反正都没有用。该怎么着就怎么着，要发生的事情总是会发生的。"只是进了书房，你才重新成为你自己。你把窗帘拉下，从书橱的暗屉里取出一个大小如钱包的扁平金属盒。然后你插进一根线，线的末端是个纽扣状的东西。你把这根线穿进上衣的左袖筒，把那个纽扣状的东西系在衬衫袖口上，最后把那个奇怪的金属盒塞进上衣的内兜。你说:"现在你告诉我,你能看出我身上有个录音机吗?""看不出来。但你准备去……""我必须学会使用这玩意儿,这东西很复杂。不过,已经派上用场了。""你准备录谁的音?"你根本没有回答我,而是回到暗屉那儿,取出一封字迹工整清晰的信,写信日期是1975年2月24日。"信是谁写的?""哈慈齐科斯,是哈慈齐科斯写给他老婆的。明天我会复印一份,你把它带到意大利去保存。""有这么重要吗?""是的。"你把信给我译了出来。信上这样写道:"我亲爱的,我现在是在监狱给你写信。我想把我被控告的实情告诉你,并向你解释,我是政治利益的牺牲品。其实这种利益是暂时的,因为我的被捕会给下令逮捕我的人造成极其严重的伤害。我在这里受到很好的照顾,得到无微不至的关心。这证明决定审判我的人现在已知道由此而引起的严重后果。其实,当检察官通知我的时候,从他脸上流露出来的那种表情也足可以说明这一点。我对他说:'从你苍白的脸上,人们就能看出你正在做一件错事。你到镜子前面去照照看,那儿有面镜子。'电视台刚才报道说,阿蒂卡地区的一些部队正处于戒备状态,一些军官正在酝酿反对政府。按照阿维罗夫的说法,顽固分子的比例不超过百分之五。他用顽固分子来称呼那些想反对政府的军人。实际上,阿维罗夫的心里非常明白,他说的话绝对是不真实的。阿维罗夫是个骗子,他弃善从恶绝非偶然,这是由他的本性决定的。他始终走的是歪道。他先欺骗我们,现在又欺骗人民。我可以相当有把握地说,赞同起义的中校、上校超过了百分之六十,上尉超过百分之八十,中尉与下级军官达百分之九十以上。鉴于这种情况,倘若我是自由的,那一些人就会寝食难安了。这就是他们为什么如此仓促地、非法地把我抓起来的原因。此外,他以及像他这样肮脏政客的复仇心理也是原因之一。但我希望很快就能从他们试图孤立我的泥淖中摆脱出来……"

你在十一月以前写的那篇文章中,曾指控那条龙试图搞军事政变。他会借助所谓的桥梁政策而与各方联系,在逮捕哈慈齐科斯和军政府其他要员的问题上表现得有些胆怯。不过,这仅仅是开始,是序幕,好戏还在后头。你是用什么办法得到这封信的呢?是她给你的呢?还是她情人给你的?无论哪种情况,除了你,谁又会为此付出代价?一想到这些,我就感到窒息。我根本不管你想拉下的窗帘,一下子把窗户推开,走到阳台上。但这反而加剧了我的不安:你那辆斜停在科洛柯特罗尼大街人行道上的"春天"牌汽车在那儿闪闪发光，仿佛在发出另一种预警的呼告。不，我真不应该为你买下这辆汽车，不应该向众神挑战，不应该回到雅典来。"阿莱克斯……"你向我走过来，热情地抱住我的肩，打趣地说："嗨！如果你真这么难受，我以后就什么都不告诉你了！""好，我同意，阿莱克斯。如果不是非常必要，你不要再给我说什么了，我什么都不想知道。"

* * *

不管是不是由于反感你寻找文件的这一原因引起了我的愤怒，我都很难对那天我受到的伤害以及我出走纽约所带来的危机性后果做出说明。伟大的爱情同时也是一种不好消化的食物，需要斋戒一段时间才能逐渐消化。你不可能无休止地享用野兔、梭鱼、野鸡、龙虾、斑鸠、阉鸡、鹿肉、牛肉做成的饕餮大餐。就像在文艺复兴时期的豪宴上一样，狗在吠叫，食客们打着饱嗝，鼓声震天，竖琴与小提琴伴奏着吟游诗人的歌唱。为了不至于吃得太多，撑得难受，你必须放过几道菜，离开宴会厅，到外面去呼吸几口空气。在纽约度过的十七天，肯定还不足以让我喘过气来，把积食化掉，因为另一场宴席又以同样的节奏、同样的食谱展现在我面前。因此，那年秋天，我像一只随波逐流的木筏，又走进了你的生活。只好承认，我与癌症的斗争已告失败。那些不可避免的后果一一出现了，这引起了我的忧虑故态复萌，孕育了我反抗的新的种子。同时发现，爱你已占去了我干任何其他事的时间与空间。我反复问自己，怎么能一切都围着你的事业转呢？难道一切都得靠你的方式来把梦想转化为现实吗？难道因为认识了你，我的工作就必须退居后台吗？这一发现使我对那些令人不安的预兆没有当回事：神神道道地买些玩具娃娃，"为了送给孩子、大人和其他能记住是谁送的人"；在科林斯去雅典的路上，你突然涌起的莫名其妙的忧伤；甚至是当我看到停放在科洛柯特罗尼大街闪闪发光的"春天"时，内心产生的那种痛苦的感觉；就更不要说，当你给我翻译哈慈齐科斯的信时，翻译他对那条龙的指控时，那种让我感到窒息的恐惧了。其结果就是：在你准备最后对决的两个月里，我这个桑丘·潘沙从来没有离她的堂吉诃德这么远过。我从来不问你，你的事情进展得如何了，不理睬你想把事情告诉我的想法，我也不读你出于信任一次次交给我的那些材料。比如，你与哈慈齐科斯的老婆范妮见面时谈话的原始记录，在放进那个粉红色的档案袋之前，我只是随便瞟了一眼。

这份记录，总共薄薄的四页纸。有些地方空着，因为录音机出了毛病，有些句子很含糊，听不清楚。尽管如此，但从中要了解你的意图已经足够了。对话的日期是1976年1月16日。你在里面谈到的查佐斯就是议员德梅特里奥·查佐斯。他既是你党的党员，又是共和国总统的侄子。"范妮，请你告诉我，你是在1972年与哈慈齐科斯结婚的吗？""不，是1971年。""他在步兵学校的时候？""不，他在那儿的时间是1972年9月到12月。""他是什么时候去的军事学校？""1973年。""当时斯潘诺夫也在那里吗？""他是特别审讯局的副局长。""这样说来，你在卡尔基达的时候，哈慈齐科斯已是特别审讯局的局长了。""是的，上午他去军事学校，晚上十点以后他去特别审讯局。""我听说，当时塞奥菲洛亚纳科斯想要一个由政治家组成的文官政府。""不对，想要那样一个政府的人不是他，而是哈慈齐科斯。""范妮，给我说说，你刚才谈到的那个人，住在下城的那个人……""是迪米特里·卡莫纳斯。""他是不是有个车库？""是的，就在附近。你为什么问我这个问题？""顺便问问而已。还有弗特科斯，你是否认为他只是出于友谊才帮助他？""是的，是出于友谊，像波特米亚诺斯和其他人一样。""好的，我要对他进行调查。范妮，跟我讲讲哈慈齐科斯的事吧。你最后一次去探监的时候，他情况怎么样？他仅仅讲了些你们私人的事情吗？""是的，其他事情他什么都没有讲。""很显然，他不再那么信任你了，也不会再对你讲某些事了。还有，他想成为一个乐观主义者。""你这是什么意思？""我有一种印象，他正在策划一些事情。这些事情，监狱里的其他人也知道。""这我（此处含糊，听不清楚）。""哦！塞奥菲洛亚纳科斯的妻子这人怎么样？你见过她吗？""她？即使见到她，我也不愿意和她说话。""他们说阿凡特基斯正在追求她。""我不知道。但他对所有的女人都感兴趣。""关于德梅特里奥·查佐斯，你知道些什么？你知道他写给哈慈齐科斯的那些信是否在哈慈齐科斯的文件中，或者是保存在别的什么地方？""查佐斯（此处含糊，听不清楚）。他提到过潘泰利斯和科斯坦托普洛斯的名字。""范妮，你早些时候告诉我，查佐斯告发学生那天你在场。""是的，但（此处不清楚）。他确实知道许多关于查佐斯的情况！""但当你和哈慈齐科斯经常外出与查佐斯一起吃饭的时候，是他邀请你们的吗？""是的，和他的妻子一起。""他的妻子问能不能带上她的钩针,真有这回事吗?""真有这回事。有一天晚上,我们还换了灯泡,以便她看得更清楚。那天晚上,查佐斯(此处不清楚)。""他说这些是在军政府之前,还是之后?""之后,之后。""那你就不要对我说,你家里不可能有任何你感兴趣的材料。范妮!他那个名叫孔塔斯的表兄就在这里,在雅典,难道不是吗?""是,但……""听我说,范妮,在这件事情上,我是有原则分寸的。我将复印一份材料,它们仍会搁在原来的地方,没有人会知道我是从你那里得到它们的。如果有任何对你丈夫不利的材料,我向你保证绝不使用。毕竟,他已被判了三十一年,他们还能对他怎么样呢?其实,他们想让他在监狱里待五六年就够了,等不再有政变的危险时就让他出来。国家不愿意,也没有兴趣让他在监狱里待三十一年,也无意进行报复。就像你说的,倒是那些自称在抵抗运动中表现如何如何的丑角们想进行报复。只有他们竭力想让某些人在监狱里待着,因为他们为自己感到可耻,所以内心充满了仇恨。范妮,你必须从不同的角度来看这件事。你应该理解我为什么必须弄到这些文件,这些文件能够说明他们对事情负有责任。这些文件并不一定要用来治他们的罪,而是要用来证明:那些占据或将要占据国家要职的人究竟是些什么样的人。这些文件确实存在,我们必须证明某些人在危急时刻表现非常糟糕,在考验面前,他们甚至会丧失自己做人的尊严。让我来告诉你,他们就是那样的人,这些人不断散布仇恨,专门与像你丈夫那样的军官作对。在我看来,这些军官确实犯有反国家罪,但我们应该理解他们。是的,我们应该有勇气理解他们,宽恕他们,避免这种局面继续下去。""但我……""听我说,姑娘,我坚信能看到这些文件,而不会给你带来麻烦,也不会有任何人知道。能否定在最近的某一天?比如星期天上午……星期天上午十一点我碰巧有个会。你婆婆几点去教堂?""九点,或九点半。""几点回家?""十一点半。""哦!其他人呢?把准确的地址告诉我。是帕提西亚大街二十号,还是基菲西亚大街二十号?""帕提西亚大街二十号。""好的,我会找到的。就像我说过的,我不会使用任何会使哈慈齐科斯陷入更艰难处境的材料。现在,我把你送回家,在那里我们再分手,因为我七点有个约会。"

我甚至没有看那两页你和范妮情人的谈话记录。这份记录没有注明日期,但显然是在你同范妮第一次见面之后,在你得到了一些不满意的文件之后。这份记录内容如下:"她到底对你是怎么说的?里面没有其他文件吗?""她说（此处含糊，听不清楚）。""不管怎么说，如果她真心诚意想帮我的话，她可以到这里来。""如果你约个时间，她明天会来。""明天我有事，必须离开。""无论什么情况，她上午十一点后都能来。""那好，现在请告诉我，她对这件事的反应如何，你对她说了些什么？""你叫我对她说的都跟她说了：大约来了十个人，整个街区都被占领了，他们剪断了电话线，全部冲进来。几分钟之后，帕纳古里斯也到了。他叫我不要害怕，因为如果我以某种方式帮助他的话，他就会保护我。""很好，但有一点需要澄清。从八点半开始，她多长时间没有和你在一起？""我们一起下楼，走到拐角，到那儿，我发现我忘了一样东西，然后（此处含糊，听不清楚）。""听我说，小伙子，即使他们砍掉我的腿，我也要把这件事弄得水落石出。所以，问题在于你的诚意究竟如何？我来说吧，八点三十，一个姑娘和一个小伙子一起离开了家，那个姑娘很像范妮，小伙子长得跟你一模一样。他们拎着一个旅行箱，去了塔西亚尔卡斯大街。然后，一起进了一所房子。要是你是那个年轻人，嗨，最好我们还是明说吧。""但我（此处不清）。""最好明天去告诉范妮，让她留心一下家里是否还有其他文件。当然，不管是在房子受到监视的情况下，还是走漏风声让事情暴露的情况下，我都采取了防范措施。你明白吗？""明白。但我还是有个疑问，阿莱克斯。他真的会把那么多文件留在家里吗？""如果你对我说，范妮在那儿弄了些复印件，并且把它们交给了孔塔斯，那这就是可能的。""范妮没有给过孔塔斯复印件。""她给过他。你在她家待了这么长的时间，难道就没有产生一点好奇心，去看看或问问吗？怎么还会有疑问呢？""不，我问了。但她说，我不应该关心这件事，所以我就没有再问下去。她家总是有许多人来，但我没有去问这人是谁，那人是谁。我只知道在军事学校他有几包这样的文件，他把它们装在一个卷宗袋里。""昨天她是几点到监狱里去看望哈慈齐科斯的？""昨天是星期四，她是十二点差十七分去那里的。因为昨天我在一家酒吧等她，所以知道它去探监的时间。你为什么问我这个？""你是几点到她家的？""我告诉你吧，昨天我根本没有去她家。快到中午的时候，她给我打电话，对我说：'亚尼基，我父母大约十二点半到一点要来。你说，我去不去接？'我回答说：'当然要去。''那你陪我去吧。'她说。于是，我就去接她。后来（此处听不清楚）。""听我说，小伙子：不要对我说那汽车是我的，也别对我说你不喜欢某些事情。你心里非常明白，只要这件事没有弄清楚,我就会知道你的一举一动!""阿莱克斯,你为什么要对我这样说?""我还要补充几句。关于阿维罗夫的那些材料(此处听不清楚)。""你真的以为是在希腊中央情报局吗?!当局(此处不清楚)。""小伙子,当局并不了解情况。我已经对你说过了,要是我知道档案在那儿的话,我会让检察长到那儿去的。但我需要说明一下,时至今日,这种做法已经过时了。而你从那里连一张纸都没有给我带过来。""但范妮是那样的人,她……""要是范妮真的像你说的那样,要是她真的不让她丈夫觉察的话,要是她真的行踪诡秘,无人知晓,要是她真的把我看作一个兄长……"

至于哈慈齐科斯写给范妮的信,自从你在雅典交给我的那封后,此类信件就愈来愈多。保存这些信,成了我的一种负担。只要一看见它们,我就会产生一种强烈的怜悯,内心感到非常不安。有一天,你笑着把这些信的内容简单给我翻译了一下,因此我得出结论,只有第一封信的内容大致涉及了政治,其他的都是哀怨伤心的请求——愿意付出一切代价来保住想离他而去的妻子。我不理解你为什么要如此用心地把这些信收藏起来。这条蝎子摧残过你的心灵,在你判死刑后对你大肆嘲讽,你想对他进行报复吗?在那天恐怖的夜晚,你为自己立下誓言,难道还打算去兑现吗?如果你现在对我说,你对报复和誓言已不再感兴趣,我是不会相信的。信的字里行间充满了绝望与无助:"我的宝贝,不要走;我的心肝,请不要离开我。"你只是想利用其中的材料来为你的目的服务。你本着"为达到目的不择手段"的原则,以超然的心情、冷漠的态度来充分利用这些文件。你阅读它们,以便得到有用的信息,进行合理的推论:第一,如果他继续央求她,她就不会决定离婚;第二,如果她不决定离婚,他就会继续占有和控制他过去交给她的那些文件;第三,为了使他不再占有和控制这些文件,那就让他们离婚。因此,你成了排演他们这场悲剧的伟大导演,成了一个拉动绳索、随心所欲让木偶翩翩起舞的出色艺人。因为从信中得知,范妮的父母同意他们离婚,所以你就到科尔福去找他们。你推荐律师,代写状词,坚持认为,强迫一个可怜的女子为一个要在监狱里待三十一年的丈夫守寡,是多么残酷。你用许诺和建议,把她的情人弄得云里雾里,燃起他的热情,劝说他带着她和婚后生的孩子一起逃到国外。后来,你发现这家伙是个懦夫,是个可怜虫,根本无法消除哈慈齐科斯对他年轻妻子的影响。于是,你便朝那个令人垂涎欲滴的猎物扑过去:又是劝告，又是哄骗，又是奉承，又是引诱，直到她把丈夫忘得一干二净，把情人一脚踢开为止。这一切都发生在我只顾消化以前吃下去的野兔、梭鱼、野鸡、龙虾、斑鸠、阉鸡、鹿肉、牛肉的两个月的时间里。对那该死的文件，我报以一种愤怒而冷漠的态度，不断拒绝你要我助一臂之力的请求。"你知道，我必须去科尔福一趟，请陪我一起去吧！那样的话，看起来就仿佛在度假。""科尔福？不，我不想去，我不能去。""你必须助我一臂之力，我遇到一件麻烦事：要把三个希腊人安顿在意大利。一对夫妇和一个孩子。""这对夫妇是谁？孩子是谁？""猜猜。""啊，不！我根本不想猜。""你知道，我很恼火，因为我无法进入那幢房子。我知道她一直在找一个保姆，我以为她会聘一个我认识的，但她没有。要是我弄到蜡，把门钥匙模下来，怎么样？""我不想知道这些事。"

只有那么一次，当你给我讲起怎样在那个小伙子的配合下弄到第一批文件时，我表现出了兴趣。不用说，事情的经过并不是你要他对范妮讲的那样，也不是四月份你对报界讲的那么回事。并没有占领街区，没有剪断电话线，也没有命令十个人在你之前冲进去。你是一个人进去的。晚上九点，你独自到了五层电梯右边的门，你一个人找到了那个房间，左边的第一间屋子，是个饭厅。你看到了那个家具，是个隔成几格的餐具柜。在最上一格，你找到了那几包文件。于是，你分好几趟偷了它们。每一趟，你都紧张得要命，因为刚开始，你以为屋子里没有人，但不久你发现哈慈齐科斯的老母亲就睡在过道尽头的寝室里。你听见她在打呼噜，害怕她会醒来。于是你屏住呼吸，以最快的速度开始行动。你一趟一趟从房间到楼梯，从楼梯到汽车，然后又从汽车到楼梯，从楼梯到房间，仿佛这倒腾永无止境。你的心怦怦乱跳，背心里直冒冷汗，周身颤抖。在跑第四趟的时候，手里的文件包不小心"砰"的一声掉在地上，把老太太给吵醒了。她扯着嗓子喊："亚尼基，那是你吗？亚尼基。"回答？还是不回答？如果回答，要是她察觉出不是亚尼基的声音怎么办？你深吸一口气，然后说："是的，是我。""唉，不要弄出任何声音，亚尼基。我想睡觉。"之后，你感觉很糟糕，夜里还做了噩梦。你梦见了一条章鱼。在你看来，章鱼和所有其他鱼都不一样，它象征着厄运与死亡。你经常说，你无法摆脱章鱼，无论你跑到哪里，它都会追上你，缠住你。这条章鱼大得吓人，样子可怕，头有一个广场那么大，触须跟城市的街道那么长。它没有生活在海里，而是待在城市里。它的吸盘紧贴在建筑物的墙上。它的身体塞满了所有的空间，它的嘴巴吞噬着一切敢于阻挡它扩张的东西：汽车、人体、手推车、大客车，概莫能外。同时它还咆哮不止。这是一种低沉、愤怒的狂吼，一种升上天空尔后又像雨一样骤然降下的诅咒。这诅咒汇成一个你无法理解的语词。这语词既使你狂喜，又使你悲伤。"我认为这语词听起来像是'生命'，或'活着'，但我觉得它仿佛在说我已死去。"然而在那时，我没有在意这个梦的重要性。

　　实际上，我们当时并没有意识到什么是重要的，什么是不重要的。当心爱的人用要求、羁绊来束缚我们时，我们就会觉得失去了自我，觉得似乎为他放弃工作、旅游和冒险是不值得的，我们会公开或私下埋怨，大发牢骚，梦想自由，渴望没有情感羁绊的生活，像自由翱翔在金色朝霞的海鸥一样行动。心爱之人用锁链束缚我们，那是一种前所未闻的折磨，让我们无法展开我们的翅膀，他用同样的锁链锁住大门，须知大门之外的空间，有着何等无限的财富。但当你不再存在的时候，当那个广阔无垠的空间出现在我们面前，我们能像自由的海鸥在金色的朝霞展翅飞翔的时候，当我们没有了情感羁绊，脱离了绳索束缚的时候，反倒会感到一种可怕的空虚。之前我们不情愿牺牲掉的工作、旅游、机会，现在看来简直是无足轻重。我们对我们重获的自由手足无措，就像一条没有主人的狗，一只脱离羊群的羊，在空虚中徘徊，为失去奴役而哭泣。我们竭力想回复到原状，重新生活在我们狱管的强令之中。因为悔恨让我们感到窒息，那是一道无法治愈的伤口。我们试图通过把责任推诿给环境，为自己的行为找理由的方式——诸如"如果我早就知道""如果我早就想到"之类——来减轻我们内心的痛苦，但这也无济于事。我们徒劳地试图去忽视它，声称他欠我们的和我们欠他的一样多，似乎这笔债就可以相互勾销了。开初，这伤口好像愈合了，消失了，但总会有那么一个时刻，当我们听到一种声音，闻到一种气味，看到一种色彩，瞥见一张纸，看见从身边经过的一辆汽车，伤疤就会重新揭开，一种问心有愧、自我谴责的心情就会油然而生。残酷的事实是，他已经死了，而我们还活着。所以，伤口并没有愈合。我之所以会感到悔恨，并不仅仅在于我不明白在那些文件中你的死亡实际上已被注定，还在于我没有明白在你周围一切都已濒于崩溃，一切都使你陷入了你在博亚蒂期间曾经面对的那种孤独的困境。

* * *

"一切"这个词也包括你以为在政治家的政治中也拥有一席之地的幻觉。哈慈齐科斯的档案现在已掌握在你手中，但这项残酷的事业却是以一种残酷的方式告终的。当你明白你在政治家的政治中并无一席之地时，你犯的最大错误就是加入了那个党。事情很简单，一个党就是一个党，它是一个组织、一个集团、一个黑手党式的帮派，最起码也是一个不允许它的成员表达其个性和创造性的宗派。相反，它要摧毁并压制这些个性和创造性。党不需要具有个性、创造性、想象力、自尊心的个人，它需要办事员、官员和奴仆。一个党的运作相当于一个企业、一个工厂，总裁（领袖）和董事会（中央委员会）拥有无人可以企及、不可剥夺的权力。为了掌控这一权力，他们仅仅聘用听话的经理、驯服的职员和那些唯唯诺诺的人，换句话说，也就是那些不能算是人的人，永远唯命是从的机器人。在企业和工厂中，总经理和董事会是不会重用那些富有创造精神的聪明人的，不会重用那些敢于说"不"的男人与女人，这显然不仅仅是因为他们被认为狂妄自大，更重要的是这些敢于抗命的男女的想法与做法被认为构成了干扰与破坏的因素，成了机器齿轮上的沙子，打破篮子中鸡蛋的石头。一个党和一个企业的体系与军队是同构的。在军队中，士兵服从下士，下士服从中士，中士服从中尉，中尉服从上尉，上尉服从上校，上校服从将军，将军服从总参，总参服从国防部。也如同教士服从神父，神父服从主教，主教服从大主教，大主教服从红衣主教，红衣主教服从教廷，教廷服从教皇。那些幻想可以通过讨论与交换意见来做出个人贡献的人，必然要倒霉：要么被开除，要么被免职，或者被整死。在一个党内，一个企业里，只能允许讨论已经下达的命令和已经做出的决定，要是谁不能明白此理，他的下场也是一样的。不言而喻，讨论只能遵循两个神圣的原则：服从与忠诚。当然，所有这些会由于不同的党而有不同程度的差异。显然，一个思想鲜明、理论明确的党对服从与忠诚的要求会更加严厉，在压制个人创造性方面会表现得更加残酷。如同一个教会，它的教规愈严厉，它愈要对异教徒严加惩罚，愈要把异教徒推上火刑架。但荒谬的是，教会为所欲为地对待它的信徒，甚至干出惊天动地的丑事，却还自认有理，行为正当。这就是它信仰的威力，以及它教条、计划貌似的那种崇高性。"我要摧毁你，是因为我想在地球上创造一个天国,我摧毁你,是因为我想靠历史唯物主义的教条来建造它。"但一个没有理论和思想体系的党,一个不知道干什么,也不知道怎么干的党,是无法用思想动机来为自己辩解与开脱的。它虐待和侮辱自己的成员,强调服从与忠诚,只是因为有些人有个人野心,想趁机大捞一把。集团里有集团,黑手党里有黑手党,教会里有教会,由于疾病的加剧,一个没有理论的党就像瘟疫一样具有传染性——它必然被腐蚀,被那些唯唯诺诺、只会说"是"的人腐蚀。如果说一个信奉某种学说的党会用它的原则来压制那些敢于反抗和不愿服从的人的话,那么,一个不知道干什么,也不知道怎么干的党就会把那些不适于这种无原则状态的人,也即那些不适于它的谎言,不适于它的虚伪,不适于它的走卒的人,像排斥异体一样清除掉。

可是,你认为正是这种类型的党能够接受你的想象力、你的自尊心和你的创造性。另外,你的错误还包括那种陈旧而乏味的幻想,由于无能为力和缺乏选择的余地,我们一直都沉溺于这种幻想之中——我们都相信世界能够发生改变的奇迹,总觉得能够依靠名为左派的支持继续进行斗争。事实上,除了那次短暂的竞选,组织了几次揭穿帕潘德里欧分子、官方左派总经理、董事会的谎言外,除了那次只有几位朋友知道的莫斯科之行外,你在提醒人们注意其实右派、左派和中间派都同样是一堆狗屎这一点上并没有做多少工作。你从来没有同时四面出击。恰恰相反,你选择的是一次打击一个敌人的战略,集中力量对付右派,对付那条恶龙。"现在,我必须收拾它,之后,要是我还活着,我才对付其他人。"总之,你是在违背自己的意愿行事,忘记了左派是右派最好的同盟,忘记了在左派掌权的国家里,它代表的是山顶上的那颗巨石,在左派不掌权的国家里,它在支撑那颗巨石,即支撑阿维罗夫之流的政权,模仿他们的游戏规则,或成为他们制度的一部分。在和平时期,他们都是政客、野心家、机会主义分子;在战争时期,他们通常都是叛徒、胆小鬼、王八蛋。你当时的做法给人的感觉是,仿佛龙没有长两个脑袋,仿佛你不知道只砍掉一个头根本就是于事无补的,不知道只有同时砍掉两个头,才能消灭这个怪物,不知道只有在这之后你才能栽种一棵新树。你总是听从你的假设:一棵新树能结出优质的果实,一种改变世界的幻觉中总包含有些许的绿色,些许的水分。其实,人类并不会发生改变,改变的仅仅是令人眼花缭乱的变化的幻影,难道不是这样吗?几千年来,我们付出眼泪与死亡的代价向往着海市蜃楼的幻影，殊不知到头来，我们却发现我们仍停留在原来的地方。也许我们会又建立一个工会，一个政党，又创立一种思想，又增加一种技术的发明，但结果却会使我们更加丑恶，更加愚昧，始终使我们停留在十万年前的时代，和双头龙同在。当你想起这条龙有两个脑袋的时候，实际上已经为时晚矣，不可能回到过去，从头再来，重新开始那场唯一有希望的斗争：在同一时间，四面出击。实际上，你唯一可做的事情是：离开政治家们的那种政治，离开你在其中颇感难堪的那个企业。正因为你忘却了它只会聘用听话的经理、唯唯诺诺的职员和只会说"是"的可怜虫，而绝不会聘用那些敢于说"不"的男男女女和那些敢于在机器的齿轮上掺沙子的人，你才陷入其中。你真的是这么做的，拒绝所有的支持，恢复自己的独立。然而这么一来，你又重新陷入了一种孤立的境地，一步步把你引向你神话的一种必然结局：通过这一派或那一派雇用的黑手，让你在肉体上和精神上彻底被杀害。

＊　＊　＊

由于弄到了国会议员、共和国总统侄子、你党党员德梅特里奥·查佐斯与军政府合作的证据，再加上你党在这件事上表现出的懦弱，这种结局的条件就更加充分，更趋成熟。那天晚上，你外衣中藏着录音机，衬衫袖口上藏着话筒询问范妮时，她并没有撒谎。他不仅经常到他们家去，邀请他们夫妇吃饭，而且还告发了反对派的学生。他究竟是什么人，从他写给哈慈齐科斯和巴布里纳斯街头暴徒头目的信就可以看出。"亲爱的尼古拉，帕帕多普洛斯在招待新闻界午餐上的讲话精彩极了！一些卑鄙小人不承认这一点，真令人气愤。""亲爱的达斯卡洛普罗斯先生，我听说你已被提拔了，我要第一个向你表示祝贺！在这个芸芸众生充斥的国家，提拔一个像你这样有文化、有教养的人，真是一大幸事。由您来出任警察的总管，我们国家的未来就很有希望了！您的德梅特里奥·查佐斯。"于是，你要求召开党的委员会成员会议，全力以赴发起进攻，投入这场战斗之中。这些人究竟是什么东西？什么货色？你本来是在寻找反对阿维罗夫的证据，怎么会找出对你党一个成员那么多不利的证据呢？毫不含糊，他应该立即被开除。"要么他走人，要么我离开。"可是，集团中有集团，黑手党中有黑手党，教派中有教派，到处都充斥着市侩习气、谎言、虚伪和机会主义：冷静点！小伙子，冷静点！我们不要小题大做。让我们好好想一想，三思而行。别着急！小伙子，别着急！我们得瞧瞧究竟是怎么回事，让我们好好研究一下。他毕竟不是一个普通党员，而是一个重要人物、议员、共和国总统侄子。要是没有任何事先通告，就这样把他开除出去，真的严重不妥。假设你的指控是有道理的，但他究竟干了什么坏事呢？是的，他看起来是显得有些软弱，但不可能指望每个人都是英雄吧。再说，宪兵司令部的秘密档案究竟是怎么回事？是谁批准你去染指这一棘手之事的？当一个人属于一个党的时候，他就不能事先不向党请示而自作主张，擅自行动！纪律，我的老天，又是纪律！那有关阿维罗夫的重要文件呢？唉！让我们考虑一下，权衡一下利弊。这些事也许对我党有利，也许不利。当然，最让人讨厌的是那些董事会成员、小宗派、小团体、党的各派系头头。此外，他们中的一些人曾接受过德国社会民主党的资助。德梅特里奥·查佐斯是德国社会民主党的被保护人之一，动他就意味着要冒失去他们资助的风险。请告诉我：如果要在一个正直的人和一大堆马克之间做出选择，一个这样的党会去选择一个正直的人吗？

"你知道他们是怎样回答我的吗？！你知道他们会把我的文件拿去干什么吗？！他们想把它们藏起来！""阿莱克斯，这有什么大惊小怪的呢？所有党派的做法历来如此：他们想要文件是为了把它们藏起来，如果需要，就用它们去进行讹诈：'要是你不把这东西给我，那我就揭你的短，说你当过叛徒，偷过东西，是个同性恋。'任何政党都会以这种方式来回答你。即使是一个比你的党更受人尊敬的党也会如此。他们会对你说：'我们必须要考虑这是否对党有利。'并且你的党……""它不再是我的党了。我已把椅子扔在了桌子上，递交了辞呈。""喂！他们会接受吗？""不会，他们不会同意。但这无所谓，反正我自己觉得已经退了。""我理解。今后呢？""我会作为左派独立的代表留在议会里。""这样，你就失去了一个政党的支持，此外，在那个仍然认为你是其党员的党内你还树了一些敌。""我无所谓。"但当你说这句话的时候，眼角却蒙上了一层焦虑的阴影。你非常清楚，没有一个党在背后支持，再加上在本来支持你的党内树敌，一切将变得更加困难。譬如，该如何使用这些文件？你为这些文件经历了千辛万苦，还会使别的人承受更多的折磨。是交给法院让它们沉睡多年，还是送给议会的某个委员会让它们束之高阁？要发表它们吗？当然应该发表它们。但在哪里发表呢？什么样的报纸有胆量发表？"唉，我明白了。我应该有一份完全属于我的报纸。要是我创办一份报纸怎么样？办一份小报，一份周刊，或一份半月刊，至少一个月出三四期：发行时间以登完我手头拥有的东西为止。你知道吗？我要刊登的东西太多了。有些材料现在手头还没有，但很快就会找到。除了宪兵司令部的档案，还有希腊中央情报局的档案。我在希腊中央情报局找到了一个朋友。他是个有民主倾向的官员，是个正直的人，是当时袭击帕帕多普洛斯时帮助过我的一个姑娘的丈夫。他对我说：'我可以给你一箱子文件！'你想想看，是有关塞浦路斯政变的，关于中央情报局的，关于希腊中情局与美国中情局相互勾结的，关于阿维罗夫和希腊中情局与美国中情局千丝万缕联系的。此外，查佐斯写给达斯卡洛普罗斯和哈慈齐科斯的便条还不包括在内。如果我能证明阿维罗夫事先知道塞浦路斯政变，并且和希腊中情局与美国中情局串通一气，那他就把约安尼迪斯也蒙在了鼓里……问题在于要把那一箱子文件弄到手。我不想给我的官员朋友带来麻烦，他既不是恶棍，也不是娼妇，不能让他蒙受不幸。""阿莱克斯……""是的，需要办一份报纸。第一页就登关于阿维罗夫的材料，有一些是现存的，有一些我将在那箱文件中找到……""阿莱克斯，忘掉那箱文件吧。你知道创办一份报纸意味着什么吗？你知道这需要多少钱吗？只有那些拥有权力、财力和政治地位的人才能办报纸。办一份报纸需要很多钱，很多。""我会借到钱的。""向谁借？阿莱克斯。如果你没有钱，你就很难从别人那里借到钱。赊账是富人的奢侈行为。如果知道你没有钱的话，不会有纸厂把纸卖给你，不会有记者为你写文章，也不会有印刷厂为你印报纸。""我会搞到钱的。""在哪里搞？从你跟他们作对的那些人身上搞钱吗？一个政党可能会帮助你，你应该转向另一个党……""我决不会参加什么党了！决不！我甚至不想再听到'党'这个词！'党'这个词让我感到恶心！"此刻，你眼角的那层焦虑的阴影变成了一长串泪珠，唰唰滴落下来，浸湿了你的脸颊、你的胡须、你的领带。

几天后我得知，你无助的孤独已产生了它的结果。有不速之客在夜间两次闯入你在科洛柯特罗尼大街的公寓。你轻率地把那些复印件保存在那儿。有一次，他们光顾你的寓所时，你正在城外的一家饭馆里吃饭。另一次，他们来的时候，你正在种有柠檬树和橘子树的格里法达老家睡觉。他们一无所获,因为所有东西都放在上锁的寝室里,他们没法撬开房间的锁。但他们把办公室翻了个底朝天,还留下了一张挑衅性的纸条。"阿莱克斯,你打算怎样保护自己?"你说:"他妈的,不想保护了。要发生的事情肯定会发生,该怎么着就怎么着。我反正努力要把这件事干到底。"正是在那段时间里,我完全恢复了对你的爱慕之情,又成了大吃野兔、梭鱼、野鸡、龙虾、斑鸠、阉鸡、鹿肉、牛肉的饕餮之徒,发疯似的吞着这道饱含绝望的诱人佳肴。我们手牵手共度了二十八天,这是上帝赐给我们的最后二十八天。

第三章

发生了一件奇怪的事：你没有事先打招呼就突然来到了罗马。"我已经找到人为我发表那些文件了！""谁？""一家下午出版的报纸，《新闻报》。""什么时候？""很快，几个星期内。""感谢上帝！那你来意大利干什么？""来这里写本书。""写书？什么书？"确有这么回事，你曾经说过，你想写一本关于暗杀帕帕多普洛斯，以及介绍审判过程和博亚蒂情况的书。但对我来说，那与其说是个计划，还不如说是一种愿望。现在你正为文件的事情忙得不可开交，难道你会突然萌发这个念头吗？"我跟你谈过这本书的情况，是不是？光发表文件是不够的，应该让事情进展得更深入一些。我必须向人们说明，为什么一个以炸弹开始的人要用纸笔来战斗。另外我在想，尽管许多人空洞无物，乏善可陈，但他们却下笔万言，著述无数，而我却还没有讲出我的故事呢。我的老天，那是多么不同凡响的故事呀！所以，我就拎着包跑到这里来了。让我们到佛罗伦萨去吧。""佛罗伦萨？""当然，图个安静。我真的不能在科洛柯特罗尼大街或格里法达从事写作。问题太多，干扰太多。""是这样，但……""你认为我不能写吗？那你就错了。我已经拟好这本书的腹稿了，每一个章节，每一个细节，我都做了仔细的考虑。真的，我一直把自己看成一个作家。我甚至考虑好了怎么开头：以袭击场面的描写开始。我正忙着把那团弄乱了的电线理好，他从拉科尼西的别墅出来，海浪冲击着岩石……要是碰到什么问题，你就帮助我。""没有问题，但……""你问的是需要多长时间吗？八个月，我用八个月的时间就够了。五月份，我就向议会请假。九月份，我会完成手稿。对我来说，最重要的问题就是马上开始，没有人来打扰我，我指的是没有人知道我在哪里。如果我明天上午就开始，连续写他三四个星期，等文件发表的时候，就可以稍停一段时间，并且……""是明天上午吗？""是的，我明天早晨就动身。""阿莱克斯，我明天早晨不能走。我事先不知道你要来，已经另有安排了。""难道你想让我一个人去吗？要是我需要一些忠告、一些建议怎么办？""不，当然不会。但干吗这么急呢？""我不能等了，我已经心急火燎了。再说，我不想在罗马被别人看见。否则，他们会来找我，让我分心。我再说一遍：不能让任何人知道我在这儿！"没有任何办法说服你。你根本不顾我的反对，坚持认为灵感是不能说来就来的，你需要我在你身边，我不能拒绝你的要求。你强迫我和你一起去佛罗伦萨。"你让门房订两张去巴黎的机票，这样，他们就会以为我们到巴黎去了。"

  我在想，这的确非常奇怪。但既然你确实是把自己关在绿荫丛中的寓所里，专心致意、一丝不苟地写那本书，当然我就不能一味去怀疑，一味去猜测了。无论谁看见你伏案工作，都会相信写书是你这次来意大利的唯一目的，不会有其他事能让你这样深居简出。清晨一大早，你就开始工作，把纸、笔、烟斗、烟叶、打火机整整齐齐地放在桌子上。然后请我离开，让你一个人待着。你像准备考试的学生一样，坐在那儿专心地写。你写得很慢，但从不做修改，与其说像一个遵循灵感的作家，还不如说更像一个找到了某种发泄方式的凡人。你从不征求我的意见，尽管正是为此你才把我拖到佛罗伦萨来的。每天晚上，你都会在以前写的那叠稿子上增加两三页新写的手稿，手稿工整、清楚，几乎没有任何涂改。每一次，我都会感到惊讶。林中寓所究竟具有什么样的魅力？你总是喜欢回到这里，重新寻找那能使你回想起往事的亲切氛围，再次看看那些熟悉的家具：摇椅、蒂芙尼式吊灯、带穿衣镜的大衣柜。镜子里映衬着树木，鸟儿相继飞来，打算栖落在那些根本就不存在的树枝上。即使那些可怕夜晚的回忆也没有减弱你对这个避难所的迷恋。当时，他们用手电的光柱骚扰我们。有一次，你要去对付他们，为了阻止你，我们失去了自己的孩子。甚至在雅典的时候，你也怀念这里的月桂篱笆、玫瑰花架、丁香树丛，和这个长满松树、杉树和马栗树的花园。马栗树的枝杈一直伸展到阳台上，可以任意让人摘取栗子，抚摸枝叶。既然如此，你为什么不出去散散步呢？为什么从来不往窗外看一眼呢？为什么总是把百叶窗关得死死的？每天，我出去之前都会把百叶窗拉开，但傍晚回来的时候，发现它们又总是关着的。开始，我并没有十分在意这件事，甚至认为，一扇打开的窗户等于是一种难以抗拒的诱惑：当阳光召唤的时候，管用的就不是小学生的什么纪律，而是专业作家的素养与原则。但没过多久，我就注意到了另外一些奇怪的迹象，不免警觉起来。晚上你把窗户关得严严实实，窗帘全部放下，连一丝光线都透不到外面去。屋里只开一盏灯——你书桌上的那盏台灯。还有电话，你从来不接电话。这很不正常，因为你是个对电话痴迷狂热的人。要是我在外面，有什么事要告诉你，我只好回到家里来，别无选择。"阿莱克斯，我给你打了一下午的电话，真该死！你一次都不接！""我怎么知道是你打的电话？我们不是说好了吗？不让任何人知道我在这儿。"接下来还有钥匙。林中寓所有个缺点：门上装的不是撞锁，而是一种很原始的双保险锁。从外面把门锁上，里面的人要是没有钥匙就打不开门。有两把钥匙。有一把在你手里，但你忘在雅典没有带来。有一天，我想再去配一把，你坚决反对："不，一把就够了，反正我不需要。你揣着，你出门的时候，把门小心锁上就行了。""要是你出门怎么办？""我不会出去。""要是有什么人来呢？""我不希望任何人来。""万一有人来呢？""来了我也不会开门。我回避一切不愉快的见面。"最后，还有你吃饭时的表现。你一向认为下馆子是一种不能放弃的享受，在餐馆里你可以随意点菜，一边享受，一边消磨时间。你喜欢那里云集的顾客，喧闹的气氛。可是你一下子变了，讨厌去馆子吃饭，坚持要在家里用餐。"我喜欢这里，待在这里非常惬意。""你不觉得应该活动活动，到外面走走，散散心吗？""没有必要。""那行，这样更好。"

这样更好。人人都知道，世界上再没有比爱情更自私的东西了。有时，为了能和我们所爱的人单独在一起，我们会说出各种自欺的谎话，做出各种盲目的事情。对我们来说，要想单独地占有这种爱情，那近乎是一种荒诞的乐趣，很长一段时间以来，总有其他人和我分享你的感情。此外，没有其他人在场，我们也绝不会感到厌烦，因为两颗孤独灵魂的相遇同时也会产生两种想象力的交融，由此激发的幻想能填补所有空间，所有的沉默。当你停止写作，准备休息时，房间就显得那么宽敞！如果你放上一张唱片，那地方就变成了有乐队演奏的娱乐厅；如果你打开电视机，房间就成了影院；如果你挪开桌子，就成了舞厅；如果你把桌子搬到带穿衣镜的衣柜面前，就成了大厅。我们吃饭、跳舞、欢笑的影子映在镜子里，你装出一副生气的样子对镜子里的影子说："愚蠢的鹦鹉，跟人学，没出息！"有几个晚上，我特别感激你这次唐突的逃亡，说不清楚理由，隐秘地希望这种日子尽可能长地延续下去。这也正是我盲目坠入愚蠢深渊的时刻。其实，只要提起那些档案，提起你与那个党的分歧，提起科洛柯特罗尼大街那些神秘的夜访者，我就应该明白，实际上你正处于一种既神秘又痛苦的孤独之中。你正等待着某些可怕事情的发生，也许你不清楚究竟是些什么事，也许你已知道必将决一死战，并以失败告终。实际上，你一直都在回避这些话题，只谈这本书，你不想让你遭受的痛苦彻底被人遗忘。你只谈论如何写出堆积在你内心的东西，突出那些需要大书特书的事件、人物和问题，既不偏袒谁，也不冤枉谁。譬如关于审讯，你想把它作为一种象征性的东西来描写，它是所有在左的或右的暴政下进行的审讯的象征。他们利用假口供，伪造证据，恐吓证人，请出胆小如鼠的律师和唯唯诺诺的记者，因此，被告除了自豪地请求给自己判刑外，别的什么也不能做。而扎卡拉基斯之流的狱卒们并不知道他们自己也是囚徒，是和他们的牺牲品一样的牺牲品，他们的愚昧与在暴政面前沉默或服从的畜群不相上下。另外还有以暴抗暴的问题，开始时你觉得这样做是合法的，但接下来你发现这样做是错误的，因为这是用一种滥用的权力来代替另一种滥用的权力，用新的主子代替旧的主子。譬如各种意识形态并存的问题，在它们的背后都隐藏着足球啦啦队式的奇特狂热，其目的都是想利用个体，利用人。你对此书是如此的满怀信心，以至像我一样，似乎忘记了你终极之作中的那些人物角色。其实，你根本没有忘。

到了第十天，你写书的速度减缓下来了。以前每天写三页，现在变成了两页。当然，写得比以前密，字比以前小。后来，每天又减到一页，字写得更小。不久又减到半页。这时你经常刚写完就统统扔掉，从头再写，常常不顾故事叙述的前后逻辑。"今天，我写了一个情节，准备把它插到第六或第七章中去。""为什么？""不为什么。""你想让我帮助你吗？阿莱克斯。你想让我们来一起写一段吗？""不需要。即使我们写得很密，我们也会很快写到那里的。""很快写到哪里？""第二十三页。""真见鬼！为什么你不愿意写到二十三页呢？""因为……我做了一个梦。""什么梦？""我梦见我正在写这本书。在梦里，这本书到二十三页就中断了。""我不理解。""它中断是因为写到二十三页时，我死了。""真荒唐！""唉！""这就是你把写好的东西几乎全部扔掉，磨蹭时间，不再往前写的原因吗？""实际上，我一直在往前写。但没有用，因为我感到永远也写不到二十三页。""那就不要编页码，不要数页数，这样，你就不会发现究竟写到哪一页了。""好把，我试试看。"你试了。但两天后，当我回到家，却没有看见你坐在写字桌前，而是躺在床上。所有的灯都亮着，所有的窗户都大开着。你的手稿扔满一地，有的撕成两半，有的揉成一团。我把它们捡起来，数了数：二十三页。"阿莱克斯！醒醒！阿莱克斯！""我醒着呢。""这是怎么回事？""我写完了。""你没有写完，你数过页码了吗？""没有。当时我写不下去了，于是就数了数，结果我发现我已经写到二十三页了。""阿莱克斯，严肃点。这能说明什么？""说明我没有什么要说的了，没有什么可写的了。""胡说八道。"我把最后一页递给你。"你念念这页，把它翻译一下。""不。""求你了。""我说过了。不。""为什么不呢？是写得不好？还是写得不美？""不是这么回事，我写得非常好，也非常美，是所有内容中写得最漂亮的一页。""那为何不念它呢？""原因是它让我觉得……让我觉得……""你瞧，连你自己都不知道为什么。来，给我念一下。"你接过它，叹了口气，挪了挪脑袋背后的枕头，尽可能地拖延时间，显然你一看到那张纸就感到心烦。"快点开始。这是故事的哪一部分？""开头部分。仍然是审问的开始部分，当时他们以为我是乔治，对我拳打脚踢，几乎把我揍死，以便让我说出是谁给我的炸药。""好吧，我听着呢。"你犹豫了一会儿，后来还是做了翻译。

"来了许多军官。他们是与给马里奥斯、巴巴里斯送咖啡的勤务兵一起来的。他们不属于宪兵司令部。一些人戴着突击队领章，一些人戴着步兵领章，还有一些人戴着海军领章。他们个个看上去凶神恶煞，怒气冲冲。塞奥菲洛亚纳科斯狰狞地说道：'瞧见了吧？中尉。军人们个个怒不可遏。要是我把你送到某些兵营的话，他们会把你剁成肉泥。'突然，一个军官朝我脸上唾了一口，于是私刑就开始了。他们一窝蜂向我扑过来，啐我，打我，骂我。我被绑在一张小床上，周围是一圈由制服构成的围墙。在整个过程中，门一直开着，不断有人进来，人愈来愈多，像一群被一罐蜂蜜吸引而至的马蜂。我弄不清楚他们到底有多少人。我不记得这过程持续了多长时间。但我记得,每打我一次,我都用一句骂人的话来回答。我只是机械地骂,我的思绪早已跑到了别的地方。我看见的不再是由制服构成的围墙,而是咆哮的大海,那捆缠在一起怎么也解不开的电线,那些溅湿衣服的浪花,那辆渐渐驶近的帕帕多普洛斯的轿车,然后是爆炸声,逃跑。我在水里潜游,为了换气,才被迫冒出水面。接着是在岩石上奔跑,汽艇正在离去,几个月的辛劳付之东流,剩下的只是绝望。只因那段电线乱作一团,电线变短了而使我一事无成。计算上发生了错误,时间延长了十分之一秒,暴君的汽车驶过去了,他安然无恙,仍然活着。而我却被逮捕了,被一群马蜂团团围住。其中一个满脸横肉的家伙端着手枪顶着我,声嘶力竭地对我吼道:'为什么他们还没有把你杀死?你这废物。'当时,塞奥菲洛亚纳科斯显然害怕他开枪,赶紧把他的手推开。与此同时,有个军官走上前来看着我,问道:'你至少感到后悔了吧?''不,我不后悔。我只后悔没有成功。'这就是我回答的声音。这声音多么奇怪,多么陌生啊!它来自何处?来自另一个世界吗?这个有教养的军官看起来也很奇怪,也很陌生。他来自何处?也来自另一个世界吗?他默默无言地走了,刚一离开,那伙穿制服的人又开始暴跳如雷,火气愈来愈大,样子愈来愈凶。他们踢我的脚掌,揍我的眼睛。我又开始说:'我仅仅后悔我没有成功。'是的,我仅仅后悔没有成功。然后又是一顿毒打。是用什么打的?谁打的?根本搞不清楚。我感到有一种可怕的力量紧紧压着我的肚子、我的脖子、我的胸口,心脏被挤压得不行,仿佛所有这些东西都在同时破裂,被炸开似的。我什么也辨别不清,我闭上眼睛,然后……"

这就是你死亡时的情景。一个月后,它发生在伏里亚格梅尼路,在一次车祸中,你的肺、肝和心脏同时炸裂开来,你永远闭上了你的眼睛。我喃喃地说:"这是死亡的情景。"你点点头:"我知道。""在毒打时,你真的产生了这样的感觉吗?""我认为不是这样,好像不是这么回事。""那你为什么要这样写呢?""我也不知道。到了一定的时候,句子自己就跑出来了,就仿佛手指头不听我指挥似的。写到这一页的最后,我觉得不能再继续写下去了,因为所有的想法都在最后四行那儿结束了。""把那四行划掉,接着往下写。""已经不可能了。""我来帮你。""不会有任何用处。那个梦也是在那儿结束的。""你可以不写梦。写你自己的故事!""也许我的故事也像这个梦一样结束了。"说完,你站了起来,点燃烟斗,走到被灯光照得透亮的阳台,灯光一直照到草坪上。你的身影清晰地映在草坪上,甚至你叼着烟斗的侧影都一清二楚。任何人都能认出是你。很明显,现在你对于是否被人看见或认出来已经不在乎了,因为你知道那等待你的结局不是在这里,而是在别的地方,你没有办法来阻止那即将发生的事和你的命运。命运就像一条奔腾的河流,没有任何堤坝可以阻止它奔向大海,不会以我们的意志发生改变。我们唯一能做的就是决定以何种方式在河里游动,与激流搏击,以免像棵连根拔除的树一样被水冲走。"唉,算了。""什么算了?""你会为我写完它的。我已经把好多东西都告诉过你了。""住嘴,阿莱克斯!""你会为我写完它的。答应我吧!""住嘴,阿莱克斯!""答应我吧!""好吧,我答应。""很好。今晚我们到什么地方去吃饭?我想去一家好一点的饭馆,人多的饭馆,热闹的饭馆。我想喝酒,喝很多酒。"

* * *

你喝完了第二瓶,又要了第三瓶。"真遗憾,我要是能变成一个老头就好了。真希望这种好奇心能得到满足。还有,我经常认为老年是人一生中最美好的时光。童年是不幸福的,在童年时,人们只知道责备你,辱骂你。我小时候挨了多少打呀!我母亲总是拿着扫帚,用扫帚柄打我。有一次,为了躲避她,我从楼上的窗口逃走。我把床单撕成布条,拧成绳子,顺着绳子从窗口溜下去。但当我的脚一落地,就发现我母亲早就在那里等我了:手里拿着扫帚柄,对着我。唉!在逃跑方面,我从来就没有好运气。我父亲倒是没有打过我,从来没有。即使我们住在电影院隔壁的那幢房子里时,他也没有打过我。一到夏天,总是有露天电影,从寝室的阳台我能看得清清楚楚。所以,我就请邻居家的孩子来看,不过得买票。当然,票价要打折,知道吗?后来这事被电影院的老板发现了,他要我父亲赔偿损失。我父亲赔了钱,但没有打我。我父亲很善良,因为他上了年纪。老人年纪愈大,脾气愈好,愈能宽容人,因为他饱经沧桑,总结了教训。要想总结教训,唯一的方法就是变老。""阿莱克斯,别喝了。""少年时代也不幸福。比起童年时代来,少年时代挨的打也许要少些,这是因为你敢于反抗了。但从另一方面来说,大人们会给你施加其他压力,这比挨一棍子还要难受。他们会不停地对你说,你应该成为这样的人,或者说,你应该成为那样的人,其实你什么人都不想成为,因为你只想愉快地生活。为了成为这样那样的人,他们会把你送进学校,这给你带来了极大的不幸,因为在学校里,你不仅念书,还要谈恋爱。我十四岁就爱上了一位姑娘。她是我们班的,长着一头金发。她说我长得像詹姆斯·迪安①。我确实长得像他,嘴像,眼睛像,头发像,身材像。但当她说我像詹姆斯·迪安时,我并没有搭理她,因为我不想穿着短裤和她约会。可是他们一直没有给我穿长裤。最后,我只好穿着乔治的长裤带她去划船,吻了她。第二天,学校就把我开除了。我不记得是为了什么,但我记得我很痛苦,因为我进了另一所学校,再也见不到她了。后来我得知,她死了,死在汽车里,和詹姆斯·迪安一样。少年时代要受多少苦呀!我想,老年人虽然离死不远,但受的苦要少得多。因为对老人来说,死亡是一件正常的事情。难道我说得不对?我不知道我是不是错了。要知道我是不是错了,我就得变成一个老头,但我又绝不会变成一个老头。""阿莱克斯,不要喝了。"你喝完了第三瓶,又要了第四瓶。"但最不幸的时光应该是青年时期。因为青年时期你已开始懂事,你会发现,人是一文不值的。他们对真理、自由、正义不感兴趣。这些东西会让他们感到不舒服。让他们感到更舒服的东西是谎言、奴役和不公。他们情愿让自己变成猪。我一进入政治,就明白了这些道理。为了明白人是一文不值的东西,他们喜欢的是骗子、流氓和恶龙,你又必须进入政治。一个人投入政治的时候,总是满怀希望和美好的理想,总以为政治是一种责任,是一种让人变好的方式。但后来他却发现,一切都相反,政治比世界上任何东西都更具腐蚀性,它比其他东西更能使人变坏。我二十岁时,有一天,我去拜访一位我最钦佩的政治家。他是个伟大的社会党人,据说,只有他的手是干净的。我去是为了告诉他,他的同志的一些丑闻,我以为他不知道。可是恰恰相反,他了如指掌。他笑着对我说:'小伙子,你以为可以用理想来搞政治吗?'他接着说,我到他这儿来是找错了地方。那天我哭了,把自己灌得烂醉,痛哭了一场。以前,我从未喝醉过,我不喜欢喝酒。我喜欢喝橘子汁。就是现在,我也更喜欢喝橘子汁。我是在二十岁的时候学会喝酒,并把自己灌醉的。因为喝醉之后,哭起来要痛快些,同时也更容易接受人一文不值这一事实。愈了解他们,就愈难喜欢上他们。我只爱儿童和老人。

---

① 詹姆斯·迪安(James Dean, 1913—1955):美国著名电影演员,原名詹姆斯·拜伦,死于赛车。

我喜欢孩子，也喜欢老人。我愿意只为孩子和老人搞政治，因为政客们完全不把他们放在心上，因为孩子和老人不去参加投票。我已经当过孩子了，真希望成为老人，一个精神矍铄的老头，长满白胡子，经常咳咳咔咔。当初他们要枪毙我的时候，我感到非常遗憾：成不了老人了。因为变老并不会令人心烦。成为老人是一件愉快的事情。这是毫无疑问的，所有的人都会成为老人，满足变老的好奇心。伙计，再来一瓶。""阿莱克斯，别喝了。"你仍然镇静自如地喝着，看样子快喝到醉酒的第三阶段了。你的眼睛闪闪发光，嘴唇涨得通红，声音也变得沙哑了起来。但你的头脑却仍然清醒。"阿莱克斯，别喝了，求求你，我们回去吧。""不，我还想喝。""该离开了。瞧，人都走光了。""可是，我还得跟你讲，成年时光也是不幸的，为什么人的一生都是不幸的。""明天再跟我讲吧，明天。""不，现在就讲。我们到另一个地方去。""已经很晚了，阿莱克斯，很晚了。""想要多活一点时间的人，从来都不觉得晚。哪怕生活得很不幸福，也心甘情愿。"

为了多活一点时间，哪怕生活得很不幸福，你也心甘情愿。有一个地方你很爱去：米开朗琪罗广场上的一个小酒吧。你在佛罗伦萨流亡期间，我们晚饭后经常去那里。我们去那里，是为了在广场上待一会儿。这个广场地势很高，可以俯瞰整个城市。夜晚时分，这里的景色令人心旷神怡。河水宛如一条弯曲的光带，路灯映在水面上，一盏路灯就是一颗闪闪发光的金星或银星。河上的桥梁恍若彩虹，红瓦屋顶像一块块地毯，铺在沿河两岸。钟楼、塔顶拔地而起。被聚光灯照得通明的教堂穹窿，矗立在乌黑的天空中。你一到这里就流连忘返，兴高采烈地欣赏夜景。你说，天空把星星撒在大地上，天神把"美丽女神"赐给人类。人们可以尽情欣赏，不必昂着头，拧着脖子。但这一次，你却连看都没有看一眼，立刻把我拉进那家小酒吧。"来两杯茴香酒，大杯，加倍的。不，来四大杯，加倍的。""是，先生。"侍者用一种嘲讽的殷勤摆好了四杯酒，杯子特别大，装得满满的。你一口气喝了两杯。邻桌有人在偷偷嘲笑。一滴眼泪突然从你眼睛里滚了出来，顺着鼻子流下，浸湿了你的唇须。"别哭，阿莱克斯，你为什么哭了呢？""因为我做的每一件事都是错的。我相信人，但我全错了。我原以为，人是看重真理、自由、正义的。但我全错了。我原以为，人是明白道理的。但我全错了。如果人民不明白道理，如果人民不关心那些，受苦、奋斗还有什么用？我一切都错了。""别说了，阿莱克斯，你别再说了！""我不应该离开我的囚室。他们把我从囚室里放出来的那一刻，我就应该回到那里。再次回去，再次。这样，他们才能理解我。当我过去被关在牢房里的时候，他们是理解我的。如果我现在被关在牢里，他们也能理解我。出狱后，他们就不能理解，除非你死去。所以，为了让他们能理解我，我现在就应该去死。""住嘴，阿莱克斯，住嘴！""一个葬礼，需要一个隆重的葬礼！他们会从乡村，从海岛赶来，把整个大街塞得满满的，会像乌鸦一样站满屋顶。这样，他们就能理解了。你说呢？你不爱我，也不理解我。为了能够被理解，有时，你就必须去死。为了能够被爱，你就必须死去。""别说了，阿莱克斯，你在胡说些什么啊？住嘴！他们正看着你，正听着你讲呢。"他们确实在看着你，也确实在听你讲，从邻桌传来了一些嘀咕声："醉了，他喝醉了。""这有什么关系？要是明天有几个白痴对别人说他们看见我在酒吧里哭，你以为我会对他们感兴趣吗？他们知道我为什么哭、为什么喝酒吗？他们的汽车太多了。你知道他们的汽车是用来干什么的吗？带他们去看足球赛。你知道这群白痴在我葬礼那天会去干什么吗？他们会去看足球赛。他们会在两个进球之间说：猜猜，谁死了？足球赛结束后，他们也许会去参加一个政治集会，由某个豺狼之类的人物组织的政治集会。这个人物不需要战斗，不需要受苦就能轻而易举达到他的目标。他们会热情地为他鼓掌。对他们来说，即使死也不起任何作用。他们只懂足球赛和汽车。我仇视他们和他们的汽车。现在我要在他们的汽车上撒泡尿。"你摇摇晃晃地站起来，往桌子上扔了一张钞票，付了酒钱，然后向门外走去，直奔停在广场上的汽车。我试图拉住你，你挣脱我，来到汽车面前。接着，你不慌不忙解开裤子，不慌不忙掏出你那个东西。你握住它就像握的是一根旗杆，不紧不慢、镇静自如地把尿撒在车门、发动机前盖和车窗上。我往后拉你，求你不要这样。但我愈拉，愈求，你愈是要坚持这么干。尿流像涓涓泉水，仿佛你的膀胱是个永不枯竭的泉眼。你撒出的每一滴尿，好像都是在排解你内心压抑已久的那种痛苦；每一滴尿，好像都是在消除你积郁已深的那种困扰。你一边撒尿，一边高声朗诵着你写的一首诗。这首诗描写的是那些从不反抗、从不惹祸、从不冒险的家伙。

　　你们，行尸走肉

活着就是对生命的亵渎

扼杀你们思想的凶手

披着人皮的玩偶

你们，连牲口都不如

冒犯上帝的意愿

用恐惧作引导

以无知作借口

你们，忘记了过去

用混浊的眼睛看今天

对未来毫无兴趣

只为活着而活着

你们，只有会鼓掌的双手

总是鼓掌，只会鼓掌

昨天鼓掌，明天还是鼓掌

鼓得比谁都更响

你们，听着

暴君的奴仆

我憎恨暴君

也厌恶你们

还有你们那该死的汽车

  邻桌的那几个人走到酒吧门口，开始胆怯，继而不安，惊讶地看着这一幕。这一切，你用眼角的余光会看得清清楚楚。你心里明白，要是有一个人打头阵，其他人就会跟随而至，怒气冲冲地把你揍一顿。但那帮人只是一味地犹豫，这更增加了你对他们的蔑视。你把头高高昂起，从从容容地把那首诗朗诵完毕。膀胱里的尿已排完了，你把那东西放回去，系好裤子，转身往回走。这时，正好驶来一辆出租车。我叫住它，一把把你推进去："赶快，开车！"与此同时，我们听见了愤怒的喊叫："站住！抓住他！"司机明白，应该救你，于是他加快了速度，几分钟后就把车开到了林中寓所。因为发现你就像个布娃娃似的摇来晃去，他甚至主动把车开到台阶上。"你需要我帮忙吗？别客气，我一向乐于帮助往那帮恶棍车上撒尿的人。"但我对他说："不用了，谢谢。"我一个人把你拖到了三楼，每爬一节楼梯就像登一座山。我把你放到床上，你陷在被窝里，高兴地说："我把那些车洗干净了吧？我给它们施了洗礼了，以圣父、圣子和圣灵的名义。"但这离醉酒的第三阶段——完全遗忘——还差得远呢。你打着嗝，大笑不止，嘟嘟囔囔地说着前言不搭后语的胡话，诅咒那些杀人不见血的刽子手的帮凶。接着，你又埋怨我现在不懂得怎样爱你，以前也不懂得怎么爱你，因为我爱的不是真正的你，而是我想象中的你。为了让我知道你就是你，而不是我想象中的你，你必须死去。只有当你死了以后，我才会全心全意地爱你。"滚开。我不想让你在这儿，滚开。滚，我说过了，滚！"最后，我也火了。看见你这种状况，我真的很伤心，甚至要和你睡在同一张床上的念头都令我无法忍受。当你开始打呼噜的时候，我真离开了。第二天早晨，当我回来的时候，发现整个屋子一片狼藉。

* * *

仿佛一阵旋风破窗而入，把东西吹得七零八落。一切都翻了个儿，好似一棵棵连根拔除的树。屋里的东西不是撕碎了，就是打破了。珍贵的蒂芙尼式吊灯被打碎，写字桌被掀翻，四脚朝天，摇椅被推倒，椅子也一样。一幅画从墙上掉下来，另一幅歪歪斜斜地挂着，晃来晃去。装着文件的那个粉红色文件夹扔得满地都是。你躺在地上，一动不动。旁边是电话机，话筒被撂在一边。你大概搏斗了一阵，他们已把你杀死了吗？我以为你遭到暗算，怔怔地看着你，直到你睁开那只和善的眼睛，嘴唇张开："对不起，那只灯是自己掉下来的。"我无言以对。即使我想说话，想问究竟发生了什么，为什么，我也做不到：我欲哭无泪，欲言不能，一种想压抑，不让自己哭出来的欲望让我喉头哽塞，酸硬。我一边强忍住不哭，一边把电话、椅子、摇椅放回原处，开始捡起蒂芙尼式吊灯的玻璃碎片。这盏灯是那样精致，色调那样协调，真不愧为艺术的杰作。我把碎片扔进垃圾桶。你一直躺在地上，一动不动，用那只和善的眼睛看着我的一举一动。当我捡起那个粉红色的文件夹时，你一下子突然来了兴致。你站起来，脸色苍白，面孔浮肿，衣服皱巴巴的，沾满了呕吐出来的食物。这一切都说明你的疯狂已达到一种什么样的程度。你对我说:"你跑到哪里去了?""旅馆里。是你让我滚的,你喝醉了。""这样更好。不然的话,打过那个电话之后,我可能会伤到你。""什么电话?""我给雅典挂了电话。《新闻报》打算推迟发表那些文件。他们说推迟了。""推迟到什么时候?""永无止境。除非我回去。我必须离开。""我以为你想一直远离希腊呢。""我确实想这样,但没有办法。""我和你一起离开。""不,我需要你留在这儿。""留在这儿?""是的,要是我出了什么事,你可以把这些文件好好利用一下。""我还不知道文件里说的是什么呢。"你把仍四脚朝天的写字桌扶起来,说道:"很快你就会知道。"

* * *

你坐在粉红色文件夹的前面,终于告诉我里面装的是什么。此刻,你看起来不动声色,显得非常理智。你的脸刮得干干净净,头发梳得整整齐齐,洗了一个舒服的澡后,全身也放松了,一身干净的衣服,看上去就像是个准备给学生上课的教授,也许像个准备去给自己立遗嘱的公证人吧?你的眼角里流露出一种痛苦轻蔑的意味,但当你说"它们就在这儿"的时候,声音却显得铿锵有力。这些该死的文件,让我们好几个月的时间不得安宁,也把其他背信弃义、愚蠢之人——但也还算是人——的生活折腾得够呛。它们是些什么内容呢?还是关于那颗巨石的事情,巨石从山顶滚下来,仅仅为了再次回到山顶——巨石还是巨石,只是比以前的巨石更坚硬罢了。还是关于政权的事情,政权是永恒的,它不会死亡。有时看起来倒了,其实它没有倒;有时看起来变了,其实它没有变:倒的只是它的代表,变的只是它的代言人,以及压迫的数量、压迫的性质。过去是这样,将来也会如此。人类的历史是围绕着政权上演的一出没完没了的讽刺剧,一些政权被推翻了,但后继的政权仍和以前的政权一模一样。在任何时代,任何国家都已得到证明,或将会得到证明。这些文件或多或少都有些相像,只是日期、名字、文字不同而已。是的,如果假设一种健康、强大的民主制确实存在的话,那即使在健康、强大的民主制度下也是如此。每一种民主制度都是脆弱的,病态的,因为它是民主制度,因为它只是一种邪恶相对较少的制度。是的,即使在那些发生过革命的国家也是如此,因为每一个革命后建立的政权都包含有被它推翻的旧政权的萌芽。随着时间的推移,必将会证明,其实它和被它推翻的那个政权是一样的。每一次革命都会产生一个帝国,或让一个帝国再生。请看看法国革命,就是一个例子。它用它的谎言——自由、平等、博爱来毒害全世界。引起了血流成河,幻想破灭,造成了暴行与鬼魅的海洋。但结果又如何呢?出现了拿破仑和他的帝国,仍然是和以前一样的特权,只不过比以前的特权更加完善而已,仍然是用新的滥用权力来代替旧的滥用权力,只不过用根据逻辑原则制定的法律来予以了确认。请看看俄国革命,又是一服新的毒药,又是一次血流成河,幻想破灭,又是一片暴行与鬼魅的海洋。但结果又如何呢?产生的是一个和被推翻的老沙皇俄国一样的小沙皇帝国。仍然是和以前一样的特权,只不过更加完善罢了;仍然是和过去一样的滥用权力,只不过打上了按照所谓的科学标准建立起来的理论的标记。要是你不服从,他们就用伪哲学、伪数学、伪医学的标准,让一个心理学家来宣布,你是个神经病。他们不仅用监狱、行刑队来摧毁你的肉体,而且用意识形态的迷魂药来摧毁你的头脑。再来看看美国,美国是由一群寻求自由和幸福的不幸的人创建的。这群人反抗英国,因为他们不想让这片土地成为英国的殖民地。结果又怎样呢?它利用了奴隶制,把人像牛肉一样按斤出卖。把别的寻求自由和幸福的不幸者消灭掉,最后把半个地球变成自己的殖民地。再看看欧洲那些曾经进行过抵抗运动的国家,它们如今仍然生活在产生法西斯主义和纳粹主义的制度中:同样的领袖人物,同样的警察暴力。如果说这些俯拾即是的证据还不足以说明问题的话,那读读那些部长们的秘密档案就应该一目了然。既然如此,那你为什么还要受苦受难?还要坚持斗争?还要冒被山顶刮来的飓风抛下深壑、葬身鱼腹的危险呢?原因在于,如果你是一个男人,一个女人,一个人,而不是羊群中的一只绵羊,那这就是你生活的唯一方式。啊,我的上帝!如果一个男人是一个男子汉,而不是羊群中的一只绵羊,那你就有一种要去搏斗的求生本能,即使他知道搏斗是徒劳的,即使他明白他将以失败告终,也在所不惜。堂吉诃德在与风车搏斗的时候,是不在乎他的孤独的,相反,他为这种孤独感到骄傲。他这样做是为了自己,还是为了人类,是相信人民,还是不相信人民,他的牺牲会产生效果,还是不产生效果,这都无关紧要,重要的是,只要他在斗争,那么,一直到他的肉体死亡为止,实际上他就是人民,就是人类。也许他的牺牲会产生一种效果,这种效果就存在于他脱离羊群,拒绝成为羊群的一员,把羊群打乱了一小时或一天这样一个事实。有时，必须有一个男人，或一个女人，离开羊群，在羊群中制造一点混乱，这样才能打乱统治者给羊群制定的既定步伐。你说过，我必须牢记这一点，我应该好好地利用这些可怜的文件，这些文件重复着一个开天辟地就有的、放之四海而皆准的法则。我不应该把它们交给这个街垒或那个街垒后面的人，不应该交给企业老总、假革命的伪造者、机会主义者，也即那些混蛋的革命者。我应该把它们交给孤身奋战、不受框框和教条的束缚、不受神学理论的限制、不滥用暴力、身无分文的人们。他们应该接受你这段时间在一个小国寻找并发现的小小的真理，这个小国除了几个散落在蓝海之中的岛屿，几则过时的传说，一种被人遗忘的智慧，无数入土的死者，已经显得无足轻重，再也引不起人们的兴趣。"阿莱克斯，你为什么要跟我说这些？""因为……让我们开始吧。"

你挑选了1968年1月5日写的一封信。"这个证据我向阿维罗夫要了好几个月，他总是拒绝我。它能证明他们利用乔治和以色列人做了笔交易，以换取几个如何暗杀其他人的建议。这件事与国防部部长无关，如果说和他有那么一点关系的话，也仅仅是因为他想保护军政府中的一些军官，让他们待在关键部门，继续为非作歹。此外，他保护了一个在1968年还没有和希腊建立外交关系的政府，但这个政府仍然把乔治出卖给了军政府，索价三十块银币。嗨，这就是所谓国际政治的平衡政策。从这种意义上说，这封信价值连城。"接着，你把信译了出来。"致陆军总参谋部。急件。绝密。奉总统兼国防部部长帕帕多普洛斯的命令，由五十六名军官组成的顾问团将于1月13日乘专机飞往特拉维夫。他们将充当以色列反巴勒斯坦特别行动队的顾问。这些军官接受过从事破坏活动的专门训练，熟悉我军在1946年至1949年战争期间积累起来的宝贵经验。他们将会利用以色列人在这类战斗中的经验，并就他们的行动提供详细的报告。这支小分队的指挥官安特诺·姆皮查金上校已接到所有必要的指示：希腊军官在以色列军中逗留期间，必须对这次使命和承担的任务保守秘密。为了避免阿拉伯国家、共产党国家和世界舆论的抗议，所有工作业已采取了最严格的保密措施。总统兼国防部长帕帕多普洛斯还命令安特诺·姆皮查金上校，在适当的时候向卓有成效的以色列特务机关传达希腊政府的热忱谢意，他们在乔治·帕纳古里斯中尉事件中提供了密切合作。总统委托他再次向以色列方面保证，类似的合作还将在两国互利的基础上加强。签名：希腊中央情报局副局长 F. 罗弗加里斯。"

你把这封信给了我，手在微微颤抖。然后又去找另外的文件。"这些和阿维罗夫有关。这些文件表明，阿维罗夫在与上校们勾结策划篡夺国家政权之前就是个混蛋。事实上，他在 20 世纪 40 年代并不是反法西斯战士。这就是一个名叫齐克·尼克萨斯的人在 1944 年 8 月 29 日写的揭发材料，上面有他的印章与签名。从这个材料中可以看出，现任国防部长 1944 年曾参加过臭名昭著的罗马尼亚军团，并开始与意大利占领军合作。这是一个名叫艾利亚斯·斯基里亚科斯的人在 1944 年 9 月 23 日写的揭发材料。这个材料说明，在同一时期，阿维罗夫帮助过侵略者，企图与意大利领事朱利奥·维亚纳里以及当时的希腊总理扎拉科鲁组建一个'希意联盟'。他甚至在艾奥尼纳他的辖区内，搜集枪支，交给意大利占领军，用以镇压抵抗运动。另外，许多控告信和揭发材料可以证明，他年轻时干过不少伤天害理的事情，这也就揭穿了他自称的所谓反法西斯历史的谎言。后来他被捕了，被送进意大利的费拉蒙特战俘营。在那里他很快成了座上客：吃的不是一般的号饭，而是山鸡、火鸡，还给他配了舒适的单人囚室，他可以坐上监狱长的汽车自由出入，想见谁就见谁。你知道这是为什么吗？因为他在当奸细。他们向他要俘房中的共产党员名单，他如实提供。他们问他俘房中哪些人是危险分子，他一一说出。后来，他们把他从费拉蒙特转移到阿雷佐。这次连战俘营都没有进，而是住进了高级旅馆。他真是一个特殊的犯人，没有任何犯人能从希腊每月收到一百里拉以上的钱，而他却可以每次收到一千里拉，并且每月不止一次。谁也不能用少于三百或四百的希腊德拉克马兑换一个意大利里拉，但他却可以用八个德拉克马兑换一个意大利里拉。他为意大利人效力，作为回报，他们委托他和瑞士使馆和国际红十字会联系。这样，分配包裹与钱的事就由他管了。谁与他合作，他就给谁好处。最后，他到了罗马，在威尼斯广场附近租了一套房子，与一个来自萨莫斯的名叫尼古拉雷佐斯的律师同住。尼古拉雷佐斯是意大利当局安插在希腊谍报系统里的心腹。他和尼古拉雷佐斯一起使三百名战俘没能回到希腊，因为其中有一百一十名属于'不自由毋宁死'行动小组的爱国者。自然，立法机构把这些材料都归了档，因为'法律面前人人平等'嘛。但目光远大的哈慈齐科斯在宪兵司令部发现了这些材料后，把它们专门保管起来。在进行讹诈时一切都是有用的，包括那些越轨的行为。就像我说过的,这些都仍然是越轨行为,是可以宽恕的罪过。有分量的东西还在后头呢,从1973年关于他被捕的文件开始。当时海军叛乱已经失败,当哈慈齐科斯得知阿维罗夫参与了此次叛乱后,就把他从监狱中提出来,带到了宪兵司令部。在这里用不着威胁他,因为这位未来的国防部长很快主动提供了宪兵司令部想要的东西,揭发了宪兵司令部没有掌握的那些人的姓名、住址、接头日期、各人的责任,以及抵抗运动在克里特岛、拉里萨和伊庇鲁斯组织的情况。这些材料包含在他亲手写的两份自白书上,就是这两份。"

你给我翻译了第二份自白书的开头部分:"我被捕那天,身体不舒服,这一点,宪兵司令部的首脑可以证实。那天我在他的办公室昏过去了,他们送我去进行抢救。由于他的照顾,我的情况有所好转。尽管如此,我的健康状况仍然不稳定。当司令先生向我提问,指控我犯罪,敦促我如实交代时,我的脑袋昏沉沉的。换句话说,我没有理解他那些还涉及这一事件政治方面的询问,这方面负有责任的不仅是那些和我有联系的人,还有海军的许多军官。我根据之前用荣誉担保做出的诺言,一口咬定对司令先生所讲的那些事情一无所知。不过今天我觉得身体好多了,多亏了司令先生的好意,给我弄来了不少药,还应感谢他的照顾,允许我到户外散步。因此我认为没有必要恪守我用荣誉担保做出的诺言了。其他人已经招供了,并且提供了细节。所以我承认,我并非出于恶意,而是因为我们谈话的时间太短,我才没有详细说出所有的细节。现在,我愿意说出所有的细节。我相信,这是我作为参与者对国家应尽的义务。我收回本月7日写的自白书,以便说清我所了解情况的全部真相。"你随意拿了一页,翻译了其中的一段:"我问他,如果行动失败打算怎么办?他回答说,他们将乘舰艇逃往国外,然后把舰艇留在那儿。没有参与叛乱的军舰可以归还给希腊,其他的船只则由外国予以保护。我向他指出,在这种情况下,最明智的选择是去塞浦路斯。我通知过他们,莱奥尼达·帕帕戈斯刚从意大利回来,他在那里觐见了国王,国王对这件事提出了自己保留的看法。过了一段时间后,我们又见了一次面。到了5月中旬,我决定与他再次碰头。我派福法斯先生去帕帕多戈纳斯的家里,确定了5月21日上午在马拉松湖见面。我会见帕帕多戈纳斯的原因之一是康斯坦丁·卡拉曼利斯给我写了两封信,他告诉我,他们跟他谈了那件事。他认为如果不是非干不可,最好还是放弃的好。另外的原因是,帕帕多戈纳斯向我透露了可能举行叛乱的日期,其中一个日期马上就要到了,我担心会犯下一个严重的政治策略方面的错误,也担心秘密会泄露出去。实际上,从实业家克里斯托夫·斯特拉特夫的某些话里,我看得出来,他已经知道了一切。帕帕多戈纳斯向我证实了这一点。他说他见过斯特拉特夫,这个人曾表示愿意向参加起义的下级军官家属提供少量的经济援助。斯特拉特夫甚至知道举行叛乱的日期:5月22日到23日夜间。但命令已经下达,预备行动已经开始,显然,要阻止是来不及了。"

"你拿着。"你把装有两份自白书的包递给我,同时又给了我一封信说:"把这也放进去。"这是一封手写的信,日期是1973年7月26日,信是写给尊贵的宪兵司令部哈慈齐科斯上校的。信的署名是:最尊敬您的阿维罗夫。他在信中感谢哈慈齐科斯给他寄来七份法西斯报纸《红炉报》的好意。我伸手接过来,一碰到它,就使我想起了那天见到他时内心的那种忐忑不安。当时,这条龙的眼睛久久地盯着我,那是一个残酷的时刻,他伸出蚌壳似的手紧紧地把我的手钳住。我不由自主打了一个冷战,因为尽管他的手比一个姑娘的手还要柔软,但一接触,它给人的感觉却是恐怖的。这就像荨麻叶看上去是柔软的,你心头也这么想,但你一触到它,就会刺得你生疼,这和你摸到他手的感觉是一样的。但令我忐忑不安的并不是因为碰到他的手,也不是因为听到他那尖厉的像是在刮金属器皿的声音,甚至不是因为看到了他那双眼睛里射出的令人捉摸不定的诡谲目光,那双眼睛又圆又黑,像是在油里翻滚的橄榄似的,而是因为他提到了"桥梁政策"。此刻,你意识到了我在想什么。"是的,我们就要谈到桥梁政策了,很快就要涉及这个话题。我们马上就能证明,我在议会里就预备役军官问题抨击他并没有错。当时我说他让具有民主倾向的军官退役是因为他和帕帕多普洛斯与约安尼迪斯一样,都把这些军官看成他们的眼中钉。你看这个。"你给我拿出两张印有抬头的公文笺。左上方赫然印着阿维罗夫的名字。信是用打字机打的,后面还有一份他亲笔写的附件。然后,你给我做了翻译:"雅典。1974年1月21日。致共和国总统费多·吉齐基斯将军。尊敬的总统先生,我荣幸地随函给您寄上一份附件。我没有在上面签名,用的是第三人称,因为我猜想你可能想让别人也看一看,又不想告诉他们是谁提交的。但我并不想否认附件是我写的,您可以清楚地看到,这页纸上写着我的名字。随函寄上的附件是个提纲性的东西,第一部分只说了个概要,不过关键的内容已在里面了。它没有面面俱到,没有做全面的分析。这样做是为了避免给人一种我对目前政府所做的一切有先见之明的印象。在此,我想强调几点:一、政府解除了许多预备役军官担任的高级行政职务,是完全正确的,在很多方面也是合情合理的。二、政府以非正统的方式,但却可能是最好的方式来应对了我们可尊敬的教会所引起的戏剧性事件。我坚信这种尝试一定会产生很好的结果。三、我赞同重建地方官员任命委员会。四、根据客观情况,无一例外地打击滥用职权的做法是有益的。我想借此机会请求尊敬的总统先生接受我由衷的敬意。您的阿维罗夫。"下面是1974年2月1日写的附言:"我本想找一个我们共同的熟人,请他把这封信和随信的附件交给您。但一直没有找到,所以只好由本人送到您家里来。我也可能通过邮局再给您寄份抄件。鉴于我寄信时所处的条件,希望您收信后请副官通知我一声,我将不胜感激。"附言下面是三条附注,显然是别人,或吉齐基斯的副官写在通过邮局寄出的抄件上的:"在普兰凯迪亚斯街五十一号至五十三号大楼担任警卫任务的上士拒绝接收此信。这封信是第二天,1974年2月2日九点三十分由福法斯先生在斯蒂西科鲁街十七号交给共和国总统秘书斯皮罗普洛斯先生的。""1974年2月4日,星期一,八点三十分。布拉瓦科斯打来电话,通知阿塔纳萨科斯的办公室说,总统先生已经收到了信件。"最后那条附注是:"共和国总统府的布拉瓦科斯先生给办公室打来电话,证实总统确实已收到了信。"

"你拿着。"你把这封写给吉齐基斯的信也交给了我,得意的微笑让你的唇须颤动了几下。"嘿!阿维罗夫到底还是个天才,一个乡巴佬天才,但毕竟是个天才。如果他不是出生在一个无足轻重的小国家,而是出生在苏联、美国或中国,那他现在就有可能决定第三次世界大战是否应该爆发。如果他出生在一个比较重要、比较富裕的国家,那他就有可能让自己的名字载入史册。可怜的阿维罗夫,他的命真不好,偏偏出生在20世纪的希腊。但不管怎么说,阿维罗夫还是个天才,尽管是个乡巴佬天才,但毕竟是个天才。你看这儿。"你手里晃动着那八页写得密密麻麻的附件,"这是个小小的杰作。一开始,只是泛泛地提了提自由主义的理想,对政府所做的冒险进行了不痛不痒的批评。接着是一段献媚之词,说什么1973年11月25日和26日,也就是工业学院发生了惨案，约安尼迪斯剥夺了帕帕多普洛斯权力之后的那段日子，全国上下一片欢腾，人们对未来非常乐观，对控制希腊局势的武装力量深表支持。然后，从献媚转入对形势的分析。你仔细听着。因为他极善言辞，简直邪恶至极，把自己说成是祖国的拯救者和肩负使命之人。"你翻开第二页，翻译道："目前掌握军权的全是些正直的人，我对此坚信不疑。但是这于事无补，人们仍然会认为，这是一个建立在军队基础上的寡头政治，其统治将无限地延续下去。因此人们一看见穿军装的人，就会对他们产生不舒服的感觉。以前穿军装的人觉得很骄傲，但今天在大庭广众之中他们就必须谨小慎微。这是令人担忧的，同时也孕育着危险，总统先生。这样下去的话，只要有人反对当局，年轻人就会起而跟随。我们十分遗憾地知道，那些反对当局的人，很少有思想健康的。最近几个月来，希腊共产党变得活跃起来了，那些易受影响的、试图采取暴力的年轻人再次被那种自相矛盾、破坏性极大的无政府主义思想所吸引。他们往左边倒，接受无政府主义中最危险的形式，而无政府主义对以后将领导国家的年轻人来说，无疑是十分有害的。希腊共产主义在国外的力量也非常强大，比任何时候都要强大。据国外的可靠消息说，意大利共产党在德国建立了两个劳工联盟，一个设在科隆，一个在斯图加特。另外，在德国还有两个力量雄厚、相互配合的希腊共产党小组：埃沙克小组和埃斯凯依小组。去年在斯德哥尔摩的预备会议上，各国流亡者聚集在一起，决定1974年3月在哥本哈根召开大会。在预备会上，好斗性最强的就是希腊代表……"你在这里中断了翻译，接着说："下面是对经济形式不着边际的分析，然后好戏就开场了。阿维罗夫为了解决上校们制造的麻烦向吉齐基斯建议的一切，在1974年7月间就全部实现了。而当时所有的人都以为军政府垮台了呢。换句话说，这些文件提供了证明，证明军政府是按照阿维罗夫的意见，用阿维罗夫希望的方式让位的。表面上，他们已把国家权力交给了政治家们，实际上，他们还通过他拥有这种权力，因为他当时已就任国防部长，很快就会成为旧政权的继承人，或至少是旧政权利益的代言人。我讲清楚了吗？我的意思是说，在1974年1月，政权不知道该拿上校们怎么办，他们需要换人马，例如，换上形式上的民主制，但关键部位还是让最反动的右派来掌权。要做到这一点，就必须让卡拉曼利斯回来。当时武装部队已经把民主派军官清洗干净了，军权实际上掌握在阿维罗夫手中，卡拉曼利斯就是由他挑选出来的，是强加给国家的。因此，我以前的看法是错的，我还以为，阿维罗夫只是在最后一分钟欺骗了卡内罗普洛斯和马夫罗斯后，才胜券在握的。他对他们说：'待会儿见，我去解个手。'他确实去解了手，也确实欺骗了他们。但7月23日发生的事情是几个月前早就决定了的。只有在一件事情上，阿维罗夫的如意算盘没有得逞，这就是所谓的党派连襟。这是君主政体曾经使用过的花招，1963年到1967年，君主政体为了让右派掌权曾经用过这一招。具体做法如下：每个政党都必须表明，它愿意与哪一个党连襟，也就是说，它必须声明它的意识形态与哪一个党接近。只有相互连襟的党才能进入联合政府。当然，没有一个党愿意与共产党连襟。于是左派的力量肢解了，就不得不和右派联合。没过多久，帕潘德里欧打破了僵局，建立了一个人民阵线，造成所有左派转而与中间派联合。右派则以帕帕多普洛斯的政变来予以回击。可是，话又说回来，尽管阿维罗夫在党派连襟的诡计上没有得逞，但他照样占了绝对上风。他明白卡拉曼利斯是可以信赖的，他知道卡拉曼利斯会认真执行他给吉齐基斯信中提出的所有计划。计划是这样的。"你又开始翻译起来。

"第一，由共和国总统选定一个可以信任的有才干的人，也就是说选定一个上了年纪的军官、政治家或技术专家。第二，共和国总统任命此人为新总理。新总理将在电视上发表讲话，宣布他的施政纲领，但不组建新政府。第三，施政纲领应遵循那些不容改变的原则路线，其他小的争议和变动将通过广泛交换意见来解决。原则路线包括以下各点：（1）新总理宣布，武装力量通过共和国总统委托他恢复民主法治；（2）新总理向武装部队表示敬意，并着重强调：武装力量来自人民，尊重人民，它的职责是永远保卫国内外的安全；（3）新总理宣布，他已做了周密考虑，暂不组建新的政府。""但我们必须看看绝密附件。"绝密附件的内容如下："（1）让事情泄露出去是不合适的，但我们必须在国防、公安两部的问题上取得一致意见，以便把这两个部交给那些受尊敬、有影响，并能获得共和国总统和总理信任的人。（2）一定不要信任这样的人，他们认为应该在军政府任命的地方当局控制下进行选举，因为在这种情况下，他们就能施加一种对军政府有利的精神压力。（3）在全国大选前，应避免进行地方选举。必须避免这样做，否则将很危险。原因很多，但主要是因为在一些地方可能会产生将来在普选中对左派有利的地方议会。

(4）要使国内外舆论相信，新政权进行的选举是正大光明的。（请参见正文）只有这样，才能避免那些从事颠覆活动的人被提名为候选人。（5）选举法应该在条款中明确指出，任何一个政党都有义务向最高法院呈交一份声明，阐明该党的基本原则及与哪个党连襟；只有对方党确认了两党的基本原则相似时，该党才能被认为是对方的连襟党；没有与其他党连襟的政党不能进入政府，也不能支持政府；任何一个议员都不能从一个党转到另一个党，如果他要离开的党和他要进入的党没有任何关系的话。（6）希腊共产党取得合法地位的唯一条件是，不许那些到铁幕后面去的人重返希腊，并把他们看作是为了争权夺利让自己的同胞流血牺牲的罪人。（7）鉴于君主制是一个微妙的问题，这个问题可交由修宪代表大会进行审议。公民投票建立了共和制，然而当初那些为公民投票积极工作的人如今却认为公民投票是假的，对这个问题怎么处理呢？由于这个问题与本附件无关，我相信解决这个问题的最好办法是召开立宪大会。不过，关于这一点需要另行说明。"

"你拿着。"你把附件和其他文件放在一起，由于愤怒，你的声音颤抖了起来："曾经有过一个说明材料。这出闹剧是按阿维罗夫写给吉齐基斯的剧本演下去的：国家权力表面上给了卡拉曼利斯，但实际上控制在阿维罗夫手中。现状几乎没有发生任何变化。他唯一失败的事是没有摆脱约安尼迪斯，以及大大小小的哈慈齐科斯、塞奥菲洛亚纳科斯之流，没有把他们送进监狱。因为在那份所谓的说明材料中，没有提到要对他们进行起诉。这成了他的致命弱点，正是这个原因，他在逮捕他们时才表现得犹豫不决。但他最终还是找到了解决问题的办法。他直接或间接一个个召见了他们，让他们逃到国外。对他们说，你们要么逃走，要么让我不得已把你们抓起来，对你们进行审判。大多数人拒绝逃走，有的是出于面子，有的是幻想通过卡扎菲分子发动政变，重新东山再起。另一些人倒是接受了他的建议。这个东西能够证明这一点。"你手里晃动着一封信，写信人是边防军官埃兹沃尼斯，收信人是卡拉曼利斯，信函编号2499，1974年12月6日发出，17日收到。信上说："总统先生，本人认为有必要向您报告一下事实：今年11月15日至20日期间，有一天早晨，护照检查站副站长约五点半来到办公室，这很不合常规，因为他平时九点上班。六点左右来了一辆大轿车。事先副站长并未提到有大轿车要来。我们看到，押车的是萨洛尼卡警察局外事办主任，当时穿着便衣。他不允许我们上车检查，甚至检查外币都不行。司机只是把护照递给了负责检查出境旅客的值班军官。不久，车就开走了，随即进入南斯拉夫境内。据可靠消息说，车内还有希腊中央情报局的前中尉米歇·库尔库拉克斯，他持的是假护照。总统先生，请相信这封信的真实性，并接受我的敬意。"你露出了一丝苦笑："这个库尔库拉克斯绝非等闲之辈。他是中央情报局在萨洛尼卡的代理人，身背两条人命：下令杀害了抵抗运动的成员查鲁卡斯和卡尔基迪斯。现在好像在巴伐利亚地区的慕尼黑，或是在德国的另一个城市，领导着一个1960年由奥托·斯科尔泽尼创建的法西斯组织。就是这个斯科尔泽尼曾在意大利中部的大石山解救了墨索里尼。这个组织名叫'蜘蛛'，希腊语叫'阿拉克尼'。他似乎经常会见安尼迪斯当政时期的公共教育部长帕拉约蒂斯·克里斯托斯和军政府的另一重要人物、阿维罗夫的朋友艾万盖洛斯·斯德拉卡斯。后者曾在阿维罗夫的故乡艾奥尼纳大学任教。我猜想，斯德拉卡斯也是乘坐那辆大轿车逃跑的。哼！利用大轿车真是个好主意！至于那个叫'蜘蛛'的组织，似乎在欧洲到处都有它的中心，德国、西班牙、英国、法国、意大利都有。只要得到希腊中央情报局那个军官答应过我们的那箱子文件，你就会听到更让人惊讶的消息。我敢说，要是阿维罗夫不被某人及时揭发，不在某些事情上及时暴露，那他肯定就是未来希腊的独裁者。他是个穿便服的独裁者，是个萨拉查①似的人物。是的，我确实应该把那箱子文件弄到手，如果他们多给我一点时间的话……"你冷笑了一下，晃了晃最后那一页。"这就是'光明之山②'。""什么'光明之山'？""'光明之山'就是巨钻中的巨钻，宝石中的宝石。这些东西让我几个星期没有闭上眼睛，甚至对阳光都感到厌恶。这就是他为军政府当奸细的证据。情报来自哈慈齐科斯的档案，他搜集受到宪兵司令部注意的所有人的情况和别人对他们的看法。"我看了一下那页纸，这次根本没有必要让你翻译，一看就能明白。左起第一栏写的是名字，每个名字前都有编号，第二栏是职业，第三栏是思想倾向，第四栏是评语。一共有七人，编号从十七到二十三。你给我念的是第二十三号："阿维罗夫，前议员，提倡在中央政府和前政治家之间进行密切合作，'桥梁政策'的支持者。曾与希腊中央情报局高官合作，受其领导，工作积极且富有成效。"

---

①萨拉查（Salazar，1889—1970）：葡萄牙独裁者。
②光明之山（koh-i-noor）：举世闻名的巨大钻石，点缀在英国女王的王冠上，产自印度。

* * *

  在那些知道自己即将死亡之人的脸上，我们总能发现一种神秘莫测的表情，他们的眼神和动作里总会有一种阴影存在。比如，这种阴影你可从那些从医院回到家中等待死亡的人身上看到，也可从那些奔赴战场并预料自己不能回来的士兵身上看到。人们很难在当时清楚地看到这种阴影，因为这种阴影与其说是被我们看到，还不如说是被我们感觉到，所以只有在他们死后，在我们的回忆中，它才会显得像是一张印得很好的照片那样清晰，只有在这时，我们才能突然明白它究竟是什么。那是一种对无法得到的未来的向往，是突然意识到自己的生命只有过去，而没有未来，而现在只是一种幻觉的心理状况。在你和林中寓所告别的那一天，你眼睛里流露出来的正是这种表情。行李已经装上出租车，准备开动。火车再过一会儿就要发车了，而你却把左手插在大衣口袋里，右手扶着叼在嘴里的烟斗，歪着头，在房间里不慌不忙地来回走动。你一声不吭，仔细地端详着屋里的每一样东西，似乎要把它们铭刻在心。你想记住它们，记住这一段生活，记住生命中的这一个瞬间。你原以为这个瞬间会永远延续下去。这张摇椅，这个烟灰缸，这幅画，你是再也看不到了。我着急地催促你："你在找什么？阿莱克斯。你想干什么？赶快，快走吧。要不就来不及了。"但你没有回答我，仿佛误了火车无关紧要，你有的是时间，浪费一点算不了什么，过不了多久，你就会有无穷无尽的时间了。你突然坐在床上，嘴角上挂着一种神秘、忧郁的微笑。一层阴影笼罩在你脸上，使你的微笑带上了苦涩，你那双浓眉变得更黑了。你拿下叼在嘴上的烟斗，摸了摸床上的枕头，喃喃地说："我们曾经在这儿待过，曾经在这儿一起生活过。""我们还会回来的，阿莱克斯。来，让我们走吧。""好，我们走吧。"但一个月以后，我才明白你用的是这样一种语气，就仿佛一个知道自己死期已近的病人，当别人对他说"你会好的，亲爱的，你会好的"时，他回答说："是的。"也仿佛一个奔赴战场、知道自己不能活着回来的士兵，当别人对他说"你会胜利回来，你会没事"时，他回答说："是的。"那天还另外发生了一些怪事，这样的怪事在以后的几天不断重复地发生，而且更加频繁。比如说，你说话支支吾吾，犹豫不决，而且一再推迟行期。在火车上你说："我要在二十四小时之内到达雅典，所以我们只能在罗马停留一夜，只有一夜,连行李我都不想打开。"但到了罗马,你把所有的行李都打开了,也不去订机票。"阿莱克斯,我们该去订机票了。""明天去。"可到了第二天你又说:"后天去。"到了后天你却又说:"不急,有的是时间。"你一再推迟行期,好像《新闻报》的事儿不存在似的。你为不收拾行李、不订机票找各种借口。第一个借口是从雅典来了一个朋友,是个裁缝,他想在意大利和希腊之间做一笔料子生意。第二个借口是接到邀请,要去卡普里参加一个八十岁老太太的生日,她是你一个崇拜者的母亲。第三个借口是去希腊使馆参加一个聚会,你从来没有去过使馆。第四个借口是会见一个答应出版你的书的出版商。显然,那个裁缝朋友和你并没有多大关系,八十岁老太太的生日和你关系更小,使馆的聚会可以说和你没一点关系,和出版商见面实际上没有任何意义,因为你已经放弃了写书的打算。但你还是去见了裁缝,探望了老太太,参加了聚会,会见了出版商。你再也不提必须回雅典,尽快发表那些文件的事。相反,你突然变得无忧无虑起来,实在让人不可思议。当初那种使你写到第二十三页时再也写不下去的焦虑与绝望情绪消失了,那种使你开怀狂饮、往汽车上撒尿的忧愤与积郁情绪不见了,那天上午你把有关龙的文件交给我,并给我念其中几页时的那种严肃神情无影无踪了。这些事好像从来不曾发生,仿佛未来充满了希望,可以不慌不忙、从从容容地尽情享受,那些意在揭露真相的文件不再迫切。在和出版商见面后,你显得异常兴奋。你说你改变主意了,要接着第二十三页往下写,准备在八月底之前写完一半手稿,年底完成整本书。"你知道我还要干什么吗?回到希腊我就向议会请假,在那里待两个星期。然后你来找我,我们乘'春天'牌汽车一起回来。"

我对此感到很高兴,同时也感到很生气。高兴是看到你摆脱了痛苦和悲哀,想当初你痛苦得差点毁掉了我们林中的那个寓所,情况是多么严重啊!现在终于能看到你安安静静地休息一段日子了,谢天谢地。另一方面,我认为你的问题并不像你说的那么严重。既然如此,你前段时间为什么要用自己的苦恼、大吵大闹的场面和给我念味同嚼蜡的档案的方式来折磨我呢?我在这两种感情中摇摆不定,有时拒绝陪你去参加那些荒唐的约会,有时又在消闲的时光中陪你作乐。我坚决认定,你之所以推迟雅典之行是因为你生存的本能突然压倒了挑战的热情。只是当你说"不能再往后拖了"时,我才意识到根本不是这么回事。事实上,在说这句话之前,你的情绪已经发生了变化,出现了一些奇怪的事情。记得有一次，我们正要穿过维内托路时，红灯亮了，我停下来，因为我很清楚，每次看到我闯红灯，你都会冒火。但这次你立即从后面猛地一下把我推到路中央："快走呀！你害怕什么？谁在亮红灯时不穿过马路，谁就不准备去死；谁不准备去死，谁也就不准备去活！"后来，你把我一个人抛在对面的人行道上，一个人自个儿走了。直到深夜你才回到旅馆。衣服撕破了，手擦破了皮，流着血，就仿佛和人行道上所有的树格斗过。但你打的不是树，而是给你提供妓女的可怜的妓院老板。你把他狠狠揍了一顿，警察立即赶来，打算逮捕你。"阿莱克斯，你又喝酒了吗？""没有，滴酒没沾。""那你为什么要揍他呢？""不知道。我发誓，不知道。我当时只想把他宰了，我想发泄一下心中的怒火。"说完后，你走进浴室，在里面至少待了一个小时。我没听见一点动静，心里犯嘀咕，一脚跨进去，想看看你是不是不舒服。我发现你泡在浴缸里，双目紧闭，双手交叉放在胸前，这是尸体放在棺材里的姿势。"我的上帝啊！你在干什么呢？""我在体验，在预演。你知道，死亡并不总是一件坏事，毕竟，死亡是疲惫之人的朋友，同时也是爱情的伟大盟友。如果没有死亡介入，世界上的爱情不会长久。如果我活得很久，你肯定到头来会厌恶我。但要是我很快离开人世，你就会永远爱我。"

我们一起度过的最后一天到来了。之后，我用了好几个月，甚至好几年的时间来回忆那一天的每一个细节，每一个瞬间。这样做，似乎会从我失去的东西中取回一鳞半爪似的。但我没有成功，甚至像一个从梦中惊醒而对梦失去记忆的人一样，只能感到一种无助、无奈和惆怅。这是一个很重要的梦，然而我们却无从记起。就像一块落下的布帘，遮掩了无数细节，好似一张蒙在脸上的黑纱，盖住了所有的音容笑貌，撕也撕不开，揭也揭不掉。你想去捕捉过去的声音，已逝的表情，到头来准是徒劳一场——正当你觉得抓住它的时候，事实上它已经不见了，留给你的只能是惝惶。梦，确实消失了，我们一起度过的最后一天，也是如此。在我潜意识的深井里，应该有一部我们所做过和说过的内容的电影，但遗忘却像一块沉重的大理石板一样封住了这个井口。里面是一片黑暗，从黎明到黄昏全都是黑暗，但我对最后一夜的记忆却异常清晰，就像夜空中的烟火一般明亮。你用美妙的音乐般的声音讲述宇宙黑洞吞噬群星的故事。我们坐在一家你喜欢的餐馆里，餐馆位于罗马古城的一个小广场，餐馆不大，拱形屋顶，燃着柴火的壁炉吐出紫色的火焰，散发着热气。餐桌上点着蜡烛，蜡烛插在绿玻璃瓶里，熔化的蜡不断滴下，形成了美不可言的图案，宛如洁白晶莹的钟乳石。我们坐在角落里，前面有根柱子，一道栏杆把这个角落隔开，自成一个天地。融融烛光使你那张没有血色的脸变得更加苍白，额头看上去更高，两撇浓密的唇须显得更浓密。左边那撇唇须中已经出现了三根灰白的胡子，我从来没有见过这三根胡子，它们是什么时候变白的呢？你鬓角的白头发也比以前更多了。真奇怪，这些白头发是什么时候长出来的呢？我装作要去拔掉它们，你温柔地低下头，躲开了。这天晚上你显得很温存，目光非常柔和。"明天你真的要走吗？"我小声问道。"是的。""我想跟你一起走。""不行。你留在这里对我有用，我已经跟你说过了。况且，我们很快就会见面的，我们复活节再见吧。我把'春天'牌汽车开来，我们把它漆成别的颜色。必须换一种颜色。如果有人想对我使坏的话……"我心里突然感到一阵刺痛，不知道是由你这句话引起的呢，还是留在我脑海里那种汽车的恐怖形象引起的？真奇怪！从新年前夕到现在，我已经有三个月没有见到这辆车了，也没有向你问起过它：性能好吗？有什么毛病没有？你还喜欢它吗？说得更准确一点，你每次一提到它的名字，我就会赶紧把话题岔开。我一想起这辆汽车，心头就有一种被灼烧的感觉。自从那次乘船去帕特雷后，我就再也没有去过雅典。我不知道，这是因为怕违背誓言呢，还是因为那辆车的缘故？"我们可以选蓝色、灰色或棕褐色。"你还在说。我的心里感觉又挨了一刀似的。哦，是的，是因为那辆车的缘故。你一说起它，我就受不了。我可以听你滔滔不绝地谈论死亡，你张口是死，闭口是死，我已经听习惯了，但我受不了你谈汽车的事。于是你立即把话题岔开了，你也不知不觉谈起了其他事情来。你以自己的方式，添油加醋地给我讲起了那个宇宙黑洞吞噬群星的故事。你说，你对天文学家的理论没有兴趣，什么核凝聚呀，重力吸引呀，统统不感兴趣。但你自己心里明白，宇宙里的黑洞究竟是什么东西。它们是真正的洞，无垠宇宙的破绽。黑洞直径很小很小，如同一个杯子。似乎无法想象，居然能把星星吸进去。因为星星很大，一颗星星要进入黑洞，就得缩小，经过几百万年、几十亿年的收缩和凝聚，要变得像一个拳头、一只柠檬或一块石头那么大才行。但魔术成功了，这就是命运。大风呼啸，这不是普通的风，而是可怕的旋风，它向星星发出呼唤、恳求、吁请，想把它吸到黑洞里面去。星星不愿进去。本来它生活了几百万年、几十亿年就是为了进入那个黑洞,为此,它收缩、凝聚成拳头、柠檬、石头那么大,但这一时刻临近的时候,它却不愿进入了。因为它想老死善终,自然寂灭。于是星星害怕了,它拒绝了旋风的邀请,拼命地反抗着,用它所有的力量来反抗。它跑了,绕着大圈子往外跑,打算一直跑到宇宙的边缘,藏到其他星球的后面。风不断呼唤这些星球。它竭力自卫,否定自己,似乎不想承认或没有勇气去承认从诞生那一刻起就降临到它身上的那种命运。但风的力量是不可抗拒的,能够战胜星星偌大的重量和顽强的意志。于是这颗星星跑得愈来愈慢,绕的圈子愈来愈小,离黑洞也愈来愈近。不久,无限的空间收缩成一个又窄又深的旋涡。悄无声息,所有的东西都掉入其中,寂静地旋转,聚集在一种神秘的周围。倏然间,那个黑洞变成了一条没有光线、没有出口的隧道。或许有出口,但离得太遥远,根本就看不到。那颗星筋疲力尽了,不想再反抗了,只有无可奈何地束手待毙,任由黑洞吞灭。它头朝下坠入黑暗,不知道自己会被带到何方。你说说看,那边到底是什么?

你的眼睛在摇曳的烛光中闪烁,射出焦虑的目光。你用颤抖的声音说:"在那边,到底有什么?"刀又在我心里割了一下,我感到不寒而栗。其实你这回并没有说到汽车,只是用诗一般的语言讲述了一个科学的理论,把这个理论变成了一个迷人的故事。况且,你并不是那颗想逃跑的星星。"这是一个非常迷人的故事。"我结结巴巴地说。"不,这是一个极其可怕的现实。"你回答道。"阿莱克斯,这要看你如何理解。""只有一种理解:黑洞就是死亡。""如果黑洞是死亡的话,所有的星星都会掉到里面去。但黑洞只吞噬一些星星,而不吞噬另一些星星。那你说这是为什么?""因为不是所有的星星都要受到惩罚。黑洞只吞噬那些该受到惩罚的星星。""它们为什么该受到惩罚?""因为这些星星为了寻找一个人人平等,充满正义、自由和幸福的与众不同的世界。""寻找这样一个人人平等、充满正义、自由和幸福的与众不同的世界不是罪过。""是的,不算罪过。但这是一种奢侈,因为专制的上帝不允许,那座'大山'也不会同意。上帝想让我们相信,他的世界才是唯一存在的世界;'大山'也想让我们相信,它的制度才是唯一美好的制度。谁要是敢反抗,就会以掉入黑洞告终。""听你的口气,好像你相信上帝似的。""我相信。尽管我不知道他是什么。但我相信。我宽恕他,因为他没有选择,所以他是无罪的。但人是有选择的,所以人是有罪的。"我笑了起来。"我曾经认识一个人,他说的正好与你相反。他说,人是无辜的,因为他是人。""他是谁?""一个被俘的越共。""他肯定没有面对过行刑队。当他们准备枪毙我的时候,我连上帝都宽恕了。将来我死的时候,我还会宽恕他。"我再也笑不出来了。你意识到了这一点,于是摸着我的手说:"别太难过。"这时,那个卖花姑娘正好挎着一篮玫瑰花走进餐馆。你做了一个习惯性的动作,把她招呼过来,买下了所有的玫瑰花,把它们抛进我的怀里。我们走出餐馆,忘记了那些被吞噬的星星。一大把玫瑰花让我行动不便,笨手笨脚,你还拿我开玩笑。我们沿着狭长的街巷漫步,两边是污秽不堪的破房子。在这种地方,构成我们记忆的是那些低沉的声音、破碎的景象,以及那些瞬间即逝的感受。我们的脚步声在石子路面上回响,一条狗摇着尾巴从我们身边走过,你一边用大拇指搔我的手心,一边轻声地说:"但生活是美好的,即使在它显得丑恶的时候,也是美好的。然而她却不知道!"你说的她是那个妓女,她此刻正在街上无聊地闲逛。"给我一朵玫瑰。"我把花给你,你把花递给她。结果自讨没趣,反倒遭到一声辱骂。"呸!傻瓜!你是个傻瓜吗?"我们拐进维内托路,来到那棵树下。买汽车的那天下午,有几百只鸟儿落在那棵树上。今天树上也站满了鸟儿,密得像挂满枝头的果实。"涅卡耶夫怎么样?""正打算躲风避雨。""撒旦呢?""撒旦如今在天堂。"我们走进旅馆,你的心情非常好,在电梯里按下所有的按钮:"我正在驾驶一架把我们载到天堂的飞机!"在走道里,你把所有的玫瑰花从我这儿拿走,在每个房门插上一朵。进屋后,你安静了下来,若有所思地慢慢脱掉衣服。然后躺在床上,双手枕在脑后,一动不动地盯着天花板。"唉!那边到底有什么呢?""别说了!阿莱克斯,别说了!""你回答我,在那边到底有什么?""如果被吞噬的星星要寻找一个更好的世界,那在那边肯定就存在着一个更好的世界。""不,那边是虚无。是对每个想寻找那个并不存在的更好世界之人的最残酷的惩罚。也许它不是一种惩罚,而是一种奖励。寻找并不存在的东西是如此艰难,以至到头来你会萌发一种想在虚无中休息的欲望。"你突然跳了起来:"我们玩玩,好吗?"你高兴得像疯了似的,一边伸出两条腿压在我身上,一边说你不是一颗恒星,而是一颗彗星,这两条腿就是彗星的尾巴,因为彗星很亮,所以不需要灯光。于是你把灯关了。我们相互爱抚,就像在很久以前的一个八月之夜里我们相互爱抚一样。当时那间屋子里摆着破皮的红色扶手椅,小桌上放着一盘盘阿月浑子果,风在橄榄树丛歌唱。同样的动作,同样的感受,即使斗转星移,那过去的时光也并未在我们的记忆中褪色。我们一次次热情地拥抱,轻轻地抚摸,共同沉溺在令人销魂的甜蜜之河。一次又一次,一次再一次,仿佛这快乐永无止境,直到我老态龙钟,直到你白发苍苍都会持续下去。但这却是我们的最后一夜。"不要忘记我。不要忘记我。你千万不要忘记我!"当你紧紧地搂着我的时候,一个我不熟悉的声音在我耳边响起,既嘶哑又锥心刺骨。很久以后,当我们的悲剧已经结束,但内心的创伤好像再也无法治愈,它给人留下了一道即使不去碰触也照样会疼痛的伤痕时,在难熬的彻底的孤独中,我经常问自己几个无用而荒唐的问题:为什么不是所有的人都能活到老年?死亡是什么?尤其是那种老年未至之时提前到来的死亡?你为什么如此迷恋死亡?虽然你恐惧它,但最终还是喜欢它,迷恋它。你是如此的迷恋,以至于我感到嫉妒,仿佛它是一个人,一个女人。当我回忆那一晚、那一夜的情景时,我才如梦惊醒,恍然大悟。毫无疑问,原来你当时已经全明白了。你具有一种数学家般的自信——旋风已经开始刮起,黑洞正准备吞噬你。

* * *

我们是下午三点离开的旅馆,你乘坐的飞机四点起飞。出租车破烂不堪,开得很慢,你催促司机说:"请您开快点,要不然我们就赶不上飞机了。"但他却很没有礼貌地回答:"我无法再快了,你们应该早点出发。"当我们驶到城外时,发动机咳咳咔咔起来,接着就熄火了。"我的车没油了。""没油?没油怎么还答应拉我们去机场?"怕你们吵起来,我赶紧说:"附近有个加油站,你想办法把它开到那里去吧。"我们在抱怨声、责骂声和换挡声中,经过一番折腾,到了加油站,把油加满。但还是无济于事。"还是不行。车坏了。""车坏了?!"我看着你,怕你大发雷霆,因为你已经恳求和叮咛过了,现在却一声不吭。这是你大发雷霆的前兆。但你却并没有冒火,反而变得心平气和起来,好像这事儿与你无关。难道你不明白这意味着什么吗?"阿莱克斯,他说车坏了。""坏了更好。""更好?你不想走了吗?""嗯!""告诉我,该怎么办?如果你还想走的话,我们就得想个办法。""嗯!"司机更加不客气地插进话来:"不管你们走还是不走,我都不能把你们搁在这儿。我得打电话再叫辆车来。""如果您愿意的话,就打吧。"他愿意打。他打完电话回来说:"没有车,一辆车都没有。我到路上去给你们拦一辆行吗?""如果您愿意拦的话,当然可以。"他愿意。于是他喘着粗气,站在路中央。但一辆车都没有见着。已经快到三点半了。"阿莱克斯,我们回旅馆吧,你明天再走。""也许你的建议很好。"听你这么说,我感到异常宽慰,特别高兴,这倒不是仅仅因为你能多待一个晚上,而且还因为我总觉得你就这么走什么地方有点不对劲儿。这时,一辆空的出租车驶过来了。司机上前拦住,他眉开眼笑地帮我们搬运行李,眉开眼笑地给我们打开车门。然后说:"赶快上车。他的发动机不错,车会开得很快。"我们重新上路,直奔机场。已经是三点四十了。"阿莱克斯……我是不是应该提醒他,我们只有几分钟的时间了?""不,没有必要。为什么你要勉强行事,和命运作对呢?事情该怎么着,就怎么着;该怎么样,就让它怎么样。如果我坐这趟飞机是命中注定的,即使我晚到四个小时也能坐上。同样的道理,如果命中注定,我不该坐这趟飞机,即使我及时赶到,也还是坐不上。"然后,你搂着我的肩膀,一本正经地说:"我知道,你喜欢我们在一起多待一天。我也喜欢这样。可是多待一天,少待一天,多待一个月,少待一个月,这又有什么不同呢?我们两个人在一起已经得到了很多东西,即使我们再多待一天或一个月,也未必能使我们得到以前我们不曾得到的。""你为什么这么说?""因为你一直是我的好伴侣,是我唯一的好伴侣。"

我们正好四点到达机场。已经停止登机,飞机马上就要起飞了。但航空公司的一个职员认出了你,他设法让飞机等你一会儿。接着,他热情、激动地帮你拿行李,递给你一张登机卡,把你推到护照检查处:"快点,赶快跑两步。"然而你却不慌不忙跟在他后面,每走一步都要迟疑一阵,仿佛你想违抗命运,或此刻讨厌回到雅典似的。到了玻璃门,送客的人禁止进入。你停下脚步,抚弄起念珠来。"那么再见吧。"我说。我伸出我的手。在公共场合,我们从来不拥抱。你用你的手长时间地紧紧握住它,但避免看我的眼睛。"再见,亲爱的。"那个职员在一旁催促你:"快点,赶快跑两步。"你点了点头,来到护照检查处。很快,你通过了警察的检查。你头也没回地往前走了几米,马上就要到机舱口了,这时,你突然转身往回走,以一种决绝的神情,仿佛一个人服从了他内心某种不可抗拒的冲动。"你要干什么?你想到哪里去?"职员高声叫喊起来。两名警察也奔过来,想把你拦住:"你不能那样。"你既没有看他们，也没有听他们在说什么，昂首挺胸地回到玻璃门前，来到我身边。你久久地、紧紧地、默默地抱着我，吻我的嘴唇、额头和太阳穴。你用双手捧住我的面孔："是的，你已经是个好伴侣，我有过的唯一的好伴侣。"然后，你显得更加高昂，更加平静，转过身，再次从惊愕的警察和那个不知所措的职员身边走过去。这就是你留给我的最后形象：两撇乌黑的唇须，一张像大理石一样苍白的脸，两只从远处凝视我、穿透我的炯炯有神、目光坚定的眼睛。从此，我就再也不能看到你活着时的模样了。

第六部分

第一章

　　死亡是一个窃贼，但它从来不无缘无故地出现，这就是我一直试图想对你说的话。死亡总是以某种气味、不可触摸的知觉和无声的声音来预告着自己的来临。所以，死亡的来临是可以感觉到的。即使你在机场拥抱我的时候，你也知道，我再也看不到活着的你了。你多次向死亡挑战，多次用诗歌来赞美它，用痛苦来召唤它。尽管不认识它的面孔，但你能闻到它的气味，相信它正在来临。可关键在于，别的时候，你总是会驱除它，或者在它将要把你攫住之前摆脱它。而在那次拥抱之后，你的做法恰好相反，却像一个迫不及待的情人一样，匆匆地迎向它，急于投入它的怀抱。这是存心而为吗？是对生活厌倦了，还是不想再经历失败？实际上，三者兼而有之。存心而为是因为对生活产生了厌倦，对生活产生厌倦是因为不想再经历失败。你在毁坏林中寓所的那个晚上，其实心里就非常清楚：你故事的每一个阶段都是以失败告终的。你只需回顾一下往事，就可得出结论：失败的厄运已经像癌症将要夺走你生命一样无情地笼罩着你。只要你回过头去看看你八年以来所走过的历程，就能发现：你唯一的胜利就是没有向任何人、任何事屈服，即使在失望、困惑的时候也没有放弃。你试图刺杀帕帕多普洛斯，却没有成功；你从被捕、审讯到判刑，蒙受了许多苦难，但并没有感动希腊；越狱也没有成功，为了重见天日，你只好接受暴君的赦免；卫城计划化为泡影；你几次秘密的雅典之行只给你带来了痛苦；组织武装抵抗的希望破产；返回故乡成了一种耻辱；涉足政治家的政治是一种错误；参加竞选是一次惨败；作为议员的表现，毫无建树；你适应某个政党的努力，想把该党中的卑鄙分子清除出去的奢望，以及著书立说的尝试同样遭到失败的命运。你凭敏锐的直觉感觉到，所有的意识形态都是站不住脚的，因为每种意识形态必然要变成某种学说，而每种学说又必然要与生活的现实相抵触，因为生活是无法被纳入某种教条的框框套套的。你发现，左派和右派的纲领都没有任何意义，只是半斤八两的区别，因为两者都建立在虚假的基础之上，两者的目标都是一样的：建立一个压迫人的政权。但你没有用哲学的术语把这些想法整理成理论，或没有用严谨的事实来验证它们。你有时把它们浓缩成诗一般的口号，有时又由于对敌对阵营的讹诈做出让步而使它们黯然失色。换句话说，你有时和那些撒谎者站在同一个阵营里，在他们的遮羞布上写着冠冕堂皇的"人民"二字，但他们所说的人民只不过是只会鼓掌喝彩的群氓。你把这些直觉与发现进行降级处理，把它们塞进了那些不成熟思想与未竟事业的冰箱。你仅仅通过自己太不平凡的个人经历就断言：每一个人都是不能被进行一般化处理的实体，不能被强行划入群众的范例。所以，拯救必须在自身的革命中去追寻。

总而言之，你做的所有的事情都是竹篮打水一场空，一切都不顺利，结局都很糟糕。无论是作为爆破家也好，还是作为阴谋家、演说家、思想家、政治家、领袖也罢，皆以失败告终，无一例外。即使作为领袖，除了几个忠实的党徒，几乎没有人听你的，他们是被你个人的魅力所征服，而非你的话语。在集队游行的那个下午，只有很少一些人跟在你身后，连他们都不清楚为什么要这么做。你没有一个真实的信徒和可以信赖的伙伴。在那些孤独的岁月里，你唯一的对话者就是我，但我们的关系是建立在那种不确定的爱情基础之上的，正如你埋怨我的一样，我爱的你，并不是真实的你，而是我想象中你应该成为——但并没有成为——的那类人，如阮文山、黄安氏、胡里奥、恰托、马里盖拉、蒂托·德·阿伦卡尔·利马神父。他们是我过去心目中的榜样，我一直按照这些榜样来生活。所以，每当我心目中的榜样破灭的时候，我就会感到绝望，总会找借口，起来反抗，在你最需要我的时候，我却没有在你身边。孤独仍然是你真实的伴侣，对你忠贞不渝。当然，堂吉诃德的命运就是这样，英雄与诗人的命运就是这样。然而总有一天，一个人，无论是多么伟大的英雄，还是多么杰出的诗人，他都不会继续在孤寂的荒漠中独自徘徊。由于不愿再经历任何失败，完全被一种恶心的感觉所征服，他厌倦生活的那个时刻总会到来。他会对自己说："我至少必须要赢得一次胜利。"但当他这样说的时候，实际上他想到的却是死亡（此刻，那股芳香的气味已清晰可闻），仿佛死亡是一张王牌，是一张握在手中的"A"，是一种获胜的褒奖。人为什么要活到老呢？为什么要继续痛苦地生活下去呢？难道是为了遭受同样的挫折，经历同样的错误吗？难道是为了在日复一日、年复一年的灰暗生活中委曲求全，逐渐枯萎吗？"他不再是个疯疯癫癫的无政府主义者了，不再是个不安分的叛逆者了。他已经变得理智起来，变得成熟了。""我好像认识他。不就是那个安放炸弹，盗窃宪兵司令部档案的人吗？"死亡也许会给你的牺牲、痛苦、失败赋予某种意义。人们最终会听你说的话，理解你。他们甚至会用鲜花、旗子、口号来表达对你的感情："他光荣牺牲了。""他为我们树立了榜样。"他们会和你站在一起，会证明羊群可以不再是羊群，个人的首创精神、反抗精神和勇气会让那些教条学说不攻自破，每个人都能成为他想要成为的人，拯救存于自我的革命之中。也许大山会有所抖动，也许山顶上的那颗巨石终会滚落。没有一个活着的英雄能够比得上一个死去的英雄，古人经常就是这么说的。故事中的英雄绝不会苟活到风烛残年，绝不会在医院的病床上凄然与世界诀别，他们会在风华正茂之年突然离开人世，他们冒险生涯的最后一幕总会以自杀的方式结束，哪怕是借用他人之手来完成。死是为了不死，让自己被杀是为了赢得最后一次胜利；这就是你那个令人恐惧的、天才般的考虑。这种考虑既包含着自我否定，也包含着自傲自大；既包含着大公无私，也包含着自私自利；既包含着善，也包含着恶。你就这样毫不推辞地接受了撒马尔罕的约会，以自杀的方式把自己的生命献给了死神。

这个令人恐惧的、天才般的打算是在一个月的时间内酝酿成熟的，也就是在四月份。是有意识的，还是无意识的？当然，有意识和无意识的界限很难划清。我后来才知道，你返回希腊后，已经丧失了一切活力，整天精神萎靡，意志消沉，大部分时间都待在办公室里。女秘书经常看见你目光呆滞，双唇紧闭，两手放在胸前，坐在那儿发愣。即使电话铃响了，或者她与你说话，你连眼珠子都不动一下。所以她只好走过去拉一下你的衣袖，这时你才会如梦初醒似的做出反应："谁？有什么事？"楼下的小伙子送来咖啡时，你既没有注意到他，也没有注意到放在桌上的咖啡。之后，当你发现杯子时，你又会惊奇地端详它,似乎在问:咖啡怎么到这里来了?是谁送来的?有时你会站起来,叹着气,开始在屋子里走来走去。就像在博亚蒂一样,手插在口袋里,弓着背,低着头,往前走三步,再往后退三步,当你不经意走到女秘书的办公桌前时,你会用眼睛死死地盯着她,但又好像没有看见她似的。你的眼睛是如此的呆滞,黯然无光,以至于她会战战兢兢地问:"帕纳古里斯先生!你怎么了?是不舒服吧?"你确实感到不舒服,对大家都这么说。你说你胃痛,腿痛,睡不着觉。"我服了双倍的安眠药,但根本不管用。"或者是:"我五点钟才迷迷糊糊地闭上眼睛,可七点钟就醒了。"要不就是:"我的两腿发软,食道里烧得痛,没法咽下东西。"你吃得很少,晚饭之前什么都不吃。你突然戒了酒,只喝橘子水解渴,理由是酒的味道让你反感。晚饭时也不再谈笑风生、飞觥献斝了。用餐只是为了填饱肚子,或是和某个人在一起待一会儿:一个路过的朋友,一个顽固的阿谀奉承者,或一个水性杨花的女人。但即使你和他们在一起,也是显得沉默寡言,心不在焉,仿佛你的思绪在千里之外,裹藏在秘密的云霭之中。还有一个细节令人不寒而栗:你突然对"春天"牌汽车产生了一种难以解释的厌恶之情。你狠狠地拍打车门,任意换挡,胡乱驾驶,故意让车胎在人行道边缘摩擦,随意把车停放在交通拥堵的马路上,或容易和其他车碰撞的地方。你觉得这一切很有趣。车身积满了灰尘,溅满了泥浆。车里简直像个垃圾箱:到处是碎纸、破布、烟头、废报纸。你从不拒绝借车的人,并且对车子还回来时所带的新伤或被撞破的地方毫不介意。仿佛它成了你灵魂破碎的象征。

  我对此一无所知,没有料到你的灵魂实际上已经千疮百孔。我本以为你的心情是舒畅的,因为你已经说服了《新闻报》,让他们马上着手,使那些文件在本月底见报。四月份的前十天,我只有一次担心,你打电话来,说他们又闯进了你的寓所,想再次窃取那些文件。"喂,是我,是我呀!你猜发生了什么事?昨天晚上我回家时,发现他们中的一个人在里面。""是他们中的一个吗?""是的,当他试图撬寝室门时,我抓住了他。""你当时怎么办?""我当即扑到他身上,狠狠揍了他一顿,然后把他作为囚徒紧紧地捆起来,关在地下室里。我现在正在审问他呢。""他是谁?谁派他来的?""我也正想弄清楚这些内容。现在我只能告诉你,他叫埃罗多图。""也许他只是个小偷,阿莱克斯。""不,他不是小偷,因为他知道放在寝室里的那些复印件。""什么?你仍然把它们放在那里?为什么不把它们放在一个安全的地方?""我又能把它们放在哪里呢?难道说要放在阿维罗夫的别墅里吗?""听我说,阿莱克斯……""别教训我了,再见。"我不仅仅担心,此外,还困惑不解:你居然把你那些宝贵的文件存放在那个人人都可以进去的寝室里,这怎么能让人理解呢?你几乎是满不在乎地讲述着这件惊心动魄的事:"你猜发生了什么事?昨天晚上我回家时,发现他们中的一个人在里面。我把他作为囚徒,关在了地下室里。"这难道不奇怪吗?从你说话的口气看,你似乎觉得很有趣。难道我估计错了吗?为了弄清楚,过了几小时后,我给你打了一个电话。但这次你的声音听起来却显得非常沮丧:"是的,是我。还有什么要说的?""没有什么要说的,阿莱克斯。你必须告诉我。""告诉什么?""关于你关在地下室的埃罗多图。真该死!他招了吗?""啊,是的。他招了。""是谁派他来的?""哦,这事不适合在电话里进行讨论。反正,谁会去指责他呢?这事不重要。""不重要?一个陌生人晚上闯入你的住地,你专门打电话来,想让我知道。然后你又说不重要?""是的,不重要,因为反正无济于事。他只是一个可怜的混蛋。我很后悔揍了他一顿。""你不打算把他交给警察局吗?""不。""你不想把这件事透露给报界吗?""不。""阿莱克斯,我无法理解你。""哎!也许我变得明智了。生活已经够复杂了,为什么我们还要用那些无用的事情使它更复杂呢?我抓住了他,得到了我想要的东西。我觉得它不重要。就这么回事。"你用这些话结束了这个话题,而之前你会对它滔滔不绝,愤愤不平。我无法对你说,我是多么担心,每次我想说的时候,你都会粗暴地打断我。"关于你那个囚徒,有什么新消息吗?""什么囚徒?""当然是埃罗多图啰。""忘记埃罗多图吧,埃罗多图并不重要。""他重要,阿莱克斯。他当然重要。""如果他重要,那也是我的事。""你怎么这么说?""这就是一个处于困境的男人回答问题的方式。你老是给我添麻烦,你和埃罗多图都给我添麻烦。再见。我不想听你说了。以后不要为鸡毛蒜皮的事给我打电话,你真的知道我有多少麻烦吗?"

你真的有许多麻烦。首先是党的问题。在退党申请被驳回后,你和他们达成了一个调和协议。然而,几天后又出现了更多关于查佐斯与军政府勾结的证据,于是重开论战。由于查佐斯居然无耻地提议解除你在该党青年团主席的职务,所以论战更加激烈。为了达到目的,他甚至还利用了那个由德国社会民主党资助的派别的支持，这个派别则以你党应采取一种极端温和的政策作为交换条件。因此，在你努力搏斗的过程中，确实难以压抑心中的怒火，因为你发现攻击你的正是那帮毫无理想的职业政客、投机分子和只会说"是"的人。其次，《新闻报》那儿也出现了问题，出现了几个你未曾预料的麻烦。其中之一是广播电台和电视台怕受到牵连，拒绝播出发表文件的广告。另一个是发表文件的顺序安排。你认为首先应该发表的是关于阿维罗夫的文件，因为这些文件最重要。如果不在一开始就公布，他就会有足够的时间在司法程序上玩花招，借此推脱责任。而受你委托担任编辑的记者雅尼斯·法齐斯却认为应该在最后发表，因为人们对这部分文件的期待会使它们更有价值，也更富戏剧性。你对法齐斯这个人本身是很喜欢的，但这次支持他意见的却是你深恶痛绝的总编马拉卡，你把他称为"狗屎先生"。你知道后，非常恼火，食欲不振，也睡不好觉。然而，使你对埃罗多图失去兴趣和疏远我的原因并不是这些，而是一种神秘的意志消沉。你如同一只缩进壳里、只想睡觉的蜗牛，觉得所有的事情都索然无味。濒临死亡的人在昏迷之前就处于这种状态。在昏迷之前，他们会在一种近乎神秘的孤独之中彻底关闭自己：拒绝会见他们所爱的人，无视让他们兴奋的事物。感动、好奇、欲望，以及一切与生活有联系的东西在他们身上都找不到痕迹。但这还不是决定性的阶段，因为就在他们自以为摆脱了所有的束缚和一切残存诱惑的时候，他们会骤然悲愤地啜泣起来，仿佛重新对生活产生了依恋。他们会觉得，生活，即使过得很痛苦，也依然是美好的。生活中有太阳，有风，有绿色的大地、蓝色的天空，有美味的食物、可口的饮料，有亲吻，有补偿痛苦的欢乐，有弥补邪恶的善良，有虚无的反面：一切的一切，所有的所有。另一方面，生活也有死气沉沉，暗无天日，虚无缥缈。于是，他们又会产生爱的欲望，追求的欲望，战斗的欲望。尤其是战斗的欲望。这是一种黑暗的欲望，痛苦的欲望，像玻璃一样易碎的欲望。这种欲望稍纵即逝。但对一个英雄来说，这种欲望已足以使他做出最后的一搏。

* * *

你最后的一搏开始了。在那个星期，命运又一次把我当作了齿轮上的一颗螺丝和链条上的一个环节。时值四月中旬，复活节已经临近。我们国家和你们国家过复活节的时间不同：天主教的复活节是18日，东正教的是25日。有一天，电话铃响了，我又听到了我熟悉的欢快的声音："喂，是我，是我！早晨好，亲爱的！""感谢你的好意。今天你挺高兴。事情进展得怎么样？"你回答说，很好，进展得很顺利，因为你第二次，也就是永远地退出了那个可恶的党，从今以后就和那种政治家的政治没有任何关系了。"真的吗？"是真的。你对他们大喊大叫，把他们的耳朵都震聋了，现在你的嗓子还痛着呢。你把那些事情抖出来之后，感觉自己简直就像狄摩西尼。多么激动人心的演说啊！哦，不，多么激烈尖锐的论战啊！你首先把查佐斯写给达斯卡洛普罗斯的示爱信和写给哈慈齐科斯的告密信抛在他面前，封住了他的嘴。然后读了一篇勃兰特的采访记，使他的同党哑口无言。因为在这篇采访记中，勃兰特承认给他们的党派提供了经费。最后你问道：胡扯社会主义的"中间派联盟"究竟谈论的是什么样的社会主义？是德国社会民主党捉摸不定、模棱两可的社会主义，还是善于蛊惑人心的帕潘德里欧之流空谈的、骗人的社会主义，抑或是那些想把柬埔寨模式搬到欧洲来的狂热分子所鼓吹的集权主义和宗派主义的社会主义？天啊，都是社会主义！社会主义是一种贬值的货币。在今天的世界上，除基督教之外，恐怕再也找不到比社会主义贬值得更厉害的货币。它是如此严重地贬值，如此混乱，如此威信扫地，以至于即使把诺克斯堡①的全部黄金拿出来也不足以恢复它的一点价值，提升它的一点威望。然而更可怕的是，尽管人们把它装在钱包里任意挥霍，但任何人都不知道它除了写在书本上供几个学者阅读外，究竟还有什么意义。假设社会主义是你希望的那样，是一个面向未来、想使世界多一点自由，少一点痛苦的梦想，那他们真的想用这种方式去实现它吗？既然这样，为什么他们要为几个马克出卖自己，去支持一个草包呢？就仅仅因为他是共和国总统的侄子吗？为什么你想揭露可耻的右派，阿维罗夫之流的右派，他们就要起而攻击你呢？"说完以后，我把椅子扔到桌子上，砸坏了桌子。然后我扬长而去，砰的一声关上门，把门锁也撞坏了。""啊！""他说我将被开除出党，自动退党是不成立的。""哦！""现在他们全都恨我了。右派、左派、中间派、极右派、极左派

---

①诺克斯堡（Fort Knox）：一个美军基地，距离肯塔基州路易维尔几十英里，那里主要是一大片装甲兵学校的保留地。高度戒备的诺克斯堡是美国国库黄金存放处，有七道电网围护，全副武装的保安，一道重达二十四吨的安全门。据估计，诺克斯堡大约有四千五百七十吨黄金条，以及其他大量未知的国家宝藏。

和极中间派都恨我。""哎!""所以,如果我今晚被一辆卡车轧死,或被一盘蘑菇毒死,你用不着问是谁把我杀害的。杀害我的是他们全体:右派、左派、中间派、极右派、极左派和极中间派。""嗯!""我感到很幸福。""幸福?!""是的,因为我热爱生活。生活中有太阳,有风,有绿色的大地、蓝色的天空,有美味的食物、可口的饮料,有亲吻,有补偿痛苦的欢乐,有弥补邪恶的善良,有所有的一切。另外,我爱你。""我也爱你。""另外还有电台,它此刻正在广播《新闻报》的广告:'亚历山大·帕纳古里斯披露政府没有找到的秘密文件'。""阿莱克斯,这真是好消息!你真的做到了!什么时候开始过节?""嗨,三天之后,星期天。可惜星期天你没有在雅典。星期天我到意大利来。我开'春天'牌轿车来。在那里待到星期四或星期五。""阿莱克斯……""这样,我就可以远离争吵,还可以把汽车改漆一下,漆成蓝色。尽管蓝色在黑夜中不太显眼,那就将就着吧。要不然我们换个车名,把它叫作'秋天'牌。""阿莱克斯……""你买张去布林迪西的卧铺车票。我在帕特雷上船,在布林迪西上岸。我们在港口见面,然后一起去罗马和佛罗伦萨。""阿莱克斯!""怎么啦?你不想去布林迪西吗?""不是的,这和布林迪西没有关系。我星期天晚上或星期一一早离开这里,打算去美国。""但星期天是复活节,是天主教的复活节!而星期一是复活节后的第一个星期一呀!""是的,阿莱克斯。""我们以前总是在一起过圣诞节和复活节。总是在一起的呀!""是这样,阿莱克斯。但这次我们不能在一起过了,因为我要去美国。我们已经谈过了,阿莱克斯!"

是的,关于我去美国的事,我们已经谈过了,并且不止谈过一次。我已经对你说过:4月18日或19日,我将去纽约,然后从那里去马萨诸塞州,在一所大学做一次演讲。演讲的题目是:新闻艺术以及新闻出版在欧洲政治觉悟形成过程中的作用。你先是说了几句表示怀疑的俏皮话,然后当即肯定这是个好题目。你甚至建议我对16世纪的抄写员进行一番研究,这些人把政治情报抄写在草纸卷轴上,传遍各个领地。"你不记得了?阿莱克斯。""我记得很清楚,我还说过:我18日,星期天到达,差不多可以待一个星期。你的演讲是在26日,即使你24日或25日动身,也完全来得及。你甚至可以23日动身。""不行,阿莱克斯,不行,因为在演讲之前的那几天,我在纽约还有很多事。关于这点,我们也是谈过的。""那还不简单,把纽约的事推了就完了。""那不可能,阿莱克斯。""除了永生,没有什么不可能。""阿莱克斯,你听我说,你为什么不马上坐飞机来呢?这样,我们就可以在一起待到星期天晚上或星期一早晨,并且……""不,如果我来,我就得待上一个星期。如果我来,我就要带上我的'春天'牌汽车,以便给它换颜色。我要把它从这里弄走,免得在这个吵闹喧嚣的地方去动它。""好吧,带上它。我们可以在一起待二十四小时,然后……""二十四小时?不行。""理智一点,阿莱克斯。你就答应我这一次吧,不要添乱。""添乱的人是你。"是你,是我,是你的错,是我的错。当我们陷入这种争吵时,对立的情绪就爆发了,谁都不想让谁。最后,你吼叫起来:"到你的美国去吧,到月球去也可以,下地狱也行。"反正你不来了,也不打算给汽车换颜色了。你要和"春天"待在雅典。你砰的一声放下电话。我的脑海里随即出现了这样一种情景:一头巨大的绿色怪物在街上奔跑,两只巨大的黄眼睛贼亮贼亮,后面跟着另外的黄眼睛。这就是我熟悉的、以汽车的形式出现的、一种拟人化的死神的形象。接下来,我开始对自己说:也许我真的应该把纽约的事情往后推一推,六天以后再动身,按照你的想法去做。当天夜里,我给你拨了电话,想对你说:亲爱的,你赢了,我已经完全改变了计划。但电话铃一直空响着,你已经到一个酒吧排解怒气去了,是跟一个出生在苏黎世的希腊人一块儿去的。后来他说,你看上去有点疯疯癫癫,只是一个劲儿地买玫瑰花和栀子花,把它们抛给乐队,让乐队演奏那首两年前使你着迷的歌曲:"生命是短暂的,非常、非常、非常短暂。"玩到一定的时候,你想找两个妓女,把她们带到科洛柯特罗尼大街。你最终没有把她们带到那里,因为那个在苏黎世出生的希腊人劝阻了你:"你会毁掉自己的,好好休息一下吧,你想寻死吗?"而你却说:"喂,如果我现在死了,你能想象他们会为我举行一个什么样的葬礼吗?少说有一百万人会参加这个葬礼。即使是帕潘德里欧,也会俯身吻我的棺材。即使是查佐斯,也会说他感到惋惜。也许只有阿维罗夫什么话也不说。"但你并没有喝醉,你大谈加缪、伊壁鸠鲁,大谈人们在享乐、美酒、妓女中寻找的幸福。你忘了,幸福只存在于精神的安宁之中,存在于痛苦的解脱之中。因为死亡能让一切解脱,也能让痛苦解脱,所以死亡就是幸福。"加缪说,这是石头的幸福。"你似乎对这种说法非常着迷,你每次谈话都要提到石头的幸福。

可是,我并不知道当时你已经在渴望这种石头的幸福了,我怎么也没有怀疑到这点上去。打电话找不到你，我只是感到很恼火。天亮时，我放弃了打电话的念头，并决定按原计划行动。我们只在 4 月 18 日，星期天，才通上话。从这时起，我们的电话变得至关重要，它构成了回忆你一生中最后一搏前后经过的必要材料。这一搏是如此的惨烈，如此的非常人所能承受，使你的记忆混乱，头脑迷糊。"喂，是我，是我。""你真的不来了吗？太小题大做，太过较劲儿了。""这样更好，这样更好。你不知道我在这里有多少工作，多少麻烦事。再说了，如果我来的话，就会把'春天'也带来，而我这里需要它，因为我不住科洛柯特罗尼大街了，住格里法达。要是没有车的话，我怎么从雅典到格里法达每天往返两趟呢？""难怪前两天晚上找不到你，阿莱克斯，你应该事先通知我一声啊！""我说了啊！""什么时候？""昨天。""但我们昨天没有通过电话呀！""哦，是的。""你为什么要住在格里法达？难道又出现了个埃罗多图？""不是，为了谨慎起见。你知道吗？《新闻报》已经开始刊登了。今天发表了一篇长文，整个头版都是我的那些文件。不过明天才是个重要的日子。重要的内容明天才开始发表。""也包括与阿维罗夫有关的那些文件吗？""不，很遗憾，不包括。马拉卡先生没有让步，他吓得屁滚尿流。只好先公布哈慈齐科斯的日记。"接下来，我突然感到一头雾水。"你知道我为什么要打电话给你吗？""复活节祝贺、问候，原谅你的固执。""不对，我想告诉你，我们应该一起过东正教的复活节。下个星期天，在巴黎。""在巴黎？！""是的，23 日，星期五，我将去巴黎参加智利流亡者的一个代表大会……我没对你讲过吗？真奇怪，我好像告诉过你。反正我已答应要去，那你就来巴黎吧。我们可以一直待到星期一或星期二，然后一起去塞浦路斯。""去塞浦路斯干吗？！""我得去那里取些东西……这不便在电话里说，但你能想到。高档货。""阿莱克斯……""你喜欢去巴黎和塞浦路斯的主意吗？你认为怎样？喜欢吗？""阿莱克斯，明天我要去美国，难道你忘了吗？""要去美国？！""是的，亲爱的，去美国。三天前，我们不是还为这事争吵过吗？""哦，是的，我记起来了。""现在你想起来了吗？""我已经把它忘了。你去美国干什么？""阿莱克斯！你究竟怎么了？到马萨诸塞州的一所大学演讲啊！连这也忘了吗？""哦，是的，我把它忘了。这样说来，你不能与我一起去巴黎啰。""不，亲爱的，不能了。""也不去塞浦路斯了？""是的，亲爱的，不能去了。""真遗憾！""阿莱克斯，你身体还好吗？阿莱克斯？""是的，还好。你什么时候从美国回来？""5月5日或6日。""好的，现在我记住了。到时，我们5月5日见面。我5月5日到你那里去。不，你5月5日到我这里来。我们就定在5月5日。一言为定，5月5日。"你不断重复5月5日，就像一张破唱片一遍遍重放同一段旋律，仿佛你要付出九牛二虎之力才能记住这个日期，仿佛要想让你开动脑筋想问题，简直比登天还要困难。然而在之前，即使是在最紧张的时刻，你的头脑也总是那么清醒，如一面擦得锃亮的镜子，能映出所有的东西。你对日期有一种让人惊讶的记忆力。即使在我们发生争吵的时候，你都对我4月26日去马萨诸塞州演讲的日期记得一清二楚。奇怪，真是奇怪，我心头这么想。我放下电话，一种甚于惊愕的不安情绪紧紧攫住了我。

如果我知道，你在同意首先公布哈慈齐科斯日记的时候，实际上已经违背了对范妮许下的诺言，我就不会感到这么吃惊了。你曾对她许下诺言："如果有什么对你丈夫不利的材料，我向你保证：绝不采用。请相信我，姑娘，我有把握，拿走这些材料，绝不会给你添任何麻烦，也不会有任何人知道……"可是，还有一件更重要的事：就在那几天，你又弄到了一份文件。这份文件是在你死后我才得到的。文件的编号为：98975。只有一页，左上角的字是用打字机打的："希腊中央情报局总部致国防部长阿维罗夫亲阅。绝密。急件。"右上角有亲笔签字："1976年4月6日9点30分收到。"中间的地方也是用手写的："部长先生钧鉴。463。"文件的内容如下："我们荣幸地向您报告，根据您前几天的口头指示，康斯坦丁·科斯坦托普洛斯上校和总部的另一名军官将加入我们的塞浦路斯小组，想重新夺回雅典宪兵司令部和希腊情报局以前的那些秘密文件。目前，这些文件落在了议员帕纳古里斯同伙的手中。本局听候您的命令，并等待您下一步的指示。特此报告。"

* * *

得到那份文件后，《新闻报》终于决定发表了。事态急转直下，首先是威胁性的电话接踵而至："要是你不放聪明点，帕纳古里斯，你是会后悔的。要是你不老实点，你就会自食其果。"其次，司法部门通过一个名叫朱维洛斯的法官，强烈反对公布这些文件。朱维洛斯是个野心勃勃、工于心计的人。电台刚一广播即将公布文件的消息，他就警觉了起来。他立即给《新闻报》打电话，要求了解内容。当然，这没有引起你的重视。"我不相信他真的要阻止我们。"你对法齐斯说，"瞧着吧，他不会多管闲事的。"然而，4月18日，星期天，也就是公布哈慈齐科斯日记造舆论的那天，他又打电话警告你。19日，星期一，他再次给你打电话。20日，星期二，他又给你打电话。这次是邀请你和法齐斯到他办公室去一趟。其实，哈慈齐科斯的日记里并没有什么让人吃惊的内容，不会使政府的任何要员下不了台。这些日记虽然发表时大张旗鼓地宣传了一番，但日记里只是提到了希腊中央情报局每天如何向宪兵司令部送交档案卡片的情况，这些档案卡片是针对那些需要特别监管的对象的。实际上，读者读到后感到非常失望："就这些吗？"至于法齐斯和总编马拉卡挑选的作为例子的档案卡片，涉及的都是些安分守己、问心无愧的人，比如像马伏罗斯、卡奈罗波洛斯之类的抵抗运动成员。因此，你对4月20日的邀请大为恼火。为什么这个朱维洛斯要大动肝火呢？他在害怕什么？也许是害怕第二十三号档案卡片吧。那张卡片上记载的内容是："阿维罗夫，前议员，提倡在中央政府和前政治家之间进行密切合作，'桥梁政策'的支持者。曾与希腊中央情报局高官合作，受其领导，工作积极且富有成效。"然而，当你得知朱维洛斯是让你在第二天，4月21日，也就是帕帕多普洛斯发动政变的周年日，到他那儿去时，你的恼火就变成彻底的愤怒了。"朱维洛斯！你想庆祝一下4月21日吗，朱维洛斯？"你用怒气冲冲的口气回答他，让他不要等你，因为你不接受他的邀请。如果他想找你谈话，就应该他来找你，并且是坐着坦克来，因为你不想主动给他开门。你要求法齐斯也别去。于是，4月22日，星期四，朱维洛斯自己到报社去了。他找法齐斯和总编谈了话，把自己的要求摊在桌面上：《新闻报》必须立即停止发表这些文件，所有文件必须交给他。这也是中央情报局和宪兵司令部顶头上司国防部长的要求，只有他才有权批准刊登这些文件。如果拒不从命，他将下令查封报社。朱维洛斯希望他们把这种情况告诉你。他们告诉了你。你做出了斩钉截铁的回答："你们去告诉朱维洛斯，他的命令只是一张擦屁股的纸。"

是的，你的斗志又一次高涨起来了。但你为此付出了多么高昂的代价啊！和你接近的人都说：只要看你一眼，就能明白，你做出了多大的努力，你的精神是多么的紧张。你烦躁不安，一会儿脱掉上衣说你热，一会儿穿上衣服说你冷。你一会儿拉下领带，一会儿解开衬衣，一会儿抱怨说胃痛:"我发烧了,我难受。我老了。啊!我是多么衰老啊!"有时,你会指着科洛柯特罗尼大街的某幢房子说:"哎,从每一扇窗户朝我开枪都挺方便。"事实上,你每时每刻都想着有人要暗杀你。是这种担心造成了你脑子的混乱吗?星期三夜里,我从纽约给你打电话,那时在雅典已是星期四的凌晨了,可你讲话还是语无伦次,仿佛坠入五里雾中。你说:"你已经到了!很好!好极了!我明天下午乘奥林匹克航空公司的飞机到。你到机场来接我吗?""到机场去?!阿莱克斯,到哪里的机场去?""还有哪个机场?巴黎的机场啊!我们从那儿再到塞浦路斯去,还有……""阿莱克斯!你以为我在哪里?!"没有回答。接着我听见你那令人迷惑的声音:"你在哪里?从哪里打的电话?""从纽约,阿莱克斯!我在纽约!""啊!弄错了!我还以为你在巴黎!""阿莱克斯,你在说什么?我昨天不是从纽约给你打过电话吗?""哦,是的,哎。但你在纽约干什么?你为什么在纽约呢?我们不是应该在巴黎见面,一起过东正教的复活节,然后星期一去塞浦路斯吗?"我差点哭出来。"不,阿莱克斯,不是这样。你又忘了!""是的,我又忘了。""你究竟发生了什么事啊?阿莱克斯。""很多事,很多。我累了,非常累。我心头烦,烦透了。我再也不能忍受了。他们正在让我走投无路,你知道吗?这就是现在他们在干的事。你理解我说的吗?一旦我料理完这档子事,我打算彻底退出议会。我会回过头去研究数学。不想继续写那本书了,我会重新去研究数学。反正写书也没有任何用处。待在议会里也一样,没有任何用处。唉,头痛死了,痛得多么厉害啊!你收到那份文件复印件了吗?""什么复印件?什么文件?""不就是两天前我寄到佛罗伦萨的那一份吗?""但,阿莱克斯,要是我在纽约,我怎么能够收到你寄往佛罗伦萨的复印件呢?""当然,你说得有道理。你看我是多么疲倦啊!你收到后,立即把它存放到银行的保险柜里。""阿莱克斯,等我回来后,我们一起去把它放在那里。""好,等你回来的时候。但你什么时间回来啊?""5月5日,你是知道的。我们已经谈过一百次了!""哦!是的,是这样。5月5日。我们5月5日见面。你收到那三份《新闻报》了吗?""在什么地方收到它们?!""哦,我又忘了。你不可能收到它们,因为我把它们寄到了佛罗伦萨。这样更好,反正也没有什么可看的。他们会继续刊登一些没有用的东西。我算是落到一群笨蛋的手中了。再见。我们明天再聊。我明天在巴黎,住圣苏帕斯旅馆。不,不是圣苏帕斯旅馆，而是路易斯安娜旅馆。究竟是圣苏帕斯旅馆还是路易斯安娜旅馆？我都搞不清了。我的老天！那个混蛋朱维洛斯把我的记性弄得一团糟，同时也大伤了我的元气。"

4月23日，星期五，朱维洛斯发布了命令。"鉴于军事法庭已开始对宪兵司令部的文件进行调查，鉴于某家报纸正在公布这些文件，鉴于文件的拥有者不顾法院的督请拒绝依法交出文件，鉴于我们无法收回上述文件，鉴于发表这些文件有碍司法工作的正常进行，我们决定从今日起，禁止发表这些文件。"《新闻报》接到命令后，你正飞往巴黎，你不但不相信这种威胁已成为事实，反而坚信那只是说说而已。坐在你旁边的那位乘客是卡拉曼利斯的一个商人朋友，他后来告诉我，一路上，你显得很轻松。你与他亲切、和蔼地交谈，并引用成语来批评年轻人的极端，赞美老年人的善意。你两次引用中国的名言："当你伸出手指指月亮的时候，那些愚蠢的人不是去看月亮，而是看你的手指。"那天你情绪不错，思维也很清晰，这可以从那两个到奥利机场来等你的希腊人——你的两个酒肉朋友——那儿得到证实。"是的，他的脸色倒是有点苍白，眼睛也凹下去了。据他说，这是因为坐在他身边的那个旅客让他说话太多的缘故。不过，他很愉快，吃饭时胃口也很好，谈笑风生，还谈到了朱维洛斯和阿维罗夫。"你后来给我打电话时头脑也清楚，心情也愉快，你解释说，你住在路易斯安娜旅馆，而不是圣苏帕斯旅馆。你甚至还拿你最近的健忘开玩笑。"我敢打赌，你现在在纽约！"但星期六，你又陷在恍惚和冷漠的云雾之中。巴黎时间晚上七点，我从纽约给你打电话，想祝你复活节快乐。说实在的，我并没有想到能找到你。我认为这个时间，你多半在智利流亡者大会上。可你没有去开会，你用一种睡意浓浓的声音回答我："是的，我在睡觉……正睡着呢。""晚上七点就睡觉？""是的……""那些智利人呢？""智利人在智利嘛。""衷心祝你好！复活节快乐。""对我来说，复活节是不存在的。对我来说，一切都是不存在的。他已经颁布命令了，禁止发表文件，就在昨天。""那你打算怎么办？""我也不知道。星期一再做决定。星期一，我飞回去。""不去塞浦路斯了？""现在去了也没有用。"你不想讲话，我也无法让谈话继续下去，你甚至不想记下第二天晚上我将去做演讲的那所大学的地址："反正我是不会往那儿打电话的，太麻烦了。你打电话给我。如果你不能打，也无所谓。我们就在5月5日见。5月5日，见面的日期不变。"5月5日这个日期对你来说,是唯一没有坠入遗忘深渊的东西。"但5月5日和大学的地址有什么关系呢?5月5日还早着呢,阿莱克斯。""不,很近,非常近。""好,很近。再见,阿莱克斯。明天见。"但第二天我再给你打电话的时候,路易斯安娜旅馆的门房却说,你已经离开了。离开了?"Oui, madame, lemonsieur est parti."① 没给我留张条子吗?门房说,没有给任何人留条子。他说,你走得很急,非常急。

---

① 法语:意为"是的,太太,那位先生已经走了"。

第二章

纽约的星期天是如此宁静，宁静得使人不安。这一天，世界仿佛停止了运转，生活陷入了僵滞。星期天的纽约，人们默默无言，街道冷冷清清，只有小汽车和大卡车车轮与柏油路面摩擦时发出的沙沙声，从城市上空掠过的直升机的嗡嗡声偶尔打破四周的寂静。谁说在纽约一到星期天，人们就可以放松、休息呢？相反，它更像是专供我们思考，反省过失，进行追悔，自我折磨的一天。在这种空虚的包围中，在这种偶尔被沙沙声和嗡嗡声打破的寂静中，我感到手足无措，自责、迷惑、疑问撕裂着我的心脏。我愈来愈觉得我们的分离，各处大洋的两岸是一个悲剧性的错误。的确，即使没有犯下不可原谅的无礼的错误，我也不能取消接下来要做的演讲；的确，你说过，我远离希腊反倒对你有好处，我待在希腊，可能会碍你的事，但每次我们交谈的时候，你都显得那么孤单，那么忧伤，那么迷惘，我怎么能够在这种时候离开你呢？我们已经有二十四天没见面了。突然觉得我们好像二十四个月、二十四年没有见过面。我们从来没有分开过二十四天，从来没有过。我逃走的那次是最长的——十七天。你当时状态很好，像反抗上帝淫威的撒旦，或头戴葡萄叶花冠、喜形于色的酒神狄俄尼索斯。但这次你却说："对我来说，复活节是不存在的。对我来说，一切都是不存在的。"那位门房却说："他走得很急，非常急。"还有，你为什么要把那页文件的复印件寄到佛罗伦萨？它是什么文件？文件的内容是什么？说的是谁？还有那次分手，当众的拥抱，以及那句一本正经的话："你已经是个好伴侣，我有过的唯一的好伴侣。"你为什么要用完成时态？为什么现在我觉得那次分手像是永别呢？真是毫无意义的胡思乱想，纽约的星期天使人消沉悲伤。我们到5月5日再详谈吧。"我们5月5日见面。""5月5日，见面的日期不变。"每次谈话你都以5月5日这些词结束，都以5月5日这个日期告终。它正在成为一种挥之不去的执念。"5月5日"开始使我变得神经质起来。就好像有什么特别的事，抑或非常糟糕的事将在这一天发生似的。还有，你为什么要提前一天离开巴黎？我往雅典打电话，没有人接。这下，我火了。让那些罪责的情结、恐惧、忧虑统统见鬼去吧。即使我在地球的另一边，在不属于你的环境中，在把你排除在外的现实里，你都能照样控制、决定、撕扯我的存在。我要摆脱你，必须摆脱你！我会直接去阿默斯特，在那儿做演讲。我收拾行李，四小时后就到了阿默斯特学院小镇。

修剪得整整齐齐的草坪让人感觉神清气爽。这儿绿树成荫，枝繁叶茂。红色的建筑相配白色的柱廊、红色的屋顶。正对我房间窗户的外面，有一棵花朵盛开的桃树，像一片玫瑰色的云彩散发出阵阵清香。仿佛有人在说：欢迎你的到来，欢迎你到我们这里来。你看，这是一个多么温暖、多么宜人的世界！这儿没有宪兵司令部的档案，没有哈慈齐科斯的日记，没有英雄的事业，没有狂暴的激情。我们在这儿克服了一切，甚至也克服了痛苦。我不会感到饥饿，也不会感到寒冷。我们不会对神学的争吵发生兴趣，不会相信命运，不相信任何迷信，不相信任何预先的安排。在这儿，我们会变得合乎逻辑，合乎情理。尽管这儿偶尔也爆发战争，偶尔也拒绝签发签证，但总的说来还是友善、好客、文明的。来吧，和我们一起休息，我们会给你打一针麻醉剂。在一个漂亮的装有丝绒软椅的圆形教室里，一张张纹丝不动的脸组成一道圆形的墙，人们在静静倾听。话筒传出响亮的声音，我的声音。我操着一种终于能把你抛诸脑后的语言说："晚上好！女士们！先生们！能和你们在一起感到十分荣幸。这次演讲的题目是：新闻艺术以及新闻出版在欧洲政治觉悟形成过程中的作用。"雅典在哪里？桑丘·潘沙是谁？伊斯梅尔是谁？后来回到旅馆里，我的床边放着一部电话。只要我拿起话筒，先拨一个国际代码，再拨我要的号码，就可以和你通话："我一直在谈论政治觉悟，所以没顾得上谈情说爱。为什么你要提前一天离开巴黎呢？"我倒是拿起了话筒，但说的却是："喂，我可以要一瓶可乐吗？"如此安宁，如此舒服，让人把一切都遗忘，这是一种什么样的解脱！你愿意再多待一两天吗？是的，谢谢！非常感谢！驱走烦恼吧，暂时忘却它们。再休息一天，使灵魂在这种愉悦的麻醉状态中再延长二十四小时。这岂不是要我们做好准备，以便当我们从麻醉的状态中清醒过来，知道该如何对突然降临的痛苦大喊一声吗？因为与此同时，大洋的另一边，死神正在逼近。不可抵御的旋风正在吞噬星星，把它吸入旋涡，让所有残存的希望、幻觉都化为泡影。从现在起，你的生命只剩下了最后五天的时间。

* * *

4月26日，星期一，倒数第五天。法齐斯后来对我说：你像一只在没有门窗的房间里撞来撞去的小鸟，绝望地、惊恐地飞上飞下，飞来飞去，试图找到一个出口。但出口是没有的。头天晚上，你从巴黎回来后就给朱维洛斯打电话，你的叫喊声在整条科洛柯特罗尼大街回响："朱维洛斯！你也是阿维罗夫的奴才，朱维洛斯！你也从同性恋阿维罗夫那儿接受指令吗？朱维洛斯！"但朱维洛斯却冷冷地回答说，他只从公正那儿，只从符合程序的公正那儿接受指令。接着，你又给希腊中央情报局的那名军官打电话，让他务必立即把那个装有关于塞浦路斯文件的箱子弄走，不能有任何延误！你让军官尽快把箱子给你送去，甚至还要他立即到你办公室来一趟，你要向他说明正在发生的事。那名军官战战兢兢、支支吾吾地回答说：不行，已经不可能了，现在和你见面太冒险，因为阿维罗夫已经开始怀疑他，正准备把他调到与土耳其接壤的一个兵营。调走？一个和土耳其接壤的兵营？由此看来，他们不仅想砍掉你的双腿，还想砍掉你的双臂，割掉你的舌头！你气得浑身发抖，小声告诉了军官一个地址，是一个可靠朋友的家，想让他到那儿去见你。他到那儿去见了你。你们在那儿谈了好几个小时，但一直到分手的时候都没有谈出个结果来。更糟的是，当你在夜间驱车，沿着回格里法达的公路行走时，你觉得有两辆车在跟踪你：一辆颜色很浅，近乎白色，另一辆是红色。你只能这么想，因为当一辆车出现的时候，另一辆车就消失了。毋庸置疑，你觉得自己肯定被人跟踪了。带着这种想法，你开到了你母亲的家。在这里，有人三次给你打来电话："如果你不三思而后行，帕纳古里斯，你肯定会后悔的。""如果你不放老实点，肯定会自食其果。""我们知道你的一举一动，帕纳古里斯，是的，一举一动，你休想逃脱我们。"他们不让你闭上眼睛睡觉。现在，这只在没有门窗的房间里撞来撞去的鸟儿由于失眠和无助已经筋疲力尽，你只有对着科洛柯特罗尼大街办公室的墙壁与天花板徒劳地拍打你的翅膀。如果你不是如此孤单，那该多好！如果有一个党在后面支持你，那该多好啊！如果政党是某种正派的、有价值的东西，该有多好！如果"左派"这个词真的有意义，该有多好！如果搞政治的不是政客、掮客、机会主义者、御用文人、野心家、蛊惑人心的骗子、造物主式的人物、伪革命家，而是真正的人，准备战斗的人，能够助你一臂之力的人，该有多好！如果人民真的是人民，你能向他们宣讲，向他们呼吁：同志、朋友、兄弟，帮帮我！帮帮我！该有多好啊！然而，你必须找到出路。你既然能从博亚蒂逃出来，那你也能从这种复杂的局面中脱身。是的，你能做到。你应该找卡拉曼利斯谈谈，告诉他，你掌握着阿维罗夫的材料，了解此人的底细，也知道他现在正在对你搞什么阴谋：他动用特务机关、司法部门，对你的朋友采取了强制性措施。你应该向卡拉曼利斯提出两个解决办法：要么对国防部长进行干预，让他不再纠缠你，要么敦促朱维洛斯收回那个命令。否则，你会在议会的辩论中呈交你手头的证据，让他处于一种十分尴尬的境地。在屋子里乱飞乱撞的小鸟安静下来了。你坐在写字台前，给卡拉曼利斯的私人秘书和顾问莫里维亚蒂斯打电话，要求见总理，你说你有非常重要的事情需要见总理一面。莫里维亚蒂斯回答说，总理这几天非常忙，正在处理与土耳其和北大西洋公约组织相关的问题，所以约见的可能性很小。不过，他还是愿意尽力而为，并把结果告诉你。

难道是莫里维亚蒂斯告诉了阿维罗夫？4月26日，星期一，阿维罗夫似乎已经知道你想和卡拉曼利斯见面。这天下午，他来到古迪的酒神军营参加复活节后的一个宗教仪式，和一个军官攀谈了起来。谈到一定的时候，这个军官提到了你的名字，导火索一下就被点燃了。阿维罗夫立刻收起了笑脸，板起面孔，暴跳如雷起来。人们根本不敢相信他会这样，甚至忘了有好几百人在看着他，正在听他讲话。他的小眼睛布满血丝，声嘶力竭地吼道："这条疯狗！野兽！我要宰了他！宰了他！宰了他！"喷火的舌头，愤怒的咆哮，疯狂的鞭打，人头落地，尸骨堆积——谁敢靠近护佑王国的那座桥梁，谁敢向那座大山射箭投石，谁就会得到这样的下场。跪下，你们这些无赖，跪下，你们这些胆敢违抗发号施令者的混蛋。我要宰了他！我要宰了他！我要宰了他！他气急败坏说出的这些话，大家都听到了。那个无意间惹了祸的军官感到尴尬至极，红着脸说："部长先生，请允许我转过身，对他们笑一笑。否则，他们会以为你想宰了我呢。"

* * *

4月27日，星期二，倒数第四天。你来到办公室，抱怨说又受了一夜的罪：通宵失眠，头痛得要命。当你驱车回格里法达时，你发现那辆红色的汽车和那辆浅得近乎白色的汽车又在黑夜里出现了，这也是使你失眠的原因之一。在伏里亚格梅尼路一个加油站的附近，那辆红车还差点撞上你。这是一辆红色宝马车，里面坐了两个人。他们是负责监视你一举一动的警察，还是受雇来骚扰你，甚至教训你一顿的歹徒？你迟早是会和他们交锋的，到时候，你的好奇心自然就会得到满足了。你会从被跟踪者变成跟踪者，迫使他们住手。但现在还不行，现在还有许多重要的事情需要你去分心。首先是和卡拉曼利斯的见面。电话铃响了，你急忙地拿起话筒。是莫里维亚蒂斯打来的吗？不是。还是那个充满嘲讽的声音："我们随时都知道你要去哪里，以及在什么地方，帕纳古里斯。如果你再这样下去，我们就会有好戏给你看了。"女秘书听见你高声喊道："混蛋！有种的就上我这儿来，当面跟我说！"女秘书劝你："帕纳古里斯先生，冷静点！他是谁，帕纳古里斯先生？""还是那个自以为能吓住我的混蛋。"电话铃又响了。是莫里维亚蒂斯打来的吗？你又匆忙拿起电话。不，不是莫里维亚蒂斯。是法齐斯。他把阿维罗夫在酒神军营的表演又给你重述了一遍。"他真的说过'我要宰了他'吗？""是的，说了三遍。""哼！除了他，谁会这么说呢？我喜欢，他比我想象得还有胆。现在，我真的要把他给气疯了。法齐斯，你有太多的东西可写了！写一部小说，我的朋友，你可以写一部小说！"仿佛这件事使你很开心。但你放下电话后，看了看表，显得很不耐烦。莫里维亚蒂斯是怎么回事？他为什么还不打电话来？再等几分钟，如果没有音讯，你就准备亲自给他打。你给他打了。"啊，"他装腔作势地遗憾了一声，说是正准备给你打，但被你抢先了一步。他说他说对了，总理的日程排得满满的，抽不出工夫来与你见面。什么土耳其啦，北大西洋公约组织啦，非常遗憾。你还得等。你说："我不能等啦，莫里维亚蒂斯先生！我肯定不能等！我也不想等啦！""可是，帕纳古里斯先生，你得明白，他要处理国家大事……""我的事也是国家大事，莫里维亚蒂斯！请你转告他，该死的！""我会转告，试试看吧。"他真的试了吗？真的转告了吗？你死后几个月，我和那个和你一起去巴黎的卡拉曼利斯的商界朋友谈过一次话，我跟他说了这件事，并问他为什么那个星期卡拉曼利斯不愿见你。这个朋友照我说的去问了卡拉曼利斯。当我再见到他时，这位朋友向我保证说，卡拉曼利斯说他根本不知道有你想见他这回事。他说，卡拉曼利斯这么说的时候，口气十分肯定，看起来非常真诚。我不知道卡拉曼利斯说的是否是真话，但我知道没有见到他，对你肯定是一个致命的打击。你伏在写字台上，反复念叨着："一个人都没有，我一个人都找不到。我成了孤家寡人，孤家寡人，孤家寡人！我再也受不了啦！再也无法坚持下去啦！"

那天晚上，他们在一家餐馆给你拍了一张照片，从照片上也能清楚地看出这一点。这是一幅一个人在做垂死挣扎的照片。看上去脸颊瘦削，颧骨高耸，额骨突出，眼睛青肿，仿佛被人揍了一顿。鼻子尖得走了形，双下巴消失了，脖子细长，衬衣的领口显得过于宽大。你正在对两个人说话，他们在认真听你讲，从你的手势中就可以看出，你显得异常紧张，极不耐烦。这两个人吃了很多东西，他们的盘子几乎是空的，但你盘子中食物却堆得老高，几乎没有吃什么。杯子里的酒也没有动过。是的，你真的再也坚持不下去了。因为不管从哪方面说，所有的路都对你封死了，未来像一幢坍塌的房子重重地压在你身上。

* * *

4月28日，星期三，倒数第三天。莫里维亚蒂斯不但食言，没有向卡拉曼利斯禀报你想见他，而且现在干脆就不再露面了。这样也好，你打算把你的战斗挪到议会中去进行。你拿起笔，摊开纸，你草拟了准备向卡拉曼利斯提出的第一个重要问题。"总理为什么要把阿维罗夫留在自己的内阁中，并且让他待在国防部长这么一个极其重要的位置？阿维罗夫不就是那个曾与军政府勾结，在帕帕多普洛斯执政时期是希腊中央情报局的密探，在约安尼迪斯执政时期出卖过海军，把叛乱的所有细节全部告诉了调查人员，在军政府垮台后，又帮助前政权的罪犯们逃离到国外去的人吗？"接下来，你写了走向政府成员座位,准备向他们提交那些文件材料时想说的话:"我现在把我宣布的证明材料提交给总理,即希腊中央情报局和宪兵司令部的档案。阿维罗夫想通过秘密机构重新得到它们,他还利用司法部门禁止发表这些文件。它们全在这儿,议会可以给我作证。"我从精神的麻痹状态中,从阿默斯特的麻醉状态中清醒过来后,回到纽约给你打电话。"我正在写一些重要的东西,非常重要。""什么东西?""向卡拉曼利斯提出的一个特别重要的问题。我给你念念,你听听。""你的意思是说,你打算把那些文件交给他?""正是。下星期炸弹就会爆炸。这次是在议会里,你会发现,其冲击力比我八年前暗杀帕帕多普洛斯时产生的效果还要厉害。""这事你不要告诉任何人,阿莱克斯。""恰恰相反,像这样的事应该让每个人知道。"然后,你跟我讲了恐怖电话和那两辆车的事,现在你再也不怀疑它们在夜间跟踪你的事实了。你感到很痛苦,因为老得盯着后视镜看,寻找那辆一会儿出现,一会儿消失,一会儿是红色,一会儿是浅得近乎白色的车。你偶尔也会怀疑自己是否看花了眼,但马上就会对自己说,不会,不会,根本不会。你感到自己像一头愤怒的野兽,或一只掉进蛛网的苍蝇。"每天晚上,我的老天,每天晚上我回格里法达的时候,都是这样。你知道,我的'春天'在夜间是非常显眼的,车身上漆的是一种该死的闪闪发光的绿色。""阿莱克斯,你真的每天晚上都必须回格里法达吗?""总比待在科洛柯特罗尼大街好。你记得吗?我曾经在那儿发现过有人在撬我寝室的门。""那你回去的时候,谁和你在一起呢?""没有人。你以为谁愿意和我在一起?我没有人护送。我又不是帕潘德里欧阁下,像他那样有贴身保安!""阿莱克斯,你认为这一回是谁呢?""还可能是谁呢?反正是一个关心我的人呗。""阿莱克斯,我打算去你那里。我在这里已经做完了我必须做的事,我不想等到 5 月 5 日了。""不,我们还是 5 月 5 日见吧。""你为什么要坚持在 5 月 5 日呢?""因为这是事先说好的,不是吗?就这么定了。你会看见,5 月 5 日我们会在一起的。""但我感觉你的情绪是如此低落……""我是。唉!我真想回去,回到博亚蒂关我的囚室里去。"

你微弱的声音带有一种听天由命的情绪。这发生在 4 月 28 日,星期三:你的意志力崩溃了,不可战胜的决心瓦解了。你最后的努力没有坚持多久,对生活的厌倦之情又回来了,整个身心都处于一种随波逐流的状态,只是偶尔激奋一番,呐喊几声,准备一些绝不会提出来的超级问题。回到科洛柯特罗尼大街的那天晚上,你把这种情绪也写进了你的诗里。这首诗表达了一个人的思绪,他在流放中追悔自己的过去。仿佛过去是他唯一能抓住的稻草似的,他不断回到过去的岁月。当时的孤独就是一间没有空间、没有光线的囚室,想与人说话成了一种疯狂的欲望,但未来则是一种希望。诗就在这儿,你写在笔记本的四页小纸上。字迹潦草,歪歪扭扭,一句比一句潦草,一页比一页混乱,仿佛你要付出艰难的努力才能握稳笔。

  诗人们徜徉在过去

  吟诵他们的真理

  由故事命名的真理

  用漂亮的言辞装扮的真理

  在陌生但却和故乡一样美丽的地方

  我也踯躅前行

  我希望相信

  我不曾从这个世界逃离

  我对自己说

  我并没有通过森林、高山、峡谷在旅行

  我没有旅行

  而是大地在飞速离去

  我的记忆与朋友们相连在一起

  他们在某个地方

  耐心地等待

  为了看见我突然回到

  那遥远的过去

  当时我们借助梦的力量

  构筑未来的希望

  但悲伤却与我们如影随形

  树木、群山、深谷在游移

  而我却永远和他们在一起

  他们为我的痛苦而痛苦

为我的悲伤而悲伤

为我的囚禁而囚禁

时光流逝

我仍孑然孤单

痛苦没有忘记

重提往事自有它的道理

我行走在相同的道路上

只有经历过痛苦的人才能理解这道路

当我想起那有所作为的日子

所有的人能理解我的日子

我渴望回到我的囚室

但如今当我想起我知道的一切

想起所发生的一切

当愈来愈多的人不能理解

甚至不能猜测的时候

我想说的是

我的末日即将来临

并且按当权者希望的方式来临

四十八小时后,我在你的枕头底下找到了它,还有第五页纸,那是你抄写的苏格拉底自杀前的话:"动身的时刻到了,我们分道扬镳吧:我去死,你们去活。何者更好,只有上帝知道。"

* * *

4月29日,星期四,倒数第二天。你走进办公室,对谁都不看一眼,只是对女秘书说,你不想被打扰,你想打一个电话。你是想给阿维罗夫打电话,为阻止希腊中央情报局的那名军官被调走做最后的努力。为此事,你甚至事先征求了一名律师的意见。你们一致认为,对阿维罗夫星期一下午在古迪的恶言狂语做出回击是毫无意义的,因为那只会加速那名军官的调离。最好是佯装不知,和他妥协,效仿他惯用的手法。平时的阿维罗夫并不是古星期一下午的那个阿维罗夫,而是一个有教养、讲道理的绅士,一个精通虚伪艺术的大师。他并不用冷兵器交锋,而是靠智谋的毒药取胜。所以,应该以其人之道还治其人之身。你拨了国防部长的电话号码,准备和部长先生通话。部长先生没有拒绝:"亲爱的朋友!尊敬的同事!听到你的声音是多么高兴啊!甚感荣幸!"甜言蜜语中嘲讽的口气明显至极。但你并没有退缩:"谢谢,部长先生!您可真是太客气啦,但愿没有打扰您。""我最亲爱的朋友,你这说的是什么话啊!您怎么会这样想呢?怎么会打扰我?""是的,怕打扰了您。"你又重复了一遍。因为你给他打电话是求他办事,求人办事总是一件麻烦事。"请说吧,亲爱的朋友,您找我有什么事?"你说,事关一名情报局的军官,你很关心他的命运。因为他妻子是你的一个朋友,1968年你设法逃往塞浦路斯的时候,她帮过你的忙,当时他在塞浦路斯大使馆工作。"我明白,亲爱的朋友,我明白。"这位太太热爱她居住的城市,作为一个土生土长的雅典人,她无法离开这个城市。然而部长先生却下达了命令,要把情报局的那名军官调到与土耳其接壤的一个村子里去。"往下说,亲爱的朋友,请往下说。""这不是让这位太太左右为难吗?是离开雅典跟他丈夫一起去土耳其边境附近的村庄,还是一个人留在雅典独守空房?后一种情况无疑是非常残酷的,因为他们感情很好,彼此相爱甚深。""这很清楚,我的朋友,非常清楚。要我怎样帮你呢?亲爱的朋友,告诉我。"你脸色苍白。"我正想告诉您,部长先生。我想让您不要调走那名军官。""亲爱的朋友,尊敬的同事,我现在就可以满足您的要求。我可以把他调到您愿意要他去的地方。亲爱的朋友,尊敬的同事,您愿意我把他调到哪里去呢?"这是在玩猫捉老鼠的游戏。你是老鼠,他是猫。这是你不知道怎么玩的游戏。在与哈慈齐科斯玩这种游戏的时候,你总是失败,因为不管你怎么坚持,忍耐,最后你都会突然爆发。你脸色发白,左颊上的伤疤涨得通红,这说明你根本就忍不住了。你竭力控制自己:"我希望他待在他一直待的地方,部长先生。待在希腊,待在情报局的办公室。"你听到一个怪声怪调的回答:"我尊敬的同事!谁敢拒绝您的盼咐呢?您的愿望对我来说就是命令。我看留在希腊怕是不可能了。不过,请您诉我,您觉得把他调到哪里合适呢?我一定照办。"你把话筒搁到桌子上,双眼紧闭,强迫自己呼了一口气。再忍耐一下吧,我的上帝,再试一次吧,坚持就是胜利。你又拿起了话筒:"也许我没有说清楚,部长先生。

我想说的是……简单说吧,我不想让这位军官被调走,不愿意他被调到任何地方。""您不想吗?尊敬的朋友,您不想吗?""不想。""为什么不?劳驾,请说说为什么不。我的要求不过分吧?""因为就像我说的,这位军官的妻子……"这时,堤坝崩裂了,你愤怒的海洋以不可阻挡之势冲破了堤坝。随着一声怒吼,你终于爆发了。吼声震得窗户上玻璃嘎嘎直响,把隔壁房间里的人吓得缩成一团,女秘书不停地在胸前画十字。"阿维罗夫!你这小子!你给我听着,你这条小爬虫!你不能主宰希腊!也不可能主宰希腊!因为有我,我不会让你得逞!即使死了,进了坟墓,我也不会让你得逞!"于是阿维罗夫也失去了理智,和在古迪时的表现一样,暴跳如雷,吼出来的话,除了以前的,还有更难听的:"帕纳古里斯,我要宰了你!帕纳古里斯,我要让你粉身碎骨!帕纳古里斯,我要让你死无全尸!"

我很快就知道了这件事,后来我们又通了电话。当我们通话的时候,我没有听出是你的声音,因为你平时的声音总是那么浑厚,深沉,优美动听。但这次却含糊不清,仿佛来自遥远的几百万光年的某个山洞,就像是一种记忆的回声。它时而中断,时而消失,隐遁在一种虚无的寂静之中。"喂,阿莱克斯?喂?我听不见你说话,你能听见我吗?""当时他……""喂,阿莱克斯。喂。""我会被毁了,他说……粉身碎骨……""喂,阿莱克斯。喂。真该死!线路出问题啦。""不,线路是正常的,是我不正常。""为什么?阿莱克斯,为什么?究竟出什么问题了?阿莱克斯,快告诉我。你不是病了吧?没有发高烧吗?""不是,是的。""究竟是?还是不是?请你说清楚,不要吓我,你真把我吓住了!我在这儿,没法为你做任何事。喂!""是的,我感到不舒服,非常,非常不舒服……""哪儿不舒服?为什么?""我感到非常担忧,非常沮丧。""阿莱克斯,这件事到此为止,住手吧!他们会要你的命,他们会杀死你的!我到雅典来,马上就来。我想见你,想把你带走,我想……""如果你想来,就来吧。不过,你也无能为力,什么忙都帮不上。我们还是5月1日见吧。5月1日你会见到我的。再见。"你把电话挂断,让我惊讶不已。5月1日,我听明白了吗?你说的是5月1日吗?是的,是5月1日,不是5月5日。你现在连我们约定见面的日子也记不清了!也许你改变了主意?想让我5月1日就到达,也就是后天。我应该再给你打过去,唉,不必了。因为这样的通话只会让我感到痛苦,我不愿意再听到那种声音,那种不是你声音的声音。我确实应该 5 月 1 日赶到雅典，就这么定了。我明天就动身，就这么定了。第二天，我收拾行装出发。我在你濒临死亡的那一刻，登上了飞机。这一刻是 4 月 30 日，星期五，晚上六点五十八分。希腊时间是 5 月 1 日，星期六，凌晨一点五十八分。七点整，我坐进机舱里。看了一下表，感到很惊奇，因为平时的航班总是晚点，这次却很准时。一路上，我感到烦躁不安，被一种我说不出来的紧张情绪困扰着。当看到机上放映的一部散发不祥意味的电影时，我就更觉得烦躁不安了。故事讲的是一个男人，勇敢的诗人，他总是沉湎于离奇的冒险之中，总是被人误解。死神裹着白色的殓布，手握镰刀，紧紧地追赶着他，给他设下陷阱。只要银幕上出现镰刀，诗人就不得不拼命逃跑。为了逃脱死神的追踪，他又采取疯狂的行动，从事新的冒险，每次他都能奇迹般地脱身。但最后，他厌倦了逃跑，完全放弃了自己，主动投入到一心想得到他的死神的怀抱，最终被死神杀死。然后，他们两个在宽阔的草地上唱着歌，跳着舞，一起消失。草地的绿色和你"春天"的颜色一模一样。

同时发生的行为，从表面上看，只是一些偶然事件和互不相关事物之间的一种神秘巧合。然而事实上，他们却是彼此依存、相互联系在一起的。这是一部润滑得很好的机器。当我重新把你生命中最后一天发生的事情串在一起的时候，我就更加坚信了这一点。那时，所有的事情都相互吻合，都对润滑那部机器做出了贡献，都促使了你的行动与斯泰法斯的行动这两条平行轨迹的相互交叉，导致你无可更改的死亡进程准确地、毫无阻碍地顺利发展，结束在一个固定点上。这个点就是挂有"德斯柯"牌子的汽车修理间下面的那个黑洞，时间是：1976 年 5 月 1 日，星期六，凌晨一点五十八分。

* * *

你生命的最后一天来临了，天空像灌满了铅一样灰蒙。在之前的整个星期，天空都阳光灿烂，没有一朵乌云遮挡蓝天。可是从头天傍晚开始，地平线上突然乌云密布，狂风骤起，大海咆哮，浪花翻卷，拍打着岸沿。一场暴风雨降临到从雅典到科林斯的整个地区，整个晚上都好像兽性发作的众神在相互厮打，闪电划破夜空，街道被雨水淹没。只是到了天亮的时候，一切才恢复平静。但天空仍阴阴沉沉，仿佛灌了铅一样，预示着灾难即将来临。那天，你起得很早。非常奇怪，你好像是睡了一个好觉，当你母亲把煮好的咖啡给你端来的时候，你已经起来了，正呆呆地看着花园里那些被摧残的花木。玫瑰花被吹得满地都是，树枝被折断，橘子和柠檬撒落在残枝败叶间，那串为了辟邪拴在棕榈树上的大蒜也落在了地上。大蒜掉落下来，满地都是，小径上、烂泥里，到处都有。有的蒜头裂开了，蒜瓣看上去像是从项链上掉下来的珠子。"你的大蒜！"你惊叫起来。你母亲探身看了看，惊恐地抱怨说："这串大蒜还从来没有掉下来过，即使你被判死刑的时候，它也在那里挂得好好的。"她吓坏了，放下咖啡壶，急忙跑到外面，一颗一颗、一瓣一瓣地捡起来。然后，她回到屋里，准备了一串更粗的蒜，用绳子捆好，重新将它绑在棕榈树上。可她刚一转身，绳子就自动松开了，绑在上面的蒜又掉在了地上，蒜头和蒜瓣撒得满地都是，仿佛魔鬼在寻开心，故意要呈现某种凶兆。你探身窗外，用心看着你母亲，一丝神秘的微笑挂在你的唇边。当她回去捡起大蒜，费力地把它们绑成一捆时，你说："即使你把它钉在那里，也是不会成功的。"那天早晨，你的声音很清晰，是我喜欢的那种动听的声音。你前额高挺，一丝皱纹都没有。你显得安宁、愉快，一种神秘的安详顷刻之间就取代了几小时前你陷入其中的深沉的悲伤。

你洗完脸，穿戴得整整齐齐，仿佛要去参加什么聚会似的。你挑选了最好的内衣、最漂亮的衬衫和那套你最喜欢的西装——浅褐色华达呢的上衣和裤子。你认认真真地刮掉胡子，修整唇须，把平时带的东西装进口袋里：烟斗、雪茄、烟丝、笔、记事本、笔记本、小剪刀、剪报。你在里兜里藏了一份关于阿维罗夫的文件，你一直在犹豫是否复印这份文件。你曾对你的一个同伴说："这份文件太重要了，拿去复印非常危险，最好还是我随身带着。"你不慌不忙，漫不经心，表现出一种惊人的平静，这种平静只有那些不再想借用钟表来测度自己存在时间的人身上才会具有。之后，你开始在屋子里踱来踱去，就好像你根本不想外出，或者在找什么东西。是一种追悔，还是回忆起了某段往事？你母亲穿着拖鞋，蓬松的头发上别着发卡，走到你身后惊讶地问道："你想干什么？""不干什么。我只是在想，还差一个月零两天，就是我的生日啦。7月2日，我就满37岁了，我老了。"最后，你走出家门，朝那串大蒜看了一眼：它现在正稳稳当当地挂在棕榈树的树枝上。但当你走到栅栏门的跟前时，又停了下来。然后往回走，用麻利的动作把那串大蒜扯下来，扔在地上。"不应该讲迷信！"当你坐到"春天"牌汽车的方向盘后，驶进伏里亚格梅尼路的时候，你母亲还在不停地嘟哝着，又是恐慌，又是愤怒。伏里亚格梅尼路，你走过千百回，熟悉它的每一段路面，每一条弯道，每一个涵洞。这次你打算从挂有"德斯柯"牌子的汽车修理间前面绕一圈吗？和我在一起的时候，你总会从那里绕一圈。你会抱怨说，这里没有安全墩，使这条坡道很危险，是一个会让你碰得头破血流的陷阱。你总是会指着坡道上边那块写有"一路平安"的广告牌说："什么一路平安？会把你的头碰得头破血流！"九点钟，你到了科洛柯特罗尼大街，把"春天"停在纺织机械商店的门外，这家商店紧挨着你那座楼的大门，沿着通向电梯的过道有一道玻璃墙。商店开门了，里面已经有了一名顾客：一个长着圆脸的年轻人，脸上长满了黑痣。他就是1975年7月和一个希腊纳粹分子一起来到佛罗伦萨，并在那里待了一个星期的那个人。就是你离开雅典时说是去了佛罗伦萨，其实是去了塞浦路斯的那个星期。这家伙在佛罗伦萨的时候，大肆吹捧他"神风敢死队队员"的业绩，他说他能用他的标致牌轿车做出各种复杂的动作：用车头顶，或车尾撞，可以把别的车像子弹一样撞飞。军政府时期，他曾为德斯皮娜·帕帕多普洛斯出谋划策，到过许多国家，目的是跟踪流亡在那里的反对派。他到加拿大的次数最多，在那儿还参加过令人毛骨悚然的车技大赛。这种所谓的车技大赛，目的就是用自己车头或车尾把别人的车撞坏。谁的头脑最冷静，谁的反应最敏捷，谁就获胜。他就是米凯尔·斯泰法斯。他现在是帕潘德里欧派的社会党人，在海姆时装店工作，拥有一辆银灰色的标致504型轿车。多么巧合啊！你发现他最近这几天，来过纺织机械商店好几次。

你走进办公室，律师早已在那儿等你了。你把和那条恶龙争吵的情况告诉了他："正如你看到的，我按你的建议做了，和他打交道是不可能的。我现在只有一个选择，不管付出多大的代价，我都要把这件事干到底。星期一，我将把那些特别重要的问题提交给卡拉曼利斯。""这不会有多大作用。""我知道。卡拉曼利斯是不会解除他的职务的。没有人会站在我这一边，没有人。""那怎么办？""什么办法都没有。有时候要取得胜利，就必须付出生命的代价。""提完那些问题后怎么办？""我将去意大利待几天。然后去塞浦路斯。"律师迷惑地打量着你：那天上午，你显得特别平静，充满了自信。即使你在向律师复述和阿维罗夫对骂的内容时，你的声音也没有夹杂任何个人的感情。但你刚才说的那句话："有时候要取得胜利，就必须付出生命的代价。"究竟是什么意思呢？律师带着疑问，又把话题转到了恐吓电话和汽车跟踪上。他认为，你没有必要每天晚上一个人在偏僻的路上开着车回到格里法达。你回答说："你们全都太无聊了。难道你也喜欢我一路上带着保镖吗？那不成笑柄了？"然后，电话铃响了，你拿起话筒，与某人通话。你咧着嘴，露出一种不耐烦的表情。真叫人讨厌，给你打电话的是一个名叫苏吉尔佐格露的女人。她以她姐夫维克多·诺利斯的名义邀请你吃晚饭。维克多·诺利斯是墨尔本出生的希腊人。你1968年在罗马见过他。几个月前，这个诺利斯通过他妻妹苏吉尔佐格露又与你取得了联系。现在他在雅典，想把你带出去与两个女人吃晚饭。"就是今天！我要做的最后一件事就是和三个笨蛋一起度过这个夜晚。"律师接上刚才被电话打断的话题，建议说："和我一起吃晚饭吧，用我的车去，吃完后，我送你回格里法达。这样，你至少有一次不会单独一个人在夜间开车了。""不，谢谢。如果我不跟他们一起吃饭，也得跟《奥林匹克快报》的社长一起吃饭。反正一回事。明天见。""好吧，明天见。但我要重复一遍，晚上最好不要一个人开车，尽量少回格里法达。那两辆车天一黑就跟踪你，我觉得情况不妙。""要来的早晚会来。"你们就这样道了别。之后，你给诺利斯打了电话，让他下午五点左右来你的办公室，到时如果能推掉与《奥林匹克快报》社长的约会，你就和他、他妻子以及他妻妹一起去吃晚饭。与此同时，米凯尔·斯泰法斯离开了纺织机械商店，乘出租车去了海姆时装店。一个月以来，他总是乘坐出租车。据他后来说，当时他没有把他的标致搁在雅典，而是在科林斯，停在了他父母家门前，因为车牌还是法国的，需要重新登记注册。一个月前在雅典，正是由于车牌的缘故，他差点被罚了一大笔款。

大约两点半，你离开了办公室。三点半又回来，辞掉了与《奥林匹克快报》社长的约会。从这个时间点开始，你的行动和斯泰法斯的行动就同步了。五点的时候，诺利斯来了。你对他说，可以和他一起吃饭，不过是你邀他、他妻子和他妻妹一起在格里法达的一家饭馆吃。同一时刻，也就是五点整，斯泰法斯放下了时装店的卷帘门，准备扮演他的角色。六点钟，你和诺利斯说再见，约好晚饭前八点钟到阿柯尼斯路他家去接他。同一时间，六点整，斯泰法斯去见他的朋友、案发不在场的证明人巴兹尔·约戈普洛斯。九点，苏吉尔佐格露给你打电话，说她的车坏了，问你到阿柯尼斯路之前，能否在安德鲁祖街十五号甲她家停一下，顺便把她捎上。同一时刻，九点整，斯泰法斯乘大巴去科林斯接他的标致车，准备把它开回希腊。那块需要变更的法国车牌怎么办？难道没有被罚款的危险了？后来他解释说，约戈普洛斯建议他们两人带两个姑娘去艾吉纳岛度假，这使他忘乎所以了。但艾吉纳岛不是一个岛屿吗？难道一个人去艾吉纳岛不应该坐船去吗？那么，匆匆忙忙坐车从雅典赶到科林斯，取那辆没有更换牌照的标致车，把它开回雅典，把它装上船，然后卸船，然后再装上船，再卸船，第二天再把它开到科林斯，这有什么意义呢？显然，没有任何意义。但谁能保证说，标致车纯粹是用来去艾吉纳岛陪姑娘们玩的呢？也许另有他用，比如完成一件受人雇用的工作——只有头脑清醒，手快眼快，具有碰撞、挤压高超车技的人才能胜任的工作。此人甚至需要具备过去在加拿大接受过神风敢死队队员训练的经验，他需要有一辆结实的车，应该比那辆近乎白色的车更经得起碰撞。最近几天的经验证明，那辆近乎白色的车无法胜任这项任务。九点半，你离开科洛柯特罗尼大街，去接苏吉尔佐格露，然后再去捎上诺利斯夫妇。十点钟，你到了阿柯尼斯路，走进诺利斯夫妇家，他们让你待了一会儿，请你喝了杯开胃酒，还给你倒了一小杯威士忌。但你不喜欢这种酒，杯里的酒一口未动。十点一刻，你和他们一起出来。此时，斯泰法斯坐的大巴正好到了科林斯。他下车，向停标致车的地方跑去。十点一刻，他到达了停车地点，迅速钻进标致车。十点二十五分，他把车开进了科林斯到雅典的高速公路。在同一时间，你把你的"春天"停在了查罗普洛斯餐馆门前，然后和诺利斯、他妻子及他妻妹一道走进查罗普洛斯餐馆。三年前，你也曾为我们两人挑选了这家餐馆。就是我回到你身边的那个晚上，当时你从医院里逃出来，为重获新生而兴高采烈。你送了我一首诗，那个幸福的星期就此开始。

你兴奋地点了菜。那天上午你表现出来的镇静、安宁、淡泊情绪一下子消失了，你出乎意料地兴奋起来，显得非常激动。你滔滔不绝地讲着，开着玩笑，笑着给他们讲关于文件、阿维罗夫和查佐斯的事，讲星期一你将提交给卡拉曼利斯的那些重要提问，讲如果你把朱维洛斯禁止公布的材料交出来，肯定会掀起一场轩然大波。你甚至告诉他们，你正在写一本书。你说你已经开始动笔了，由于后来遇到了一些麻烦，你中断了写作。不过，五月份你将重新执笔，准备在年底完成它。"夏天和秋天，我会抓紧写作。我会向议会提出申请，到意大利去写一段时间。这本书以刺杀帕帕多普洛斯开头，以公布文件结束。这是一个关于奋斗的故事，关于一个男人的故事。"你也告诉他们，你打算到澳大利亚去旅行一次："为了了解世界，我想到处走走。一旦这本书写完了，我就会去趟澳大利亚。"在你面前展示的，仿佛是一个无限的未来，一个充满许诺、成功和欢乐的未来。仿佛你已经把那个残酷的计划，你下意识的打算——为了生而去死——全抛在了脑后。你的眼睛放着光，双手颤抖，对什么都满怀兴趣。你喜欢这三个老人的陪伴，喜欢食物，喜欢餐馆里的客人。两个太太默不作声地看着你，她们被你吸引住了。诺利斯着迷地听你高谈阔论，心想，这个男人是多么生机勃勃，激情洋溢，热情似火啊！你甚至用不着喝酒就能维持这种高涨的热情。四个人一瓶酒就足矣。不久，你把酒杯举到嘴边，你说你与酒的关系已经恶化了。"对此，我并不感到遗憾，因为黑夜到处都是陷阱，昏暗的地方四处都有伏击。一个人必须保持头脑清醒，动作敏捷。"与此同时，斯泰法斯正骂骂咧咧地开着车，因为从科林斯到麦加拉的那段路上又开始下起了大雨，他无法以事先设想的速度开车。不过，他仍然开得很快，因为还差十分钟十二点的时候，他又来到了约戈普洛斯家。在那儿一直待到一点半。（午夜时分到约戈普洛斯这儿来，为开脱自己的罪责准备几个站不住脚的证据，真令人费解。）那辆红色的宝马呢？它也在场，它就在那儿，它不可能等到斯泰法斯的标致到来后才跟踪你。在跟你到了餐馆后，为了避免引起人注意，它就开走了，以便寻找适当的时机，但它犯了一个重要的错误。大约到了午夜十二点的时候，一个被吓得够呛的公民跑去警察局报案，说在伏里亚格梅尼路上，有一辆红色宝马在离他几公里的地方尾随他，然后突然向他直接冲来，从他身边擦过，意图很明显，是想把他撞出马路外。他紧紧握住方向盘，赶紧刹车，才避免了一场车祸。他可以证明这肯定不是无意的，因为正当他在那里气喘吁吁，琢磨那辆车为什么要暗害自己时，那辆红色宝马又出现了。它停了下来。车上的两个人仔细地看了看他，然后失望得捶胸顿足，那情形仿佛他们在自责犯了一个天大的错误，或在骂他们自己是傻瓜。他们回过神来了，既然他们离开你的时候，你是在查罗普洛斯餐馆，这么一会儿工夫，你是不大可能出现在伏里亚格梅尼路上的，弄错了。那个受惊吓的公民开的也是一辆绿色的轿车，尽管不是苹果绿，但在夜间，看上去几乎和你汽车的颜色一模一样。

午夜一点过后不久，你离开了查罗普洛斯餐馆。大家在餐馆门口争论了片刻：你想送客人们回家，而他们则非要坐出租车不可。他们三个人反复强调说，你要住在格里法达，而餐馆就在格里法达，而从阿柯尼斯路到安德鲁祖街，中间还隔着两个街区。如果你送了以后再折回格里法达，就太不合情理了。但你还是逼他们上了你的"春天"。第一站是阿柯尼斯路，在和诺利斯夫妇道别后，当你开到阿柯尼斯路的一个十字路口时，一件奇怪的事发生了：一辆出租车超了你的车，然后在路中央停下来，挡住你的去路。你也赶紧刹车，然后走下车说："现在甚至换成出租车了！我倒想看看究竟是谁。"你朝司机走去，苏吉尔佐格露看见你和他争论了几分钟。但当你回来的时候，看样子倒是放心了："不，他没有跟踪我。他就住在格里法达，我认识他。"你重新发动车，朝波塞多诺斯路开去。"原因是我对所有汽车都疑神疑鬼。""为什么？"苏吉尔佐格露问道。你没有回答，也许你根本就没有听见她问。你抿着嘴唇，皱着眉头，注视着后视镜。你突然说："海莱妮，你想到某个酒吧去玩玩吗？喝杯橘子汁，听听音乐。这儿附近有一家，就在反方向不远的地方。"苏吉尔佐格露不明白你为什么要这样建议，试着想说些抱歉的话：不，谢谢，太晚了，她这种年龄不适合和漂亮的年轻人一起去酒吧。"去，去吧，海莱妮。""不，谢谢你。真的不想去。""那好吧。"你的眼睛仍然盯着后视镜，给汽车加速，以极快的速度驶进里奥弗洛斯·西格罗路。开到啤酒厂门前的时候，你突然刹车，把车停下来，急忙对苏吉尔佐格露抱歉说，晚上把女人扔在人行道上不是你的习惯。不过，安德鲁祖街就在前面不远，拐弯就是十五号甲。你问她，不会介意让她在这儿下车，步行回家吧？苏吉尔佐格露又一次不理解你为什么要这样。只是你死后，她才明白，你不愿意驶进又窄又暗的安德鲁祖街，你想尽快一个人待着。她说，没事，一点都不介意。然后，她下了车。你坐在车上一动不动，没有下车为她开车门。你一只手扶着方向盘，一只手握着变速杆，随时准备开走。"谢谢，海莱妮。抱歉，海莱妮。""谢谢你，阿莱克斯。你为什么不回科洛柯特罗尼大街过夜呢？它离这儿这么近，有必要再开二十分钟的车回格里法达吗？""即使在格里法达睡四小时，也比在科洛柯特罗尼大街睡八小时要强。""那就再见啦。""再见。"你甚至没有等她穿过马路,走到对面的人行道上,就立刻把车开走了。据苏吉尔佐格露后来说,这时是一点三十五分,最多一点四十分。她是这样解释的,一点四十五分她已回到了家——走了两百米,到了安德鲁祖街十五号甲,打开门,按了电梯,上到三楼,进了房间,这一切最多花去八分钟或十分钟的时间。确实是这样,但夜间马路上空旷无人,从里奥弗洛斯·西格罗路你与苏吉尔佐格露分手的地方到伏里亚格梅尼路你被害的地方,只需要五六分钟的时间就够了。可两车相撞时,你那辆"春天"牌时钟的指针却停在了一点五十八分的位置上。这个时间后来也得到了目击证人的证实。也就是说,在你和苏吉尔佐格露分手到你出事之间,时间上有一个十八分钟或二十三分钟,也可以说二十分钟的空当,没有人能够或愿意对此做出解释。这是你和凶手们搏斗的二十分钟。

* * *

它们是同时出现的,分秒不差,仿佛是来赴一个特殊的约。你拐进迪亚科乌路时,它们立即就钻出来了,一辆红色的宝马和一辆银灰色的标致。当时你并不感到惊讶:在波塞多诺斯路上,你就意识到将会发生这种事情了,当时你想掉头回去,借口上酒吧而把车停下。到了里奥弗洛斯·西格罗路,你更坚信不疑了,于是让苏吉尔佐格露赶紧下车。事实上第二天上午,目击者们说,跟在苹果绿菲亚特后面的不仅仅是标致,还有另外一辆红车,不是棕红,就是绛红,也许是捷豹,也许是宝马。可警方却迫使目击者佯装不知或保持沉默(只有一个人一直没有屈服,他是一个名叫曼迪斯·加鲁发拉基斯的汽车司机)。你发现自己像笼子中的耗子一样被夹在两者之间,不过一开始你想跑的话,还是有机会的。然而,你突然产生了一种无法抑制的冲动:想直接面对他们,亲眼看看他们究竟是谁,想与他们较量一番,就像在克里特、罗马、雅典和他们较量一样。每当他们开着汽车来恐吓你,向你挑衅,或企图杀害你的时候,你都会产生这样的冲动。你对生活重新感到了厌倦,这种厌倦来自你不断经历的失败。因此你必须取胜,哪怕付出死亡的代价。你下意识地认定,没有一个活着的英雄能够比得上一个死去的英雄。于是,较量开始了。在某种特殊的时刻,较量的角色会相互转化,有时被跟踪者会变成跟踪者,跟踪者会变成被跟踪者。有时他们又会回到原来的角色,跟踪者还是跟踪者,被跟踪者还是被跟踪者。在伏里亚格梅尼路之前,较量的场所在哪里,我不知道,但当我重新走了一遍你临死前走过的道路时,便得出了结论:你们只可能是沿着迪亚科乌路—阿纳拉福塞欧斯路—洛古伊罗路—莫苏罗路—伊米蒂路—伊里乌波勒奥斯路往前开的,也就说,先朝公墓开,然后围绕公墓转圈子。如果你从里奥弗洛斯·西格罗路开出来,不马上进入伏里亚格梅尼路的话,除非你没有看见标示转入了逆行道,那么你就只有往这些路上开。这些路是通向公墓的,到了公墓后,你只能围着公墓转圈子,就像被旋风卷进黑洞的星星一样。我仿佛看见你双手紧握方向盘,脸色苍白,一会儿追他们,一会儿被他们追;一会儿攻击他们,一会儿被他们攻击。车子像发了疯一样,时而加速,时而减速,不断撞击。但现政府的司法机关不接受调查报告中所描述的撞车情况。从车上留下的漆痕,完全能够断定肇事车辆不是棕红色,就是绛红色。在什么时刻你又萌发了求生的欲望?何时那闪烁的星星才能摆脱旋风的黑洞呢?在什么时候,你想到应该往伏里亚格梅尼路方向开,到那个带有长满橘子树和柠檬树花园的家去寻求一条生路呢?突然,你疯狂地兜着圈子,拐入来时的那条路,即阿纳拉福塞欧斯路。然后,冲进伏里亚格梅尼路。我刚才提到的那些目击者后来证明说,他们在那条路上看见有一辆绿车飞驰而过,一辆红车和一辆银白色的车紧跟其后。目击者共有四人:一个是出租车司机,他当时在后面两百米的地方;一个是坐在出租车里的乘客;另一个也是出租车司机,他当时在你的前面开着车;最后一个也是出租车司机,当时他的车正停在十字路口。他们主动到警察局报案,开始警察连他们的名字都没有问。后来警察问了他们的名字,其中三个证人改变了他们的说法,没有提那辆红车的事。只有曼迪斯·加鲁发拉基斯一直坚持,没有改口,但没有人听他的。警察劝他,也就是威胁他,让他不要那么说。因此,当想知道更多情况的记者向他打听时,他愈来愈不想开口,愈来愈吞吞吐吐,显然是害怕了。"是的,一辆红的,一辆白的……不是白的,是棕褐色的……不,灰色的。"两辆车在拼命追你,一会儿这辆超到前面,一会儿那辆超到前面;一会儿右边超,一会儿左边超。超过去后,便拦在你的前面。你只好先避开他们,于是你从他们边上猛冲过去,再次把他们甩在后面。你刚达到目的,他们又追上来了,用各种方法,动作娴熟,精准,分秒不差。"可是我什么都不知道,先生们,我什么都没有看见,看在老天的分上。我不想惹麻烦，我有老婆和孩子，有家室，不要让我卷到这件事情中来吧。如果你们不让我卷入其中，如果你们能保证做到不会提我的名字，我就可以告诉你们：那辆绿车一直被夹在那辆红车和那辆浅颜色的汽车之间。红车里面有两个人。后来，开红车的人使了个坏心眼，突然从后面向绿车撞去，正好撞在车牌上。绿车开始打滑，被撞得失去了控制。但很快奇迹般地恢复了正常，继续朝格里法达方向开去。但除此之外，我什么也不知道，先生们，我什么也没有看见，看在上帝的分上，我什么也没有说过。"三辆车都开得很快。一百一十公里，一百二十公里，一百三十公里。以这种速度，你把车开到了圣季米特里奥斯教堂。过了教堂，就没有房子了，那里是一个缓坡。过了缓坡，伏里亚格梅尼路就突然变宽了，成了中间有安全岛的双行道。右边前方五十米，就是那个挂有"德斯柯"牌子的汽车修理间。

红车是在圣季米特里奥斯教堂那儿撞上你车牌的。过了缓坡以后，它最后一次超过你，然后朝远方驶去，消失在黑暗中。但当他们超你，开走，消失在黑暗中的时候，那两个坐在红车里的人有没有对你使用毒气手枪呢？一支被预审法官在八月份轻率排除的一模一样的手枪，枪号159789，西德制造，枪管很短，枪柄很粗。膛里装有五枚圆柱形子弹，五个金属弹壳上各有一个小孔，孔里能释放毒气，毒气发挥作用后几乎不留下任何痕迹。（即使有痕迹，他们在太平间也不会劳神费力去找。他们根本不会做任何化验，去寻找那些能使人精神错乱的毒气和具有麻痹作用的残余物。）他们到底用没用毒气枪呢？他们完全有开枪的条件，因为你开车的时候，左边的玻璃窗几乎完全摇了下来。如果他们没有开枪，如果预审法官把那支枪号为159789的手枪排除在外是合理的，那为什么你会变得迷迷糊糊、目瞪口呆、昏昏欲睡呢？为什么你的视觉与意志会消失殆尽呢？当标致车追上你的时候，你的车已经失去控制，不断打滑，东倒西偏，所以斯泰法斯轻而易举就达到了他的目的。他先是用右前挡泥板撞你的左前挡泥板，然后紧贴你车子的左侧，把你拖了好几米。接着，他朝外猛打方向盘，车尾撞在你左前挡泥板上，给了你致命的一击。当你的车像子弹一样飞出去的时候，斯泰法斯却以一种神风敢死队队员般的技能，以一个在加拿大赛车中接受过训练的杀手的本领，来了一个近乎九十度的转弯，把车开进了伏里亚格梅尼路中间一个空旷的安全岛上。你的车则斜着朝路边飞去，越过宽阔的辅道，掉在与挂有"德斯柯"牌子的汽车修理间紧挨着的人行道上，差几米就撞上了一根灯柱子。尽管你迷迷糊糊，昏昏欲睡，但你仍然试图放慢速度，把车刹住，但无济于事。你那辆"春天"牌现在已经腾跃起来了，正朝着汽车修理间的斜坡，那个挂有"一路平安"牌子的地槽飞去。没有任何东西能让你的车停下来。如果它再多飞出两米远，也许它就会越过斜坡中修车用的那个地槽，落在活人的世界上，你就有可能重获生机。但这不是上帝计划的一部分，你的命运早已被注定。车很快就落了下来，车头重重地向那堵墙撞去。刚才还看不见的墙，现在一下子就出现了。似乎它是以一种疯狂的速度压在你身上，它不再是一堵墙，而成了一种强大的冲击。随着一声如炸弹爆炸的巨响，一切都结束了。当你举起你的手臂，做出一个表示屈服，或者说既表示胜利又表示屈服的动作时，当你的双手触摸到虚无的大门时，一切都按它应该发生的发生了。正如你在下意识的考虑里所预料的那样，正如你在那本没有写完的书中第二十三页最后一段所预言的一样："'我只为我的失败感到遗憾。'这就是我回答的声音。这声音多么奇怪，多么陌生呀！它来自何处？来自另一个世界吗？那个警官显得很奇怪，很陌生。他来自什么地方？他也是来自另一个世界吗？现在，他默默地走了。在他刚刚离开的那一刻，那些穿制服的人又变得暴怒起来，火气愈来愈大，显得愈来愈凶。他们踢我的脚掌，打我的眼睛。我又说了一遍：'我只为我的失败感到遗憾。'是的，我只为我的失败感到遗憾。然后又是一顿恐怖的暴打。谁打的？用什么来打的？我感到有一种奇怪的力量在挤压着我的肚子、脖子和胸口，心脏感到窒息，仿佛它们全都爆裂开来，挤在了一块。我再也辨别不出任何东西，我闭上了我的眼睛……"

* * *

第一个跑出来的是那个载有乘客的出租汽车司机。刚开始，除了一团浓浓烟尘，他什么也没有看见。巨响发出的一瞬间，地上腾起来一股浓浓的烟尘，把一切都遮住了，什么都看不见。司机在烟尘中、黑暗中摸索着前进。当他抵达洞口的边缘，他简直不敢相信自己的眼睛，吓得他直捂住他的脸：一辆汽车怎么可能掉进这样一个狭小的洞口呢？然而就像一颗垂死的星星为了便于黑洞吞没，它压缩、缩小自己，把自己变得像一个拳头、一颗柠檬、一块石头那么大一样，所以，你的"春天"也被收缩、挤压、变成了一堆压扁的废铁、扭曲的钢板、破碎的玻璃。你躺在这堆破烂中间,从表面上看,你仍然活着。你睁开眼睛,嚅动嘴唇:"我是……我是……我……他们已……""别说话,别说话。"司机请求你,没有把你认出来。"他们是……""别说话,别说话。我们会把你拉出来。"在乘客的帮助下,他把你从那堆废铁中拉出来,把你拖出坡道,放在人行道上。这时,他把你认出来了,发现你伤得不轻,鲜血不断从受伤的地方流出来,把柏油路染红了一大片。"送医院,赶快送医院!"司机连声喊道。"送医院,还是送太平间?"乘客回答说。他们没有信心地把你抬起来,一个抬那两只已经脱臼的胳膊,一个抬那两条已经折断的腿,把你放在出租车的后座上。你的两眼已经看不见东西了,两片嘴唇徒劳地嚅动着。医院离得并不远,但已经没有任何用处了。在去医院的半路上,你的嘴唇最后嚅动了一下,清楚地喊了两声:"啊,我的上帝!我的上帝!"接着,你深深地、长长地叹了一口气,心脏停止了跳动。

第三章

我是十七个小时以后赶到的。太平间门口站满了一大群人,但一片肃静。人群把我拥进了一间大房子,里面光线很暗,只有一盏小灯在电线上挂着,这是一个装有很多冷冻间的停尸房。照相机的闪光灯让我睁不开眼。突然,一声严厉的命令打破了寂静:"摄影师出去!所有的人都出去!关上窗户!"然后,有个人打开了一扇小门,往里面扫了一眼,咕哝了一声,又把它关上:"对,就是这个。"这是左边最下面的一扇门,旁边还有另外两扇门,上面还有三扇门。这些光滑、发光的金属门看起来有点像保险柜的门。"准备看吗?"一个声音问。我点了点头,门打开,一股寒气冒了出来,尸体裹着白布搁在一块金属板上。"你真的准备看吗?"同一个声音问道。我又点了点头,金属板滑到我面前,只见一张浸满血迹的床单裹着一具尸体,你的尸体。头部、交叉搁在胸前的双手、脚的轮廓清晰可见。他们掀开床单,我看见了你。我好像看见你在奔跑,像一头快乐的马驹穿过海滩,裤子裹着你粗壮的腰部,汗衫挂在你结实的双肩上,你的头发像丝绸,在黑色的波浪中轻轻起伏。我想起了之前的那个夜晚,我们相亲相爱睡在同一张床上,两个孤独的灵魂结合在一起。想起了我们去海边的那个下午,时值仲夏,阳光灿烂,天空蔚蓝,沐浴在阳光中,站在蓝天下,你幸福地高喊:"生活!生活!"我难以置信地跪在地上看着你。他们把你的腹部剖开,一直剖到颈部,拿走了你的心脏、肺和内脏,然后又用黑线缝上。那黑色的线结就像趴在你身上吞食你的蟑螂。你的右臂上有一条可怕的口子,从肘部直到手腕。你的股骨被撞断，肿得变了形。但脸上没有受伤，只是太阳穴上有一块蓝紫的瘢痕。我胆怯地喊你，犹豫地抚摸了你一下。像所有的死者一样，你僵直地躺在那里，骄傲、矜持、无动于衷、拒绝所有的爱意。为了抚摸你冰冷的额头、冰冷的脸颊和结了一层霜的胡须，我必须克服害怕冒犯你的恐惧。为了给你一点点温暖，我战胜了这种恐惧。但这有点像试图去温暖一尊大理石的雕像。你已经变成了一尊大理石雕像，一尊保留着你十七小时前全部线条、轮廓和记忆的大理石雕像。一种强烈的愤怒深深地刺伤了我，这无疑是一种仇恨：他们杀害你并不是偶然，也不是误杀。他们杀你，是因为你会给他们带来更多的麻烦。我站起来。一个人又用床单把你盖上，用脚踢了一脚金属板，伴着响声，它又滑进了黑暗之中。门在你身后又关上了，冒出一股寒气，然后是"砰"的一声。

外面夜幕已经降临。人们用好奇的目光打量着我，有人在说："她没有哭！"在科洛柯特罗尼大街有你的诗句："我的末日将会以当权者希望的方式来临。"还有苏格拉底的那句名言："动身的时刻到了，我们分道扬镳吧：我去死，你们去活。何者更好，只有上帝知道。"还有最终像一头受伤的野兽一样爆发出来的痛苦。还有我生活的重任和需要履行的诺言。"你要为我把它写出来，向我保证！""我保证。"还有 5 月 5 日的等待，那是你葬礼举行的日子。"我们会在 5 月 5 日见面，5 月 5 日，我们会在一起。"还有那天早晨的痛苦，我将回到太平间，给你穿衣服，再次与你交换戒指，去面对那条会吼出"你没有死！你没有死！你没有死！"的章鱼。与此同时，那座大山仍屹立在原处，不会动摇；那些穿着印有"人民""自由"字样裤衩的兀鹰正准备利用你的尸体来举行盛大的宴席，他们会高呼，向我们崇高的同志告别，向我们尊敬的崇高的对手致敬。在科林斯，米凯尔·斯泰法斯正在向他最喜欢的那家咖啡馆走去，准备和他的朋友们相聚，喝一杯上等的土耳其咖啡，吃一盘美味的糕点。

* * *

那辆车撞了你后，要通过安全岛拐入那条通道，进入伏里亚格梅尼路的另一条单行线，朝相反的方向，也就是进城的方向逃逸，并非一件轻松的事。不轻松是因为那条通道非常窄，是专门为从格里法达方向来的、想掉头沿挂有"德斯柯"牌子的汽车修理间那条路往回开的小车设计的。因此，对从这个方向来的车来说，通道就成了一个倒弧形，一个人想进入，就只能越过安全岛肘状的边缘逆行，只能越过它，或者慢慢地绕过它，因为速度过快，就有翻车的危险。尽管当时标致的时速是一百三十公里，但它仍没有侧翻。米凯尔·斯泰法斯绕着"之"字形，技术娴熟得像一名在回环滑雪赛中从不碰杆的滑雪运动员，动作准确得像一名在空中连续翻跟斗、能抓住横杆再次腾翻的杂技运动员，顺利地拐入了那条通道。以同样的速度，他钻过了两根立在尽头使通道变窄的柱子，然后又拐了一个弯，驶进奥尔加路。也就是说，他做了两次大回环，来了两次腾空翻，算得上是竞技场上的精彩绝活。他也许是一个精于此道的职业罪犯，头脑冷静得极其罕见。在以后几天和几个月的时间里，他在警察、记者和所有人面前的表现同样冷静得无以复加。当时，他穿过奥尔加路的三个十字路口后，下车检查了一下标致车的受损情况。然后，步行到伏里亚格梅尼路，走到路段的最高点停下来往下看，看看情况究竟如何。发生的一切已经按他希望的方式发生了。在浓浓的烟尘中，可以看见有两个人在抬着一个没有生命的躯体，第三个人在叫喊："他死了！他死了！他死了！"他还看见了一辆出租车，很多窗户都亮起了灯，看见人们纷纷走到阳台上，不停地问："谁死了？谁已经死了？"这一点也没有使他感到慌乱。两三分钟后，他重新走到标致车上，坐在了方向盘后面。这次标致车的表现真不错：受损的地方并不严重，只有几处擦痕，不影响他把车开回科林斯。（艾吉纳岛之行呢？约他早晨带两个姑娘一起去玩的约戈普洛斯呢？难道全都忘了吗？全都抛到九霄云外去了吗？）凌晨三点三十分，斯泰法斯回到了科林斯。他把车停在老地方，然后去睡觉，一倒下就进入了梦乡。下午一点，他醒过来，吃了点东西，又打了个盹，现在他应该去那家他最喜欢的咖啡馆了，和朋友们见见面，喝杯上等的土耳其咖啡，吃盘美味的糕点。他必须露露面，让人感觉他一直待在科林斯。

他到达咖啡馆大约是七点钟，在一张小桌边坐下，那儿已经坐着几个朋友了：市长的儿子，还有一个叫迪米特里·尼科拉乌的年轻人。另外还有两个人，克里斯托斯·格里斯波斯和诺蒂斯·帕纳约蒂斯，也就是在佛罗伦萨招待过他和纳粹分子特基斯的那两个学生。你们好，瞧，谁来了，你们在这里过复活节吗？是啊，你怎么样？米凯尔，为什么躲起来了？见鬼！躲起来了？我是昨天坐大巴从雅典赶回来的，从昨天开始，我就一直在这里啦。他们又谈起了天气，说天气变好了，他们明天应该到海边去玩。接着，格里斯波斯的哥哥来了："嗨！你们这帮小子，听广播了吗？""没有，怎么了？""他们杀了帕纳古里斯。""帕纳古里斯？被人杀了？""小伙子们，他们把帕纳古里斯给杀了！"但斯泰法斯仍然镇静自如。"谁把他杀了？谁？""不知道他们是谁。他们的车向他撞去，把他的车撞出了路外。好像是两辆车：一辆白色的奔驰和一辆红色的捷豹。""你是什么意思？为什么说好像呢？""因为有人说那辆白色的不是奔驰，那辆红色的不是捷豹。反正他被撞到了伏里亚格梅尼路的一个汽车修理间，死了。就在那个地方，几乎当场就送了命。肝脏裂成了十九块碎片，右肺撞得稀烂，心脏'砰'的一声，像炸弹一样炸开了！"斯泰法斯仍然保持沉默，不动声色，很冷静，仿佛他对这条新闻一点不感兴趣。两个月过后，格里斯波斯和帕纳约蒂斯对我说，他们当时并没有发现斯泰法斯的表情和动作有什么异常。他看起来非常自然、正常，只是有一点点不耐烦。他打了个呵欠。"谁被逮起来了吗？""没有，一点线索也没有。""会不会是一场车祸呢？""今天报纸还没有出来，不是5月1日吗？""是啊。""会是谁干的呢？""唉。"随着这声"唉"，他们结束了这个话题，又开始谈起到海边去玩的事来了。"对了，我们明天还到海边去玩吗？""当然，我们去鲁特拉基斯。""谁带我们去那里？""斯泰法斯用他的标致带我们去。顺便问一句，米凯尔，你的标致车在什么地方？"斯泰法斯终于说话了，声音和平时一样："在这儿啊！还会在什么地方？在广场上停着呢。""那你为什么走着来呢？是坏了，还是出车祸了？""什么车祸？是牌照的问题。因为牌照，我已经有好几个月没有碰它了。如果不重新登记注册的话，你知道他们会宰我多少钱吗？""唉，在节日期间，谁会注意你的牌照，不过就是从这里到鲁特拉基斯……""不，不行。""没关系……""我说过了，不行。""那好，我来带你，我也有一辆车。"市长的儿子主动说。"还有谁去？""我。"格里斯波斯应声道。"我也去。"尼科拉乌这么说。"明天我很忙。"帕纳约蒂斯说。"那你呢？米凯尔，你去吗？""当然去。"斯泰法斯回答。"好了，小伙子们，我们明天十点钟碰头。""好的，十点见。"第二天，他们去玩了。后来，格里斯波斯告诉我，他们玩得很高兴，很愉快。无论在去还是回来的路上，斯泰法斯的情绪都很好。他逗得大家直乐，笑声不断，玩笑不止，大谈汽车、服装和女人，尤其是女人。他从来没有提到你的死，其他人也没有提。

5月2日，星期六下午，大约四点，他回到雅典。据他自己说，他先去看了场电影，然后回家。但谁都不知道他之后见了谁，干了什么，不知道二十四小时之后是谁催促他、劝说他或强迫他到警察局去的。只有一件事是可以肯定的：没有人，绝对没有人怀疑过他。不管怎么说，人们寻找的是一辆奔驰，而不是标致。只是人们在议论纷纷，你不是偶然被杀，不是被人误杀，而是受人指使蓄意被杀的。这种看法像一条涨潮的河流，正在蔓延，已达一种让人惊恐，必须加以阻止的程度。星期一下午，斯泰法斯和他的律师到了警察局，这个律师名叫卡塞拉基斯，1973年曾为被控杀害英国女记者安妮·查普曼的尼科斯·蒙迪斯做过辩护。当时安妮·查普曼正在就军政府和美国中央情报局的关系进行调查。在这个案件中，凶手完全承认了自己的犯罪事实，但在案件的辩护中，卡塞拉基斯却让法官相信，军政府并没有犯政治谋杀罪。实际上，他想方设法证明，尼科斯·蒙迪斯是在一时丧失理智，强奸了安妮·查普曼之后，才把她杀害的。有谁会关心事件真相呢？宣判后，尼科斯·蒙迪斯推翻了自己的口供，反复说，之前说的都是假话，他之所以承认有罪，是因为有人愿意付给他一大笔钱，而他需要钱。他还讲了一大堆诸如此类的话。卡塞拉基斯说，这次斯泰法斯是作为证人，是出于对真理的热爱才到警察局来的，以便打消人们对政治谋杀的猜疑。这是一场普通的车祸，是一场典型的交通事故，责任完全由死者负责，连斯泰法斯也差点在这场车祸中丧命。可怜的斯泰法斯，他当时正安静地沿伏里亚格梅尼路行驶，突然一辆绿色的菲亚特失控向他冲来，从他的右边擦过。可怜的斯泰法斯好不容易猛打方向盘，通过逆行，穿过安全岛，才拐进了那条通道，捡回一命。之后，他听见一声巨大的撞击声，把车开回来，看见升起了一股浓浓的烟尘，有两个人抬着一个没有知觉的躯体。当时他根本没有想到那个人已经死了。只是到了星期一，他才知道那个人死了，并且死者是帕纳古里斯，是读了报纸才知道的。不，无论在出事之前，还是出事之后，他都没有见过一辆红色的车，这些都是那些坚持这是政治谋杀的人臆想出来的。这里，唯一和红色沾边的是他自己，以前他是共产党的同情者，现在是帕潘德里欧派的社会主义者，难道一个社会主义者、一个左派的同志会去杀害帕纳古里斯吗？警方对此深信不疑，不但没有逮捕他，反而把他保护了起来。他们甚至让他举行了一次记者招待会。在会上，他表现出来的那种镇定自如，充满自信，让所有的人都感到非常吃惊。没有任何问题能够让他感到难堪，或者说让他感到紧张。甚至当有人提醒他，力学定律是普遍适用的，无可更改的，要是帕纳古里斯撞了他，而不是被撞，那被撞到公路外的就应该是他，是斯泰法斯时，他也表现得非常镇静。他两眼冷静，毫无表情，对那人说的道理进行了反驳。他说，人们可能会相信他们自己偏爱的东西。管它力学不力学呢，他自己没有什么可指责的。看在基督的分上，他们应该用自己的脑袋来想一想：要是他自己有什么可指责的，他就不会主动到警察局来，对不对？当另一个人说，他还是有该指责的地方，因为他见死不救，扬长而去，他连眼睛都没有眨一下。为什么他不前去帮助呢？"因为受伤的人已经被抬到了出租车上。不需要我帮忙。"还有科林斯，为什么他要把车开回科林斯，而不是跟那辆出租车去医院，或待在城里呢？"因为我当时被吓得够呛，自然就想到回科林斯。就这么简单。"第二天他不是应该去艾吉纳岛吗？"很明显，我再也没有兴致去艾吉纳岛了，当时，我根本不可能再考虑去艾吉纳岛的事。"还有关于那辆红车的问题：他为什么要竭力否认红车当时在场呢？为什么要无视有人看见了它这一事实？"因为我没有看到它，因为，正如我以前讲的，我讨厌有人把这说成是一场政治谋杀，是一次有组织犯罪。"等一等，如果他确实是清白无辜的，如果他确实是一个社会主义者，是帕潘德里欧派的社会主义者，如果他是左派的同志，那他为什么会如此讨厌谈论政治谋杀，或有组织犯罪呢？为什么为了否认这一点，他就前来自首了？这个问题很合乎逻辑，提得恰到好处，极具危险性。但他又一次沉着冷静地应付过去了，用满脸的不屑来做了回答："我来这儿不是为了接受你们的审判。你们不该忘了，我不是自首，我是作为证人出现的。事实上，我也没有被关押。"人们又提出了另外的疑问，涉及一些细节问题。比如他受雇在德斯皮娜·帕帕多普洛斯的服装设计室工作，他的驾驶技能，他在加拿大的赛车经历等。对这些问题，他只是不断地重复："你们瞧着，我不会有事的。我说的是什么，做的是什么，自己心里有数。"

*　*　*

他当然心里有数，非常明白。事实上，当局的司法机关没有理会意大利专家写出的那份报告。报告清楚表明，你的车是被一辆标致撞了一下，又被另一辆车顶了两下，在你的车上留有暗褐色或暗红色的漆印。他们没有注意到斯泰法斯过去的经历，没有重视他 4 月 30 日星期五早晨出现在科洛柯特罗尼大街纺织机械商店的细节。他们忽视了他 1975 年 7 月与一个名叫特基斯的纳粹分子一起去佛罗伦萨这个事实，他在那里待了好几天，好像是在找某样东西、某个人，但没有找到。他们没有重视我向预审法官提供的证明，我不停地对他讲了十一个小时，把从克里斯托斯·格里斯波斯和诺蒂斯·帕纳约蒂斯那儿听来的一切全部告诉了他，列举了三年来你所遭到的威胁与折磨，介绍了他们在克里特岛、罗马和雅典想用汽车绑架你或杀害你的企图，跟他讲了你最后几次给我打电话的内容。最后，我还对他说，你临死前又获得了一批文件，我保留在法庭上披露这些文件内容的权利。司法部门不但对这些一概不予重视，而且还草率否决了一个名叫乔治·列奥纳多斯的人提供的证词。此人是来自萨洛尼卡的惯犯，根据他的口供，4 月 16 日至 17 日夜间，法西斯"蜘蛛"组织的四名成员在雅典的奥莫尼亚广场碰了头。在你给我念了文件之后，向我炫耀宝石中的宝石——光明之山——之前，你跟我说起过这个组织。据列奥纳多斯说，他们见了面，决定教训教训帕纳古里斯，杀杀他的威风，堵住他的嘴。本意是只想教训他，但结果却过了头。在说这些的时候，他还提供了日期、姓名和准确的细节。他透露的人名中，有巴兹尔·卡塞拉斯，是个医生，右翼极端分子，中央情报局在萨洛尼卡的代理人。其次是安东尼·米卡洛普罗斯，另一名来自萨洛尼卡的惯犯，参与了杀害共产党议员朗波拉基斯的事件，还拥有一辆红色宝马车。在他向预审法官提供的证明材料中，他讲了许多这样的事情。他甚至强调说，在你死后几天，卡塞拉斯就到伦敦定居了，当时的伦敦是许多法西斯分子的避难所。他甚至交出了一把毒气手枪，这是"蜘蛛"的打手们为了使他们的受害者神经麻醉时使用的。这正是那把西德制造的毒气枪，枪号是 159789。但卡塞拉斯和米卡洛普罗斯却大叫大嚷起来，说这是血口喷人，列奥纳多斯居心叵测，是个疯子，臭名昭著的说谎者，他曾因诽谤罪判过刑。于是，他害怕了，收回了所有的证词。是他们逼他否认的吧？然而，一些记者认为他并没有疯，根本不是什么说谎者："蜘蛛"组织确实存在，卡塞拉斯确实去了伦敦，他是取道慕尼黑去的，在那儿还会见了斯德拉卡斯，此人曾经当过部长，后来和库尔库拉科斯一起从埃兹伏尼越境，逃到了国外。其他记者也证实说，米卡洛普罗斯确实有一辆红色宝马车。他们到萨洛尼卡去找过他，问他现在这辆红色宝马放在什么地方。他回答说，已经卖了。记者们追问卖给谁。他回答说，唉，其实没卖，而是送人了。记者们让他说出送给了谁，他回答说，唉，送给一个修女办的慈善机构了。但当记者们继续追问是哪个机构时，他又说他记不得了，同时还嚷道：滚开，你们真讨厌，快给我滚开！是的，司法机关，现政权的司法机关对这些都没有给予重视。那些所谓的左派也没有给予重视。这些莫测高深的左派从来就不愿听任何人反对自己，谴责自己，批评自己。他们只知道不断造就像约翰·韦恩那样的刺客和冒牌革命家来充实自己的队伍。因此，这事就当成交通事故来处理了，只有斯泰法斯一个人受到审判。一审时，因过失杀人罪被判三年，缓期执行。他提出上诉后，因见死不救过失被罚五千德拉马克。付五千德拉马克，对他来说简直就是小事一桩，因为在此期间，他已成了海姆时装公司的入股老板，五千德拉马克，一笔不足挂齿的数目。

与此同时，还发生了一些有趣的事：法官朱维洛斯由于散发了当初禁止你发表的文件而成了勇敢、民主与自由的象征。不过，那些涉及恶龙及其帮凶的文件并没有拿出来。至于恶龙寄给哈慈齐科斯的备忘录，以及第二十三号卡片的内容，他当然只字未提。那条恶龙仍然是国防部长，他稳坐钓鱼台，谁也拿他没有办法。你的那个党在你死后接受了你的建议，开除了查佐斯，从而保持了队伍的纯洁。帕潘德里欧像认领一个无助的孤儿一样，认领了你的尸体，并在集会上把它当作一块破布一样来炫耀。你的亲戚、朋友和同志为了在议会中占有一席之地，则和他站在了一起。法西斯分子狠狠地揍了法齐斯一顿，打得他头破血流，丧失了记忆力。我则受到了威胁，收到了许多恐吓信，接到了许多恐吓电话："如果你敢把一些事情写出来，那就等着瞧吧。如果你敢出版你的书，那就有你好看的。"人们重新接受现状，重新忍气吞声，重新变得又瞎又聋又哑，重新俯首帖耳，自我陶醉，无能为力。谁也不敢说：你们全都是凶手，右派、左派和中间派，你们共谋杀害了他，你们是打着法律、秩序、中庸、平衡、公正、自由幌子混世的卑鄙的刽子手。邪恶的白鲸莫比·迪克完好如初地游走了,海水又变得平静、柔和,恢复原状,你的声音淹没在旋涡中。政权又一次取得了胜利。永恒的政权绝不会死亡,仅仅是有时倒了,但终会东山再起。它还会和以前一样,仅仅是颜色不同而已。只是你清楚地明白,结局必将如此。即使你曾有所怀疑,它也随着你被吸入隧道的另一端、深深吸气的那一刻消失了。所有想要改变世界,推翻大山,想给在绵羊的队伍中牢骚满腹的群氓以发言权与尊严的人,都会被吸入这口深井。比如那些叛逆者,那些被人误解的人,那些隐姓埋名的孤独者,诗人和神话中的英雄,都是这种下场。但倘若没有这些人的存在,生活也就失去了意义。为明知要失败的事业而战,肯定会被认为是一种纯粹的疯狂。然而某一天,那意义重大、具有拯救意义的某一天,当你们正在放弃希望的时候终会到来,当它到来的时候,它会在空气中留下微小的种子,通过种子,花朵会绽放——即使在绵羊的队伍中牢骚满腹的群氓也会理解这一点。那一天,群氓不再是群氓,而成了一条到处蔓延、狂怒不竭的章鱼。它怒吼着:"阿莱克斯还活着!活着!活着!"这就是为什么当人们把你放入墓穴的那一刻,你的嘴角会挂着一种如此神秘的微笑。那一天,那个佩戴金饰、项链、蓝宝石、翡翠、红宝石的大司铎,那个代表现在、过去、未来所有政权的大司铎可笑地掉到墓穴里,压坏了水晶棺,在你大理石雕像般的身体上踩了几脚。他大致在想:这就是一种梦想、一个男人所能留下的全部了。

UN UOMO
© 1979–2015 RCS Libri S. p. A., Milan
© 2016–2017 Rizzoli Libri S. p. A. /BUR, Milan
© 2018 Mondadori Libri S. p. A. /BUR, Milan
The simplified Chinese edition is published in arrangement with Niu Niu Culture
Simplified Chinese edition copyright© 2021 New Star Press Co., Ltd.
All rights reserved.
著作版权合同登记号：01-2020-6368

图书在版编目（CIP）数据

男人 ／（意）奥莉娅娜·法拉奇著；毛喻原译 . －－北京：新星出版社，2021.4
ISBN 978-7-5133-4374-9

Ⅰ.①男… Ⅱ.①奥… ②毛… Ⅲ.①纪实小说－意大利－现代 Ⅳ.① I546.45

中国版本图书馆 CIP 数据核字（2021）第 034078 号

男人

[意]奥莉娅娜·法拉奇 著；毛喻原 译

责任编辑：孙立英
责任校对：刘　义
责任印制：李珊珊
装帧设计：冷暖儿

出版发行：新星出版社
出 版 人：马汝军
社　　址：北京市西城区车公庄大街丙3号楼　　100044
网　　址：www.newstarpress.com
电　　话：010-88310888
传　　真：010-65270449
法律顾问：北京市岳成律师事务所

读者服务：010-88310811　　　　service@newstarpress.com
邮购地址：北京市西城区车公庄大街丙3号楼　　100044

印　　刷：北京美图印务有限公司
开　　本：660mm×970mm　1/16
印　　张：29
字　　数：456千字
版　　次：2021年4月第一版　2021年4月第一次印刷
书　　号：ISBN 978-7-5133-4374-9
定　　价：88.00元

版权专有，侵权必究；　如有质量问题，请与印刷厂联系调换。